Wilhelm von Polenz

Der Büttnerbauer

Wilhelm von Polenz

Der Büttner-bauer

Roman

Lusatia Verlag Dr. Stübner & Co. KG
Bautzen

Der Text folgt der Ausgabe des Romans aus dem Jahre 1906, Verlag F. Fontane & Co., Berlin. Bei der vorliegenden Ausgabe wurde der Text in einigen Fällen in Orthographie und Interpunktion heutigen Normen behutsam angeglichen. Für die Unterstützung hierbei dankt der Lusatia Verlag dem Sprachwissenschaftler Prof. Peter v. Polenz.

ISBN 3-929091-18-6

Einbandgestaltung: Uwe Häntsch
Satz: Kontrapunkt, Satzstudio Bautzen
Druck und Binden: Chemnitzer Verlag und Druck GmbH
Werk Zwickau
Printed in Germany

Vorwort

Diese Neuausgabe des «Büttnerbauer» erscheint hundert Jahre nach seiner Erstausgabe (1895). Bis 1955 gab es über 50 Auflagen, danach keine weitere. Das Interesse an diesem bedeutenden Prosawerk des deutschen Naturalismus war in der Nachkriegszeit zurückgegangen, als Reaktion auf eine sehr einseitige ideologische Interpretationsweise: Viele Literaturkritiker und Deutschlehrer von der spätwilhelminischen bis zur nationalsozialistischen Zeit hatten eine auf die tragische Hauptfigur Traugott Büttner beschränkte, rückwärtsgewandte Sinngebung propagiert, mit neuromantisch-deutschtümelnden Begriffen wie «Heimatgedanke», «Schollengebundenheit», «hohes Lied eines bäuerlich-gesunden Ethos», «bedrohlicher Verfall unseres kernfesten Bauernstandes» usw. Mein Großvater Wilhelm v. Polenz hat sich in seinen letzten Jahren – er starb im Jahre 1903 zweiundvierzigjährig an einem Krebsleiden – gegen diese tendenziöse Einordnung in die «Heimatkunst»-Bewegung entschieden gewehrt. Ebenso haben seriöse Literaturhistoriker, von Heinrich Ilgenstein (1904) bis Miklós Salyámosy (1985), erkannt, daß Polenz diesen «soziologischen» Roman nicht zur schwärmerischen Verherrlichung überlebter Sozialverhältnisse geschrieben hat, sondern als realistische kulturhistorische Analyse der Ausweglosigkeit einer veralteten, patriarchalischen Wirtschaftsweise, die im beginnenden Industriezeitalter durch Großgrundbesitz und Hypothekenkapital gleichermaßen bedroht wurde. Denkweise und Untergang des hilflosen Altbauern stehen allerdings im Vordergrund; und in seiner einfühlsamen Schilderung bäuerlichen Alltagslebens zeigt der Autor Sympathie für die Opfer, deren einzige ‹Schuld› darin besteht, ihre wahre sozial- und wirtschaftsgeschichtliche Situation nicht zu begreifen. Mit diesem sozialkritischen Hintergrund gehört Polenz in die literarische Richtung von Zola, Tolstoj, Turgenew, Ibsen, Hauptmann («Fuhrmann Henschel»), Clara Viebig u.a.

Die Romankonzeption bleibt aber nicht bei der düsteren Schilderung der bäuerlichen Familienkatastrophe stehen, sie zeigt auch Auswege: Die Landflucht der Büttnerkinder hat zwei Seiten: Karl und Toni verkommen moralisch, aber Gustav und Ernestine sind auch Identifikationsfiguren des Autors, Gegenfiguren zum starrsinnig leidenden Vater; sie finden in der Stadt Wege zu modernerer Selbstbehauptung und zur Solidarisierung der Entrechteten. In Gustavs Anschluß an die Arbeiterbewegung widerspiegeln sich die Beziehungen Wilhelm v. Polenz' zur Sozialdemokratie, mit deren Arbeiterbildung und gewerkschaftliche Aktivitäten fördernden Nahzielen er sympathisierte (nicht mit ihren utopischen Fernzielen). Lily Braun berichtet in ihren «Memoiren einer Sozialistin» (1909), wie sie ihn in Berlin zu einer Agitationsversammlung mitgenommen habe. Er hat zahlreiche sozialpolitische Artikel auch in sozialdemokratischen Zeitungen und Zeitschriften veröffentlicht; sein poetischer Wahlkampfbeitrag «Die Wahlurne» erschien 1893 im «Vorwärts», der «Büttnerbauer» 1898 als Fortsetzungsroman in der Unterhaltungsbeilage der «Neuen Welt». Diese (wir würden heute sagen:) linksliberale Gesinnung eines schreibenden ‹Landjunkers› geht auf seinen Kontakt mit der sozialethischen Bewegung Moritz v. Egidys zurück, auf wirtschaftswissenschaftliche Studien an der Universität Freiburg und seine agrarwirtschaftlichen Studienreisen nach Pommern und England, über deren Erkenntnisse er Abhandlungen publizierte, die ihm bei vielen seiner ‹Standesgenossen› und bei konservativen Behördenvertretern scharfe Kritik einbrachten. In seinem Amerikabuch «Das Land der Zukunft» (1903) äußerte er sich begeistert über die pragmatische Art, in der in den Vereinigten Staaten Farmer mit Selbsthilfe- und Unternehmergeist die in Europa noch weitgehend ungelösten Probleme des Industriezeitalters meistern: «Der amerikanische Farmer ist ein durch und durch moderner Mensch; unser Landmann erscheint, mit ihm verglichen, wie ein Fossil».

Der «Büttnerbauer» ist trotz dieser wirtschaftswissenschaftlichen und -politischen Grundlage alles andere als ein ‹Schreibtischprodukt›. In den vier Jahren vor seinem Erscheinen reduzierte Wilhelm v. Polenz seine Aufenthalte in den ihn vielseitig anregenden Berliner Publizisten- und Literatenkreisen und widmete sich intensiv und ex-

perimentierend der praktischen Land- und Forstwirtschaft; 1894 übernahm er das väterliche Rittergut Obercunewalde. Bald wurde er auch in örtliche Ehrenämter gewählt, in denen er sich sozialpolitisch engagierte. In dieser Zeit muß er die sozialpsychologischen Umstände eines ‹Modellfalles› für den Roman erlebt haben, als er Grundstücke eines in Konkurs geratenen Bauerngutes kaufte. Seine Meisterschaft im genauen Beobachten und realistischen Schildern alltäglicher ländlicher Lebensverhältnisse, Umgangsformen und Redeweisen brachte ihm begeisterte Zustimmung ein von angesehenen Schriftstellern wie Fontane und Tolstoj (der den Roman in russischer Übersetzung mit ausführlicher Einleitung herausgab). Die dazu nötigen Erfahrungen gehen schon auf seine Kinderzeit zurück: Seine aus der nördlichen Oberlausitz stammende Mutter, Clara, geb. Freiin v. Wechmar, die Haus- und Hofwirtschaft in hervorragender Weise führte, nahm ihren Willo oft zu Krankenbesuchen und anderen Dorfgängen mit, und dabei soll sie mit den Leuten den heimischen Dialekt gesprochen haben. Cunewalder haben im Roman, wie auch in anderen seiner Erzählwerke, manche heimischen Menschen, Ereignisse, Örtlichkeiten und Natureindrücke wiedererkannt. Es waren Notizzettel des Dichters erhalten (sie sind verlorengegangen durch die politische Plünderung und Zerstörung des Schlosses 1946–1949), auf denen er Eindrücke nach Besuchen oder Besprechungen zur Weiterverarbeitung festhielt. Über den Gebrauch eines ständig mitgeführten Notizbuches haben alte Halbauer erzählt: «A'n Busche, hubm uff'n Huchsteene, do hot'rch hiegesatzt, und do doat'r ock oalles a sei Bichl neischreibm».

So ist der sehr ernste sozialkritische Roman schon von seiner Entstehung her auch ein liebenswertes historisches Heimatdokument, etwas vom Besten aus der Oberlausitz, die heute als Randregion in Landwirtschaft und Industrie eine Umbruchszeit voller Härten und Widersprüche durchzustehen hat; das soziale und ökonomische Problem des Romans ist auf neue Weise aktuell. Dem Lusatia Verlag gebührt großer Dank dafür, den «Büttnerbauer» endlich wieder im Buchhandel verfügbar zu machen.

Korlingen b. Trier, im August 1994 — *Peter v. Polenz*

Erstes Buch

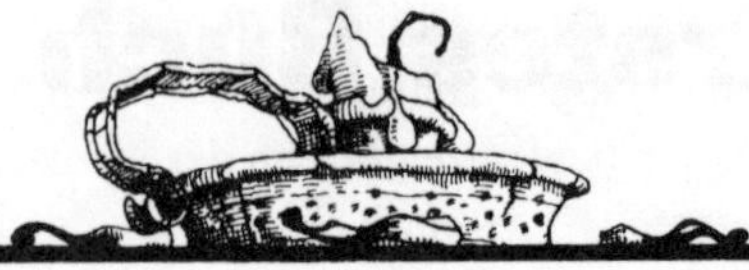

1

Der Großbauer Traugott Büttner ging mit seinen zwei Söhnen zur Kirche.

Die drei Männer konnten sich sehen lassen. Der Büttnerbauer selbst war ein Sechziger, groß, hager, bartlos, rotbraun im Gesicht, mit graugelbem Haupthaar, das er nach altmodischer Weise lang ins Genick hinab wachsen ließ. Breitspurig und wuchtig trat er mit schwerem Stiefel auf, wie es ihm, dem Besitzer des größten Gutes im Dorfe, zukam. Seine starken, etwas eckigen Gliedmaßen, die sich ausnahmen wie knorrige Eichenäste, waren in einen Rock von dunkelblauer Farbe, mit langen Schößen, gezwängt. Die engen Ärmel behinderten ihn offenbar in der Freiheit der Bewegung. Dafür war das auch der nämliche Rock, in welchem der Büttnerbauer vor mehr als dreißig Jahren getraut worden war. Daß der Rock inzwischen etwas knapp geworden in den Schultern und über die Brust, störte den Alten nicht, im Gegenteil! Diese Gebundenheit und enge Verschnürung des Leibes stimmte so recht zu der Weihe und feierlichen Gemessenheit, die nun einmal zum Sonntagmorgen gehört. – Auf dem langen straffen Haar trug er einen Zylinder, den das Alter nicht glatter, sondern recht widerhaarig gemacht hatte.

Der Bauer schritt zwischen seinen beiden Söhnen: Karl und Gustav.

Karl, der ältere, war in gleicher Größe mit dem Vater, aber beleibter und fleischiger als dieser. Auch er rasierte sich, nach guter Bauernweise, den ganzen Bart. Seine großen, etwas verschlafenen Augen und die vollen roten Wangen gaben ihm das Aussehen eines großen gutgearteten Jungen. Aber wer sich die Fäuste des Mannes näher betrachtete, dem verging wohl die Lust, mit solchem Burschen anzubinden. Heute trug er wie der Alte ein dickleibiges Gesangbuch in der Hand. Auch er war in einen langschößigen Kirchenrock gekleidet und trug einen breitkrämpigen Zylinder auf dem runden Kopfe. Im ganzen war Karl Büttner die wohlgenährtere und um dreißig Jahre jüngere Ausgabe von Traugott Büttner.

Verschieden von den beiden zeigte sich der jüngere Sohn, Gustav, Unteroffizier in einem Kürassierregiment. Vielleicht war es die schmucke Uniform, die seine Figur hob, ihm etwas Gewandtes und Nettes gab, daß er sich von den beiden plumpen Bauerngestalten vorteilhaft abhob. Er war etwas kleiner als Vater und Bruder, sehnig, gut gewachsen, mit offenem, einnehmendem Gesichtsausdruck. Gustav wiegte seinen schlanken Oberkörper ersichtlich in dem Bewußtsein, ein hübscher Kerl zu sein, auf den heute die Augen der gesamten Kirchfahrt von Halbenau gerichtet waren. Nicht selten fuhr seine behandschuhte Rechte nach dem blonden Schnurrbart, wie um sich zu vergewissern, daß diese wichtigste aller Manneszierden noch an ihrem Platze sei. Im Heimatdorfe hatte man ihn noch nicht mit den Tressen gesehen. Zum heurigen Osterurlaub zeigte er sich der Gemeinde zum ersten Male in der Unteroffizierswürde.

Gesprochen wurde so gut wie nichts während des Kirchganges. Hin und wieder grüßte mal ein Bekannter durch Kopfnicken. Zum Ostersonntage war ganz Halbenau auf den Beinen. In den kleinen Vorgärten rechts und links der Dorfstraße blühten die ersten Primeln, Narzissen und Leberblümchen.

In der Kirche nahm der Büttnerbauer mit den Söhnen die der Familie angestammten Kirchenplätze ein, auf der ersten Empore, nahe der Kanzel. Die Büttners gehörten zu der alteingesessenen Bauernschaft von Halbenau.

Gustav sah sich während des Gesanges, der mit seinem ausgiebigen Zwischenspiel der Beschaulichkeit reichlichen Spielraum gab, in der kleinen Kirche um. Die Gesichter waren ihm alle bekannt. Hie und da vermißte er unter den älteren Leuten einen oder den anderen, den der Tod wohl abgerufen haben mochte.

Sein Blick schweifte auch gelegentlich nach dem Schiffe hinab, wo die Frauen saßen. Die bunten Kopftücher, Hauben und Hüte erschwerten es, das einzelne Gesicht sofort herauszuerkennen. Unter den Mädchen und jungen Frauen war manch eine, mit der er zur Schule gegangen, andere kannte er vom Tanzboden her.

Gustav Büttner hatte es bisher geflissentlich vermieden, nach einer bestimmten Stelle im Schiffe zu blicken. Er wußte, daß dort eine saß, die, wenn sie überhaupt in der Kirche war, ihn jetzt ganz sicher beobachtete. Und er wollte sich doch um keinen Preis den Anschein geben, als kümmere ihn das nur im geringsten. – Wenn er dorthin blicken wollte, wo sie ihren Kirchenstand hatte, mußte er den Kopf scharf nach links wenden, denn sie saß seitlings von ihm, beinahe unter der Empore. Bis zum Kanzelvers tat er sich Zwang an, dann aber hielt er es doch nicht länger aus, er mußte wissen, ob Katschners Pauline da sei.

Er beugte sich ein wenig vor, so unauffällig wie möglich. Richtig, dort saß sie! Und natürlich hatte sie gerade auch nach ihm hinaufblicken müssen.

Gustav war errötet. Das ärgerte ihn erst recht. Zu einfältig! Warum mußte er sich auch um das Mädel kümmern! Was ging die ihn jetzt noch an! Wenn man sich um jedes Frauenzimmer kümmern wollte, mit dem man mal was gehabt, da konnte man weit kommen. Überhaupt, Katschners Pauline! – In der Stadt konnte man sich mit so einer gar nicht sehen lassen. In der Kaserne würden sie ihn schön auslachen, wenn er mit der angezogen käme. Nicht viel besser als eine Magd war sie! Wochentags womöglich barfuß und mit kurzen Röcken! –

Er nahm eine hochmütige Miene an, im Geiste die ehemalige Geliebte mit den «Fräuleins» vergleichend, deren Bekanntschaft er in den Kneipen und Promenaden der Provinzialhauptstadt gemacht hatte. In der Stadt hatte, weiß Gott, das einfachste Dienstmädel mehr Lebensart als hier draußen auf dem Dorfe die Frauenzimmer allezusammen. Er verachtete Katschners Pauline so recht aus Herzensgrunde.

Und einstmals war die dort unten doch sein ein und alles gewesen! –

Auf einmal zog durch seinen Kopf die Erinnerung an das Abschiednehmen damals, als er mit den Rekruten weggezogen in die Garnison. Da hatten sie gedacht, das Herz müsse ihnen brechen beim letzten Kusse. Und dann, als er wiederkam, zum ersten Urlaub, nach einjähriger Trennung. – Was er da angestellt hatte vor Glückseligkeit! Und das Mädel! Sie waren ja wie verrückt gewesen, beide. Was er ihr da alles versprochen und zugesagt hatte!

Er versuchte die Gedanken daran zu verscheuchen. Damals war er ja so dumm gewesen, so fürchterlich dumm! Was er da versprochen hatte, konnte gar nicht gelten. Und außerdem hatte sie ihm ja selbst auch nicht die Treue gehalten. – Was ging ihn der Junge an! Überhaupt, wer stand ihm denn dafür, daß das sein Kind sei! Er war ja so lange weg gewesen.

Na, mit der war er fertig! Mochten die Leute sagen, was sie wollten! Mochte sie selbst sich beklagen und Briefe schreiben und ihm zu seinem Geburtstage und zu Neujahr Glückwunschkarten schicken – das sollte ihn alles nicht rühren. So dumm! Er hatte ganz andere Damen in der Stadt, seine Damen, die gebildet sprachen und «Hochwalzer» tanzen konnten. Was ging ihn Katschners Pauline an, deren Vater armseliger Stellenbesitzer gewesen war.

Inzwischen hatte der Pastor zu predigen begonnen. Gustav versuchte nun, seine Gedanken auf das Gotteswort zu richten. Er war in der Garnison noch nicht gänzlich verdorben worden. Immer hatte er eine rühmliche Ausnahme vor den Kameraden gemacht, welche das Kirchenkommando meist zu Schlaf oder allerhand Unfug benutzten. Er war vom Elternhause her an gute Zucht gewöhnt, auch in diesen Dingen. Der alte Bauer ging den Seinen mit gutem Beispiele voran; er fehlte kaum einen Sonntag auf seinem Platze und verpaßte kein Wort der Predigt. Auch im Singen stand er noch seinen Mann; freilich mit einer Stimme, die durch das Alter etwas krähend geworden. Karl allerdings, der etwas zur Trägheit neigte, war von einem Kirchenschläfchen nicht abzuhalten. Bald nach dem ersten der drei angekündigten Teile der Predigt sah ihn Gustav bereits sanft vor sich hin nicken.

Nachdem der Gottesdienst vorüber, stand man noch eine geraume Weile vor der Kirchtür. Der Büttnerbauer sah mit Behagen, daß sein Gustav der Gegenstand allgemeiner Aufmerksamkeit war. Alte und junge Männer umstanden den Unteroffizier. Der Anblick der Uniform erweckte die Erinnerung an die eigene Dienstzeit oder auch bei den Älteren an die Kriegsjahre. Der Büttnerbauer selbst führte die Denkmünzen der beiden letzten Feldzüge. Auch Karl Büttner hatte seine drei Jahre «weggemacht», aber bis zur «Charge» hatte es bisher noch kein Büttner gebracht.

Gustav mußte auf viele Fragen Rede und Antwort stehen. Ob er's nicht bald dicke habe und wann er nach Halbenau zurückkehre, fragte man ihn. Der junge Mann meinte mit dem Selbstbewußtsein, das die Uniform den gewöhnlichen Leuten gibt, vorläufig gefalle es ihm noch so gut bei der Truppe, daß er nicht daran denke, den Pallasch mit der Mistgabel zu vertauschen.

Zwei Frauen kamen auf die Männer zu, eine ältere im bunten Kopftuch und eine jüngere mit einem schwarzen Hut, auf dem rosa Blumen leuchteten. Gustav hatte den Hut schon von der Empore aus wiedererkannt. Vor Jahren, als er noch mit Pauline Katschner gut war, hatte er ihr den Hut in der Garnison gekauft und als er auf Urlaub nach Hause ging mitgebracht. – Die ältere Frau war die Witwe Katschner, Paulinens Mutter.

«Gutentag och, Gustav!» sagte Frau Katschner. «Gutentag!» erwiderte er stirnrunzelnd, ohne ihr die Hand zu geben. Das Mädchen hatte den Kopf gesenkt und blickte errötend auf ihr Gesangbuch. «No, bist de och wiedermal in Halbenau, Gustav!» meinte die Witwe und lachte dabei, um ihre Verlegenheit zu verbergen. «Ja!» sagte Gustav kühl, und fragte einen der jungen Männer irgend etwas Gleichgültiges.

Die Frauen zögerten noch eine Weile, wohl eine Anrede von ihm erwartend. Dann zog das Mädchen, dem das Weinen nahe schien, die Mutter am Rocke, «Kumm ack Mutter, mir wollen gihn!» – Darauf entfernten sich die beiden Frauen.

«Die kennst du wohl gar nich mehr, Gustav?» fragte einer der jungen Leute mit spöttischem Lächeln den Unteroffizier. Der zuckte die Achseln, wiegte sich in den Hüften und gab sich Mühe, so gleichgültig auszusehen wie nur möglich.

Nun setzte man sich langsam in Bewegung, ein Trupp von zehn, zwölf jungen Männern, meist Schulkameraden Gustavs. Im Kretscham wurde ein Stehbier getrunken und die Zigarre in Brand gesetzt. Dann ging's wieder auf die Dorfstraße hinaus. Einer nach dem anderen suchte nun sein Haus auf, denn die Mittagsstunde war herangekommen. Abends wollte man sich auf dem Tanzboden wieder treffen.

Das Büttnersche Bauerngut lag am obersten Ende des Dorfes. Der Bauer und Karl waren bereits vorausgegangen. Gustav wollte in einen Feldweg einbiegen, der ihn in kürzester Frist nach Haus geführt hätte, da hörte er seinen Namen rufen.

Er wandte sich. Katschners Pauline war nur wenige Schritte hinter ihm. Sie keuchte, beinahe atemlos vom schnellen Laufen.

Er nahm eine finstere Miene an und fragte in barschem Tone, was sie von ihm wolle. «Gustav!» rief sie und streckte ihm die Hand entgegen. «Bis doch nicht so! Du tust ja gerade, als kennt'st de mich am Ende gar nich.»

«Ich hab keine Zeit!» sagte er, wandte sich und wollte an ihr vorbei.

Aber sie vertrat ihm den Weg. «Ne Gustav! Aber, Gustav, bis doch nicht so mit mir!» Sie stand da mit fliegendem Busen und sah ihm voll in die Augen. Er hielt ihren Blick nicht aus, mußte wegsehen.

Sie griff nach seiner Hand und meinte: «Ene Hand hätt'st de mir immer geben kennen, Gustav!»

Das sei gar keine Manier, ihm so nachzulaufen und ihn am hellen lichten Tage anzureden, sagte er, und sie solle sich wegscheren. Er gab sich alle Mühe, entrüstet zu erscheinen.

Pauline schien keine Furcht vor ihm zu haben. Sie stand dicht vor ihm. Eine Bewegung seines Armes hätte genügt, sie beiseite zu schieben. Aber er hob die Hand nicht.

«Iber Johr und Tog is es nu schon, Gustav, daß mer uns niche gesehn haben! Und geontwortet hast du och nich, suviel ich dir och geschrieben habe. Du tust doch gerade, als wär'ch a schlechtes Madel, Gustav!» – Die Augen standen ihr auf einmal ganz voll Tränen.

Heulen! Das hatte grade noch gefehlt! Weibertränen waren für ihn etwas Entsetzliches. Er war ja sowieso schon halb gewonnen durch ihren bloßen Anblick, durch den vertrauten Klang ihrer Stimme. Was für Erinnerungen rief ihm dieses Gesicht zurück! Er hatte so glücklich mit ihr gelebt wie noch mit keiner anderen. Sie war doch seine Erste gewesen. Es lag in dem Gefühle so etwas ganz Besonderes, so etwas wie Heimweh, wie Dankbarkeit für ihre Güte gegen ihn. – Daß sie jetzt weinte, war schlimm! Er kam sich schlecht vor und grausam. Das verdroß ihn. Nun würde er das Mädel schwer wieder loswerden, fürchtete er.

Sie wischte sich die Tränen mit einer Ecke ihrer schwarzen Schürze ab, und fragte: «Was hast de denn egentlich gegen mich, Gustav? Sag mersch nur a enzigstes mal, was de hast, daß de so bist! –»

Er kaute an seinem Schnurrbarte mit verdüsterter Miene. Es wäre ein leichtes gewesen, ihr auf den Kopf zu zu sagen, sie habe es inzwischen mit einem anderen getrieben. Aber in diesem Augenblick, unter den Blicken ihrer treuen Augen, fühlte er mit einem Male, auf wie schwachen Füßen dieser Verdacht eigentlich stehe. Er hatte ja die ganze Geschichte, die ihm von anderen hinterbracht worden war, nie recht geglaubt. Das war ja nur ein willkommener Vorwand für ihn gewesen, auf gute Art von ihr loszukommen.

Als sie nun jetzt so vor ihm stand, einen Kopf kleiner als er, frisch und gesund, wie ein Apfel, mit ihren guten großen Augen und den leuchtenden Zähnchen, da befand er sich wieder ganz in ihrem Banne.

«Ich habe mich su ärgern missen über dich!» sagte sie leise, und schluchzte auf einmal auf. Die Tränen saßen sehr locker bei ihr. Zwischen dem Weinen durch konnte sie so lieb und schmeichelnd dreinblicken, wie eine zahme Taube. Niemand hatte dem Mädchen diese Künste gelehrt, aber die raffinierteste Kokette hatte keine wirksameren Mittel, das Herz eines Mannes zu bestricken, als dieses schlichte Naturkind.

Plötzlich senkte sie den Kopf, errötend und noch leiser als vorher meinte sie: «Willste de dir nich deinen Jungen ansehn, Gustav? Er is nu bald een Jahr!» –

Der junge Mann stand unschlüssig, im Innersten bestürzt. Er fühlte sehr deutlich, daß dieser Augenblick für ihn die Entscheidung bedeute. Wenn er ihr jetzt den Willen tat, mit ihr ging und sich den Jungen ansah, dann bekannte er sich zur Vaterschaft. Bisher hatte er das Kind nicht als das seine anerkannt, sich hinter der Ausflucht verschanzend, daß man ja gar nicht wissen könne, von wem es sei.

Pauline hatte den Kopf wieder aufgerichtet und bat ihn mit den Augen. Dann mit ihrer weichen Mädchenstimme: «Ich ha' dem Jungen nu schun su viel vun dir vorderzahlt. Er kann noch ne raden. Aber ‹Papa!›, das kann er duch schun sagen. – Komm ack, Gustav, sieh der'n wen'gstens a mal an!» –

Sie nahm ihn an der Hand und zog ihn nach der Richtung, wohin sie ihn haben wollte. «Komm ack, Gustav, komm ack mitte!» so ermunterte sie den immer noch Zaudernden.

Er folgte ihr schließlich. Dabei ärgerte er sich über sich selbst, daß er so nachgiebig war. Er verstand sich darin selbst nicht. Es gab in der ganzen Unteroffiziersabteilung keinen schneidigeren Reiter als ihn. «Remonte dressieren», das war seine Lust. Und dabei konnte er so weich sein, daß ihn der Wachtmeister schon mal einen «nassen Waschlappen» genannt hatte. Das war damals gewesen, als seine Charge, die «Kastanie», den Spat bekommen und zum Roßschlächter gemußt. Da hatte er geweint wie ein kleines Kind.

Pauline schien sich darauf zu verstehen, ihm beizukommen. Sie konnte, wenn sie wollte, sowas recht «Betuliches» haben. Sie tat, als habe es niemals eine Abkühlung zwischen ihnen gegeben. Kein weiteres Wort des Vorwurfes kam über ihre Lippen. Um keinen Preis wollte sie ihn in schlechte Laune versetzen. Ihr Bestreben war, ihn gar nicht erst zur Besinnung kommen zu lassen. Sie erzählte von der Mutter, von ihrem Jungen, allerhand Lustiges und Gutes, brachte ihn so mit kleinen Listen, deren sie sich kaum bewußt wurde, bis vor ihre Tür.

Pauline wohnte mit ihrer Mutter, der Witfrau Katschner, in einer strohgedeckten Fachwerkhütte, einem der kleinsten und unansehnlichsten Anwesen des Ortes. Es war nur eine Gartennahrung, nicht genug zum Leben und zuviel zum Sterben. Die beiden Frauen verdienten sich etwas durch Handweberei. Früher war Pauline zur Arbeit auf das Rittergut gegangen, aber in letzter Zeit hatte sie das aufgegeben.

Pauline hatte ihr eigenes Stübchen nach hinten hinaus.

In Gustav rief hier jeder Schritt, den er tat, Erinnerungen wach. Durch dieses niedrige Türchen, das er nur gebückt durchschreiten konnte, war er getreten, als sie ihn in einer warmen Julinacht zum ersten Male in ihre Kammer eingelassen. Und wie oft war er seitdem hier aus und ein gegangen! Zu Tag- und Nachtzeiten, ehe er zu den Soldaten ging, und auch nachher, wenn er auf Urlaub daheim gewesen war.

In dem kleinen Raume hatte sich wenig verändert während des letzten Jahres. Sauberkeit und peinlichste Ordnung herrschten hier.

Er kannte genau den Platz eines jeden Stückes. Dort stand ihr Bett, da das Spind, daneben die Lade. Der Spiegel mit dem Sprung in der Ecke unten links, über den eine Neujahrskarte gesteckt war, hing auch an seinem alten Platze.

Unwillkürlich suchte Gustavs Blick das Zimmer spürend ab. Aber er fand nicht, war er suchte. Pauline folgte seinen Augen und lächelte. Sie wußte schon, wonach er sich umsah. –

Sie ging auf das Bett zu und drückte die bauschigen Kissen etwas nieder. Ganz am oberen Ende, tief versenkt in den Betten, lag etwas Rundliches, Dunkles.

Sie gab ihm ein Zeichen mit den Augen, daß er herantreten solle. Er begriff, daß der Junge schlafe, und bemühte sich infolgedessen leise aufzutreten, den Pallasch sorgsam hochhaltend. «Das is er!» flüsterte sie und zupfte glückselig lächelnd an dem Kissen, auf dem der Kopf des Kleinen lag.

Der junge Mann stand mit verlegener Miene vor seinem Jungen. Der Anblick benahm ihn ganz; nicht einmal den Helm abzusetzen, hatte er Zeit gefunden. Hinzublicken wagte er kaum. Das sollte sein Sohn sein! Er hatte ein Kind! – Der Gedanke hatte etwas eigentümlich Bedrückendes, etwas Dumpfes und Beengendes legte sich auf ihn, wie eine große, noch unübersehbare Verantwortung.

Sie half ihm, nahm ihm zunächst den Helm ab, rückte das Kind etwas aus den Betten heraus, daß er es besser sehen solle, führte selbst seine große Hand, daß er sein eigenes Fleisch und Blut betasten möchte. Dann fragte sie, sich an ihn schmiegend, wie es ihm gefalle.

Er erwiderte nichts, stand immer noch ratlos, bestürzt vor seinem Sprößling.

Jetzt ging ein Lächeln über die Züge des Kleinen, er bewegte im Schlafe ein paar Finger des winzigen Händchens. Nun erst begriff der Vater, daß es wirklich ein lebendiges Wesen sei, was da lag. Der Gedanke rührte ihn auf einmal in tiefster Seele. – So ein kleines Ding, mit solch winzigen Gliedmaßen, und das lebte doch und war ein zukünftiger Mensch, würde ein Mann sein – sein Sohn! Pauline und er hatten es hervorgebracht; aus seinem und ihrem Gebein stammte dieses neue Wesen. Das ewige Wunder des Werdens trat vor ihn in seiner ganzen unheimlichen Größe. –

Gustav merkte, wie ihm die Tränen in die Augen traten, es würgte ihn im Halse, es kitzelte ihn an der Nase. Er biß die Zähne fest aufeinander und schluckte die Rührung hinunter; weinen wollte er um keinen Preis.

Pauline eilte derweilen geschäftig auf und ab im Zimmer. Sie hatte den schwarzen Hut mit den rosa Blumen abgelegt, die Ärmel ihres Kleides aufgeknöpft und bis an die Ellenbogen zurückgeschlagen und eine weiße Schürze vorgesteckt. Ohne Hut sah sie noch hübscher aus. Ihr blondes Haar von selten schöner Färbung kam jetzt erst zur Geltung, sie trug es nach Art der Landmädchen, schlicht in der Mitte gescheitelt und hinten zu einem Nest von vielen kleinen Flechten verschlungen. Das schwarze Kleid war ihr Konfirmationskleid. Nur durch Auslassen und Ansetzen hatte sie es zuwege gebracht, daß es ihre frauenhaft entwickelte Fülle auch jetzt noch faßte.

Jetzt eilte sie wieder an das Bett. Sie meinte, der Junge habe nun genug geschlafen, er müsse die Flasche bekommen. Sie weckte den Kleinen, indem sie ihn sanft aus den Kissen hob und ihn auf die Stirn küßte. Das Kind schlug ein Paar große dunkle Augen auf, sah sich verwundert um und begann sofort zu schreien. Der Vater, der an solche Töne noch nicht gewöhnt war, machte ein ziemlich verdutztes Gesicht hierzu.

Pauline meinte, das sei nicht so schlimm, das Kind habe nur Hunger. Sie nahm eine Blechkanne aus der Röhre. Das Zimmerchen hatte keinen eigenen Ofen, sondern nur eine Kachelwand mit einer Röhre, die vom Nebenzimmer aus erwärmt wurde. In der Blechkanne befand sich ein Fläschchen Milch. Pauline, auf dem einen Arm das Kind, führte die Flasche zum Munde, kostete schnell, stülpte einen Gummizulp über den Flaschenhals. Dann legte sie den Kleinen wieder aufs Bett, dessen Blicke und Hände begierig nach der wohlbekannten Flasche strebten. Nun endlich steckte sie dem Schreihals den Zulp zwischen die Lippen. Sofort verstummte das Gezeter und machte behaglich glurksenden Lauten Platz.

Gustav atmete erleichtert auf. Der ganze Vorgang hatte etwas Beklemmendes für ihn gehabt. Während Pauline voll Wonne und Stolz war, konnte er sich einer gewissen Gedrücktheit nicht erwehren. Mit dem Ausdrucke einer Zärtlichkeit, wie sie nur eine Mutter hat, beugte sich das Mädchen über das kleine Wesen, dessen ganze Kraft und

Aufmerksamkeit jetzt auf den Nahrungsquell gerichtet war, und richtete ihm die Kissen.

Erst nachdem der Kleine völlig glücklich zu sein schien, kam Gustav wieder an die Reihe für Pauline. Sie wischte ihm einen Stuhl ab mit ihrer Schürze und bat ihn, sich zu setzen. Er hatte noch immer kein Wort über den Jungen geäußert; jetzt nötigte sie ihn geradezu, sich auszusprechen.

Er meinte, das Kind sehe ja soweit ganz gesund und kräftig aus. Aber das genügte ihrem mütterlichen Stolze nicht. Sie begann, ihrerseits das Lob des Jungen zu singen, wie wohlgebildet er sei und stark. Ja, sie behauptete sogar, er sei ein Wunder an Klugheit, und führte dafür einige seiner kleinen Streiche an. Groß sei er für sein Alter wie kein anderes Kind, schon bei der Geburt sei er solch ein Riese gewesen. Und sehr viel Not habe er ihr gemacht, beim Kommen, setzte sie etwas leiser mit gesenktem Blicke hinzu. Dann erzählte sie, daß sie ihn bis zum sechsten Monate selbst genährt habe.

Er hörte diesem Berichte von Dingen, die für sie von größter Bedeutung und Wichtigkeit waren, nur mit halbem Ohre zu. Er hatte seine eignen Gedanken bei alledem. Was sollte nun eigentlich werden, fragte er sich. Er hatte sich zu diesem Kinde bekannt. Als anständiger Mensch mußte er nun auch dafür sorgen. Burschen, die ein Kind in die Welt setzen und dann Mädel und Kind im Stiche ließen, hatte er immer für Lumpen gehalten. Einstmals hatte er Paulinen ja auch die Ehe versprochen. Und wenn er sie so ansah, wie sie hier schaltete und waltete, sauber und nett, geschickt, sorgsam und dabei immer freundlich und voll guten Mutes, da konnte ihm der Gedanke einer Heirat schon gefallen. Daß sie ein durch und durch braves Mädel sei, das wußte er ja.

Aber, überhaupt heiraten! Er dachte an das Elend der meisten Unteroffiziersehen. Da hätte man sich ja schütteln mögen bei dem bloßen Gedanken.

Und dann gab es da noch eins: er hätte mit verschiedenen Frauenzimmern in der Garnison brechen müssen. – Das alles machte ihm den Kopf schwer. –

Pauline fing jetzt an, von ihren eigenen Angelegenheiten zu sprechen, sie erzählte, wie einsam und traurig der letzte Winter für sie gewesen sei, die Mutter wochenlang bettlägerig, dazu kein Geld im Hause, kein Mann in der Nähe, der ihnen geholfen hätte. Sie selbst durch die Pflege des Kindes abgehalten, viel zu schaffen. Und zu alledem habe er nichts mehr von sich hören lassen. Was er denn eigentlich gehabt habe gegen sie, verlangte das Mädchen von neuem zu wissen. Er wich der Antwort aus, fragte seinerseits, warum sie denn gar nicht mehr aufs Rittergut zur Arbeit gegangen sei.

Das habe seinen guten Grund, erklärte sie, und sprach auf einmal mit gedämpfter Stimme, als fürchte sie, das Kind könne etwas verstehen. Der Eleve dort habe sich Unanständigkeiten gegen sie erlaubt, deshalb sei sie lieber von der Arbeit fortgeblieben, obgleich sie den Verdienst schwer vermißt hätte.

Gustav horchte auf. Das war ja gerade die Geschichte, über die er gern etwas Genaueres erfahren hätte. Mit diesem Eleven nämlich hatte man ihm das Mädchen verdächtigt. Er forschte weiter: Was hatte sie mit dem Menschen gehabt, wie weit war er gegangen?

Pauline zeigte sich im Innersten erregt, als diese Dinge zur Sprache kamen. Sie sprach in den schärfsten Ausdrücken über den jungen Herrn, der seine Stellung ausgenutzt hatte, ihr in zudringlicher Weise Anträge zu machen. Mehr noch als ihre Worte sagten es ihm ihre Mienen und die ganze Art, in der sie sich äußerte, daß sie ihm treu geblieben sei.

Gustav ließ ihr seine Befriedigung durchblicken, daß nichts an dem Gerede sei. Nun erfuhr sie erst, daß er darum gewußt habe. Deshalb also hatte er mit ihr gegrollt! Wer hatte sie denn nur ihm gegenüber so angeschwärzt?

Er sagte ihr nur, daß er's gehört hätte von «den Leuten». Daß die Verdächtigung aus seiner eigenen Familie gekommen, welche sein Verhältnis mit Pauline niemals gern gesehen hatte, verschwieg er.

Pauline nahm die Sache ernst. Daß er sie in solch einem Verdachte gehabt und noch dazu so lange und ohne ihr ein Wort davon zu sagen, das kränkte sie. Das Mädchen wurde auf einmal ganz still. Sie empfand die Ungerechtigkeit und Erniedrigung, die in seiner Auffassung lag, wie Frauen solche Dinge empfinden, jäh und leidenschaftlich. Sie machte sich im Hintergrunde des Zimmers zu schaffen, ohne ihn anzusehen.

Ihm war nicht wohl dabei zumute. Er wußte zu gut, wieviel er sich ihr gegenüber vorzuwerfen hatte. – Er blickte verlegen auf seine Stiefelspitzen.

Es entstand eine Pause, während der man nur die leichten Atemzüge des Kindes, das inzwischen mit seiner Flasche fertig geworden war, vernahm.

Plötzlich ging Pauline nach dem Bette. Sie nahm den Kleinen aus den Kissen. «Du hast den Jungen noch gar niche uf'n Arm gehat, Gustav!» sagte sie, unter Tränen lächelnd, und hielt ihm den Kleinen hin.

Er nahm das Kind in Empfang, wie man ein Paket nimmt. Der Junge blickte mit dem starren leeren Blick der kleinen Kinder auf die blanken Tressen am Hals des Vaters.

«Getoft is er och schon», sagte Pauline. «Ich ha dersch ja damals geschrieben, aber du hast nischt geschickt dazu. Der Paster war erscht böse und hat tichtig gebissen uf mich, daß mer sowas passiert wor.»

Gustav war inzwischen ins reine mit sich gekommen, daß er Kind und Mutter anerkennen wolle.

Der Junge streckte die kleine Hand nach dem Schnurrbart des Vaters, Pauline wehrte dem Händchen sanft. «Se sprechen alle, daß er dir su ähnlich säke, Gustav! Wie aus'n Gesichte geschnitten, sprechen de Leite.» –

Der junge Vater lächelte zum ersten Male sein Ebenbild an. Pauline hatte sich bei ihm eingehängt, ihre Blicke gingen liebend von Gustav zu dem Kleinen. Der Bengel hatte endlich den Schnurrbart des Vaters erwischt und stieß einen schrillen Freudenschrei aus.

So gewährten sie das Bild einer glücklichen Familie.

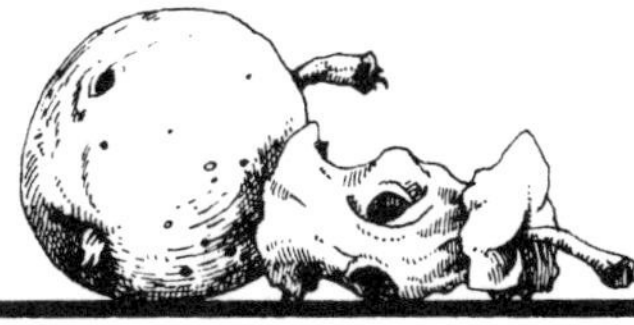

2

Gustav Büttner kam heute viel zu spät nach Haus zum Mittagbrot. Die Familie hatte bereits vor einer Weile abgegessen. Der alte Bauer saß in Hemdsärmeln in seiner Ecke und schlummerte. Karl hielt die Tabakspfeife, die er eigentlich nur während des Essens ausgehen ließ, schon wieder im Munde. Die Frauen waren mit Abräumen und Reinigen des Geschirrs beschäftigt.

Die Bäuerin sprach ihre Verwunderung darüber aus, daß Gustav so lange ausgeblieben. In der Schenke sitzen am Sonntag Vormittag, das sei doch sonst nicht seine Art gewesen. – Gustav ließ den Vorwurf ruhig auf sich sitzen. Er wußte wohl warum; seine Leute brauchten gar nicht zu erfahren, was sich inzwischen begeben hatte.

Schweigend nahm er auf der Holzbank, am großen viereckigen Familientische Platz. Dann heftelte er seinen Waffenrock auf, wie um sich Platz zu machen für das Essen. Die Mutter brachte ihm das Aufgewärmte aus der Röhre.

Die Büttnerbäuerin war eine wohlhäbige Fünfzigerin. Ihr Gesicht mochte einstmals recht hübsch gewesen sein, jetzt war es entstellt durch Unterkinn und Zahnlücken. Sie sah freundlich und gutmütig aus. Gustav sah ihr von den Kindern am ähnlichsten. In ihren Bewegungen war sie nicht besonders flink, eher steif und schwerfällig. Der schlimmste Feind der Landleute, das Reißen, suchte sie oftmals heim.

Eine der Töchter wollte ihr behilflich sein, aber sie ließ es sich nicht nehmen, den Sohn selbst zu bedienen. Der Unteroffizier war ihr Lieblingskind. Sie setzte die Schüssel, die noch verdeckt war, vor Gustav hin und stützte die Hände auf die Hüften. «Nu paß aber mal uf, Gust!» rief sie und sah ihm schmunzelnd zu, wie er den schützenden Teller abhob. Es war Schweinefleisch mit Speckklößen und Birnen im Grunde des Topfes zu erblicken. «Gelt, dei Leibfrassen, Gust!» sagte sie und lachte den Sohn an. Sie ließ die Blicke nicht von ihm, während er zulangte und einhieb. Jeden Bissen schien die liebevolle Mutter für ihn mitzuschmecken. Gesprochen wurde nichts. Man hörte das Klappern des Blechlöffels gegen die irdene Schüssel; denn der Unteroffizier ersparte sich den Teller. – In der Ecke schnarchte der alte Bauer, sein Ältester war auf dem besten Wege ihm nachzufolgen, trotz der Pfeife. Am Ofen, der eine ganze Ecke des Zimmers einnahm, mit seiner Hölle und der breiten Bank, hantierten die jüngeren Frauen an dem dampfenden Aufwaschfaß mit Tellern, Schüsseln und Tüchern.

Der Büttnerbauer besaß zwei Töchter. Die dritte Frauensperson war Karls, des ältesten Sohnes, Frau.

Die Büttnerschen Töchter zeigten sich sehr verschieden in der Erscheinung. Man würde sie kaum für Schwestern angesprochen haben. Toni, die Ältere, war ein mittelgroßes starkes Frauenzimmer, mit breitem Rücken. Das runde Gesicht, mit roten Lippen und Wangen, erschien wohl hauptsächlich durch seine Gesundheit und Frische hübsch. Sie stellte mit ihrem drallen Busen und kräftigen Gliedmaßen das Urbild einer Bauernschönheit dar.

Ernestine, die jüngere Schwester, war erst vor kurzem konfirmiert worden. Sie stand noch kaum im Anfange weiblicher Entwicklung. Sie war schlank gewachsen und ihre Glieder zeigten eine bei der ländlichen Bevölkerung seltene Feinheit. Dabei war sie sehnig und keineswegs kraftlos. Ihren geschmeidigen, flinken Bewegungen nach zu schließen mußte sie äußerst geschickt sein. Die Arbeit flog ihr weit schneller von der Hand als der älteren Schwester.

Der Schlummer des Vaters wurde respektiert; man vermied das allzu laute Klappern mit dem Geschirr. Am wenigsten besorgt um den Schlaf des Alten schien Therese, die Schwiegertochter, zu sein. Sie sprach mit tiefer, rauher, etwas gurgelnder Stimme, wie sie Leuten eigen ist, die Kropfansatz haben. Therese war eine große, hagere Person, mit langer spitzer Nase, ziemlich blaß, aber von knochig derbem Wuchse, mit starkem Halse.

Sie ging jetzt daran, die abgewaschenen Teller in das Tellerbrett zu stellen. Als sie an ihrem Gatten vorbeikam, dem der Kopf bereits tief auf die Brust herabgesunken war, während ihm die Tabakspfeife zwischen den Schenkeln lag, stieß sie ihn unsanft an. «Ihr

Mannsen braucht o ne en halben Tog zu verschlofa; weil mir Weibsen uns abrackern missen. Das wär' ane verkehrte Welt. Wach uf, Karle! –»

Karl fuhr auf, sah sich verdutzt um, nahm seine Pfeife auf, die er langsam wieder in Brand setzte, und blinzelte bald wieder von neuem mit den Augenlidern. Seine Ehehälfte ging inzwischen brummend und murrend auf und ab.

Theresens Wut wurde gar nicht durch die Schlafsucht des Gatten erregt, an die sie schon gewöhnt war. Vielmehr ärgerte sie sich darüber, daß Gustav von der Bäuerin mit den besten Bissen bewirtet wurde. Sie war ihrem Schwager überhaupt nicht grün. Der jüngere Sohn werde dem älteren gegenüber von den Alten bevorzugt, fand sie. Sie fühlte wohl auch, daß Gustav ihrem Gatten in vielen Stücken überlegen sei, und das mochte ihre Eifersucht erregen. Ganz erbost flüsterte sie den Schwägerinnen zu – soweit bei ihr von einem Flüstern die Rede sein konnte – «De Mutter stackt's Gustaven wieder zu, vurna und hinta!»

Endlich war Gustav fertig mit Essen. Zur Freude seiner Mutter hatte er reine Wirtschaft gemacht. Sich streckend und gähnend, meinte er, daß es in der Kaserne so was freilich nicht gäbe.

Inzwischen war der alte Bauer erwacht. «War Gustav doe?» fragte er, sich mit leeren Augen umsehend. Als er gehört hatte, daß Gustav bereits abgegessen habe, stand er auf und erklärte, mit ihm hinausgehen zu wollen, auf die Felder.

Der junge Mann war gern bereit dazu. Er wußte sowieso nicht, wie er den langen Sonntagnachmittag verbringen solle.

Karl ging mit Vater und Bruder aus dem Zimmer, scheinbar, um mit aufs Feld zu gehen. Aber er verschwand bald. Er hatte nur die Gelegenheit benutzt, herauszukommen, um auf dem Heuboden, ungestört von seiner Frau, weiter schlafen zu können.

Der Bauernhof bestand aus drei Gebäuden, die ein nach der Südseite zu offenes Viereck bildeten. Das Wohnhaus, ein geräumiger Lehmfachwerkbau mit eingebauter Holzstube, ehemals mit Stroh gedeckt, war von dem jetzigen Besitzer mit Ziegeldach versehen worden. Mit dem schwarz gestrichenen Gebälk und den weiß abgeputzten Lehmvierecken zwischen den Balken, den unter erhabenen Bogen wie menschliche Augen versteckten Dachfenstern, blickte es sauber, freundlich, altmodisch und gediegen drein. Die Winterverpackung aus Moos, Laub und Waldstreu war noch nicht entfernt worden. Das Haus war wohl versorgt, die Leute, die hier wohnten, das sah man, liebten und schützten ihren Herd.

Unter einem langen und hohen Dache waren Schuppen, Banse und zwei Tennen untergebracht. Ein drittes Gebäude enthielt Pferde-, Kuh- und Schweineställe. Scheune wie Stall wiesen noch die althergebrachte Strohbedachung auf.

Die Gebäude waren alt, aber gut erhalten. Man sah, daß hier Generationen von tüchtigen und fleißigen Wirten gehaust hatten. Jeder Ritz war zugemacht, jedes Loch beizeiten verstopft worden.

In der Mitte des Hofes lag die Düngerstätte, mit der Jauchenpumpe daneben. Am Scheunengiebel war ein Taubenhaus eingebaut, welches eine Art von Schlößchen darstellte; die Türen und Fenster des Gebäudes bildeten die Ein- und Ausfluglöcher für die Tauben. Ein Kranz von scharfen, eisernen Stacheln wehrte dem Raubgetier den Zugang. In dem offenen Schuppen sah man Brettwagen, Leiterwagen und andere Fuhrwerke stehen, die Deichseln nach dem Hofe gerichtet. Unter dem vorspringenden Scheundach waren die Leitern untergebracht. Im Holzstall lag gespaltenes Holz für die Küche, Reisig zum Anfeuern und Scheitholz. Das Kalkloch, der Sandhaufen und der Stein zum Dengeln der Sensen fehlten nicht.

Der Sinn für das Nützliche und Notwendige herrschte hier wie in jedem rechten Bauernhofe vor. Aber auch der Gemütlichkeit und dem Behagen war Rechnung getragen. Ein schmales Gärtchen, von einem Holzstaket eingehegt, lief um die Süd- und Morgenseite des Wohnhauses. Hier zog die Bäuerin neben Gemüsen und nützlichen Kräutern verschiedene Blumensorten, vor allem solche, die sich durch starken Geruch und auffällige Farben auszeichnen. Und um die Pracht voll zu machen, hatte man auf bunten Stäben leuchtende Glaskugeln angebracht. In der Ecke des Gärtchens stand eine aus Brettern zusammengestellte Holzlaube, die sich im Sommer mit bunt blühenden Bohnenranken bezog. Im Grasgarten standen Obstbäume, von denen einzelne, ihrem Umfange nach zu schließen, an hundert Jahr alt sein mochten.

Die Tür des Wohnhauses war besonders schön hergestellt. Drei glatt behauene steinerne Stufen führten hinauf. Die Pfosten und der Träger waren ebenfalls von Granit. Auf einer Platte, die über der Tür angebracht war, stand folgender Spruch eingegraben:

«Wir bauen alle feste,
und sind doch fremde Gäste,
und wo wir sollen ewig sein,
da bauen wir gar wenig ein!»

Gustav und der Bauer schritten vom Hause, ohne daß einer dem anderen ein Wort gesagt oder einen Wink gegeben hätte, geraden Weges nach dem Pferdestalle; denn hier war der Gegenstand des allgemeinen Interesses untergebracht: eine zweijährige braune Stute, die der Bauer vor kurzem gekauft hatte. Zum dritten oder vierten Male schon besuchte der Unteroffizier, der erst am Abend vorher in der Heimat eingetroffen war, das neue Pferd. Er hatte sich die Stute auch schon ins Freie hinausführen lassen, um ihre Gänge zu beobachten; aber ein Urteil über das Pferd hatte er noch immer nicht abgegeben, obgleich er ganz genau wußte, daß der Alte darauf wartete. Gustav sagte auch jetzt noch nichts, obgleich er prüfend mit der Hand über die Sehnen und Flechsen aller vier Beine gefahren war.

Die Büttners waren darin eigentümliche Käuze. Nichts wurde ihnen schwerer, als sich gegen ihresgleichen offen auszusprechen. Oft wurden so die wichtigsten Dinge wochenlang schweigend herumgetragen. Jeder empfand das als eine Last, aber der Mund blieb versiegelt; bis endlich die eherne Notwendigkeit, oder irgendein Zufall, die Zungen löste. – Es war fast, als schämten sich die Familienmitglieder, untereinander Dinge zu besprechen, die sie jedem Fremden gegenüber offener und leichteren Herzens geäußert haben würden. Vielleicht, weil jedes die innersten Regungen und Stimmungen des Blutsverwandten zu genau kannte und seine eigenen Gefühle wiederum von ihm gekannt wußte.

Vater und Sohn traten, nachdem man das Pferd genügend geklopft und gestreichelt und ihm die Streu frisch aufgeschüttelt hatte, wieder auf den Hof hinaus. Hier verweilte Gustav nicht erst lange. Es hatte sich in der Wirtschaft sonst nichts weiter verändert, seit er das letzte Mal auf Urlaub gewesen war. Die neu aufgestellten Ferkel und die angebundenen Kälber hatte er schon vor der Kirche mit der Bäuerin besehen. Man schritt nunmehr unverweilt zum Hofe hinaus.

Das Gut bestand aus einem langen schmalen Streifen, der vom Dorfe nach dem Walde hinauslief. Am unteren Ende lag das Gehöft. Im Walde, der zu dem Bauerngute gehörte, entsprang ein Wässerchen, das mit ziemlich starkem Gefälle zum Dorfbach hinabeilte. An diesem Bächlein lagen die Wiesen des Büttnerschen Grundstückes. Zwischen den Feldern zog sich der breite Wirtschaftsweg des Bauerngutes, mit alten, tief eingefahrenen Gleisen, holperig und an vielen Stellen von Rasen überwachsen, vom Gehöft nach dem Walde hinauf.

Vater und Sohn gingen langsam, jeder auf einer Seite des Weges, für sich. Heute konnte man sich Zeit nehmen, heute gab es keine Arbeit. Gesprochen wurde nichts, weil einer vom andern erwartete, daß er zuerst etwas sagen solle. Bei den einzelnen Schlägen blieb der alte Bauer stehen und blickte den Sohn von der Seite an, das Urteil des jungen Mannes herausfordernd.

Gustav war nicht etwa gleichgültig gegen das, was er sah. Er war auf dem Lande geboren und aufgewachsen. Er liebte den väterlichen Besitz, von dem er jeden Fußbreit kannte. Der Bauer hatte die Hilfe des jüngeren Sohnes in der Wirtschaft all die Zeit über, wo Gustav bei der Truppe war, aufs empfindlichste vermißt.

Karl, der eigentliche Anerbe des Gutes und Hofes, war nicht halb soviel wert, als Arbeiter und Landwirt, wie der jüngere Sohn.

Sie hatten bereits mehrere Stücke betrachtet, da blieb der Bauer vor einem Kleeschlage stehen. Er wies auf das Stück, das mit dichtem dunkelgrünen Rotklee bestanden war.

«Sicken Klee hat's weit und breit kenen. – Haa! – In Halbenau hoat noch kee Bauer su an Klee gebrocht. Und der hoat in Haber gestanda. – Haa! – Do kann sich in April schun der Hoase drinne verstacken, in dan Klee!» –

Er stand da, breitbeinig, die Hände auf dem Rücken, und sein altes, ehrliches, rotes Bauerngesicht strahlte vor Stolz. Der Sohn tat ihm den Gefallen zu erklären, daß er besseren Klee zu Ostern auch noch nicht gesehen habe.

Nachdem man sich genügsam an dieser Pracht geweidet, ging's langsam auf dem Wirtschaftswege weiter. Nun war das Schweigen einmal gebrochen, und Gustav fing an zu erzählen. Im Manöver und bei Felddienstübungen war er viel herumgekommen im Lande. Er hatte die Augen offen gehalten und sich gut gemerkt, was er anderwärts gesehen und kennengelernt von neuen Dingen. Der alte Bauer bekam von allerhand zweckmäßigen Maschinen und Einrichtungen zu hören, die ihm der Sohn zu beschreiben versuchte. «Bei Leiba, bei Leiba!» rief er, ein über das andere Mal, erstaunt aus. Die Berichte des Sohnes klangen ihm geradezu unglaublich. Besonders daß es jetzt eine Maschine geben solle, welche die Garben bände, das wollte ihm nicht in den Sinn. Sämaschinen, Dreschmaschinen, das konnte er ja glauben, die hatte er auch schon selbst wohl gesehen, aber eine Maschine, welche die Garben raffte und band! «Da mechte am Ende ener och a Ding erfinden, das de Apern stackt oder de Kihe vun selber melken tut. Ne, das glob'ch ne! – Dernoa, wenn's suweit käma, da kennten mir Pauern glei gonz eipacken; 's is su schun schlimm genuche mit a Pauern bestellt. Dar Edelmann schind uns, und dar Händler zwickt uns; wenn och noch de Maschinen, und se wullen alles besurgen, dernoa sein mir Pauern glei ganz hin!» –

Gustav lächelte dazu. Er hatte in den letzten Jahren doch manches bäurische Vorurteil abgestreift. Er versuchte es, den Vater zu überzeugen, daß das mit den neuen Erfindungen doch nicht ganz so schlimm sei; im Gegenteil, man müsse dergleichen anwenden und nutzbar zu machen suchen. Der Alte blieb bei seiner Rede. Zwar hörte er dem Jungen ganz gern zu; Gustavs lebhafte und gewandte Art, sich auszudrücken, die er sich in der Stadt angeeignet, machte ihm, der selbst nie die Worte setzen gelernt hatte, im stillen Freude und schmeichelte seinem väterlichen Stolze, aber von seiner ursprünglichen Ansicht ging er nicht ab. Das war alles nichts für den Bauern. Solche Neuerungen waren höchstens dazu erfunden, den Landmann zu verderben. –

Sie waren unter solchen Gesprächen an den Wald gelangt. Hier lief die Flur in eine sumpfige Wiese aus, die in unordentlichen Niederwald überging. Dahinter erhoben sich einzelne Kiefern, untermengt mit Wacholdersträuchern, Ginster und Brombeergestrüpp. Der Boden, durch die jährliche Streunutzung völlig entwertet, war nicht mehr imstande, einen gesunden Baumwuchs hervorzubringen. Der

Büttnerbauer war, wie die meisten seines Standes, ein schlechter Waldheger.

Der alte Mann wollte nunmehr umkehren. Aber Gustav verlangte noch das «Büschelgewände» zu sehen, da sie einmal soweit draußen seien. Diese Parzelle hatte der Vater des jetzigen Besitzers angekauft und dem Gute einverleibt.

Der Bauer zeigte wenig Lust, den Sohn dieses Stück sehen zu lassen, und mit gutem Grunde. Das Stück lag brach, allerhand Unkraut machte sich darauf breit. Der Bauer schämte sich dessen.

«Was habt Ihr denn dort stehen heuer?» fragte Gustav völlig arglos.

«Ne viel Gescheits! Dar Busch dämmt's Feld zu sihre, und a Zeter-Rehe san och allendchen druffe; da kann duch nischt ne gruß warn.»

Er verschwieg dabei, daß dieses Gewände seit anderthalb Jahren nicht Pflug und nicht Egge gesehen hatte.

«Will denn der Graf immer noch unsern Wald kofen?» fragte Gustav.

Der Büttnerbauer bekam einen roten Kopf bei dieser Frage.

«Ich sullte an Buusch verkofen!» rief er. «Ne, bei meinen Labzeiten wird suwas ne! 's Gutt bleibt zusommde!» Die Zornader war ihm geschwollen, er sprach heiser.

«Ich meente ock, Vater!» sagte Gustav beschwichtigend. «Uns nutzt der Busch doch nich viel.»

Der Büttnerbauer machte Halt und wandte sich nach dem Walde zu. «Ich verkofe och nich an Fußbreit von Gutte, ich ne! Macht Ihr hernachen, wos der wullt, wenn'ch war tud sein.Vun mir kriegt dar Graf dan Buusch ne! Und wenn er mir nuch su vill läßt bietan. Meenen Buusch kriegt ar ne!» Der Alte ballte die Fäuste, spuckte aus und wandte dem Walde den Rücken zu.

Gustav schwieg wohlweislich. Er hatte den Vater da an einer wunden Stelle berührt. Der Besitzer der benachbarten Herrschaft hatte dem alten Bauer bereits mehr als einmal nahelegen lassen, ihm seinen Wald zu verkaufen. Solche Ankäufe waren in Halbenau und Umgegend nichts Seltenes. Die Herrschaft Saland, die größte weit und breit, ursprünglich nur ein Rittergut, war durch die Regulierung und die Gemeinheitsteilung und später durch Ankauf von Bauerland zu ihrer jetzigen Größe angewachsen. Das Büttnersche Bauerngut lag bereits von drei Seiten umklammert von herrschaftlichem Besitz. Der Büttnerbauer sah mit wachsender Besorgnis dem immer weiteren Vordringen des mächtigen Nachbarn zu. Seine Ohnmacht hatte allmählich eine grimmige Wut in ihm erzeugt gegen alles, was mit der Herrschaft Saland in Zusammenhang stand. Verschärft war seine Gehässigkeit noch worden, seit er bei einem Konflikte, den er mit der Herrschaft wegen Übertritts des Dammwildes auf seine Felder gehabt, in der Wildschadenersatzklage abschlägig beschieden worden war.

Man schritt den Wiesenpfad hinab, am Bache entlang. Von rechts und links, von den höher gelegenen Feldstücken, drückte das Wasser nach der Bachmulde zu. Das dunkle, allzu üppige Grün verriet die Feuchtigkeit einzelner Flecken. Es gab Stellen, wo der Boden unter dem Tritt des Fußes erzitterte und nachzugeben schien. Der ganze Wiesengrund war versumpft.

Gustav meinte, daß hier Drainage angezeigt sei.

«Wu sullt ak daderzut 's Geld rauskumma, un de Zeit!» rief der Büttnerbauer. «Mir warn a su och schunsten ne fertg! Unserens kann'ch mit su was duch ne abgahn. Drainirchen, das is ganz scheen und ganz gutt for an Rittergutsbesitzer, oder anen Ökonomen; aber a Pauer ...»

Er vollendete seine Rede nicht, verfiel in Nachdenken. Die ganze Zeit über hatte er etwas auf dem Herzen, dem Sohne gegenüber, aber er scheute das unumwundene Geständnis.

«Es mechten eben a poar Fausten mehr sein, für's Gutt!» sagte er schließlich. «Mir sein zu wing Mannsen, Karle und ich, mir zwee alleene. Die Weibsen täten schun zulanga; aber dos federt ne su: Weiberarbeit. Mir zwee, Karle und ich, mir wern de Arbeit ne Herre. A dritter mechte hier sein!» –

Gustav wußte nun schon, worauf der Alte hinaus wollte. Es war die alte Geschichte. Daß er dem Vater fehle bei der Arbeit, wollte er schon glauben. Denn Karl war ja doch nicht zu vergleichen mit ihm, in keiner Weise, das wußte der selbstbewußte junge Mann recht gut. – Der Vater klagte ja nicht zum ersten Male, daß die Wirtschaft zurückgehe, seit Gustav bei der Truppe sei. Aber das konnte nichts helfen, Gustav war nicht gesonnen, die Tressen aufzugeben für die Stellung eines Knechtes auf dem väterlichen Hofe. Ja, wenn's noch für eigene Rechnung gewesen wäre! Aber für die Familie sich abschinden, für Eltern, Bruder und Schwestern. Für ihn selbst sprang ja dabei gar nichts heraus. Das Gut erbte ja einstmals nicht er, sondern Karl. –

Er erwiderte daher auf die Klage des Vaters in kühlem Tone: «Nehmt Euch doch einen Knecht an, Vater!»

Der Alte blieb stehen und rief mit heftigen Armbewegungen: «An Knacht! Ich sull mer an Knacht onnahma? Ich mecht ock wissen, wu dar rauswachsen sillte. Achzig Toler kriegt a su a Knacht jetzt im Juhre, und's Frassen obendrein. Und do mechte och noch a Weihnachten sen, und a Ernteschеffel. Mir hon a su schun zu vills Mäuler zu stopfa, hon mir! Wusu kann ich denne, und ich kennte mer an Knacht halen! – Ne, hier mechte ener har, dar zur Familie geherte, dan wer keenen Lohn ne brauchten zahla. So ener mechte hier sen!»

Der Unteroffizier zuckte die Achseln, und der Vater sagte nichts weiter. Der Rückweg wurde schweigend zurückgelegt. In dem Gesichte des Alten zuckte und witterte es, als führe er das Gespräch innerlich weiter. Ehe sie das Haus betraten, hielt er den Sohn am Arme fest und sagte ihm ins Ohr: «Ich will der amal a Briefel weisen, Gustav, das'ch gekriegt ha'. Komm mit mer ei de Stube!» –

Der Büttnerbauer ging voraus in die Wohnstube. Außer der alten Bäuerin war hier nur die Schwiegertochter anwesend. Therese schaukelte ihr Jüngstes, das in einem durch zwei Stricke am Mittelbalken der Holzdecke befestigten Korbe lag, hin und her. Der Bauer begann in einem Schubfache zu kramen. «Woas suchst de denne, Büttner?» fragte die Bäuerin. «'s Briefel von Karl Leberechten.»

«Dos ha'ch verstackt!» rief die alte Frau, und kam aus ihrer Ecke hervorgehumpelt. «Wart ack, wart!» Sie suchte auf der Kommode, dort lag in einem Schächtelchen ein Schlüssel, mit diesem Schlüssel ging sie zum Spind, schloß es auf und entnahm dem obersten Brett ein altes Buch mit vielen Einlagen und Buchzeichen. In dem Buche blätterte sie eine Weile, bis sie endlich auf das gesuchte Schreiben kam. «Doe is er!»

Der Büttnerbauer berührte den Brief wie alles Geschriebene mit besonderer Vorsicht, ja mit einer Art von Scheu. Dann schob er ihn dem Sohne hin: «Lase a mal dos, Gustav!»

Der Briefbogen hatte großes Quartformat und trug rechts oben eine Firma: «C. G. Büttner, Materialwarenhandlung *en gros & en detail.*» Folgte die Ortsbezeichnung.

Gustav sah nach der Unterschrift. Sein eigener Name stand darunter: Gustav Büttner. Der Briefschreiber war demnach sein ihm gleichaltriger Vetter, Kompagnon im Geschäfte des alten Karl Leberecht Büttner. Gustav hatte Onkel und Vetter ein einziges Mal gesehen in seinem Leben, als sie vor Jahren dem Heimatdorfe einen flüchtigen Besuch von der Stadt aus abgestattet.

Dieser Karl Leberecht war ein um wenige Jahre jüngerer Bruder des Büttnerbauern. Er hatte Halbenau frühzeitig verlassen, als ein großer Tunichtgut. Jahrelang war nichts von ihm verlautet. Dann tauchte er plötzlich als verheirateter Mann und Inhaber eines Grünwarengeschäftes in einer mittelgroßen Stadt der Provinz auf. Inzwischen hatte sich sein Geschäft zur «Materialwarenhandlung *en gros & en detail*» ausgewachsen.

Die beiden Familien, die eine in der Stadt, die andere auf dem Dorfe, hatten so gut wie gar keine Berührungspunkte mehr. Nur bei der Erbschaftsregulierung, vor nunmehr dreißig Jahren, war man einander auf kurze Frist wieder einmal näher getreten. In den letzten Jahrzehnten hatte man nur ganz gelegentlich etwas voneinander gesehen oder gehört.

G. Büttner jun. also schrieb im Namen seines Vaters, daß man die Hypothek, welche von der Erbteilung her noch auf dem Büttnerschen Bauerngute in Halbenau stand, hiermit kündige und daß man den Eigentümer besagten Bauerngutes ersuche, Zahlung zum Johannitermine zu leisten. Als Grund der Kündigung war Erweiterung des Geschäftes angegeben.

Der Brief war durchaus in geschäftlichem Stile gehalten und enthielt nichts, was darauf hindeutete, daß Schreiber und Empfänger in naher Blutsverwandtschaft standen.

Vater und Mutter hielten sich hinter dem Sohne, während er las, und blickten ihm über die Schulter.

«Habt Ihr schon was derzu getan, Vater?» meinte Gustav, als er fertig war mit lesen.

«Wie meenst de?» fragte der Alte und sah ihn verständnislos an.

«Ob Ihr schon derzu getan habt, wegen an Gelde? Am ersten Juli müßt Ihr zahlen.»

«Siehst de, Moann!» rief die Bäuerin. «Ich ho dersch immer gesoit, de mechtest federn und nach an Galde sahn.»

«Ich bin o schun, und ich ha mich befrogt im a Gald. Bei Kaschelernsten bi'ch gewast; der spricht, ar wullt mersch ack gahn, wenn'ch 'n sechsdehalb Prozent versprechen täte.»

«Das sieht dem Kujon ähnlich!» rief Gustav. Sein Onkel Kaschel war der Inhaber des Kretschams von Halbenau. Er war Witwer, ehemals mit einer Schwester des Büttnerbauern verheiratet. Er galt in Halbenau, wo Bargeld ziemlich rar war, für den ersten Kapitalisten.

«Da mechte aber bald Rat werden», sagte Gustav nachdenklich. «Sonst werdet Ihr verklagt, Vater!»

«Mei Heiland! Siehste's Moann!» rief die Bäuerin. «Ich ho's schun immer gesoit iber den Pauer: mir wern noch gepfändt ho'ch ibern gesoit, de werscht's derlaben, Traugott!»

«Nu dos gleb 'ch do ne von Karl Leberechten!» meinte der Alte; aber sein unsicherer Blick zeigte, daß ihm nicht ganz geheuer zumute sei.

«Die werden wohl nich lange fackeln!» meinte Gustav.

«Siehste, Traugott, siehste! Gustav meent och su!» rief die Bäuerin. «Su is er aber nu der Vater. Er bedenkt sich, und er bedenkt sich, und er tut nischt derzu. Er werd's nuch suweit bringa, daß se 'n 's Gut wagnahmen kumma.»

Der Büttnerbauer warf seiner Ehehälfte einen finsteren Blick zu. Das Wort hatte ihn getroffen. «Halt de Fresse, Frau!» rief er ihr zu. «Was verstiehst denn du vun a Geschäften!»

Die Bäuerin schien mehr betrübt als beleidigt über diese Worte des Gatten. Sie zog sich schweigend in ihre Ecke zurück. Gustav überlegte eine Weile, welchen Rat er seinem Vater geben solle. Einen Augenblick dachte er daran, dem Vater abermals vorzuschlagen, daß er seinen Wald an die Herrschaft verkaufen möchte. Aber dann fiel ihm ein, wie dieser Vorschlag den Alten vorhin erbost hatte. Er kannte seinen Vater, den hatte noch niemals jemand von seiner Ansicht abgebracht.

«Ich weiß keenen andern Rat, Vater», sagte er schließlich. «Ihr müßt in de Stadt. Hier weit und breit is doch keen Mensch mit Gelde, außer Kaschelernsten. In der Stadt, dächt'ch, müßte doch Geld zu bekommen sein.»

«Das ho'ch och schun gedacht!» meinte der Büttnerbauer mit nachdenklicher Miene.

Es trat ein langes Schweigen ein. Man hörte nur das leichte Knarren der Stricke in den Haken und das Knistern des Korbes, in welchem Therese den Säugling hin und her schaukelte. –

Jetzt traten die beiden Mädchen ins Zimmer. Toni war im vollen Staate. Ihre üppigen Formen waren in ein Kleid von greller, blauer Farbe gezwängt, das vorn etwas zu kurz geraten war, und so die plumpen, schwarzen Schuhe sehen ließ. An ihrem Halse blitzte eine Brosche von buntem Glase. Ihr blondes Haar hatte sie stark pomadisiert, so daß es streifenweise ganz braun aussah. Offenbar war sie sehr stolz über den Erfolg ihrer Toilettenkünste. Steif und gezwungen, als sei sie von Holz, bewegte sie sich. Denn die Zugschuhe, der Halskragen und das Korsett waren ihr ungewohnte Dinge. Sie ging einher wie eine Puppe.

Gustav, der in der Stadt seinen Geschmack gebildet hatte, belächelte die Schwester. Heute Abend sei Tanz im Kretscham, berichtete Toni dem Bruder. Sie hoffte, daß er sie dahin begleiten würde, darum hatte sie sich auch so besonders herausgeputzt, um vor seinem verwöhnten Auge zu bestehen. – Der alte Bauer, der allen Putz und unnützen Tand nicht leiden mochte, brummte etwas von «Pfingstuchse»! Aber die Bäuerin nahm die Tochter in Schutz. Am Sonntage wolle solch ein Mädel auch einmal einen Spaß haben, wenn sie sich wochentags abgerackert habe im Stalle, Hause und auf dem Felde.

Das Abendbrot wurde zeitiger anberaumt, damit die Kinder nichts von dem Vergnügen versäumen sollten.

Gustav begleitete die Schwester zum Kretscham. Unterwegs erzählte ihm Toni, daß Ottilie, die Tochter Kaschelernsts, des Kretschamwirtes, in den letzten Tagen wiederholt und zuletzt heute früh in der Kirche gefragt habe, ob Gustav nicht zum Tanze in den Kretscham kommen werde. Der Unteroffizier konnte sich eines Lachens nicht enthalten, sobald er nur die Cousine erwähnen hörte. Ottilie Kaschel war um einige Jahre älter als er, aber, als die Tochter Kaschelernsts, wohl die beste Partie von Halbenau. Gustav hatte sich in früheren Zeiten gelegentlich sein Späßchen mit ihr erlaubt; er wußte ganz gut, daß sie ihn gern mochte, aber der Gedanke an ihre Erscheinung machte ihn lachen. Sie hatten ein Pferd bei der Schwadron, einen alten Schimmel: die «Harmonika», dürr, überbaut, mit Senkrücken; an den erinnerte ihn seine Cousine Ottilie.

Gustav ließ die Schwester allein in den Kretscham treten. Er sagte, er werde nachkommen. Oben im Saale glänzten schon die Fenster, das Schmettern der Blechmusik, untermischt mit dem dumpfen Stampfen und Schleifen der Tänzer, drang auf die Straße hinaus.

Gustav lockte das nicht; ihn erwarteten heute Abend ganz andere Freuden.

Auf Seitenpfaden, zwischen Gärten und Häusern hin, schlich er sich durch die Nacht. Um nicht angesprochen zu werden, stieg er, als ihm ein Trupp junger Leute entgegenkam, über einen Zaun.

Bei Katschners Pauline brannte ein Lämpchen. Sie wartete auf ihn. Sie hatten nichts verabredet heute früh, und doch wußten beide, was der Abend bringen würde.

Er klopfte vorsichtig an ihr Fenster. Da wurde auch schon der Vorhang zurückgeschoben. Eine weiße Gestalt erschien für einen Augenblick hinter den Scheiben. Ein kleines Schiebefensterchen öffnete sich. «De Tiere is uff, Gustav! Mach keenen Lärm, de Mutter is derheme.»

Der Unteroffizier zog sich die Stiefeln aus und reichte sie wortlos dem Mädchen zum Fenster hinein. Dann schlich er sich, mit den Bewegungen einer Katze, durch die niedere Tür in das Häuschen. Gleich darauf verlöschte das Licht in Paulinens Zimmer.

3

Einige Tage später fuhr der Büttnerbauer im korbgeflochtenen Kälberwägelchen durchs Dorf. Er saß ganz vorn im Wagen, so daß er den Pferdeschwanz beinahe mit den Füßen berührte, auf einem Gebund Heu, hinter ihm lagen eine Anzahl gefüllter Säcke.

Er hatte sich rasiert, was er sonst nur am Sonnabend Abend tat, er trug ein reines Hemd, den schwarzen Rock und einen flachen Filzhut – sichere Wahrzeichen, daß es nach der Stadt ging.

Als er am Kretscham von Halbenau vorbeikam, stand dort sein Schwager, Ernst Kaschel, in der Tür, Zipfelmütze auf dem Kopfe, die Hände unter der Schürze, in der echten Gastwirtspositur.

Der Bauer stellte sich, als sähe er den Gatten seiner verstorbenen Schwester nicht, blickte vielmehr steif gradeaus auf die Landstraße, während er sich dem Kretscham näherte, und gab dem Rappen die Peitschenschmitze zu fühlen, damit er sich in Trab setzen solle.

Der Büttnerbauer war seinem Schwager Kaschel niemals grün gewesen. Das gespannte Verhältnis zwischen den Verwandten stammte von der Erbauseinandersetzung her, die der Bauer nach dem Tode des Vaters mit seinen Geschwistern gehabt hatte.

Aber der Gastwirt ließ den Schwager nicht unangeredet vorüberfahren. «Guntago Traugott!» rief er dem Bauer zu. Und als dieser auf den Gruß nicht zeichnete, sprang der kleine Mann behende die Stufen vom Kretscham auf die Straße hinab, trotz seiner Holzpantoffeln und lief auf das Gefährt zu. «Holt a mal Traugott! Ich ha mit dir zu raden. –»

Der Bauer brachte das alte Tier, das, wenn einmal im Schusse, schwer zu parieren war, durch ein paarmaliges kräftiges Anziehen der Zügel endlich zum Stehen, und fragte mit wenig erfreuter Miene, was «zum Schwerenschock» jener von ihm wolle.

Der Kretschamwirt lachte; es war dies eine von Ernst Kaschels Eigentümlichkeiten, in allen Lebenslagen zu grinsen. Es gab ihm das etwas Verlegenes, ja geradezu Törichtes und Tölpelhaftes – jedenfalls, hatte es der Mann, trotz dieser Eigenheit, in seinem Leben zu einer gewissen Macht über seine Mitmenschen gebracht. –

Kaschelernst, wie er meist genannt wurde, verzog also sein kleines bartloses Gesicht zu einem Grinsen und fragte, statt zu antworten: «Hast de's denne so eilig, Traugott! Ich wollt' ack froin, wu de su frih an Tage schun hin wolltest?»

«Ei de Stadt, Hafer verkofen», erwiderte Büttner, ärgerlich über den Aufenthalt, und über das verhaßte Lächeln des Schwagers, dessen wahren Sinn er am eigenen Leibe oft genug erfahren hatte. Schon hob er die Peitsche, um den Rappen von neuem anzutreiben. Aber der Wirt hatte das Pferd inzwischen am Kehlriemen gefaßt und kraute es in den Nüstern, so daß der Bauer, wäre er jetzt losgefahren, den Schwager höchst wahrscheinlich über den Haufen gerannt hätte.

Kaschelernst war ein kleines, hiefriges Männchen mit rötlich glänzendem, dabei magerem Gesicht. Den feuchten schwimmenden Augen konnte man die Liebhaberei des Wirtes für die Getränke ansehen, die er selbst verschänkte. Mit dem kahlen spitzen Kopfe, dem fliehenden Kinn und dem Rest von vorspringenden Zähnen in dem bartlosen Munde sah er einer alten Ratte nicht unähnlich. Seine Glatze deckte tagein, tagaus eine gewirkte Zipfelmütze, der Leib war in die Wirtsschürze eingeschnallt, an den Füßen trug er blaue Strümpfe, in denen die Beinkleider verschwanden.

Er ließ ein «Ho, Alter, ho!» vernehmen – was dem Pferde galt – dann wandte er sich mit blödem Lachen an seinen Schwager: «Wo in drei Teifels Namen nimmst denn du dan Hafer her, zum verkefen, jetzt im Frühjuhre?»

«Mir hon gelt allens zusommde gekroatzt uf'n Schnittboden, 's is'n immer nuch ane Handvell ibrig fir de Pferde. Ich dachte ock, und ich meente, weil er jetzt on Preis hat, dacht'ch, de verkefst'n, ehbs daß er wieder billig wird, dar Hafer.»

«Ich kennte grode a Zentner a zahne gebrauchen», meinte der Gastwirt, «wenn er nich zu huch käme.»

«Der Marktpreis stieht ja im Blattel.»

«An Marktpreis mecht'ch nu grode ne zahlen, wenn'ch 'n vun dir nahme, den Hafer. Du wirst duch an nahen Verwandten ne iberteuern wullen, Traugott.» – Kaschelernst verstand es, ungemein treuherzig dreinzublicken, wenn er wollte.

«Vun wegen der Verwandtschaft!» rief der Büttnerbauer erregt. «Sechsdeholb Prozent von an nahen Verwandten furdern, wenn ersch's Geld nötig hat, das kannst du! – Gih mer aus 'n Wege, ich will furt!»

Kaschelernst ließ den Kopf des Pferdes nicht los, trotz des drohend erhobenen Peitschenstiels. «Ich will der wos sagen, Traugott!» meinte er, «ich ha' mersch iberlegt seit neilich, wegen der Hypothek von Karl Leberechten. Ich will dersch Geld mit finf Prozent burgen. Ich will's machen, ock weil du's bist, Traugott! Du brauchst's am Ende netig. Ich ha' mersch iberlegt; ich will dersch gahn, mit finf Prozent.»

Der Bauer blickte seinen Schwager mißtrauisch an. Was hatte denn den auf einmal so umgestimmt? Neulich hatte er noch sechs und ein halb Prozent verlangt, und keinen Pfennig darunter, wenn er die Hypothek, die dem Büttnerbauer von seinem Bruder Karl Leberecht gekündigt worden war, übernehmen solle. Daß Kaschelernst ihm nichts zuliebe tun werde, wußte der Bauer nur zu genau. Andererseits lockte das Anerbieten. Fünf Prozent für die Hypothek. – Es war immer noch Geld genug! Vielleicht bekam man's doch noch um ein halb Prozent billiger in der Stadt. Überhaupt war es vielleicht besser, sich mit Kaschel nicht weiter einzulassen; er besaß ja sowieso weiter oben noch eine Hypothek auf dem Bauerngute eingetragen, und leider hatte er ja auch überdies Forderungen.

«No, wie is!» mahnte Kaschelernst den Überlegenden. «Sein mir eenig? Finf Prozent!»

«Mir worsch aben racht, wenn'ch 's Geld glei kriegen kennte.»

«'s Geld is da! Ich ha's huben liegen. Da kannst's glei mitnahmen, Traugott, uf de Post, wenn de Karl Leberechten auszahlen willst. Also, wie is, sein mer eenig?»

Der Bauer simulierte noch eine ganze Weile. Er mißtraute der Sache. Irgendwo war da eine Hintertür, die er noch nicht sah. Wenn Kaschelernst die Miene des Biedermanns aufsetzte, da konnte man sicher sein, daß er einen begaunern wollte. «Du soist, du hätt'st's Geld da liegen; soist du?»

«Tausend Taler und drüber! Se liegen bei mer im feuersicheren Schranke. Willst se sahn, Traugott?»

«Also finf Prozent! Kannst de 's ne drunger macha?»

«Ne, drunger gar ne! Und ees wollt'ch der glei noch sagen, Traugott, bei der Gelegenheit: für meine eegne Hypothek, die'ch von deiner Schwester geerbt ha', dos wullt'ch der glei noch sagen: da mecht'ch von Michaelis an och finf Prozent han, viere dos is mer zu wing, verstiehst de!»

«Du bist wuhl verrickt!»

«Finf Prozent für beide Hypotheken! Hernachen sollst du's Geld han. Anderscher wird keen Geschäft ne, Traugott!»

Jetzt riß dem Büttnerbauer die Geduld.

Er hob die Peitsche und schlug auf das Pferd. Der Gastwirt, erkennend, daß es diesmal ernst sei, hatte gerade noch Zeit, beiseite zu springen. Der Rappe bockte erst ein paar mal, ob der unerwarteten Schläge, dann zog er an. Kirschrot im Gesicht wandte sich der Bauer nach seinem Schwager um und drohte unter wilden Schimpfreden. Dabei ging das Geschirr in Bogenlinien von einer Seite der Straße auf die andere und drohte in den Graben zu stürzen, weil der Bauer in seiner Wut abwechselnd an der Hotte- und an der Hüsteleine riß.

Der Kretschamwirt stand mitten auf der Straße und sah dem davoneilenden Gefährte nach, sich die Seiten vor Lachen haltend. Er sprang vor Vergnügen von einem Bein auf das andere, kicherte und schnappte nach Luft. Sein Sohn Richard, ein sechzehnjähriger Schlacks, hatte die Verhandlungen zwischen Vater und Onkel vom Gaststubenfenster aus neugierig verfolgt. Jetzt, da er den Büttnerbauer erregt abfahren sah, kam er heraus zum Vater, um zu erfahren, was eigentlich vorgegangen sei. Kaschelernst, dem die Augen übergingen, konnte seinem Sohn vor Lachen kaum etwas erzählen.

Der Büttnerbauer machte seinem Ärger noch eine geraume Weile durch Flüche Luft. Am meisten ärgerte er sich über sich selbst, daß er sich abermals hatte verführen lassen, mit seinem Schwager Kaschel zu sprechen. Als ob jemals ein Mensch mit diesem «Würgebund» etwas zu tun gehabt hätte, ohne von ihm übers Ohr gehauen worden zu sein. Der war ja so ein «gerissener Hund», mit seinem blöden Lachen. Als ob er nicht bis drei zählen könne, so konnte dieser Lump sich anstellen, und gerade damit fing er die meisten Gimpel.

Als Kaschelernst ins Dorf gekommen war vor Jahren, hatte er nicht einen roten Heller sein eigen genannt, und jetzt war er der anerkannt reichste Mann in Halbenau. Der Kretscham, zu welchem ein nicht unbedeutendes Feldgrundstück gehörte, war sein eigen. Er hatte einen Tanzsaal mit großen Fenstern eingebaut, zwei Kegelbahnen und einen Schießstand angelegt. Außer dem Schnaps- und Bierausschank betrieb er den Kleinkram, gelegentlich auch Fleischerei und Getreidehandel. Alles gedieh ihm. Auch Landverkäufe vermittelte er. Man munkelte allerhand, daß er seine Hand im Spiele gehabt, bei Güterzerschlagungen, wie sie in der letzten Zeit nicht selten in und um Halbenau stattgefunden hatten. Mit den Händlern, Maklern und Agenten der Stadt stand er in regem Verkehr; kaum eine Woche verging, wo nicht einer von dieser Zunft im Kretscham von Halbenau abgestiegen wäre.

Und zu denken, daß dieser Mensch alles das nur dadurch erreicht hatte, daß er eine Tochter aus dem Büttnerschen Gute geheiratet! –

Der alte Bauer gab sich trüben Gedanken hin, nachdem der erste Ärger verflogen war. Wie war das alles nur so über ihn und seine Familie gekommen! – Es war doch keine Gerechtigkeit in der Welt! Der Pastor mochte von der Kanzel herab sagen, was er wollte: die schlechten Menschen fänden schon hier auf Erden ihre Strafe und die guten ihren Lohn; für ihn und die Seinen stimmte das nicht. Da war es eher umgekehrt. – Es gab keine Gerechtigkeit auf der Welt!

Das Büttnersche Gut war eine der ältesten spannfähigen Stellen im Orte. Es war, wie die Kirchenbuchnachrichten auswiesen, stets mit Leuten dieses Namens besetzt gewesen. Lange vor dem großen Kriege schon hatten die Büttners dem Dorfe mehrere Schulzen geschenkt. Und unter den alten Grabsteinen auf dem Kirchhofe war mancher, der diesen Namen aufwies.

Während des dreißigjährigen Krieges, wo Halbenau und Umgegend mehrfach arg mitgenommen wurden, war mit dem «großen Sterben» auch die Büttnersche Familie bis auf vier Augen ausgestorben. Seitdem gab es nur noch diesen einen Zweig in Halbenau. Nicht daß es der Familie an Nachwuchs gefehlt hätte! Aber entweder heirateten die jüngeren Söhne nicht, oder wenn sie eigene Familien begründet hatten, blieben sie doch mit Frau und Kind auf dem Hofe ihrer Väter, halfen bei der Bestellung und arbeiteten die Frondienste für den Grundherrn ab. Die Kinder mußten, wie üblich, der Gutsherrschaft zum Zwangsgesindedienst angeboten werden. Man befand sich ja nicht auf eigenem Grund und Boden; der Gutsherr hatte die Obrigkeit und besaß Verfügungsrecht über Land und Leib seiner Untertanen. Aber die besondere Stellung der Büttnerschen Familie, ihre Tüchtigkeit und Nützlichkeit war auch vonseiten der Gutsherrschaft respektiert worden. Niemals war einer aus diesem Gute, wie es in der Zeit der Erbuntertänigkeit den Bauern nicht selten zu geschehen pflegte, in eine geringere Stelle versetzt worden. Man leistete durch Spanndienste und Handdienste der Herrschaft ab, was man ihr schuldig war. Großen Wohlstand hatte man dabei nicht sammeln können; dazu war auch die Kopfzahl der Familie meist zu stark gewesen und der Boden zu ärmlich. Aber man hatte nichts eingebüßt an Land und Kraft in den Zeiten der Hörigkeit, die nur zu viele Bauern herabgedrückt hat zur Unselbständigkeit und Stumpfheit des abhängigen Subjekts. Und der Hausverband, die Zusammengehörigkeit der Familie war gewahrt worden.

Unter dem Großvater des jetzigen Besitzers trat die Bauernbefreiung in Kraft. Die Erbuntertänigkeit wurde aufgehoben, alle Fronden abgelöst. Bei der Regulierung verlor das Bauerngut ein volles Dritteil seiner Fläche an die Herrschaft.

In dem Vater des jetzigen Büttnerbauern erreichte die Familie einen gewissen Gipfelpunkt. Er war ein rühriger Mann, und es gelang ihm, sich durch Fleiß und Umsicht, begünstigt durch gute Jahre, zu einiger Wohlhabenheit emporzuarbeiten. Durch einen günstigen Kauf verstand er es sogar, den Umfang des Gutes wieder zu vergrößern. Vor allem aber legte er das erworbene Geld in praktischen und bleibenden Verbesserungen des Grund und Bodens an.

Es war kein kleines Stück für den Mann, sich dem Vordringen des benachbarten Rittergutes gegenüber, das sich durch Ankauf von kleineren und größeren Parzellen im Laufe der Jahre zu einer Herrschaft von stattlichem Umfange erweitert hatte, als selbständiger Bauer zu erhalten. Unter diesem Besitzer war die Familie, dem Zuge der Zeit folgend, in alle Windrichtungen auseinandergeflogen. Nur der älteste Sohn, Traugott, war als zukünftiger Erbe auf dem väterlichen Hofe geblieben. Als der alte Mann ziemlich plötzlich durch Schlagfluß starb, fand sich kein Testament vor. Als echtem Bauern war ihm alles Schreibwesen von Grund der Seele verhaßt gewesen. Gegen Gerichte und Advokaten hatte er ein tiefeingefleischtes Mißtrauen gehegt. Zudem war der Alte einer von denen, die sich nicht gern daran erinnern ließen, daß sie dieser Welt einmal Valet sagen müssen. Auch schien jede Erbbestimmung unnötig, weil als selbstverständlich angenommen wurde, daß wie seit Menschengedenken auch diesmal wieder der Älteste das Gut erben werde und daß sich die übrigen Geschwister murrlos darein finden würden.

Das kam nun doch etwas anders, als der Verstorbene angenommen hatte.

Es waren fünf Kinder vorhanden und die Witwe des Dahingeschiedenen. Traugott, der Älteste, war durch den Tod des Vaters Familienoberhaupt und Bauer geworden. Der zweite Sohn hatte vor Jahren das Dorf mit der Stadt vertauscht. Ein dritter war auf der Wanderschaft nach Österreich gekommen und dort sitzen geblieben. Außer diesen drei Söhnen waren zwei Töchter da. Die eine war mit dem Kretschamwirt von Halbenau verehelicht, die andere hatte einen Mühlknappen geheiratet, mit dem sie später von Halbenau fortgezogen war.

Im Erbe befand sich nur das Bauerngut mit Gebäuden, Vorräten und Inventar. Das bare Geld war zu Ausstattungen der Töchter und zu Meliorationen verwendet worden.

Der älteste Sohn erklärte sich bereit, das Erbe anzutreten, und die übrigen Erben mit einer geringfügigen Auszahlung abzufinden, wie es der oftmals ausgesprochene Wunsch des Verstorbenen gewesen war. Aber der Alte hatte da mit einer Gesinnung gerechnet, die wohl in seiner Jugend noch die Familie beherrscht hatte: der Gemeinsinn, der aber dem neuen Geschlechte abhanden gekommen war. Zugunsten der Einheitlichkeit des Familienbesitzes wollte keiner der Erben ein Opfer bringen.

Es wurde Taxe verlangt zum Zwecke der Erbregulierung. Als diese nach Ansicht der Pflichtteilsberechtigten zu niedrig ausfiel, focht man die Erbschaftstaxe an und forderte Versteigerung des Gutes.

Der älteste Sohn, der sein ganzes Leben auf dereinstige Übernahme des väterlichen Gutes zugeschnitten hatte, wollte den Besitz um keinen Preis fahren lassen. Er erstand schließlich das Gut zu einem von seinen Geschwistern künstlich in die Höhe geschraubten Preise.

Natürlich war er außerstande, die Erben auszuzahlen. Ihre Erbteile wurden auf das Gut eingetragen; Traugott mußte froh sein, daß man ihm das Geld zu vier Prozent stehen ließ. So saß denn der neue Büttnerbauer auf dem väterlichen Grundstücke, das mit einem Schlage aus einem unbelasteten in ein über und über verschuldetes verwandelt worden war.

Es kamen Kriege, an denen Traugott Büttner teilnahm. Die schlechten und die guten Zeiten wechselten wie Regen und Sonnenschein. Aber die guten Jahre kamen dem Braven nicht recht zustatten, da er nicht kapitalkräftig genug war, um den allgemeinen Aufschwung und die Gunst der Verhältnisse auszubeuten. Die schlechten Jahre dagegen drückten auf ihn wie ein Panzerkleid auf einem schwachen und wunden Leib.

Der Büttnerbauer war freilich nicht der Mann, der sich leicht werfen ließ.

Sein Gut war ausgedehnt, die äußersten Feldmarken lagen in beträchtlicher Entfernung von dem am untersten Ende eines schmalen Landstreifens gelegenen Hofe. Der Boden war leicht und die Ackerkrume von geringer Mächtigkeit. Dazu waren die Witterungsverhältnisse nicht einmal günstige; denn nach Norden und Osten lag das Land offen da, vom Süden und Westen her aber wirkten Höhenzüge ein, Kälte und Feuchtigkeit befördernd und die warme Jahreszeit abkürzend. Der Acker trug daher nur spärlich zu, der Emsigkeit und der rastlosen Anstrengung des Bauern zum Trotze. Die Zinsen verschlangen die Ernten. Die Schulden mehrten sich langsam aber sicher. An Meliorationen konnte man nicht mehr denken. Wenn der Bauer auch hie und da einen Anfang machte, stärker zu düngen, Abzugsgräben baute, an den Gebäuden besserte und flickte oder auch neues Gerät anschaffte, so warfen ihn unvorhergesehne Unglücksfälle: Hagelschlag, Viehseuchen, Erkrankungen, Tod und sonstiges Elend, immer wieder zurück und verdarben ihm seine Arbeit.

Es war der Verzweiflungskampf eines zähen Schwimmers in den Wellen, der sich mit aller Anstrengung gerade nur über Wasser zu erhalten vermag.

In diesem Kampfe war der Büttnerbauer ein Sechziger geworden.

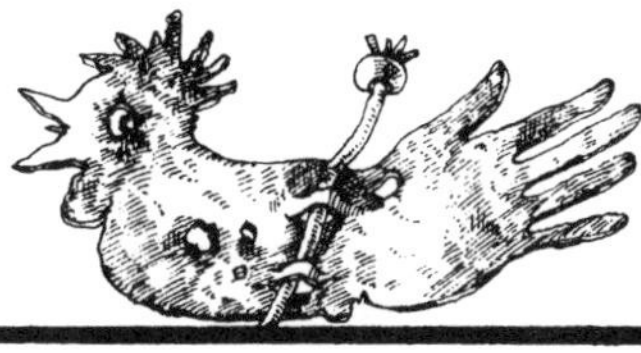

4

Der Büttnerbauer fuhr in der Kreisstadt ein. Er spannte, wie immer, im Gasthofe «Zum mutigen Ritter» aus. Nachdem er seinen Rappen in den Stall geführt und selbst versorgt hatte, begab er sich auf den Markt.

Es war heute der Hauptwochenmarkt. Die Stadt wimmelte daher von Fuhrwerken und Leuten, die vom Lande hereingekommen waren. Der Büttnerbauer war nicht unbekannt; vielfach wurde er von den Kleinhändlern und Handwerkern, die bei offenen Ladentüren in ihren Geschäften standen, angerufen und gebeten, einzutreten. Aber er wollte sich heute nicht beschwatzen lassen zu irgendwelchen Einkäufen. Erst wollte er mit Profit verkaufen, dann würde man weitersehen, ob ein Groschen zu dergleichen übrig sei.

Auf dem Marktplatze gab es eine jedem Eingeweihten wohlbekannte Ecke, wo die Käufe und Verkäufe in Getreide abgeschlossen zu werden pflegten. Als sich der Bauer diesem Flecke näherte, kam ihm einer der Händler sofort mit ausgestreckter Hand entgegen und erkundigte sich nach seinen Wünschen. Dann wurde er in den Kreis der dort versammelten Männer gezogen, man klopfte ihm auf die Schulter und meinte, er habe sich recht lange nicht mehr blicken lassen.

Aber, dieses auffällige Entgegenkommen von Leuten, die er kaum kannte, machte den alten Mann stutzig. Wollte man ihn hier etwa dumm machen? Als man ihn fragte, ob er was zu verkaufen habe, antwortete er vorsichtig und zurückhaltend. Dann ging er von dieser Gruppe weg zu einer anderen. Er wollte sich die Sache scheinbar nur mit ansehen. Die Hände auf dem Rücken hörte er überall ein wenig zu. Die Kauflust war groß, besonders Hafer wurde stark gefragt. Es ward auch manches Geschäft abgeschlossen, nach den Handschlägen zu schließen, die zur Besiegelung jedesmal gegeben wurden.

Nachdem sich der Büttnerbauer eine Weile hier aufgehalten, verließ er den Marktplatz wieder. Es waren ihm allerhand Bedenken gekommen. Bei dieser Art zu handeln, wie sie hier in so lauter und nachlässiger Weise von den Händlern betrieben wurde, schien es ihm auf ein Betrügen des Landmannes herauszukommen.

Heute lag ihm daran, einen möglichst hohen Preis zu erzielen aus seinem Hafer; denn er hatte vor, mit dem Erlös eine Kuh anzukaufen zum Ersatz für eine, die er im Laufe des Winters hatte stechen lassen müssen.

Nun entsann er sich, daß er vorm Jahre in einem Getreidegeschäfte der inneren Stadt für Roggen einen guten Preis bezahlt erhalten hatte. Das Geschäft schickte ihm seitdem vierteljährlich seinen Katalog zu. Erst vor ein paar Tagen noch war ihm ein solcher Prospekt in die Hände gefallen. Die Zahlung der «höchstmöglichen Preise» und die «koulantesten Bedingungen» wurden darin versprochen.

Der Bauer meinte, er könne es mit Samuel Harrassowitz wieder einmal versuchen. War dort nichts zu machen, dann konnte man den Hafer ja immer noch auf dem Markte losschlagen.

Das Geschäft von Harrassowitz lag in einer ziemlich engen Gasse, zu ebener Erde. Man trat zunächst in eine tonnenartige Einfahrt, die in einen gepflasterten Hof ausmündete. Eine Seitentür führte von der Einfahrt aus in das Kontor.

Der Büttnerbauer trat, seinen Hut schon vor der Tür abnehmend, nachdem er angeklopft hatte, ein. Es war ein langer, schmaler Raum, in der Mitte durch einen Ladentisch geteilt, hinter dem mehrere Schreiber auf Drehschemeln an hohen Pulten saßen. Ein junger Mann mit einer Brille sprang von seinem Schemel herab, kam auf den Bauer zu und fragte, was er wünsche. Der Alte meinte, er habe etwas Hafer zu verkaufen. Wieviel es sei, fragte der junge Mensch, die Feder an seinem Ärmel auswischend.

«Sacke a Sticker zahne kennten's schun sein», gab der Büttnerbauer zurück.

Der Jüngling lächelte darauf überlegen und meinte, daß sein Haus sich mit «Detail-Einkäufen» nicht abgebe.

Für den Bauer war die Ausdrucksweise des jungen Herrn unverständlich. Es gab Frage und Antwort und abermaliges Fragen. Die Schreiber drehten sich auf ihren Sesseln um und betrachteten sich den alten Mann im altväterischen Rocke mit spöttischen Mienen.

Darüber war ein mittelgroßer, zur Korpulenz neigender Mann mit kahlem Kopfe, gebogener Nase und brandrotem Backenbart von einem Nebenraume aus ins Kontor getreten. Sofort fuhren alle Drehschemel wieder herum, und die jungen Leute steckten, mit gebeugtem Rücken, die Nasen eifrig in ihre Schreiberei.

Samuel Harrassowitz – denn er war es selbst – maß die Gestalt des Bauern mit spähendem Blicke. Dann trat er auf ihn zu, streckte die Hand aus, lächelte verbindlich und sagte: «Grüß Sie Gott, mein lieber Herr Büttner! Was steht zu Ihren Diensten?»

Der Bauer war völlig überrascht. Woher kannte ihn dieser Herr? Er konnte sich nicht entsinnen, dieses Gesicht jemals gesehen zu haben.

«Ich werde Sie doch wahrhaftig kennen, Herr Büttner!» meinte der Händler. «Sie sind eine bekannte Persönlichkeit bei uns. Besitzen Sie nicht ein schönes Gut in Halbenau – nicht wahr?»

Der Bauer stand da mit offenem Munde, starrte jenen an, der ihm die Allwissenheit in Person schien, und konnte sich von seinem Staunen gar nicht wieder erholen.

«Kenne Sie! Kenne Sie ganz gut, Herr Büttner! Also, womit können wir dienen?»

Der junge Mann raunte inzwischen seinem Chef mit halblauter Stimme etwas zu. «Nun und ich hoffe stark, daß Sie Herrn Büttner den Hafer abgenommen haben, Herr Bellwitz!» rief der Händler. «Ich dachte ...» meinte der so Angeredete. – «Ach was, dachte! Sie denken immer! Verscherzen mir darüber womöglich eine solche Kundschaft. – Natürlich nehmen wir den Hafer, Herr Büttner! Unbesehen nehmen wir alles, was Sie uns bringen. Haben Sie den Hafer mit in der Stadt?»

Der Büttnerbauer brachte mit Rucken und Zerren ein Säckchen von grauer Leinwand aus seiner hinteren Rocktasche hervor.

«Ach so, eine Probe! Ist eigentlich gar nicht nötig, Herr Büttner. Kennen Ihre Ware schon. Prima, natürlich!»

Er öffnete das Säckchen aber dennoch und ließ die Körner prüfend durch die Finger gleiten. «Kaufen wir! Geben den höchsten Marktpreis. Herr Bellwitz, gleich einen Mann nach dem ‹Mutigen Ritter› schicken! Der Hafer soll her. – Inzwischen kommen Sie mal auf ein Augenblickchen hier herein, mein guter Herr Büttner. Sie müssen mir was über den Saatenstand bei Ihnen da draußen erzählen.»

Der Bauer befand sich, ehe er sich dessen recht versehen, im Nebenzimmer, einem kleinen Gemache, dessen einziges Fenster nach dem Hofe hinausführte. Dort wurde er aufs Sofa genötigt; der rotbärtige Händler nahm ihm gegenüber am Tische Platz.

«Nun, mein Lieber, wie stehts denn, wie gehts denn in Halbenau? Ich kenne dort verschiedene Ökonomen. Mittlerer Boden – was! Liegt auch schon ein bißchen hoch – was? Sie leiden an späten Frösten. Nachher will das Korn nicht recht schütten, wenn's vorher noch so schön gestanden hat. Kenne das, kenne die ganze Geschichte. – Also nun erzählen Sie mir mal. Wie weit ist's mit der Sommerung?»

«Mei Suhn und de Madel stacken heite de latzten Apern. Hernachen is nur noch 's Kraut. In a Wochen a zwee noch hin, denk'ch, sein mer fertig.»

«Gratuliere, gratuliere! – Sie haben wohl eine starke Familie, Herr Büttner?»

«'s langt zu, Herr Harrassowitz, 's langt Se gerade zu», meinte der Bauer und lachte in sich hinein. «Mit de Enkel sein's 'r immer a Mäuler achte, die gefittert sein wullen – ju, ju!»

«Nun, um so mehr Hände sind dann auch da zur Bestellung und in der Erntezeit – nicht wahr, Herr Büttner? Eine zahlreiche Familie ist ein Segen Gottes, besonders für den Landmann. Ich kenne die ländlichen Verhältnisse, ich kenne sie! Sie mögen mir das glauben, lieber Büttner. –

Und wie steht's denn mit der Winterung?»

Der Bauer berichtete, daß der Roggen gut durch den Winter gekommen und nur wenig ausgewintert sei. «Ene wohre Pracht! Wie ene Bürschte, weeß der Hohle, wie ene Bürschte steht Sie das Korn!»

«Nun, das ist ja hocherfreulich zu hören! Da hätten wir also die schönsten Aussichten für eine gute Ernte. Da wird wiedermal schönes Geld unter die Leute kommen! Und hat der Bauer Geld, dann hat's die ganze Welt.»

«Das mechte och sein – das mechte freilich sein, Herr Harrassowitz!» meinte der Büttnerbauer und kratzte sich hinter den Ohren. «'s Geld is sihre rar gewest. Ne ach Gott, zu rare ist dos gewest in der letzten Zeit, Herr Harrassowitz!»

«Nun, Sie werden doch nicht etwa klagen wollen, Herr Büttner! Sie mit Ihrer schönen Besitzung! – Wie groß ist denn das Gut, wenn ich fragen darf?»

«Zweemalhundert und a paaren dreißig Morgen, alles in allen, mit an Buusche.»

«Das wäre ja bald ein kleines Rittergut! Und da wollen Sie lamentieren! Ich bitte Sie, guter Herr Büttner, was sollen denn dann die kleinen Leute machen!»

«Ju, wenn ock de vielen Abgaben ne wären, und de Gemeenelasten und de Schulden.»

«Ich weiß, ich weiß, es lastet vielerlei auf dem Ökonomen heutzutage. Sind denn die Abgaben und Lasten so bedeutend in Halbenau?»

Der Büttnerbauer schüttete darüber sein Herz gründlich aus. Harrassowitz ließ ihn reden; nur manchmal warf er eine Bemerkung ein, die den einmal warm Gewordenen veranlaßte, mehr und mehr von seinen Verhältnissen aufzudecken.

Jetzt war der Büttnerbauer bei seinem Hauptbeschwernis angelangt: seinem mächtigen Nachbarn, der Herrschaft Saland.

«Ja, ja, das glaube ich Ihnen gerne, Herr Büttner!» rief der Händler, «solch einen Großgrundbesitzer zum Nachbarn zu haben, ist kein Spaß! Die Leute sind landgierig, die möchten die Bauern am liebsten alle legen. Das ist ein wahrer Krebsschaden für unser Volk, die Latifundienwirtschaft. Ein freier, selbständiger Bauernstand wird immer eine Grundbedingung für das Gedeihen des ganzen Staates bilden. Wer soll uns denn die Soldaten liefern – was, he? Die strammen Soldaten für unser Heer, wenn nicht der Bauernstand! – Grenzen Sie an einer oder an mehreren Seiten mit der Herrschaft Saland?»

Der Bauer erzählte, daß er so gut wie eingeschlossen sei durch das Dominium. Dann ereiferte er sich über den Wildschaden.

«Schrecklich! Aber dafür hat natürlich so ein Graf gar keinen Sinn!» rief der Händler mit dem Ausdrucke höchster Entrüstung, «wenn sich's nur um Bauernflur handelt. Traurige Zustände sind das! Hat Ihnen der Graf denn schon mal ein Angebot machen lassen wegen Ihres Gutes?»

Der Büttnerbauer berichtete, daß der Graf schon seit Jahren um seinen Wald handle, aber daß er ihm nicht einen Fußbreit abzulassen gesonnen sei. Harrassowitz horchte scharf hin auf diese Angaben. Dann nahm er auf einmal wieder eine nachdenkliche Miene an.

«Ja, das sind traurige Verhältnisse! Das zehrt am Vermögen, das will ich schon glauben. Da haben Sie doch allerhand Sorgen, mein guter Herr Büttner. – Haben Sie denn etwa auch Hypothekenschulden auf Ihrem Gute?»

«O Jerum!» rief der Bauer bei dieser Frage, die mit der unbefangensten Miene der Welt gestellt wurde. «O Jerum!» Er fuhr empor von seinem Sitze. «Hypothekenschulden! Die tun freilich zulangen, tun die! Wenn's wos winger warn, kinnt's och basser sein.»

«Nun, was haben Sie denn so ungefähr drauf stehen? Ich frage aus wirklichem Interesse:»

Der Bauer rechnete eine Weile. Dann sagte er, die Stimme dämpfend, mit bedrückter Miene. «A Märker a zweeundzwanzigtausend kennen's schu sein, die druffe stiehn, Herr Harrassowitz.»

Der Händler ließ ein leises Pfeifen ertönen, zog die Brauen in die Höhe und wiegte den Kopf hin und her. «Das ist ein bißchen stark!»

«Newuhr, 's is vill?» meinte der Alte, ganz in sich zusammensinkend, und trostlos zur Erde blickend.

«Wie in aller Welt wollen Sie denn da die Zinsen herauswirtschaften, Herr Büttner?» – Harrassowitz nahm ein Stück Papier zur Hand und begann zu rechnen. «Ja, mein Lieber das ist ja ein Mißverhältnis! Und da wollen Sie auch noch davon leben, Sie und Ihre Familie! Das ist ja rein unmöglich. Da lügen Sie sich einfach in den Beutel, mein Bester!»

«Ja, ‘s is schwer, ‘s is aben schwer!» meinte der Büttnerbauer seufzend. «Man mechte manchmal salber zum Taler wern, um da Zinsen ock immer richtig zu bezahla. Ees muß sich abrackern und abschinden muß mer sich, vun Frih bis Abend. Ne a mal satt essen mechtn man, weil’s hinten und vurne ne zulangen tut. Ne, ‘s is a Luderlaben, wenn ees suvills Schulden hat wie der Hund Flöhe.»

«Und das ertragen Sie so ruhig? Das verdenke ich Ihnen, offen herausgesagt, sehr, daß sie sich für Ihre Gläubiger so abquälen.»

«Ju, wos soll unserees denne angohn? Ich ha’s Gutt duch glei su verschuldt übernumma. Billiger wullten de Geschwister mir’s duch ne iberlassen.»

«Da gibts eben nur ein Mittel, mein Lieber: Schmeißen Sie den Gläubigern die ganze Geschichte hin. Sagen Sie einfach: ich tue nicht weiter mit. Mag’s doch ein anderer versuchen, die Zinsen herauszuwirtschaften, ich kann’s nicht, ich hab’s satt! – Passen Sie mal auf, was für Gesichter die dann machen werden. Von denen übernimmt’s keiner, verlassen Sie sich darauf! Die werden dann schon kommen und Sie bitten, daß Sie doch nur um Gotteswillen weiter auf dem Gute bleiben möchten, damit ihre Hypotheken nicht ausfallen. Sowas ist schon öfters mit Erfolg gemacht worden. Tragen Sie selbst auf Subhastation an wegen Überschuldung, dann wollen wir mal sehen, was für Saiten die Gläubiger aufziehen werden. Vielleicht erstehen Sie’s dann selbst, oder einer Ihrer Kinder, aus der Zwangsversteigerung zurück, dann sind Sie einen ganzen Posten Schulden los. Nur nicht ängstlich sein in solchen Dingen! Das ist ja nur ein Mittel, sich wieder zu rangieren, wenn man nicht reüssiert hat. Gott sei Dank, möchte ich sagen, daß so etwas möglich ist!»

Der Büttnerbauer schüttelte den Kopf. Den eigentlichen Sinn des Vorschlages hatte er wohl gar nicht erfaßt. Sein Redlichkeitsgefühl sagte ihm jedoch, daß hier etwas nicht in Ordnung sei.

Er wolle auf seinem Gute bleiben, erklärte er. Er hoffe auch durchzukommen und seine Zinsen richtig bezahlen zu können, wenn nur bessere Zeiten kämen und wenn ihm inzwischen jemand helfend unter die Arme greifen wolle.

Inzwischen waren die Hafersäcke vom «Mutigen Ritter» herangeschafft worden, und wurden im Hofe abgeladen. Der junge Mann aus dem Kontor trat ein und machte Meldung davon. «Da wollen Sie also Ihr Geld gefälligst in Empfang nehmen, Herr Büttner», sagte der Händler. «Vorn an der Kasse. Ich komme mit Ihnen.»

Der Bauer empfing am Kassenpult das Geld und mußte über den Empfang quittieren. Das nahm einige Zeit in Anspruch, da seiner Hand das Schreiben nicht mehr recht geläufig war. Endlich war er mit der schwierigen Prozedur zustande gekommen. Trotzdem er sein Geld längst durchgezählt und eingesackt hatte, blieb er noch stehen, zaudernd, seinen Hut in den Händen drehend, als habe er noch etwas auf dem Herzen.

Dem scharfen Auge des Händlers war das auffällige Benehmen des Alten nicht entgangen. Er kam hinter dem Ladentische vor, wo er mit einem der Kontoristen verhandelt hatte. «Nun, Herr Büttner, kann ich Ihnen vielleicht noch mit etwas dienen? Wir haben auch künstlichen Dünger, ein reichhaltiges Lager. Haben Sie da keinen Bedarf?»

«Ne, ne!» meinte der Bauer. «Da mag'ch nischt darvon. Aber was andres wollt'ch Se noch derzahlen; wenn Se da vielleicht an Rat wißten. – Mir is ane Hipetheke gekindgt wurden. Uf Gohanni muß'ch zahlen.»

«Sehen Sie einmal an!» rief der Händler und stellte sich erstaunt. «Da werde ich Ihnen wohl nicht helfen können. Hypotheken, das gehört nicht in meine Branche.» – Aber, er nahm den Bauern doch wieder mit in das Hinterzimmer.

«Also eine Hypothek ist Ihnen gekündigt auf den Johannistermin. An welcher Stelle steht sie? Wie ist der Zinsfluß? Wie läuft sie aus?»

Harrassowitz stellte die verschiedensten Kreuz- und Querfragen. Dann rechnete er für sich. Der alte Bauer beobachtete während dessen das Mienenspiel des Händlers sorgenvoll. Er sah mit Schrecken, daß Harrassowitz in einem fort bedenklich den Kopf schüttelte und die Brauen in die Höhe zog.

Endlich erhob sich der Mann und trat dicht vor den Bauern hin, ihm in die Augen blickend, mit ernster Miene. Er könne das Geld nicht beschaffen, erklärte er. Er sei Kaufmann und nichts als Kaufmann, und es gehöre nicht zu seinen Gepflogenheiten, Güter zu beleihen. Aber da er gemerkt habe, daß der Büttnerbauer ein redlicher und solider Mann sei, wolle er ihm helfen. Er habe einen Geschäftsfreund, einen durchaus feinen Mann, zu dem wolle er den Bauern führen, der werde ihm die Hypothek möglicherweise decken. Aber nur dem Bauern zu Gefallen wolle er es tun, rein zum Gefallen. Denn er bemenge sich sonst nicht mit dergleichen. – Darauf ging Samuel Harrassowitz ans Telephon und klingelte an. «Guten Morgen! Ist Herr Schönberger im Kontor? – Möchte ihn auf einen Augenblick sprechen ... Danke!»

Der Bauer sah mit Staunen dem Beginnen des anderen zu. In seinem Leben hatte er noch nichts von einem Fernsprecher gehört, geschweige denn, eine solche Vorrichtung gesehen.

Harrassowitz stand neben dem Apparate und lachte über den komischen Schrecken des Alten. «Nehmen Sie mal das andere Ding an's Ohr, Herr Büttner!» rief er und hielt ihm den Hörer hin. «Machen Sie nur! Es beißt nicht.» Der Bauer war nicht zu bewegen, den Hörer anzufassen.

Inzwischen kam Antwort.

«Hier Harrassowitz! ... Ja! ... 'n Morgen, Schönberger! Herr Gutsbesitzer Büttner aus Halbenau ist hier bei mir, wünscht gekündigte Hypothek belegt zu haben. Kann ich mit ihm zu Ihnen kommen?»

Eine längere Pause entstand, während der Harrassowitz gespannt horchte. Dann lachte er auf einmal laut auf, und den Bauern höhnisch von der Seite anblickend, immer den Hörer am Ohr, rief er in den Fernsprecher:

«Der Kaffer braucht ehn, dringend. Feines Massematten. Ach was! Bist meschuke! – Wie? Is besoll. Wir machen's in Kippe, natürlich. ... Versteh nicht! Der Kaffer ist halb mechulleh. Geb dir Rebussim. ... Schön! Bringe ihn. Auf Wiedersehen. Schluß!»

«Das nennt man Telephon oder Fernsprecher, mein Lieber!» sagte Harrassowitz und klopfte dem Alten mit spöttischem Grinsen auf den Rücken. «Sehen Sie, da haben Sie wieder was Neues kennengelernt und können Ihren Leuten da draußen was erzählen.»

Man wolle nun zu Herrn Schönberger gehn, meinte er, und nötigte den Bauern zur Tür.

Das Kredit- und Vermittelungsbüro von Isidor Schönberger lag am anderen Ende der Stadt, ebenfalls in einem engen Winkelgäßchen.

Harrassowitz trat aber nicht in das Kontor, führte den Bauern vielmehr durch den Hausgang in eine Hinterstube.

Hier saß in einem abgeschabten Lederfauteuil vor seinem Schreibtische ein fetter Mann, kahlköpfig, mit dunklen großen Augen, die ihm, aus tiefen Höhlen über die gebogene Nase hinwegspähend, etwas von einer großen Eule gaben.

«Morgen, Schönberger!»

«Morgen, Sam!» Der fette Mann rührte sich nicht auf seinem Stuhle, mit dem er verwachsen zu sein schien. Harrassowitz, unter dem Namen «Sam» weit und breit in der Handelswelt bekannt, schien die Gewohnheiten seines Freundes zu kennen. Er rückte selbst Stühle heran, forderte den Bauern auf, Platz zu nehmen und setzte sich.

«Hier bringe ich Ihnen also meinen Geschäftsfreund, den Herrn Gutsbesitzer Büttner. Ich kenne den Mann. Er ist gut. Sie können ihm unbedenklich Kredit eröffnen.»

Schönberger zuckte die Achseln mit verdrießlicher Miene. Dann begann er mit belegter Stimme, etwas anstoßend sprechend: In gegenwärtiger Zeit auf Grund und Boden Geld zu borgen, sei bedenklich. Jetzt, wo Subhastationen an der Tagesordnung seien und die Bauern noch öfter pleite machten als die Industriellen.

«Für den hier garantiere ich!» rief Harrassowitz. «Das ist einer vom alten Schrot und Korn. Der ist durch und durch solid!» Dabei tätschelte er den Bauern. «Was? Der macht uns nicht bankrott, nicht wahr?»

Aber Isidor Schönberger blieb bei seiner Ablehnung. Er habe zu viele schlechte Erfahrungen gemacht in der letzten Zeit. Habe seine Zinsen nicht erhalten, sei bei Zwangsversteigerungen ausgefallen und um sein Geld betrogen worden.

«Wenn ich Ihnen sage, daß der Mann Ihnen sicher ist! Wenn ich mich mit meinem Ehrenwort für Herrn Büttner verbürge! Sehen Sie sich den Herrn doch bloß mal an, Schönberger! Sieht der aus, als ob er uns Schaden machen wollte? Wenn ich sage, er ist gut, dann ist er gut!»

«Wo steht die Hypothek?» fragte Schönberger, der, im Gegensatz zum lebhaften Wesen seines Geschäftsfreundes, eine gleichgültige apathische Ruhe zur Schau trug.

«Darauf kommt's hier gar nicht an!» rief Harrassowitz.

«Bei einem Gute von über zweihundert Morgen besten Bodens! Die Hypothek ist todsicher.»

«Weshalb ist sie gekündigt?» fragte Schönberger.

«Der Bruder hatte sie», erklärte Harrassowitz. «Der hat gekündigt, weil er das Geld im Geschäft braucht. Muß auch verrückt sein, der Herr, daß er so 'ne Hypothek weggiebt! – Seien Sie vernünftig, Schönberger, geben Sie das Geld!»

Der fette Mann nahm ein Notizbuch zur Hand, befeuchtete die Bleistiftspitze, dann forderte er den Bauern auf, ihm die einzelnen Posten der Reihe nach zu nennen.

Es bedurfte einiger Zeit, ehe der alte Mann die Zahlen in seinem Gedächtnis gefunden hatte. Aber schließlich brachte er doch alles richtig zusammen.

Da war zuerst die Landschaft mit viertausend Mark, dann kamen die Geschwister: Karl Leberecht und Gottlieb, die verstorbene Schwester Karoline, an deren Stelle jetzt ihre Erben: Ernst Kaschel und seine Kinder, ferner die Schwester Ernestine. Sämtliche zu gleichen Teilen und mit gleichem Vorrecht. Dahinter kamen immer noch neue Schuldposten, unter diesen Ernst Kaschel mit siebzehnhundert Mark.

Der Mann im Lehnstuhle saß da mit der ihm eigenen verdrossenen Miene und notierte jede Ziffer, die sich von den zagenden Lippen des Alten losrang, mit kühler Ruhe. Weder Staunen noch Erregung schien sich in den Fleischmassen dieses gedunsenen Gesichtes ausdrücken zu können. «Ist das alles?» fragte er, als der Bauer endlich schwieg. Der Büttnerbauer bejahte.

«Sie sollen das Geld haben!» war alles, was die belegte Stimme darauf sagte.

Harrassowitz sprang von seinem Sitze auf. «Was habe ich Ihnen gesagt, Büttner! Mein Freund Schönberger ist ein edler Mann! Sehen Sie, er gibt das Geld!»

«Wieviel hat Ihr Bruder Prozent gegeben?» fragte Schönberger.

«Vier Prozent», erwiderte der Bauer.

«Mein Satz ist fünf, bei vierteljähriger Kündigung», meinte Schönberger.

Dem Büttnerbauer fiel ein Stein vom Herzen bei diesen Worten. Er hatte gefürchtet, man werde ganz andere Prozente von ihm fordern.

«Sehen Sie, was ich gesagt habe!» rief Harrassowitz, «Was für ein Mann Schönberger ist! Fünf Prozent nimmt er bloß. Sie haben ein glänzendes Geschäft gemacht, Büttner!»

Der Bauer fing an, das selbst zu glauben. In seinem schlichten Gemüte regte sich Dankbarkeit für den Mann, der ihm in so großer Not geholfen hatte. Er schritt unbeholfen auf Herrn Isidor Schönberger zu und pflanzte sich vor ihn hin. Dann ergriff er die weiße, welke, mit vielen Ringen geschmückte Hand des Mannes und drückte sie mit seiner derben roten Bauernfaust. «Ich bedank' mich och, Herr Schönberger, ich sog' meinen schiensten Dank! Und bezahl' Sie's der liebe Gott! Sie hon mir ane gruße Surge abgenumma.»

Isidor Schönberger betrachtete ihn mit demselben mißmutig verächtlichen Ausdruck, den er für alles auf der Welt hatte, was sich nicht in Zahlen ausdrücken ließ, und entließ ihn dann mit kaum merklichem Nicken seines schweren Kopfes.

«Wir gehen jetzt zum Notar, und dann zum Grundbuchführer, Herr Büttner!» sagte Harrassowitz, als sie in der Hausflur standen. «Gehen Sie nur immer hinaus auf die Straße. Mir fällt eben ein, daß ich in einer anderen Sache noch ein paar Worte mit Schönberger zu sprechen habe. Ich komme in einer Minute zu Ihnen.»

Aus der Minute wurden ihrer mindestens zehn. Dann erschien der Händler und nahm den Bauern unter den Arm. «Nun kommen Sie, mein Lieber! Jetzt machen wir die Geschichte schriftlich, damit Sie Ihre Sicherheit haben und einen Beleg in Händen halten. Ich führe sie zu meinem Notar, der macht's Ihnen billig.»

Nachdem man beim Advokaten und auf dem Gerichte gewesen war – wo Harrassowitz, der in diesen Dingen äußerst bewandert zu sein schien, alles veranlaßt hatte, so daß der Büttnerbauer nur zu unterschreiben brauchte – ging man zum «Mutigen Ritter». Denn die Mittagszeit war inzwischen herangekommen, und der Bauer wollte heimfahren.

Harrassowitz versicherte dem Alten, daß er ihn nächstens einmal in Halbenau besuchen werde. Es interessiere ihn, das Gut und die Wirtschaft mal in Augenschein zu nehmen.

«Kimma Se ack, Herr Harrassowitz! Kimma Se ack!» rief der alte Bauer. «'s sull mir ane Freide sein!»

Damit drückte er dem Händler treuherzig beide Hände zum Abschiede.

Der Büttnerbauer verließ die Stadt in bester Laune. Er hatte die Tasche voll Geld, das er für seinen Hafer eingenommen. Und was noch weit mehr bedeuten wollte, seine Hypothek hatte er untergebracht. Nun hing ihm auf einmal der Himmel voller Geigen. Es schien keine Sorgen und Nöte mehr zu geben auf der Welt, die Zukunft lag vor ihm im heitersten Lichte. Nun würde er sich die neue Kuh anschaffen können! So recht eine nach seinem Herzen, mit langem Rücken und starkem Euter, womöglich schwarz und weiß gefleckt. Das waren seiner Erfahrung nach die besten Milchkühe. Und dann liebäugelte er über diesen Plan hinaus mit einem anderen, noch kühneren: die Scheune umdecken!

Das Strohdach kostete zu viel Reparaturen. Noch vor ein paar Tagen hatte er zu seinem Sohne Gustav gesagt, daß das eine Ausgabe sei, die er in seinem Leben nicht mehr werde auf sich nehmen können. Heute stellte er im Geiste schnell einen Kostenanschlag auf, der erstaunlich günstig ausfiel. Es würde schon gehen! Es mußte ja alles gut werden. –

Der Bauer schmunzelte in einem fort und pfiff auch gelegentlich still vergnügt vor sich hin. Etwas wie ein langverhaltener Jugendübermut kam über den alten Mann. Hätte er einen Bummler überholt, er würde ihn aufgefordert haben, zu ihm in den leeren Kälberwagen zu springen, nur um jemanden bei sich zu haben, dem er seine gute Laune mitteilen könne. Als er an einem Gasthofe vorüberfuhr, kam ihm der Gedanke, zu halten und einen Branntwein zu fordern; das war ein Genuß, den sich der Büttnerbauer nur alle Jubeljahre einmal leistete.

Er wollte schon das Pferd zum Stehen bringen, da fiel ihm ein, daß er den Schnaps ja auch im Kretscham von Halbenau trinken könne. Nicht etwa, daß er seinem Schwager, dem Kretschamwirt, den Verdienst hätte zuwenden wollen! Nein! Er hatte bei sich beschlossen, den Halunken zu ärgern. Wie würde sich Kaschelernst erbosen, wenn er vernahm, daß der Schwager das Geld doch noch bekommen hatte und daß ihm, Kaschelernst, die fünf Prozent auf diese Weise entgingen. –

Der Bauer trieb den Rappen an. Schadenfroh lachte er in sich hinein. Endlich konnte er den Menschen, der ihm schon so manchen Tort angetan hatte, doch auch einmal ärgern! –

Er hielt vor dem Kretscham an und machte sich durch Peitschenknallen bemerkbar. Sein Neffe Richard Kaschel kam heraus. Der junge Mensch sah seinem Vater bedenklich ähnlich. Nur etwas länger war er geraten, und zeigte noch nicht die rote Nase und die schwimmenden Augen des Alten. Aber dasselbe Rattengesicht war's und auch dasselbe Lächeln und Kichern, das bei dem jungen Menschen noch flegelhafter und zudringlicher herauskam.

Der Büttnerbauer fragte den Neffen, ob der Wirt zu Haus sei. Der sei gerade aufs Feld hinausgegangen, erwiderte der Bursche und grinste dazu.

Der Bauer bestellte einen Kornschnaps.

«En guten?» fragte der Neffe, mit unverschämtem Lächeln den Onkel anzwinkernd.

«Verstieht sich, an guten! Was Schlecht's mog ich ne! Wennt'r und er hat schlechten, den kennt'r salber saufen. Verstiehst de!» rief der Alte dem Neffen zu.

Der junge Mann, gleich seinem Vater, in Strümpfen und Holzpantoffeln, verschwand im Gasthofe, um gleich darauf mit einer Flasche und einem Gläschen wieder zu erscheinen.

Der Bauer goß den Schnaps hinter, machte «brrr!» und schüttelte sich. «Wos kost' dos?» rief er und zog den Geldsack.

Der Neffe meinte mit gönnerhafter Miene, das sei umsonst.

«Was macht 's?» schrie ihn da der Alte an, mit zorniger Miene. «Ich wer' dich glei umsonsten! Ich will keenen Menschen nischt ne schuldg bleiba, zu allerletzten eich! Dei Vater mechte mich am Ende glei verklogen! Dei Vater, wegen dan paar Pfengen. – Wos macht der Schnaps?»

Der Neffe nannte den Preis. Mit wichtiger Miene öffnete der Bauer den Geldsack, suchte eine ganze Weile unter den Münzen herum, immer beobachtend, welche Wirkung soviel Geld auf den Neffen hervorbringen würde, und ließ ein Goldstück wechseln.

Nachdem er kleine Münzen zurückerhalten und den Beutel wieder an seinen Ort gebracht hatte, sagte er scheinbar beiläufig: «De kannst deinem Alten och derzahlen, ich hätte menen Hafer gut verkoft, und de Hipetheke hätt 'ch och ungergebracht. Vun ihn braucht 'ch nu nischt mih, und an Puckel kennt' ar mir rungerrutscha, kennt ar mir! –»

Damit trieb er den Rappen an und fuhr nach Hause, sehr mit sich zufrieden. Seinem Schwager würde das brühwarm berichtet werden; dafür war gesorgt. Dem Kaschelernst hatte er's mal gründlich heimgegeben.

5 Ein Reiter ritt in den Hof des Büttnerschen Bauerngutes ein. Das Pferd war ein alter Vollblutgaul, der bessere Tage gesehen haben mochte. Sattel und Zäumung waren armeemäßig. Der Reiter verleugnete in Haltung und Erscheinung den ehemaligen Offizier nicht. Er war ein hagerer Fünfziger. Seinem wettergebräunten Gesichte gab ein langer graublonder Vollbart eine wirksame Umrahmung.

Die Töchter des Büttnerbauern waren im Hofe, mit Mistaufladen beschäftigt. Hochaufgeschürzt, mit bloßen Füßen, die Gabeln in den geröteten Händen, standen sie auf der Düngerstätte, neben der ein halbbeladener Wagen unbespannt hielt.

«Bin ich hier im Büttnerschen Bauerngute?» fragte der Reiter.

«Hier is Büttners!» antwortete Toni, die Ältere.

«Ist der Bauer zu Haus?»

«Der Vater is uf'n Felde mit Karlen. Se tun de Apern igeln.»

«Ich möchte mit Ihrem Vater sprechen, in einer Angelegenheit. Am liebsten allerdings im Hause. Könnten Sie ihn holen?»

Toni stand da mit offenem Munde und gaffte den Fremden an. Sein großer Bart, die roten Lederhandschuh, die Reitgerte mit dem Silberknauf, alles an ihm kam ihr ungewöhnlich vor. Sie empfand eigentlich Lust, zu lachen. Darüber vergaß sie ganz, zu antworten.

An ihrer Stelle übernahm die jüngere Schwester die Vermittelung dem Fremden gegenüber. Ernestine war die Geweckte und Lebhaftere von den beiden. Mit einigen kaum merklichen Griffen hatte sie es verstanden, ihren allzuhoch aufgeschürzten Rock herabzulassen, so daß wenigstens die von Mist beschmutzten Waden den Blicken des fremden Herrn entzogen waren. Sie sagte – und gab sich dabei Mühe, hochdeutsch zu sprechen:

«Wenn Sie den Vater sprechen wollen, wir können ihn rufen; sie sein nicht sehre weit.»

Damit sprang sie behende von der Düngerstätte hinab und lief zum oberen Tore. Dort blieb sie stehen, bildete mit beiden Händen ein Schallrohr und rief: «Karle, gieh, sag's ack den Vater, er mechte glei amal rei kimma. 's wäre ener dohie, der mit'n raden wullte ... Ich kann ne verstiehn! ... Ju ju! A Reiter. Mit an Bauer wullt ar raden soit ar.»

Das Mädchen kam von ihrem Posten zurück. «Der Bruder wird's 'n Pauern sagen» erklärte sie, «daß er reinkommen soll.» Darauf nahm sie die Mistgabel wieder zur Hand.

Der Fremde dankte ihr. Er war inzwischen abgestiegen, hatte dem Pferde die Zügel über den Kopf genommen, die Bügel in die Steigriemen hinaufgezogen, und locker gegurtet, mit Handgriffen, denen man die alte Übung und die Liebe für das Tier ansehen konnte. Nun fragte er, ob er irgendwo einstellen könne. Die Mädchen sahen sich eine Weile unschlüssig an, dann erklärte Ernestine, im Kuhstalle sei noch ein Stand frei. Sie lief auch sofort zum Stallgebäude und öffnete die Tür.

Der Fremde folgte ihr, das Pferd am Zügel. Jetzt, wo er sich auf ebener Erde bewegte, kam erst die Größe und Schlankheit seiner Figur zur Geltung.

Der Vollblüter scheute vor der niederen Tür und dem Geruche, der aus dem Kuhstall drang. Mit fliegenden Nüstern und gespitzten Ohren stand der Gaul da und schniefte in tiefen langgezogenen Tönen. Durch Klopfen und Zureden brachte sein Herr ihn endlich dazu, die verdächtige Schwelle zu überschreiten. «Das übrige besorge ich schon selbst; danke Ihnen!» rief er dann und verschwand, seinem Tiere folgend, in dem engen Pförtchen.

Bald darauf trat der alte Bauer in den Hof. Seine Miene verriet Ärger. Er war schlechter Laune, daß man ihn von der Arbeit abgerufen hatte. Ernestine erklärte ihm, daß ein Herr zu Pferde da sei. Er sähe aus, wie einer vom Rittergute, meinte das Mädchen, welches, wie es schien, seine Augen zu gebrauchen verstand. Die Laune des Alten verbesserte sich durch diese Vermutung nicht. Er fluchte und rief den Töchtern zu, ein anderes Mal sollten sie solche Leute wegschicken.

Inzwischen kam der Fremde aus dem Stalle heraus, in gebückter Haltung, um nicht an den Deckstein anzustoßen. Er begrüßte den Bauern, der die Hände nicht aus den Taschen nahm, mit Hutabnehmen und erklärte, er sei der neue Güterdirektor des Grafen, Hauptmann Schroff.

Der Büttnerbauer sah den Mann mit wenig freundlichem Ausdruck an. Einer von der Herrschaft! Von der Seite war ihm bisher niemals was Gutes gekommen.

Da der Bauer sich, wie es schien, nicht dazu herbeilassen wollte, zu sprechen, fragte Hauptmann Schroff, ob er ins Haus treten dürfe, er habe mit Herrn Büttner ein Wort unter vier Augen zu reden.

Der alte Mann ging, statt zu antworten, auf sein Haus zu. Der Hauptmann folgte.

Im Zimmer trafen sie die Bäuerin. «Frau, gieh' naus!» rief ihr der Bauer kurz angebunden zu. Der Fremde unterließ es nicht, sich bei der Frau zu entschuldigen, er habe Wichtiges mit ihrem Eheherrn zu bereden.

Der Büttnerbauer hatte sich in seine Ecke gesetzt, und sah von diesem Verließ aus mit mürrischer Miene den Dingen entgegen, die da kommen würden. Der Hauptmann holte sich einen Stuhl herbei und setzte sich dem Alten gegenüber. Er schien das ablehnende Wesen des anderen absichtlich übersehen zu wollen.

«Also, Herr Büttner!» begann Hauptmann Schroff, und schlug dabei mit der Reitgerte gegen seine gespornten und gestiefelten Beine, die er lang ausgestreckt hatte, «die Sache ist nämlich folgende: Mein Chef, der Graf, möchte gern Ihren Wald kaufen. Es ist ja darüber bereits früher zwischen Ihnen und meinem Vorgänger verhandelt worden, aber ohne Resultat. Der Herr Graf wünscht nun aber dringend, daß die Sache endlich einmal vorwärts rückt. Der Erwerb Ihrer Waldparzelle ist uns von ziemlicher Wichtigkeit; ich sage Ihnen das ganz offen heraus. Das kleine Stück liegt gerade wie ein Keil zwischen zwei von unseren Hauptrevieren. Eine Verbindung der beiden Reviere ist aus wirtschaftlichen Gründen dringend erwünscht. Uns bedeutet dieser schmale Streifen die Möglichkeit, bei den Holzfuhren viele Kilometer zu ersparen. Ihnen dagegen nützen diese fünfzig oder sechzig Morgen so gut wie gar nichts. Im Gegenteil, der Wald kostet ihnen höchstens etwas. Das bißchen Holz was darauf steht, ist kaum der Rede wert. Der Boden ist entwertet durch die Streunutzung. Und dabei liegen doch Abgaben darauf. Wenn wir es in unsere Regie bekommen, würden wir sofort Kahlschlag machen lassen und neu aufforsten. Dabei werden die Arbeitslöhne natürlich nicht einmal herauskommen, so schlecht ist der jetzige Stand. Sie sehen demnach, Herr Büttner, das Interesse ist eigentlich auf beiden Seiten. Für uns, die Parzelle zu erwerben, für Sie, das Ding loszuwerden. – Also werden wir wohl handelseinig werden, denke ich, diesmal.»

«Ich denk's ne!» sagte der Bauer aus seiner Ecke heraus.

«Aber, ich bitte Sie, bester Herr Büttner!» rief der Hauptmann und kam dem Alten näher auf den Leib, sich mit Hilfe seiner langen Beine auf die Ecke zurückend. «Der Graf will Sie natürlich gut bezahlen, jedenfalls weit über den eigentlichen Wert des Grund und Bodens. Ich habe Vollmacht, Ihnen einen Preis zu bieten, der in dieser Gegend für Waldboden noch nicht bezahlt worden ist.»

«Ich ha 's an Vater vun Grofen schunstens zweemal soin lassen, ich verkefe meenen Busch ne; und dos gilt a heite noch!»

«Aber, bedenken Sie doch nur, Lieber, Sie bekommen dadurch Kapital in die Hand. Ich glaube Ihre Verhältnisse sind derart, daß Sie das ganz gut gebrauchen können.»

«Wie's mir ergieht, oder ne ergieht, das geht niemanden uf der Welt nischt ne an!» rief der Alte; das Zittern seiner Stimme ließ die innere Erregung ahnen.

«Herr Gott! Mißverstehen Sie mich nur nicht! Fällt mir im Traume nicht ein, mich in Ihre Verhältnisse zu mischen. Ich habe nur soviel sagen wollen, daß Sie, wenn Sie erst mal Ihren Wald los sind, alle Kraft auf die Verbesserung der Felder und der Wiesen verwenden können. Ich glaube, da ließe sich noch manches tun. Ich bin neulich mal über ihr Grundstück geritten. Da draußen am Waldesrande liegt ein ganzer Schlag, auf dem wächst nichts als Unkraut.»

Der Bauer rückte in seiner Ecke unruhig hin und her, da jener ihn, ohne es zu ahnen, an der verwundbarsten Stelle traf. Das war ja sein ärgster Kummer, daß er das Büschelgewende schon zum zweiten Male mußte als Brache liegen lassen, weil es ihm an Arbeitskräften fehlte.

Hauptmann Schroff fuhr unbeirrt fort: «Da ließe sich sicher noch vieles bessern. Und vor allem! Intensivere Wirtschaft, mein Lieber, intensiveres Düngen. Aber dazu ist Bargeld nötig. Ich meine, Sie sollten mit beiden Händen zugreifen, wenn Ihnen ein solches Gebot gemacht wird.» Der Sprecher merkte in seinem Eifer wohl nicht, wie es in dem Gesichte des Alten wetterte und zuckte. Das waren ja alles Dinge, die er nur zu gut wußte, die er sich selbst wie oft gesagt, die aber im Munde des Fremden als beleidigende Vorwürfe wirkten.

«Und nun noch eins!» fuhr der Hauptmann fort «Etwas, das auch wieder das gemeinsame Interesse illustriert, welches Sie wie der Graf, an dem Handel haben. Aus dem gräflichen Forste tritt nicht selten das Wild auf die Fluren hinaus, wahrscheinlich auch auf Ihre Felder ...»

Jetzt riß dem Alten die Geduld. Die Erwähnung des Wildes, das ihm seine Saaten zertrampelte und sein Getreide abäste, wirkte wie ein Peitschenhieb auf sein bereits hinlänglich gereiztes Gemüt. Hochrot im Gesicht fuhr er auf und schrie los: «Wullen Se mich etwan zum Narren halen! Kummen Se und derzahlen mer vun a Wilde! Dos Ungeziefer frißt unsereenen bale ganz uf. Geklogt ha'ch schun, aber hob 'ch denn a Recht gekriegt? Fir uns Pauern gibt's ja keene Gerechtigkeit ne gegen de Grußen.»

Grollend setzte er sich wieder auf seinen Platz, verschränkte die Arme und sah den Fremden mit feindlichen Blicken an.

Der gräfliche Güterdirektor schien mit bäuerlichen Sitten so weit vertraut zu sein, um zu diesem Zornesausbruch lächeln zu können. Er meinte in beschwichtigendem Tone: «Nur nicht gleich so hitzig, mein guter Büttner! Lassen Sie mich Ihnen das mal in Ruhe erklären. Mein Graf will einen Wildzaun anlegen längs der bäuerlichen Grenze, so ein zwanzig Kilometer lang und mehr. Dadurch soll das Übertreten des Wildes ganz verhindert werden. Aber dazu brauchen wir Ihren Wald, weil sonst eine Lücke entstehen würde in dem Zaun, verstehen Sie! –

Also wie steht's, sind wir handelseinig?» Der Hauptmann streckte bei diesen Worten dem Alten die Hand hin. «Wenn es hierbei einen Vorteil gibt, so liegt er ganz unbedingt auf Ihrer Seite, sollte ich denken.» –

Der Büttnerbauer preßte die Lippen aufeinander, runzelte die Stirn und blickte starr geradeaus, er vermied den Blick des anderen, wie einer, der sich durch Überredungskünste nicht irre machen lassen will. Gänzlich konnte er sich der Einsicht ja nicht verschließen, daß ihm hier ein günstiges Angebot gemacht wurde; aber das alt eingewurzelte, bei den meisten Bauern tief eingefleischte Mißtrauen gegen alles, was von Seiten der Herrschaft kommt, verhinderte ihn, nüchtern und vorurteilsfrei zu erwägen.

«Sie sollten Ihren Frieden machen mit der Herrschaft», sagte Hauptmann Schroff, als ahne er, was in der Seele des Alten vorgehe. «Vor allem da Sie es jetzt mit dem jungen Grafen zu tun haben. Der Zwist, den Sie mit dem alten Herrn gehabt, könnte doch füglich mit ihm begraben sein. Ich glaube, es wäre kein Schade für Sie, wenn Sie sich mit uns stellten. Die Interessen von Bauer und Ritterschaft gehen vielfach Hand in Hand. Schließlich sind es doch verwandte Stände: Grundbesitzer. Die Größe des Besitzes bedeutet keinen so enormen Unterschied.»

Dieser Versuch, ihn mit der Gemeinsamkeit der Interessen zu fangen, machte den Bauer nur aufstützig. Der Mann da entwickelte ihm viel zu viel Eifer. Nein, so beschwatzen ließ er sich nicht! Daß der Graf nicht aus Liebe für die Bauern den Wildzaun errichten wollte, war klar. Wozu das Gerede! Nur um so fester wurde der Alte in seiner Ansicht, daß er hier wieder einmal betrogen werden solle.

«Nahmen Se sich ack keene Mihe wetter!» sagte er in mürrischem Tone. «Ich verkefe nischt vom Gutte weg. Een fir allemal, nu ho'ch Se's gesoit!»

Der Hauptmann hatte die ausgestreckte Hand wieder zurückgezogen. Die Sache ging doch nicht so schnell, wie er sich's gedacht hatte, mit diesem starrköpfigen Alten. «Sie werden sich's noch überlegen, Herr Büttner!» meinte er. «Ich kann's ja begreifen, daß Sie an Ihrem Eigentum hängen. Vollständig vermag ich's zu verstehen, glauben Sie mir das nur! Man hängt an der eigenen Scholle, ich weiß das aus eigener Erfahrung. Und das Herz blutet einem, lieber möchte man sich einen Finger von der Hand hacken lassen als einen Acker weggeben vom ererbten Grund und Boden.» Hauptmann Schroff hielt einen Augenblick inne. Dem trüben Ausdrucke nach zu schließen, den urplötzlich seine sonst heiteren und offenen Züge annahmen, schien eine düstere Erinnerung durch seine Seele zu ziehen. Er schnipste mit den Fingern, wie um das zu vertreiben und fuhr fort: «Sehen Sie, man kann darin aber auch zu weit gehen, ich meine, in jenem Festhalten. Dann wird eben Starrköpfigkeit und Vernarrtheit daraus. Lieber ein kleines Gut als ein großes, das man nicht voll bewirtschaften kann. Ich kenne Ihre Lage, Büttner! Ich sage Ihnen soviel, aus meiner eigenen Erfahrung heraus, wenn Sie sich auf Ihren Willen versteifen, wenn Sie auf diesen Vorschlag hier nicht eingehen, werden Sie sich nicht halten können auf Ihrem Gute.»

Jetzt hielt sich der Bauer nicht länger. «Ich ho mich gehalen dreißig Juhre lang, dar Herrschaft zun Trotze! Mich ward er ne uffrassen, wiet'r ringsrim alles ufgefrassen hoat, mich ne! Wenn der Pauer alle wird, wer is 'n dran schuld, wenn ne die Rittergitter? Auf uns Pauern hackt a alles ei, de Beamten wie der Edelmann. Nu solln mer och noch 's latzte bissel hergahn, dos mer hoan. Vun Haus und Hof mechten se uns rungertreiba, alles mechten se schlucken, bis mir gar an Bettelstabe sein. Dazumal, als se teelten – regulieren taten se's heeßen – 's is nu schun an Hardel Jahre har, mei Vater selch hot mer's derzahlt – do hat mei Grußvater an dritten Teel vun Gutte hergahn missen, ans Rittergut. Und hernachen wor's immer no nich genug. Do mußte mei Vater selch no ane Rente abzahlen, wie viele Juhre durch! – Nu sollt ees denka, mer wär' frei gewurn, weil mer an Hofedienst und a Fronde los sen. Aber ne! Nu kimmt a Edelmann su vun hinten rim und mechte unsereenem 's Gut abluchsen. Aber, da gibt's nischt! Mir Pauern sein och nich mehr so tumm. Mir sein a nimmer de Untertanen mih vun an gnädgen Herrn. Wenn mir ne wullen, do brauchen mer ne! Zun verkefen kann mich keener ne zwingen, och der Graf ne!»

Der Hauptmann hatte diesen Ausbruch bäuerlichen Selbstbewußtseins mit Verständnis und Teilnahme angehört. Sowie ihn der alte Mann zu Worte kommen ließ, sagte er: «Ich kann das alles mit Ihnen fühlen, Büttner! Ich habe auch einmal ein Gut besessen, ein schönes großes, vom Vater ererbtes Rittergut. Ich habe den Grund und Boden, auf dem ich geboren war, lieb gehabt, so gut wie Sie Ihr Gut lieben. Genau wie Sie dachte ich damals. Aber die Verhältnisse sind oft stärker als unser Wille. Was will man machen! Ein paar Mißernten und dann die Hypotheken, mein Lieber! Die Hypotheken! Das ist der zehrende Fraß, der den Grundbesitzer vernichtet. Das ist schlimmer als Feuersbrunst, Hagel und alle Ungewitter zusammen. Auf überschuldetem Grunde sitzen, das ist, als ob dir einer eine Schlinge um den Hals geworfen hätte, und wenn du die Füße losläßt, hängst du drinnen. Da gibt es keine Rettung. Der größte Fleiß, die größte Sparsamkeit nützen da nichts, du bist kein freier Mann mehr, du hängst von etwas ab, das du nicht kontrollieren kannst, und das lähmt dich. – Mit blutendem Herzen habe ich meinen Besitz fahren lassen müssen. Sequestration, Zwangsversteigerung, alles habe ich durchgemacht! Sie sehen, mein guter Büttner, ich kann hier mitreden.»

Der Hauptmann schwieg und strich sich mehrmals erregt den Bart, ihn von oben nach unten durch die hohle Hand gleiten lassend. Er seufzte. «Gott schütze Sie, mein Lieber, vor alle dem!»

Der alte Bauer war stille geworden in seiner Ecke. Die Worte des anderen hatten Eindruck auf ihn gemacht.

Hauptmann Schroff fuhr fort: «Es ist nicht leicht, als älterer Mann, ein Stück hergeben von dem, was man durch ein ganzes Leben sich gewöhnt hat, als sein Eigentum zu betrachten. Sitzt da irgendwo in der Stadt ein Kerl, der hat eine Hypothek auf deinem Gute erworben. Und dieser Mensch, der mit dem Grund und Boden nicht das geringste zu tun hat, der nicht ackert, pflügt oder sät, der hat nun Gewalt über dein Gut. Der kann dich runtertreiben, wenn es ihm paßt. Wie eine Ware kommt dein Eigentum unter den Hammer. Und das, was Generationen gepflegt und kultiviert und gehütet haben wie ihren Augapfel, wird nun zerschlagen und zerschlachtet von Fremden. Und draußen sitzen wir! Als älterer Mann mit Familie, muß man sich nach Brot umsehen. Das ist nicht leicht, mein Lieber, das ist nicht leicht!»

Der Hauptmann schwieg und blickte gesenkten Hauptes zu Boden, als sei dort irgend etwas Interessantes zwischen seinen Stiefelspitzen zu erblicken.

Auch der Büttnerbauer sagte kein Wort. Der Mann hatte recht! So war es, genau so! Wie oft hatte er nicht ebenso empfunden, wenn er mit

Angstschweiß die Zinsen für seine Gläubiger aufzubringen sich mühte. Der Mann wußte, wie es zuging, wahrhaftig, der durfte mitreden.

Der Hauptmann riß sich aus seinem Nachdenken. «Nun wollen wir aber mal von unserer Sache reden, Büttner! Ich weiß, wie's mit Ihnen steht. Ich gebe Ihnen den wohlgemeinten Rat: Verkaufen Sie Ihren Wald! Das ist das einzige Mittel, das Sie noch retten kann. Zahlen Sie von dem Erlös einen Teil der Grundschulden ab, sonst bricht Ihnen eines Tages die Geschichte über dem Kopfe zusammen. Es geht Ihnen dann wie mir, Sie kommen um alles. Das Angebot, welches Ihnen der Graf machen läßt, ist kein schlechtes. Nehmen Sie's an! Ich spreche nicht etwa nur im Interesse meines Brotherrn, ich spreche zu Ihnen geradezu als ein Leidensgefährte.»

Der Bauer schwieg eine Weile. In seinem Gesichte arbeitete es, als bewegten ihn die widersprechendsten Gefühle. Aber die Feindseligkeit war aus seiner Miene gewichen. Schließlich erklärte er mit gedämpfter Stimme, wenn er auch wolle, die Hypothekengläubiger würden es gar nicht zulassen, daß er das Gut verkleinere.

Auf diesen Einwand war der Hauptmann gefaßt. «Natürlich würden die Gläubiger Einspruch erheben, wenn Sie das Pfandobjekt vermindern wollten ohne ihre Genehmigung. Mit den Leuten muß selbstverständlich verhandelt werden. Ich denke, wenn man ihnen eine entsprechende Abzahlung zusichert, werden sie sich bereit finden, die Einwilligung zur Dismembration zu erteilen. Es sind ja wohl lauter nahe Verwandte von Ihnen, die Gläubiger? Die werden doch so viel Interesse für die Erhaltung des Gutes beweisen, daß sie sich in diese notwendigen Maßregeln finden.» –

Der Bauer schüttelte mit bitterem Lachen den Kopf. «Han Se ne das Sprichwurt gehert: Blutsverwandte tut mer heeßen, die dich am erschten werden beeßen.»

«Steht es so bei Ihnen? Ich kenne das Wort! Es liegt was Wahres darin. Aber in Ihrem Falle, dächte ich, müßten die Verwandten ein Einsehen haben, wenn nicht aus Familiensinn, so vielleicht aus Egoismus. Die sind doch schließlich auch daran interessiert, daß das Gut in Ihren Händen bleibt. Denn können Sie sich nicht darauf halten, dann sind auch die Hypotheken gefährdet. Auf überschuldetem Besitz arbeitet der Eigentümer tatsächlich nur für die Gläubiger. Sie schinden und plagen sich, damit Ihre Verwandten den Zinsgenuß ungestört haben. So liegt die Sache doch in Wahrheit, mein Bester! Habe ich recht?»

«Recht han Se! Aber soin Se mal suwos zu an Gleibiger. Die gahn mer de Einwilligung ne, ich glob's ne!»

«Ich will Ihnen mal was sagen, Büttner!» rief der Hauptmann, rückte dem Alten ganz nahe und legte ihm eine Hand aufs Knie. «Überlassen Sie die ganze Sache mir! Ich will mit den Leuten verhandeln. Erfahrung habe ich mir ja gekauft in dieser Art Sachen. Ich glaube, ich werde die Gesellschaft soweit bringen, daß sie Konsens erteilen. Es ist ja tatsächlich nur eine Formsache. Nennen Sie mir mal Namen und Adresse der sämtlichen Hypothekengläubiger.»

Der Alte kraute sich den Kopf; er wollte sichtlich nicht mit der Sprache heraus. Schließlich gab er aber doch dem Drängen des Hauptmanns nach.

Als der Bauer den Namen «Schönberger» nannte, stutzte der Hauptmann. «Mann! Wie kommen Sie zu so einem?»

Der Büttnerbauer berichtete in umständlicher Weise die ganze Angelegenheit. Die Kündigung der Hypothek vonseiten des Bruders, wie er sich dann umsonst nach Geld umgetan, bis er schließlich in der Stadt das notwendige erhalten habe.

Hauptmann Schroff nahm eine bedenkliche Miene an und schüttelte unwillig den Kopf. «Die Sache will mir nicht gefallen, mein guter Büttner! – Schönberger! – Was mag das für ein Menschenfreund sein?»

Der Büttnerbauer meinte, es habe ihm ja kein anderer Mensch das Geld borgen wollen. Herr Schönberger sei gleich bereit dazu gewesen, und allzu hohe Zinsen habe er auch nicht gefordert. –

«Trotzdem! Trotzdem!» meinte der andere. «Oder vielmehr, gerade deshalb! Aus Menschenliebe tut's diese Art gewöhnlich nicht. – Na, das ist nun nicht mehr zu ändern. – Also, mal die übrigen Gläubiger!»

Der Bauer berichtete, was sonst noch auf dem Gute an Schulden stehe.

«Der Hauptgläubiger ist demnach Ihr Schwager Kaschel. Mit einer Hypothek steht er zudem an letzter Stelle. Der wäre also der

Wichtigste. Was denken Sie, wenn ich mit dem Manne zuerst Rücksprache nähme? Er wohnt ja hier am Orte; ist Kretschamwirt, wie Sie sagen.»

«Da mechte aber eener Haare uf'n Zähnen han», meinte der Bauer mit vielsagendem Lächeln, «wer Kaschelernsten kirren wollte. Dos is a Dreimalgenähter. Und a bieser Hund is a Lammel gegen dan, das sag'ch Se glei!»

Der Hauptmann meinte, er sei nicht furchtsam von Natur und er wolle es auf den Versuch ankommen lassen. Er werde gleich einmal nach dem Kretscham hinüberreiten.

Der Büttnerbauer sagte nichts weiter dagegen.

Sie verließen die Stube. Der Hauptmann zog sich selbst sein Pferd aus dem Stalle, brachte die Sattelung in Ordnung und stieg auf.

«Ich bringe Ihnen Nachricht über den Erfolg, Büttner!» rief er im Abreiten.

Der Büttnerbauer sah dem Reiter eine Weile nach, bis er die Dorfstraße erreicht hatte und dort hinter Häusern seinen Blicken entschwand. Es hatte etwas Tröstliches für den alten Mann, daß dieser vornehme Herr alles das durchgemacht hatte, wovon er soeben erzählt. Er war ihm dadurch näher getreten.

Der Bauer stand da mitten in seinem Hofe, die Hand am Kinn, und simulierte. Was das für eine Welt war! Man fand sich bald nicht mehr ein noch aus.

Ein Hufnagel lag am Boden. Er beugte seinen alten steifen Rücken und hob das verrostete Ding auf. Man durfte nichts umkommen lassen. – Er sah sich im Hofe um. Die Holzverschalung am Westgiebel der Scheune war an verschiedenen Stellen brüchig, an einem anderen Flecke fiel der Putz von der Wand. Kostete wieder Geld, das herstellen zu lassen! Die neue Kuh war auch noch nicht voll bezahlt. Zu alledem rückte der Halbjahrestermin heran, wo wiedermal die Zinsen fällig waren. Woher das Geld dazu nehmen! Hafer, Roggen, Stroh, das vorjährige Heu, alles war schon verkauft, Schüttboden und Banse waren leer.

Auf den Feldern standen ja schöne Früchte. Wenn das Wetter weiterhin günstig war, würde er sogar eine ausgezeichnete Ernte machen.

– Der Bauer wandte seine Schritte unwillkürlich dem oberen Hoftore zu, von wo aus man die Felder des Gutes in ihrer ganzen Ausdehnung überblicken konnte.

Er deckte die Augen mit der Hand gegen die Sonnenstrahlen. Im klaren Mittagslichte lagen die Fluren vor ihm. Das Kornfeld wogte wie ein grünlicher See mit silbernen Wogenkämmen. Unabsehbar schien die Menge der Ährenhäupter, die sich da im Winde beugten und hoben in langgezogenen schwellenden und sinkenden Wellen. Und der Hafer, der eben die Schoßhalme treiben wollte, stand in dichten Beeten, eine dunkelgrüne lebendige Matte, von ungezählten schlanken spitzen Hälmchen. Und die Kartoffeln mit saftigem Kraut, kraftstrotzend, in langen geraden Reihen, sorgsam gejätet und angehäufelt, daß es eine wahre Lust war für das Auge des Landmanns.

Das war doch sein Eigentum! Hundertfach hatte er es dazu gemacht, durch die Arbeit. Da war nicht ein Fußbreit Land, den er nicht gepflegt hätte mit seinen Händen. Sein Acker war ihm vertraut, wie ein Freund. Er kannte alle seine Eigenarten, seine Schwächen wie Vorzüge, bis ins kleinste hinein. Er stand zu diesem Boden, dessen Sohn er war, doch auch wieder wie die Mutter zum Kinde; er hatte ihm von dem seinen gegeben: seine Sorge, seine Liebe, seinen Schweiß.

Und nun drohten sich zwischen ihn und dieses Stück Erde, aus dem er und die Seinen Kraft und Nahrung zogen, nun drohten sich Fremde zwischen ihn und sein Eigentum zu drängen. Seinem schlichten ungeschulten Verstande stellte sich die Gefahr dar, wie eine Verschwörung teuflischer Mächte, gegen ihn und sein gutes Recht. Von der Macht und Bedeutung des mobilen Kapitals, von jenen ehernen Gesetzen, nach denen ganze Stände und Geschlechter dem Untergange verfallen, andere emporhebend durch ihren Sturz, ahnte er nichts. Eines nur hatte er am eigenen Leibe erfahren: er kämpfte und rang durch ein langes Leben gegen eine Last, die auf ihn gelegt war, er wußte nicht von wem. Und je verzweifelter er sich aufbäumte gegen das unsichtbare Joch, desto schwerer und drückender wurde seine Wucht.

Konnte ein Mensch das ahnen, der diese lachenden Fluren ansah?

Gottes Segen schien auf ihnen zu ruhen. Der Acker wollte seinem Pfleger so gerne zurückerstatten mit Zinsen, was er an Liebe auf ihn verwendet. Der Boden wollte dem die Treue halten, der ihm treu gewesen war.

Halm an Halm drängte sich. Konnte der, dem solche Ernte in die Scheuer lachte, nicht guten Mutes sein? Durfte es denn wirklich eine Macht geben auf der Welt, die ihm diesen Erntesegen, den der liebe Gott doch für ihn hatte wachsen lassen, streitig machte?

Es kam wie ein großes dunkles Gespenst über die Felder gehuscht, ohne Beine, und doch schnellfüßig – der Schatten einer treibenden Wolke. Es löschte allen Glanz von den Ährenwellen, es wischte die Farbenpracht der bunten Fluren aus, es legte sich wie ein düsterer Ton über alles. Der Schatten eilte über Haus und Hof, über die Feldmark in ihrer ganzen Breite, dem Walde zu.

Der Bauer ließ die Hand von der Stirn sinken; jetzt brauchte er sie vor den Sonnenstrahlen nicht mehr zu schützen. Er wischte mit dem Ärmel über die Augen hin und schneuzte sich.

Toni kam aus dem Hause und meldete dem Vater, das Essen stehe auf dem Tische. Vom Felde her zog Karl mit den Pferden herein. Der alte Bauer meinte, sie sollten mit dem Essen immer anfangen, ohne ihn, er habe noch mit dem fremden Herrn zu sprechen.

Hauptmann Schroff erschien nach einiger Zeit, er blickte mißmutig drein. «Es war nichts damit!» rief er dem Alten schon vom Hoftore entgegen. «Sie haben recht behalten, Büttner. Ihr Schwager Kaschel – nun, ich will nichts weiter sagen. Ich bedaure Sie, Mann! – Aus dem Dismembrationsplane kann nun nichts werden. Da bleibt nur noch eins übrig: Mein Graf kauft Ihnen das ganze Gut ab, zahlt die Gläubiger aus, behält sich den Wald und läßt Sie als Pächter zeitlebens auf Hof und Feldern sitzen. Einen anderen Weg sehe ich nicht!»

Da verfärbte sich das Gesicht des Alten. Er richtete sich zu seiner ganzen Höhe auf, und seinen knochigen Arm ausstreckend, rief er zornig:

«Sahn Se den Misthaufen durte? Lieber durt druffe verrecken, aber 's Gutt gah' ich nich har!»

6

Frau Katschner und ihre Tochter, Pauline, hatten Scheuerfest. Frau Katschner hielt auf Sauberkeit und Ordnung in ihrem kleinen Hause. Sie war viele Jahre lang als Küchenmagd auf dem Rittergute gewesen. Von daher stammten ihre Manieren oder, wie man in Halbenau sagte, die «Benehmiche», durch die sie sich von den anderen Dorfleuten günstig abhob. Eine Photographie der Gräfin, ihrer ehemaligen Herrin, hing an der Wand, an besonders sichtbarer Stelle.

Ihre feinere Lebensart hinderte die Witwe jedoch nicht, gewöhnliche Arbeit zu verrichten, wie jede andere brave Halbenauerin. Es war Sonnabend, der Tag, an welchem in einem ordentlichen Haushalte gereinigt wird. Frau Katschner hatte gleich ihrer Tochter die Röcke hoch aufgebunden, sie schweifte mit einem Hader die Diele. Pauline handhabte am Boden kniend die Scheuerbürste. In der Mitte des Zimmers stand ein Holzfaß, dessen Inhalt bereits eine graubraune Färbung angenommen hatte. Pauline wollte eben eine neue Fahrt warmes Wasser aus der Pfanne herbeiholen, als ihr Blick, der sich zufällig durchs Fenster in den Garten gewandt hatte, dort durch etwas Ungewöhnliches gefesselt wurde.

«Mutter! Ne, sahn Se ack! Zu uns kimmt a Gescherre nuf, gerade ibern Garten. Ja, Himmel, ich glebe, das sein de Kontessen, Mutter!»

Frau Katschner sprang ans Fenster. «De Kontessen, Herr Jedelt! – Nu feder aber, Madel!» Sie ließ sofort ihre Röcke herab, fuhr in die Holzpantoffeln, trieb das Wasser, das in einer großen Pfütze auf der Diele stand, mit einem Borstwisch in die Ecke und schaffte das Waschfaß hinter den Ofen. Das alles war das Werk von kaum einer Minute.

Schon klopfte es ans Fenster. Draußen hielt ein niedriger Korbwagen, darin zwei junge Damen. Die eine hatte soeben mit dem Peitschenstiel gegen die Fensterscheibe gepocht. «Ist wer zu Hause hier?» hörte man eine helle Stimme rufen.

«Ich wer' naus gihn, Pauline!» sagte die Witwe. «Mach du dich derweilen a bissel zurechte, hierst de! Zieh der Strimpe an und a frisches Halstichel, verstiehst de! Ich wer se schun su lange hinhalen – gieh, feder ack!»

Pauline, die sich merkwürdig befangen und unschlüssig gezeigt hatte, von dem Augenblicke an, wo die Komtessen in Sicht gekommen, folgte dem Winke der Mutter und verschwand in ihrer Kammer. Frau Katschner schob das Schiebefenster zurück, das nach dem Garten hinaus führte. Sie brach in freudige Rufe des Staunens aus: «Ne aber! Ne sowas! De gnädigen Kontessen selber! Ich werde sogleich herauskommen.»

Die Damen waren aus dem Wägelchen gestiegen. Eine von ihnen hatte die Zügel geführt, jetzt warf sie die Leine dem Groom zu, der hinter ihnen auf der Pritsche gesessen hatte.

Die Komtessen waren gleich gekleidet, in hellen Stoff, und trugen breite Strohhüte mit bunten Bändern. Wanda, die jüngere und größere von beiden, war brünett, mit rassigem Gesicht, in dem adeliges Selbstbewußtsein ausgesprochen lag. Ida, die ältere, ein Mädchen von schmächtiger Gestalt, mit durchsichtiger Hautfarbe und hellem Haar, zeigte weichere Züge. Ihre stillen großen Augen und der feine Mund klangen zu eigenartig melancholischer Wirkung zusammen.

Frau Katschner erschien in der Tür und machte ihren schönsten Knicks, wie sie ihn sich ehemals auf dem Schlosse abgesehen hatte.

«Wir wollten Sie mal besuchen, Bertha!» rief Komtesse Wanda, welche eben darüber war, mit Hilfe des Grooms das Pony auszusträngen. «Ist übrigens ein eklig schlechter Weg hierherauf. Bei einem Haare hätten wir umgeschmissen. – Kann das Pony hier grasen, Bertha?»

Frau Katschner beteuerte unter fortgesetztem Knixen, daß hier alles den gnädigen Komtessen gehöre und daß es ihr eine Ehre sei, wenn das Pony in ihrem Garten Futter annehme. Nun trat sie an die jungen Damen heran und versuchte, ihnen die Hand zu küssen, was jene aber zu verhindern wußten.

«Ist Pauline zu Haus?» fragte die ältere Komtesse.

«Jawohl, Kontesse Ida! Wenn die Damen so gnädig sein wollen und eintreten ... es sieht freilich ein wenig unordentlich aus bei uns.»

«Kennen wir schon, Bertha! Faule Ausreden!» rief die Jüngere. «Sie behaupten immer, daß es unordentlich aussieht bei Ihnen; dabei ist es das reine Schmuckkästchen. Ich wünschte bloß, bei uns wäre es immer so ordentlich – was, Ida?» –

«Ach, du großer Gott, Kontesse Wanda! Die gnädigen Damen müssen nur verzeihen, wenn man eben arm ist! – Ordnung und Reinlichkeit, das kostet kein Geld, sage ich immer. Auf dem Schlosse, bei der gnädigen Herrschaft, da hatte ich's freilich besser als jetzt. Das war ein ander Ding – dazumal!»

«Ja, sehen Sie, Bertha! Das kommt alles nur vom Heiraten!» meinte Wanda, die unter ihresgleichen berüchtigt war für ihre kräftigen Bemerkungen und die sich etwas zugute hielt darauf, daß sie alles heraus sagte, was ihr gerade in den Sinn kam.

«Ja, ja! Die gnädige Kontesse können schon Recht haben, mit dem Heiraten is es manchmal nich immer was Gescheits. Obgleich ich mich nicht beklagen kann. Mein Mann is eben tot, Gott hab ihn selig! Aber man hat viel Sorge davon und Ärger noch obendrein. Ne, ne! Wer gescheit is, gnädige Kontesse, da haben Se sehr recht, der heirat' sich keenen Mann!»

Unter solchen Reden war man ins Haus getreten. Hier sprangen ein paar Kaninchen hinter einen Bretterverschlag. Wanda wollte eines der Tiere erhaschen, aber das Tierchen war flinker als sie. Frau Katschner, die Paulinens wegen jetzt noch nicht das Zimmer betreten wollte, fand hierin eine günstige Gelegenheit, die jungen Damen noch länger im Hausflur zu halten.

Sie öffnete das Ställchen. In einer dunklen Ecke unter einer Heubucht erblickte man eine ganze Kaninchenhecke. Wanda rief: «Pfui Deibel, wie stinkt 's hier!», lief aber nichtsdestoweniger in den Verschlag hinein und zog einzelne Tiere an den Löffeln heraus. Frau Katschner mußte ihr sagen, welches Männchen und welches Weibchen seien.

Als das Interesse hierfür erschöpft schien, hielt es Frau Katschner für angezeigt, die Damen in das Wohnzimmer zu führen. Pauline kam jetzt zum Vorschein aus ihrer Kammer, mit gesenkten Augen, über und über errötend. Ihre Befangenheit war womöglich noch größer als zuvor.

Pauline war in früheren Zeiten ein gelegentlicher Gast auf dem Schlosse gewesen, als Spielgefährte für Komtesse Ida, mit der sie ungefähr in gleichem Alter stand. Damals war man vertraut gewesen miteinander, nach Weise von Kindern, bei denen sich der Standesunterschied nicht so stark bemerkbar macht. Frau Katschner hatte der Tochter zwar immer die größte Devotion gegen die herrschaftlichen Kinder eingeschärft, aber beim Spiele war die künstliche Schranke der Etikette oft genug überschritten worden. Inzwischen hatten die beiden Komtessen eine Pension für freiadelige junge Mädchen besucht, aus der sie vor einem Jahre als fertige junge Damen entlassen worden waren. Sie hatten ihren ersten Winter in der Berliner Gesellschaft hinter sich. Seit Jahren hatten sich also die ehemaligen Spielgefährten nicht mehr gesehen.

Auch Ida errötete bis unter das blonde Haar, als sie Pauline jetzt die Hand reichte. Einen Augenblick hatte sie erwogen, ob sie das Mädchen umarmen solle. Aber dann fürchtete sie, es könne gemacht aussehen und wie Herablassung wirken, und so ließ sie es lieber bei einem Händedruck bewenden.

Wanda hingegen stellte sich vor Pauline hin und musterte sie von oben bis unten. «Diese Pauline!» rief sie. «Was das für ein Weib geworden ist. Wie eine Frau sieht sie aus, wie die reine Frau! Gar nichts vom Mädel mehr!»

Paulinens Hals, Wangen und Stirn färbten sich purpurn. Die Komtesse ahnte nicht, welchen Sinn jene ihrer Bemerkung unterlegen mußte.

Frau Katschners Vermittlertalent half über diesen kritischen Moment hinweg. Sie sprach und fragte, machte auf dieses und jenes aufmerksam, forderte die Damen zum Sitzen auf. Sie erzählte aus jetziger und früherer Zeit, wußte ihre devote Gesinnung gegen die Herrschaft in das rechte Licht zu rücken. Mit ihrer Verwunderung für die Erscheinung der Komtessen hielt sie nicht zurück. Sie war eine Meisterin in der Dienstbotenschmeichelei. Durch gelegentlich eingeworfene Fragen verstand sie es übrigens auch, die jungen Damen zur

Aussprache zu bringen, so daß sie bald allerhand für sie Wissenswertes in Erfahrung gebracht hatte.

Pauline saß stumm dabei und rührte sich kaum. Auf dem Mädchen schien irgend etwas zu lasten.

«Famos ist es hier!» rief eben Wanda. «Überhaupt, die sogenannten armen Leute haben es doch gar nicht schlecht!» Da erhob sich in der Kammer nebenan ein jämmerliches Quieken. Pauline wurde sehr unruhig, und selbst Frau Katschner warf einen besorgten Blick nach jener Tür.

«Was haben Sie denn da drinne? Junge Katzen?» fragte Wanda. Sie schien große Lust zu verspüren, dem Grunde des Lärmes sofort nachzuforschen.

«Ach, das ist ja das Kind!» rief Frau Katschner. «Gnädige Kontessen müssen entschuldigen!»

«Was! Habt Ihr hier kleine Kinder?»

Pauline saß wie mit Blut übergossen, die Augen in den Schoß gerichtet.

«Wir wissen eigentlich selbst nicht recht, wie wir zu dem Kinde kommen», sagte Frau Katschner. «Da habe ich eine Schwester, von der is der Mann gestorben, und da is eine Tochter, die hat geheiratet, und sehen Sie, der is der Mann davongelaufen. So ein Lump! Nicht wahr? Na, ich hab's ja vorher gesagt! Aber wer nicht hören wollte ... Also, von der is das Kind. – Das arme Ding haben wir derweilen hier bei uns aufgenommen, weil die sich einen Dienst sucht. Das is der ihr Kind, ja!» –

Pauline sah ihre Mutter erschrocken an, ob der Lüge. Das Mädchen war auf einmal ganz bleich geworden. Gut, daß Wanda das Gespräch sofort an sich riß und über durchgebrannte Männer und kleine Kinder mit Kennermiene zu sprechen begann. Pauline schlich sich derweilen aus dem Zimmer. Gleich darauf hörte man sie in der Kammer das schreiende Kind beruhigen.

«Na, und sehen Se!» fuhr die Witwe voll Eifer fort, «was meine Pauline is, die hat Sie das Kind doch nu so lieb gewonnen, als wäre 's ihr eigenes. Wie eine zweite Mutter, mechte man sprechen, is das Mädel zu dem Kinde.»

«Darf man das Kleine einmal sehen?» fragte Ida.

Frau Katschner lief ins Nebenzimmer und sprach dort halblaut ein paar Worte mit ihrer Tochter. Bald darauf kamen beide Frauen ins Zimmer zurück. Pauline trug den Jungen auf dem Arme.

Das Kind saß da, einen Finger im Munde, nur mit dem Hemdchen bekleidet, das Ärmchen um den Nacken der Mutter gelegt, und blickte die fremden Gesichter fragend und neugierig an. Es war ein dicker gesunder Junge, mit schönen Farben und kernigem Fleisch. Wer Gustav Büttner kannte, mußte dessen Augen wiedererkennen; im übrigen sah das Kind Paulinen unverkennbar ähnlich.

Die Komtessen verhielten sich sehr verschiedenartig dem Kleinen gegenüber. Wanda war äußerst wortreich, lobte und kritisierte und gab ihrem Mißfallen Ausdruck, daß der Junge keine geraden Beine habe. Das sei ein sicheres Zeichen für «Englische Krankheit», erklärte sie kategorisch. Frau Katschner hatte zwar noch nie in ihrem Leben von diesem Leiden gehört, der Komtesse zu gefallen aber tat sie, als halte sie das für sehr wahrscheinlich und erkundigte sich, was man dagegen anwenden müsse. Wanda war offenbar nicht ganz vorbereitet auf diese Frage, nach einigem Überlegen entschied sie: «Moorbäder sind das beste!»

Ida betrachtete inzwischen das Kind aufmerksam mit nachdenklichen Augen. Sie lächelte es an, ergriff eines seiner Händchen und versuchte auf diese Weise, Freundschaft mit dem Kleinen zu schließen. Während sich Wanda und Frau Katschner weiter über die Englische Krankheit unterhielten, erkundigte sie sich nach dem Leben und Treiben des Kindes. Pauline taute dabei ganz auf. Jetzt, wo sie von dem Wichtigsten sprechen konnte, was es für sie auf der Welt gab, fand sie ihre gewöhnliche Lebhaftigkeit und Offenheit wieder. Das Eis war gebrochen. Nicht mehr die Komtesse stand vor ihr, sondern eine Frau wie sie, der sie ihr Herz rückhaltlos ausschütten durfte. Bald wußte Ida alles über das Kind, seine Angewohnheiten und Liebhabereien. Der kleine Gustav wurde aufgefordert, die paar Worte, welche er angeblich sprechen konnte, aufzusagen; wohl aus Ängstlichkeit vor den Fremden versagte er jedoch völlig mit seinen Sprechkünsten.

Nach einiger Zeit wurde Wanda ungeduldig, sie zog die Schwester an der Hand; man müsse nun fort. Sie hätten ja noch ein paar «andre Armenbesuche» im Dorfe zu machen.

Ida bat Pauline beim Abschiednehmen, sie bald einmal auf dem Schlosse zu besuchen. Dem Kleinen küßte sie die Händchen mit einem innigen Ausdruck in ihren stillen Zügen, wie er nur kinderliebenden Frauen eigen ist.

Das Pony hatte sich inzwischen das Gras des Katschnerschen Gartens schmecken lassen. Wanda legte selbst mit Hand an beim Anschirren. Die Komtessen nahmen im Wägelchen Platz. Wanda ergriff Peitsche und Zügel, der Groom saß hinten auf, und fort ging's den schmalen Weg zur Dorfstraße hinab.

Pauline brachte das Kind in die Kammer zurück, dann schürzte sie ihr Kleid wieder auf und machte sich schweigend ans Scheuern. Frau Katschner nahm die Arbeit nicht wieder auf, sie beschäftigte sich vielmehr mit dem Zurechtmachen der Vesper. Von Zeit zu Zeit warf sie einen Blick nach der Tochter, forschend, ob die nicht endlich was sagen würde. Pauline bürstete und rieb, als ob ihre Seligkeit davon abhinge, daß die Diele rein würde.

Es schwebte etwas Ungelöstes, Schwüles, ein Vorwurf, zwischen Mutter und Tochter.

«Willst de ne vaspern, Pauline?» fragte die Mutter endlich. «Ich ha' der dohie wos zurechte gemacht.»

«Laßt ack Mutter! Ich ho' keenen Hunger ne!» sagte das Mädchen und vermied es noch immer, die Mutter anzusehen.

Frau Katschner, die am Tische saß, hatte sich ihr Brot mit Quark bestrichen, von Zeit zu Zeit führte sie mit dem Messer ein Stück zum Munde. Pauline war inzwischen aufgestanden, sie stand jetzt am Ofen, den Zuber vor sich auf der Ofenbank.

«Was meenst de wohl, Pauline!» begann Frau Katschner von neuem das Gespräch. «Wenn mer's, und mir hätten's den Kontessen derzahlt von deinen Kleenen, daß der von dir is, wos meenst de wohl, wos die fir a Gesichte derzut gemacht haben mechten – haa?»

«Ich weeß nich, Mutter!» sagte Pauline nur. Sie wandte der Mutter den Rücken zu und rang mit Aufbietung aller Kraft den Hader aus.

«Mit suwas darf man der Art garne kimma. Das vertrogen se ne. Do is glei alle. Das kenn' ich. Die Gräfin, su ne hibsche Frau, wie das war, aber wenn a Madel, und se tat sich vergassen ... ne! Da flog se glei naus. Do gab's nischt uf'n Schlosse. Suwos darf man denen gar nich merken lassen.»

«De Kontesse Ida is immer su gutt gewast – gegen mich ...» meinte Pauline mit stockender Stimme. Das Weinen war ihr nahe. «Nu hon Se er suwas vurgeradt Mutter! Ich ho' mich su schamen missen. Su ane Liege! Ne, ich muß mich su sihre schamen, muß ich mich! Grade der Ida, die su gutt is! – Ne, Mutter, das war ne recht vun Sie!»

Pauline ließ ihren Tränen freien Lauf. Sie hatte sich auf die Ofenbank gesetzt, die Ellbogen auf die Knie gestützt und verbarg ihr Gesicht in den Händen.

Frau Katschner war ärgerlich geworden. Sie sei wohl verrückt, warf sie der Tochter vor; sie hätt's wohl den Komtessen gleich auf die Nase binden sollen, das mit dem Jungen? Das sei das richtige Mittel, um sich bei solchen Damen beliebt zu machen! Komtesse Ida mit ihrer Zimperlichkeit sähe gerade danach aus, als ob sie dem Jungen dann noch was schenken würde. Und wenn Pauline nächster Tage aufs Schloß gehe, dann solle sie sich nur ja in acht nehmen mit ihren Reden, daß sie sich nicht etwa verplappere.

Pauline hörte kaum mehr auf die Vermahnungen, die ihr die Mutter mit keifender Stimme erteilte. Schließlich wurde es dem Mädchen zuviel. Sie lief in ihre Kammer, schloß hinter sich zu, nahm den Jungen aus dem Korbe und herzte und küßte ihn ab, unter Tränen.

7

Vor dem Kretscham in Halbenau hielt ein Einspänner. Die Kleidung des Kutschers ließ darauf schließen, daß das Fuhrwerk aus der Stadt komme. Ein rotbärtiger Mann im grauen Überzieher und karierten Hosen stieg aus und befahl auszuspannen. Dann begab sich der Fremde in den Gasthof.

In der Schenkstube befand sich nur Ottilie, die Tochter des Gastwirts. Harrassowitz betrachtete das Mädchen mit jenem spürenden Blicke, den er für alle Frauen hatte, mochten sie hübsch sein oder häßlich. «Ist der Herr Papa zu Haus?» fragte er. «Denn Sie sind doch das Fräulein Tochter. Ich bin Samuel Harrassowitz aus der Stadt, Ihr Herr Vater kennt mich.»

Ottilie zog einen schiefen Mund, was sie immer tat, wenn sie verlegen war, und meinte, sie werde nach dem Vater schicken. Sie begab sich ins nebenan gelegene Schnapsgewölbe, wo ihr Bruder Richard mit Umfüllen von Likören beschäftigt war, und sagte ihm, wer da sei. «Ach Sam!» meinte Richard. «Wer ist denn das?» fragte Ottilie neugierig. «Sam is Sam!» erklärte Richard. «Geh, sag mir's doch!» «Tu'n doch selber fragen, dumme Gans!» meinte der liebenswürdige Bruder, streckte dem Mädchen die Zunge heraus und ging, den Vater zu rufen.

Ottilie kehrte ins Gastzimmer zurück. Sie war nun doppelt neugierig geworden, wer der fremde Herr sei. Das Mädchen hatte nicht viel Besseres vor auf der Welt, als sich um anderer Angelegenheiten zu kümmern. Sie war meist unbeschäftigt, und hatte Zeit, allerhand Gedanken nachzuhängen, von denen die meisten töricht waren.

Ottilie war groß und mager, mit unverhältnismäßig langem Oberkörper, flacher Brust und herausstehenden Hüftknochen. Weibliche Fülle und Rundung war ihr versagt. Aber aus ihrer Art, verlegen zu lächeln, den Kopf beiseite zu legen, und dabei vielsagend dreinzublicken, sprach Gefallsucht, die ihrem reizlosen Körper zum Trotze die Blicke auf sich zu lenken trachtete. Sie hatte wenig vom Büttnerschen Blute in sich. Mit ihrer unreinen Hautfarbe, der birnenförmigen Kopfform und dem fliehenden Kinn war sie eine echte Kaschel.

Ottilie machte sich hinter dem Schenktisch zu schaffen. Vielleicht würde der Fremde sie doch noch einmal anreden.

Harrassowitz tat ihr auch wirklich den Gefallen. «Fräulein, wollen Sie sich nicht ein bißchen zu mir setzen; ich bin hier so alleine.»

Linkisch, mit ihrem scheuen Lächeln, kam Ottilie hinter dem Schenktische vor. «Ich bin so frei!» Damit setzte sie sich an den Tisch.

Sam ließ seine Blicke in unverfrorener Weise auf ihrer Gestalt herumkreuzen, während sie mit scheinbar niedergeschlagenen Augen, ihn dabei von der Seite anschielend, dasaß. «Darf ich mir wohl die Frage erlauben», sagte er, ihr vertraulich zulächelnd: «Ihre Hand ist noch nicht vergeben?»

«Aber ich bitte sehr, mein Herr!» rief sie, von ihm wegrückend, mit einer Miene, der man deutlich absehen konnte, daß ihr die Frage im Grunde gar nicht unangenehm war.

«Das ist mir eigentlich erstaunlich!» meinte er. «Ein solches Fräulein: ledig! Die Tochter von Herrn Ernst Kaschel! Da wüßte ich manchen jungen Herrn ...»

Zu Ottiliens großem Leidwesen trat hier der Vater ein, und die Unterhaltung wurde an der interessantesten Stelle unterbrochen.

«Guten Tag, Herr Harrassowitz!»

«Guten Tag, mein lieber Herr Kaschel!»

Die beiden Männer lachten sich an wie zwei, die einander genau kennen, und schüttelten sich kräftig die Hände.

«Recht lange nicht mehr bei uns gewesen, Herr Harrassowitz!»

Der Händler blickte dem Gastwirt in die schlauen Augen und meinte, er wolle sich hier draußen nur mal ein bißchen nach den «Ernteaussichten» umsehen. – Kaschelernst lachte über diese Bemerkung, als sei das der beste Witz, den er seit langem gehört habe.

Der Wirt schickte Ottilie nach Gläsern, er selbst holte eine Flasche herbei. Den Getreidekümmel müsse Harrassowitz mal kosten, das sei was Extrafeines. Er schenkte ein.

Man sprach über die Feldfrüchte, über Wetter und Viehseuche. Aber das waren alles nur Plänkeleien. Die beiden kannten und würdigten sich. Kaschelernst wußte ganz genau, daß der Händler nicht um Schnickschnacks willen nach Halbenau gekommen sei. Einstweilen gefiel es aber beiden, sich mit solchem Versteckenspiel zu unterhalten.

Sam begann endlich ernsthaft zu sprechen, was er dadurch andeutete, daß er näher an den Gastwirt heranrückte und die Stimme senkte. Kaschelernst schickte die Tochter, die sich hinter den Schenktisch zurückgezogen hatte, hinaus; nun konnte ein «vernünftiges Wort» unter Männern gesprochen werden.

Der Händler erkundigte sich nach den Verhältnissen der verschiedensten Personen: Bauern, Gutsbesitzer, Handwerker. Kaschelernst kramte seine Kenntnisse aus mit der Miene eines schadenfrohen Menschen. Man konnte ihm den Hochgenuß ansehen, mit dem ihn Unglück, Fehltritte und Dummheit seiner Mitmenschen erfüllten.

Wenn er von einem Bauern erzählte, der vor dem Bankerotte stand, lächelte er. Er lächelte auch, als er berichtete, daß ein anderer Feuer an seine Scheune gelegt habe. Und ausschütten wollte er sich geradezu vor Lachen, als er dem Händler hinterbringen konnte, ein Stellenbesitzer habe sich neulich aufgehängt, weil ihm die Gläubiger die Kuh aus dem Stalle weggepfändet hatten.

Kaschelernst schien alle Leute in der Runde zu kennen und über die Verhältnisse von allen Bescheid zu wissen. Harrassowitz lauschte mit größtem Interesse, ja mit einer gewissen Andacht, als verkünde jener ein Evangelium, wenn er erklärte: der Bauer Soundso werde sich nicht länger als höchstens noch zwei Jahre halten, oder der und der sei durchaus kreditfähig, da er einer sicheren Erbschaft entgegensehe.

Man hatte bereits mehrere Glas von dem Kümmel vertilgt, welcher dem Händler zu schmecken schien.

Endlich schien Harrassowitz genug Weisheit eingesogen zu haben, er erhob sich. Er habe noch einen kleinen Gang ins Dorf vor, erklärte er.

«So, so!» meinte Kaschelernst. «Hier in Halbenau is doch jetzt nischt zu machen für Sie.»

«Ach doch! – Ich will mir mal 'n Bauerngut ansehen.»

Kaschelernst spitzte die Ohren. Aber beileibe wollte er sich keine Neugier anmerken lassen. «Welches denne?» fragte er scheinbar nebenhin.

Sam tat, als habe er die Frage überhört. «Es soll ein schönes Gut sein», meinte er. «Felder, Wiesen, alles prima! Auch die Gebäude im Stande. Natürlich sind tüchtige Schulden drauf. Die Bauern sind ja alle verschuldet. Ich will mir's mal besehen», damit wollte er gehen.

«Daß Sie sich nur nicht verlaufen in Halbenau, Harrassowitz!» sagte Kaschel, ihm folgend. «Hier gibt's viele Güter, große und kleene. Zu wem wollen Se denne?»

«Auf das Büttnersche!»

Kaschelernst zuckte mit keiner Wimper, als er den Namen seines Schwagers hörte. Harrassowitz fixierte ihn scharf. «Kennen Sie das Gut? Ich interessiere mich dafür.»

Der Wirt zuckte die Achseln und nahm eine geheimnisvolle Miene an. Er dürfe nichts sagen, meinte er, der Besitzer sei sein Schwager.

«Ihr Schwager, Herr Kaschel!» rief der Händler, mit gut geheucheltem Erstaunen. «Das ist mir ja hochinteressant zu hören! Ich habe dem Manne nämlich Geld verschafft. Das ist mir sehr lieb, daß Sie mit ihm verwandt sind; sehr lieb ist mir das! Nun ist mir der Bauer noch einmal so viel wert, denn Sie werden Ihren Schwager doch nicht sitzen lassen in der Patsche – was?»

Kaschelernst machte ein ganz dummes Gesicht. Es war so dumm, daß man die Pfiffigkeit, die sich dahinter verbarg, leicht merkte. Der Händler lachte hell heraus, und der Wirt stimmte ein. Sie hatten einander wiedermal erkannt, die beiden Biedermänner.

«Na, ich will mir's mal ansehen, das Gut Ihres Herrn Schwagers», sagte Harrassowitz, ließ sich den Weg beschreiben und schritt dann die Dorfstraße hinab.

Sam näherte sich dem Büttnerschen Hofe. Mit prüfendem Blicke musterte er zunächst die Baulichkeiten. Wohnhaus: Fachwerkbau mit Ziegeldach, konstatierte er. Ställe und Scheune: nur Strohbedachung. Übrigens schien alles recht gut in Schuß und wohlgepflegt. Ganz heruntergekommen war der Bauer also noch nicht.

Der Händler trat durch die offene Tür in den Hausflur und klopfte an die Wohnstubentür. Er traf nur die Bäuerin an, die am Wiegekorbe stand und ihr jüngstes Enkelchen in den Schlaf wiegte.

Die alte Frau sah den Fremden mit offenstehendem Munde an. Sam trat mit leutseliger Miene auf sie zu und erklärte ihr, er sei ein Geschäftsfreund des Herrn Gutsbesitzers Büttner, und er habe sich immer schon die Besitzung einmal ansehen wollen.

Der Bäuerin imponierte der Aufzug des Fremden, vor allem eine blitzende Nadel in der Krawatte stach ihr in die Augen – von Similibrillanten ahnte die gute Frau freilich nichts. – Was ihr Mann doch für vornehme Bekannte hatte in der Stadt! Sie lief nach einem Stuhle, trotz ihrer rheumatischen Lähme. Aber der Händler kam ihr zuvor.

Sie solle sich nur um Gotteswillen nicht bemühen um seinetwillen, wenn der Bauer auf dem Felde sei, wolle er ihn dort aufsuchen, hier im Hause möchte er um keinen Preis Störung verursachen. Es sei alles draußen erklärte die Bäuerin, die Weibsen in den Runkeln, Karl beim Kartoffelanfahren und der Bauer ganz draußen am Walde beim Säen.

Der Fremde sah sich im Zimmer um. Er meinte, sie hätten es recht hübsch und gemütlich hier. Dann untersuchte er die Holzverkleidung der Wand, indem er daran klopfte. Holztäfelung liebe er, das gäbe im Winter ein hübsch warmes Zimmer. Auch den Wandschrank mit den bunten Tellern bewunderte er, von denen er einzelne herabnahm, um sie näher zu betrachten. Es gab nichts, wofür Sam nicht Interesse gezeigt hätte.

«Sehr nett, ganz riesig nett, hier!» sagte er und lachte die Bäuerin freundlich an. «So richtig ehrwürdige, patriarchalische Verhältnisse. Ich liebe das! Sowas hat man in der Stadt nicht.»

Die Bäuerin war von solchem Lobe aufs angenehmste berührt. Sie hielt es aber für nötig, die Beschämte zu spielen. Es sei durchaus nicht schön bei ihnen, behauptete sie, und der Herr sei es gewiß ganz anders gewohnt. Harrassowitz beteuerte dagegen, daß es für ihn nichts Idealeres gäbe, als eine gemütliche Bauernstube, das gehe ihm weit über sein Kontor.

Dann näherte er sich dem Kinde im Korbe, schäkerte mit dem Kleinen, indem er es unter dem Kinn kitzelte und «Kss, Kss!» dazu machte, bis das Würmchen vor Vergnügen lachte und das dicke Oberbett von sich strampelte. Er lobte das gesunde Aussehen des Kindes und erzählte, daß er kürzlich eine Tochter verheiratet habe.

Die Bäuerin war völlig gefangen genommen durch das vertrauliche Wesen des Fremden. Daß man so vornehm und gleichzeitig so liebenswürdig sein könne, war ihr unfaßlich.

Als Sam schließlich erklärte, nunmehr aufs Feld hinaus zu wollen, bat sie ihn, doch ja wieder zu kommen, und geleitete ihn humpelnd bis vors Hoftor, um ihm den Weg zu weisen.

Er traf zunächst auf die Frauen in den Rüben. Sie standen in der Furche und behackten die Pflanzen. Die Hacken flogen nur so in den fleißigen Händen. Von hinten sah man die drei gebückten Rücken und unter den kurzen Röcken die sechs bloßen Waden. So standen sie in einer Reihe, wie ausgerichtet, nebeneinander.

Sam war auf weichem Wiesenpfade, ungehört, bis dicht an die Frauen herangekommen. Jetzt blieb er stehen und versenkte sich in den Anblick. Er nahm alles mit. –

Endlich räusperte er sich. Sofort standen die drei Hacken still, die drei Köpfe wandten sich nach ihm um. Sam stand lächelnd vor den Frauen, breitbeinig, mit vorgestrecktem Leibe, auf seinen kurzen krummen Beinen. «Guten Tag, meine Damen!» sagte er. Es sei heute recht warm, und sie sollten sich nur nicht überanstrengen.

Therese, die älteste und redefertigste von den Dreien, meinte, er solle lieber selber die Hacke zur Hand nehmen, dann würde er vielleicht etwas von seinem Fette kommen; aber von ordentlicher Arbeit verstehe er wahrscheinlich nichts. –

Die beiden Mädchen, Toni und Ernestine, kicherten zu der schlagfertigen Rede der Schwägerin. Sam nahm die Bemerkung scheinbar nicht krumm; lächelnd erwiderte er, er habe einen anderen Beruf als Rübenhacken erwählt. Dann fragte er nach dem Büttnerbauer.

Die Frauen musterten den Aufzug des Fremden mit beobachtenden Blicken. Im hellen Tageslichte besehen, zeigte es sich, daß sein Hemdkragen nicht vom reinsten und daß auf seiner hellen Weste verschiedene Fettflecke seien. Toni war ein harmloses Geschöpf und viel zu phlegmatisch, um sich mit Kritisieren abzugeben. Aber Therese und die kleine Ernestine waren um so scharfäugiger. Kaum war er außer Hörweite, so hielten sie sich über seinen häßlichen Mund, den der rote Bart nicht genügend deckte, auf, über seine Dachsbeine, ja selbst die versteckte Lüsternheit seines Wesens war ihrem weiblichen Scharfblicke nicht entgangen.

Inzwischen kam Karl Büttner, der nebenan die Kartoffeln anfuhr, herbeigelaufen. Der Vater sei draußen am Büschelgewende, erklärte er dem Fremden, und wies mit dem Peitschenstiele in die Richtung nach dem Walde. Sam betrachtete sich den hochgewachsenen jungen Mann, fragte, ob er der Sohn sei, und verlangte schließlich, über die Felder geführt zu werden.

Karl rief seiner Frau zu, sie solle auf die Pferde aufpassen, dann folgte er dem Händler.

Sam umschritt die einzelnen Schläge, hie und da untersuchte er den Boden mit seinem Stocke, an dessen Ende sich eine lange metallne Zwinge befand. Zwischendurch richtete er Fragen an seinen Begleiter über die Grenzen des Gutes, über benachbarte Grundstücke, Wege, Fruchtfolge, Bewässerung, Aussaat und Erträge. Auch die Verhältnisse in der Familie schienen ihn zu interessieren. Karl wunderte sich zwar über die vielen Fragen des Fremden, aber auf den Gedanken, etwas zurückzuhalten, kam er nicht. Treuherzig gab er auf alle Fragen Antwort, so gut er es eben wußte.

So kam man in die Nähe des Waldes. Schon von weitem konnte man den alten Bauern erblicken, auf lehnan gelegenem Feldstücke, wie er, einen grauen, bauschigen Sack vorgebunden, den Samen mit gemessenem Wurfe ausstreute, den Acker hinab und hinauf schreitend.

Der verwilderte Zustand dieses Schlages, der Nähe des Waldes wegen, das Büschelgewende benamst, das zwei Jahre lang brach gelegen, hatte dem alten Manne keine Ruhe mehr gelassen. Sowie die Bestellung des übrigen Gutes beendet, war er daran gegangen, dieses Stück wieder urbar zu machen. Eigenhändig hatte er es umgepflügt und einen Teil davon für die Aussaat vorbereitet. Da es zu spät war im Jahre, um hier noch etwas anderes zu erbauen, säte er jetzt wenigstens noch Gemenge aus.

Im ersten Augenblicke erkannte der Büttnerbauer den Händler gar nicht. Harrassowitz mußte sich ihm ins Gedächtnis rufen. Nun dämmerte es in den verdutzten Mienen des Alten. Er schüttelte dem Händler kräftig die Hand. «Herr Harrassowitz, ich hätt' Se, weeß der Hole, bale ne derkennt. Das is schene vun Sie, daß Sie och mal zu uns nauskumma – das is racht!»

In der Freude des Bauern lag nichts Erheucheltes. Er rechnete es dem Städter hoch an, daß er ihn auf dem Dorfe aufsuchte, und war sogar, bis zu einem gewissen Grade, stolz auf diesen Besuch.

Der Bauer band sich den Sack ab und gab ihn Karl zum Tragen. Dann schritt man zu Dreien langsam auf dem Wiesenpfade dem Gehöfte zu. Karl ging in respektvoller Entfernung hinter dem Vater und dem fremden Herrn drein.

Harrassowitz lobte alles, was er sah. Nach seinem Urteil war der Boden ausgezeichnet, die Wiesen in bester Kultur und der Stand der

Feldfrüchte ließ nichts zu wünschen übrig. Dem alten Bauern mundeten die Lobeserhebungen des Händlers wie Honigseim. Er schmunzelte vergnügt in sich hinein.

«Sie werden eine glänzende Ernte machen, mein guter Herr Büttner!» sagte Harrassowitz. «Ich gönne es Ihnen von Herzen; denn hier in dem Boden steckt Arbeit, das sieht man.»

«Gab's Gott! Gab's dar liebe Gott!» erwiderte der Alte und bekreuzigte sich dabei. Es war ihm eigentlich nicht recht, daß der andere eine solche Prophezeiung ausgesprochen hatte. Man durfte nichts berufen. «Gebraucha kennten mer schun ane gute Ernte. Aber da kann Sie nuch mancherlei für sich giehn, bis dohie.» Er seufzte.

Der Büttnerbauer hatte gerade in den letzten Tagen wieder schwere Sorgen durchzumachen gehabt.

Sein Schwager Kaschel hatte ihm durch eingeschriebenen Brief seine Hypothek von siebzehnhundert Mark gekündigt. Das hatte wie ein Blitz aus heiterem Himmel gewirkt. Woher das Geld herbeischaffen für diese an letzter Stelle eingetragene Hypothek! Mehr noch aber als die Kündigung hatte den Büttnerbauer ihre Form geärgert, ja geradezu in helle Wut versetzt. Ein eingeschriebener Brief! War so etwas erhört! Darin erblickte er eine ganz besondere Niederträchtigkeit vonseiten seines Schwagers. Ein eingeschriebener Brief! Er hatte da dem Postboten sogar noch etwas unterschreiben müssen. Und dabei wohnte sein Schwager einige hundert Schritte von ihm. Man konnte sich vom Büttnerschen Gute zum Kretscham mit einigermaßen lauter Stimme etwas zurufen.

Wäre Kaschelernst an jenem Tage dem Schwager in den Wurf gekommen, es hätte wohl ein Unglück gegeben.

Und das war noch nicht einmal alles. An verschiedenen Stellen drückte den Bauern der Schuh. Der Viehhändler, dem die Kuh immer noch nicht ganz bezahlt war, hatte gemahnt. Die Gemeindeanlagen waren fällig für mehrere Termine. Der Büttnerbauer hatte sein Bargeld immer und immer wieder überzählt und seinen Kopf angestrengt. Er wußte keine Hilfsquellen mehr. Er würde schuldig bleiben müssen, und in der Ferne drohte das Schreckgespenst der Pfändung.

«Ist es nicht ein wahrer Segen Gottes!» rief Sam und blieb vor dem großen Kornfelde stehen, dicht am Hofe. «Hier wächst doch wirklich das reine Gold aus dem Boden!»

Das Wort löste dem Büttnerbauer die Zunge. Natürlich fiel er nicht mit der Tür ins Haus. Nach seiner bäuerisch verschlossenen, mißtrauischen Art fing er an ganz entlegener Stelle an, und kam dann allmählich seinem Gegenstande vorsichtig näher.

Der Händler ließ sich erzählen. Mit teilnahmsvollem Gesichte hörte er zu. Als der Bauer schließlich soweit war, daß er ihm rückhaltslos seine mißliche Lage eröffnete, nahm Sam eine ernstlich betrübte Miene an. Das tue ihm von Herzen leid, sagte er. «Ja, was wird denn da werden, mein guter Büttner? Die Gläubiger werden sich mit bloßen Versprechungen wohl nicht beruhigen. Was wird denn da werden?»

«Ja, wißten Sie nich an Rat, Herr Harrassowitz?»

«Ich! – Ich bitte Sie, mein Bester, wie könnte ich Ihnen da einen Rat geben; ich bin Kaufmann. In diesen ländlichen Dingen weiß ich gar keinen Bescheid.»

«Ich meente – ob Se nich vielleicht – wegen an Gelde ...»

«Aber mein verehrter Freund! Wofür halten Sie mich denn?»

«Ich dachte ack – weil Sie mer duch schun eemal, und Se han mir dunnemals su freindlich gehulfa!»

«Ach Sie meinen damals mit Schönberger! Ja, sehen Sie, da lag die Sache günstiger. Da war einfach eine todsichere Hypothek zu besetzen – aber hier ... nein, das sind Sachen, mit denen sich ein reeller Geschäftsmann nicht gern abgibt.»

Man ging fortan schweigend neben einander her. Der alte Bauer in stummer Verzweiflung. Er hatte bei all den Sorgen der letzten Tage im Stillen immer auf Harrassowitz gehofft. Wenn alle Stränge rissen, wollte er sich an den wenden, der würde schon einspringen. Nun war es damit auch nichts!

Schon war man an das Gehöft herangekommen und ging an der hinteren Wand der Scheune entlang, da machte der Händler plötzlich halt. «Büttner!» sagte er, «Ich habe mir die Sache überlegt: Ihnen muß geholfen werden. Einen Mann wie Sie, der sich so redlich müht, in der Klemme sitzen zu lassen, das bringe ein anderer übers Herz, ich nicht! Ich werde Ihnen das Geld verschaffen, obgleich ich selbst noch nicht weiß, wo hernehmen. Denn ich habe alles im Geschäfte festgelegt. Unsereiner kann auch nicht immer so, wie er gern möchte. Aber geschafft muß es werden. Erst mal Ihre laufenden Schulden! Die müssen Ihnen zunächst vom Halse geschafft werden. Später wird dann auch für die Hypothek Rat werden. Sagen Sie mir, wieviel die Läpperschulden ausmachen.»

Dem alten Manne zitterten die Hände vor freudigem Schreck. Das Glück kam so überraschend, daß es ihm für Augenblicke das Denkvermögen völlig benahm. Er rechnete, nannte einige Zahlen, widersprach gleich darauf, faselte unsicher zwischen seinen eigenen Angaben hin und her.

Sam klopfte ihm beschwichtigend auf den Rücken. «Nun, nun, mein Guter! Nur keine Aufregung! Wir werden uns das nachher in aller Ruhe berechnen. Jetzt will ich mir mal Ihre Gebäude von innen ansehen.»

Man trat in die Ställe. Mit Kennerblick prüfte der Händler den Viehstand. Eine Kuh hatte die Trommelsucht. Sam gab gute Ratschläge für ihre Behandlung. Auch die Scheune besah er sich, prüfte das Gebälk. Selbst in den Schuppen warf er einen Blick. Er untersuchte, ob die Düngerstätte auch die Jauche halte. Dann betrat er den Garten, pflückte sich im Vorbeigehen eine Narzisse, die er ins Knopfloch steckte, ließ sich einen Augenblick auf der Holzbank nieder, die um den alten großen Apfelbaum gegenüber dem Westgiebel des Wohnhauses angebracht war.

Nichts gehe ihm über die Traulichkeit des Landlebens, erklärte er, und musterte das alte, freundliche Haus mit empfindsamen Blicken; am liebsten gäbe er sein Geschäft auf und würde selbst ein Bauer.

Inzwischen hatte die Bäuerin drinnen einen Kaffee zurechtgemacht, wie er im Büttnerschen Hause noch nicht getrunken worden war. Die wohlbeleibte Frau erschien dann selbst im Garten und bat mit ihrem schönsten Knicks den Herrn zum Vesper.

Es gab Butter, Quark und Honig zum Schwarzbrot. Sam kostete von allem. Er schmeichelte sich dadurch, daß er so gar nicht wählerisch war, nur noch mehr im Herzen der Wirtin ein.

Nachdem er sich satt gegessen und getrunken, lehnte er sich zurück und entnahm seiner Brusttasche ein Zigarrenetui. «Es ist doch gestattet, zu rauchen?» fragte er lächelnd. «Nach einer guten Tasse Kaffee gehört sich eine Zigarre!» Dann holte er aus seinem Rocke eine gewichtige Brieftasche hervor, die er vor sich auf den Tisch legte.

«Nun vielleicht zum Geschäftlichen, Herr Büttner, wenn's recht ist?»

Der Bauer hatte inzwischen in einer Ecke des Zimmers sein Wesen für sich gehabt. Mit Hilfe eines Stückes Kreide schrieb er dort Zahlen an die braune Wand. Jetzt wischte er die Zahlenreihe mit dem Rockärmel aus, und trat zu dem Händler. «A Märker dreihundert wer'ch brauchen», sagte er mit gedämpfter Stimme, «was blußig de Handschulden sen.»

Der Händler klappte die Brieftasche auf und blätterte darin.

«De Weibsen megen a mal nausgihn!» sagte der Bauer, als er bemerkte, daß Ernestine und Therese lange Hälse machten und die Köpfe zusammensteckten. «Mutter, du kannst bleba und Karle och!» Die drei jüngeren Frauen entfernten sich darauf schleunigst.

Sam hatte der Tasche ein Paket blauer Scheine entnommen. «Ein glücklicher Zufall!» sagte er, «daß ich gerade heute Geld einkassiert habe. Für gewöhnlich pflege ich nicht soviel bei mir zu tragen.» Er legte drei Hundertmarkscheine nebeneinander auf den Tisch und behielt die übrigen in der Hand. «Hier wäre das Gewünschte, lieber Büttner! Soll ich Ihnen vielleicht noch hundert Mark darüber geben, da ich's einmal hier habe?»

Der Bauer starrte mit großen Augen auf das Geld, rührte aber keinen Finger und sagte auch nichts.

«Ihnen gebe ich Kredit, soviel Sie wollen, Büttner. Ein so tüchtiger Wirt wie Sie, mit solch einer Ernte auf dem Felde! Ihre Unterschrift ist mir so gut wie bar Geld.»

Dem alten Manne drehte sich alles vor den Augen. Er sah bald den Händler, bald seine Frau an, die neben ihm stand. Durfte er denn seinen Sinnen trauen! War das nicht etwa ein Spuk! Hier lag das Geld, das er brauchte, und noch mehr, auf der Tischplatte, so viel, um ihn aus allen seinen Nöten zu reißen. Hier saß einer, der ihm die Hilfe geradezu aufnötigte. Was sollte man davon denken?

In seiner Ratlosigkeit wollte er schon den ältesten Sohn um seine Meinung befragen. Aber Karl sah dem ganzen Vorgange mit einer so völlig verständnisleeren Miene zu, daß der Alte diesen Gedanken schnell wieder fallen ließ. Er blickte fragend nach seiner Lebensgefährtin hinüber.

Die Bäuerin nickte ihm zu, ermutigte ihn: «Nimm's ack, Mann! Nimm's ack an! Der Herr meent's gutt mit uns – newohr?»

Der Bauer streckte die Hand aus und wollte nach dem Gelde greifen.

«Halt! Noch eine kleine Formalität!» meinte Harrassowitz lächelnd, und legte schnell sein Taschenbuch auf die Scheine. «Nur der Ordnung wegen! Wir stehen allezeit in Gottes Hand und wissen nicht, wie schnell wir abgerufen werden können. Dann fehlt es nachher an einem Belege. Das wollen wir doch nicht! Nicht wahr?»

Er hatte dem Taschenbuche einen schmalen, bedruckten Zettel entnommen. «Tinte und Feder ist wohl im Hause?» Karl wurde beauftragt, das Gewünschte zu schaffen. «Ordnung muß sein in allem. Das ist man sich als reeller Geschäftsmann schuldig.» Sam füllte das Formular mit einigen Federzügen aus. «Also, ich schreibe Mark vierhundert. Es ist doch recht so?» Niemand antwortete; der Bauer atmete so schwer, daß man es durch das ganze Zimmer vernahm. «Dann bitte ich nur hier zu unterschreiben», sagte der Händler, stand auf und reichte dem Alten die Feder.

Der Büttnerbauer stand eine Weile da, den Zettel drehend und wendend; mit hilflosen Blicken sah er Frau, Sohn und den Händler an. «Lesen Sie nur erst, Herr Büttner!» mahnte Harrassowitz. «Ungelesen soll man nichts unterschreiben.» Der Bauer hielt das Papier mit zitternden Händen weit von sich ab und studierte lange. «Nur keine Sorge, mein Guter; es ist alles drin, was drin sein muß», witzelte Sam. «Die ganze Geschichte ist in bester Ordnung. Bequemer kann ich's Ihnen nicht machen. Hier, das Geld! Sie bekennen: Wert in Bar empfangen zu haben und mir die Summe am ersten Oktober dieses Jahres zurückerstatten zu wollen. Da fällt die Ernte dazwischen, bedenken Sie das! Kulantere Bedingungen kann ich nicht stellen. Das Papier hier brauche ich zu meiner Sicherung. Eine leere Formalität, weiter nichts, aber sie ist nun mal nötig. Also, bitte!» Der Alte überlegte noch immer. Seine arbeitenden Züge ließen auf den schwersten Seelenkampf schließen.

Sam nahm eine finstere Miene an. «Ich glaube gar, Herr Büttner traut mir nicht!» sagte er zu der Bäuerin. «In diesem Falle nehme ich mein Geld lieber zurück. Aufdrängen will ich mich nicht, nein! Ich dachte nur, ich könnte dem Herrn eine Gefälligkeit erweisen. Aber, wenn er nicht will« ... Mit seiner rotbehaarten Hand griff er bereits nach den Scheinen.

«Traugott!» rief die Bäuerin und stieß ihren Mann in die Seite. «Bis ne verrickt! Unterschreib ack das Briefel!» Dann zog sie ihn am Ärmel und raunte ihm zu: «Ar wird glei biese warn, wenn de no lange machst.»

Sie reichte ihm selbst die Feder.

«Hier bitte, an dieser Stelle, Herr Büttner! – Weiter rechts! ... Hier! ... Bloß den Namen.» Der Händler wies mit dem Finger genau auf den Fleck.

Und so unterschrieb der Büttnerbauer den Wechsel.

8

Pauline ließ volle vierzehn Tage ins Land gehen, ehe sie der Aufforderung von Komtesse Ida, sie im Schlosse aufzusuchen, nachkam. Sie wäre möglicherweise überhaupt nicht dorthin gegangen, wenn nicht ihre Mutter sie unausgesetzt dazu angetrieben hätte.

Eines Nachmittags also zog sie ihr Kirchenkleid an und setzte den neuen Hut auf, den sie sich von Gustavs Gelde angeschafft hatte. So ging sie, in ihrem Feiertagsstaat, nach dem Schlosse.

Die Herrschaft Saland lag ungefähr eine halbe Stunde Wegs von Halbenau entfernt. Ein eigentliches Dorf war nicht vorhanden; aber das Schloß mit seinen Nebengebäuden bildete an sich einen stattlichen Häuserkomplex. Ein ausgedehnter Park mit Rasenplätzen, Teichen, Gebüschen und Baumgruppen umgab das Herrenhaus. Die eigentlichen Grenzen dieses Parkes waren kaum festzustellen, da er sich in die ausgedehnten Wälder der Herrschaft verlief.

Pauline ging auf der großen Heerstraße, die unfern vom Schlosse vorüberführte, hin. Sie bog nicht in den breiten Fahrweg ein, der sich in Schlangenlinien durch den Park zog, und schließlich über einen jetzt trockengelegten Wallgraben vor das Portal des Schlosses führte. Sie wählte vielmehr einen schmalen Seitenpfad. Das Mädchen war mit den Gebräuchen und Sitten des gräflichen Haushaltes bekannt. Sie wußte, daß gewöhnliche Leute vom Kastellan gar nicht erst zum vorderen Portal eingelassen wurden. Für ihresgleichen gab es einen besonderen Eingang durch das Hinterportal. Sie wollte auch zunächst nur die gräfliche Wirtschafterin besuchen, Mamsell Bumille, die mit ihrer Mutter gut bekannt war, und die sie selbst auch kannte von jener Zeit her, wo sie auf dem Hofe gearbeitet hatte. Mit Mamsell Bumille wollte sie erst Rücksprache nehmen und hören, ob Komtesse Ida überhaupt anwesend und ob sie allein sei. Das Mädchen war sich noch gar nicht im reinen darüber, ob sie den Besuch bei der Komtesse nicht schließlich doch unterbleiben lassen solle.

So näherte sie sich auf Seitenpfaden dem Schlosse, einem mächtigen Steinviereck mit hohen, kahlen Wänden, kleinen weißeingerahmten Fenstern und einem klobigen Turm, der jäh aus einer Ecke aufsprang wie ein schützender Riese. Von geschmackvoller Gliederung war an diesem Bau nichts zu spüren, aber das Ganze wirkte durch seine Masse und Wucht imponierend.

Dem Mädchen klopfte das Herz gewaltig. Der Anblick des Schlosses hatte immer etwas Erdrückendes für sie gehabt. Daß es auch nur ein Bau sei, von Menschen aufgeführt, zur Behausung für Menschen bestimmt, nur größer und fester als ihre armselige Hütte, ein solcher Gedanke war ihr noch nie gekommen. Das Schloß war eben das Schloß für sie. Seinesgleichen gab es nicht auf der Welt, und seine Bewohner waren höhere Wesen, die, mit gewöhnlichen Sterblichen zu vergleichen, ihr nicht im Traume eingefallen wäre.

Der hintere Torweg war offen. Pauline gelangte durch eine gewölbte Einfahrt in den viereckigen Schloßhof, der mit großen Steinplatten ausgelegt war. Die Innenwände des Schlosses waren von hundertjährigem Efeu bis zum dritten Stockwerk dicht überzogen. Nur die Fenster wurden freigelassen von dem dunkelgrünen Geranke. Dicht am Erdboden zeigten diese Efeustöcke einen Durchmesser von Armesstärke. Über Türen und Fenstern waren Hirschgeweihe von beträchtlicher Endenzahl angebracht. Ein Paar dorische Säulen, die das Portal flankierten, trugen einen steinernen Löwen, der in aufrechter Haltung dräuend das gräfliche Wappen in seinen Vorderpranken hielt.

Pauline kreuzte diesen Hof. Sie wagte nicht links noch rechts zu blicken, ihr war zumute, als sei sie auf verbotenen Wegen. – Gott sei Dank, niemand begegnete ihr! Dann schlüpfte sie durch eine kleine Pforte in einer Ecke des Hofes, die, wie sie wußte, auf den Küchengang führte. Hier stand sie nun klopfenden Herzens und wartete, bis jemand von dem Gesinde sie bemerken würde.

Ein Mädchen, das aus der Küche kam, sah sie stehen und forschte, was sie hier wolle. Pauline fragte in schüchternem Tone nach Fräulein Bumille. Die Bedienstete klopfte an die nächste Tür. «Mamsell, hier is jemand, der zu Sie will!» Die Wirtschafterin erschien in der Tür, die Öffnung mit ihrer stattlichen Figur nahezu ausfüllend.

«Katschners Pauline!» rief sie. «Sieh eins an! Na Mädel, läßt du dich auch mal wieder blicken. Ich sagte noch gestern – oder war's vorgestern – sagte ich: was nur mit der Pauline sein mag. Und Komtesse Ida hat auch schon befohlen, wenn Pauline Katschner kommt, soll sie gleich zu ihr geführt werden, nämlich zur gnädigen Komtesse. Na, da komm' mal rein zu mir, Mädel!»

Die Dame faßte Pauline ohne weiteres an der Schulter und schob sie in das Zimmer, dessen sich Pauline von früher her recht gut entsann; es war die «Mamsellstube». Pauline mußte sich setzen und erzählen. Für die Bumille war der Klatsch Lebensbedürfnis. Sie interessierte sich mit seltener Weitherzigkeit für die intimen Verhältnisse von jedermann; am liebsten freilich hörte sie Liebesgeschichten.

In der herrschaftlichen Küche stand tagein, tagaus eine Kaffeekanne am Feuer. Die Mamsell wußte nur zu gut, welch zungenlösende Wirkung dieser Trank besonders auf ihr Geschlecht ausübt. Auch vor Pauline wurde heute eine Kanne aufgesetzt, nebst Kuchen, der ebenfalls für solche Gelegenheiten stets vorrätig war.

Nun wurde das Mädchen ausgefragt. Vor allem mußte sie über ihren Gustav berichten, ihren «Bräutigam», wie die Mamsell sich gewählt ausdrückte. Was er treibe und ob er viel an sie schreibe. Die Bumille ging in ihrer Teilnahme so weit, zu forschen, ob Pauline etwa Briefe von ihm bei sich habe, und schien zu bedauern, als Pauline das verneinte. Ob sie denn auch sicher sei, daß er sie heiraten werde, fragte sie schließlich. Pauline errötete und meinte mit gesenkter Stimme, sie glaube es.

Die Bumille war eine große, wohlbeleibte Frauensperson. Ihren grauen Scheitel deckte eine weiße Haube mit lila Bändern. Das meiste an ihr und um sie, von diesen Bändern anzufangen, trug das Gepräge des Hängenden. Die Säcke unter den runden Augen, die schlaffen Lippen zwischen bauschigen Wangen, das Unterkinn, der Busen – kurz alles an dieser Person zeigte das Bestreben, sich in schlaffer Fülle bodenwärts zu senken.

Übrigens wiesen ihre Züge den Ausdruck ungemachter Gutmütigkeit auf. Sie sprach mit etwas schwerer Zunge, was ihren Redeeifer aber keineswegs beeinträchtigte. Mit erstaunlicher Gedächtnisstärke, besonders für unwichtige Dinge, schien sie begabt und von ungewöhnlichem Interesse für die Geheimnisse anderer erfüllt.

Nachdem sie aus Pauline alles Wissenswerte herausbekommen, rief sie das Küchenmädchen herbei. «Von dem Dessert einpacken! Mandeln und Rosinen, Schokolade kann auch dabei sein!» befahl sie. «Für den kleinen Gustav was zum Knabbern», fügte sie in leutseligem Tone hinzu.

Die Bumille war bekannt für ihre Freigebigkeit. Für Bettler und Landstreicher war Schloß Saland ein wahres Eldorado, oder wie es in der Vagabundensprache heißt: eine «dufte Winde», wo anständig «gestochen» wurde. Es war bei Mamsell Bumille Gesetz, niemanden unbeschenkt von dannen ziehen zu lassen, so erforderte es die Ehre eines herrschaftlichen Haushaltes. «Almosengeben armet nicht!» war ihr Lieblingswort. Und da sie die Freigebigkeit nur auf Kosten ihrer Herrschaft ausübte, traf das Sprichwort bei ihr auch wörtlich ein.

Pauline wurde mit einer großen Tüte, angefüllt mit Süßigkeiten, die sie in ihre Rocktasche versenken mußte – damit «die Herrschaften nichts merkten» – entlassen. Sie bekam auch Grüße für ihre Mutter mit, die sollte die Wirtschafterin doch bald einmal besuchen. Eine Zofe, von denen es in diesem Hause eine Menge zu geben schien, wurde angewiesen, Pauline zur Komtesse zu führen, deren Zimmer sich im ersten Stockwerke befand.

Pauline folgte dem Mädchen. Zunächst ging es durch die geräumige Haushalle. Ein Raum, der mit Waffen, Jagdtrophäen und allerhand fremdartigen bunten und blinkenden Gegenständen ausgestattet war. Dann die Treppe hinauf! Pauline fühlte ihren Fuß in weichen Teppichen versinken. Das rief ihr mit einem Male ihre früheren Besuche mit wunderbarer Deutlichkeit ins Gedächtnis zurück: dieses leichte, wohlige Gefühl, das der unter den Füßen nachgebende Pfühl gibt, das sie seit der Kinderzeit nicht wieder gehabt hatte.

Sie stand schließlich im Zimmer der Komtesse, ohne recht zu wissen, wie sie dahin gekommen.

Ida hatte an ihrem Schreibtisch gesessen. Sowie Pauline eintrat, erhob sie sich und kam auf das Mädchen zu. Heute, wo sie in ihrem eigenen Heim war, ohne Zeugen, umarmte die Komtesse die ehemalige Spielgefährtin. Dann rückte Ida einen Rohrsessel heran, auf den sich Pauline setzen mußte, sie selbst nahm neben ihr Platz.

Pauline blieb scheu und fühlte sich befangen, vielleicht gerade wegen des freundlichen Entgegenkommens der Komtesse.

Früher, als sie beide noch kleine Dinger gewesen waren, die miteinander getollt und in den Büschen des Parkes Verstecken gespielt hatten, war Pauline der anderen entschieden überlegen gewesen, nicht bloß durch Körperkraft und Geschicklichkeit, auch durch Findigkeit und Mutterwitz. Das Dorfkind, vor dessen Augen kein Geheimnis der Natur künstlich verborgen gehalten worden, war in tausend Dinge eingeweiht, die der Komtesse rätselhaft waren. Das hatte ihr jene natürliche Schärfe der Sinne und der Instinkte gegeben, wie sie etwa der Wilde vor dem zivilisierten Menschen voraus hat.

Dieses Verhältnis hatte sich nun freilich in den letzten Jahren verschoben.

Wer die beiden Mädchen jetzt neben einander sah, Pauline, in ihr Konfirmationskleid gezwängt, mit plumpen Schuhen, unter ihrem neuen Hute, dessen aufdringlicher Blütenschmuck ihre bräunliche Hautfarbe schändete, dazu die schlechte Haltung des Oberkörpers, der an das, wahrscheinlich viel zu enge, Korsett nicht gewöhnt war, die Haltung der Arme, die wohl zur Arbeit kräftig waren, die sich aber hier im Boudoir ihrer eigenen Kraft zu schämen schienen – und dieser ländlichen Schönheit gegenüber nun die andere, mit ihrem stolzen Gesichtsschnitt, der edlen Kopfform, den verfeinerten, wie gemeißelten Zügen, dem unbewußten Ausdruck von Überlegenheit in Blick und Lächeln, mit durchsichtigem Teint und schlanken, weißen Händen, alles gepflegt und gleichsam von Vornehmheit duftend, wie sie sich leicht und sicher bewegte, – wer diese beiden Gestalten verglich, mußte die Überlegenheit erkennen, welche alte Kultur dem edel Geborenen, von Geburtswegen, über den Menschen der großen Masse gibt.

Die Umgebung paßte zu Komtesse Ida. Dieses Zimmer mit seiner diskreten Besonderheit schien ein Abdruck ihres Wesens zu sein. Da war nichts Prunkhaftes, Kokettes oder Flatterhaftes; und doch war es das Zimmer eines jungen Mädchens. Dem Blumentische, den Wandbildern, Photographien auf dem Schreibtische sah man den gewählten Geschmack und die wertende Liebe an, mit der die Besitzerin alles verschönte, was zu ihr in Beziehung stand.

Allmählich wirkte auch auf Pauline der beruhigende, erwärmende Einfluß dieser Persönlichkeit. Die teilnahmsvolle Erkundigung der Komtesse nach ihren Schicksalen löste ihr die Zunge. Ida schien mit ihren Worten, die durchaus einfach und ohne jede Feierlichkeit waren, viel mehr zu sagen als andere Menschen, weil ihre ernsten, milden Blicke jedem Worte noch eine besondere Bedeutung gaben. Pauline war es zumute, als säße sie vor dem alten Geistlichen, der sie konfirmiert hatte. Dem hatte man auch alles sagen müssen, man hatte wollen mögen, oder nicht.

Sie hatten von der Kinderzeit gesprochen, von gemeinsamen Erlebnissen, von den anderen Gespielen. Ida hatte niemanden vergessen. Sie fragte eingehend nach den alten Spielgefährten aus dem Dorfe. Fast alle diese Mädchen hatten, wie es sich herausstellte, schon geheiratet, waren Mütter.

Dann sprang die Unterhaltung wieder zurück auf Paulinens eigenste Lebensweise. Ida meinte, es sei doch solch ein Glück für Pauline, daß sie jetzt das kleine Kind ihrer Base zur Pflege da habe. Ein Glück, erklärte die Komtesse, um das sie Paulinen beneiden könne. Kleine

Kinder zu pflegen, das müsse doch das schönste sein auf der Welt. Freilich, fügte sie mit dem Schatten eines melancholischen Zuges um die Augen hinzu, dazu käme ein Mädchen selten.

Der anderen war das Herz schwer geworden, sobald Ida von dem Kinde zu sprechen begann. Sie kam sich auf einmal so schlecht vor. Die Komtesse ahnte ja nicht, wen sie vor sich hatte. Würde sie nicht aufspringen und sie aus dem Zimmer jagen, sowie sie erfuhr, was aus ihrer Freundin inzwischen geworden sei. Denn diese reine, feine Persönlichkeit konnte doch kaum etwas ahnen von all diesen Dingen und wie es in der Welt da draußen zuging.

Und das Geheimnis brannte dem Mädchen doch auf der Seele. War es denn nicht noch viel schlechter, vor jener, die so gut zu ihr war, eine solche Lüge aufrecht zu erhalten. Und schließlich war es doch das einfachste Ding von der Welt! Der Junge war ihr Kind, war denn darin ein Unrecht? Konnte denn das, was aus Liebe geschehen war, schlecht sein? Etwas, das so glücklich machte, durfte nicht böse sein! Und die Komtesse war eine Frau wie sie. Trotz aller Vornehmheit mußte sie das verstehen! Sie hatte so liebe Augen und eine so freundliche Stimme. Daß sie böse werden oder gar zanken könne, war ganz unmöglich, sich vorzustellen.

Aber es war so furchtbar schwer, den Anfang zu finden. Es klang so entsetzlich, ein solches Geständnis. Pauline dachte wie oft: Jetzt wirst du's sagen! Sobald Ida einen Satz zu Ende gesprochen. Und sie verschob es doch wieder. So ging es eine ganze Weile fort, das Mädchen begriff immer deutlicher, daß sie fortgehen würde von hier, ohne ihr Herz erleichtert zu haben.

Ida begann davon zu sprechen, daß sie es nicht zu begreifen vermöge, wie eine Mutter ihr Kind von sich lassen und einer Fremden zur Pflege übergeben könne. Sie fragte Pauline, was denn die Mutter dieses Kindes für eine Frau sei, daß sie so etwas übers Herz gebracht habe.

Da fühlte Pauline, daß jetzt der Augenblick gekommen sei, zu sprechen. Mit kaum vernehmlicher Stimme kamen die paar Worte heraus, die der andern alles sagten.

Ida verlor für einen Augenblick die Fassung. Da merkte man auf einmal, was für leidenschaftlich jähes Frauengefühl unter dieser Decke von guter Erziehung und jahrelanger Gewöhnung verborgen lag. Sie war aufgesprungen von ihrem Sitze, stand da bis in die Lippen erblaßt, die Hand aufgestemmt auf die Tischkante mit den Knöcheln, atmete schwer und hastig, und die weiße Hand zitterte.

Keines sprach ein Wort. Pauline saß vor Ida, gesenkten Hauptes und blickte in den Schoß. Ida betrachtete diese Gestalt mit eigenartig leuchtenden Augen. Einen Augenblick kam es wie ein herber, selbstgerechter Zug in ihr Gesicht. Ihre Nasenflügel flogen, die Lippen schürzten sich verächtlich. Jetzt war sie das hochfahrende Edelfräulein, das die verworfene Bauernmagd richten wollte.

Aber das war schnell verschwunden. Tränen traten ihr auf einmal in die Augen, um die Mundwinkel zuckte es. Mitleid war es nun, was aus jedem Zuge sprach, Mitleid mit Pauline, Mitleid mit sich selbst, mit ihrem ganzen Geschlecht.

Ida stand noch eine Weile schweigend, mit wogendem Busen. Allmählich aber fand sie ihre Gemessenheit wieder. Sie setzte sich, legte ihre schlanke Hand auf Paulinens braunrote derbe. «Da hast du wohl rechte Freude an deinem Jungen, Pauline?»

Pauline konnte nichts sagen, sie nickte stumm.

Ein Brief von Gustav Büttner aus der Garnison war bei Pauline Katschner eingetroffen. Der Unteroffizier schrieb, daß er die Absicht habe, nicht weiter zu kapitulieren; so sehr ihm seine Vorgesetzten auch zuredeten, bei der Truppe zu bleiben. Die ganze Soldatenspielerei hänge ihm zum Halse heraus. Nach dem Manöver werde er abgehen und nach Halbenau kommen. Pauline möchte zu seinen Eltern gehen und ihnen seinen Entschluß mitteilen.

Pauline war überglücklich. Wie gut Gustav war!

Das Mädchen trug den Brief Tag und Nacht bei sich. In unbewachten Augenblicken nahm sie ihn vor und las darin. Jedes seiner Worte war ihr teuer.

Sie hatte sich doch nicht in Gustav getäuscht. Wie oft hatte ihr die eigene Mutter abgeredet, sich weiter mit ihm abzugeben, er sei ein Leichtfuß und werde sie ganz sicher sitzen lassen. Auch andere hatten sie gewarnt.

Gustavs eigenes Benehmen schien eine Zeitlang jenen Warnern recht zu geben. Die häßlichsten Dinge waren ihr von Gustav Büttner hinterbracht worden. Sie hatte an ihm festgehalten. Sie konnte ja nicht von ihm lassen. Er war ja der Vater ihres Kindes!

Nun war ihr Vertrauen doch nicht umsonst gewesen.

In diesem Briefe war es ausgesprochen, zwar nicht mit Worten – das Heiraten war mit keiner Silbe erwähnt – aber zwischen den Zeilen lag es. Und Pauline wußte in den Briefen ihres Geliebten zu lesen. Das einfache Mädchen hatte von Natur jene weibliche Gabe mitbekommen, dort ahnend zu wissen, wo ihr Verstehen aufhörte.

Gustav verließ im Herbst die Truppe, kam nach Halbenau zurück. Das hieß soviel wie: sie wurde seine Frau. Sie wußte es. Alles Nachdenken darüber war unnötig. Es war so!

Und sie sollte zu den alten Büttners gehen und ihnen seinen Entschluß mitteilen. Sie hatte er zu seinem Boten ausersehen für diese Botschaft. Darin allein schon lag alles ausgesprochen. Die Familie sollte erkennen, daß sie ihm die Wichtigste sei, der er, zuerst von allen, seine Pläne mitteilte. –

Am nächsten Sonntag Nachmittag begab sich Pauline auf das Büttnersche Bauerngut.

Sie traf die Frauen allein. Der Bauer und Karl waren ausgegangen. Die Bäuerin hatte die Gelegenheit benutzt, wo ihr Eheherr abwesend war, um für sich und die Töchter einen Sonntagsnachmittags-Kaffee zu brauen. Der Büttnerbauer sah nämlich den Kaffeegenuß als Verschwendung an und hatte ein für allemal ein Verbot gegen solchen Aufwand ergehen lassen. Selbst zum Frühstück gestattete er nur Milch und Mehlsuppe, wie sie seit Urgedenken seine Vorfahren genossen hatten.

Die Frauen waren im Bewußtsein des verbotenen Tuns auf dem Lugaus. Pauline wurde daher schon von weitem erkannt. Vier Köpfe waren hinter den Fenstern des Wohnzimmers, als sie das Gehöft betrat. «Katschners Pauline!» hörte sie rufen, und darauf ein Getuschel von weiblichen Stimmen.

Jetzt wurde sie auf einmal zaghaft, beim Anblick dieser neugierigen Frauengesichter. Bis dahin hatte sie sich tragen lassen von der Begeisterung ihres Entschlusses. Erst in diesem Augenblicke fiel es ihr aufs Herz, daß sie hier ja mit Feinden und Nebenbuhlern zu tun haben werde.

Trotzdem pochte sie an, wenn auch zaghaft; denn jetzt war an eine Umkehr nicht mehr zu denken.

Therese öffnete ihr. Mit bloßen Armen und Halse stand die unschöne, hagere Frau auf der Schwelle und musterte Pauline mit mißgünstigen Blicken. «Willst de zu uns?» fragte sie in barschem Tone. Pauline erklärte schüchtern, daß sie zur Bäuerin wolle. «Se spricht, se wollte zu Sie, Mutter!» erklärte Therese, ihren kropfigen Hals nach rückwärts ins Zimmer drehend.

«Nu kimm ack rei, Pauline, kimm ack rei!» rief die Bäuerin, bei der die Gutmütigkeit die weibliche Ränkesucht um ein Gutes überwog.

Pauline trat mit niedergeschlagenen Augen und unsicheren Bewegungen ein. Daß auch gerade Therese sie hatte einlassen müssen! Die beiden waren ungefähr gleichaltrig und hatten derselben Klasse angehört. Katschners Pauline hatte immer eine besondere Stellung gehabt, schon auf der Schule, ihrer Geschicklichkeit und ihres sauberen Aussehens wegen. Vor allem aber war sie beneidet worden von den andern um ihren vertrauten Umgang mit der Komtesse. Therese aber, die mit Hilfe anderer Eigenschaften, durch Härte, Kraft und ein frühzeitig entwickeltes scharfes Mundwerk eine Rolle unter den Gleichaltrigen gespielt hatte, war stets Paulinens ärgste Widersacherin gewesen. Das Verhältnis zwischen den beiden hatte sich eher verschlechtert als gebessert, seit Therese den ältesten Sohn aus dem Büttnerschen Bauerngut geheiratet, und Pauline die Geliebte des jüngeren Sohnes geworden war. Therese hatte nicht wenig dazu beigetragen, die übrige Familie gegen diese Liebschaft einzunehmen und Paulinen jede Annäherung an Gustavs Verwandte bisher unmöglich zu machen.

Das Mädchen schritt zunächst auf die Bäuerin zu, die vor ihrer Tasse am Tische saß, und reichte ihr die Hand. «Guntag, Bäuern!»

«Guntag, Pauline, guntag!»

Darauf ging Pauline zu den beiden Mädchen, denen sie gleichfalls die Hand reichte. «Guntag Toni! – Guntag Ernstinel!» Die beiden sahen sie befremdet an, ohne etwas zu sagen. Toni war ohne Arg. Das schwerfällige, harmlose Geschöpf hatte keinerlei Stellung zu dieser Familienangelegenheit genommen. Die kleine Ernestine dagegen betrachtete die Geliebte des Bruders halb mit Spott, halb mit frühreifer Neugier.

Trotz ihrer Befangenheit hatte Pauline, mit dem jeder wissenden Frau in solchen Dingen eigenen schnellen Begriffsvermögen, sofort festgestellt, daß das Dorfgerücht wahr sei, welches behauptete, Büttners Älteste sei guter Hoffnung. Pauline kümmerte sich eigentlich wenig um den Dorfklatsch – sie ging nicht mehr zum Tanz, seit sie den Jungen hatte – aber Nachbarn und Freunde hinterbrachten ihr doch dieses und jenes. So war schließlich auch diese Neuigkeit zu ihr gedrungen.

Da niemand sie aufforderte, sich zu setzen, blieb Pauline stehen. Man wartete darauf, daß sie etwas sagen solle, denn daß sie ohne bestimmten Zweck hierher gekommen sei, wurde nicht angenommen.

Das Mädchen hatte die ganze Zeit über die linke Hand unter der Schürze gehalten. Sie hatte dort Gustavs Brief, den sie vorlegen wollte, falls man ihr etwa nicht glauben sollte. Schließlich mußte sie sich entschließen zu sprechen. Sie begann mit gedämpfter Stimme, ohne jemanden dabei anzusehen: «Ich komme, und ich soll och ennen schönen Gruß ausrichten von Gustaven an euch alle.»

Die Einleitung wurde mit Kühle aufgenommen von den anderen Frauen.

«Und er würde och bald nach Hause kommen», fuhr Pauline fort.

«Uf de Kirmeß! Wenn se'n Urlaub gahn!» meinte die Bäuerin.

«Ne, ne! Er wird ganz nach Halbenau kommen.»

«Gustav! Derhemde?»

«Er schreibt mir's dohie!» Damit zog sie die Hand unter der Schürze vor und hielt triumphierend den Brief in die Höhe. «Er hat mer's geschrieben.»

«Dos wäre. Gustav vun Suldaten wag!»

«Er hat sich zu sehre ärgern missen mit seinem Wachtmeister. Er will nischt nichmehr wissen vom Soldatenleben. Nach'n Manöver will 'r nach Halbenau kommen.»

Die Nachricht verfehlte ihre Wirkung nicht. Die Bäuerin vergaß auf einmal ganz, daß Pauline eigentlich als eine Verfehmte betrachtet wurde in der Familie. Sie holte das Mädchen heran und räumte ihr einen Platz neben sich ein. Gustav, ihr Lieblingssohn, würde nach Hause zurückkehren! Sie wollte darüber Näheres hören. Pauline mußte erzählen, was sie wußte.

Therese stand inzwischen bei den Schwägerinnen in einer anderen Ecke. Sie betrachtete Pauline mit wenig freundlichen Blicken und murrte. Die Aussicht, daß Gustav auf den väterlichen Hof zurückkehren werde, war gar nicht nach ihrem Geschmacke. Sie war diesem Schwager niemals grün gewesen. Sie konnte ihm seine Überlegenheit über ihren Karl nicht verzeihen.

Pauline war jetzt darüber, der Bäuerin eine Stelle aus dem Gustavschen Brief vorzulesen. Der Unteroffizier schrieb, daß es dem Vater wohl auch recht sein würde, wenn er zur Herbstbestellung ein paar Hände mehr auf dem Gute habe.

Da hielt sich Therese nicht länger. «Woas!» schrie sie dazwischen und trat an den Tisch, «Gustav soit und er will hier bei uns nei! dan grußen Herrn spiel'n, hier uf'n Gutte rimkummandieren! Das mir andern uns glei verkriechen mechten! Das kennte uns grade passen! Da mechten mir am Ende glei ganz verziehn, Karle und ich. – Und hier sei Mensch ...», damit wandte sie sich gegen Pauline, der sie mit den Fäusten vor dem Gesicht herumfuchtelte, «die denkt am Ende, weil se a Kind vun'n hat, daß se schunsten zur Familie zahlte. Su schnell gieht das ne! Wenn mer dan sene Frauenzimmer alle ufnahmen wollten, dohie, da langte's Haus am Ende ne zu. Froit ack in der Stadt a mal nach, mit woas für welchen dar Imgang hoat. Oder denkst de etwan, daß der d'ch heiraten werd. Bis ack ne su tumm! Der wird a Madel mit an Kinde nahmen. Lehr' du mich Gustaven kennen! – Ihr zwee kimmt ne hier nei, sovill sag'ch ... vor mir ne!» ...

Der wütenden Person ging vor Erregung der Atem aus. Das letzte war nur noch heiseres Gegurgel gewesen.

Pauline saß da, gänzlich erblaßt, mit weit offenen Augen starrte sie Therese an. Zu erwidern wußte sie nichts. Sie war immer so gewesen. Der Rohheit und Ungerechtigkeit stand sie waffenlos gegenüber.

Übrigens sollte ihr von anderer Seite Hilfe kommen. Der Bäuerin war die Geduld gerissen; besonders daß Therese es gewagt, Gustav schlecht zu machen, hatte ihren mütterlichen Stolz gekränkt. Sowie die Schwiegertochter sie zu Worte kommen ließ, wetterte sie los: Therese solle sich nur ja nicht einbilden, daß sie hier etwas zu sagen habe. Dem Bauern gehöre Gut und Haus und nicht den Kindern. Sie sollten gefälligst warten, bis die Alten gestorben wären, oder sich aufs Ausgedinge zurückgezogen hätten, ehe sie zu kommandieren anfingen.

Therese ließ sich den Mund nicht verbieten und redete dagegen. Die Bäuerin war, wenn einmal aus ihrer gewöhnlichen Ruhseligkeit aufgereizt, auch nicht die Sanfteste. So gab es denn ein Keifen und Zetern zwischen der alten und der zukünftigen Büttnerbäuerin, daß man es bis weit über das Gehöft hinaus hören konnte. Dabei hatte man ganz die Vorsicht außer acht gelassen, Ausschau nach dem Vater zu halten. Auf einmal ertönten schwere Fußtritte vom Hausflur her. Mit erschreckten Gesichtern sahen sich die Frauen an. Es war zu spät, das Kaffeezeug noch zu beseitigen; schon erschien der Bauer in der Tür, gefolgt von Karl.

Der Büttnerbauer war sowieso nicht in der besten Laune. Es hatte ärgerliche Verhandlungen gegeben mit dem Gemeindevorsteher wegen eines Geländers, das der Bauer an seiner Kiesgrube anbringen sollte. Heute war ihm nun vonseiten der Behörde Strafe angedroht worden, wenn er den Bau noch länger unterlasse. Das hatte den Alten in seiner Ansicht bestärkt, daß die Behörden nur dazu da seien, den Bauern das Leben sauer zu machen. In hellem Zorn war er zum Ortsvorsteher gelaufen und hatte dort eine halbe Stunde lang gewettert und getobt. Sein Groll war noch keineswegs verraucht, als er jetzt bei seinen Leuten eintrat.

Nach einigen Schritten ins Zimmer erblickte er die Kaffeekanne auf dem Tische. In den betretenen Mienen der Frauen las er das übrige.

Dann fiel sein Blick auf Pauline Katschner. Er stutzte. Was wollte das Frauenzimmer hier? Er zog die Augenbrauen zusammen. Das hatte ihm gerade noch gefehlt, an die Liebschaft seines Sohnes erinnert zu werden!

Die Bäuerin sah, daß die Lage bedenklich wurde. Erst wenige Tage war es her, da hatte der Bauer erfahren, daß seine älteste Tochter ein Kind erwarte. Der Auftritt, den es darüber gegeben hatte, lag den Frauen noch allen in den Gliedern. Die Bäuerin kannte ihren Eheherrn. Die Adern an der Stirn schwollen ihm; ein schwerer Sturm war im Anzuge. Es galt, den Ausbruch zu verhindern.

Sie kam zu ihm herangehumpelt und legte ihm die Hand auf die Schulter. «Traugott!» sagte sie, und gab ihrer Stimme den sanftesten Klang, der ihr zu Gebote stand. «Mir han'ch ane Neege Kaffee gekucht; bis ack ne biese! Zu aner Tasse Kaffee an Sunntch Namittage langt's schun noche!»

Der Bauer räusperte sich. Sie kannte seine Gewohnheiten genau. Das war eine Art von Ausholen; wenn man ihn erst einmal losbrechen ließ, dann wurde es furchtbar. Die erfahrene Frau sah ein, daß sie jetzt einen Trumpf ausspielen müsse.

«Vater!» sagte sie. «Mir han och ene gutte Nachricht fir dich, ane sihre gutte Nachricht von Gustaven. Denk' der ack, ar hat geschrieben, und ar will vun die Suldaten furt. Schun uf'n kinftgen Herbst will er nach Halbenau zuricke kimma, dar Gustav! Was sagst de denn anu, Mann! Freist de dich ne? Nu warn mer unsern Jung'n bale wieder ganz in Hause han.»

Die Bäuerin hatte sich nicht verrechnet. Diese Nachricht wirkte bei dem Alten wie ein Tropfen Öl auf erregte Wogen. Gustav nach Halbenau zurück! Die Hoffnung, die er solange im stillen gehegt hatte und die sich doch nicht erfüllen wollte bisher, weil der Junge zu sehr am bunten Rocke hing – und nun wurde es doch endlich! Einen solchen Arbeiter auf das Gut und einen so anschlägigen Kopf obendrein, wie sein Gustav war, da mußte doch alles wieder gut werden! Die tief gesunkenen Hoffnungen des alten Mannes stiegen mit einem Male lustig in die Höhe, als er diese Kunde vernahm.

Der Büttnerbauer machte zwar ein mißmutiges Gesicht und brummte etwas, was gar nicht nach Freude klang. Aber das war nur zum Scheine. Vor der Familie wollte er sich seine Gefühle nicht anmerken lassen. Darum blieb er auch nicht lange im Zimmer. Nur zum Vorwande stöberte er in einer Ecke, als habe er dort etwas zu suchen, dann ging er zur Stube und zum Hause hinaus. Unter Gottes freiem Himmel, wo niemand ihn beobachtete, wollte er sich seiner Freude hingeben.

9

Der Sommer hatte nicht gehalten, was das Frühjahr versprochen. Die Herbstsaaten waren zwar gut durch den Winter gekommen und hatten sich während eines milden Frühlings kräftig bestockt. Auch die Sommerung war prächtig aufgegangen, daß es im Mai eine Lust war, über die Haferfelder und die Kartoffelbeete hinwegzublicken. Regen und Sonnenschein folgten sich in gedeihlicher Abwechselung. Das Korn trieb zeitig seine Schoßhalme. Anfang Juni sah es aus, als ob es eine ausgezeichnete Ernte geben müsse.

In der Seele manches Landwirtes, der über die schlechten Erträge der letzten Jahre schier hatte verzweifeln wollen, stieg die tiefgesunkene Hoffnung aufs neue. Kein Stand ist ja so auf das Hoffen angewiesen wie dieser. Von dem Auswerfen des Samens bis zum Bergen der Frucht schwebt der Landmann zwischen Furcht und Hoffnung; jeder Tag ist von Bedeutung für das Gedeihen, und jede Stunde kann alles zerstören.

Auf das vielversprechende Frühjahr folgte im Sommer Kälte und anhaltende Nässe. Die schnell aufgeschossenen Halme stockten plötzlich im Wachstum. An vielen Stellen lagerte sich das Getreide. Die Kornfelder sahen aus, als sei eine Riesenwalze über sie dahingefahren. Licht und Luft fehlte der Ähre, eine mangelhafte Bestäubung fand statt, von unten wuchsen Disteln und allerhand Unkraut durch das Getreide hindurch. Nur hier und da richtete der Wind die Geknickten wieder auf. Die Ähren standen nicht in freier Luft aufrecht, dem Lichte zugekehrt, wie es nötig ist für die Entwicklung jeglicher Kreatur und jeglicher Pflanze; sie senkten sich dem dunklen, feuchten Erdreiche zu, das ihren Wurzeln wohl Nahrung zum Sprießen, ihren Häuptern aber nicht Wärme, Licht und Bewegung zu gewähren vermochte. So kränkelten die Körner, das Wachstum war ohne Saft und Kern. Da gab es viele leere Hülsen und leichte Früchte, und schädlicher Rost fraß die welken Körner an.

Auf den Wiesen hatte prächtiges Gras gestanden. Selbst auf den feuchten und sumpfigen Flecken wuchsen heuer, begünstigt durch das trockene Frühjahr, bessere Kräuter als sonst; die sauren Gräser hatten nicht die Oberhand gewinnen können. Infolge der häufigen Regenschauer war überall ein dichtes Bodengras gewachsen. Zu Beginn der Heuernte regnete es anhaltend. Nach altbewährter Bauernregel ließ man sich jedoch durch den Regen nicht vom Hauen abhalten. Einmal mußte es ja doch mit Gießen aufhören; der liebe Gott konnte doch unmöglich wollen, daß der Segen, den er hatte wachsen lassen, so in Grund und Boden verdürbe.

Aber die himmlischen Schleusen schlossen sich nicht. In der Kirche wurde eifrig für gutes Erntewetter gebetet – es regnete unbekümmert weiter. Sieben Wochen lang mußte schlechte Witterung bleiben; es hatte ja am Siebenschläfer geregnet.

Als es endlich doch aufhörte, da war es gerade um acht Tage zu spät. Das Heu war zwar aus weiser Vorsicht in große Schober gesetzt worden; aber die Nässe war doch durchgedrungen. Als man die Haufen öffnete, dampfte und stank es. Dumpfe Gärung hatte sich darin entwickelt. Manches Heu war wie verbrannt. Kein Vieh wollte das verdorbene Futter mehr anrühren. Statt auf den Heuboden, wanderte es auf die Düngerstätte oder in den Stall zum Einstreuen.

Nun schien die Sonne durch volle vierzehn Tage herrlich. «Der alte Gott lebt noch!» sagte der Pfarrer von der Kanzel, «seht, wie hat Er es so herrlich hinausgeführet!» Die Bauern hörten sich das mit an; dem Herrn Pastor durfte man ja nicht widersprechen. Aber in ihren geheimsten Gedanken war nicht viel von Ergebenheit in die Ratschlüsse des Höchsten zu finden. «Wenn die Not am größten, ist Gottes Hilfe am nächsten» und «Wer Gott dem Allerhöchsten traut, der hat auf keinen Sand gebaut.» Das waren ja alles sehr schöne Sprüche, aber manchmal sah es wirklich danach aus, als ob man im himmlischen Rate – ebenso wie bei der irdischen Obrigkeit – recht wenig Verständnis für das besäße, was dem Landmanne frommt. Wie konnte es sonst geschehen, daß jetzt ununterbrochen schönes Wetter war, wo ein solcher Tag, vierzehn Tage früher, alles gerettet hätte. Nun war das schöne Heu zu Mist geworden. Mancher schüttelte den Kopf;

wirklich, es ging zu verkehrt zu in der Welt! Man wußte nicht mehr, was man denken sollte.

Die Kornernte begann. Stroh war viel da, soviel stand fest. Und wo kein Lager gewesen, konnte man auch mit den Ähren leidlich zufrieden sein. Aber wo sich das Getreide zeitig gelegt hatte und nicht wieder aufgestanden war, da sah es trostlos aus. Jetzt erst beim Mähen merkte man, was das für ein Fitz und Filz geworden war. Kaum daß die Sense durchdringen konnte. Noch einmal soviel Zeit wie sonst brauchten die Schnitter. Allerhand Übelstände zeigten sich. An manchen Stellen war das Getreide zweiwüchsig geworden durch die anhaltende Nässe. An den Ähren fand sich reichliches Mutterkorn. Der Rost und andere Krankheiten hatten vieles verdorben.

Den August hindurch blieb trockene, milde Witterung. Soviel Einsehen hatte der liebe Gott doch, daß er die Roggenernte wenigstens nicht auch noch verregnen ließ. Den Lästerzungen und Nörglern war dadurch einigermaßen der Mund gestopft, und mancher, der durch die frühere Heimsuchung vor den Kopf gestoßen worden, machte wieder seinen Frieden mit dem lieben Gott. Ja, der Herr Pastor durfte von der Kanzel herab sagen: soviel der Güte und Treue hätten wir gar nicht verdient. – Es war nicht alles verloren. Die Grummeternte stand noch aus, vielleicht mochte sie ein wenig die Lücke ausfüllen, welche das Verderben des Heues in die Futtervorräte gerissen hatte. Der Hafer stand nicht schlecht. Streifenweise hatte ihn freilich die Zwergzikade arg mitgenommen. Die Kartoffel stand üppig, die Knollen waren zahlreich und gut entwickelt. Wenn der September sie nicht verdarb, mußte es eine gute Kartoffelernte geben.

Der Büttnerbauer hatte angefangen, sein Korn zu schneiden. In diesem Jahre bildete Roggen seine Hauptfrucht. Ein Schlag, wo er besonders dick gesät hatte, war ihm gänzlich durch Lager verdorben; an anderen Stellen, wo das Getreide weniger dicht gestanden, hatte es der Wind zum Teil wieder aufgerichtet.

Es war eine große Sache darum, wenn der erste Sensenhieb ins Korn getan wurde. Schon mehrfach in den letzten Tagen hatte der Büttnerbauer die Felder umgangen oder war auch in der Wasserfurche ein Stück hineingeschritten, um die Ähren auf ihre Reife hin zu prüfen. Farbe des Strohes und Löslichkeit der Körner wollte ihm noch immer nicht gefallen. Endlich, eines Abends, gab der Alte die Losung: Morgen beginnt die Kornernte!

Karl dengelte die Sensen bis in die sinkende Nacht hinein. Am nächsten Morgen bei Tagesgrauen ging es hinaus. Das große Stück dicht am Hofe, welches seiner geschützten Lage wegen zuerst gereift war, kam zunächst dran.

In einer Reihe traten sie an, ohne besonderen Befehl. Ein jedes kannte seinen Platz von früheren Jahren her. Der Vater an erster Stelle, hinter ihm zum Abraffen der Ähren Toni. Darauf Karl, dem seine Frau beigegeben war. Ernestine hatte die Strohseile zu drehen für die Garben. Die Bäuerin blieb ihres Leidens wegen im Hause.

Die Sensen sirrten. Bald lag eine ganze Ecke des Feldes in Schwaden. Als arbeite eine Maschine, so regelmäßig flog die Sense in der Hand des alten Bauern, in weitem Bogen. Ganz unten am Boden faßte sein kräftiger Hieb das Korn und legte es in breiten Schwaden hinter die Sense. Karl konnte es nicht besser als der Alte, trotz der dreißig Jahre, die er weniger auf dem Rücken hatte. Der Abstand zwischen den beiden Männern blieb der gleiche. Der Sohn trat dem Vater nicht auf die Absätze, wie es wohl sonst geschieht, wenn ein junger und kräftiger Schnitter einem alten folgt. Die Frauen hatten genug zu tun, die Ähren hinter den Sensen abzuraffen und auf Schwad zu legen.

So hatte man bereits eine halbe Stunde gearbeitet, und der alte Mann hatte noch nicht den Wink zu einer Ruhepause gegeben. Toni fing an, Zeichen von Müdigkeit an den Tag zu legen. Die Arbeit war dem Mädchen nie besonders von der Hand geflogen; in ihrem jetzigen Zustande wurde ihr jede Anstrengung doppelt schwer. «Tritt ack aus, Toni!» raunte ihr der Bruder zu, «ich wer's Ernestinel ruffen. Mach du ack Strohseele.» Toni hielt inne. Es war die höchste Zeit; sie war in Schweiß gebadet, blaurot im Gesicht. Karl winkte Ernestine heran, die an Stelle der Schwester eintrat. Die Reihe hatte sich geschlossen, ohne daß der alte Bauer, der mit allem Sinnen und Denken bei der Arbeit war, etwas von dem Wechsel gemerkt hätte. Ernestine war eine rührige Arbeiterin. Man sah es den schlanken Gliedern der Sechzehnjährigen nicht an, was für Zähigkeit und ausdauernde Kraft darin steckte.

Als der Büttnerbauer Halt machte im Hauen, weil seine Sense gegen einen Stein geschlagen, und er die Scharte auswetzen mußte, bemerkte er, daß seine älteste Tochter nicht mehr in der Linie war. Sie saß im Hintergrunde und drehte an Ernestinens Stelle Strohseile. Das Gesicht des Alten verfinsterte sich; er begriff sofort den Grund ihrer Entfernung – aber er sagte nichts. Die andern benutzten die Gelegenheit, um sich zu verpusten, während der Vater die Sense schärfte. Dann gings von neuem ans Werk.

Noch war es nicht acht Uhr des Morgens, und schon brannte die Sonne versengend auf die Schnitter hernieder. Die Bäuerin kam vom Gute her, sich mühsam mit einem Korbe schleppend. Sie brachte einen Krug dünnes Bier und Butterschnitten. Bald saß die Familie auf dem Feldraine, zum Frühstück vereinigt. –

Nicht immer in neuester Zeit bot die Büttnersche Familie einen so friedlichen Anblick. Öfters gab es jetzt Zwist und Streit.

Mit Sammetpfötchen hatte der Bauer die Seinen niemals angefaßt. Er war stets Herr in seinen vier Pfählen gewesen und hatte von den Rechten des Familienoberhauptes, nach der Väter Sitte, Gebrauch gemacht. Wenn seine Art auch rauh und schroff war, ein willkürlicher und grausamer Herrscher war er nie gewesen. Schlichte Gerechtigkeit hatte er walten lassen in allem. Neuerdings war das anders geworden.

Nie hätte er sich's früher beikommen lassen, seiner Ehehälfte aus ihrem Leiden einen Vorwurf zu machen, jetzt hielt er ihr gelegentlich ihre Gebrechlichkeit vor wie eine Schuld. Er zeigte sich hart und ungerecht gegen die Kinder. Die Bäuerin hatte bereits einer Nachbarin geklagt, daß man ihr den Bauer ausgetauscht habe, daß am Ende gar ein Feind ihn besprochen haben müsse.

Mit seinem Ältesten konnte der Büttnerbauer gar nicht mehr auskommen. Karl war langsam im Denken wie im Zugreifen. Das war immer offenkundig gewesen; aber der Alte schien es jetzt erst zu bemerken. Er fluchte und verschwor sich, die Wirtschaft gehe rückwärts, und daran sei Karl mit seiner Faulheit schuld. Er drohte ihn zu enterben, wenn das nicht anders werde. Karl ließ dergleichen ziemlich ruhig über sich ergehen; Ehrgefühl und Stolz waren nicht gerade stark bei ihm entwickelt. Aber Therese nahm die Sache des Gatten um so eifriger auf, verfocht sie mit der Leidenschaft des gekränkten Weibes. Es gab Szenen, wie sie das Haus noch nicht gesehen hatte. Eines Tages kam die Bäuerin, bleich und an allen Gliedern zitternd, zu Karl aufs Feld hinausgehumpelt, er solle sogleich hereinkommen, der Bauer und Therese rauften in der Familienstube.

Auch dem Gange der Wirtschaft war anzumerken, daß verhängnisvolle Wandlungen vor sich gegangen waren.

Ein unstetes Wesen machte sich in allem geltend. Über Gebühr zeitig mußte aufgestanden werden, so daß die überanstrengten Menschen des Abends todmüde waren und ohne Lust und Liebe am nächsten Tage sich zur Arbeit erhoben. Am unrechten Flecke wurde gespart. Der Bäuerin warf der Bauer Verschwendung vor, wenn sie reichlich und gut kochte; die Folge war, daß fortan mageres Essen auf den Tisch kam und daß sich die Seinen hinter seinem Rücken satt aßen. Auch dem Vieh wollte er vom Futter abknapfen. Die Pferde, welche Hafer kaum mehr zu sehen bekamen, sollten doch doppelte Arbeit leisten. Er, der früher bekannt gewesen war als Heger und Pfleger seines Viehes, mußte es erleben, daß ihm, als er mit den abgetriebenen Mähren durchs Dorf fuhr, das verfängliche Wort «Pferdeschinder!» nachgerufen wurde.

Dabei gönnte er sich selbst am wenigsten Ruhe von allen, plagte und schand sich in gottserbärmlicher Weise. Hohläugig und ausgemergelt lief er einher, daß es ein Jammer war anzusehen. Manchmal überfiel ihn, besonders bei der Mahlzeit, eine Schlafsucht, der er nachgeben mußte, er mochte wollen oder nicht. In der Kirche, wo er früher stets zu den Aufmerksamsten gehört hatte, schlief er jetzt schon im ersten Teile der Predigt ein. Des Nachts dagegen wachte er oft, erschreckte die Bäuerin durch Selbstgespräche und wildes Aufschreien.

Je mehr er seine Kräfte nachgeben fühlte, desto verzweifelter versteifte er sich darauf, seinen Willen durchzusetzen. Plötzlich überkam ihn eine Art von Zwangsvorstellung. Da warf er sich mit allen Arbeitskräften, die ihm zur Verfügung standen, auf die Urbarmachung einer Halde, die von einem eingegangenen Steinbruch zurückgeblieben war. Die Seinigen hielten ihm vor, daß man ja genug Ackerland besitze und daß die Arbeit zur Zeit an anderen Stellen brennend notwendig sei. Aber mit solchen Einwänden durfte man ihm nicht kommen. Wutentbrannt wies er jede Widerrede zurück. Eine ganze wichtige Woche im September wurde so auf das Wegräumen von Schutt und Sprengen von Steinen verschwendet. Und erreicht war damit nichts weiter, als daß ein Stück Land mehr da war, das unbrauchbar blieb für die Bestellung.

Mit aller Welt geriet der Büttnerbauer neuerdings in Zwist. Ein einziges Wort konnte ihn derartig aufbringen, daß er alle Besinnung verlor und den Streit vom Zaune brach. Eines Tages ritt Hauptmann Schroff über das Büttnersche Gut. Er traf den Bauern bei der Feldarbeit, hielt sein Pferd an, und redete den Alten in freundschaftlicher Weise an. Der Alte tat, als habe er den Mann noch nie in seinem Leben gesehen, geschweige denn in vertraulicher Weise mit ihm verkehrt. Als der Hauptmann sich nach der Lage des Bauern erkundigte, ihn dabei an das Gespräch erinnernd, das sie im Frühjahr gehabt, da brach gänzlich unerwartet und unvermittelt aus dem Munde des Alten ein Schimpfen und Wettern los, Verwünschungen und Beschuldigungen gegen die Herrschaft, die ihm den Garaus machen wolle, so beleidigend und verletzend, daß der gräfliche Güterdirektor seinem Renner die Sporen gab, machend daß er von dem alten Isegrimm wegkam.

Mit Gemeinde und Behörde war der Büttnerbauer neuerdings ebenfalls zusammengeraten, und auch nicht zu seinem Vorteil. Der Dorfweg führte ein Stück entlang der Büttnerschen Grenze. Der Bauer hatte nahe am Wege eine Kiesgrube angelegt, aus der er seinen Bedarf an Sand zu Bauten und Wegebesserungen entnahm. Im Laufe der Zeit hatte sich durch Sandholen und Nachstürzen vom Rande das Loch vergrößert. Es drohte Gefahr, daß Fußgänger und Geschirre, namentlich bei Dunkelheit oder Schneeverwehung, in die Grube stürzen und Schaden nehmen möchten. Die Gemeinde hatte daher das sehr begreifliche Verlangen an den Besitzer der Kiesgrube gestellt, er möge zwischen Weg und Grube ein Geländer errichten. Der Büttnerbauer kehrte sich überhaupt nicht an dieses Ansinnen, das er als einen Eingriff in sein gutes Recht auffaßte. Darauf Beschwerde vonseiten der Gemeinde beim Landrat. Das Amt dekretierte, der Bauer habe das Geländer bis zu einem bestimmten Zeitpunkt herzustellen. Der Bauer ließ den Zeitraum verstreichen, ohne einen Finger zu rühren. Hierauf

Strafverfügung vonseiten der Behörde. Der Bauer schimpfte und tobte; aber hier half all sein Sperren nichts. Er hatte sich selbst ins Unrecht gesetzt. Das Anbefohlene mußte schließlich ausgeführt werden, und Strafe hatte er obendrein zu zahlen.

So tat er in allem gerade das, was ihn am meisten schädigen mußte. Es war, als ob der Teufel den alten Mann geblendet hätte. Die Bäuerin hatte nicht so ganz Unrecht mit ihrer Klage, daß ihr Bauer behext worden sein müsse.

Es gab in der Tat ein Schreckgespenst, das dem Bauern im Rücken saß, ein Werwolf, der ihn ritt, daß er bald wahnsinnig, nicht mehr wußte, wo ein und aus.

Seit er dem Händler den Wechsel unterschrieben, hatte der Büttnerbauer keine ruhige Stunde mehr gehabt. Kaum war Harrassowitz zum Hause hinaus gewesen, hätte er ihn zurückrufen mögen, ihm sein Geld zurückzugeben.

Dabei hegte er keinerlei bestimmten Verdacht gegen Harrassowitz. Er hatte den Händler nicht anders als freundlich und zuvorkommend kennengelernt. Aber das Bewußtsein, daß es einen Menschen auf der Welt gab, von dem er abhängig war, der einen Zettel besaß, auf dem sein Name stand, und der durch diesen Fetzen Papier sein Schicksal in Händen hielt, das war der Alp, der auf dem Manne lastete, das war das unheimliche Gespenst, das des Tages plötzlich vor ihm auftauchte, ihn besaß, wo er ging und stand, und ihn des Nachts vom Lager aufscheuchte.

In der ersten Zeit, als der Verfallstermin noch in weitem Felde stand, hatte er sich der Hoffnung auf einen guten Ausgang nicht verschlossen. Wenn die Ernte gut ausfiel, wenn hohe Preise wurden! Er hatte doch in anderen Jahren manchmal aus dem Roggen allein an zweitausend Mark erzielt. Warum sollte denn das nicht auch in diesem Jahre eintreten, wo Korn seine Hauptfrucht war. Stroh konnte auch verkauft werden, und vielleicht auch einige Fuder Heu. Auf die Weise konnte hübsches Geld zusammenkommen, allein aus der Winterung. Und die Sommerfrüchte behielt er dann zur Deckung des Winterbedarfes und zum späteren Verkauf.

So rechnete der Bauer im Frühjahre. Dann kam der erste Rückschlag durch die verregnete Heuernte. Mit dem Heuverkauf war also nichts; man mußte ja das Wenige, was man gerettet hatte vor dem Verderben, aufheben für den Winter. Die Kornernte war inzwischen beendet. Der Büttnerbauer hatte eine Menge Puppen setzen können; sein Feld hatte voll ausgesehen. Das Getreide war trocken in die Scheune gekommen.

Der Bauer besaß eine kleine Dreschmaschine und eine Göpel auf seinem Hofe. Das meiste ließ er freilich im Winter mit dem Handflegel ausdreschen, nach alter Sitte; das Stroh blieb beim Handdrusch besser, und dann liebte er auch nicht die Neuerungen. – Maschine blieb Maschine, wenn es auch nur ein einfaches Göpelwerk war. In diesem Jahre aber ließ er gleich mehrere Tage hintereinander mit dem Göpel dreschen. Er mußte ja Korn haben zum schleunigen Verkauf.

Der alte Bauer stand am Siebe, während Karl die Garben hineinschob und Therese draußen das Pferd antrieb. Der Bauer nahm selbst das Getreide ab und maß es nach.

Seine Miene wurde düsterer und düsterer. «'s schüttet ne, 's will ne schütten!» erklang sein verzweifelter Ruf. Was nutzte ihm das viele Stroh, wenn der Körnerertrag so gering war! Und dabei hatte er das Hauptkorn in diesem Jahre auf vorjährigem Kartoffellande gebaut, das noch reich an Dünger gewesen. Er hatte es an Sorge und Fleiß nicht fehlen lassen, und trotzdem kein Erfolg! Es waren die kalten Tage und Nächte im Anfange des Sommers gewesen, die den Landwirt um den Ertrag seiner Mühen betrogen hatten. –

Schließlich lag das gesamte Ergebnis der Kornernte in einem stattlichen Körnerhaufen, durchgesiebt und durchgeworfen, von Spreu und Unkrautsamen sorgfältig befreit, auf dem Schüttboden.

«Wenn's nu ack an Preis hätte!» sagte der Büttnerbauer und schickte den Sohn in den Kretscham. Karl sollte dort ein Glas Bier trinken und bei der Gelegenheit im Kreisblatte nachsehen, was der Roggen jetzt gelte.

Karl kam mit der Nachricht zurück, daß Roggen pro erste Septemberwoche neunzig stehe. Kaschelernst habe gemeint, der Preis werde in nächster Zeit noch viel tiefer sinken an der Börse, «von wegen der ausländischen Einfuhr», so berichtete Karl wörtlich, ohne zu verstehen, was das eigentlich heiße. «Wer klug handeln wolle, der hielte sein Korn bis zum Frühjahr, da werde es schon Preis bekommen», habe Kaschelernst gesagt.

Der Büttnerbauer konnte sich schon denken, mit welch treuherziger Miene sein Schwager das gesagt haben mochte. «Halten bis zum Frühjahr!» Der Schuft! Als ob der nicht ganz genau wisse, daß der Bauer verkaufen mußte, unter allen Umständen und zu jedem Preise. Und derselbe Mann, der ihm hier so freundlichen Rat erteilen ließ, war es, der ihm die letzte Hypothek Knall und Fall gekündigt hatte. Der alte Bauer griff sich an den Hals und schluckte, als säße da etwas, was nicht hinunter wollte.

Der Büttnerbauer machte sich darauf ans Rechnen. Das war stets als eine geheimnisvolle Sache von ihm behandelt worden. Eine eigentliche Buchführung kannte er nicht. Das Wichtigste behielt er im Gedächtnis. Er wußte Ausgaben und Einnahmen, die er gemacht, von vielen Jahren her auf Heller und Pfennig anzugeben. Aber obgleich er für gewöhnlich nichts buchte, so machte er von Zeit zu Zeit doch einmal einen Abschluß. Dann gab es ein höchst umständliches Rechnen mit Kreide auf einer Tischplatte oder einer Tür. Die Sache nahm Stunden in Anspruch. Lange Zahlenreihen wurden aufgeschrieben, alle vier Spezies bemüht. Den eigentlichen Sinn aber dieser ganzen Rechnerei verstand nur der Büttnerbauer allein. Es war ein Vorgang, der auch äußerlich wie ein Geheimnis behandelt wurde, denn er duldete nicht, daß jemand während der Zeit sich im Zimmer aufhielt. Die Seinen wußten das. Wenn es hieß: «Der Bauer rechnet!» hielt man sich wohlweislich fern, denn dann war nicht gut Kirschen essen mit dem Alten.

Auch diesmal hatte er eine verzwickte Rechnung angestellt. Das Ergebnis war ein sehr einfaches und in seiner Einfachheit bestürzendes: Achthundert Mark! Auf mehr kam er nicht. Das war nicht annähernd genug zur Deckung des Wechsels und zur Bezahlung der Michaeliszinsen.

Der alte Mann ballte die Faust. Er wußte selbst nicht gegen wen. Wer war es denn, der die Schuld daran trug, daß ihm nicht der Lohn seiner Arbeit wurde? Sollte er den lieben Gott dafür verantwortlich machen, oder sollte er die Menschen bei dem lieben Gott verklagen? Wer war der Feind, wo die Macht, die ihn um das Seine gebracht hatte? –

Der Bauer drohte in die leere Luft hinaus. Das war nicht zu fassen, für seinen Arm nicht zu erreichen: die Mächte, die Einrichtungen, die Menschen, welche Schuld hatten, daß sein Schweiß umsonst geflossen war. Irgendwo da draußen, unfaßlich für seinen ungelehrten Verstand, gab es ungeschriebene Gesetze, die mit eherner Notwendigkeit auf ihn und seinesgleichen lasteten, ihn in unsichtbaren Ketten hielten, unter deren Druck er sich wand und zu Tode quälte.

Das Exempel stimmte mit fürchterlicher Genauigkeit. Wenn er den Wechsel bezahlte, langte es nicht zu den Zinsen, bezahlte er die Zinsen, langte es nicht zum Wechsel.

Die einzige Hoffnung blieb jetzt, daß Harrassowitz Stundung gewährte. –

Noch ehe der Verfalltag eintrat, fuhr der Büttnerbauer in die Stadt, er wollte mit dem Händler sprechen.

Als der Bauer das Produktengeschäft von Samuel Harrassowitz betrat, wurde ihm gesagt, der Chef sei noch nicht im Kontor. Er ging daher fort und kam nach Verlauf von einigen Stunden wieder. Diesmal wurde ihm mitgeteilt, Herr Harrassowitz sei zu sehr beschäftigt, um ihn anzunehmen. Der Büttnerbauer ließ sich nicht so leicht abweisen diesmal. Es sei etwas sehr Wichtiges, «ane gruße Sache», wie er sich ausdrückte, wegen der er mit Herrn Harrassowitz zu sprechen habe. Der Kontorist, mit dem er bis dahin verhandelt hatte, rief einen andern herbei, den er «Herr Schmeiß» benannte.

Der junge Schmeiß schien bereits eingeweiht in die Angelegenheit, denn er fragte den Bauern, sowie er dessen Namen gehört, ob er etwa wegen Stundung seines Accepts komme. Der alte Mann bejahte, etwas verwundert über die hochfahrende Art dieses Jünglings. Man solle doch ein paar Monate Geduld haben, bat er, bis er seinen Hafer rein habe und sein Korn vorteilhaft verkauft haben werde.

«Harrassowitz wird sich schwer hüten», meinte Schmeiß darauf. «Nichtwahr! Damit sie inzwischen Zeit gewinnen, die einzigen pfändbaren Objekte zu Geld zu machen, daß er dann das Nachsehen hat. Wir kennen das! Stundung gibt's nicht. Wenn Sie nicht rechtzeitig zahlen, müssen Sie die Konsequenzen auf sich nehmen, mein Lieber!» –

Mit diesem Bescheide ließ er den verdutzten Alten stehen.

Der Büttnerbauer blieb den ganzen Rest des Tages in der Stadt. Er hoffte Harrassowitz noch persönlich zu treffen. Er konnte nicht glauben, daß diese Antwort von dem Händler ausgehe, auf dessen gutes Herz er baute. Aber Sam blieb heute unsichtbar für ihn.

Dann kam er auf den Gedanken, zu dem Bankier zu gehen, der ihm neulich das Geld für die Hypothek gegeben hatte. Aber auch Herr Isidor Schönberger ließ bedauern, ihn nicht annehmen zu können.

Unverrichteter Sache, schwerer denn je mit Sorgen belastet, fuhr der Büttnerbauer am Abend nach Halbenau zurück.

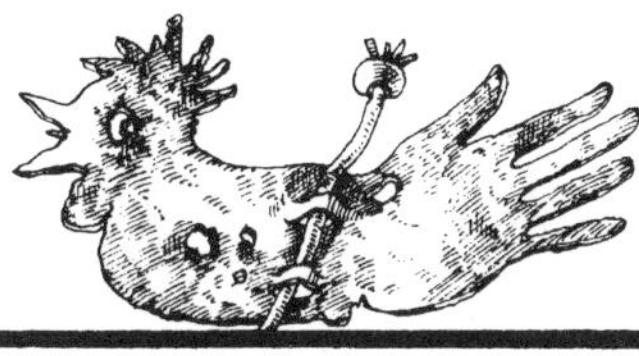

10

Ein paar Tage darauf erschien derselbe Herr Schmeiß, welcher den alten Bauern im Kontor von Harrassowitz abgefertigt hatte, in Halbenau. Er kam mit Lohngeschirr. Neben ihm auf dem Rücksitz saß eine junge Dame. Während er sich in das Büttnersche Gehöft begab, schwänzelte die auffällig gekleidete Person im Dorfe umher, zum Gaudium der Dorfjugend und der Frauenwelt von Halbenau, die so hohe Absätze, eine solche Taille und derartig weite Puffärmel noch nicht gesehen hatten.

Edmund Schmeiß, ein mittelgroßer junger Mann mit flottem Schnurbärtchen und Lockenfrisur, rümpfte die Nase über den Misthaufen, den er im Büttnerschen Hofe vorfand. «Echte Bauernwirtschaft!» sagte er zu sich selbst, mit verächtlichster Miene. Sein tadellos gearbeiteter Anzug von hechtgrauer Farbe, sein ganzes Auftreten, waren «prima», um seinen eigenen Lieblingsausdruck zu gebrauchen. Kenner hätten vielleicht finden können, daß nicht einmal die äußere Etikette der Ware besonders fein sei. Seine Manieren waren irgendwoher, wahrscheinlich vom Offiziers- oder jüngeren Beamtenstande erborgt und nicht immer glücklich kopiert.

Die Lebensstellung des jungen Schmeiß genauer zu umschreiben, war nicht leicht. Harrassowitz bezeichnete ihn, wenn er von ihm sprach, als einen ‹mir ergebenen jungen Mann›. Aber auch für Isidor Schönberger ‹arbeitete› er, ohne daß man genau feststellen konnte, worin seine ‹Arbeit› eigentlich bestand. Man pflegte ihn bei Häuser- und Güterankäufen als Strohmann zu verwenden, bei Zwangsversteigerungen trat er als Bieter auf. Wenn ein Kleinkaufmann, oder Handwerker in ‹momentaner Verlegenheit› war, erschien er als Helfer in der Not. Er war jederzeit bereit, Wechsel zu diskontieren und Geldsuchenden Darlehen von Dritten zu verschaffen, vorausgesetzt, daß der Darlehenssuchende etwas ‹opferte›, womit er seine Provision meinte, die niemals gering bemessen war. Er reiste für allerhand Häuser, deren Firma nicht eingetragen war, und trat als Generalbevollmächtigter von Konsortien auf, die nicht genannt werden durften, weil sie sich noch im ‹Entwickelungsstadium› befanden. Er hatte jederzeit mindestens ein halbes Dutzend ‹seiner Geschäfte› an der Hand; kurz, er war alles in allem ein äußerst brauchbarer, praktischer, ‹smarter›, junger Mann, in vielen Sätteln gerecht, mit den Gesetzen und der Gerichtspraxis vertraut. Mit Vorliebe legte er sich den Titel «Kommissionär» bei.

Edmund Schmeiß also trat um die Mittagsstunde in die Büttnersche Wohnstube. Er fand die Familie bei Tisch. Er meinte im Eintreten, man möge um seinetwillen keine Umstände machen. Er selbst machte allerdings auch keine, das mußte man sagen! Ohne Umschweife auf sein Ziel losgehend, fragte er den alten Bauern, in Gegenwart der Seinen, ob er gewillt sei, das heute fällig gewordene Accept zu decken.

Sie waren alle aufgestanden. Erstaunt und bestürzt blickten sie auf den fremden Eindringling, der sich so unbefangen gebärdete. Der alte Mann brauchte einige Zeit, ehe er die Antwort fand: er habe in dieser Sache doch nur mit Herrn Harrassowitz zu tun.

«Ach was, Harrassowitz!» rief Edmund Schmeiß. «Ich bin jetzt derjenige welcher! An mich haben Sie zu zahlen. Bitte sich überzeugen zu wollen! Hier das Indossement!»

Der junge Mann hielt dem Bauern das Papier hin, und hieß ihn, die Rückseite beachten.

Der Bauer sah, daß dort was geschrieben stand, ein Name, wie es schien. Aber was sollte ihm das! Wie kam dieser junge Mensch, der ihm niemals einen Pfennig gegeben hatte, auf einmal dazu, sein Gläubiger zu sein?

Er schüttelte den Kopf und erklärte, nur an Harrassowitz zu schulden.

Edmund Schmeiß wurde ungeduldig. «Herr Gott! Kapieren Sie denn nicht!» rief er. «Sie haben acceptiert. Hier ist Ihre Unterschrift, nicht wahr?»

Der Bauer bejahte, nicht ohne sich seine Unterschrift noch einmal sorgfältig betrachtet zu haben.

«Bekennen Sie, Valuta richtig empfangen zu haben? – Ich meine, ob Sie zugeben, das Geld, vierhundert Mark, seiner Zeit von Harrassowitz per Kassa bekommen zu haben?»

«Ju, ju! 's Geld ha'ch richt'g erhalen vun Herrn Harrassowitz, dohie an diesem salbgen Tische. – Du weeßt's duch noch, Frau?» Die Bäuerin nickte. «Ju, ju, lieber Herr!»

«Nun sehen Sie also! Harrassowitz hat Ihr Accept diskontiert. – Man nennt das ein Dreimonatsaccept. – Dann hat Harrassowitz remittiert an mich. Folglich bin ich jetzt der Inhaber des Wechsels. Die Sache ist so klar wie etwas! Sie müßten denn behaupten wollen, daß ich auf ungesetzliche Weise in Besitz des Accepts gekommen wäre. Wollen Sie das behaupten?»

Der Bauer stand da mit äußerst verdutzter Miene. Er verstand kein Wort von der ganzen Sache. Da aber der Andere so sicher auftrat und so beleidigt dreinblickte, ließ er schließlich ein zauderndes «Nein!» hören.

«Darum möchte ich allerdings gebeten haben!» sagte Edmund Schmeiß, machte große Augen und runzelte die Stirn. «Hiermit präsentiere ich Ihnen also den Wechsel. Heute ist Verfalltag. Ich frage Sie, ob Sie annehmen?»

Der Bauer blickte noch unverständiger drein als zuvor. Auf den Gesichtern der Seinen malten sich sehr verschiedenartige Gefühle; aber Schreck und Furcht herrschten vor, diesem Fremden gegenüber, der durch jenes Stück Papier Gewalt über den Vater und über sie alle erhalten zu haben schien.

«Ob Sie mich auszahlen wollen, Herr Büttner? Ich dächte, die Sache wäre doch nicht so schwer zu verstehen!»

Der alte Mann bat sich den Wechsel noch einmal aus. Er drehte ihn um und um in den zitternden Händen und blickte ratlos drein, die Buchstaben verschwammen ihm vor den Augen. Er mußte sich setzen.

Die Bäuerin trieb jetzt die Kinder aus der Stube, sie sollten den Vater nicht in seiner Schwäche sehen. Nun trat sie zu ihrem Gatten. «Bis ack ruh'g, Alter, bis ack ruh'g!» redete sie ihrem Eheherrn zu.

«Jo, du mei Heiland!» rief der Bauer in heller Verzweiflung, mit hoher, weinerlich klingender Stimme. «Wos sull ich denne? Wos wullen Se denne von mir, dohie!»

«Zahlung! Weiter gar nichts! Zahlen Sie mich aus, Herr Büttner, dann ist alles in Ordnung», erklang die trockene Antwort.

«Und 's Gald! Wu sull ich denn's Gald harnahmen? Ich ho's do ne!»

Edmund Schmeiß zuckte die Achseln. Den neuesten Berliner Gassenhauer vor sich hin pfeifend und mit dem Fuß den Takt dazu tretend, sah er sich im Zimmer um.

Die beiden Alten berieten sich inzwischen halblaut. Einen Rest Geld hatte der Bauer noch im Kasten liegen. Es stammte von dem Korn, das er nun doch vor ein paar Tagen verkauft. Da er aber die Michaelis-Zinsen und Abgaben davon bezahlt hatte, war nicht viel übrig geblieben. Es langte in keinem Falle zur Deckung des Wechsels.

Kalter Schweiß stand dem alten Manne auf der Stirn. Starren Blickes, mit bebendem Unterkiefer, auf dem Stuhle zusammengebrochen hockend, bot er einen kläglichen Anblick.

Die Bäuerin redete ihm zu. «No, Alter, no! Ha ack Karrasche! Dar Herr werd schun, und ar werd a Brinkel Geduld han.»

Dann wandte sie sich an den jungen Mann. Mit schmeichlerisch untertänigen Blicken und Mienen, streichelte sie ihm ehrfurchtsvoll die Hand: «Newohr, lieber Herr, Se wern meenen Mann a Brinkel Zeit lan. Mir versprachen och und mir wern uns Mihe gahn, mir wern alles abzahlen – mit dar Zeet.»

Edmund Schmeiß erwiderte in kühlem Tone: Das kenne er schon. Darauf könne er sich nicht einlassen. Er habe den Wechsel als einen ‹feinen› gekauft. Harrassowitz habe ihm gesagt, Herr Büttner sei ein solider Mann. Er habe sicher darauf gerechnet, heute sein Geld zu erhalten; habe sich mit anderen Geschäften schon darauf eingerichtet. Er müsse daher Deckung verlangen. Falls er sie nicht erlange, sehe er sich genötigt, den Rechtsweg zu beschreiten.

«Se wern uns doch ne verklag'n wulln?» rief die Bäuerin entsetzt aus.

Das sei sein gutes Recht, erwiderte der junge Mann.

«Herr Gutt, in deinen Himmel droben!» rief die Frau. Sie griff sich an den Mund mit zitternden Fingern, jammerte, leise vor sich hin weinend: «Moan, Moan, was sull denne anu aus uns warn!» Der Bauer stöhnte.

Eine namenlose Angst hatte sich der beiden alten Leute bemächtigt. Ihre Begriffe vom Recht waren äußerst verwirrte. Hinter jeder Klage drohte ihnen gleich das Gefängnis. Dem Richter wie dem Advokaten stand man gleichmäßig schutzlos gegenüber. Sie sahen bereits im Geiste den Gerichtsvollzieher ihre letzte Kuh aus dem Stalle führen. Wenn jener es zur Klage trieb, dann war alles verloren.

Der wackere Büttnerbauer, der in zwei Feldzügen manche Probe von Beherztheit abgelegt hatte, zitterte wie Espenlaub. Aller Witz schien den sonst besonnenen Mann verlassen zu haben. Mit angstvergrößerten Augen, haltlos, jeder Würde vergessend, hing er, der Sechziger, an den Mienen und Blicken dieses jungen Menschen, in dessen Wohlgefallen er sein Geschick beschlossen glaubte.

Edmund Schmeiß zog eine umfangreiche goldene Zylinderuhr, deren Deckel er aufspringen ließ. «Ich muß fort!» rief er, «draußen wartet eine Dame auf mich. Adieu, Herrschaften!»

Er wollte zur Tür. Die Bäuerin lief ihm nach, hielt ihn, beschwor ihn, flehte, er möge bleiben.

«Aber, bitte, dann etwas plötzlich! Wenn Sie noch was wollen. Zeit ist Geld.»

Das Ehepaar beriet von neuem. Der alte Mann erschien wie schwachsinnig. Er sagte zu allem, was ihm die Frau vorschlug, ein klägliches «Ich weeß nischt, ich weeß nischt!»

«Ich will Ihnen mal was vorschlagen!» meinte der junge Schmeiß, «damit wir mit dieser Sache endlich zu einem Resultate kommen;

denn es fängt nachgerade an, mich zu ennuyieren! – Geben Sie mir, was Sie an barem Gelde im Hause haben. Für den Rest schreiben Sie mir ein neues Accept, verstehen Sie. Der Wechsel mag laufen bis Ultimo Dezember. Dafür nehme ich natürlich Zinsen. Zehn Prozent ist mein Satz bei Dreimonatsaccepten und drei Prozent Provision. Das ist noch sehr kulant in Anbetracht dessen, daß Ihre Bonität zweifelhaft ist. – Also, einverstanden?»

Der Bauer hatte nichts begriffen; nur soviel glaubte er zu verstehen, daß er von der Gefahr einer Klage befreit werden sollte. Er eilte nach seinem geheimen Kasten, schloß auf und zählte mit zitternden Händen auf den Tisch, was er an Geld dort vorgefunden hatte. Es kam um eine Kleinigkeit mehr als hundertundzwanzig Mark zusammen. Edmund Schmeiß zählte die Reihen blanker Taler noch einmal durch. Den Rest von kleinerer Münze schob er dem Bauern hin. «Nickel nehme ich nicht!» Dann nahm er einen goldenen Bleistift zur Hand, der an seiner Uhrkette befestigt war, und begann Zahlen niederzuschreiben. «Also hundertundzwanzig Mark per Kassa erhalten. Bleiben zweihundertundachtzig Mark in Schuld. Nicht wahr, Herr Büttner?» Der Bauer bejahte nach einigem Überlegen. «Mit Zinsen und Kosten, Sie verstehen: Provision und Depotzinsen für Harrassowitz und mich, alles in allem dreihundertundsechzig Mark. Soviel sind Sie mir also nach Zahlung der hundertundzwanzig noch schuldig. Dreihundertundsechzig. Bitte, sich die Zahl zu merken! Nunmehr geben Sie mir ein neues Accept über die eben genannte Summe – verstanden! Den alten Wechsel vernichte ich dann vor ihren Augen. So, das ist ein klares Geschäft.»

Er entnahm seinem Taschenbuche ein Formular. «Übrigens», sagte er, sich scheinbar unterbrechend, «dreihundertundsechzig Mark, das ist gar keine Summe. Mir fällt da gerade etwas ein. Künstlichen Dünger können Sie ja in der Landwirtschaft immer gebrauchen. Auch Kraftfutter könnte ich Ihnen preiswert besorgen; bei der schlechten Heuernte in diesem Jahre werden Sie das ja sowieso nötig haben. Ich kann Ihnen gerade noch etwas Erdnußkuchen abgeben. – Schreiben wir sechshundert Mark, also! Für die restierenden Mark zweihundertundzwanzig – nicht wahr – liefere ich Ihnen künstlichen Dünger und Kraftfutter. Dann ist die Affaire glatt – nicht wahr?»

Der Bauer sah den jungen Menschen mit leeren Augen an.

«Verstehen sie nicht, Herr Büttner? Die Sache ist nämlich furchtbar einfach.» Er rechnete dem Alten das Ganze noch einmal vor. «Einverstanden?»

Der Bauer bedachte sich eine Weile, dann meinte er kleinlaut, von künstlichem Dünger habe er in seinem Leben nie etwas wissen mögen, und Kraftfutter könne er auch nicht brauchen, da er sich mit Hilfe des Grummets durch den Winter zu schlagen hoffe. Er bäte, ihn mit solchen fremden Sachen zu verschonen.

«Schön!» sagte Edmund Schmeiß. «Wie Sie wollen, Herr Büttner!» Er erhob sich und knöpfte seinen Rock zu. «Ich glaubte, Ihnen sehr weit entgegengekommen zu sein. Aber, wenn Sie freilich nicht wollen ...»

Von neuem schritt er zum Ausgang, wieder holte ihn die Bäuerin ein, und erreichte mit ihren Bitten, daß er blieb. «Moan, Bauer, bis ack verninft'g!» redete sie dem Gatten zu. «Wenn der Herr und ar kimmt der su entgegen. Nimm ack Verstand an und greif zu, was er der gahn werd.»

Der Büttnerbauer saß mit gesenktem Haupte da, keine Widerrede kam mehr von seinen Lippen. Die Bäuerin eilte geschäftig, das Tintenfaß herbeizuholen. «Werd Sie och die Feder racht sein», fragte sie in einschmeichelndem Tone den jungen Mann, um seine Gunst und Huld mit dem Lächeln ihres alten zahnlosen Mundes buhlend. «Se missen entschuld'gen, bei uns werd ne ofte wos geschrieb'n.»

Edmund Schmeiß füllte eines der Formulare aus. Sowie der Büttnerbauer seinen Namen darauf geschrieben hatte, zerriß er das alte Accept und reichte dem Bauern die Stücken; das sei nunmehr erledigt.

Dann ging er. In der Tür noch rief er. «Die Waren erhalten Sie in der nächsten Zeit in Natura geliefert, Herr Büttner. Natürlich prima! – Empfehle mich.»

Draußen auf der Dorfstraße erwartete ihn seine Freundin mit Sehnsucht. Sie hatte inzwischen die Sehenswürdigkeiten von Halbenau in Augenschein genommen: Kirche, Pfarre, Schule, das Armenhaus, das Spritzenhaus. Weiter gab es nichts zu sehen hier draußen. Die Gemeindepfütze war schmutzig von den Gänsen, die dort tagein, tagaus ihr Wesen trieben, die Häuser meist klein und ärmlich, die meisten nur mit Stroh gedeckt. Und die Kinder, welche dort im Straßenstaube spielten, ungekämmt und ungewaschen, mit laufenden Nasen, waren nach Ansicht der Dame höchstens ekelhaft zu nennen.

Ein paar Frauen kamen vom Felde herein. Breithacken auf den Schultern, Henkelkörbe darüber. Junge Burschen folgten. Schon von weitem faßte man die fremdartige Erscheinung auf der Dorfgasse ins Auge. Die Mädchen steckten tuschelnd die Köpfe zusammen, die Burschen lachten und stießen jene an.

Die Städterin war entrüstet über die dörfische Zudringlichkeit, und ließ den Schleier herab.

Nun kam der Trupp heran. Die jungen Männer blickten der Fremden ins Gesicht, die Mädchen gingen mit unterdrücktem Kichern vorbei. «Saht ack! Die hat a Mickennetze!» rief jemand. Darauf allgemeines Gelächter.

Als Edmund Schmeiß die Freundin einholte, fand er sie außer sich vor Empörung über die Rohheit des Dorfpacks.

11

Gustav Büttner hatte zum letzten Male Dienst getan. Ein schwermütiges Gefühl überfiel den jungen Mann, als er seine «Kastanie», die braune Stute, die er als Remonte zugeritten hatte, in ihren Stand zurückführte. Er wies den Stalldienst zurück, der dem Herrn Unteroffizier das Pferd abnehmen wollte, sattelte und zäumte die Stute selbst ab und legte ihr die Stalldecke mit besonderer Sorgfalt auf. Während er das Pferd versorgte, suchte das Tier an seinen Rocktaschen schnuppernd nach dem Zucker, den er ihr jeden Morgen aus der Kantine mitzubringen pflegte. Sie stieß ihn ordentlich an mit dem Maule, als wolle sie ihn mahnen, daß er ihr die fälligen drei Stückchen Zucker endlich herausgeben solle. Heute war es eine ganze Tüte voll. Er verfütterte den Zucker langsam, Stück für Stück. Die Braune schniefte vor Wonne in langgezogenen tiefen Tönen, blähte die Nüstern und trat vor Vergnügen und gieriger Wonne von einem Beine auf das andere, während er daneben stand und ihr den Hals klopfte, mannhaft gegen die Tränen ankämpfend.

Der Abschied von dem Pferde war das Schwerste. Auch von einzelnen Kameraden trennte sich Gustav ungern. Aber im großen und ganzen – das merkte der junge Mann zu seinem eigenen Befremden beim Abschiednehmen – waren die Bande doch sehr lockere und leichte gewesen, die ihn an die Truppe und das Soldatenleben geknüpft hatten.

Der Herr Rittmeister war auf Urlaub. Das tat dem Unteroffizier von Herzen leid. Vor diesem Manne, der für ihn das Ideal eines Vorgesetzten gewesen war, für den er willig sein Leben gelassen hätte, würde Gustav gern noch einmal stramm gestanden haben. Der würde auch sicher zu Herzen gehendere Worte beim Abschied gefunden haben als der Premierleutnant, welcher erst vor kurzem zur Eskadron gekommen und ohne jene vertrautere Beziehung war, wie sie bei längerem gemeinsamen Dienen sich wohl auch zwischen Vorgesetzten und Untergebenen entwickeln.

Seine Extrauniform hatte Gustav an einen neugebackenen Unteroffizier verkauft; er behielt sich nichts zurück, als die Mütze, ein paar Knöpfe und einen Faustriemen zur Erinnerung an die Dienstzeit.

«Mit dem Reservistenstocke», wie es im Liede heißt, trat er «die Heimatreise an». Die Nacht durch lag er auf den verschiedenen kleinen Bahnstrecken, die er benutzen mußte, um von der Provinzialhauptstadt in diesen entlegenen Winkel zu gelangen. Dann wanderte er ein Stück zu Fuß und traf am Morgen in Halbenau ein.

Das Dorf trat ihm allmählich aus den Herbstnebeln entgegen, welche die Flur umfangen hielten: Dach um Dach, Zaun um Zaun, Baum um Baum. Er kannte sie alle. Ein wunderliches, ihm selbst unbekanntes, wehmütiges Behagen überkam den jungen Menschen. Fünf Jahre hatte er in der Kaserne gelebt, hatte ein Heim nicht mehr gekannt. Freilich, mit der Stadt ließ sich das hier ja nicht vergleichen! Aber diese Strohdächer, diese Lehmwände, die bretterverschlagenen Giebel hatten doch etwas in sich, das keine Pracht städtischer Häuserfronten zu ersetzen vermochte: es war die Heimat!

Nun bog er in den Weg ein, der nach dem väterlichen Gute führte. Schon von weitem blickten ihn die Dachfenster des Wohnhauses, wie große schwermütige Augen an. Aus der Küchenesse wirbelte gelblicher Rauch in den grauen Herbsthimmel hinaus. Die Mutter kochte also bereits das Mittagbrot, womöglich sein Lieblingsgericht ihm zu Ehren. Hier kannte er nun jedes Steinchen, jedes Ästchen, jeden Riß und Fleck im Mauerwerk. Eine geringfügige Reparatur, die der Vater am Dachfirsten hatte vornehmen lassen, fiel ihm sofort als eine Veränderung auf. Je näher er kam, desto mehr beschleunigte er seine Schritte, bis er schließlich fast im Trabe in das Gehöft einlief.

Er fand die Frauen im Hause. Vater und Bruder wurden aus dem Schuppen herbeigeholt. Übertriebene Zärtlichkeit herrschte nicht beim Wiedersehen. Nur die Mutter ließ sich etwas von der Freude anmerken, welche sie empfand, ihren Liebling wieder ganz im Hause zu haben.

Gustav frühstückte, zog seine guten Kleider aus und machte sich dann, trotz der überstandenen Reise, gemeinsam mit Vater und Bruder an die Arbeit.

Gesprochen wurde dabei nichts zwischen den Männern. Gustav hatte zwar manche Frage auf dem Herzen über den Stand der Guts- und Geldangelegenheiten, über die er seit seinem letzten Urlaub zu Ostern nichts wieder vernommen hatte – denn Briefeschreiben war nicht gebräuchlich unter den Büttners – aber er bezähmte seine Neugier einstweilen. Er kannte den Vater zu genau, der das Gefragtwerden nicht liebte. Wenn sich etwas Wichtiges inzwischen ereignet hatte, würde er es schon noch erfahren.

Beim Mittagessen fiel dem eben Zurückgekehrten die gedrückte Stimmung der Seinen auf. Kaum daß gesprochen wurde über Tisch. Halblaut flüsternd, mit scheuen Blicken nach dem Vater hinüber, der finster und wortkarg in seiner Ecke saß, langten die Kinder von den Speisen zu. Die Mutter sah bekümmert drein. Karl machte sein dümmstes Gesicht, ließ es sich aber wie gewöhnlich ausgezeichnet schmecken. Therese sah noch gelber und verärgerter aus als früher. Bei ihr konnte Gustav es darauf schieben, daß er zurückgekommen war. Er kannte die Gesinnung der Schwägerin nur zu gut. – Toni gefiel dem Bruder gar nicht. Es fiel ihm auf, daß sie ihm nicht gerade in die Augen blicken konnte. Ernestine allein schien nicht angesteckt von der allgemeinen Niedergeschlagenheit. Das Mädel blickte dreist und keck drein mit ihrem spitzen Näschen und den pfiffigen Augen.

Irgend etwas war hier nicht in Ordnung, das mußte sich Gustav sagen. Nach dem Essen erklärte er dem Vater, er wolle sich Stall und Scheune besehen. Er meinte im stillen, dem Alten würde es Freude machen, ihm die Tiere und Vorräte persönlich zu zeigen, wie er es bisher nur zu gern getan hatte, wenn der Sohn aus der Fremde zurückkam. Aber der alte Mann brummte etwas Unverständliches zur Antwort und blieb in seiner Ecke sitzen. Gustav ging also allein.

Späterhin kam ihm Karl nach. Gustav fragte den Bruder, was eigentlich los sei mit dem Alten. Karl machte den Mund zwar ziemlich weit auf, brachte aber nicht viel Gescheites heraus. Gustav verstand nur soviel aus den unzusammenhängenden Reden des Bruders, daß in der letzten Zeit Herren aus der Stadt beim Vater gewesen seien, von denen er viel Geld bekommen habe, und über Kaschelernsten habe der Bauer gesagt, er solle sich in acht nehmen, wenn er ihn mal unter die Fäuste bekäme. –

Gustav nahm die erste Gelegenheit wahr, wo er sich mit seiner Mutter unter vier Augen sah, um sie zu befragen. Da erfuhr er denn das Unglück in seiner ganzen Größe.

Ihm war im ersten Augenblicke zumute wie einem, der einen Schlag vor den Kopf bekommen hat. Daß die Vermögenslage des Vaters eine mißliche sei, hatte Gustav ja gewußt, aber daß er geradezu vor dem Zusammenbruche stehe, das war eine Nachricht, die ihn wie ein Blitzstrahl aus heiterem Himmel traf.

Auch daß ein Unglück selten allein kommt, mußte der junge Mann an sich erfahren. Die Mutter verhehlte ihm nicht, in welchem Zustande sich Toni befinde. Gustav geriet außer sich vor Zorn. Was ihn am meisten ergrimmte, war, daß die Seinen es verabsäumt hatten, den Menschen, von dem sie das Kind unter dem Herzen trug, zur Rechenschaft zu ziehen. Nun war der Lump nicht mehr im Dorfe. Man wußte nicht einmal genau, wohin er gezogen sei. Die Aussicht, ihn zu belangen, war gering.

Und in solche Verhältnisse hinein sollte er eine junge Frau bringen! Er hatte ja in der letzten Zeit von nichts anderem geträumt als von dem Plane, seine Jugendliebe, Pauline Katschner, heimzuführen.

Er hatte sich gedacht, fürs erste könnten sie auf dem väterlichen Hofe wohnen, bis sich für ihn ein selbständiger Lebenserwerb gefunden haben würde. Und nun drohte hier alles, was eben noch so sicher geschienen, zusammenzubrechen.

Pauline erwartete Gustav. Er hatte ihr geschrieben, daß er in den ersten Tagen des Oktober in Halbenau eintreffen werde.

Das Mädchen ließ sich nicht anmerken, daß sie vor Sehnsucht nach ihm vergehen wollte. Sie verrichtete ihre Geschäfte und Arbeiten mit der gewohnten Sauberkeit, aber während sie die Nadel führte, am Scheuerfasse stand, oder am Webstuhle saß, schwärmten ihre Gedanken hinaus in die Zukunft. In der Phantasie hatte sie sich bereits ein trauliches Heim zurecht gemacht, für sich und Gustav, den Jungen, und – wer weiß, was mit der Zeit noch dazu kommen mochte.

Sie war nicht mehr das unbedachte liebende Mädchen, das sich kopflos mit starken Trieben dem Geliebten in die Arme geworfen hatte; die Mutter hatte in ihr die Oberhand gewonnen. Sie liebte Gustav, den Vater ihres Sohnes, den zukünftigen Gatten und Beschützer ihres Kindes, mit tiefgewurzelter, warmer, gleichmäßiger Innigkeit.

Sie war so glücklich, daß sie ihn nun ganz wieder haben sollte. Die letzten Jahre waren schrecklich gewesen, mit ihren einsamen Nächten, den Zweifeln an seiner Treue und der quälenden Sorge, daß sie ihn ganz verlieren möchte.

Nun kam er! Da mußte ja alles gut werden. Allerdings waren sie beide arm, und Gustav hatte noch keinen Beruf. Man würde einen schweren Kampf zu kämpfen haben; aber für Pauline bedeutete das nichts. Ihr lag die Zukunft im rosigen Lichte. Wenn sie nur ihn hatte, den Vater ihres Jungen. Darin war für sie das Wohl und Wehe des Daseins beschlossen.

Daß sie ihn halten würde für immer, als den Ihren, ihr allein Gehörigen, bezweifelte sie keinen Augenblick. Sie war sich des Schatzes von anziehenden Reizen und erwärmender Liebenswürdigkeit, womit die Natur sie ausgestattet hatte, in naiver Weise bewußt. Ganz umstricken wollte sie den Geliebten mit ihrer großen Weibesliebe, daß er gar nie auf den Gedanken kommen könnte, sich ein besseres Los zu wünschen, oder je wieder nach einer anderen Frau zu blicken.

Der Mutter hatte sie erst ganz zuletzt und nur mit einer kurzen Bemerkung angedeutet, daß sie Gustav erwarte. Das Mädchen ließ der Mutter überhaupt nicht viel von ihren Gefühlen blicken. Frau Katschner hatte der Tochter in jener Zeit, wo Gustav nichts von sich hören ließ und das Verhältnis so gut wie aufgehoben schien, zugeredet, von dieser Liebschaft zu lassen; ja, sie hatte es Paulinen nahegelegt, sich nach einem anderen Manne umzusehen. Das hatte Pauline der Mutter nie vergessen. Diese Zumutung hatte sie an der Stelle verletzt, wo sie am tiefsten und zartesten empfand. Jedem anderen Menschen hätte sie das vielleicht vergeben, nur nicht der Mutter; denn die hätte es verstehen müssen, daß es für sie nur eine Liebe gab, in der sie lebte, mit der sie sterben würde.

Seitdem war eine Entfremdung eingetreten zwischen Mutter und Tochter. Die beiden Frauen lebten zwar äußerlich in Frieden; es gab keine Zankerei und keinen Hader. Mit Pauline sich zu streiten, war überhaupt schwer, da sie alles innerlich abmachte und nur mit Blicken Widerspruch zu erheben pflegte. Aber die Tochter verschloß sich in ihren wichtigsten Regungen und Gefühlen der Mutter gegenüber, mit der sie doch scheinbar im vertrautesten Umgang lebte. –

Gegen Vormittag kam Frau Katschner aus dem Dorfe zurück. Sie hatte eine Leinwand zum Faktor geschafft und brachte Garn zu neuer Verarbeitung zurück. Sie verkündete die Nachricht, Büttners Gustav sei heute früh in Halbenau eingetroffen. Pauline erzitterten die Knie; der Mutter gegenüber stellte sie sich jedoch an, als ob die Nachricht ihr ziemlich gleichgültig sei. «So!» meinte sie, «da wird er wohl och hierruf kommen in den nächsten Tagen.»

Mit dieser äußeren Kühle stimmte der Eifer nicht ganz überein, mit welchem sie Vorbereitungen traf für den Empfang des Gastes. Da wurde gekocht und geschmort. Frau Katschner, welche von der herrschaftlichen Küche her allerhand besondere Künste mitgebracht hatte, mußte auf Bitten der Tochter einen feinen Kuchen backen, zu welchem Pauline selbst die Zutaten beim Krämer holte. Dann kam das Kind an die Reihe. Es wurde mit dem wollenen Kleidchen angeputzt, das Komtesse Ida der jungen Mutter kürzlich zugeschickt hatte. Schließlich machte auch Pauline sich selbst zurecht, ordnete ihr Haar und steckte die Granatbrosche an, die Gustav ihr früher einmal vom Jahrmarkt mitgebracht hatte.

Der Nachmittag zog sich hin in Erwartung des Bräutigams. Zum Kaffee wird er wohl kommen, dachte Pauline bei sich; daß er zu Hause bei seiner Mutter essen würde, war anzunehmen. Die Vesperzeit verging, er war noch nicht gekommen. Frau Katschner hatte den Kaffee selbst getrunken, damit er nicht umkomme, und den Kuchen weggeschlossen. Es wurde dunkel in der kleinen Stube.

Pauline, die sich den ganzen Tag über lebhafter gezeigt hatte als gewöhlich, war still geworden. Sie entkleidete den kleinen Gustav seiner Festsachen und brachte ihn zur Ruhe in die Kammer. Frau Katschner hatte die Lampe bereits angezündet, als Pauline wieder ins Wohnzimmer trat. «Nu war ar duch ne gekummen, Pauline!» sagte die Mutter, halb mitleidig, halb neugierig, was die Tochter nun anstellen werde; jedenfalls war sie nicht ganz frei von Schadenfreude. Pauline erwiderte nichts; in ihrer gespannten, trostlosen Miene lag alles ausgesprochen. Jetzt hielt sie es nicht mehr der Mühe wert, der Mutter gegenüber den Schein der Gleichgültigkeit aufrecht zu halten.

Nichtsdestoweniger besorgte sie alles, schaffte und ordnete, wie sie es jeden Abend zu tun gewohnt war. Aber als sie allein war in der Kammer bei dem schlafenden Kinde, brach der zurückgehaltene Jammer aus.

Sie saß auf der Kante ihres Bettes. Die Tränen liefen ihr über die Wangen, unaufhörlich. Daß er ihr das antun konnte! Er war im Dorfe! Seit dem frühen Morgen schon war er da, und zu ihr hatte er den Weg noch nicht gefunden. So wenig hielt er auf sie, so wenig bedeutete sie für ihn. Das hatte sie nicht verdient um ihn! –

So saß sie stundenlang. Das Kind störte sie nicht. Ruhig lag der Junge in seinem Korbe, mit den gleichmäßig leichten Atemzügen des gesunden Kinderschlummers. Die Kälte, welche von allen Seiten eindrang in die Kammer, seit im Nebenraum das Feuer ausgegangen war, fühlte sie kaum. Ihr Blick war durch die kleinen Scheiben des Schiebefensterchens hinaus gerichtet in den Garten, der in hellem Mondschein lag wie ein Tuch. Die alten Obstbäume zeichneten mit ihren krüppeligen Ästen verzwickte Schattenbilder darauf. Wie oft in früheren Zeiten hatte sie hier so gesessen, klopfenden Herzens in die

Nacht hinein wartend, ob er wohl kommen werde. Sie dachte an jenes erste Mal, wo er vor ihrem Fenster gestanden. In einer warmen Juninacht war es gewesen; nur seinen Kuß hatte sie bis dahin gekannt. Wie er sie da um Einlaß gebeten! Welche Worte er da gehabt hatte! Welche Gebete und Schwüre! –

Und jetzt, nachdem sie ihm alles gestattet, alles gegeben, was sie hatte, nachdem sie ihm ein Kind geboren und ihm durch schwere Zeiten hindurch die Treue gehalten, jetzt brachte er es über sich, nach langer Trennung, einen ganzen Tag im Dorfe zu sein und nicht zu ihr zu kommen.

Die Uhr schlug zehn Uhr vom Kirchturme. Sie starrte noch immer in den Garten. Ihre Tränen waren versiegt. Eine Art von Kälte war auch über ihre Seele gekommen. Mochte es sein, wie es war; es war gerade recht so! Sie wollte den bitteren, feindlichen Gefühlen nicht wehren. Es lag ein Genuß darin, das Unrecht, das einem widerfuhr, auszukosten und den in Gedanken schlecht zu machen, der es einem zugefügt.

So also hielt er seine Schwüre! Das war wahrscheinlich die Art, wie er sie von jetzt ab behandeln wollte. Jetzt, wo sie das Kind von ihm hatte, wo sie ihm sicher war, hielt er's wohl nicht mehr für nötig, lieb mit ihr zu sein.

Oder ob er seine Pläne inzwischen geändert hatte? – Vielleicht dachte er daran, eine ganz andere heimzuführen. Er plante wohl gar eine reiche Heirat! – Da war Ottilie Kaschel, die Tochter aus dem Kretscham, seine Cousine. Die hätte ihn nur gar zu gern gehabt. Diese alte widerliche Person! – Aber hieran glaubte Pauline selber nicht recht. So schlecht konnte Gustav nicht sein! Und außerdem war sie sich ihrer eigenen Vorzüge doch zu sehr bewußt, die im Wettstreite mit der häßlichen Kretschamtochter den Sieg davontragen mußten.

Ob sie ihm etwa zu Haus abgeredet hatten. Mit den alten Büttners stand sie sich ja neuerdings besser; aber da war diese böse Sieben: Therese. Vielleicht hatte die irgendeine Verleumdung ersonnen, der Gustav Glauben geschenkt.

Er war ja überhaupt so mißtrauisch! Alles glaubte er, was ihm von bösen Menschen Schlechtes von ihr gesagt wurde. ‹Übelnehmsch› war er auch. Tagelang konnte er wegen einer Kleinigkeit ‹mukschen›. Und seine Eifersucht! Wenn ein anderer sie nur mit einem Blicke ansah, war er sofort außer dem Häuschen. Pauline mußte lächeln, als sie an einen Vorgang dachte, beim Kirchweihfest, vor einigen Jahren. Da hatte er sie einem Tänzer aus den Armen gerissen und sie vom Tanzsaale weggeführt, weil er gefunden, daß ihr Partner den Arm zu fest um sie gelegt hatte.

Wie töricht er sich bei so etwas anstellen konnte! Aber ein lieber Kerl war er doch! Sie hatte gut, ihn mit ihren Gedanken anklagen und sich einreden, daß sie ihn hasse und daß sie nichts mehr von ihm wissen wolle; das glaubte sie ja alles selber nicht. Er war und blieb ihr Gustav, ihr Einziger, ihr Herzallerliebster. Morgen würde sie sich aufmachen, ihn aufzusuchen und ihn zur Rede stellen, sei es wo es sei. So scheu und zurückhaltend das Mädchen sonst war, davor hatte sie keine Angst. Es war nicht das erste Mal, daß sie ihn zu sich zurückgeführt hatte.

Nachdem dieser Entschluß in ihr gereift war, fühlte sie sich sehr ruhig, glücklich geradezu. Sie erhob sich, nahm das Kind aus dem Korbe, hielt es ab und machte sich dann ans Auskleiden. Schnell in die Federn! Die Glieder waren ihr steif geworden vom langen Aufsitzen in der Kälte.

Sie hatte sich das Deckbett bis an den Hals gezogen und die Augen geschlossen zum Schlummer, als ein leichtes Geräusch an ihr Ohr schlug, draußen von der Hauswand kam es her. Sie fuhr im Bette in die Höhe; den Ton kannte sie. Alles Blut war ihr in einer starken Welle zum Herzen gedrungen. Noch einmal dasselbe Klopfen an der Lehmwand! Sie war schon am Fenster und schob den Schieber beiseite. Richtig! Da draußen stand eine dunkle Gestalt. «Gustav?» – «Ja!» – «Ich kumme!» Schnell ein Tuch über die bloßen Arme geworfen! Etwas an die Füße zu ziehen, nahm sie sich nicht erst die Zeit. Dann die Kammertür nach dem Hausgang geöffnet! So leise wie möglich die hintere Haustür aufgeriegelt und aufgeklinkt!

Im Rahmen des Türstocks erschien jetzt seine Gestalt. Sie griff nach Gustavs Hand, leitete ihn, damit er in der Dunkelheit nicht zu Falle komme. Erst als sie ihn drinnen hatte bei sich, in der Kammer, den Geliebten, warf sie sich ihm um den Hals, wie sie war, nichtachtend der Kälte und Nässe, die er aus der Nacht mit hereinbrachte.

12

Die von Edmund Schmeiß versprochenen Dünge- und Kraftfuttermittel trafen in einem großen Brettwagen auf dem Büttnerschen Gehöfte ein. Der Fuhrmann übergab einen Lieferschein, der am Kopfe die Firma: Samuel Harrassowitz trug. Der Büttnerbauer begriff nicht, was das heißen solle. Er hatte doch mit Edmund Schmeiß gehandelt und nicht mit Harrassowitz. Der Kutscher, den der Bauer darüber ausfragen wollte, wußte auch keinen Bescheid zu geben. Er sei von der Firma S. Harrassowitz beauftragt, seine Fracht hier abzuladen. Es waren Säcke mit Chilisalpeter und Knochenmehl, und ein Haufen Erdnußkuchen. Der Fuhrmann ließ sich Empfangnahme vom Bauern quittieren, und übergab dann einen Brief. Darin bekannte Samuel Harrassowitz, Bezahlung für gelieferte Dünge- und Kraftfuttermittel durch ein von Herrn Edmund Schmeiß an seine Ordre remittiertes Accept des Bauerngutsbesitzers Traugott Büttner in Halbenau empfangen zu haben.

Der Büttnerbauer stand ratlos vor dem Papiere. Was bedeutete nun das wieder! Wieviel schuldete er nun eigentlich und für was? Und wessen Schuldner war er?

Der künstliche Dünger wurde vom Wagen genommen und in einer Ecke des Schuppens untergebracht. Der alte Bauer empfand nichts als Verachtung diesen Säcken gegenüber mit ihrem salzartigen Inhalt. Was sollte dieses Zeug seinen Feldern nützen! Das war ja auch nur so neumodischer Unsinn. Wie konnten einige Handvoll solchen Pulvers ein Fuder Mist ersetzen, wie neuerdings gelehrte Leute aus der Stadt behaupteten. Mit Ingrimm betrachtete er sich diese Säcke, in denen sein gutes Geld steckte.

Gustav dachte anders darüber als der Vater. Er war während seiner Dienstzeit in vorgeschrittnere Wirtschaften gekommen, als die väterliche war, und hatte die Vorzüge der künstlichen Düngung mit eigenen Augen wahrgenommen. Er wußte auch, zu welcher Jahreszeit und auf welche Böden man die verschiedenen Düngerarten anzuwenden hatte. Der Vater überließ es ihm, mit dem «Zeugs» anzufangen, was er wollte. Über dreißig Jahre hatte er gewirtschaftet, ohne dergleichen. Er war zu alt, um darin noch umzulernen.

Auch in anderer Beziehung machte sich Gustavs Einfluß geltend. Die Kartoffelernte hatte inzwischen ihren Anfang genommen. Der Büttnerbauer wollte, wie in den Jahren bisher, das Ausmachen der «Apern» mit den Seinigen bezwingen. Gustav redete ihm zu, er solle Tagelöhner aus dem Dorfe annehmen, wie die anderen Bauern es taten. Aber der Alte sträubte sich dagegen, er scheute die Ausgabe; außerdem, behauptete er, würden ihm Kartoffeln gestohlen. Die Ernte zog sich dadurch endlos in die Länge, denn außer dem Alten, der die Furchen anfuhr, standen nur acht Hände für das Lesen der Früchte zur Verfügung. Dabei konnte man Toni, die nicht mehr allzuweit von der Entbindung stand, kaum mehr als volle Arbeitskraft rechnen. Der alte Bauer zankte und wetterte, daß es nicht vorwärts rücke. Nächstens werde es frieren, und die Hälfte der Kartoffeln stecke noch im Acker. Dabei war doch sein eigener kurzsichtiger Geiz und Starrsinn der Hauptgrund der Verzögerung.

Da kam Gustav auf einen Gedanken; er schlug vor, Kinder von armen Leuten, Häuslern, Einliegern, Handwerkern, die selbst kein Land hatten, zum Kartoffellesen anzunehmen und sie mit einem bestimmten Maß von Kartoffeln zu bezahlen.

Der Gedanke leuchtete dem Alten ein. Auf diese Weise brauchte kein bar Geld ausgegeben zu werden, mit dem er in letzter Zeit karger umging denn je zuvor. Die paar «Apern», welche die Kinder mit fortnahmen, fehlten kaum am Ertrage, und am Stehlen wurden die Kinder auch verhindert, denn sie hatten genug zu schleppen an dem ihnen Zuerteilten. Gustavs Plan kam zur Ausführung. Eine ganze Rotte von Kindern armer Leute wurde angenommen und in wenigen Tagen war die Ernte beendigt.

Der Büttnerbauer konnte mit dem Ertrage zufrieden sein. Die Kartoffel war in diesem Jahre gut gediehen. Die Nässe im frühen Sommer hatte das Wachstum des Kräutichs befördert und die Wärme und Trockenheit des späteren Sommers war der Entwickelung der Knollen zugute gekommen. Die Früchte waren zahlreich, groß und gesund. Ein wahrer Segen für die Armen, deren Hauptnahrung für den

Winter gesichert war. Der Keller unter der Büttnerschen Scheune reichte in diesem Jahre nicht annähernd, um die Hackfrüchte sämtlich aufzunehmen. Gustav gab daher seinem Vater den Rat, nur Kraut und Rüben in den Keller zu nehmen, und an Kartoffeln soviel, wie man für Haus- und Viehstand im Winter voraussichtlich brauchen würde, das übrige aber auf freiem Felde einzumieten. Der Bauer folgte auch darin dem Rate des Sohnes. Der plötzliche Preissturz, den die Kartoffel gleich darauf erlitt – welcher mit der allgemein gut ausgefallenen Ernte zusammenhing – konnte ihn belehren, daß er recht daran getan habe. Für das Frühjahr durfte man mit Wahrscheinlichkeit auf ein Anziehen des Preises rechnen.

Die Herbstbestellung verlief unter günstiger Witterung. Zeitig bedeckten sich die Felder mit dem zarten Grün des aufgehenden Winterkorns. Ein milder Spätherbst gestattete es, bis tief in den November hinein zu pflügen. Als die ersten Flocken niedergingen, konnte der Landmann dem mit Ruhe zusehen; es war Zeit für den Schnee. Die Ernte war geborgen, der Acker vorbereitet für die Frühjahrsbestellung, und die Witterung gut aufgegangen.

Mit dem Büttnerbauer war eine Wandlung vor sich gegangen in der letzten Zeit. Er war milder geworden und friedfertiger gegen die Seinen. Die wilde Hast hatte aufgehört, mit der er während des Sommers die Arbeiten betrieben hatte. Er ließ Frau und Kindern größere Freiheit, die Weiber durften im Hauswesen wieder schalten. Bis auf das Vieh herab erstreckte sich seine freundliche Stimmung. Die Pferde erhielten wieder das ihnen gebührende Maß Hafer und dankten ihrem Herrn bald dafür durch besseres Aussehen. Sich selbst gönnte der Bauer jetzt auch wieder Schlaf und Nahrung. Die guten Folgen davon bekam zunächst die Bäuerin zu spüren; er erschreckte sie nachts nicht mehr durch Selbstgespräche und unheimliches Umgehen. In der Kirche war er bald wieder der Aufmerksamsten einer, und der Pastor bekam ein freundlicheres Gesicht zu sehen als den Sommer über.

Das waren die segensreichen Folgen von Gustavs Rückkehr ins Vaterhaus. Seit er seinen zweiten Sohn wieder bei sich hatte, schien der Büttnerbauer wie umgetauscht. Dabei ließ er es dem Jungen gar nicht mal merken, wie große Stücke er auf ihn hielt und was sein Rat und seine Hilfe in der Wirtschaft ihm bedeuteten. Über den Kopf wollte er sich den jungen Menschen auch nicht wachsen lassen. Die natürliche Eifersucht des Alters, das sich von der Jugend überflügelt sieht, spielte dem Vater mit. Außerdem war Gustav nicht der Älteste. Karl blieb auch in den geheimsten Gedanken und Plänen des alten Mannes der Anerbe des Hofes. An dem in seiner Gegend und seiner Familie eingebürgerten Gebrauch, dem ältesten Sohne das Gut zu überlassen, hätte er nie und nimmer rütteln mögen. Karl sollte der zukünftige Büttnerbauer sein und bleiben, wenn ihn auch Gustav jetzt häufig wie einen Knecht anstellte und behandelte.

Gustav hatte auch die Ordnung der Geldverhältnisse in die Hand genommen. Davon verstand er nur soviel, wie der gesunde Menschenverstand einem lehrt. Denn Erfahrung in dieser Art Dingen zu sammeln, hatte er bei der Truppe kaum Gelegenheit gehabt.

Er tat, vom richtigen Naturtrieb geleitet, das Vernünftigste, was bei der Lage seines Vaters getan werden konnte, er zählte zunächst einmal die sämtlichen Schulden zusammen und stellte ihnen gegenüber die Einnahmen auf, die man als sicher erwarten durfte. Dann entwarf er eine Art von Schuldentilgungsplan. Die Weihnachtszinsen hoffte er mit Hilfe des noch unverkauften Hafers zu decken, für den Ostertermin sollten die Kartoffeln bleiben. Wenn Hafer und Kartoffeln nur einigermaßen Preis bekamen, hoffte er auf Überschüsse. Freilich, soviel, wie nötig war, um den Wechsel bei Samuel Harrassowitz zu decken, würde auf keinen Fall übrig bleiben. Da mußten eben noch andere Quellen aufgetan werden. Vielleicht ließ sich in diesem Winter etwas mehr aus dem Walde nehmen als sonst. Dann mußten allerdings die letzten Bäume, die dort noch standen, dran glauben. Auch daran dachte er, die zwei Schweine, welche die Bäuerin gewöhnlich um Weihnachten herum schlachtete, die Speck und Schinken für das ganze Jahr hergeben mußten, zu verkaufen, statt sie ins Haus zu schlachten. Sowie die Schweine nicht mehr im Stalle wären, würde ja auch Milch übrig sein, und dann konnte mehr gebuttert werden. Das Stroh, welches von der Kornernte her reichlich vorhanden war, mußte auch in Rechnung gezogen werden. So gab es schließlich eine ganze Anzahl Dinge, die, wenn richtig verwertet, Einnahmen abwerfen konnten.

Bei dieser Aufstellung war allerdings nicht in Rechnung gezogen die gekündigte und in naher Zeit fällige Hypothek von Gustavs Onkel, Kaschelernst. Woher das Geld zur Deckung dieser Forderung beschafft werden sollte, wußte Gustav ebenso wenig wie der alte Bauer selbst. Als der junge Mann zum Haferverkauf nach der Stadt gefahren war, hatte er sich dort unter der Hand erkundigt, ob und unter welchen Bedingungen die Hypothek unterzubringen sei. Dabei hatte er sich überzeugen müssen, daß solide Geschäftsleute mit Hypotheken an so gefährdeter Stelle nichts zu tun haben wollten. Von einer Seite zwar wurde ihm das Geld geboten, aber unter so übertriebenen Zinsbedingungen, daß er Halsabschneiderei witterte, und von dem Geschäfte absah.

Gustav gab sich jedoch dieser Forderung wegen nicht allzu schweren Besorgnissen hin. Er konnte sich nicht denken, daß sein Onkel Ernst machen würde mit dem Ausklagen. Nicht etwa, daß er Kaschelernst eine solche Härte gegen den eigenen Schwager nicht zugetraut hätte; er kannte den Kretschamwirt nur zu gut. Nein, er glaubte, daß der es nicht wagen würde, den Bauern zum äußersten zu treiben. Er mußte doch am besten wissen, daß bei dem Schwager nichts zu holen war. Klagte er, so kam es zum Zusammenbruch, und Kaschelernst verlor dann seine Hypothek, für die er bisher die Zinsen stets richtig erhalten hatte. Daß der Kretschamwirt daran denken könne, auf Erwerb des Bauerngutes selbst zu spekulieren, nahm Gustav nicht an. Weder Kaschelernst noch der Sohn waren Landwirte, und sein schlauer Onkel würde sich wohl hüten, zu dem, was er schon hatte, sich noch die Last eines größeren Besitzes aufzubürden.

Er nahm daher die Kündigung der Kaschelschen Hypothek, die dem alten Bauern so schweres Ärgernis bereitet hatte, gar nicht ernst. Das war wohl nur ein Schreckschuß oder ein schlechter Witz, den sich der schadenfrohe Kretschamwirt zu seinem besonderen Ergötzen gemacht hatte.

Gustav ging hin und wieder in den Kretscham, um die Stimmung dort zu ergründen. Der Onkel behandelte ihn stets mit ausgesuchter Zuvorkommenheit. Er lächelte und zwinkerte, sobald er des Neffen ansichtig wurde, in seiner närrischen Weise. Aber aus ihm herauszubekommen war nichts. Sowie Gustav ernsthaft von Geschäften zu sprechen anfing, begann er zu lachen, daß ihm manchmal die wirklichen Tränen aus den Augen liefen; so verstand er es, die Sache ins Lächerliche zu ziehen und den Neffen hinzuhalten.

Wenn nicht die stete Sorge um die Vermögenslage seiner Familie gewesen wäre, hätte Gustav in jener Zeit ein glückliches und gemächliches Leben führen können.

Wintersanfang ist eine der ruhigsten Zeiten für den Landmann. Sobald die weiße Decke die Fluren bedeckt, kann er von seinen Werken ausruhen und dem lieben Gott die Sorge um die Saaten überlassen. In dieser Zeit, wo die ganze Natur auszuruhen scheint vom Schaffen und Hervorbringen, wo alle jene treibenden, nährenden, in Saft und Frucht schießenden Triebe gleichsam eingefroren sind, hält auch der Bauer eine Art von Winterschlaf. Mehr als andere ist er ja verwandt mit der Erde, die er bebaut. Er hängt mit ihr zusammen wie das Kind mit der Mutter, vor der Trennung. Er empfängt von ihr geheimnisvolle Lebenskräfte, und ihre Wärme ist auch die seine.

Ohne Arbeit war freilich auch der Winter nicht. Da gab es Schnee auszuwerfen auf den Wegen. Dann war die Holzarbeit. Der Büttnerbauer machte sich mit Hilfe seiner beiden Söhne daran, die einzelnen übergehaltenen Kiefern und Fichten zu fällen, die gefällten zu Klötzern zu schneiden, die Wipfel und Äste zu Reisighaufen aufzuschichten. Was an verkrüppeltem Holze da war, das nicht zu Nutzstücken verwertet werden konnte, wurde in den Schuppen gebracht und dort in Scheite gespalten und zu Brennholz zerkleinert.

Es gab einen harten Winter. Das Feuer im Kochherde, der gleichzeitig Ofen für die Wohnstube war, durfte nicht ausgehen. Kohlen zu verwenden betrachtete der Bauer als Verschwendung; wozu wuchsen denn auch die Bäume im Walde! So wurde denn tüchtig Holz verkachelt. Zu lüften hütete man sich wohl, damit ja nicht etwas von der kostbaren Wärme entfliehe. Gegen Öffnen durch vermessene Hände waren die Fenster übrigens wohl verwahrt. Im Herbst schon hatte man die Fensterstöcke und Rahmen mit Moos, Laub, Stroh und Nadelzweigen sorgsam versetzt. So war das ganze Haus in einen schützenden Mantel gekleidet, welcher der Winterkälte den Zugang verwehrte, zugleich aber auch die frische Luft ausschloß.

Der Tag begann spät, erst gegen sieben Uhr dämmerte es ja, und der Büttnerbauer drückte jetzt ein Auge zu wegen des späteren Aufstehens. Wenn das Vieh um sechs Uhr früh sein erstes Futter hatte, war er zufrieden. Um vier Uhr nachmittags fing der Abend schon an. Lampen wurden nicht gebrannt, der Ersparnis halber, nur Laternen und Unschlittkerzen. Wozu brauchte man auch Helligkeit! Das Kochen, Aufwaschen und Buttern konnte in den paar Tagesstunden vorgenommen werden. Zum Essen sah man auch im Halbdunkel genug. Gelesen oder geschrieben wurde nicht. Andere Bedürfnisse kannte man kaum. Mit den Hühnern wurde zu Bett gegangen. Man dämmerte so dahin, schläfrig und schweigsam.

Therese war die einzige, die manchmal mit ihrem scharfen Mundwerke, das auch im Winter nicht eingefroren zu sein schien, etwas Erregung in dieses dämmerige Dasein brachte. Vor allem an ihrem Gatten zankte sie herum, der meist mit der Tabakspfeife im Munde hinter dem Ofen zu finden war. Karl war im Winter schlimm dran, da konnte er sich, der Kälte wegen, nicht auf den Heuboden oder ins Freie retten. Die Ofenhölle war nur eine schlechte Zufluchtsstätte vor der Galle seiner Ehehälfte.

Gustav wohnte zwar daheim, war aber auch viel in der Behausung der Witwe Katschner zu finden. Für diesen Haushalt mußte er den fehlenden Mann ersetzen. Holzhacken, Wasserholen, all die schweren Arbeiten nahm er auf sich. Pauline hatte für den Winter wieder das Weben aufgenommen. Sie ging mit geheimer Freude an die Arbeit; sie wußte ja, wem das zugute kam, was sie jetzt webte.

So teilte Gustav seine Zeit und seine Kräfte zwischen den beiden Familien. Die Seinigen hatten sich darein gefunden, in Katschners Pauline Gustavs Auserwählte zu erblicken. Trotzdem fand ein Verkehr zwischen den Bauersleuten und dem Mädchen nicht statt. Man fragte nicht danach, wann Hochzeit sein sollte. Das war Sache der beiden; nicht einmal mit den eigenen Eltern sprach Gustav darüber.

Der Büttnerbauer war kein Träumer. Seine Interessen waren der strengen und nüchternen Wirklichkeit zugewandt, und zum Spintisieren und Phantasieren ließ ihm sein angestrengtes Tagewerk keine Zeit übrig. Aber eines steckte tief in seinem Wesen: er lebte viel mit seinen Gedanken in der Vergangenheit, sie war ihm ein steter Begleiter der Gegenwart, der mit beredtem Munde zu ihm sprach. Dieser Hang zum Rückwärtsblicken und Beschauen des Vergangenen wurde in ihm bestärkt durch die Vereinsamung, in der er sich befand. Denn obgleich er eine zahlreiche Familie um sich heranwachsen sah, war dieser Mann doch allein, wollte es sein. Er scheute jede Mitteilung seines Innersten anderen gegenüber, auch wenn sie von seinem Fleisch und Blute waren. Aber mit den Dahingeschiedenen stand er in lebendiger Beziehung.

Sein erstaunlich frisches Gedächtnis unterstützte ihn darin. Er vermochte sich Erlebnisse und Personen aus der frühesten Jugend vor die Seele zu stellen, als seien sie gestern gewesen. Aussprüche der Eltern, ja selbst des Großvaters, konnte er mit wörtlicher Treue wiedergeben, obgleich der Alte vor nahezu fünfzig Jahren das Zeitliche gesegnet hatte. Er war imstande, mit untrüglicher Gewißheit anzugeben, an welchem Tage in einem bestimmten Jahre man das erste Heu eingefahren hatte oder was ihm damals für eine Kuh bezahlt worden war oder auch, wieviel der Roggen in dem und dem Monate gegolten hatte.

Die Vergangenheit bildete aber nicht bloß den vielbetrachteten Hintergrund seines Daseins, sie wirkte geradezu entscheidend auf seine Entschließungen ein. Er war gebunden in seinem Willen an Taten und Absichten seiner Vorfahren. Ohne sich dessen selbst recht bewußt zu werden, ließ er sich leiten von frommer Rücksicht auf Wunsch und Willen jener Entschlafenen, die für ihn eben Gegenwärtige waren.

Dabei sprach er fast nie von der Vergangenheit. Das Sprechen, soweit es nicht einem bestimmten praktischen Zwecke diente, erschien ihm überhaupt müßig. Das Reden um der Aussprache willen, die süße Erleichterung des Gemütes durch Mitteilung, kannte er nicht, verachtete dergleichen als weibisch.

Am ehesten ließ er noch etwas von seinen Gefühlen seinem Sohne Gustav blicken, der von der ganzen Familie seinem Herzen am nächsten stand. Das hatte seinen besonderen Grund. Der alte Mann glaubte in diesem Sohne etwas von dem Wesen des eigenen Vaters wieder lebendig werden zu sehen. Die Ähnlichkeit bestand in der Tat zwischen Enkel und Großvater. Aber auch sonst gab es verwandte Züge zwischen den beiden. Wenn der Bauer diesen Sohn auf Feld und Hof schalten und walten sah, mit energischen Befehlen die Geschwister anstellend, überall selbst mit Hand anlegend, voll Eifer und Lust an der Arbeit, dann wurde der alte Mann an den Vater erinnert, der für ihn noch jetzt das Muster eines tüchtigen Wirtes bedeutete. Und so verband sich mit dem Gefühle des Vaterstolzes für den Büttnerbauer die geheime Hoffnung, daß durch diesen Sohn der Familie wieder eingebracht werden möchte, was sie durch schlechte Jahre und Unglücksfälle mancherlei Art in letzter Zeit eingebüßt hatte an Vermögen und Bedeutung.

Jetzt im Winter, wo die Arbeit nicht auf die Nägel brannte, war mehr Zeit als sonst, seinen Gedanken nachzuhängen. Was für Erinnerungen wurden da in der Seele des Alten wach! Was für Gestalten standen da vor seinem rückschauenden Blicke auf und gewannen Leben! –

Da war sein Vater: mittelgroß, breitschulterig, bartlos, wie alle Büttners vordem, blondhaarig. Er gedachte des Vaters immer, wie er ihn aus der frühesten Kindheit in Erinnerung hatte, als eines im besten Lebensalter stehenden blühenden Mannes. Was war das für ein Arbeiter gewesen! Mit einem Finger hatte der den Pflug ausgehoben und umgewendet. Und dabei war er ein Grundgescheiter gewesen. Dem hatte niemand ein X für ein U machen dürfen. Deshalb war es ihm auch gelungen, das Seine zusammenzuhalten und zu mehren.

Der Großvater des jetzigen Büttnerbauern hatte diesem Sohne das Gut noch bei Lebzeiten überlassen und sich auf das Altenteil zurückgezogen. Der alte Mann fand sich in der neuen Ordnung der Dinge, welche durch die Bauernbefreiung und die Gemeinheitsteilung in den bäuerlichen Verhältnissen entstanden war, nicht mehr zurecht. Er hatte die Zeiten der Erbuntertänigkeit unter die Gutsherrschaft und die Fronden durchgemacht. Als junger Mensch hatte er drei Jahre lang im Zwangsgesindedienst auf dem Gutshofe gescharwerkt. Später waren von ihm die fälligen Spanndienste für die Herrschaft abgeleistet worden. Er lebte ganz und gar in den Anschauungen der Hörigkeit. Der Hofedienst ging allem anderen voraus. Der Graf, sein gnädiger Herr, konnte ihm sein Gut wegnehmen, wenn er wollte, und einen anderen an seine Stelle setzen, wie es ihm gerade paßte. Der Herr hatte die oberste Polizei und Strafgewalt und verfügte über Leib und Vermögen seines Untertanen.

Das wurde nun mit einem Male alles anders. Der Bauer sollte fortan ein freier Herr sein, auf eigenem Grund und Boden. Dabei fiel mit den Pflichten auch der Schutz weg, den die Gutsherrschaft den Untertanen gewährt hatte. Viele Leute, besonders die alten, in der Erbuntertänigkeit groß gewordenen, konnten sich in diese Änderung der Dinge nicht finden. Sie hatten gar kein Bedürfnis nach Freiheit empfunden. Seit Menschengedenken hatten ihre Familien Hofedienste getan, hatten unter Obhut und Leitung des Edelmannes ihr Leben zugebracht; Selbständigkeit und Freiheit waren für sie Worte ohne Sinn. Sie wollten es nicht anders haben, als ihre Väter es gehabt. Der Gutsherr hatte ihre Kräfte benutzt, hatte sie vielleicht über Gebühr angestrengt, aber er hatte auch für sie gedacht und sie in schlimmen Zeiten geschützt. Das gebot ihm das eigenste Interesse; sie gehörten ihm ja, waren seine Leute, ohne deren kräftige Hände sein Besitz wertlos war. Nun sollten sie auf einmal für sich selber denken und sorgen. Sie standen auf eigene Füße gestellt, verantwortlich für ihre Taten. Gar manchen fröstelte da in der neugeschenkten Freiheit, und er wünschte sich in das Joch der Hörigkeit zurück.

So ging es auch dem alten Büttner. Schwere Zeiten hatte der Mann gesehen. Zweimal waren die Franzosen durch Halbenau gekommen und hatten geplündert. Was sie übrig gelassen, nahmen die Kosacken mit, die als Verbündete kamen, aber ärger hausten als die Feinde. Von dieser Einquartierung sollte man sich noch lange in der Gegend erzählen. Dann kam gleich nach dem Feinde ein furchtbares Notjahr mit Mißernte und Hungersnot im Gefolge. Mancher Bauer verließ in jenen Tagen seinen Hof und ging auf das Rittergut oder in die Stadt, um Anstellung zu finden, da er als eigner Wirt dem sicheren Verhungern entgegensah. Da wurde vielfach lediges Bauernland von der Herrschaft eingezogen. Der damalige Büttnerbauer sah es daher als eine Erleichterung an, als bei der Regulierung ein Dritteil seines Gutes der Herrschaft Saland zugeschlagen wurde. Ja, er hätte sich vielleicht von dem mächtigen Nachbarn, der sich aus einem Beschützer über Nacht in einen Nebenbuhler verwandelt hatte, ganz aus seinem Besitze verdrängen lassen, wenn nicht sein Sohn gewesen wäre.

Leberecht Büttner war, im Gegensatze zu seinem Vater, ein Sohn der neuen Zeit. Er hatte die Freiheitskriege mitgemacht, als Grenadier. Zweimal war er in Frankreich gewesen, war mit Erfahrungen und voll Selbstbewußtsein aus der weiten Welt in das Heimatsdorf zurückgekehrt.

Zu Hause nahm er sehr bald das Heft in die Hand. Der Vater besaß soviel Vernunft, um einzusehen, daß er nichts Besseres tun könne, als der jüngeren Kraft Platz zu machen; er ging ins Ausgedinge und lebte noch manches Jahr. Aus alter Gewohnheit nahm er an der Feldarbeit teil und ward eine Art von Tagelöhner bei dem eigenen Sohne. Der jetzige Büttnerbauer konnte sich noch ganz gut auf ihn besinnen. Ein kleines gebücktes Männchen mit schiefer Nase und rotgeränderten Augen war er gewesen. Sein gelbgraues Haar hatte ihm in langen Strähnen um den Kopf gestanden. Sonntags pflegte er einen blauen Rock zu tragen, der ihm bis an die Knöchel reichte und eine braun und grün gewürfelte Weste mit blanken Perlmutterknöpfen. Er wußte den Enkeln mit hoher, dünner Greisenstimme schauerliche Geschichten zu erzählen, von der Franzosenzeit und der Kosackeneinquartierung.

Leberecht Büttner verstand es, die neugewonnene Unabhängigkeit, mit der sein Vater nichts anzufangen gewußt hatte, vortrefflich auszunutzen. Der Aufschwung, den die Landwirtschaft zu Anfang des Jahrhunderts genommen, die Erkenntnis der Bodenpflege, die veränderte Fruchtfolge, die Bekanntschaft mit neuen Kulturgewächsen, begann langsam durchzusickern und verdrängte allmählich auch in diesem entlegenen Winkel die veraltete Wirtschaftsweise der Väter. Durch die Aufteilung der Gemeindeweide und die Einschränkung des Viehtreibens und der Streunutzung im Walde wurde der Bauer, selbst wenn er widerwillig war, zu vernünftigerem Wirtschaften gezwungen.

An Stelle der Weide trat der Stall, dadurch wurde der bisher verschleppte Mist für die Felddüngung gewonnen. Man mußte Futterkräuter anbauen und mit der Brachenwirtschaft brechen. Hand in Hand damit ging die bessere Wiesenpflege und die Tiefkultur.

Leberecht Büttner war der erste Bauer in Halbenau, welcher mit der Dreifelderwirtschaft brach. Er baute eine massive Düngergrube auf seinem Hofe und führte regelmäßige Stallfütterung ein für das Vieh; trotzdem konnte man ihm nicht vorwerfen, daß er neuerungssüchtig sei. Von dem zähkonservativen Bauernsinne hatte er sich den besten Teil bewahrt: wohlüberlegtes Maßhalten. Er überstürzte nichts, auch nicht das Gute. Seine Bauernschlauheit riet ihm, zu beobachten und abzuwarten, andere die Kastanien aus dem Feuer holen zu lassen, nichts bei sich einzuführen, was nicht bereits erprobt war, vorsichtig ein Stück hinter der Reihe der Pioniere zu marschieren. Behutsam und mit Vorbedacht ging dieser Neuerer zu Werke. Er begnügte sich mit dem Sperling in der Hand und überließ es anderen, nach der Taube auf dem Dache Jagd zu machen.

Dabei war ihm das Glück günstig. Die jahrzehntelang gedrückten Getreidepreise begannen auf einmal zu steigen. Der Absatz erleichterte sich durch die neugefundenen Verkehrsmittel. Von dem ansteigenden Strome wachsender Lebenskraft und gesteigerten Selbstbewußtseins im ganzen Volke wurde auch der kleine Mann emporgetragen. Leberecht Büttner war im rechten Augenblicke geboren, das war sein Glück; daß er den Augenblick zu nützen verstand, war sein Verdienst. Er durfte zu einer Zeit wirken und schaffen, wo der Landmann, wenn er seinen Beruf verstand, Gold im Acker finden konnte.

So arbeitete sich dieser Mann im Laufe der Jahre aus der Verarmung zu einer gewissen Wohlhabenheit empor. Es gelang ihm, einen günstigen Landkauf zu machen, bei welchem er der benachbarten Herrschaft, die ihr Areal nach Möglichkeit durch Auskaufen kleiner Leute zu vermehren trachtete, zuvorzukommen verstand. Durch diesen Ankauf brachte er das Gut auf den nämlichen Umfang, wie es vor der Ablösung gewesen war. Aber während das Bauerngut zur Zeit der Hörigkeit nicht viel besser als eine Wüstenei gewesen war, hatte er es durch Fleiß und Einsicht in eines der bestgepflegtesten Grundstücke weit und breit verwandelt.

Leberecht Büttner starb an der Schwelle des Greisenalters eines plötzlichen Todes. Leute, deren ganzes Sinnen und Trachten aufs Schaffen gerichtet ist, denken meist nicht gern ans Sterben. Beim Tode dieses sorgsamen, vorbedachten Mannes fand sich ein letzter Wille nicht.

Traugott Büttner, sein ältester Sohn, war in vieler Beziehung nach dem Vater geraten. Vor allen Dingen hatte er dessen Zähigkeit, Tatkraft und Emsigkeit geerbt. Aber das Geschick solcher Söhne, welche eigenartige Väter haben, traf auch ihn: durch die ausgeprägte Persönlichkeit des Vaters hatte die des Sohnes gelitten. Jener hatte sich voll ausgelebt und im Egoismus der starken Natur nie daran gedacht, daß in dem Schatten, welchen er verbreite, ein kräftiges Gedeihen für den Nachwuchs nicht möglich sei. Er war in seinem Bereiche alles in allem gewesen. Seine Umgebung hatte sich daran gewöhnt, bei allen wichtigen Entscheidungen auf den Vater zu blicken, ihn denken und sorgen zu lassen. Leberecht führte das Regiment im Hause, zunächst über den eigenen Vater, der freiwillig vor ihm zurückgetreten war, später über die Söhne, auch nachdem sie längst zu Jahren gekommen. Unter solchem Drucke hatte sich Traugotts Charakter nicht frei und nicht glücklich entwickelt. Er hatte von den Tugenden seines Vaters die Fehler. Was bei Leberecht Vorsicht war, erschien bei Traugott als Mißtrauen, während jener sparsam war und haushälterisch, war dieser zum Geize geneigt und kleinlich. Der konservative Sinn des Alten war bei dem Sohne in Engigkeit, die Energie in Trotz und Eigensinn ausgeartet.

Und eines war vom Vater auf den Sohn nicht übergegangen: das Glück.

Leberecht Büttner war ein echtes Glückskind gewesen. Er trat als junger Mensch zur rechten Zeit auf den Schauplatz, um das väterliche Gut vor Annexion durch Fremde zu retten, er kam als reifer Mann in Zeiten, wo Tatkraft und Fleiß nicht umsonst vergeudet wurden. Sein Sohn war in anderer Zeit und in veränderter Lage geboren. Er übernahm zwar ein großes Anwesen im besten Stande, aber unter erschwerten Bedingungen. Die Vermögenslage, in welche Traugott Büttner durch die Erbauseinandersetzung mit seinen Geschwistern gekommen, trug den Keim einer großen Gefahr in sich. Alles kam jetzt auf den neuen Wirt an und auf sein Glück. Es kamen schwere Zeiten, denen er sich nicht gewachsen zeigte. Fallende Getreidepreise, sinkende Grundrente, dazu steigende Löhne und wachsende Ausgaben. Ein schnelleres Getriebe im Geschäftsleben und erschwerte Kreditbedingungen. Alles verwickelte und verschob sich. Mit dem schlichten Verstande allein kam man da nicht mehr durch. Die Ansprüche waren gesteigert auf allen Gebieten. Die alte Wirtschaftsweise, wo man seine Erzeugnisse auf den Markt brachte, mit dem Erlös die Zinsen und Abgaben deckte, und was übrig blieb, mit seiner Familie verzehrte; diese einfache Art, aus der Hand in den Mund zu leben, war gänzlich aus der Mode gekommen. Der neumodische Bauer hielt sich womöglich Zeitungen, las Bücher über Landwirtschaft, studierte die Börsenkurse und die Wetterberichte. Solche Leute nannten sich dann freilich auch nicht mehr Bauern, sondern «Ökonomen» und ließen ihre Söhne freiwillig dienen.

Traugott Büttner hielt am Alten fest, wie es sein Vater bis zu gewissem Grade auch getan hatte. Leberecht Büttner aber hatte sich dem, was gut und nützlich im Neuen war, nie verschlossen, und das tat Traugott. Er verstand seine Zeit nicht, wollte sie nicht verstehen. Er haßte jede Neuerung von Grund der Seele, und brachte es darum niemals zu einer Verbesserung. Er glaubte die neue Zeit mit Verachtung zu strafen, und merkte nicht, daß sie achtlos über ihn hinwegschritt, und ihm den Rücken wandte. Mürrisch hatte er sich auf sich selbst zurückgezogen, zehrte von seinem Trotze und lebte ein glückliches Leben nur in der Erinnerung an die «gute alte Zeit», die doch ihrerzeit auch mal neu gewesen war.

Manchmal freilich sah er sich doch gezwungen, in das Licht, von dem er sich grollend abgewandt hatte, zu blicken. Um so schmerzhafter blendete ihn dann die grelle Tageshelle der Wirklichkeit. Dann fuhr er auf aus seiner weltentfremdeten Zurückgezogenheit und beging in heftiger Übereilung verhängnisvolle Irrtümer. Sah er dann durch den Erfolg seines Tuns, daß er verfehlt gehandelt hatte, so versteifte er sich gegen besseres Wissen auf sein gutes Recht. Aber im Inneren war ihm nicht wohl dabei zumute, und leicht focht ihn dann Unsicherheit und Verzagen an. Denn wenn er auch nach außen hin nicht um eines Haares Breite nachgab und lieber einen Finger eingebüßt hätte als ein Zugeständnis zu machen, so stand er doch vor dem Richter in der eigenen Brust häufig als ein Fehlender da. Reue und Zerknirschung war es nicht, was er da empfand. Zum Beugen war sein Bauernnacken zu steif. Weder vor Menschen noch vor Gott liebte er es, sich als Sünder hinzustellen.

Des Büttnerbauern Christentum war ein eigenartiges Gemächte, das vor den Augen orthodoxer Theologen wohl als eine Art von Heidentum erfunden worden wäre. Sein Verhältnis zu Gott bestand in einem nüchternen Vertrage, der auf Nützlichkeit gegründet war. Der himmlische Vater hatte nach Ansicht des Bauern für gute Ordnung in der Welt, für regelmäßige Wiederkehr der Jahreszeiten, gut Wetter und Gedeihen der Feldfrüchte zu sorgen. Kirchgang, Abendmahl, Kollekte, Gebet und Gesang, das waren Opfer, die der Mensch Gott darbrachte, um ihn günstig zu stimmen. War das Wetter andauernd schlecht oder die Ernte war mißraten, dann grollte der Bauer seinem Schöpfer, bis wieder bessere Zeit kam. Von der Buße hielt er nicht viel. Um das Fortleben nach dem Tode kümmerte er sich wenig, sein Denken und Sorgen war ganz auf das Diesseits gerichtet. Was der Herr Pastor sonst noch sagte, von der Aneignung der göttlichen Gnade, dem stellvertretenden Opfertode Christi und der Wiedergeburt im Geiste, das hörte er sich wohl mit an, aber es lief an seinem Gewissen ab, ohne Eindruck zu hinterlassen. Dergleichen war ihm viel zu weit hergeholt und verwickelt. Das hatten sich wahrscheinlich die Gelehrten ausgedacht: die Studenten und die Professoren, oder wie sie sonst hießen. Er trug ein deutliches, höchst persönliches Bild von seinem Gotte in der Seele. Er wußte ganz genau, wie er zu dem da oben stand; er bedurfte keines Vermittlers, um ihn zu Gott zu führen. Manchmal in früher Morgenstunde, wenn er auf dem Felde stand, allein, und die Welt erstrahlte plötzlich in überirdischem Glanze, dann fühlte er Gottes Nähe, da nahm er die Mütze vom Haupte und sammelte sich zu kurzem Gebet. Oder ein Wetter brauste daher über sein Haus und Land mit Blitzschlag und Donnergrollen, dann spürte er Gottes Allmacht. Oder nach langer Dürre ging ein befruchtender Regen nieder, dann kam der Allmächtige selbst hernieder auf seine Erde. In solchen Augenblicken ließ der Alte etwas wie eine Weihestimmung in sich aufkommen. Sonst liebte er das Hingeben an Gefühle nicht. Er war kein Beter. Des Abends beim Abendläuten nahm er aus alter Gewohnheit die Mütze ab, sobald die Glocke anschlug, und sprach sein Vaterunser; das war aber auch alles. Im übrigen mußte der sonntägliche Gottesdienst für die Woche aushalten.

Je älter der Bauer wurde, desto mehr zog er sich auf sich selbst zurück, umgab sich mit einem Mantel von Welthaß und Menschenverachtung. Und je einsamer er sich so machte, desto stärker wurde doch in ihm das Bedürfnis, welches tief in der Brust eines jeden Menschen lebt: sein Leben über den Tod hinaus fortzusetzen, seine Persönlichkeit nicht untergehen zu sehen, seinen Werken die Fortdauer zu sichern, daß er nicht der Vergessenheit anheimfalle, die Erinnerung an ihn nicht ausgelöscht werde wie die Fußspur im Sande. Wäre er eine mystisch angelegte Natur gewesen, so hätte er sein Heil in der Gläubigkeit gesucht. Aber er war derb und nüchtern, ein Bauer; alle seine Triebe waren der lebendigen Wirklichkeit zugewandt. Darum konnte ihm die Seligkeit, wie sie das Christentum versprach, wenig Trost gewähren. Ein Himmel mit rein geistigen Freuden bot ihm keine Anziehung. Er wollte nicht Verklärung, er wollte Fortsetzung der Wirklichkeit, an der sein Ich mit allen Fasern hing. Er war ein Sohn der Erde. Was er hier gewesen, was er auf dieser Welt geschaffen und gewollt, sollte ewigen Bestand haben.

Es konnte darum keine bitterere Erfahrung für den alten Mann geben, als mit ansehen zu müssen, wie sein Lebenswerk mehr und mehr dem Untergange entgegensteuerte. Von allen Seiten sah er feindliche Mächte vordringen, die ihm das entreißen wollten, was er aus der Hand seines Vaters als das köstlichste Erbteil empfangen hatte: sein Gut. Und in seinem Kummer war ein Stachel verborgen; ein Tropfen gab dem Kelche den bittersten Beigeschmack: der Selbstvorwurf. Er wollte es sich nicht eingestehen, aber er mußte es doch fühlen, das wurmende und brennende Bewußtsein, daß er selbst die Schuld trug. Solche Erkenntnis kam nur blitzartig über ihn. Er wußte die selbstanklägerische Stimmung wohl zu verscheuchen. Andere waren schuld, nicht er! Die schlechten Zeiten, die Verhältnisse. Haß gegen die Welt, das war der beste Trost, Ingrimm das beste Schutzmittel des Trotzigen gegen die gefürchtete Reue.

Einen wirklichen Trost hatte er, und an diesen klammerte er sich mehr und mehr mit der verzweiflungsvollen Kraft des Sinkenden: seinen Sohn Gustav. Wenn jemand ihn retten konnte, so war der es. Das Zeug hatte der Junge dazu. In Gustav sah er ein Stück vom Großvater, Leberecht, wieder lebendig werden.

Zweites Buch

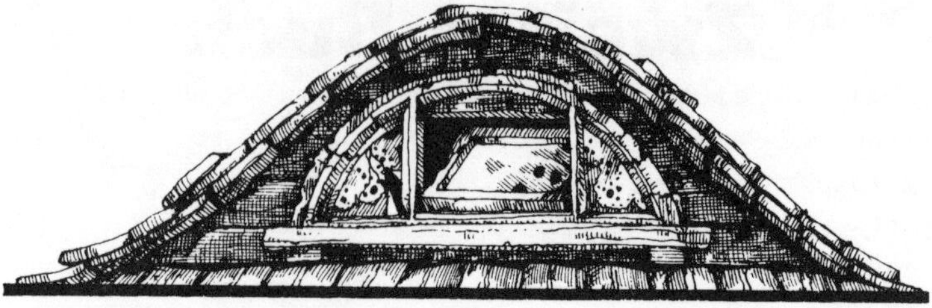

1 Eines Tages wurde dem Büttnerbauer ein Schreiben vom Amtsgericht zugestellt. Es war ein Zahlungsbefehl. Das Gesuch dazu war von Ernst Kaschel gestellt, welcher Zahlung seiner siebzehnhundert Mark nebst Zinsen und Kosten verlangte, widrigenfalls er mit Zwangsvollstreckung drohte.

Die Nachricht schlug wie ein Blitzstrahl ein. Trotz seiner mangelhaften Kenntnis von der Rechtspflege, begriff der alte Mann doch sofort, was das zu bedeuten habe. Nun stand es fest, daß Kaschelernst seinen Untergang wollte; dies hier war die Waffe, mit der er ihm auf den Leib rückte. Zwangsvollstreckung und in letzter Linie Zwangsversteigerung des Gutes, darauf hatte der Kretschamwirt es abgesehen.

Der Büttnerbauer hatte in seinem Leben mehr als ein Gut der Nachbarschaft unter dem Hammer weggehen sehen. Manchen Bauern hatte er gekannt, der als wohlhabender Mann angefangen und schließlich mit dem weißen Stabe in der Hand aus dem Hofe geschritten war. Zwangsversteigerung! Der Gedanke daran konnte einem das Blut in den Adern gerinnen machen. Das war das Ende von allem! Der Bauer, dem das geschah, war gestrichen aus der Liste der Lebenden, losgerissen von seinem Gute, ausgerodet, hinausgeworfen auf die Landstraße, wie man ein Unkraut aus dem Acker rauft und über den Zaun wirft. –

Gustav war der einzige von der ganzen Familie, mit dem der Bauer von diesem neuesten Unglück sprach. Gustav sah sofort die Gefährlichkeit der Lage ein. Er sagte sich, daß etwas geschehen müsse, um die angedrohte Maßregel zu verhindern. Zunächst schien es immer noch das vernünftigste, mit Kaschelernst selbst Rücksprache zu nehmen. Am Ende ließ er sich doch dazu bringen, Stundung zu gewähren, vor allem wenn man ihm vorstellte, daß er sein Geld bei einer Zwangsvollstreckung kaum herausbekommen und im Falle der Versteigerung sogar gänzlich einbüßen werde. Dadurch gewann man Frist, und währenddessen gelang es vielleicht, von anderer Seite Hilfe zu schaffen.

Gustav ging also noch am selben Morgen, als die Urkunde vom Gericht eingetroffen war, nach dem Kretscham. Leicht wurde ihm der Gang nicht. Er würde bitten müssen, auf alle Fälle sich demütigen vor den Verwandten. Dabei war ihm die ganze Familie widerlich. Seinen Onkel Kaschel hatte er nie ausstehen mögen. Wenn er an seine Cousine Ottilie dachte, hätte ihm übel werden können. Und auch mit seinem Vetter Richard stand er auf gespanntem Fuße, seit er ihn, als Jungen, einmal windelweich geprügelt. Gustav hatte den Vetter nämlich dabei überrascht, wie er mit dem Pustrohre nach einem Huhn schoß, das er an einen Baum angebunden hatte, als lebendige Zielscheibe. Diese Züchtigung hatte Richard Kaschel wohl nicht so leicht vergessen.

Gustav traf in der Schenkstube seine Cousine Ottilie. Er fragte sie, ohne Umschweife, nach dem Vater. Der sei im Keller mit Richard und ziehe Bier ab, erklärte das Mädchen, verlegen kichernd. Dann bat sie den Vetter, doch ins gute Zimmer zu treten. Dieser Raum lag neben der großen Gaststube und unterschied sich von ihr in seiner Ausstattung eigentlich nur durch ein Paar schlechte Öldrucke, welche den Kaiser und die Kaiserin darstellten.

Hier mußte Gustav Platz nehmen. Ottilie war übergeschäftig um ihn bemüht, ihm einen Stuhl zurechtzurücken und den Tisch vor ihm mit einem Tuche abzuwischen. Dabei blinzelte sie den Vetter mit vielsagendem Lächeln von der Seite an. Er sei von der Stadt her verwöhnt, zirpte sie mit erkünstelt hoher Stimme, aber er müsse eben hier vorlieb nehmen mit dem, was er vorfände. Es sei doch recht langweilig in Halbenau. Warum sich denn der Vetter nicht öfter mal blicken lasse. Und zum Tanze sei er noch gar nicht gesehen worden im Kretscham. Die Mädchen hier seien ihm wohl nicht fein genug? –

Gustav antwortete kaum auf ihre Bemerkungen. Er witterte etwas von Eifersucht in dem Wesen der Cousine. Hübsch war sie nicht, mit ihrem Kropfansatz, der langen überbauten Figur und dem schiefen

Munde, der neuerdings eine Zahnlücke aufwies. Doch dafür konnte sie schließlich nichts. Aber, was für eine Schlumpe sie war! So herumzulaufen! Mit zerrissenen Strümpfen, zerschlissener Taille und ungemachtem Haar. Und sowas wollte die reichste Erbin in Halbenau sein! Gustav stellte unwillkürlich Vergleiche an, zwischen ihrer Schmuddelei und der Sauberkeit, die stets um Pauline herrschte.

Ottilie lief plötzlich hinaus. Er glaubte, es sei, um den Vater herbeizuholen. Eine ganze Weile hatte er zu warten. Dann kam das Mädchen zurück, aber ohne den Wirt. Sie brachte vielmehr ein Brett, mit Frühstück darauf. Da waren verschiedene Flaschen und Schüsseln. Freundlich lächelnd setzte sie das vor den Vetter hin.

Gustav war ärgerlich. Zwar ein Kostverächter war er nie gewesen, und bei den Eltern ging es neuerdings schmal genug her; ein Frühstück nahm er immer gern an. Aber von der hier bewirtet zu werden, das paßte ihm ganz und gar nicht. Ihr Anblick konnte ihm jeden Appetit verderben.

Ottilie schien den Widerwillen nicht zu bemerken, den sie einflößte. Sie schenkte ein, zunächst ein Glas Bier, neben das sie noch, zur Auswahl, ein kleineres Glas mit rötlichem Inhalt stellte. Dann setzte sie sich ihm gegenüber an den Tisch und sah ihm zu, wie er aß und trank, mit dem Ausdrucke innigster Befriedigung in ihren Zügen.

Es entging ihm nicht, daß sie sich inzwischen eine andere Taille angezogen hatte. Er mußte unwillkürlich lächeln über soviel verlorene Mühe. Schöner sah sie in dem rot und gelb gemusterten Zeuge auch nicht aus, mit ihrer flachen Brust und der gilblichen Hautfarbe. Das Mädchen tat sein Möglichstes, um den Vetter zum Zulangen zu bringen. Nach jedem Schlucke, den er nahm, schenkte sie nach, so daß der Inhalt des Glases niemals abnahm.

Gustavs gesunder Appetit hatte bald den anfänglichen Widerwillen überwunden. Zudem fragte er sich, warum er die Torheit dieses Frauenzimmers nicht ausnutzen solle. Er ließ sich seines Onkels Bier, Schnaps und Schinken gut schmecken.

Als er sich soweit gesättigt hatte, daß er nicht mehr imstande war, noch einen Bissen herunterzubringen, schob er den Teller von sich. Ottilie sprang auf, holte Zigarren und brannte ihm eigenhändig eine an.

Er bat sie, daß sie nun den Vater aus dem Keller holen möge. Sie meinte darauf, das habe ja noch Zeit. Man habe sich doch so mancherlei zu erzählen, wenn man sich so lange nicht gesehen. Dabei wechselte sie den Platz, setzte sich an seine Seite. Das wurde ihm doch zuviel des Guten. Es bedurfte einer sehr energischen Aufforderung von seiner Seite, daß sie sich bewogen fühlte, endlich den Vater herbeizurufen.

Der Wirt erschien, wie gewöhnlich, in Pantoffeln, die Zipfelmütze auf dem Kopfe, die Hände unter der blauen Schürze. Hinter ihm sein Sohn wußte die Haltung des Vaters vortrefflich nachzuahmen. Nach Kaschelscher Art begrüßten sie Gustav mit Kichern und Grinsen, das sich bei jedem Worte, das gesprochen wurde, erneuerte.

«Ottilie! Ich nahm o eenen!» rief der Wirt. «Vun an Bierabziehn kann ens schon warm warn. Newohr, Richard?»

Der Sohn feixte dummdreist und schielte falsch verlegen nach dem Vetter hin. Er mochte an die Lektion denken, die er von dem einstmals empfangen hatte.

Gustav, um etwas zu sagen, fragte, ob Richard nicht bald zu den Soldaten müsse. Da erhellten sich die Gesichter von Vater und Sohn gleichzeitig. Der Alte meinte schmunzelnd: «Ar is frei gekummen. Ju ju! Richard is militärfrei!» Gustav sprach seine Verwunderung darüber aus, Richard habe doch seines Wissens kein Gebrechen. «Nu, mir wußten och nischt dervon, sulange. Aber, der Herr Oberstabsarzt meente, er hätte Krampfadern an linken Beene. Ju ju! Krampfadern taten se's heeßen. Newohr, Richard? Und da wurd 'r zurickegestellt. Nu ich ha' natirlich nischt ne dadergegen, und der Junge erscht recht ne. Newohr, Richard?» Der alte Kaschel schüttelte sich vor Lachen. Er schien es für einen besonders genialen Streich seines Sohnes anzusehen, daß er in Folge seiner Krampfadern militäruntüchtig war. Gustav hätte gern offen heraus gesagt, was ihm auf der Zunge lag, daß dem Bengel die militärische Zucht gewiß recht gut getan haben würde, aber er unterdrückte die Bemerkung. Er hütete sich, in diesem Augenblicke, etwas zu äußern, was den Onkel hätte verdrießen können. Er war ja als Bittsteller hierhergekommen.

Er begann nunmehr mit seinem Anliegen herauszurücken. Sobald der Onkel merkte, daß von Geschäften gesprochen werden solle, schickte er Ottilien aus dem Zimmer. Zu Gustavs Verdrusse blieb aber Richard anwesend. Gustav saß an der breiten Seite des Tisches, die beiden Kaschels ihm gegenüber. In den Angesichtern von Vater und Sohn, deren Ähnlichkeit hier, wo sie so dicht bei einander waren, in unangenehmster Weise sich aufdrängte, lauerte die nämliche, unter blöder Miene verborgene, dreiste Schlauheit.

Sie ließen den Vetter reden. Lächelnd, hin und wieder mit den Augen zwinkernd, hörten sie sich seinen Bericht mit an. Gustav sprach mit Offenheit. Die mißliche Lage seines Vaters war ja doch nicht mehr zu verbergen. Er erklärte, daß, bestünde der Onkel auf seiner Forderung, der Bankrott des Bauern sicher wäre. Dann bat er den Onkel, sich noch zu gedulden. Die Zinsen seiner Forderung sollten pünktlich gezahlt werden, dafür wolle er sich persönlich verbürgen. Mit der Zeit würde man auch an ein Abzahlen des Kapitals gehen. Wenn der Onkel es aber zum äußersten treibe, dann sei das Gut verloren und damit auch seine Forderung.

Gustav hatte sich das, was er sagen wollte, vorher wohl überlegt. Aber, wie das so geht, er sagte schließlich ganz andere Dinge und brauchte ganz andere Wendungen, als er beabsichtigt. Die Ruhe der beiden, die ihn nicht mit einem Worte unterbrachen, warf ihm seinen ganzen Entwurf über den Haufen. Er hatte sich vorgenommen, mit Begeisterung zu sprechen, hatte den Onkel mit warmen Worten an das Familieninteresse mahnen wollen. Sollte denn dieses Gut, das so lange im Besitze der Familie gewesen, unter dem Hammer weggehen? Sollte der Bauer, als alter Mann, von Haus und Hof getrieben werden, und mit seinem grauen Haar auf das Almosen der Gemeinde angewiesen sein? Das könne doch der Onkel nie und nimmer verantworten! Das werde er doch nicht mit ansehen wollen! Das sei man doch der Familie schuldig, solche Schmach zu verhindern! Er habe ja doch eine Tochter aus dem Büttnerschen Gute zur Frau gehabt; um des Andenkens der Verstorbenen willen möge er doch seine Hilfe nicht versagen! – So etwa hatte der junge Mann zu seinem Verwandten sprechen wollen.

Aber er fühlte es, diesen Rattengesichtern gegenüber, mit ihrer lauernden Bosheit, war jede Begeisterung weggeworfen. Durch jedes wärmere Wort mußte er sich lächerlich machen. Er merkte, wie er immer unsicherer wurde, und wie der Widerwillen gegen das was er sagte, ihm zum Halse stieg. Was hatten denn diese beiden da in einem fort zu nicken, zu winken und mit den Augen zu zwinkern. Einer genau wie der andere, als bestände eine geheime Verbindung zwischen Vater und Sohn, als verständen sie ihre Gedanken, ohne einander anzusehen. Sie belustigten sich wohl gar über ihn? Alles was er hier vorbrachte, diente am Ende nur ihrer anmaßenden Schadenfreude zur willkommenen Nahrung!

Ziemlich unvermittelt fragte Gustav auf einmal: was der Onkel eigentlich bezwecke mit seiner Kündigung? Ob er es etwa zur Subhastation des Bauerngutes treiben wolle, um das Gut dann selbst zu erstehen?

Kaschelernst wich dieser Frage aus, sich nach seiner Art hinter ein Lachen versteckend. Aber der Neffe ließ nicht locker, diesmal. Weshalb er das Geld gekündigt und den Zahlungsbefehl veranlaßt habe, wolle er wissen. Das müsse seinen ganz besonderen Grund haben, denn der Onkel wisse recht gut, daß der Bauer im gegenwärtigen Augenblick nicht im Stande sei, ihn zu befriedigen.

Der Onkel fragte dagegen: ob das nicht sein gutes Recht sei? Kaschelernst war jetzt selbst etwas aus seinem gewohnten Gleichmut gekommen. Gustav sah ihn zum ersten Male aus der Rolle des harmlosen Biedermannes fallen.

Man war inzwischen auf beiden Seiten aufgestanden. Der Tisch befand sich noch immer zwischen Gustav und den Kaschels.

Gustav wiederholte noch einmal seine Frage, ob der Onkel den Zahlungsantrag zurückziehen wolle.

«Ich war an Teifel tun!» rief Kaschelernst protzig. Der Sohn kicherte dazu.

Gustav fühlte, daß er seine Wut nicht länger bändigen könne. Er mußte irgend etwas tun, sich Luft zu verschaffen: die beiden beleidigen, die Kränkung vergelten.

Er preßte die Stuhllehne vor sich zwischen seinen Fäusten. Jetzt hatte es keinen Sinn mehr, diesen hier seinen Haß zu verbergen. Mit bleichen Wangen und der keuchenden Stimme des aufsteigenden Zornes sagte er: «'s is schon gut so! Ich hätt' mer's eegentlich denken können. Nu weeß ich's aber, wie's steht! Ihr steckt mit dem Harrassowitz unter eener Decke. Na, ihr seid ene schöne Sorte Verwandte. Ich komme über eure Schwelle nich mehr, davor seid'r sicher! Pfui Luder über solches Pack. – Schamt eich!» – Damit ging er, auf seinem Wege durch das Zimmer an verschiedene Stühle und Tischkanten anrennend.

Der Kretschamwirt lief dem Neffen nach. Von der Tür aus rief er hinter ihm drein: «Warte mal! Wart ack, Kleener! Ich ha' noch a Wörtel mit d'r. Wenn d'r und 'r denkt, ihr kennt mich lappch machen, da seit'r an Falschen geraten. Dei Vater is immer a Uchse gewast, ar hat keenen größern in seinen eegnen Stalle stiehn. Sicke dumme Karlen, die brauchen gar kee Bauerngutt. Ob sei Gutt ungern Hammer kimmt, ob's d' ihr alle zusammde betteln gihn mißt, das is mir ganz egal! Verreckt ihr meintswegen! Mit eich ha'ch kee Mitleed – ich ne!»

Gustav war schon außer Hörweite und vernahm die weiteren Schimpfreden nicht, die ihm der Onkel noch auf die Gasse nachrief.

Gustav wollte, da er bei dem Kretschamwirt nichts ausgerichtet hatte, seinen Onkel Karl Leberecht Büttner aufsuchen und dessen Hilfe anrufen. Freilich war dazu eine Eisenbahnfahrt von mehreren Stunden nötig. Aber er meinte diese Ausgabe nicht scheuen zu dürfen, denn es blieb tatsächlich die letzte Hoffnung. Der Onkel war wohlhabend; vielleicht konnte man ihn dazu bringen, etwas für seinen leiblichen Bruder zu tun.

Ehe Gustav die Garnison verlassen, hatte er sich noch einen Anzug von dunkelblauem Stoff anfertigen lassen. Pauline fand, daß ihm die neuen Kleider ausgezeichnet stünden. Auch einen ziemlich neuen Hut besaß er, und ein Paar Stiefeln, die noch nirgends geflickt waren. So konnte er denn die Reise guten Mutes wagen. Er wollte bei den Verwandten in der Stadt nicht den Eindruck eines Bettlers machen. Sie sollten sehen, daß sie sich der in der Heimat zurückgebliebenen Familienmitglieder nicht zu schämen brauchten.

So trat er die Fahrt an. Angemeldet hatte er sich nicht bei den Verwandten, damit sie ihm nicht abschreiben konnten. Denn Gustav war sich dessen wohl bewußt, daß man ihm und den Seinen nicht allzu günstig gesinnt sei von jener Seite. Das hatte sich ja auch in der plötzlichen Kündigung der Hypothek, im Frühjahre, ausgesprochen.

Der alte Bauer hegte nicht die geringste Hoffnung, daß die Reise seines Sohnes irgendwelchen Erfolg haben könne. Er hielt nicht viel von Karl Leberecht. Der Bruder war ihm im Alter am nächsten gewesen von den Geschwistern. Sie hatten sich als Jungens stets in den Haaren gelegen. Karl Leberecht war lebhaft gewesen und geweckt, zu allerhand Streichen aufgelegt, ein «Sausewind und Würgebund», wie ihn der Bauer noch jetzt zu bezeichnen pflegte, wenn er von dem jüngeren Bruder sprach. Gustav ließ sich jedoch durch das Abreden des Vaters nicht irre machen. Karl Leberecht mochte in der Jugend gewesen sein wie er wollte er hatte es jedenfalls zu etwas gebracht im Leben. Und er war und blieb auf alle Fälle der Bruder des Vaters. Vielleicht schlummerte der Familiensinn doch noch in ihm, und es bedurfte nur der richtigen Ansprache, um ihn zu wecken.

Aus dem Briefe, welchen damals der Vetter – der, wie er, den Namen Gustav trug – geschrieben hatte, ersah er, daß das Materialwarengeschäft von Karl Leberecht Büttner und Sohn am Marktplatze gelegen war. Dorthin richtete Gustav also seine Schritte. Nach einigem Suchen fand er die Firma, die in goldenen Lettern auf schwarzem Untergrunde weithin leuchtend prangte.

Es war ein eigenes Gefühl für den jungen Menschen, seinen eigenen Namen auf dem prächtigen Schilde zu lesen. Gustav ging nicht sofort in den Laden hinein, eine geraume Weile betrachtete er sich erst das Geschäft von außen mit ehrfurchtsvoller Scheu. Das war ja viel größer und glänzender, als er sich's vorgestellt hatte.

Das Büttnersche Geschäft bestand aus einem geräumigen Eckladen, der mit zwei Schaufenstern nach dem Markte hinaus blickte und außerdem noch mehrere kleinere Fenster nach einer Seitengasse hatte. Eine reiche Auswahl von Verkaufsartikeln lag da ausgestellt: Kaffee und Tee in Glasbüchsen, Seifen, Bisquits in Kästen, Lichte in Paketen, Südfrüchte, Tabak, Viktualien aller Art, Spezereien, Drogen. In dem einen der vorderen Schaufenster saß ein Chinese, der mit dem Kopfe wackelte. Auf einem Plakate, welches Karawanentee anpries, war ein Kamel abgebildet, von einem Araber geführt, auf dem Rücken einen mächtigen Berg von Kästen und Ballen tragend.

Gustav stand da, staunend. Obgleich er als Soldat mehrere Jahre in einer größeren Stadt kaserniert gewesen, war doch das Landkind lebendig in ihm geblieben. Alles Fremde, besonders wenn es unverständlich war, imponierte ihm gewaltig. Diese Schaufenster mit den vielen fremdartigen Dingen, bestärkten ihn in der Vermutung, daß der Onkel doch sehr reich sein müsse. Und wenn man bedachte: Der Mann stammte aus Halbenau! Hatte das Vieh gehütet und Mist aufgeladen, wie jeder andere Bauernjunge. Dann war er davongelaufen, weil er's daheim nicht mehr ausgehalten; wohl hauptsächlich, weil sein Vater, der alte Leberecht, ihn nicht aufkommen lassen wollte, neben dem älteren Bruder und Erben des Hofes. So war er denn in die Fremde gegangen, hatte alles Mögliche erlebt und erfahren, hatte die verschiedensten Lebensstellungen innegehabt. Markthelfer war er unter anderem gewesen. Als solcher hatte er in ein Grünwarengeschäft geheiratet und damit den Grund zu seinem Vermögen gelegt.

Ja, in der Stadt da konnte man es noch zu etwas bringen! In Gustav stieg ein bitteres Gefühl auf, als er sich hier umsah, und das Leben und Treiben ringsum betrachtete: den Marktverkehr, die Häuserreihen, die glänzenden Läden. – Wenn man damit die Öde der dörfischen Heimat verglich! Er fühlte sich etwas herabgestimmt in seinem Selbstbewußtsein und seiner Zuversicht, trotz des neuen Anzugs. Die Verwandten würden ihn doch am Ende nicht als voll ansehen. – Nachdem er eine Weile vor dem Laden auf- und abgegangen, entschloß er sich schließlich doch, hineinzugehen.

Eine ganze Anzahl junger Leute war dort tätig. Der eine von ihnen, ein langer schmächtiger mit einer Brille, fragte den Eintretenden, was zu Diensten stünde. Gustav nannte seinen Namen und sagte, daß er mit dem Onkel zu sprechen wünsche. Der junge Herr sah sich den Fremden daraufhin genauer mit forschenden Blicken durch seine Brillengläser an. Der Vater sei leider nicht im Laden, erklärte er.

Also, das war der Vetter! Gustav maß den Mann, der seinen Namen trug, mit neugierigen Blicken. Ein ziemlich großer hagerer Mensch von gebückter Haltung stand vor ihm. Dem Manne sah man es nicht an, daß sein Vater auf dem Lande geboren, daß alle seine Vatersvorfahren durch Jahrhunderte hinter dem Pfluge hergeschritten waren. Und doch war in dieser Schulmeistererscheinung eine gewisse Ähnlichkeit mit den Verwandten nicht zu verkennen. Die Kopfform, die großen Hände und Füße, der Haarwuchs erinnerte an die Büttners von Halbenau.

Zwischen den beiden Vettern gab es eine Verlegenheitspause. Sie waren durch das Gefühl bedrückt, in naher Blutsverbindung zu stehen und einander doch unendlich fremd zu sein. Man maß sich mit spähenden, mißtrauischen Blicken und wußte einander nichts zu sagen. Gustav, der Bauernsohn, verachtete im geheimen diesen dürren Bläßling, der tagein, tagaus hinter dem Ladentisch stehen und die Kunden bedienen mußte. Aber seine Verachtung war dabei nicht ganz frei von einem gewissen Neid, den das Landkind der Überlegenheit des Städters gegenüber selten verwindet. Und Gustav, der Mitinhaber der Firma: Karl Leberecht Büttner und Sohn, belächelte seinen Vetter vom Dorfe, mit den unbeholfenen Manieren.

Ein Paar Leute vom Markt kamen herein, die bedient sein wollten. Nachdem die Kunden abgefertigt waren, schlug der Kaufmann seinem Vetter vor, in die Wohnung des Vaters zu gehen; der «Alte» werde wohl zu Haus sein. Er gab ihm einen Lehrling mit, damit er den Weg finde. Unter Führung eines halbwüchsigen Bürschchens gelangte Gustav so zur Wohnung der Verwandten.

Mit dem Onkel fand sich Gustav schneller zurecht als mit dem Vetter. Der Mann war wirklich sein Blutsverwandter. Der große derbknochige Alte mit bartlosem geröteten Gesicht und buschigem grauen Haar sah dem Büttnerbauer nicht unähnlich. Wäre nicht das gestickte Käppchen auf dem Kopfe, die Safianpantoffeln und die Kleider von städtischem Schnitt gewesen, hätte man Karl Leberecht Büttner wohl für einen Halbenauer ansprechen können. In seinem Augenblinzeln und dem verschmitzten Lächeln kam die Bauernpfiffigkeit zum Ausdruck. Auch in seiner Aussprache waren noch heimatliche Anklänge zu finden. Mit derber Herzlichkeit empfing er den Sohn seines Bruders.

Der Neffe wurde zum Niedersitzen aufgefordert, bekam ein Glas Wein vorgesetzt und mußte erzählen, zunächst über die Familie, sodann von anderen Leuten aus Halbenau, auf die sich der alte Mann noch besann. Freilich über viele, nach denen der Onkel fragte, vermochte Gustav keine Auskunft zu geben; sie waren gestorben, weggezogen, verschollen.

Die Teilnahme, welche der Alte an den Tag legte für diese Dinge, stärkte Gustavs Zuversicht. Der Onkel hatte noch nicht allen Sinn verloren für die Heimat; soviel stand fest! Als der alte Mann sich nach der Lage des Gutes und der Wirtschaft erkundigte, benutzte Gustav die Gelegenheit, ihm die Not zu eröffnen, in welcher sich sein Vater befand.

Karl Leberecht Büttner war sichtlich überrascht. Er schüttelte wiederholt den Kopf. «Na sowas! Na solche Sachen!» war seine Rede. Daß es mit seinem Bruder nicht glänzend stehe, hatte er sich ja gedacht, aber daß es so schlimm sei! ... Er seufzte; sein Gesicht nahm einen trüben Ausdruck an.

Durch diese Anzeichen ermutigt, rückte Gustav mit seinem Ansinnen heraus: der Onkel solle die eingeklagten siebzehnhundert Mark an Kaschelernst auszahlen und dafür dessen Hypothek übernehmen.

Karl Leberecht runzelte die Stirn, zog die Augenbrauen in die Höhe, und blickte starr vor sich hin, die Backen aufblasend – genau wie es der Büttnerbauer machte, wenn ihm etwas überraschend kam – dann rückte er sich auf seinem Sitze zurecht, meinte die Sache sei bös; ließ sich Gustavs Plan aber doch noch einmal auseinandersetzen.

Gustav sprach mit Lebhaftigkeit und Wärme. Er redete alles, was er auf dem Herzen hatte, herunter. Dem Onkel gegenüber wurde es ihm leicht, da stockte ihm nicht das Wort auf der Zunge wie neulich vor den Kaschels. Er bestürmte den alten Mann, er stellte ihm die Sache im günstigsten Lichte dar und wunderte sich beim Sprechen selbst über die eindringlichen Worte, die er fand.

Der Alte kratzte sich hinter dem Ohre, sprach von den schlechten Zeiten und meinte, er habe alles Geld im Geschäfte stecken; aber er lehnte nicht völlig ab. Seine Einwendungen wurden immer schwächer. Halb und halb schien er der Sache gewonnen.

Gustav frohlockte in seinem Inneren; nun glaubte er gewonnenes Spiel zu haben. Er beschloß, die Gunst der Lage auszunutzen und bat den Onkel, auch die Zinsen und Kosten mit zu belegen.

Der Alte sagte nicht ja und nicht nein. Die Sache schien ihm Unruhe zu bereiten. Er lief im Zimmer umher, kraute sich den Kopf, rieb die großen Bauernfäuste gegeneinander, fiel beim Sprechen unwillkürlich in den Dialekt seiner Jugend zurück; der deutlichste Beweis, daß er innerlich erregt war. «Ne ne! Su schnell gieht das ne! Ihr denkt wohl uf'n Dorfe, wir hier in der Stadt, wir hätten's Geld, wie Hei.

Wenn's eich schlacht gieht, mit uns stieht's erscht recht schlacht mit'n Geschäften. Wenn de Bauern, und se kommen nich in de Stadt zum Einkaufen, das merken mir gar sehre im Handel. Geld is gar keens da. Und nu gar ich! Wenn ich auch gerne mechte, und ich wollte Traugotten helfen, kann ich denn, wie ich mechte! Unser Geschäft! – Nu ja, die Firma Büttner und Sohn kann sich sehen lassen.»

Hier machte er in seinem Rundgange Halt und fragte den Neffen, ob er sich den Laden angesehen habe. Gustav bejahte und gab seiner Bewunderung unverhohlenen Ausdruck. Dem Alten tat das sichtlich wohl, er schmunzelte über das ganze Gesicht. «Und da sollt'st de erscht mal unser Lager sahn!» rief er. «Hernachen da wird'st de Maul und Nase ufreißen. Na Gustav mag dr's mal zeigen 's Lager. Sowas gibt's in Halbenau freilich nich!» –

Karl Leberecht hegte noch die naive Freude des Emporkömmlings an seinem Glücke. Es war ihm ein Genuß, sich dem armen Verwandten gegenüber in seinem Wohlstande und Überflusse zu zeigen. Er sprach von dem Umsatze, den er jährlich habe, von den Leuten, die er beschäftige, und den Löhnen, welche er zahle, er brüstete sich mit seinen Geschäftsverbindungen. Dann erzählte er, wie er von ganz klein angefangen, mit nichts. Er rühmte sich seiner armseligen Herkunft und kargte nicht mit Selbstlob. Seiner Tüchtigkeit allein verdanke er es, daß er jetzt so dastehe. Er wolle dem Neffen mal auseinandersetzen, warum der Büttnerbauer und der ganze in Halbenau zurückgebliebene Teil der Familie es zu nichts gebracht habe. Dabei stellte er sich protzig vor Gustav hin, und legte ihm die Hände auf die Schultern: «Siehste! Ihr Bauern megt noch so sehr schuften und würgen, ihr megt frih ufstehn und den ganzen Tag uf'n Flecke sein, ihr megt sparen und jeden Pfeng umdrehn, wie dei Vater 's macht, das nutzt eich alles nischt! Ihr bringt's doch zu nischt, ihr Bauern! Vorwärts kommt ihr im Leben nich, eher rückwärts! Und das will ich dir sagen, woran das liegt: das liegt daran, daß ihr nich rechnen kennt. Was a richtger Bauer is, der kann nich rechnen. Und wer nich rechnen kann, der versteht och von Gelde nischt, und zu'n Geschäfte taugt er dann schon gar nischt. Heitzutage muß eener rechnen kennen; das is die Hauptsache. Sieh mich a mal an! Ich bi in Halbenau uf de Schule gegangen. Ich ha' och nich mehr gelernt als dei Vater. Ich war a rechter Nichtsnutz als Junge, das kannst de globen! Aber, siehst de, rechnen hab' ich immer gekunnt. Da war ich immer a Lumich! Siehst de! Und dadermit ha ich's gemacht. Damit ha' ich mich durch de Welt gefunden. Und wer bin ich jetzt, und was seid ihr! – Darum werd't ihr Bauern 's och nie nich zu was bringen, weil, daß ihr nich ordentlich rechnen kennt.» –

Gustav, für den diese Auseinandersetzung nicht gerade schmeichelhaft war, fühlte doch keine Veranlassung, dem Onkel zu widersprechen. Er kannte nur einen Wunsch, die Zusage von dem Alten zu erlangen; darum mußte man ihn bei guter Laune zu erhalten suchen. Er kam wieder auf sein Verlangen zurück.

Der Onkel klopfte ihm auf die Schulter und lächelte ihn freundlich an. Er wolle sehen, was sich tun lasse, meinte er, und er sei nicht so einer, der seine Blutsverwandten im Stiche lasse; aber eine bindende Zusage gab er nicht. Er könne nichts Bestimmtes versprechen, erklärte er schließlich, von Gustav gedrängt; da hätten noch andere ein Wort mitzusprechen.

Im Nebenzimmer hatte Gustav zwischendurch Stimmen gehört; wie es ihm klang: weibliche Stimmen. Und zwar schien sich eine ältere mit einer jüngeren Frauensperson zu unterhalten. Schließlich tat sich die Tür auf, und ins Zimmer trat eine alte Frau, die Tante, wie Gustav richtig vermutete.

Sie war um einige Jahre älter als ihr Gatte. Die grauen Haare trug sie unter einer Morgenhaube mit lila Bändern. Sie musterte den fremden jungen Mann aus kleinen Maulwurfsaugen neugierig spähend. Ihr altes verwelktes Gesicht nahm sofort einen beleidigten Ausdruck an, als sie vernahm, daß er ein Büttner aus Halbenau sei. Mit diesen Bauersleuten hatte sie nie etwas zu tun haben wollen. Sie würdigte den Neffen keiner Anrede, nahm den Gatten bei Seite und redete in ihn hinein, wispernd und hastig, mit einer Stimme, welche durch die Zahnlosigkeit so gut wie unverständlich wurde. Gustav konnte nicht verstehen, was sie sagte, er merkte nur an ihrem ganzen Benehmen, daß die Tante wenig zufrieden mit seiner Anwesenheit sei. Der Onkel schien sich vor ihr zu entschuldigen. Sein Wesen machte nicht mehr den zuversichtlichen Eindruck wie zuvor. In ihrer Gegenwart erschien er minder selbstbewußt, ja geradezu kleinlaut.

‹Pfeift der Wind aus der Ecke!› dachte Gustav bei sich. Also, der Onkel war nicht Herr im eigenen Hause! Da mußte er freilich für das Gelingen seiner Pläne zittern.

Bald kamen auch noch die anderen Mitglieder der Familie herbei: der Vetter, welchen Gustav vom Laden her kannte, und eine Cousine. Eine Anzahl anderer Kinder hatte geheiratet und befand sich außer dem Hause. Die Cousine war das jüngste Kind der Ehe und stand im Anfang der zwanzig. Sie hätte können hübsch sein, wenn sie nicht die kleinen versteckten Augen der Mutter geerbt hätte. Auch sie hatte kaum einen Gruß für den Vetter übrig. Das war die richtige Stadtdame! Mit ihrer engen Taille, der hohen Frisur und den wohlgepflegten Händen. Wenn Gustav damit seine Schwester verglich – und das war doch Geschwisterkind!

Es wurde ihm plötzlich sehr unbehaglich zumute. Mit diesen Leuten hatte er kaum etwas mehr gemein als den Namen. Die ganze Umgebung mutete ihn fremd an: die polierten Tische, die Spiegel, die Sammetpolster. Überall Decken und Teppiche, als schäme man sich des einfachen Holzes. Dort stand sogar ein Piano, und auf einem Tischchen lagen Bücher in bunten Einbänden. Wie konnten sich die Leute nur wohlfühlen, umgeben von solchem Krimskrams! Man mußte sich ja fürchten, hier einen Schritt zu tun oder sich zu setzen, aus Angst, etwas dabei zu verderben. Das war doch ganz etwas anderes, daheim in der Familienstube. Da hatte jedes Ding seinen Zweck. Und auch mit den Leuten war man da besser daran, so wollte es Gustav scheinen; weniger fein waren sie allerdings als diese, aber sie waren offen und einfach und nicht geziert und heimlich, wie die Sippe hier!

Es wurde zu Tisch gegangen. Gustav saß neben dem Onkel. Das war sein Glück; denn der hatte doch hin und wieder ein freundliches Wort für ihn. Die Tante ließ es bei mißgünstigen Blicken bewenden. Vetter und Cousine unterhielten sich die meiste Zeit über mit einem Eifer, als bekämen sie sich sonst niemals zu sehen. Dem Tone ihrer Unterhaltung merkte man die Schadenfreude an, darüber, daß der dumme Bauer doch nichts von dem verstehen könne, wovon sie sprachen.

Gustav dachte im stillen, daß die Teller wohl nicht so oft gewechselt zu werden brauchten, aber daß es dafür lieber etwas Handfesteres zu beißen geben möchte. Ein Mädchen ging herum, mit weißen Zwirnhandschuhen und einer Schürze angetan. Sie trug die Speisen vor sich auf einem Brette. So oft sie anbot, sagte sie: «Bitte schön!» Gustav fand alles das äußerst sinnlos. Von der Kaserne und dem Elternhause her war er gewöhnt, daß man, ohne viele Umstände zu machen, aus einem Napfe aß und sich setzte und aufstand nach Belieben. Aber hier war man an seinen Stuhl gebannt, mußte warten und schließlich mit kleinen, zugemessenen Portionen seinen Hunger stillen. Die Cousine rümpfte überlegen die Nase, als er während des Essens um ein Stück Brot bat, und zwar um ein großes, weil das seine schon alle geworden sei.

Nach Tisch, als man beim ‹Stippkaffee› beisammen saß, kam noch ein junger Mann hinzu, der Bräutigam der Cousine. Ein geschniegeltes Herrchen, um einen Kopf kleiner als die Braut, welcher die Büttnersche Körperlänge eigen war. Der wohlpomadisierte junge Mann mit einer bunten Weste über dem Schmerbauche riß äußerst verwunderte Augen auf, als er einen Fremden in der Familie vorfand. Er beruhigte sich jedoch, nachdem er in einer Fensternische von seiner Braut genügende Aufklärung übcr Gustavs Persönlichkeit erhalten hatte.

Später zogen sich die Frauen zurück, damit die Männer von Geschäften sprechen könnten. Frau Büttner hatte zuvor noch ihrem Gatten mit wispernder Stimme Verhaltungsmaßregeln gegeben.

Gustav befand sich allein mit Onkel, Vetter und dem korpulenten Bräutigam. Man schien zu erwarten, daß er sprechen solle. Er merkte sehr bald, daß es ganz etwas anderes sei, vor diesen hier sein Anliegen vorzutragen, als am Morgen, wo er den Onkel allein hatte. Er fing einen Blick auf, den sich Vetter und Bräutigam zuwarfen.

Nachdem Gustav eine Weile gesprochen, nahm der Vetter das Wort. Gustav möge sich nur nicht weiter bemühen, sagte er, man werde auf seinen Plan nicht eingehen. Dann setzte er auseinander, warum das Geld nicht gegeben werden könne, ja, daß es ein «sträflicher Leichtsinn» sein würde, wenn man es geben wolle. Er sprach in Ausdrücken, die der Bauernsohn kaum verstehen konnte. Das Geld würde «*à fond perdu*» gegeben sein; von «*non valeurs*» und «damnen Hypotheken» sprach er; man dürfe nicht «Lebendiges auf Totes legen», erklärte er mit wichtiger Miene.

Der fette Bräutigam nickte Beistimmung, und Karl Leberecht lauschte mit einer gewissen Bewunderung den Auseinandersetzungen seines Sohnes. Er war stolz auf den Jungen, der so gelehrt sprechen konnte. Der war freilich auch auf der Handelsschule gewesen; von dort stammten seine schlechten Augen und die fremden Ausdrücke.

Das Ende war, daß Gustavs Anliegen im Familienrate abgeschlagen wurde. «Wir können es nicht verantworten, soviel Geld aus dem Geschäfte zu ziehen und in einer verlorenen Sache anzulegen», so redete Karl Leberecht schließlich seinem Sohne nach.

Gustav zog unverrichteter Sache ab. Im letzten Augenblicke, als er sich schon verabschiedet hatte, im Halbdunkel des Flurs, steckte ihm der Onkel noch hastig etwas zu, ohne daß es die anderen bemerkt hätten. Es war, wie sich später, bei näherer Besichtigung, ergab: ein Kistchen extrafeiner Havannazigarren.

Nach solchen Erfahrungen sagte sich Gustav, daß an eine Erhaltung des Bauerngutes nicht mehr zu denken sei. Er war auf den väterlichen Hof zurückgekehrt und half dem alten Manne nach wie vor in der Wirtschaft, aber im stillen war er mit sich selbst ins reine gekommen, daß er sein Geschick von dem der Familie trennen müsse. Er stand nicht allein da, es gab Personen, die ihm noch näher standen als Eltern, Bruder und Schwestern; er mußte vor allen Dingen für die sorgen, die auf ihn als ihren alleinigen Ernährer blicken durften: für Pauline und den Jungen. Er war bereits beim Standesbeamten und beim Pastor gewesen und hatte gemeldet, daß er im Frühjahr seine Braut zu ehelichen beabsichtige.

Aber als Eheleute brauchten sie ein Heim. Auf dem Bauerngute konnte er mit Frau und Kind nicht leben, das war klar. Der Versorger einer Familie mußte einen festen Beruf haben. Das Gefühl wachsender Verantwortung lastete schwer auf dem jungen Mann, machte ihn unsicher in seinen Gefühlen und unstet in seinen Handlungen. Er ging viel in der Nachbarschaft umher, fragte, horchte hierhin und dahin, blickte auch in die Zeitungen, immer in der Erwartung, daß er etwas finden möchte, was ihm zusagte. Er wollte einen Dienst annehmen; welcher Art, das wußte er nicht einmal bestimmt. Mit allerhand abenteuerlichen Plänen trug er sich; sogar ans Auswandern dachte er.

Pauline hörte ihm ruhig zu, wenn er seine Zukunftspläne entwickelte. Sie wußte ihn zu trösten und aufzuheitern, durch die nie versiegende Güte ihres Wesens. Das Mädchen ließ sich von seinen Sorgen nicht anstecken. Seit sie seiner sicher geworden, war große Ruhe über ihr Gemüt gekommen. Als echte Frau vergaß sie in unsicherer Zeit nicht die Besorgung des Nächstliegenden. Jetzt galt ihr ganzes Sinnen und Trachten der Beschaffung ihrer Ausstattung. Wo sie wohnen und leben würde, das wußte noch niemand; aber das war auch beinahe nebensächlich! Das eine stand fest, – das war das große Ereignis ihres Lebens, der köstliche Preis ihrer Liebe und Treue durch soviele Jahre – daß sie ein Paar wurden. Sie war ihm von ganzem Herzen dankbar dafür, daß er ihr doch die Treue gehalten. Wenn er jetzt auch manchmal unwirsch war und schlechte Laune zeigte, das beachtete sie kaum; dergleichen konnte sie nicht einen Augenblick an ihm irre machen. Sie liebte nicht mehr mit jener jungen, heiß aufwallenden und leicht gekränkten ersten Leidenschaft; ihre Liebe war die gesättigte, bewährte des befriedigten Weibes, das nur noch eine Sorge kennt, den Vater ihres Kindes dauernd als ihr Eigentum zu halten. Sie hatte ihren geheimen Ehrgeiz. Sie wollte nicht, daß Gustav sie ganz ohne Aussteuer nehmen solle. Wenn bei ihrer Armut das Brautfuder auch nur klein sein konnte, ganz mit leeren Händen wollte sie nicht kommen. Man sah sie in jener Zeit viel mit Schere, Zwirn und Elle beschäftigt, und Leinwand und bunte Stoffe lagen in ihrer bescheidenen Kammer ausgebreitet. –

Die Kunde war zu Gustav gedrungen, daß auf dem Rittergute die Stelle eines ersten Kutschers frei geworden sei. Er ging sofort hinüber, um sich darum zu bewerben. Die Nachricht erwies sich als ein falsches Gerücht. Der jetzige Kutscher dachte nicht daran, seinen gut bezahlten Posten aufzugeben. Bei dieser Gelegenheit lernte Gustav den gräflichen Güterdirektor, Hauptmann Schroff, kennen.

Gustav hatte den Namen dieses Mannes mehr als einmal nennen hören. Der alte Bauer pflegte seine grimmigste Miene aufzusetzen, wenn er von ihm sprach. Der treibe seinem Herrn die kleinen Leute vors Gewehr wie die Hasen, behauptete er. Von anderer Seite wieder hatte Gustav günstigere Urteile über den Hauptmann gehört. Er sei menschenfreundlich und vertrete seine Arbeiter der Herrschaft gegenüber, hieß es. Eine Anzahl neuer Arbeiterwohnungen, die erst kürzlich an Stelle der bisherigen elenden Baracken errichtet worden waren, redeten das Lob des Güterdirektors.

«Sind Sie etwa ein Sohn des alten Büttnerbauern?» fragte der Hauptmann.

«Zu Befehl Herr Hauptmann!»

«Gibt es denn auf dem Gute Ihres Vaters nichts für Sie zu tun?»

Das läge so in den Familienverhältnissen, gab Gustav ausweichend zur Antwort. Er schämte sich nämlich, daß er, der Sohn des Büttnerbauern, sich um einen Dienst bewerben mußte.

Hauptmann Schroff betrachtete sich den jungen Menschen genauer. Seine geweckten Züge und die stramme Haltung bestachen den ehemaligen Offizier.

«Von Ihnen könnte man am Ende mal was Genaueres erfahren, wie es mit der Büttnerschen Sache eigentlich steht – was?»

Gustav meinte: mit seinem Vater stehe es schlecht, und wenn ihm niemand zu Hilfe käme, würde er sich wohl nicht halten können.

«Genau, was ich Ihrem Vater vor einem halben Jahre gesagt habe! Aber wer nicht hören wollte, war er», rief der Hauptmann.

Die Unterhaltung hatte bis dahin auf dem Wirtschaftshofe des Rittergutes stattgefunden. Der Hauptmann hatte zwischendurch einige jüngere Gutsbeamte abgefertigt. Jetzt meinte er, Gustav möge ihn in seine Wohnung begleiten, es liege ihm daran, Näheres über die Angelegenheit zu erfahren.

Man ging auf einem gepflasterten Gange am Stalle entlang. Der Hof bestand aus einem länglichen Viereck. Auf der einen Langseite standen die Stallungen für Kühe und Zugvieh, gegenüber waren Schweine und Schafe untergebracht. Quer vor stand die mächtige Scheune mit vielen Tennen. In der Mitte des Hofes lag die Düngerstätte, von einem Ziegelwall umgeben, eine Schwemme für das Vieh daneben. Ein eingezäunter Raum war zum Fohlengarten bestimmt. Das geräumige Viereck wurde abgeschlossen durch ein stattliches Haus mit Valmdach, die Meierei, in welcher sich das gräfliche Rentamt befand. Hier wohnte auch der Güterdirektor. Die neuen Arbeiterwohnungen bildeten eine Kolonie für sich, umgeben von Deputatland, das durch den Fleiß der angesetzten Leute bereits in freundliche

Gärten umgewandelt worden war. Vom Schlosse sah man von hier aus so gut wie gar nichts. Das lag hinter den dichten Kronen seines Parkes verborgen, als wolle es von dieser Stätte der Arbeit nichts sehen.

Hauptmann Schroff bewohnte im ersten Stockwerk des Meiereigebäudes zwei Zimmer. Die Einrichtung war einfach: lederbezogene Möbel, einige Rohrstühle, ein Bücherbrett, ein Sekretär. Alles was zum Rauchen gehört, war reichlich vertreten. Die Luft schon verriet, daß hier ein leidenschaftlicher Raucher sein Quartier aufgeschlagen habe. An den Wänden waren militärische Enbleme zwischen Jagdtrophäen zu erblicken. Über dem Schreibtisch hing das einzige Bild, welches das Zimmer schmückte. Es war ein sorgfältig gemaltes Ölbild und stellte einen Landsitz dar. Ein wohnliches Haus, mit einer Veranda davor. In dem bärtigen Manne, der dort inmitten seiner Familie saß, war der Hauptmann leicht wieder zu erkennen. Eine Frau in hellem Sommerkleide schien die Mutter der drei Blondköpfe zu sein. Das Bild hing wohl nicht ohne Grund an dieser Stelle. Vom Sofa aus, vom Sorgenstuhl, vom Schreibsessel – wo immer der Bewohner dieses Zimmers sitzen mochte, der Ruhe pflegend oder bei der Arbeit – wenn er den Blick erhob, mußte er auf dieses Bild fallen.

Hauptmann Schroff war Witwer, schon seit einigen Jahren. Die Blondköpfe des Bildes waren jetzt erwachsene Menschen und mußten gleich ihm die Füße unter fremder Leute Tischen wärmen.

Der Hauptmann bot Gustav Platz an. Dann holte er sich eine Pfeife aus der Ecke, die bereits gestopft war und auf ihn dort gewartet zu haben schien. Mit Hilfe von Streichholz und Fidibus zündete er sie an und begann mächtige Dampfwolken zu entwickeln. Darauf warf er seine lange Gestalt in den Sorgenstuhl, schlug die Beine übereinander und meinte: «Na, nu erzählen Sie mir mal, Büttner! Ihr Vater ist ein alter Brummbär. Wenn man dem Manne was Gutes tun will, schnappt er womöglich noch nach einem. Sie sehen mir aus, als ob Sie vernünftiger wären – he!»

«Zu Befehl, Herr Hauptmann!»

Der Mann hatte sofort Gustavs ganzes Herz gewonnen. Er nahm kein Blatt vor den Mund, berichtete das Familienunglück, wie es gekommen war, von Anfang an, soviel er davon wußte: die Erbteilungsangelegenheit, die Überschuldung des Gutes, der Kampf des Vaters mit der Ungunst der Verhältnisse, Unglücksfälle, notwendige Anschaffungen, wachsende Ausgaben, schließlich völlige Verstrickung in die Netze der Gläubiger.

Hauptmann Schroff strich sich mit der Hand über den Bart, rückte unruhig in seinem Stuhle hin und her, wechselte die Beine, und stieß Wolke auf Wolke in die Luft, zwischendurch seufzte er; es schien, als ob ihn der Bericht keineswegs gleichgültig lasse.

Schließlich warf er die Pfeife weg und sprang auf. Fluchend lief er im Zimmer auf und ab. «Hatte ich mir's doch gedacht! Heiliges Kreuzdonner ... Einem ehrlichen Menschen, der ihm helfen will, traut der Bauer ja niemals! Aber wenn die Sorte kommt: Harrassowitz, Samuel Harrassowitz! Wo hat denn Ihr Vater seinen Verstand gelassen, als er dem Teufel den kleinen Finger gab! Weiß denn Ihr Alter nicht, daß dieser Jude drüben in Wörmsbach das halbe Dorf besitzt. Alles aufgekauft und in Parzellen zerschlachtet! Nun haben wir den Blutigel glücklich auch in Halbenau! Der Marder im Hühnerstall ist nichts dagegen! Binnen Jahresfrist ist so einem alles tributpflichtig. Es ist um ... Was soll denn nun werden, was soll geschehen?» Er blieb vor Gustav stehen; der zuckte mit trüber Miene die Achseln.

«Da seht ihr's mal, ihr Bauern, daß ihr an eurem Elend allein schuld seid! Euch ist nicht zu helfen! Wie die Schafe rennen sie ins Feuer hinein. – Ihr Vater ist nun ein Graukopf; man sollte denken, er hätte sich Weisheit kaufen können, bei allem, was er erlebt hat. Und so einer geht hin auf seine alten Tage und unterschreibt einen Wechsel beim Juden. Es ist, um toll zu werden! Immer wieder die alte Geschichte! Bei Großen wie bei Kleinen. Daß einer mal vom Unglücke des anderen lernte – nein! Jeder muß die Erfahrung von vorn an wieder durchmachen, ehe er klug wird. Dann wenn's zu spät ist, kommen die Tränen – die Selbstanklagen – wenn's zu spät ist.»

Der Hauptmann war während der letzten Worte stehengeblieben, seinem Schreibtische gegenüber. Sein Blick war auf das Bild darüber gerichtet. Die verwitterten Züge des Mannes nahmen für einen Augenblick einen tief schmerzlichen Ausdruck an. Mit einer Handbewegung schien er das alles von sich schleudern zu wollen. Dann setzte er seinen Rundgang fort.

«Ja, was soll denn nun werden, Büttner?»

«Wenn der Herr Hauptmann keinen Rat wissen» ...

«Wenn Ihr Vater damals vernünftig gewesen wäre, als ich ihn aufsuchte; damals war er noch frei, da hätten wir einen Handel abschließen können. Aber jetzt, wo ihn der Jude bereits im Sacke hat! – Mein Graf würde mich schön auslachen, wenn ich ihm mit dem Ansinnen käme, das Büttnersche Gut freihändig zu erstehen. Es ist ja nicht die Schulden wert, die drauf sind. Wir brauchen ja nur die Subhastation abzuwarten; denn dazu kommt's ja doch schließlich. Wollen wir's haben, dann bieten wir eben mit. Ihr Vater hat unter allen Umständen das Nachsehen. Wir wollen nur den Wald, das sagte ich ihm schon damals. Uns mit einem Bauernhofe belasten, dazu liegt gar kein Anlaß vor. So steht die Sache. Sie sehen, Büttner, ich kann ihnen nicht helfen.»

«Ich habe gehört, daß Harrassowitz eine Dampfziegelei anlegen will, auf unserem Gute» sagte Gustav. «So eine gute Gelegenheit, hat Harrassowitz gesagt, zu einer Ziegelei, wie bei uns, gäbe es bald gar keine wieder.»

Gustav hatte das ohne Hintergedanken gesagt. Der Hauptmann stutzte bei dieser Bemerkung. «Eine Ziegelei!» rief er. «Habt ihr denn Lehm?»

«Freilich, is Lehm da! Das haben die Leute schon oft über meinen Vater gesagt, er wäre ein Esel, daß er keine Ziegeln brennen täte.»

«Und das hat mein Harrassowitz natürlich sofort herausgefunden!» rief der Hauptmann in unverkennbarem Ärger über die Entdeckung. «Setzt uns da womöglich eine Dampfziegelei direkt vor die Nase hin. Das fehlte wirklich noch zu allem!»

Jetzt fiel es Gustav auf einmal ein, daß die Herrschaft vor kurzem eine Ziegelei angelegt hatte. Nun begriff er den Ärger des Hauptmanns. Er war klug genug zu erfassen, daß dieser Umstand günstig sei und daß man ihn ausnutzen könne. Plötzlich leuchteten neue Möglichkeiten vor ihm auf, an die er nie zuvor gedacht hatte.

Die Laune des gräflichen Güterdirektors hatte sich in den letzten Minuten wesentlich verschlechtert. Er versetzte einem Stuhle, der ihm in den Weg kam, einen Fußtritt, daß er in die äußerste Ecke flog. «Nun haben wir die Bescherung! Alles wittert so einer aus! Alles unterbietet so ein Schuft! Verdirbt uns die Preise, zieht uns die Leute ab und macht uns die Kunden abspenstig – verdirbt die ganze Bevölkerung! Mit der Ziegelei fängt es an, dann kommt eine Stärkemühle oder chemische Bleiche – was weiß ich! Schließlich ist die Fabrik am Orte. Und dann Prosit Mahlzeit! Dann können wir mit der Landwirtschaft einpacken. Wie ist's denn drüben in Heigelsdorf! Esse an Esse! Die Wässer verdorben, kein Mensch mehr als Feldarbeiter zu haben; alles läuft in die Fabrik. So wird's hier auch noch kommen. Ich sehe schon die infamen Industriespargel am Horizonte. Alles Rauch und Kohlendunst dann! Na, da kann sich der Graf ja gratulieren, dann hat er einen Landsitz gehabt!» –

Gustav sagte zu alledem nichts. Im stillen war er nicht unzufrieden mit dem Gange der Dinge. Besser konnte es ja gar nicht kommen. Wenn Herrschaft und Händler sich schließlich noch um das Bauerngut rissen, dann konnte ja nur sein Vater dabei gewinnen.

Der Hauptmann blieb abermals vor dem jungen Menschen stehen, legte ihm vertraulich eine Hand auf die Schulter. «Nun, sagen Sie mal Büttner! Sie sind doch Unteroffizier gewesen, und wie mir scheint, ein anständiger Kerl. Soll denn nun wirklich Ihr alter Vater vom Gute runter und der Jude rein?» –

Gustav meinte, mit seinem Willen geschehe das gewiß nicht. Er fing an, jenen zu durchschauen. Ganz so selbstlos und großmütig, wie der Herr sich anstellte, war er wohl auch nicht. Es war schon so, wie der alte Bauer neulich in seinem Ärger gesagt hatte: den Bauern liebten die Großen, wie die Katze die Maus. –

«Das darf nicht zugelassen werden!» rief der Hauptmann. «Das Gut ist schon lange in den Händen Ihrer Familie, wie ich höre – nicht wahr? – Was soll denn werden, wenn so unter dem alten bäuerlichen Grundbesitze aufgeräumt wird! Und wenn erst so einer, wie Harrassowitz, einen Fuß drinne hat, dann ist er bald Alleinherrscher. – Was Sie mir da von der Ziegelei erzählt haben, Büttner, gefällt mir gar nicht.»

Gustav hatte bei sich beschlossen, den Mann, der so eifrige Besorgnis für seinen Vater an den Tag legte, beim Worte zu nehmen. Er erklärte, mit einigen tausend Mark sei alles gut zu machen. Dann setzte er denselben Plan auseinander, den er neulich seinem Onkel,

Karl Leberecht, vorgetragen hatte. Der Herr Hauptmann möge doch die vom Kretschamwirt, Ernst Kaschel, eingeklagte Hypothek übernehmen, bat er schließlich.

«Ich, mein Lieber!» rief Hauptmann Schroff. «Ich bin ein armer Teufel wie Sie. Nur noch schlimmer dran, weil ich bessere Tage gesehen habe, – Na, lassen wir das! ... Jeder hat so sein Teil zu tragen. Nein, von mir erwarten Sie, um Gotteswillen, nichts! Ich bin nur der Vertreter meiner Herrschaft; darf nichts anderes sein.»

Aber, vielleicht könne sich der Hauptmann beim Herrn Grafen verwenden, meinte Gustav. Hauptmann Schroff runzelte die Stirn und strich sich mißmutig den Bart. «Der Graf! Der ist in Berlin. Der nimmt auch lieber bar Geld ein, als daß er es ausleiht. Wir haben's auch nicht zum Wegwerfen, wie ihr Leute euch einbilden mögt. Die Ansprüche an so einen Herrn wachsen jährlich, und die Einnahmen verringern sich. In jetziger Zeit eine schlechte Hypothek übernehmen ... Ich kann meinem Herrn mit gutem Gewissen nicht zureden.»

Er hatte sich wieder in seinen Stuhl geworfen und sann.

«Ihr Vater hängt wohl sehr an seinem Besitze – was?» fragte er nach einiger Zeit.

Gustav meinte, der Alte würde den Verlust schwerlich überleben.

«Ja, ja, das kann ich begreifen!» sagte der Hauptmann.

Schließlich sprang er auf von seinem Sitze. «Ich will Ihnen mal was sagen, Büttner! Ich werde die Sache machen! Ich will dem Grafen schreiben. Versprechen kann ich nichts, aber ich kann wohl sagen, der Graf tut im allgemeinen, was ich ihm empfehle. Die Verantwortung ist nicht klein, die ich auf mich nehme; aber ich will's tun, weil ... Um der Sache willen will ich's tun.» –

Gustav ging vom Rittergutshofe mit viel leichterem Herzen als er gekommen.

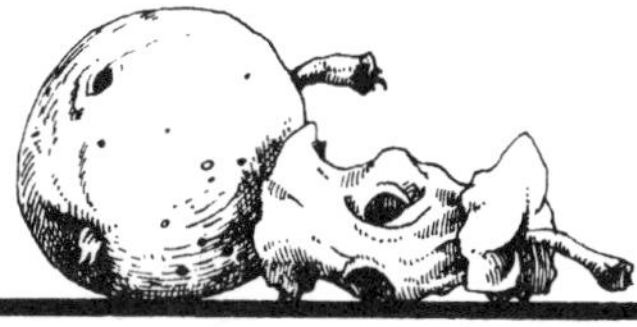

2 Samuel Harrassowitz saß in seinem halbverdeckten Wägelchen, in welchem er über Land zu fahren pflegte. Auf dem Bocke der Kutscher mit einer goldbetressten Livree angetan, die Sam bei irgendeiner Zwangsversteigerung billig erstanden hatte. Er war auf der Fahrt nach Wörmsbach begriffen, ein Dorf, in dem er verschiedene Häuser und Landparzellen besaß. Sein Weg führte ihn über Halbenau. Eigentlich hatte es nicht in seinem Plane gelegen, sich hier aufzuhalten, aber als er von weitem den Giebel des Büttnerschen Hauses winken sah, konnte er der Versuchung nicht widerstehen, einen Abstecher dorthin zu unternehmen. mal sehen, wie die Dinge dort standen. Auf ein Stündchen kam es ja nicht an. Und ‹stets auf dem Platze sein›, das war eines von Sams Geschäftsgeheimnissen.

Außerdem hatte er den Bauernhof und seine Bewohner nicht ungern. Harrassowitz war einer gewissen Gutmütigkeit fähig. Er haßte die nicht, welche er schädigte. Auch besaß er Sinn für die Gemütlichkeit. Er vertilgte nicht gierig; das war nicht klug, und man verdarb sich den Genuß. Er nahm sich Zeit und machte sich öfters das Vergnügen, um seinen Baum herumzugehen, mit den Früchten zu liebäugeln, ehe er sie schüttelte.

Er gab dem Kutscher Weisung, von der großen Straße abzubiegen, und hielt bald darauf im Büttnerschen Hofe.

Die alte Bäuerin erschien in der Haustür. Sie erschrak, als sie den Händler erkannte, und vergaß darüber ganz, ihn zu begrüßen.

«Ist denn mein braver Büttner zu Haus?» fragte Sam.

Die Bäuerin erklärte, er sei mit Karl im Walde, und Gustav sei aufs Rittergut gegangen. «Ich bi ack ganz alleene mit den Madeln», meinte sie schüchtern.

«Recht so, Frau Büttner, recht so!» sagte der Händler im Aussteigen. «Ihr Mann ist ein fleißiger Mann, immer bei der Arbeit, trotz seiner Jahre. Das ist brav! Mein Kutscher kann wohl etwas Hafer bekommen für das Pferd – nicht wahr?»

Die Bäuerin beeilte sich, zu versichern, daß hier alles zu seinen Diensten stünde. Sie schickte sofort Ernestinen in den Stall, um Hafer und Heu für das Pferd des Herrn Harrassowitz zu besorgen.

«Leg' die Decke auf!» befahl der Händler. «Und laß dir überschlagenes Wasser geben – hörst du! Daß er mir nicht etwa Husten kriegt!»

Nachdem er so für das Wohlergehen seines Tieres gesorgt hatte, wandte sich Sam wieder an die Bäuerin. «Und mir machen Sie wohl eine kleine Tasse Kaffee zurecht, beste Frau Büttner! Ich bin ganz ausgekältet von der Fahrt, und Sie kochen ja solch ausgezeichneten Kaffee; das weiß ich von neulich.» Damit trat er ins Haus und klopfte der alten Frau wohlwollend auf den Rücken.

Die Bäuerin war nur zu froh, Herrn Harrassowitz eine Aufmerksamkeit erweisen zu dürfen. Der Mann spielte keine geringe Rolle in den Hoffnungen und Befürchtungen der Familie. Sein Name wurde nur mit gedämpfter Stimme ausgesprochen. Die alte Frau wußte, daß ihrer aller Wohl und Wehe in dieser Hand lag. Nach Weiberart glaubte sie, daß man einen Feind dadurch entwaffnen könne, wenn man ihm schmeichle. Trotz ihrer Lähme, die sich im Laufe des Winters verschlimmert hatte, lief sie auf und ab, rief den Töchtern zu, sie sollten sich sputen, ließ das Feuer schüren, setzte selbst das Wasser an und schaffte heran, was nur irgend im Hause an Leckerbissen aufzutreiben war.

Sam entledigte sich inzwischen seines Nerzpelzes, der nach seiner Angabe von den Mädchen breit am Kachelofen aufgehangen wurde, damit er nicht auskühle. Dann ließ er sich selbst in der Nähe des Ofens nieder. «Ein hübsches warmes Zimmer haben Sie hier, Mama Büttnern!» sagte er in gemütlich scherzendem Tone. «Es geht nichts über die Temperatur in den Bauernstuben. Ich wollte eigentlich erst durchfahren, durch Halbenau; dann dachte ich: mußt doch mal sehen, was Büttners machen.»

Die Bäuerin wußte kaum, wie sie ihren Dank für soviel Ehre in Worte kleiden sollte.

«Jetzt im Winter ist ruhige Zeit auf dem Lande», fuhr er fort. «Keine Arbeit auf dem Felde, was? Im Frühjahre, da geht's dann wieder ordentlich los, mit allen Kräften. Sie haben ja jetzt auch Ihren zweiten Sohn hier, wie ich höre.»

«Se meenen Gustaven?»

«Der bei den Soldaten war bis vor kurzem; der wird dem Vater nun wohl tüchtig in der Wirtschaft helfen?»

«Freil'ch! Das mechte aben sein! Aber, er tutt sich sei Madel heiraten. Und hernachen da will er furt von uns. Ar spricht, er wullte sei eegner Herre sein. 's gefällt 'n ni mih zu Hause. Ar gieht, und ar sieht s'ch nach an Dienste im. Vurden gerade, eh' Se kamen, is er uf'n Huf geganga, wegen aner Kutscherstelle. Ar spricht, er mechte als Kutscher giehn bein Grafen, spricht 'r.»

«So so! Zum Grafen will er. Sagen Sie Ihrem Sohn mal von mir, das soll er lieber bleiben lassen. Herrschaftlicher Dienst, das ist schlimmer als Sklaverei. Er mag lieber zu mir kommen. Ich werde ihm schon was verschaffen. Drüben in Wörmsbach zum Beispiel, da habe ich gerade eine Stelle, die wäre für einen tüchtigen jungen Landwirt wie geschaffen. Haus, Garten, einige zwanzig Morgen Feld dazu. Ich würde ihm die Pacht billig lassen. Dort könnte er sein Glück machen. Sagen Sie ihm das von mir!»

Die Bäuerin beknickste jeden seiner Sätze. Inzwischen hatte sich der Tisch vor dem Fremden mit allerhand Eßbarem bedeckt. Die alte Frau trat zu ihm: «Entschuld'gen Se ack, Herr Harrassowitz, mir han's emal ne basser. Was mer han, das gahn mer Se gerne. Nu war'ch den Kutscher ane Bemme schmieren giehn. Und an Branntwein wird er wuhl och annahmen. Oder sull'ch 'n ane Neege Kaffee gahn, dem Kutscher?»

«Tun Sie das, Frau Büttner», sagte Harrassowitz lachend, und kniff dabei die alte Frau in den bloßen Arm. «Man wird bei Ihnen wirklich verwöhnt.» Dann hieb er ein und ließ es sich schmecken.

Toni brachte die Kaffeekanne herbei und setzte sie auf den Tisch. Ernestine mußte die beste Tasse aus dem Glasschranke holen. Die Bäuerin schenkte selbst ein. Es war alles um den Gast bemüht. Dem schien es offenbar Freude zu machen, sich so aufmerksam bedient zu sehen. Er schlürfte seinen Kaffee, blickte die Frauen vergnügt schmunzelnd durch seinen goldenen Zwicker an und richtete hin und wieder eine Frage an sie. Die Frauen wagten kaum zu antworten, verlegen standen sie im Hintergrunde und sahen ihm mit ehrfurchtsvollem Schweigen zu, wie er aß und trank.

Sam betrachtete sich die Tasse, aus der er trank. «Dem Jubelpaare!» stand darauf in Goldschrift. Die Bäuerin erklärte, das sei ein Geschenk gewesen zur silbernen Hochzeit, die sie vor etwa fünf Jahren gefeiert hätten. «Dreißig Jahre verheiratet!» rief Sam. «Eine schöne Zeit! Und je glücklicher man gewesen, je kürzer kommt es einem vor. – Nicht wahr? – Ich werde nun auch bald meine silberne feiern. Mein Ältester ist schon auf Universität. Er studiert Jurisprudenz, verstehen Sie. Zu Ostern wird er fertig. Ein feiner Kopf, sage ich Ihnen! Habe mir's aber auch was kosten lassen. Dem Jungen ist nichts abgegangen.»

Sams Gesicht strahlte, als er von seinem begabten Sprößlinge sprach. Er sah sich selbstzufrieden im Kreise um, und weidete sich an der stummen Bewunderung, die hier jedem seiner Worte entgegengebracht wurde. Sein Blick fiel auch auf Toni. Seine zudringlichen, alles Zweideutige ausspürenden und aufstöbernden Blicke ruhten so lange auf der Figur des Mädchens, bis Toni sich errötend abwandte, um sich in einer dunkleren Ecke etwas zu schaffen zu machen.

Der Händler winkte sich die alte Bäuerin heran. «Wie steht denn das mit Ihrer Tochter dort, Frau Büttner?» fragte er, und gab sich kaum die Mühe, seine Stimme zu dämpfen. «Verheiratet ist sie meines Wissens doch nicht – he!» Mit schnüffelnder Miene spähte er dabei immer nach dem Mädchen hinüber.

«Ach, Se meenen und Se denken, weil daß se ...» Und nun folgte eine lange Auseinandersetzung von Tonis Liebesgeschichte. Es war weniger Entrüstung oder Trauer, was in den Worten der Mutter zum Ausdruck kam, als Ärger, daß dem Mädchen eine solche Dummheit passiert war. Beide Töchter waren im Zimmer und hörten jedes Wort, das die Bäuerin über den Fall sagte.

Harrassowitz hörte mit einem gewissen Behagen zu und nickte hin und wieder mit dem Kopfe. «Ja, ja, so geht's! Die jungen Dinger sind immer nicht vorsichtig genug. Und ehe man sich's versieht, ist ein neuer Weltbürger da. Na, man muß immer noch das Beste daraus zu machen suchen. Haben Sie denn noch gar nicht daran gedacht, Ihre Tochter als Amme gehen zu lassen, Mama Büttnern?»

Die Bäuerin verstand nicht, was er damit meinte.

«Nun ja, als Amme! Verstehen Sie nicht? Da kann sich so ein Mädchen heut zu Tage ein schönes Stück Geld mit verdienen. Wenn ein Mädel gesund ist und stark, – verstehen Sie. In den Städten wird das sehr gesucht. Lassen Sie Ihre Tochter mal dort aus der Ecke herauskommen.»

Das Mädchen zögerte, dem Ansinnen des Händlers Folge zu leisten. «Toni!» rief die willfährige Mutter, «De sollst kommen, herst de ne! Zu Herrn Harrassowitz. Er will d'ch sahn.» Toni kam schließlich zum Vorschein; sie wußte nicht, wohin blicken vor Verlegenheit. Sie lachte krampfhaft, hielt sich den Arm vors Gesicht und war dem Weinen nahe.

«So stellen Sie sich doch nur nicht so schrecklich an!» meinte er, und musterte das Mädchen, wie etwa der Viehhändler sich ein Stück betrachtet. «Das sieht ja famos aus! In bester Ordnung alles, wie's scheint. Spreewälderkostüm wird Ihrer Tochter ausgezeichnet stehen, Frau Büttner. Das tragen diese Art Mädchen nämlich meist in Berlin. Weiße Hauben, kurze grüne, oder rote Röcke, Sammetmieder, schwarze Strümpfe. Alles hochpatent! Wird dem Fräulein ausgezeichnet kleiden. – Na, wie steht's, Mama Büttnern?»

Die Bäuerin war in großer Bestürzung über den Vorschlag des Händlers. Erzürnen wollte sie den Mann um keinen Preis durch eine abschlägige Antwort; dazu war ihre Furcht vor ihm zu groß. Auf der anderen Seite hatte sie das sichere Gefühl, daß das, was er da vorschlug, nicht recht und schicklich sein könne. Sie hätte auch ihr Kind nur schweren Herzens von sich gelassen.

Harrassowitz verfolgte seinen Plan weiter. «Ich wüßte eine ausgezeichnete Stelle», sagte er. «Meine eigene Tochter, die in Berlin verheiratet ist, erwartet im zeitigen Sommer. Die Sache ist eigentlich wie gegeben. Da käme Ihre Tochter in ein hochherrschaftliches Haus, Berlin W Tiergartenviertel, das Feinste, was es gibt! Na kurz, das Mädel könnte sich gratulieren, wenn sie dorthin käme. – Wie steht's, Frau Büttner, wollen wir die Sache abmachen?»

Der Händler hielt die Hand ausgestreckt, zum Zuschlag. Da die Bäuerin zögerte, griff er in seine Tasche. «Ich will auch gleich ein Aufgeld geben, damit Sie sehen, daß mir der Handel ernst ist.» – Er ließ ein Geldstück blicken.

Die Bäuerin hatte sich die Sache inzwischen überlegen können. Die Mutter in ihr war rege geworden. «Nee nee! Herr Harrassowitz!» rief sie. «Su gieht das ne! Su jählings! Das muß sich eens duch erscht urdentlich mit seine Leite beraden. Und das Madel salber mechte duch och gehert wern, ob se und se mechte.»

«Nu ja! Beredt euch untereinander!» meinte Sam und steckte sein Geldstück wieder ein. «Ich werde gelegentlich mal wieder nachfragen, dieserhalb.» –

In diesem Augenblicke hörte man kräftige Tritte draußen am Türpfosten, wie von einem, der sich den Schnee von den Füßen tritt. Die Tür öffnete sich, und Gustav trat ein.

Er kam vom Rittergutshofe, wo er mit Hauptmann Schroff gesprochen hatte. Vor der Tür sah er das Gefährt des Händlers stehen und erfuhr vom Kutscher, wer im Hause sei. Sofort schoß ihm das Blut in den Kopf. Erregt trat er ins Zimmer, er hatte den Feind noch nie von Angesicht zu Angesicht gesehen.

Seine Überraschung war groß, als er den Händler erblickte. Den Burschen hatte er sich ganz anders vorgestellt. Unwillkürlich wollte er etwas von der teuflischen Bosheit, die er dem Menschen zutraute, auch in seiner Erscheinung wiederfinden. Dort, dieser kleine fette Mann, kahlköpfig, mit rotem Kotelettenbart, das sollte der berüchtigte Samuel Harrassowitz sein, von dem man erzählte, daß er viele Menschen zugrunde gerichtet habe! –

Gustav fühlte auf einmal das Bedürfnis, dem Manne seine ganze Verachtung zu zeigen. Der sollte sich um keinen Preis einbilden, daß er sich vor ihm fürchte. Er wußte selbst nicht, woher ihm der Übermut kam. Als ob der Fremde gar nicht im Zimmer sei, feuerte er seinen Hut in die Ecke und rief: «Wo ist der Vater?»

Harrassowitz betrachtete sich den jungen Menschen. «Das ist also Nummro zwei, der gewesene Unteroffizier. Gratuliere Mama Büttnern, Sie haben einer gesunden Rasse das Leben geschenkt. Solche Leute können wir brauchen.»

Die Bäuerin war auf ihren Sohn zugeschritten und machte ihm verstohlene Zeichen, daß er den Gast begrüßen solle. Als Gustav das nicht zu verstehen schien, sagte sie ihm halblaut, wer es sei.

«Wie alt sind Sie denn junger Mann – he?» fragte Sam.

Gustav hielt es nicht der Mühe für wert zu antworten. Jetzt erkannte die Mutter, daß mit Gustav nicht alles in Ordnung sei. Sie glaubte, er sei angetrunken. Außerdem wußte sie, daß Gustav dem Händler nicht grün sei. Sie fürchtete das Schlimmste. In der Wut war er unberechenbar, gerade wie der Vater.

Sie trat daher zu dem Händler und antwortete, statt des Sohnes: «Siebenundzwanzig is er, Herr Harrassowitz – ju ju, siebenundzwanzig. A strammer Kerle nich wahr, Herr Harrassowitz?» Dazu lachte sie gänzlich sinnlos, aus Angst. «Und su a gutter Sohn wie der is, Herr Harrassowitz!» fuhr sie fort. Abwechselnd lächelte sie den Händler an, um ihn bei guter Laune zu erhalten und warf dann wieder dem Sohne flehende Blicke zu, daß er nichts Unbesonnenes unternehmen möge.

Gustav hatte inzwischen an den Speisen auf dem Tisch, dem kriechenden Wesen der Mutter und den verängstigten Mienen der Schwestern erkannt, wie tief sich die Seinen vor dem Fremden gedemütigt hatten. Eine dumpfe Wut erfaßte ihn plötzlich gegen dieses fette Gesicht. Wie der Bursche dasaß, protzig und sicher, sich die guten Sachen seiner Mutter schmecken ließ! Den würde er mal auf den Trab bringen. Auf Unterhandlungen wollte er sich gar nicht erst einlassen; denn mit der Zunge war einem so einer ja natürlich über. Hier konnte nur ‹ungebrannte Asche› helfen.

«Ich höre, Sie sind auf dem Rittergute gewesen», sagte Harrassowitz, sich im Kauen nicht unterbrechend. «Um sich nach einer Kutscherstelle beim Grafen umzutun – war denn da was?»

«Gustav! Herr Harrassowitz fragt dich, ob's de ... Was suchst de denne, Junge?»

«Ich suche meinen Stock, Mutter!» sagte Gustav mit bedeutungsvollem Blicke nach dem Fremden hinüber. «Wo habe ich denn meinen Stock gleich ... Ach, hier is 'r!»

Sam war während des Letzten rege geworden. Er hatte ein schnelles Begriffsvermögen. Gustavs Mienen- und Gebärdenspiel war auch äußerst sprechend in diesem Augenblicke. Der Händler sprang auf die Füße, riß seinen Pelz vom Ofen und suchte die Tür zu gewinnen, so schnell wie möglich. Die Mutter war dem Sohne in den Arm gefallen, der holte aus, konnte aber nicht zuschlagen, weil er sonst unfehlbar die alte Frau getroffen hätte.

So gelang es Sam, unversehrt ins Freie zu gelangen. Die Frauen standen jetzt um Gustav und beschworen ihn, Vernunft anzunehmen. Er ließ den Stock sinken. Seine Wut hatte sich schnell gelegt, sowie er den Feind in seiner ganzen Erbärmlichkeit gesehen. Der Anblick dieses Männchens, wie es mit erhobenen Händen, kläglich schreiend, sich ein paarmal um sich selbst gedreht hatte, war zu drollig gewesen. Gustav brach noch nachträglich in ein unbändiges Gelächter aus. Er mußte sich die Seiten halten vor Lachen. Und ansteckend wie die Lustigkeit nun einmal wirkt, lachten die Mädchen schließlich auch mit.

Die Bäuerin humpelte hinaus, um des Händlers womöglich noch habhaft zu werden und ihn um Verzeihung für die Untat des Sohnes zu bitten. Aber es war zu spät; der Wagen fuhr bereits in schneller Gangart aus dem Hofe.

3

Kaschelernst war in die Stadt gefahren. Der Hauptzweck seiner Fahrt war, Besorgungen und Bestellungen für die Gastwirtschaft zu machen. Da er bei dieser Gelegenheit hauptsächlich mit Bierbrauern, Zigarren-, Wein- und Likörhändlern zu tun hatte, die bei Geschäftsabschlüssen gern etwas springen lassen, befand er sich bereits am frühen Nachmittage in stark angeheiterter Stimmung. Kaschelernst pflegte sich jedoch nie bis zu voller Besinnungslosigkeit zu betrinken. Auch heute schwankte er zwar bedenklich auf seinen kurzen Beinen, und sein Rattengesicht hatte eine bläuliche Färbung angenommen, aber im übrigen hatte er seine fünf Sinne völlig beisammen, und vor allem war seine Durchtriebenheit nicht im geringsten geschwächt durch die selige Stimmung.

In solcher Laune machte er sich auf, seinem Geschäftsfreunde Sam einen Besuch abzustatten.

Herr Kaschel aus Halbenau war ein gern gesehener Gast in der Getreidehandlung von Samuel Harrassowitz. Wenn er angemeldet wurde, ließ ihn Sam stets ohne weiteres in das kleine Hinterzimmer führen. Der Kretschamwirt pflegte meist wichtige Nachrichten vom Lande zu bringen.

Auch hier wieder bekam Kaschelernst sein Gläschen vorgesetzt. Man sprach von diesem und jenem. Der Kretschamwirt hatte schon mancherlei Interessantes ausgekramt. In seiner Stellung, als Wirt eines vielbesuchten Gasthauses, erfuhr er vielerlei, was anderen verborgen blieb. Heute hatte er sich etwas Besonderes bis zuletzt aufgespart. Eine Nachricht, die, wie er mit verschmitztem Augenzwinkern sagte, sie beide angehe: der Saländer Graf wolle dem Büttnerbauer auf die Beine helfen.

Der Händler schnellte von seinem Sitze empor. «Das wäre doch ein starkes Stück!»

«Es is genau su, wie ich's sage!» meinte Kaschelernst. «Der Graf will mich auszahlen. Büttnertraugott soll drinne bleiben im Gute. Su is es!»

Harrassowitz stieß eine Verwünschung aus. Dann fragte er, ob Kaschel das genau wisse; es beruhe vielleicht auf einem falschen Gerüchte. Der Gastwirt erklärte dagegen, der Graf lasse mit ihm unterhandeln, wegen Übernahme seiner Hypothek. «Mir kann's ja schließlich recht sein», meinte Kaschelernst mit pfiffiger Miene. «Mir kann's schon ganz recht sein, wenn der Graf mich auszahlt; auf die Weise komme ich doch zu Gelde.»

«Sie wären auch ohnedem zu Ihrem Gelde gekommen, wenn wir das Geschäft zusammen gemacht hätten!» rief der Händler wütend. «Und was Schönes zu verdienen hätte ich Ihnen außerdem gegeben, Kaschel! Das wissen Sie ganz gut! Das hier ist vollständig gegen die Verabredung. Nun kommt der Bauer wieder auf die Füße. Verfluchte Gauner, die Aristokraten. Überall müssen sie sich einmischen. Wie kommt der Graf dazu, sich um dergleichen zu bekümmern! Verdirbt ehrlichen Leuten die Preise!»

Harrassowitz war in diesem Augenblicke ehrlich entrüstet. Er empfand die Hilfe, die der Graf leisten wollte, als ein persönliches Unrecht, als unerlaubtes Eingreifen eines Unbefugten in seine Domäne.

Kaschelernst lächelte stillvergnügt und rieb sich die Hände. Er freute sich an Sams Ärger. Dann trank er sein Glas aus und meinte:

«Ja, da wird's am Ende diesmal doch nischt werden.» Damit erhob er sich zum Gehen.

Sam blieb in ärgerlichster Stimmung zurück. Der Gedanke, daß ihm das Büttnersche Bauerngut entgehen sollte, war äußerst schmerzlich. Er hatte im Geiste bereits über dieses Gut verfügt, als sei es sein Eigentum. Unter anderem waren Unterhandlungen angeknüpft wegen einer Dampfziegelei, welche er auf dem neuen Besitz anzulegen gedachte. Ferner hatte er sich überlegt, welche Stücke er abtrennen und veräußern und welche er behalten wolle. Das Hauptgeschäft aber hatte er mit dem Walde vor. Den sollte ihm die Herrschaft Saland für teueres Geld abnehmen. Alle diese bereits eingefädelten Pläne drohten nun in nichts zu zerfallen durch das, was er soeben von Kaschelernst erfahren hatte. Denn wenn der Graf wirklich für die Schulden des Bauern eintrat, dann wurde nichts mit der Subhastation, auf die es der Händler in erster Linie abgesehen hatte. Er hatte schon eine Menge Arbeit in diese Sache gesteckt, und nun sollte alles das auf einmal verloren sein. Das war sehr ärgerlich!

Aber Sam pflegte sich niemals lange zu ärgern. Ärger kostete Zeit, und ‹Zeit ist Geld›. Er schätzte das Geld viel zu hoch, um es auf etwas Verlorenes zu setzen. Lieber strengte er seinen Verstand an, überlegte, ob sich hier nicht doch noch etwas machen lasse, und bald hatte er das Richtige gefunden.

Wozu war denn Edmund Schmeiß da! Von der Gewandtheit und dem Schneid dieses jungen Mannes hatte er mehr als eine Probe erhalten. Edmund Schmeiß war auch hierfür der richtige Mann.

Der Plan des Händlers war folgender: Der Besitzer der Herrschaft Saland war Rittmeister und stand in Berlin. Sam kannte den jungen Grafen zwar nicht persönlich, aber er wußte, daß er ein vornehmer Herr sei, der sich nicht sonderlich viel um die Gutsangelegenheiten kümmerte. Im Sommer und Herbst lebte der Graf ein paar Wochen mit seiner jungen Frau auf der Herrschaft, die übrige Zeit hielten ihn Dienst und Geselligkeit in der Reichshauptstadt fest. Mit den Einzelheiten der Landwirtschaft seines großen Besitzes konnte der junge Herr sich wohl kaum befassen; dazu waren die Beamten da. Ihm war jedenfalls die Rente die Hauptsache, und er war schon zufrieden, wenn er nur möglichst wenig Arbeit und Sorgen durch den Besitz hatte. Es war ferner anzunehmen, daß der Graf über die Verhältnisse bei den kleinen Leuten und Bauern, mit denen er grenzte, nur sehr unvollkommen unterrichtet sei. Was er etwa darüber wußte, wurde ihm jedenfalls durch seine Leute zugetragen. Überhaupt sah er alle Verhältnisse wahrscheinlich durch die Augen der Angestellten. Was konnte er eigentlich für ein Interesse an dem Büttnerbauer haben? Dem Grafen irgendwelche Teilnahme an der Erhaltung eines kräftigen Bauernstandes zuzutrauen, so naiv war Samuel Harrassowitz nicht. Er kannte doch die Kavaliere! Wahrscheinlich spekulierte der Graf auf den Wald des Bauerngutes der Jagd wegen. Jedenfalls war hier irgendein ganz realer, egoistischer Zweck im Hintergrunde, welcher diesen großen Herrn veranlaßte, dem Bauern anscheinend hilfreich unter die Arme zu greifen.

Wie nun den Grafen daran verhindern? Die Sache war äußerst brenzlig und mußte mit größter Vorsicht angefaßt werden.

Solche Aristokraten waren hochfahrend, stark von sich eingenommen, und liebten nicht, daß man sich ihnen aufdränge. Auf der anderen Seite waren sie leichtlebig und rasch in ihren Entschließungen; ließen sich leicht bereden und fortreißen. Vor allem aber kam es ihnen bei jedem Geschäfte darauf an, daß es sich in netter gefälliger Form darbot, daß die Etikette gewahrt wurde.

Sam besaß soviel Selbsterkenntnis, um sich zu sagen, daß, wenn er selbst nach Berlin führe, um mit dem Grafen zu verhandeln, dabei schwerlich etwas herauskommen werde. Er hielt sich zwar durchaus nicht für unfein; aber er wußte, daß Leute wie der Graf, besonders wenn sie Offiziere sind, einen schwierigen Geschmack haben; kurz und gut, es schien ihm besser, seine Person im Hintergrunde zu halten. Edmund Schmeiß – das war ganz etwas anderes! Das war ein ‹proper› aussehender junger Mann, immer ‹patent› angezogen und mit ‹noblen› Manieren, überhaupt ‹prima›! Sam hatte immer seine geheime Freude gehabt an dem forschen Auftreten seines Günstlings. Er zweifelte keinen Augenblick daran, daß der Kommissionär auch das Wohlgefallen des Grafen, schon durch seine Erscheinung, gewinnen werde.

Edmund Schmeiß wurde also ausersehen, nach Berlin zu reisen. Zuvor natürlich einigte man sich über die Provision, wie das unter vorsichtigen Geschäftsleuten üblich ist.

Sam vereinigte immer gern mehrere Geschäfte, wenn es sich machen ließ. Da er sich nun einmal in die Kosten gestürzt hatte, seinen Kommissionär nach Berlin zu schicken, gab er diesem gleich noch ein paar andere Aufträge mit. Man hatte Geschäftsverbindungen mit Berlin. Schmeiß bekam Order, verschiedene Freunde von der Produktenbörse aufzusuchen und ein wenig auszuhorchen, über dieses und jenes. Überhaupt hätte Sam gern etwas über die Stimmung im Kreise der Eingeweihten erfahren. Besonders für Weizen interessierte sich der Händler gegenwärtig lebhaft. Die Berliner Berichte lauteten seit etwa acht Tagen stehend: «Weizen ruhig, bei ziemlich behauptetem Preise.» Aber Sam traute nicht. Das war wohl nur die Stille vor dem Sturm. Der Markt litt nicht unter starkem Angebot, und trotzdem kein Anziehen der Preise! Roggen litt unter Glattstellungen, Gerste war still. Wahrscheinlich dachte eine Anzahl großer Firmen, im trüben fischen zu können; etwa die niedrigen Notierungen zu benutzen, um im stillen Deckungen auszuführen, und dann mit einem Male, wenn sie genug hatten, die Preise zu schnellen. Es wäre recht interessant gewesen, hinter die eigentlichen Absichten der maßgebenden Leute im Weizengeschäft zu kommen. Wenn man das Ziel des Manövers rechtzeitig erfuhr, konnte man sich in seinen Manipulationen danach richten.

Edmund Schmeiß reiste also nach Berlin ab.

Zunächst versah er sich in einem Modemagazin mit einem neuen Zylinder, rotbraunen Handschuhen und einer Krawatte von prächtiger Farbe. Er meldete sich nicht an; denn da riskierte man eine Ablehnung. Er wollte überraschen, wenn es sein mußte, überrumpeln! Die Mittagsstunde schien ihm die beste Zeit für seinen Besuch. Er nahm eine Droschke erster Klasse, der Kutscher sollte vor der Tür auf ihn warten – man durfte nichts versäumen, was guten Eindruck machen konnte – und fuhr nach «den Zelten», wo, wie er durch das Adreßbuch ersehen hatte, der Graf seine Wohnung hatte.

Fast gleichzeitig mit ihm fuhr ein Coupé vor. Der Diener sprang vom Bock und öffnete den Schlag. Ein Ulanenoffizier stieg aus und eine Dame. Der Herr gab dem Kutscher noch Weisungen und schritt dann der Dame nach, ins Haus.

Edmund Schmeiß hatte die Szene mit Neugier verfolgt und sich die Physiognomien genau eingeprägt. Er trat an den Wagen heran, nahm den Hut ab und fragte den Kutscher, wer das gewesen sei. Der Kutscher nannte den Namen seiner Herrschaft.

Der Kommissionär war zufrieden, nun wußte er doch, daß der Graf zu Haus sei. Er sah sich noch einmal Wagen und Pferde an. Die Geschirre, die Livreen, bis herab auf die Bockdecke und die Handschuhe von Kutscher und Diener, alles vom Besten, geschmackvoll und gediegen.

Edmund Schmeiß ließ ein paar Minuten verstreichen, während der er auf dem Trottoir auf und ab ging, und begab sich dann ins Haus. Ein Kammerdiener öffnete auf sein Klingeln. Der Kommissionär hatte eine gleichgültig überlegene Miene vorbereitet, von der er annahm, sie müsse auf einen Bediensteten Eindruck machen. Der Diener, ein großer bartloser Graukopf mit der gemessenen Haltung eines Lords, warf einen einzigen prüfenden Blick auf den Fremden und erklärte darauf, der Herr Graf seien nicht zu Haus. Damit wollte er die Tür schließen, aber der Kommissionär, fix im Auffassen, wie im Handeln, hatte sich zwischen Tür und Angel gestellt, so daß jener nicht zumachen konnte. «Sagen Sie dem Herrn Grafen», rief er mit einer Stimme, die berechnet war, auch in den Zimmern gehört zu werden, «ich hätte dem Herrn Grafen wichtige Nachrichten von der Herrschaft Saland zu bringen. Hier ist meine Karte.»

Der Kammerdiener las die Karte, betrachtete sich den Mann noch einmal, zuckte die Achseln und verschwand darauf.

Nachdem man den Agenten eine geraume Zeit hatte warten lassen, erschien der alte Diener wieder. Sein Benehmen hatte an Geringschätzung zugenommen. Die Herrschaften wären jetzt beim Luncheon, erklärte er, der Graf ließe dem Herrn aber sagen, wenn er mit ihm sprechen wolle, möchte er in einiger Zeit wiederkommen.

Edmund Schmeiß überlegte. Sollte er gehn und in einer Stunde wiederkommen? Vielleicht war man da wieder nicht zu Haus für ihn. Das war wohl nur eine Finte, um ihn auf gute Manier loszuwerden! Nein, er blieb! Nun hatte er sich einmal den Eintritt erzwungen in das Quartier; diesen Vorteil wollte er nicht wieder fahren lassen.

Er erklärte dem Kammerdiener, daß er hier warten wolle, bis das Luncheon vorüber sei. Der Diener maß ihn mit einem verächtlichen Blicke. «Wenn Sie wollen – hier, bitte!» Er öffnete eine Tür. «Hier können Sie warten.»

Der Kommissionär sah sich in einem schmalen, einfenstrigen Zimmer, einer Art Garderobe. Es hingen Pelzmäntel und andere Kleidungsstücke an einem Rechen, unter einem Regal stand Schuhwerk. Ein Schlafsofa war aufgestellt, an den Wänden hingen Bilder und Photographien, die offenbar ausgemustert waren. Geheizt war der Raum nicht.

Obgleich das Ehrgefühl bei Edmund Schmeiß nicht sonderlich entwickelt war, fühlte er sich doch für den Augenblick nicht angenehm berührt, als er bemerkte, wohin man ihn gewiesen hatte. Seine Eitelkeit war gekränkt. Trotz des neuen Zylinders und des piekfeinen Aufzuges hatte ihn dieser großbrodige Schuft von einem Kammerdiener nicht für voll angesehen. Er besah sich in einem Stehspiegel, der in einer Ecke des Zimmers stand, und wohl eines Sprunges wegen hierher verbannt worden war. Seiner Ansicht nach war alles ‹prima› an ihm. Er hätte ebensogut ein Offizier in Zivil, ein Baron, ein Graf sein können. Was solche Lakaien doch für eine Witterung haben mußten! –

Aber Schmeiß war nicht der Mann, der sich durch peinliche Empfindungen für längere Zeit niederdrücken ließ. Die Behandlung, die ihm zu teil geworden, war sicher nicht freundlich zu nennen, aber das mußte man schließlich aufs Geschäft schlagen; er sah auf das Resultat, und da war der unzweifelhafte Erfolg zu verzeichnen, daß es ihm gelungen war, in die Nähe des Grafen zu gelangen, der ihn nun doch nicht mehr abweisen lassen konnte. Den Leuten auf den Leib rücken, das war beim Geschäfte immer das Schwierigste und das Wichtigste. Nun er einmal hier war, schien ihm der Erfolg so gut wie sicher.

Er hatte sich auf das Schlafsofa gesetzt und sah sich im Zimmer um. Dort auf dem Tische standen verschiedene Lampen von Bronze, Majolika, ein paar von Berliner Porzellan, Prachtstücke aus der Königlichen Manufaktur. So ein Winter in Berlin mußte dem Grafen eine Menge Geld kosten, mit Familie, Dienerschaft, Equipage und dazu erste Etage in «den Zelten». Schmeiß machte einen Überschlag.

Seine Aufmerksamkeit wurde abgelenkt durch Geräusche aus dem Nebenzimmer. Er hörte Tellerklappern und Stimmendurcheinander. Aha, das Eßzimmer! Er konnte weibliche Stimmen unterscheiden. Man schien sich gut zu unterhalten, es wurde viel gelacht. Der Kommissionär wechselte den Platz, um besser zu hören. Mit Grafen und Komtessen hatte er noch niemals zu Tische gesessen; es interessierte ihn doch, etwas davon aufzuschnappen, wie diese Art sich eigentlich unterhalten mochte, wenn sie unter sich war.

Schmeiß hatte ein scharfes Gehör, trotzdem konnte er anfangs kaum mehr verstehen, als einzelne Worte und Sätze, die aus dem Zusammenhange gerissen, keinen Sinn ergaben. Man schien abgespeist zu haben, er hörte wenigstens kein Tellerklappern mehr. Die Unterhaltung wurde in lebhaftester Weise geführt. Er konnte jetzt einzelnes verstehen, weil er inzwischen gelernt hatte, die Stimmen zu unterscheiden.

Es schienen recht gleichgültige Dinge, von denen sie sprachen. Ein paar Namen hatte der Lauscher auch schon herausgehört. Eine «Wanda» schien da zu sein und eine «Ida»; jedenfalls also der Graf mit seinen nächsten Angehörigen.

Jetzt rückte man mit den Stühlen, man erhob sich. Es klang dem Kommissionär fast, als würde ein Tischgebet gesprochen, worüber er sich nicht wenig wunderte. Gleich darauf hörte er eine männliche Stimme sagen: «Herr Graf, der Herr ist auch noch da!» – «Welcher Herr!» fragte jemand. Darauf hörte der Kommissionär seinen eignen Namen nennen. «Was will der Mensch nur!» hieß es. Gleichzeitig ertönte übermütiges Frauenlachen. «Schmeiß! Hast du gehört? ‹Schmeiß› heißt der Mensch!» Ein Kichern und dann: «Möchtest du Frau Schmeiß heißen, Ida?» – Das übrige verlor sich in Gelächter.

Edmund Schmeiß war errötet, was ihm selten begegnete. Die Kränkung hatte gesessen. Er knirschte mit den Zähnen. Wer ihn jetzt gesehen hätte, würde haben ahnen können, wessen dieser Mensch fähig, wenn er beleidigt war.

Die Tür vom Korridor wurde gleich darauf geöffnet, der grauköpfige Kammerdiener trat ein und teilte mit, der Herr Graf wolle Herrn Schmeiß jetzt annehmen. Der Kommissionär fuhr sich schnell noch einmal mit der Hand über den Schnurrbart, zog die Manschetten unter den Ärmeln vor und folgte dem Diener.

Der Graf empfing ihn in seinem Zimmer. Er war ein großer, schlanker Herr. Sein Kopf schien älter als seine Figur. Das blonde Haar lichtete sich bereits stark. Die Nase war lang und etwas zu spitz, um schön zu sein. Die Augen leuchteten groß und freundlich; sie waren das einzig Lebhafte in dem bleichen, etwas verlebten Gesichte, dem auch der Schnurrbart nichts martialisches gab. Der Graf trug den Interimsrock.

Edmund Schmeiß hatte zunächst das unangenehme, ihn bedrückende Gefühl niederzukämpfen, einem vornehmen Manne gegenüberzustehen. Aber das war nur vorübergehend, er beschloß, sich durch nichts imponieren zu lassen. Vornehmheit, gut! Die wollte er jenem lassen; aber ob der Mann so klug sei wie er, das würde sich erst noch ausweisen.

Der Graf erwiderte die tiefe Verbeugung des Fremden mit einem Kopfnicken, wies auf einen Stuhl, zum Zeichen, daß er Platz nehmen möge, und setzte sich selbst. «Nun, also Herr» ... Der Graf dehnte das «Herr», nach dem Namen suchend. «Schmeiß ist mein Name», ergänzte der Kommissionär. «Ganz recht, Herr Schmeiß! Also was führt Sie zu mir?»

Edmund Schmeiß hatte einen Fuß vorgesetzt und stemmte den Zylinder auf das Knie. Dann begann er mit Manieren, die zwischen Unterwürfigkeit, schnüffelnder Neugier und dreister Zudringlichkeit unausgesetzt wechselten, den Zweck seines Kommens in seichter, dabei glatt fließender Rede, wie sie den Handlungsreisenden eigen ist, auseinanderzusetzen.

Der Graf hörte ihm eine Weile mit gelangweilter Miene zu; er feilte inzwischen an seinen Fingernägeln. Als er mit allen zehn Fingern durch war, blickte er auf und meinte, in leicht näselndem Tone: «Ja, mein Bester – ich weiß nicht – Sie haben behauptet, Sie brächten mir Nachrichten von Saland – unter dieser Voraussetzung allein habe ich Sie angenommen. Ich sehe wirklich nicht ein, was das hier eigentlich soll!»

«Doch Herr Graf! Der Herr Graf wollen mir nur gütigst gestatten auszureden. Ich meine nämlich, daß die Interessen der Herrschaft Saland mit meinem Vorschlage sehr eng verknüpft sind. Der Wald des Büttnerschen Bauerngutes grenzt mit dem der Herrschaft, liegt wie ein Keil in dem Forst des Herrn Grafen eingesprengt ...»

«Das weiß ich selbst, wahrscheinlich genauer als Sie!» meinte der Graf, welcher ungeduldig zu werden anfing. «Um diesen Wald handle ich schon seit Jahren. Ich werde wohl nun endlich mal dazu kommen. Um lumpige fünfzig oder sechzig Morgen handelt es sich, glaube ich.»

«Der Herr Graf werden aber viel zu hoch bezahlen. Wir würden dem Herrn Grafen den Wald billiger verschaffen.»

Der Graf musterte den Sprecher mit erstaunter Miene. Erst jetzt sah er sich den Menschen richtig an, der sich mit solcher Unverfrorenheit an ihn herandrängte. Das schien ja ein possierlicher Bursche zu sein! Der Graf lachte. «Wer sind Sie denn eigentlich, Verehrter! Ich wollte Ihnen bloß bemerken, daß ich keine Zwischenhändler brauche, wenn ich mit einem meiner Bauern handeln will.»

«Herr Graf! Ich komme nicht im eignen Namen, das würde ich mir nicht erlauben. Ich bin Kommissionär. Ich komme im Auftrage der Firma Samuel Harrassowitz. Der Name ist Ihnen gewiß bekannt Herr Graf. Eine große Getreidehandlung, der Inhaber ist ein feiner und durch und durch reeller Geschäftsmann.»

Bei Nennung des Namens «Harrassowitz» stutzte der Graf. Er war aufgestanden und suchte etwas auf der Schreibtischplatte. «Mir schreibt hier mein Güterdirektor» ... Er wühlte in einem Berge von Papieren, die einen etwas ungeordneten Eindruck machten. «Ich kann den Brief gerade nicht finden.» Den Späheraugen des Kommissionärs entging die Nachlässigkeit, mit der der Graf in den Papieren stöberte, nicht. «Na, egal! Hauptmann Schroff schreibt mir, daß dieser – dieser ... den Sie eben nannten ...»

«Harrassowitz!» beeilte sich Schmeiß zu ergänzen, der schon bemerkt hatte, daß das Namensgedächtnis des Grafen ziemlich mangelhaft war.

«Ganz recht! Dieser Harrassowitz soll sich ja mit Güterschlächterei befassen.»

Jetzt hielt es Edmund Schmeiß für zeitgemäß, einen Trumpf auszuspielen. Er erhob sich mit gekränkter Miene, und sagte: «Ich bedaure, daß der Herr Graf so falsch berichtet sind. Harrassowitz ist ein Ehrenmann durch und durch. Er ist mein Freund!» Er knöpfte seinen Rock zu, wie er es auf dem Theater von beleidigten Helden gesehen hatte, und machte ernsthaft Miene zu gehen.

Menschenkenntnis war gerade nicht die starke Seite des Grafen. Er war arglos und gutmütig von Natur. Der Gedanke, jemanden gekränkt zu haben, war ihm peinlich. Er meinte in beschwichtigendem Tone: «Na, bleiben Sie nur, bleiben Sie! Die Sache wird wohl nicht so gefährlich sein.»

«Ja, aber ‹Güterschlächterei› ist ein schwerwiegendes Wort, Herr Graf! Wenn ich mir meinen Freund Harrassowitz dazu denke. – Ich will ihm die Bemerkung des Herrn Grafen lieber nicht hinterbringen.»

Der Graf merkte die versteckte Drohung nicht, die in diesen Worten liegen sollte. Völlig arglos sagte er: «Die Sache ist nun gut! Setzen Sie sich wieder, und echauffieren Sie sich nicht unnötig!»

«Wollen der Herr Graf mich weiter anhören?» fragte Schmeiß, mit gut geheuchelter Miene eines Verletzten, der sich zur Versöhnung bereit finden lassen will. Im Innern triumphierte er.

«Ja, bitte, fahren Sie fort! Was wollen Sie denn eigentlich, oder was will Ihr Harrassowitz von mir? Das verstehe ich immer noch nicht. Da ist dieser Bauer, dieser ... dieser ... in Halbenau.»

«Büttner! Meinen der Herr Graf, jedenfalls.»

«Jawohl, Büttner! Ein alter, ehrlicher Kerl, wie mir scheint, dem die Zwangsversteigerung droht, wie Hauptmann Schroff schreibt. Der Mann soll mit ein paar tausend Mark zu retten sein.»

«Gestatten der Herr Graf, daß ich hier unterbreche! Die Erfahrungen, die wir mit dem alten Büttner gemacht haben, sind etwas anders geartet. Wir sind der Ansicht, daß der Herr Graf verlockt werden sollen, einen Unwürdigen zu unterstützen. Der Herr Graf sollen Ihr gutes Geld hergeben für eine Sache, die, gelinde ausgedrückt, sehr zweifelhaft ist. Das ist der Plan, hinter den wir gekommen sind. Und um das zu verhindern, Herr Graf, bin ich nach Berlin gereist.»

Schmeiß beobachtete, während er mit der Miene des moralisch entrüsteten Biedermannes sprach, die Züge des Grafen mit einer Aufmerksamkeit, der nichts entging. Wenn dem Herrn das hier glatt einging, dann konnte er noch eine ganze Portion mehr vertragen. Der Graf ließ seine Augen mit dem Ausdrucke höchster Überraschung auf dem Sprecher ruhen, er hatte den Mund halb offen, und sah in diesem Augenblicke nicht besonders geistreich aus. «Kennen Sie denn diesen – diesen Büttner so genau?» fragte er nach einigem Besinnen.

«Wir haben genügende Erfahrung mit dem Manne, ich kann sagen, mit der ganzen Familie gemacht, um erklären zu dürfen, wir kennen die Sippschaft gründlich.»

«Mein Güterdirektor lobt mir die Leute in seinem Briefe.»

«Das Urteil des Herrn Hauptmann Schroff scheint mir – nun, ich will nichts gesagt haben, weil der Herr Graf etwas auf den Herrn zu halten scheinen. Aber nachdem er über meinen Freund Harrassowitz derartig geurteilt hat, kann mir sein Urteil nichts mehr gelten! Der Herr Graf werden das verstehen!»

«Der alte Bauer soll durch Familienunglück in Bedrängnis geraten sein, glaube ich.»

«Durch schlechte Wirtschaft und weiter nichts, Herr Graf! Der alte Mann ist ein liederlicher Wirt und leider auch ein Trinker. Die Söhne sind noch schlimmer, und bei den Töchtern jagt ein uneheliches Kind das andere. Wollen sich der Herr Graf nur erkundigen, dann werden Sie schon erfahren, daß ich nicht übertreibe. Ich bin selbst in dem Hause gewesen, ich kenne die Leute. Auf diese Weise ist die Wirtschaft natürlich immer tiefer heruntergekommen. Jetzt sitzt der Mann in Schulden bis über die Ohren. Harrassowitz ist er Geld schuldig, auch ich habe an ihn verloren. Wir sind mit dem Manne gründlich betrogen worden, weil wir ihn für reell hielten. Wir werden unser Geld einbüßen. Und so geht es verschiedenen ehrlichen Geschäftsleuten. Auch mit seiner eigenen Familie hat er sich überworfen. Der eigene Schwager hat ihn ausgeklagt. Der Herr Graf wollen nur mal nachfragen lassen. Die ganze Sache ist oberfaul!»

Der Graf schüttelte den Kopf. «Wenn das so ist – dann läge die Sache ja in der Tat etwas anders. Aber warum ist mir denn das so dargestellt worden?»

«Die bekannte Großmut des Herrn Grafen soll ausgenutzt werden. Man denkt vielleicht: der Herr Graf ist weit weg, in Berlin, und auf ein paar tausend Mark kommt's ihm nicht an. Man rechnet mit der Menschenfreundlichkeit des Herrn Grafen. Aber hier wäre Generosität, so schön sie auch sonst ist, nicht am Platze. Gesetzt den Fall, der Herr Graf reißen den Mann jetzt heraus – übrigens ist das mit ein paar tausend Mark keineswegs getan; ich weiß, daß der alte Büttner namhafte Posten schuldet, bei Leuten, die sich noch gar nicht gemeldet haben – also, wenn der Herr Graf jetzt auch bezahlen, werden immer noch Forderungen nachkommen. Das ist wie ein Sieb, wo das Wasser, das man hineingießt, durchläuft. Und wenn der Bauer jetzt auch noch soviel verspricht, in Jahresfrist ist doch wieder alles beim alten. Dann ist neuer Bankerott da. Der Herr Graf werden nichts als Ärger und Verdruß gehabt haben und Ihr Geld einbüßen.»

«Das ist doch wirklich traurig!» sagte der Graf, und dem Tone, in welchem er das sagte, war abzuhören, daß es ihm von Herzen kam.

«Ja, es ist tieftraurig!» echote Schmeiß.

«Solchen Menschen ist dann allerdings nicht zu helfen.»

«Ganz sicher ist solchen Leuten nicht zu helfen, Herr Graf», sagte Edmund Schmeiß mit wichtiger Miene und ernsten Blicken. «Ganz sicher nicht! Da wird soviel geschrieben in den Blättern über die traurige Lage des Bauernstandes. Besonders die Blätter einer freieren Richtung, die demokratischen Organe, sind da immer schnell bereit, dem Großgrundbesitz die Schuld in die Schuhe zu schieben. Die Magnaten werden angeklagt, den Bauern zu ruinieren, ‹aufsaugen›, wie es da heißt. Von ‹Bauernlegen› wird gesprochen. Aber daß die Bauern meistens selbst an ihrem Untergange schuld sind, das sagt niemand. Die Leute treiben's danach! Der Bauernstand geht an sich selbst zu Grunde, Herr Graf, nicht durch den Großgrundbesitz. Hier an dem alten Büttnerbauern haben wir einen schlagenden Beleg dafür!»

Edmund Schmeiß hatte die letzten Sätze mit einer gewissen Feierlichkeit in Ton und Gebärde gesprochen, als decke er seine innerste Gesinnung auf. Bei dem Grafen waren solche Worte nicht verloren. Auch an ihn waren Klagen und Forderungen, welche die Neuzeit gegen den Großgrundbesitz erhebt, herangeklungen und hatten ihn verdrossen. Diese Verteidigung der Magnaten klang ihm angenehm in den Ohren.

«Was diese demokratischen Blätter sagen, ist alles Gewäsch!» erklärte er. «Was verstehen denn diese Leute von der Bauernfrage! Die mögen nur erst mal aufs Land hinausgehen und sehen, wie's dort zugeht, ehe sie ihre roten Artikel schreiben. Ja, wirklich solche Leute, Redakteure und überhaupt Zeitungsschreiber, die müßten alle mal zur Strafe ein paar Wochen das Feld bestellen – was? Die Art Leute hinter dem Pfluge oder beim Düngerladen, wie denken Sie sich das?»

Der Graf geruhte zu lachen über seine eigene heitere Bemerkung, und Edmund Schmeiß verfehlte nicht mitzulachen; auch er fand den Gedanken hochkomisch. Die Unterhaltung hatte entschieden einen wärmeren Ton angenommen, und der Graf war nicht mehr so unnahbar und von oben herab wie zu Anfang.

«Nicht wahr? Da kann einem doch niemand einen Vorwurf daraus machen, wenn man solch einen Mann seinem wohlverdienten Schicksale überläßt?» fragte der Graf schließlich.

«Im Gegenteil, Herr Graf!» rief der Kommissionär. «Ich meine, es wäre unverantwortlich, wenn man hier einen Finger zur Hilfe rühren wollte. Diesen Leuten ist eben nicht zu helfen, und kein vernünftiger Mensch wird wagen, dies von dem Herrn Grafen zu verlangen.»

Schmeiß hatte nun keine große Mühe weiter, den Grafen zu überreden. Leute von geringem Urteil, und großer Gutmütigkeit, wie der Graf, sind leicht zur Härte zu verführen. Der Graf ärgerte sich bereits, daß seine Güte wieder mal hatte mißbraucht werden sollen, und er gedachte, seinem Güterdirektor diesen Versuch nicht zu vergessen.

Der Kommissionär ging von ihm mit dem Bewußtsein, seine Aufgabe in glänzender Weise gelöst zu haben. Und außerdem kam noch die angenehme Genugtuung befriedigter Eitelkeit hinzu. Der Graf hatte ihn schließlich gar nicht mehr schlecht behandelt. Sogar eine Zigarre war ihm vor dem Weggehen angeboten worden.

Mit gehobenem Selbstgefühl verließ Edmund Schmeiß das Haus, und dem prickelnden Gedanken, daß diese Aristokraten zwar äußerlich recht vornehm, im Grunde aber doch fürchterlich dumm seien.

4 Eines Tages, als Gustav die Dorfgasse hinabging, begegnete ihm Hauptmann Schroff zu Pferde.

«Gut, daß ich Sie treffe, Büttner!» sagte der Hauptmann. «Ich wollte eben zu Ihnen. Ich habe Nachrichten in unserer Sache. Leider keine guten! Kommen Sie ein paar Schritte mit mir. Die Stute steht nicht gerne.»

Gustav schritt neben dem Reiter her, welcher weiter berichtete:

«Der Graf will nicht! Rundweg abgelehnt meinen Vorschlag, nachdem er erst Lust gezeigt, und ich infolge dessen unserem Rechtsanwalt schon Auftrag gegeben hatte, mit dem Kretschamwirt zu verhandeln. Nun ist auf einmal Kontreordre gekommen von Berlin, sogar auf telegraphischem Wege. Was da vorgegangen sein mag, soll der Teufel wissen! Auf lumpige zweitausend Mark kommt's dem Grafen doch sonst nicht an! Können Sie sich denken, was passiert sein kann, Büttner?»

Gustav vermochte auch keine Erklärung zu geben.

«Ich habe sofort noch einmal an den Grafen geschrieben, weil mir die Sache am Herzen lag. Er hat mir äußerst kurz geantwortet, und mich bedeutet, daß, wenn er ‹nein› sage, das nicht ‹ja› heiße. Dadurch ist die Sache für mich natürlich erledigt. Ich habe mich zu fügen. Traurig ist das allerdings, tieftraurig!»

Der Hauptmann blickte mit düsterem Gesicht in die Ferne, seine Miene war voll Gram. «Der Teufel verblendet den großen Herren die Augen!» sagte er, mehr für sich, und biß die Zähne aufeinander.

Die Stute begann unter ihm nervös hin und her zu tänzeln; er hatte sie in Gedanken zu fest gehalten. Er ließ, als er den Grund erkannte, ganz mechanisch die Kandarenzügel locker und zog die Trense etwas an. «Hoo, hoo!» rief er, dem Pferde zuredend, und klopfte es am Widerrist. «Ja, da ist nun nichts weiter zu machen, mein guter Büttner!» sagte er nach längerem Schweigen. «Ich wenigstens kann nichts mehr tun, mir sind die Hände gebunden. Nahe geht mir die Sache, das kann ich wohl sagen! Auf dem laufenden können Sie mich immerhin erhalten, verstehen Sie, Büttner. – Nun, Gott befohlen!»

Damit gab er der Stute einen unmerklichen Schenkeldruck. Die krümmte den Hals, schob das Hinterteil unter und trug den Reiter in gleichmäßig wiegenden Galoppsprüngen die Dorfstraße hinab.

Gustav blickte ihm mit Wehmut nach. Er war so sehr Kavallerist geblieben, daß er selbst in diesem Augenblicke, wo ganz andere Sorgen und Kümmernisse ihm näher lagen, doch noch Raum fand für das Gefühl des Neides dem Manne gegenüber, der ein solches Pferd reiten durfte. Er verfolgte den Reiter mit seinen Blicken, bis er ihm hinter den Häusern verschwunden war. Dann wandte er sich seufzend, um nach Hause zu gehen, und dem Vater die schlechten Nachrichten zu überbringen.

Der junge Mann fühlte sich sehr niedergedrückt. Die Aussicht, die ihm Hauptmann Schroff eröffnet, war so wunderbar gewesen, daß er wirklich geglaubt hatte, es werde nun alles gut werden. Er hatte seine Pläne für die Zukunft ganz auf das Gelingen dieses Planes gestellt, und nun war in elfter Stunde alles gescheitert!

Auf den alten Bauern machte die Nachricht keinen tieferen Eindruck. Er hatte ja nicht an eine Wendung zum Besseren geglaubt.

Der alte Mann hatte sich wieder ganz in sich selbst zurückgezogen. Niemand, selbst Gustav nicht, wußte, ob er überhaupt noch etwas hoffe. Scheinbar ließ er die Dinge gehen, wie sie gehen wollten. Selbst die Nachricht vom Gericht, daß Termin zur Zwangsversteigerung angesetzt sei, schien ihn nicht merklich zu erregen.

In der Wirtschaft ging alles seinen gewohnten Gang weiter. Hier merkte man gar nicht, welches Verhängnis drohend über dem Gute hing. Die Frühjahrsbestellung wurde wie alljährlich vorbereitet. Karl fuhr Dünger auf den Kartoffelacker und Jauche auf die Wiesen. Die Frage, wer die Früchte ernten werde, stellte man nicht. Man tat seine Arbeit und schwieg. Die Maschine schnurrte weiter, weil sie einmal im Gange war. Wenn nun plötzlich eine fremde Hand eingriff und sie zum Stillstand brachte, was dann? –

Der alte Bauer schien mit einem gewissen Trotz dieser Frage aus dem Wege zu gehen. Reden ließ er auch nicht mit sich darüber. Gustav bekam zu hören, daß er ein «grüner Junge» sei, als er einmal davon zu sprechen anfing, was eigentlich nach der Subhastation werden solle.

Und dabei lag die Notwendigkeit, daran zu denken, so nahe. Wer konnte denn wissen, wer der Ersteher des Gutes sein und was er mit Haus und Hof anfangen werde. Sie mußten gewärtig sein, ihr Heim auf dem Flecke zu verlassen; dann würden sie obdachlos auf der Straße liegen, wohl gar der Armenfürsorge anheimfallen.

Gustav geriet auch in anderem mit dem Alten in Widerspruch. Der Büttnerbauer steckte noch immer Geld in das Gut, obgleich es bereits an allen Ecken und Enden zu mangeln begann. Der junge Mann war der Ansicht, daß jetzt keine Verbesserungen mehr vorgenommen werden dürften, da es doch feststand, daß der Besitz nicht mehr der Familie erhalten werden könne. Aber der Bauer schien es sich in den Kopf gesetzt zu haben, der verlorenen Sache noch möglichst viel nachzuwerfen. Er schaffte einen neuen Pflug an, besserte an den Wegen, stopfte Löcher im Fachwerk des Scheunengiebels und sprach sogar davon, den Kuhstall umdecken zu lassen. Darüber kam es zwischen Vater und Sohn zu einem heftigen Auftritt.

Die Folge war, daß der junge Mann sich mehr denn je von zu Hause wegsehnte. Jeder Tag vermehrte seine Einsicht, daß hier alles unhaltbar geworden sei. Wozu sein Geschick noch länger an das seines Vaters knüpfen, der zu alt zu sein schien, um noch Vernunft anzunehmen. Im Elternhause wurde es immer öder und trauriger. Der alte Bauer lebte ein Leben völlig für sich. Wie ein böser Hund fuhr er aus seiner Hütte, bereit, jeden zu beißen, der ihn in seiner Verdrossenheit störte. Die Bäuerin weinte viel und hatte an ihrem Leiden zu tragen. Therese zankte mit Karl. Toni sah in schwüler Gleichgültigkeit ihrer Entbindung entgegen. Bei Ernestine begannen sich unter dem Einflusse all des Widrigen, dessen das junge Ding Zeuge geworden, Eigensucht und Vorwitz in nicht gewöhnlichem Grade zu entwickeln.

Gustav hielt sich infolgedessen dem Elternhause, das ihm die Hölle auf Erden zu werden drohte, so viel wie möglich fern. Um so mehr war er bei Pauline Katschner zu finden. Sie und der Junge mußten ihm jetzt Eltern und Geschwister ersetzen.

Der Termin der Hochzeit rückte näher und näher, und Gustav hatte noch immer keine Stellung gefunden. Er dachte manchmal daran, ob es nicht das beste sei auszuwandern. Man sah es ja: die Verwandten alle, die von Halbenau weggegangen waren, hatten es zu Vermögen und Ansehen gebracht. Im Dorfe konnte man nie und nimmer zu etwas kommen. Die Heimat war ihm vergällt und verekelt durch so viel traurige Erlebnisse. Also, nur fort! Den Staub von Halbenau von den Füßen geschüttelt und anderwärts sein Glück versucht! Aber, das war leichter gedacht als ausgeführt. Zunächst einmal: wo sollte er hingehen? In die Stadt! Wer stand ihm dafür, daß er dort Arbeit fand. Und dann mit Weib und Kind wanderte es sich nicht so leicht, als wenn einer nur den Ranzen zu schnüren und den Stab in die Hand zu nehmen brauchte. Und schließlich war Gustav auch ein zu guter Sohn, um trotz seines augenblicklichen Zerwürfnisses mit dem Vater, seine alten Eltern leichten Herzens im Stiche zu lassen. Die kränkelnde Mutter, den alten Mann, der bei seinen Jahren vom Großbauern zum obdachlosen Bettler herabsteigen sollte! Es war ein Jammer! Und Gustav erschien es oft wie Feigheit, daß er gerade jetzt die Seinen verlassen wollte.

In dieser Zeit taten sich plötzlich für den jungen Mann ganz neue Aussichten auf.

Schon seit einiger Zeit hatte Gustav, der die Zeitungen jetzt eifrig nach Stellenangeboten durchforschte, gelesen, daß ein gewisser Zittwitz, der sich «Aufseheragent» nannte, seine Vermittelung anbot für junge Leute, welche nach dem Westen auf Sommerarbeit gehen wollten. Durch Bekannte hatte er weiter gehört, daß derselbe Agent eine Art Arbeitsvermittlungsbüro in der Stadt aufgetan habe, daß er auch die Dörfer in der Runde besuche, um Mädchen und junge Männer zu mieten.

In dieser Gegend war die Sachsengängerei noch unbekannt. Es war das erste Mal, daß ein Agent aus den westlichen Zuckerrübendistrikten hier gesehen wurde. Die fabelhaftesten Gerüchte gingen dem Manne voraus. Man versprach sich goldene Berge. Die Leute, welche nach Sachsen zur Rübenarbeit gingen, hieß es, könnten sich im Laufe eines Sommers dort ein Vermögen erwerben. Andere wieder sagten, diese Agenten seien nicht besser als Sklavenhändler, und die Mädchen und Burschen, welche ihrem Lockrufe folgten, sähen einem schrecklichen Lose entgegen.

Gustav hatte, als er noch bei der Truppe war, die Sachsengänger alljährlich, im Frühjahr, durch die Stadt ziehen sehen, von einem Bahnhof zum anderen, auf Möbelwagen: Weiber und Männer zusammengepfercht mit ihren Ballen und Laden oder auch herdenweise durch die Straßen getrieben, wie Vieh. Fremdartige Gestalten waren das gewesen, Polen, schmutzig, zerlumpt. Er hatte die Gesellschaft aus tiefster Seele verachtet, und nie bisher war ihm der Gedanke gekommen, sich diesen zuzugesellen.

Eines Tages nun fand er am Spritzenhause in Halbenau einen Anschlag, auf welchem der Aufseheragent Zittwitz mitteilte, daß er im Kretscham angekommen sei und Anmeldungen sowohl von Mädchen wie von jungen Männern zur Sommerarbeit in Sachsen annehme.

Gustav, der eigentlich auf dem Wege zu seiner Braut begriffen war, las den Anschlag ein paarmal aufmerksam durch. Sich anbieten! Nein, das wollte er nicht. Er hätte es dem schön gezeigt, der ihm, dem gewesenen Unteroffizier, hätte zumuten wollen, unter die Runkelweiber zu gehen. Aber anhören konnte man sich schließlich doch mal, was der Agent zu sagen hatte; das verpflichte ja zu nichts.

Vor dem Kretscham schon merkte man, daß hier etwas Besonderes heute vor sich gehe. Leute gingen und kamen. An der Tür stand ein Haufe junger Burschen, Hände in den Taschen, Zigarren im Munde, welche die Mädchen, die zahlreich in den Gasthof strömten, bekrittelten und verhöhnten. Gustav schloß sich dieser Gruppe an. Jetzt hineinzugehen, schämte er sich doch.

Er stellte sich also zu den Burschen. Es wurde viel gespuckt, bramabasiert und geflucht. Der Kerl da drinnen mache die Mädel ganz verrückt, hieß es. Das Blaue vom Himmel löge er herunter, und einige habe er auch schon bald so weit, daß sie unterschreiben wollten. Er suche sich die jungen und hübschen aus. Verheiratete wolle er gar nicht haben. Da könne man sich ja ungefähr vorstellen, was er im Schilde führe. Es folgten düstere Andeutungen. Einer wollte in einer Zeitung gelesen haben, wohin derartige Mädchen verschwänden.

Gustav hörte sich das Gerede eine Weile mit an, dann meinte er, man solle doch lieber hineingehen und dem Burschen auf die Finger sehen bei seinem Geschäfte. Sie würden wohl noch Mannes genug sein, ihn, falls er im trüben fische, aus dem Orte hinaus zu besorgen.

Einige von den jungen Leuten folgten ihm in den Kretscham.

Die große Gaststube war gedrängt voll Menschen. Dem Eingange gegenüber saß der Agent an seinem Tische mit Schreibzeug und Papieren. Um ihn her standen und saßen alte und junge Männer. Die Mädchen hielten sich mehr an der Wand, sie schienen verschüchtert und wollten sich nicht recht herantrauen.

Der Aufseheragent war ein Mann von behäbigem Äußeren, mit braunem Vollbart, in einem Anzug von brauner ‹Jäger›-wolle, der ihn wie ein Sack einschloß und nichts von weißer Wäsche sehen ließ. Auffällig an ihm waren die großen lebhaften schwarzen Augen.

Er war soeben im Wortwechsel mit ein paar jungen Männern begriffen, welche Soldatenmützen trugen, und die, wie Gustav schnell erkannte, nicht aus Halbenau waren. Die jungen Leute behaupteten, das seien Schundlöhne, die jener anböte, dafür brauchte niemand die weite Reise zu machen. Verhungern könne man hier so gut wie anderwärts, umsonst.

Der Agent ließ die beiden eine Weile reden. Er saß an seinem Tische mit gelassener Miene, er schien seiner Sache sehr sicher zu sein. Er gebrauchte seine Augen, indem er die einzelnen Gesichter um sich her scharf beobachtete.

Jetzt schlossen sich auch Einheimische den beiden auswärtigen Schimpfern an. Für solche Löhne könne man kaum sein Leben fristen, hieß es, geschweige denn etwas verdienen, oder zurücklegen. Da wolle man doch lieber daheim bleiben bei sicherem Brot.

Nun erhob sich der Agent von seinem Platze, er ging unter die Leute. Vor einem der Haupt-Klugredner blieb er stehen. Er solle ihm doch einmal erzählen, was er verdiene, sagte er in vertraulichem Tone. Der junge Mensch war etwas verblüfft und wollte nicht recht mit der Sprache heraus, dann nannte er einen Satz; andere widersprachen, soviel verdiene der nicht, hieß es. Es gab darüber ein Hin und Her. Der Agent ließ die Leute ausreden und blickte mit überlegenem Lächeln drein. Dann griff er wieder ein, den Widerspruch, in den sich der junge Mann verwickelt hatte, geschickt benutzend, machte er ihn lächerlich, so daß er bald die Lacher auf seiner Seite hatte.

Eine ernstere Miene aufsetzend, hielt er darauf eine kleine Ansprache. Die Leute sollten nur Vertrauen zu ihm fassen, sagte er. Er sei als Freund zu ihnen gekommen. Er wisse, wie es dem kleinen Manne ums Herz sei in diesen schweren Zeiten. Sei er doch selbst aus dem Arbeiterstande hervorgegangen, habe sich durch seiner Hände Werk emporgearbeitet. Aber stolz sei er nicht geworden.

Der Mann besaß eine gewisse breite Gemütlichkeit, etwas volkstümlich Biedermännisches in Worten und Gebärden, das zum Herzen des kleinen Mannes sprach, und ihm auch hier schnell die Gemüter eroberte.

Unter den Anwesenden waren viele Tagelöhner, Dienstleute, kleine Stellenbesitzer, lauter armes Volk, das um seine Existenz rang. Auch ein paar Armenhäusler waren zur Stelle. Die meisten hatten sich wohl nur des Zeitvertreibs wegen hierher begeben, um mal zu sehen, was ein ‹Aufseheragent› eigentlich für ein Ding sei, und «ob der Karle wos lus hatte».

Getrunken wurde viel. Hinter dem Schenktisch stand Kaschelernst, der die Pfennige eben so gern von den Armen nahm wie von den Reichen. «Kleinvieh macht och Mist», pflegte er philosophisch zu sagen. Richard ging umher an den Tischen und nahm die leeren Gläser in Empfang, setzte volle auf und kassierte. An den erhitzten Gesichtern und den lauten Stimmen konnte man merken, daß einzelne schon zuviel des Guten getan hatten.

Agent Zittwitz hatte sich inzwischen in eine abgelegenere Ecke des Raumes begeben, wo mehrere Mädchen beisammen saßen, ängstlich und ratlos, wie ein Völkchen junger Hühner. Der Aufseheragent pflanzte sich vor sie hin und suchte sie durch freundliche Blicke und Worte zu kirren. Er pries ihnen die Vorzüge seines Kontraktes. Seine Anpreisung war geschickt auf den weiblichen Sparsamkeits- und Ordnungssinn berechnet. Sie könnten ihren ganzen Lohn zurücklegen, da sie alles geliefert bekämen und keinerlei Ausgaben hätten. Die meisten Mädchen brächten im Herbst ihre dreihundert Mark zurück, er kenne auch welche, die es bis zu fünfhundert gebracht hätten. Viele Mädchen verdienten sich auf diese Weise ihre Ausstattung.

Die Mädchen sagten nicht viel, aber ihren Mienen war es leicht abzusehen, daß sie große Lust hatten, der Lockpfeife des Fremden zu folgen.

Gustav hatte sich anfangs nicht viel darum gekümmert, was in jener Ecke vorgehe. Er war darüber, den Kontrakt durchzulesen, welchen der Agent ausgelegt hatte. Es befanden sich noch keine Unterschriften darunter.

Als er dann nach der Mädchenecke hinüberblickte, erkannte er zu seiner nicht geringen Verwunderung seine eigene Schwester, Ernestine, die sich in der Gruppe befand. Sie saß unter den Vordersten und folgte den Reden des Werbers mit gespannter Aufmerksamkeit. Wollte die sich etwa gar verdingen? Er trat hinter den Agenten; er wollte doch einmal genauer feststellen, was der den Mädeln eigentlich vorschwatze.

Der Werber war gerade dabei auseinanderzusetzen, welche Lebensweise ihrer in Sachsen harre. Sie wohnten gemeinsam in besonderen Häusern, auch Kasernen genannt. Ihre Betten und Kleider könnten sie sich mitbringen, für alles andere sei gesorgt. Die Lebensmittel bekämen sie geliefert. Früh, ehe es zur Arbeit ging, setze man sich seinen Topf an. Ein Mädchen bleibe zurück, um nach dem Feuer zu sehen und die Töpfe zu rücken. Den Abend hätten sie ganz für sich, ebenso den Sonntag.

Der Mann verstand es, das Leben der Sommerarbeiter in der angenehmsten Weise zu schildern. – Dann begann er von der Arbeit zu sprechen, für die sie gemietet würden. Er meinte, die sei leicht, jedenfalls ein Kinderspiel im Vergleich zu dem, was man in dieser Gegend von den Frauen verlange. Rüben hacken und verziehen, zur Erntezeit Getreide abraffen und binden, und im Herbste Kartoffeln ausmachen und Rüben roden. All' die schweren und unappetitlichen Verrichtungen, die sie zu Haus tun müßten, wie: misten, jauchen, graben, dreschen, melken, karren und die Egge ziehen, fielen da weg. Auch würde meist in Akkord gearbeitet, ohne Aufsicht von Seiten der Dienstherrschaft. Ganz frei sei man und ungebunden. Könne es etwas Schöneres geben! Und im Herbste kehre man dann mit dem ganzen reichen Lohne des Sommers, frohen Mutes in die Heimat zurück.

Der Werber machte eine Pause. Er hatte die Stimmung so gut vorzubereiten verstanden, daß er nur noch die Hand auszustrecken brauchte, und er hatte die Mädchen alle.

Da trat Gustav vor und sagte er wolle mal ein paar Fragen stellen. «Bitte schön!» meinte der Agent. «Dazu bin ich hier, um Rede und Antwort zu stehen. Je mehr Sie fragen, desto angenehmer ist es mir.» Er sagte das mit größter Zuvorkommenheit, betrachtete sich den jungen Mann jedoch gleichzeitig mit forschenden Blicken, die nicht frei von Argwohn waren.

«Wir haben ja hier alle gehört», begann Gustav und wandte sich mehr an die anwesenden Männer als an die Frauen, «wie schön dort alles ist, wo der Herr uns hinbringen möchte, und wie dort alles gut ist, viel besser als hier bei uns.» Er stockte. Das freie Sprechen war ihm etwas völlig Ungewohntes. Einen Augenblick lang gingen ihm die Gedanken aus. ‹Du bleibst stecken!› Dachte er bei sich. Dann nahm er alle Willenskraft zusammen und fand das verlorene Gedankenende wieder. «Solch ein Land möchten wir wohl alle kennen lernen, wie es der Herr da beschreibt. Aber ehe ich den Kontrakt unterschreibe und mit dem Herrn Aufseheragenten dorthin gehe, da möchte ich doch vorher von ihm noch eins wissen: nämlich, warum denn die Leute dort, die Burschen und die Mädel aus dem Lande, von dem uns der Herr erzählt, warum die denn nicht auf Arbeit gehen wollen und sich den Verdienst mitnehmen? Oder gibt's dort etwa keine Arbeiter nicht? Das glaub ich doch nicht!» –

Die Anwesenden waren diesen Worten mit Spannung gefolgt. Die Männer gaben ihren Beifall zu erkennen. Das war einleuchtend! Büttner hatte recht! Es war doch auffällig, daß die Leute in jener Gegend sich den Vorteil entgehen lassen sollten, der ihnen hier angepriesen wurde. Man war neugierig, was der Agent hierauf zu antworten haben würde.

Der zuckte die Achseln und lachte. Er schien der Sache einen harmlosen Anstrich geben zu wollen, indem er sie auf die leichte Schulter nahm. «Ihr Leute!» rief er: «Ihr müßt euch das nicht so vorstellen wie hier! Bei uns im Westen, das ist eben eine ganz andere Sache.» ... Dann erzählte er von der Fruchtbarkeit des Bodens und der intensiveren Wirtschaftsweise in jenen Distrikten, welche eine große

Menge von Menschenkräften erfordere, mehr als meist zur Hand seien.

Die Erklärung verfing nicht bei den Leuten. Der Mann mochte noch so schön und gelehrt sprechen, die klare Frage, welche ihm vorgelegt worden war, hatte er nicht beantworten können. Irgend einen Haken hatte die Geschichte also doch!

Gustav gab dieser Stimmung Ausdruck, indem er fragte, ob etwa die jungen Leute dort sich zu fein dünkten zur Feldarbeit, daß man so weit hinausschicken müsse, bis zu ihnen, nach Arbeitern. –

Der Agent erklärte, die Leute dort seien durchschnittlich wohlhabender als hier im Osten. Viele gingen auch in die Städte und widmeten sich anderen Berufen, als gerade der Landwirtschaft.

«Da haben wir's!» rief Gustav, welcher den Mann nicht ausreden ließ. «Da hört ihr's! Wie ich gesagt habe! Die Sache ist genau so: wir sollen eben das machen, was denen dort nicht paßt. Wozu die sich zu gut vorkommen, dazu werden wir geholt. Ne, das paßt uns auch nich – nichwahr? Wir sind nich schlechter, hier, als irgend wer andersch!»

Gustav sah sich fragend im Kreise um. Die Männer riefen ihm zu, daß er recht habe. Der Werber, welcher merkte, daß die Dinge eine ungünstige Wendung für ihn zu nehmen begannen, rief mit erhobener Stimme: Man solle ihn nur anhören, er werde alles haarklein erklären. Aber schon hatte er die Aufmerksamkeit verloren. Man schwatzte laut durcheinander und murrte. Für dumm solle man die Halbenauer nicht halten, hieß es. Im Sacke wollten sie die Katze nicht kaufen. Das sei der reine Menschenfang, der hier getrieben würde, rief einer von den jungen Leuten mit Militärmütze.

So flogen die Redensarten hin und her. Jetzt redete mancher von der Leber weg, der sich's zuvor nicht getraut hatte. Der Agent gab das Spiel noch nicht verloren, er trat an einzelne heran, setzte ihnen zu, eiferte, widersprach, wollte berichtigen. Er hatte gut sich abmühen, er fand keinen Glauben mehr. In diesen einfachen Köpfen war das Mißtrauen rege geworden, und mit Engelszungen ließ sich ihnen der Argwohn nicht wieder ausreden.

Wer jetzt noch Lust hatte, den Kontrakt zu unterschreiben, wagte es nicht mehr, aus Angst, sich vor den Dorfgenossen lächerlich zu machen. Die Mädchen gingen eine nach der anderen hinaus, besorgend, es möge hier wohl noch gar zur Rauferei kommen.

Agent Zittwitz packte schließlich mit ärgerlicher Miene seine Papiere zusammen und verschwand.

Die Männer blieben noch beisammen. Gustav Büttner war der Held des Tages. Das war etwas ganz Neues für ihn. Das Bewußtsein, von seinesgleichen anerkannt zu werden, hob sein Selbstgefühl. Er war so ganz unvorbedacht dazu gekommen; er wußte selbst nicht, wie ihm geschehen. Der blaue Dunst, den dieser Agent den Leuten vorgemacht, hatte ihn verdrossen, und da hatte er frei herausgesagt, was er für recht hielt, ohne Haschen nach Bewunderung. Der Erfolg, den er gehabt, setzte ihn selbst in Erstaunen. Die Aufmerksamkeit, deren Gegenstand er gegen seinen Willen geworden, tat ihm aber doch wohl, bekam schließlich etwas Prickelndes, Berauschendes für seine wenig verwöhnte Eitelkeit.

Und die Umgebung sorgte dafür, daß dieses Gefühl sich steigerte. Man feierte den Sieg, brüstete sich damit, dem Aufseheragenten das Geschäft gründlich gelegt zu haben. «Ja, wir Halbenauer!» ... hieß es. Die Begebenheit wurde noch einmal durchlebt, breitgetreten, ausgeschmückt. Die Schnapsflasche machte die Runde. Bier wurde bestellt; bald gab dieser, bald jener eine neue Auflage zum besten.

Auch Gustav durfte sich nicht lumpen lassen, er ließ anfahren. Dabei machte er sich's zum besonderen Scherz, jedes Glas einzeln heranbringen zu lassen, nur um das Vergnügen zu haben, seinen Vetter Richard Kaschel auf seinen Wink springen zu sehen. Hinter dem Schenktisch erschien jetzt auch Ottilie. Sie schielte nach dem Vetter hinüber und lächelte ihm mit schiefem Munde zu. Er hob das Glas, und ihr zutrinkend, rief er: «Auf deine Schönheit!» Ein schallendes Gelächter der Burschen antwortete. Ottilie zog sich, scheinbar gekränkt, von der Bierausgabe zurück.

Während man noch den schlechten Witz bejubelte, trat ein Fremder ins Zimmer. Seinem Aufzuge nach war er ein wandernder Handwerksbursche, auf dem Rücken den ‹Berliner›, den ‹Stenz› in der Hand.

«Kenn Kunde!» begrüßte ihn einer von den jungen Leuten, der auch einmal auf der Walze gewesen war und die Kundensprache beherrschte.

«Kenn Kunde!» kam es aus dem Munde des Wandersmanns zurück.

«Na, Kunde, wie is der Talf gewesen?»

«Denkst de, ich wer' Klinken putzen! Ne, dazu is meinen Ollen sei Sohn zu nobel.»

«Na, Kunde, nobel siehst de grade nich aus. Du wirst wohl schmal gemacht han! Oder bist de gar verschütt gegangen?»

«Ich und verschütt gehn! Nich mal Knast gemacht ha' 'ch. Mei Lebtag nich! Ich hab' freilich meine Flebben in Ordnung. Willst se sehn?»

«Ich bin keen Teckel nich! Laß deine Flebben, wo se sind. Willst' en Soruff, Kunde?»

«Freilich mecht'ch ä Nordlicht putzen. Hier is aber, weeß der Hole, ene dufte Winde.»

«Hast wohl lange Leg' um kauen müssen?»

«Pikus machen kann mer nich alle Tage auf der Walze. Meine Kluft is och mieß, die Trittchen hier sind ganz verrissen und ne reine Staude hab' ich vor drei Wochen angehabt.»

«Na, laß dich vom Bruder schmieren, Kunde!»

«Wenn ich man Messume hätte.»

«Hier, trink mal!»

«Prost, edler Menschenfreund!»

Gustav hatte sich den Mann, der eben das Glas zum Munde führte, inzwischen mit Aufmerksamkeit betrachtet. Den mußte er doch kennen. Himmeldonnerwetter! War das nicht ... Wenn das nicht Häschke war, wollte er sich hängen lassen! Häschke, mit dem er zusammen eingetreten war bei der zweiten Schwadron. Freilich, der Vollbart veränderte ihn, und die Vagabundenkleidung. Aber, an den lebhaften Augen, der Stimme und den Bewegungen, erkannte er den ehemaligen Kameraden wieder.

«Häschkekorl!» rief Gustav und unterbrach damit die Unterhaltung der beiden Kunden.

Der Handwerksbursche fuhr herum. «Büttner! Hol' mich der Teufel. Büttnergust!»

«Gleich, noch ein Bier für meinen Kameraden!» rief Gustav nach dem Schenktisch hinüber.

Nun ging ein eifriges Fragen los von beiden Seiten. Drei Jahre und ein halbes war es jetzt her, daß sie einander nicht gesehen hatten. Denn Häschke war nach beendeter Dienstzeit herausgegangen, während Büttner kapituliert hatte.

Häschke hatte sich neben Gustav setzen müssen. Nun mußte er von seinen Erlebnissen berichten. Er war von der Truppe aus zunächst in seine Heimat, das Königreich Sachsen, zurückgekehrt. Von Profession war er Schlosser und hatte für's erste bei einem Meister seines Handwerks Arbeit genommen. Dort war seines Bleibens aber nicht lange gewesen. Er hatte Krach bekommen mit dem Meister. Nun war er gewandert, hatte dabei einen guten Teil Deutschlands gesehen. Im Westfälischen war er hängen geblieben, eines Mädels wegen, sagte er. Dort hatte er sich in eine Maschinenwerkzeugfabrik verdungen. Bald darauf war Streik ausgebrochen, und er hatte seinen Stab weitersetzen müssen. Einige Monate lang hatte er beim Nordostseekanalbau Arbeit gefunden. Nachdem er den Winter über in einer posenschen Zuckerfabrik als Heizer Verwendung und Unterschlupf gefunden, lag er jetzt wieder auf der Landstraße.

Gustav Büttner war mit diesem Häschke besonders befreundet gewesen. Sie hatten zusammen die Leiden der Rekrutenzeit durchgemacht. Waren auf derselben Stube und in dem nämlichen Beritt gewesen. Daß Büttner bald zum Gefreiten befördert wurde, während Häschke Gemeiner blieb, hatte keine eigentliche Scheidewand zwischen ihnen aufgerichtet. Häschke war und blieb einer der beliebtesten und angesehensten Kameraden, obgleich ihm die Vorgesetzten nicht wohl wollten, seines losen Maules und seiner Leichtfertigkeit wegen. Mutterwitz und Gewandtheit brachten ihn bei seinesgleichen desto mehr zur Geltung.

Jetzt wurden alle diese Erinnerungen wieder aufgefrischt. Vom schnauzigen Wachtmeister und vom schneidigen Herrn Rittmeister erzählte man sich, und mancher lustige Streich aus dem Manöver und dem Garnisonsleben wurde ans Tageslicht gezogen.

Häschke war natürlich Gustavs Gast. Als er erfahren hatte, daß der Weitgereiste heute noch nichts Ordentliches in den Magen bekommen, bestellte Gustav Butterbrot und Wurst für ihn.

Auf diese Weise war der Nachmittag vergangen. Die hereinbrechende Dunkelheit mahnte zum Aufbruch. Gustav dachte mit geheimer Besorgnis an die hohe Zeche, die er gemacht hatte. Aber er hütete sich wohl, davon etwas merken zu lassen. Im Gegenteil! Den Kaschels wollte er grade mal zeigen, daß es ihm auf ein paar Mark nicht ankomme. Und er bestellte für die ganze Gesellschaft noch einen Korn zum «Rachenputzen»!

Als man den Kretscham verließ, schloß Häschke sich Gustav an. Sobald sie ohne Zeugen waren, begann der Handwerksbursche zu klagen, wie schlecht es ihm gehe. Seit vierzehn Tagen sei er in kein vernünftiges Bett gekommen. Die letzten Sparpfennige waren in den Pennen draufgegangen. Die Kleider fingen an zu zerreißen und die Füße schmerzten in dem elenden Schuhwerk. Er sah in der Tat abgerissen genug aus. Er fragte Gustav, ob er ihm nicht aus alter Kameradschaft etwas vorschießen könne. Dann wolle er die Eisenbahn benutzen oder – wie er sich in der Kundensprache ausdrückte – «mit dem Feurigen walzen», und ihm von seiner Heimat aus das Erborgte zurückerstatten.

Gustav hatte das Gewissen bereits gepeinigt wegen der heutigen Zeche. Das war von den Ersparnissen gegangen, die er für die Hochzeit bestimmt hatte. Es wurde ihm schwer, dem alten Kameraden die Bitte abzuschlagen, aber es ging nicht anders! Er war nicht mehr ganz nüchtern, wie er jetzt erst merkte, wo er sich in freier Luft befand, aber er fand noch soviel Überlegung, dem anderen zu erklären, daß er nichts ausleihen könne, er sei selbst nicht in der besten Lage und wolle nächstens heiraten.

Häschke bat, daß er ihm dann wenigstens Unterkunft für ein paar Tage verschaffen möge. Er wolle sich seine Sachen in Stand setzen und seine Füße ausheilen lassen. Wenn er sich wieder etwas herausgemacht haben würde, werde er seine Straße weiterziehen.

Diese Bitte konnte Gustav unmöglich abschlagen. Er überlegte: bei den Eltern war ja Platz. Häschke behauptete, mit jedem Fleckchen, und sei es auf dem Boden oder im Schuppen, zufrieden zu sein, und wenn es nur eine Bucht wäre von Heu. Gustav erklärte, es werde sich wohl noch ein Bett für ihn finden.

Er brachte also den Fremden mit nach Haus. Dort saß die Familie bereits beim Abendbrot. Die Angetrunkenheit löste Gustavs Zunge. Mit größerem Wortreichtum, als man sonst an ihm gewohnt war, stellte er den Fremdling als einen ehemaligen Kameraden und Freund vor, dem man Obdach gewähren müsse.

Die Frauen blickten verdutzt auf den bärtigen Wanderburschen, der in der trüben Beleuchtung des schwachen Öllämpchens nicht grade vertrauenerweckend sich ausnahm. Der alte Bauer sagte nichts; ihn brachte jetzt nicht so leicht mehr etwas aus seiner verstockten Gelassenheit. In früheren Zeiten würde er dem schön gekommen sein, der ihm solch einen Strolch ins Haus gebracht hätte. Aber jetzt nahm er auch das mit in den Kauf zu dem übrigen. Die Bäuerin war gewiß nicht erbaut über den Gast; doch wagte sie nichts zu äußern, aus Furcht, Gustav zu reizen. Therese war die erste, welche Worte fand. Als Gustav fragte, wo ein Lager für den Fremden zu finden sei, meinte sie trocken, drüben bei den Schweinen stehe noch ein Koben leer. Eine Bemerkung, welche ihr Gatte Karl, nachdem er den Sinn erst begriffen, so ausgezeichnet fand, daß er in ein Gelächter ausbrach, welches an diesem Abende nicht mehr enden zu wollen schien.

Gustav erbleichte vor Zorn. «Dann wird Häschke eben in meinem Bette schlafen!» sagte er. «Mir soll keiner nachsagen, daß ich einen Kameraden auf der Straße hätte liegen lassen. Komm, mei Häschke!»

«Und wu wirst du denne schlafen alsdann, Gustav?» fragte die Mutter besorgt, da sie sah, daß der Sohn ernst machen wollte mit seinem Vorhaben.

«Mutter, ich weeß schon an Fleck für mich!» sagte Gustav.

Und in der Tat, es gab in Halbenau einen Platz für ihn, wo er freudige Aufnahme fand, zu Tages- und Nachtzeit.

5

Obgleich gerade Gustav es gewesen war, der dem Aufseheragenten das Geschäft in Halbenau gelegt hatte, ließ ihm doch der Gedanke an den Mann und was er gesagt hatte, keine Ruhe. Er hatte neulich die ganze Sache als Schwindel und Menschenfang bezeichnet, aber im stillen gedachte er jetzt mit heimlich zehrender Sehnsucht der goldenen Berge, die jener in Aussicht gestellt hatte. Wenn nun doch etwas an der Sache war! – Gänzlich aus der Luft gegriffen konnte das alles unmöglich sein. Gustav entsann sich der gedruckten Formulare, die der Mann vorgezeigt hatte; sogar Stempel von Behörden waren darauf zu sehen gewesen.

Der junge Mann befand sich in eigentümlicher Lage. Seine Seelenstimmung war geteilt. Die Anerbietungen des Agenten lockten; auf der anderen Seite scheute er sich, wieder in den Bannkreis des Mannes zu geraten, den er soeben mit Erfolg bekämpft hatte. Und schließlich schämte er sich auch vor den Dorfgenossen, die sein Auftreten im Kretscham miterlebt und Beifall geklatscht hatten.

Er hielt sich dem Werber vorläufig ferne, aber in den Blättern verfolgte er die weiteren Schritte des Mannes mit Spannung.

In allen Ortschaften ringsum rührte Zittwitz die Werbetrommel, und wie es den Anschein hatte, mit großem Erfolge. Seine Kontrakte bedeckten sich allmählich mit Hunderten von Unterschriften.

Es lag etwas Ansteckendes in dieser Bewegung. Man wollte sich einmal verändern, wollte sein Glück in der Ferne versuchen. Der Agent schilderte die Verhältnisse da draußen im Westen in verlockenden Farben. Und wenn der Mann vielleicht auch Schönfärberei trieb, seines Geschäftes wegen, schließlich schlimmer als daheim konnte es dort wohl auch nicht sein. Und der Gedanke, zu wandern, ein Stück Welt zu sehen, packte die Gemüter mächtig. Die Fremde lockte mit ihren unklaren, dem Auge im bläulichen Dunst der Ferne verschwimmenden Dingen. Das Frühjahr stand vor der Tür; da sind die Hoffnungen leicht erregbar in der Menschenbrust. Da wachsen und quellen heimliche Wünsche, ein unverständlicher Drang treibt, ein süßes und beunruhigendes Gefühl quält den jungen Menschen und reizt ihn zu Neuem, Unentdecktem. Der tief in die Menschennatur gesenkte Trieb, sich zu verändern, der Wandertrieb, regte sich.

Wie die Zugvögel kamen sie zusammen. Einer sagte es dem anderen; überall in den Schenkstuben, des Sonntags vor der Kirche, bei gemeinsamer Arbeit, wo immer Menschen zusammenkamen, wurde das Für und Wider eifrig besprochen. Die Hoffnungsfreudigen steckten die Verzagten an; wer bereits unterschrieben hatte, suchte Gefährten zu werben. Wie der Schneeball im Rollen wuchs die Bewegung.

Schon reute es manchen jungen Mann und manches Mädchen in Halbenau, daß sie neulich die Anträge des Aufseheragenten abgelehnt hatten. Heimlich gingen sie dorthin, wo er neuerdings sein Quartier aufgeschlagen hatte, um sich seine Worte doch noch einmal mit anzuhören.

Eines Abends befand sich denn auch Gustav Büttner auf dem Wege nach dem benachbarten Wörmsbach, wo, wie er aus den Zeitungen ersehen hatte, Zittwitz heute sprechen wollte. Gustav hatte daheim keinem Menschen etwas gesagt von seinem Vorhaben. Niemand in Halbenau sollte etwas davon wissen, er wollte sich gänzlich im Hintergrunde halten; wenn irgendmöglich, wollte er vermeiden, von dem Agenten selbst gesehen zu werden.

Im Gasthof zu Wörmsbach bot sich dem Eintretenden ein ganz anderes Bild dar als neulich in Halbenau. Der Aufseheragent saß auf einem erhöhten Podium, neben ihm ein junger Mann, welcher schrieb. Seinen Vortrag schien Zittwitz bereits gehalten zu haben. Hin und wieder richtete er noch ein Wort der Erläuterung an die Menge oder beantwortete Fragen einzelner, die an ihn herantraten. Er schien von Männern aus der Versammlung unterstützt zu werden, die von Tisch zu Tisch und von Gruppe zu Gruppe mit Zetteln gingen und den Leuten zusetzten, sie sollten unterschreiben. Besonders rührig darin zeigte sich ein gewisser Wenzelsgust, der für gewöhnlich als arbeitsscheues Individuum bekannt war. Dieser Mensch lief hier mit wichtiger Miene geschäftig umher und redete den Leuten zu, sie dürften sich eine solche Gelegenheit zur Arbeit um keinen Preis entgehen lassen.

Hin und wieder trat ein Bursche oder ein Mädchen an das Podium und sprach mit dem Agenten. Waren sie handelseinig geworden, dann ließ sich der Schreiber die Personalien angeben, füllte ein Formular aus, und der Neugeworbene setzte seinen Namen unter den Kontrakt. Von Zeit zu Zeit verlas der Agent dann mit lauter Stimme die Namen und knüpfte daran Worte der Ermunterung an die, welche noch zauderten.

Doch spielte sich nicht alles so ruhig und geschäftsmäßig ab. Starke Gefühle, Leidenschaften und Triebe arbeiteten versteckt unter anscheinender Ruhe und Stumpfheit in dieser Menge.

In Gustavs Nähe stand eine alte Frau und ein junges Mädchen. Wie aus ihren Worten zu merken, war die Greisin die Großmutter des kaum sechzehnjährigen bildhübschen Dinges. Die Alte hatte Tränen in den Augen und redete voll Eifer auf die Enkelin ein. Die blieb stumm, und blickte mit einem gewissen verinnerlichten Trotz in ihren kindlichen Zügen nach dem Podium hinüber, wo eben neue Sachsengänger sich meldeten.

«Ne, Guste!» sagte die alte Frau mit zitternder Stimme, das Mädchen mit ihrer runzeligen Hand liebevoll tätschelnd, «De werst uns duch su was ne oantun wellen. Was sillte denn aus dan kleenen Kingern warn, dernoa? Gieh! Bleib ack bei uns, Guste! Weeß mer denne, wie's da draußen sen mag.»

Dann sah sich die Greisin hilfesuchend im Kreise um: «'s is ane Sinde und ane Schande, su a Madel mitnahmen!» Und sich dem Mädchen wieder zuwendend: «Gleb mirsch, Guste, dir wird's ei der Fremde bange wer'n nach der Heemde.»

In geschwätziger Greisenart erzählte sie jedem, der es hören wollte, von ihrer Not. Ihre Tochter, die Mutter des Mädchens, lag schon im siebenten Monat, ans Bett gefesselt. Der Schwiegersohn war als Steinmetzger im Gebirge, hatte einen Haufen kleiner Kinder. Und nun wollte die Guste auch noch fort, welche bisher die Stütze des ganzen Haushalts gewesen war. «Raden Sie er ack zu!» bat sie die Umstehenden. «Uf mich Altes tut se ne hieren. Se soit, se will sich a Sticke Geld verdienen mit a Riebenhacka. Ich ha' gesoit, iber se gesoit ha' ich: Guste, 's is duch ane Sinde und ane Schande, su a Madel, su a jung's Madel alleene ei de Fremde lofa. Was sull denne aus uns warn hernach'n.»

Die Greisin blickte in hilfloser Verzweifelung von einem zum anderen. Während sie noch ihr Leid klagte, war die Enkelin unbemerkt von ihrer Seite gewichen. Bald darauf sah man ihr rotes Kopftuch in der Nähe des Podiums, und nach einiger Zeit verlas der Agent ihren Namen unter den Angeworbenen.

Gustav erlebte mit Staunen, wie flott hier das Geschäft des Werbers ging. Freilich, in Wörmsbach lagen die Verhältnisse auch anders als bei ihnen in Halbenau. Wörmsbach und seine Bewohner genossen nicht gerade den besten Ruf in der Nachbarschaft. Hier hatte es ursprünglich viele wohlhabende und selbständige Bauern gegeben. Eine Zeit lang nahm der Ort einen Aufschwung, der die Nachbardörfer in Schatten stellte. Aber die junge Generation hatte angefangen, auf dem ererbten Wohlstande auszuruhen. Das Spiel, der ärgste Verderber des Bauern, war aufgekommen, und der Trunk hatte sich dazu gesellt. An Stelle des Reichtums trat die Überschuldung. Die Güter der Bankrottierer kamen unter den Hammer und wurden zerkleinert. In keinem Orte der ganzen Umgegend spielte die Güterschlächterei und der Bodenschacher eine solche Rolle wie in Wörmsbach. Samuel Harrassowitz aus der Kreisstadt war hier kein Unbekannter.

An einem Tische für sich saß eine Anzahl Männer, die sich durch ihre Kleidung von den Dorfleuten abhoben. Der Gendarm mit einem graden schwarzen Schnurrbart, neben ihm ein dicker Mann mit rotem Vollbart im braunen Lodenrock – in dem Gustav einen der Inspektoren der Herrschaft Saland wiedererkannte – dazu zwei Leute in Jägertracht, gräfliche Revierförster.

Gustav erfuhr von einem neben ihm stehenden jungen Manne, weshalb die Beamten hier seien. «Zum uffpassen!» Neulich habe es bereits einen großen «Spektakel» gegeben, da seien ein paar Mägde und ein Holzarbeiter von der Herrschaft davongelaufen und hätten sich dem Agenten verdungen.

Die Augen des Berichterstatters leuchteten vor Schadenfreude, als er erzählte: «Da sull nu der Schandarm und er sull helfen uffpassen. In hellen Haufen lofen se weg vun der Herrschaft und och von den Bauern. Is denen schun recht, sag 'ch, was zahlt 'r sicke Hungerlöhne, daß unserener ne laben kann dermitte und ne starben.»

Gustav sah sich den kleinen verwachsenen Burschen etwas näher an. Das war wohl ein ‹Sozialer›, wie es hier auch schon welche gab. Er fragte jenen, wer er sei und was er hier wolle. Er sei Ochsenknecht auf dem Rittergute, sagte der Kleine. «Ich ginge och glei. Ich ha' das Luderlaben satt. Glei macht 'ch mitte nach Sachsen. Wenn 'ch ack ne verheirat' wäre! Und Zittwitz spricht: Frau und Kinder dirfte ees ne mitnahmen, spricht er.»

Inzwischen schien sich die Zahl der Arbeitsuchenden erschöpft zu haben. Der Aufseheragent erhob sich und fragte, ob sich weiter niemand melde, sonst werde er für heute Abend die Liste schließen. Dann verließ er das Podium und mischte sich unter die Menge. Hier und da blieb er stehen an den Tischen, redete einzelne Leute an: er habe gerade noch eine Stelle frei auf einem ausgezeichneten Gute, sie sollten sich nur dazu halten, jetzt noch vor Toresschluß ihr Glück zu machen. So schritt er von Tisch zu Tisch.

Als er Gustavs ansichtig wurde, stutzte er. Einen Augenblick schien er zu überlegen, wo er dieses Gesicht wohl schon gesehen hätte. Er warf dem jungen Manne einen mißtrauischen Blick aus seinen dunklen Augen zu. Dann aber, als habe er sich eines anderen besonnen, hellten sich seine Züge plötzlich auf. Wohlwollend reichte er dem erstaunten Gustav die Hand und meinte in vertraulichem Tone, wie zu einem alten Bekannten: «Recht so, daß Sie auch hier sind! Haben sich's also doch überlegt! Kommen Sie nur mit mir nach vorn, mein Bester! Von Ihrer Art kann ich gerade noch einen gebrauchen.»

Gustav erwiderte dem Agenten, daß er sich irre, wenn er ihn für einen Arbeitsuchenden halte.

«Wer spricht denn von Arbeit! Leute Ihres Schlages, stellt man doch nicht zum Rübenhacken an. Für Sie habe ich ganz was anderes in petto. Sie sind Unteroffizier gewesen – nicht wahr?»

Gustav bejahte verdutzt. Woher wußte der Mensch das bereits?

«Ihnen würde ich einen meiner Kontrakte verkaufen, verstehen Sie!» sagte der Agent, näher an den jungen Mann herantretend, mit gesenkter Stimme andeutend, daß die anderen das nicht mit anzuhören brauchten. «Das heißt soviel: ich übergebe Ihnen einen Auftrag, den ich von einem kleineren Gute erhalten habe, in eigene Enterprise, verstehen Sie wohl! Sie besorgen sich die Leute selbst, und gehen dann als Vorarbeiter, oder Aufseher, mit ihnen hinaus.»

Gustav schüttelte den Kopf. Er verstand durchaus nicht, was jener meinte.

«Die ganze Sache bedeutet nämlich für Sie ein glänzendes Geschäft, mein Lieber! Sie verdienen pro Kopf drei bis vier Mark Provision, je nachdem! Außerdem bekommen Sie Ihren Vorarbeiterlohn, und im Herbst eine schöne Gratifikation, wenn die Arbeit zur Zufriedenheit ausgeführt ist. Ich dächte, so etwas sollte man nicht ohne weiteres von der Hand weisen. Also, wie steht's, sind wir einig?»

Der Händler hielt die Hand ausgestreckt. Gustav sah ihn nur verwundert an. Das kam alles so Hals über Kopf! –

«Hier! Lesen Sie sich mal das Ding hier durch! Das ist ein Vorarbeiter-Kontrakt. Die Wirtschaft, für die Sie Leute zu engagieren haben würden, ist ein Vorwerk. Vier bis fünf Männer und eine Mandel Mädchen etwa würden genügen. Lesen Sie sich das mal durch! Ich komme nachher wieder zu Ihnen. Dann wollen wir weiter sprechen. Wir werden schon handelseinig werden. – Sie sind ja ein heller Kopf! Das habe ich neulich in Halbenau gemerkt.» Damit klopfte er Gustav auf die Schulter, blickte ihn verschmitzt lächelnd von der Seite an, als wolle er sagen ‹wir verstehen uns!› und ging dann zu anderen.

Gustav blickte in das Papier, welches er ihm gelassen hatte. Darin stand, daß der Vorarbeiter N. N. sich verpflichte, mit einer Anzahl kräftiger Männer und Mädchen auf das Gut X. zu kommen, um dort gewisse Arbeiten auszuführen. Es folgten die einzelnen Arbeiten und die Lohnbedingungen. Gustav las die lange Reihe von Paragraphen nicht durch. Sollte er sich mit dieser Sache auch nur von Ferne einlassen? Er und Leute anwerben im Auftrage eines Fremden, für ein Gut, das er gar nicht einmal kannte, ja, noch schlimmer, für Verhältnisse, die ihm gänzlich neu waren.

Und wenn der Gewinn noch so hoch sein mochte, der dabei heraussprang, mit solchen unsicheren Dingen wollte er sich nicht bemengen. Es war etwas in ihm, eine warnende Stimme – mit Worten hätte er dem gar nicht Ausdruck geben können – ihm war es, als müsse dem Handel etwas Unrechtes zu Grunde liegen und als begehe er eine Leichtfertigkeit, wenn er sich dazu hergebe.

Als der Agent zu ihm zurückkam, gab Gustav ihm den Kontrakt zurück, sagte, er habe sich überzeugt, daß das nichts für ihn sei, und wollte gehen.

Zittwitz faßte den jungen Mann am Ärmel, um sein Forteilen zu verhindern. «Sie haben die Sache noch nicht richtig verstanden; daran liegt's, mein Guter! Setzen wir uns dorthin, ich werde Ihnen die Geschichte mal beim Glase Bier haarklein auseinandersetzen. Und wenn Sie dann nicht mit beiden Händen zugreifen, dann soll Sie und mich der Teufel frikassieren!» Er führte Gustav in eine ruhige Ecke. Dort setzte er sich und bestellte zwei Glas Bier.

«Also, was wollen Sie! Was gefällt Ihnen nicht an dem Kontrakt?» fragte der Agent in seiner eindringlichen Weise. Er hatte sich dicht vor Gustav hingesetzt, dessen Aufmerksamkeit gewissermaßen durch seine Körpernähe erzwingend. «Was haben Sie auszusetzen? Welche Punkte wünschen Sie anders?»

Gustav, welcher sich schämte, einzugestehen, daß er den Kontrakt gar nicht durchgelesen hatte, gab als Entschuldigung an, daß er heiraten wolle.

«Das paßt ja ausgezeichnet!» rief der Agent, «dann bringen wir die junge Frau mit!» und als errate er Gustavs nähere Verhältnisse: «und auch die Kinder, wenn schon Familie da ist. Das läßt sich alles einrichten, beim Aufseher heißt das! Bei dem gewöhnlichen Arbeiter, versteht sich, wird dergleichen nicht geduldet. – Sehen Sie, mein Lieber, Sie haben ja keine Ahnung, wie schön und angenehm Sie dort alles vorfinden. Ein Haus ganz für sich, für Sie und die Arbeiter. Sie führen die Oberaufsicht. Kein Mensch hat Ihnen da was 'reinzureden in Ihren Kram. Natürlich auf Ordnung müssen Sie halten. Nun, das sind Sie ja vom Militär her gewöhnt. Ihre Frau versorgt den Herd, während die Mädel auf Arbeit gehen. Ist das nicht ein herrliches Leben? Kann man sich was Selbständigeres, Freieres denken, für einen unternehmenden, strebsamen jungen Mann wie Sie, – he!»

Dabei klopfte er Gustav freundschaftlich auf die Schenkel. Der wandte ein, daß er die Arbeiten vielleicht gar nicht verstehe, zu denen er die Leute anstellen solle.

«Verstehen Sie das Mähen?»

«Ja!»

«Verstehen Sie das Binden?»

«Ja!»

«Und das Setzen?»

Abermals «ja!»

«Nun und das bißchen Rüben verhacken, verziehen und roden, ist ja ein Kinderspiel. Außerdem ist dort natürlich auch ein Inspektor, der Sie in dem Notwendigsten unterweisen wird. Ihre Pflicht ist vor allem das Zusammenhalten und Beaufsichtigen der Leute; verstehen Sie! Sie sind gewissermaßen der Korporalschaftsführer.»

Die Worte des Agenten verfehlten nicht einen gewissen Eindruck auf Gustav hervorzubringen. Was der da sagte, berührte sich mit seinen eigenen geheimsten Wünschen. Schon wußte er nicht mehr, was für Einwände er jenem noch entgegensetzen sollte.

«Die Sache ist Ihnen noch fremd, mein Lieber!» fuhr der Agent fort. «Ich will Ihnen mal was im Vertrauen sagen! Diese Art des Arbeitskontraktes und der Arbeiteranwerbung überhaupt, das ist die moderne Wirtschaftsweise. So wird's in Amerika gemacht, auf den Plantagen und Farmen. Und in Zukunft wird's bei uns überall so werden. Das ist die moderne rationelle Wirtschaftsweise.» – Der Mann schien besonders stolz auf diesen Ausdruck zu sein, denn er wiederholte ihn noch einige Male. – «Das ist überhaupt das einzig Rationelle so! Beide Teile kommen dabei auf ihre Rechnung. Der Arbeitgeber macht sich seinen Anschlag, bestellt sich dann, was er braucht an Arbeitskräften; der Agent besorgt ihm die Leute, so viel wie er braucht, auf den Kopf. Und der Arbeiter – nun der fährt auch nicht schlechter dabei. Der bekommt seine Leistungen auf Heller und Pfennig in bar ausbezahlt. Beide Teile wissen ganz genau, was sie von einander zu fordern haben; dafür ist der Kontrakt da. Der eine gibt das Geld, der andere seine Kräfte. Das Geschäft ist klipp und klar, wie ein Rechenexempel. Alles wird auf Geld zurückgeführt, gerade wie in Amerika! Ist das nicht viel praktischer und rationeller so? Früher da bekam das Gesinde Geld überhaupt nicht zu sehen. Da gab's freie Wohnung und Verpflegung und höchstens noch Deputat. Das waren die sogenannten patriarchalischen Zustände. Unter uns gesagt die reine Sklaverei! Jetzt gibt's das nicht mehr. Jetzt wird alles nach amerikanischem Muster gemacht. Das nennt man das moderne Wirtschaftssystem, verstehen Sie! Aber, alles das sage ich Ihnen nur ganz im Vertrauen.» –

Dem jungen Mann brummte der Kopf von dem, was er gehört hatte. Ihm wurde bange zumute diesem Menschen gegenüber, mit seiner aufdringlichen Beredsamkeit.

Zittwitz hatte sich, nachdem er diesen Trumpf ausgespielt, erhoben. Er habe noch mit jemandem zu sprechen, sagte er, wolle aber bald zurückkommen.

Gustav wartete nur, bis er den Agenten in eifrigem Gespräch mit ein paar jungen Leuten am anderen Ende des Saales vertieft sah, dann entfernte er sich so schnell wie möglich. Den Kontrakt des Agenten hatte er aber doch zu sich gesteckt.

Inzwischen waren aus den zwei bis drei Tagen, die Häschke hatte auf dem Bauerngute bleiben wollen, um seine Sachen instand zu setzen und seine Füße auszuheilen, volle vierzehn Tage geworden. Der Wanderbursche hatte es ausgezeichnet verstanden, sich bei den Bauersleuten wohlgelitten zu machen. Selbst die Gunst des alten Bauern hatte er sich zu erobern gewußt, indem er sich unentbehrlich machte. «Wozu bin ich denn Flammer von Religion?» sagte er, womit er meinte, daß er sich auf Schmiedearbeit verstehe, und er müsse doch abarbeiten, daß er hier «treife wohne.» –

Und so machte er sich über die Ackergerätschaften, die Pflüge, Eggen, und die Handwerkszeuge, sah nach den Schrauben, schweißte, hämmerte, nietete und schärfte. Kurz, er brachte alles in Schuß für die nahe Frühjahrsbestellung.

Die Herzen der Frauen gewann Häschke durch seine gute Laune und seine schnodderigen Witze. Im Büttnerschen Hause war die Fröhlichkeit lange Zeit ein unbekannter Gast gewesen. Jetzt wurde sogar gesungen – allerdings nur wenn der Bauer außer Hörweite war. Es stellte sich heraus, daß Häschke sangeskundig war, und Ernestine hatte eine hübsche Stimme. Da sangen sie manchmal zweistimmig, allerhand neue und lustige Lieder, die der Wandersmann von der Walze mitgebracht hatte. Am schönsten aber war es, wenn er von seinen Reiseerlebnissen erzählte. Vielleicht nahm er es mit der Wahrheit nicht immer genau. Er wußte von wunderlichen Fahrten, Glücksfällen und Abenteuern zu berichten. Jedenfalls verstand er, spannend zu erzählen und seine Lügen geschickt auszuschmücken. Die Frauen glaubten ihm aufs Wort; mit offenem Munde und leuchtenden Augen hörte ihm Ernestine zu, wenn er von den Wundern der Fremde berichtete. Häschkekarl hatte wohl schwerlich etwas vom ‹Mohren von Venedig› vernommen. Aber auch er wußte, belehrt durch die Schlauheit des Instinktes, daß man, durch Erwecken ihrer Teilnahme an Gefahren und außerordentlichen Erlebnissen, das Wohlgefallen der Frau am sichersten erregt.

Erstaunlich schnell hatte Häschke es auch verstanden, sich aus einem zerlumpten Bummler in einen schmucken und leidlich anständig aussehenden Menschen zu verwandeln. Viel trug zu dieser Mauserung bei, daß er sich seinen struppigen Vagabundenbart hatte abnehmen lassen. Faden, Nadel und Schere borgte er sich, und für ihn fand sich auch unter den Vorräten der Frauen dieses und jenes Stück Zeug. Karl Büttner mußte eine ‹Staude› hergeben, wie Häschke das dem Leibe zunächst gelegene Kleidungsstück benannte, der Schuster mußte ihm die ‹Trittchen› neu besetzen; den ‹Wallmusch', die ‹Kreuzspanne› und die ‹Weitchen› flickte er sich selbst mit den Tuchresten, welche er von den Frauen erhalten hatte. Der Erfolg war, daß er mit einer etwas scheckigen, aber nach seiner eigenen Auffassung ‹duften Kluft› umherging.

Als der Büttnerbauer zum ersten Male mit der Egge aufs Feld hinausfuhr, ging Häschke mit. An einzelnen Stellen war der Frost noch im Boden und erschwerte die Arbeit. Der zugereiste Handwerksbursche wußte sich auch hier nützlich zu machen. «Nehmt mich als Knecht an, Vater Büttner!» meinte Häschke in dem vertrauten Tone, dessen er sich seinem Wirt gegenüber zu bedienen pflegte. Und der alte Bauer sagte nicht «nein»!

Gustav kam in dieser Zeit nicht mehr auf den väterlichen Hof. Er ging dem Alten aus dem Wege. Neuerdings brauchten Vater und Sohn nur drei Worte zu wechseln, und der Streit war fertig. Gustav meinte, das könne er sich ersparen; ändern würde er ja zu Haus doch nichts mehr an dem Gange der Dinge.

Er hatte ganz genug mit seinen eigenen Angelegenheiten zu schaffen. Die Trauung war nunmehr festgesetzt auf den nächsten Sonntag.

Das Paar selbst wollte von jeder Feierlichkeit, mit Ausnahme der kirchlichen, absehen. Aber Paulinens Mutter blieb darauf bestehen, daß man den Hochzeitsgästen etwas vorsetzen müsse. Frau Katschner verstand, von ihrer Dienstzeit in der herrschaftlichen Küche her, einiges vom feineren Braten und Kochen. Sie wollte sich die Gelegenheit, ihre Künste einmal im hellsten Lichte zu zeigen, nicht entgehen lassen. Nach der Trauung in der Kirche sollte es also einen Schmaus bei ihr im Hause geben.

Am Morgen, nachdem Gustav in Wörmsbach gewesen war, kam Ernestine zu ihm. Sie wolle mit nach Sachsen auf Rübenarbeit gehen, erklärte sie dem Bruder ohne viele Umschweife.

Gustav lachte die kleine Schwester aus, sie sei wohl närrisch geworden, meinte er; der Vater werde sie jetzt gerade fortlassen, wo er alle Hände nötig brauche.

Das Mädchen erklärte dagegen mit einer Redefertigkeit, die man ihrer Jugend schwerlich zugetraut hätte: Die Eltern hätten kein Recht, sie zurückzuhalten, wenn sie gehen wolle. Hier halte sie es nicht mehr aus! Sie wolle sich selbst etwas verdienen. Sich nur immer für andere abzuquälen, ohne je einen Pfennig Verdienst zu sehen, habe sie satt. Sie sei nun erwachsen und wolle sich nicht länger als Schulkind behandeln lassen. Kurz, sie werde mit den anderen fort auf Sommerarbeit gehen.

Gustav sah sich das kleine schmächtige Persönchen mit Staunen an. Man hatte sich in der Büttnerschen Familie daran gewöhnt, Ernestine immer noch als ein halbes Kind anzusehen, weil sie eben das Nesthäkchen war. Aber heute merkte er, daß sie den Kinderschuhen in der Tat entwachsen sei.

Er hielt es trotzdem für seine Pflicht, ihr abzureden. Sie könne doch gar nicht wissen, wie es da draußen sei, und was ihrer dort warte, sagte er. Aber da lachte das Mädchen den großen Bruder einfach aus. Das dürfe er doch zu allerletzt sagen, meinte sie mit altklugschnippischer Miene. Er habe sich ja selber dem Agenten verpflichtet, und er wolle ihm ja sogar Arbeiter verschaffen.

Der Bruder faßte das Mädchen am Arme. Woher sie das habe, wollte er wissen. Einige Freundinnen von ihr waren am Abend zuvor in Wörmsbach gewesen, die hatten die Nachricht mitgebracht: Büttnergustav habe sich dem Agenten Zittwitz verpflichtet, und wolle mit Arbeitern nach Sachsen gehen.

Gustav war im höchsten Grade aufgebracht. Er schimpfte auf den Agenten und verschwor sich, die ganze Sache sei dummes Gerede. Ernestine schrie er an, sie solle sich auf der Stelle packen, er werde den Teufel tun! Überhaupt wolle er mit der ganzen Geschichte nichts zu schaffen haben.

Ernestine schien gerade keine allzugroße Angst vor dem Zorne des Bruders zu haben. Sie war von zu Hause her gegen das Wüten der Männer abgebrüht. Sie ließ ihn austoben. Dann meinte sie mit ruhiger Miene, sie wisse auch noch im Dorfe eine Anzahl anderer Mädchen, die gern mitgehen würden, besonders wenn sie wüßten, daß sie unter Gustavs Aufsicht kämen. Der Bruder erwiderte ihr, es falle ihm gar nicht ein, mit einer Herde Gänse ins Land zu ziehen; da möchten sie sich einen anderen dazu aussuchen.

Aber die kleine Ernestine ließ sich nicht so leicht werfen. Ein Plan, der sich einmal in diesem Köpfchen festgesetzt hatte, wurde auch zu Ende geführt. Der Bruder möge ihr nur den Kontrakt geben, den er von dem Agenten bekommen habe, das übrige solle er ihre Sache sein lassen. Sie werde schon für die Unterschriften sorgen.

Gustav hatte sich die Sache in der vorigen Nacht hin und her überlegt. Pauline hörte sein Seufzen und unruhiges Wälzen neben sich. Der Agent hatte ihn mit seinem Vorschlage einen wahren Feuerbrand in die Seele geworfen. Vielleicht war hier eine Gelegenheit, sein Glück zu machen! Und auf der anderen Seite: war nicht die Verantwortung eine allzu große? Würde er sich der Aufgabe gewachsen zeigen? – Das waren Fragen, die er allein nur entscheiden durfte; er konnte Pauline keine Erklärung geben.

Als seine junge Schwester jetzt vor ihn trat mit ihrer unbefangenen Sicherheit, da kam es ihm vor, als sei das der Anstoß, auf den er nur gewartet habe, um sich über seine eigene Verzagtheit hinwegzusetzen. Es war vielleicht das Beste so! Er übergab dem Mädchen den Kontrakt des Agenten. Mochte die Sache nun gehen, wie sie gehen wollte! –

Schon am Tage darauf erschien Ernestine wieder vor dem Bruder. Sie hatte nicht weniger als elf Mädchen gewonnen. Und wenn man ihr ein paar Tage Zeit lasse, meinte sie, mache sie sich anheischig, noch ein halbes Dutzend anzuwerben.

Gustav wußte anfangs nicht recht, ob er sich über diesen Erfolg freuen solle. Jedenfalls stand jetzt fest, daß er das begonnene Unternehmen weiterführen mußte. Er befand sich, ohne sich des Sprunges recht versehen zu haben, auf einmal jenseits des Grabens.

Die Mädchen waren ihm also sicher. Es galt nun, die Männer, welche der Kontrakt verlangte, zu schaffen. Es sollten, den Vorarbeiter eingeschlossen, ihrer vier bis fünf sein. Gustav sann hin und her. Er überschlug alles, was er von jungen Leuten im Dorfe kannte. Kaum einer war da, dem er Lust und Befähigung für seine Zwecke zutraute.

Aber, es war merkwürdig! Als ob sich so etwas durch die Luft, wie ein Ansteckungsstoff mitteilen könne! Kaum zeigte sich Gustav heute auf der Gasse, da redeten ihn die Leute auch schon auf sein Unternehmen an. Das Gerücht hatte bereits vergrößert. Er suche dreißig Mädchen – einer sprach sogar von fünfzig –, mit denen er nach Sachsen gehen wolle.

Auch einzelne spöttische Mienen bekam er zu sehen. Es war noch in zu frischem Gedächtnis, wie er neulich dem Agenten entgegengetreten war. Und nun war er zu einem Helfer eben dieses Mannes geworden! Das mußte man mit in den Kauf nehmen! Aber, es wurmte ihn im geheimen, daß mancher ihn nun für wankelmütig oder doppelzüngig halten mochte.

Nun boten sich ihm auch, ganz ohne sein Dazutun, zwei junge Leute an. Der eine war auf einem der benachbarten Rittergüter Stallbursche gewesen und jetzt ohne Stellung, der andere wies sich als gewesener Schmiedegeselle aus, ebenfalls arbeitslos. Bei dem Stallburschen war Gustav zweifelhaft, ob er ihn mieten solle. Der junge, kaum siebzehnjährige Mensch, mit seinen langen, knabenhaft mageren Gliedmaßen sah nicht gerade wie ein strammer Feldarbeiter aus. Aber er bat so inständig, angenommen zu werden, versprach, sein Möglichstes an Fleiß zu leisten, daß Gustav ihm schließlich den Willen tat. Der Schmiedegeselle machte den Eindruck eines kräftigen, handfesten Burschen.

Zu Gustavs nicht geringer Überraschung trat auch Häschke an ihn heran und wollte angeworben sein. Seit jenem Abende, wo er den ehemaligen Kameraden auf den Bauernhof gebracht, hatte Gustav nicht mehr viel von ihm gesehen. Er hatte sich schon gewundert, daß dieser Sausewind soviel Seßhaftigkeit an den Tag legte; denn über zwei Wochen war er jetzt schon in Halbenau. Und als er Häschkes Fleiß und Betriebsamkeit von den Seinen rühmen hörte, wollte er seinen Ohren kaum trauen. Was war denn auf einmal in diesen Menschen gefahren, daß er so gänzlich umgetauscht erschien!

Als Häschke jetzt mit diesem Ansinnen kam, lachte ihn Gustav anfangs aus. Das war wohl gar ein schlechter Witz dieses Tausendsasas! Aber Häschke drang allen Ernstes darauf, angeworben zu werden. Gustav hielt ihm vor, daß Feldarbeit gar nicht sein Beruf sei. Häschke erwiderte, er verändere seine «Religion» ganz gerne einmal, und er wolle mit Gustav «mang die Zuckerrüben» gehen.

Gustav wollte den ehemaligen Kameraden nicht abweisen. Schließlich war Häschke ein fixer Kerl und offener Kopf. Er hatte schon mancherlei gesehen von der Welt und mochte sich in schwierigen Verhältnissen wertvoll erweisen.

Gustav begab sich mit dem Kontrakte, unter dem nun schon eine ganz stattliche Anzahl von Unterschriften prangte, zu dem Agenten, der jetzt, nachdem er die Dörfer der Umgegend zur Genüge bereist, sein Hauptquartier wieder in der Kreisstadt aufgeschlagen hatte.

Als er das Büro betrat, empfing ihn Zittwitz mit dem Ausrufe: «Sehen Sie, ich habe es Ihnen ja gesagt, daß wir handelseinig werden würden. Nun zeigen Sie mal her!» Damit ließ er sich den Kontrakt reichen.

Der Agent nickte zufrieden. Daß ein paar Mädchen mehr darauf standen, als verlangt – durch Ernestinens eifriges Werben – war ihm nicht unlieb; denn, meinte der erfahrene Mann: ein oder das andere Frauenzimmer bleibe im letzten Augenblicke doch noch weg oder laufe auch während des Sommers aus der Arbeit. Da sei es vorsichtiger gehandelt, wenn man von Anfang an ein paar mehr mitbringe, als unbedingt verlangt seien.

«Jetzt wollen wir mal die Reiseroute feststellen!» sagte Zittwitz und nahm das Kursbuch zur Hand. «Sie reisen am Montag früh. Die Gutsverwaltung hat schon geschrieben, daß sie sehnlichst auf die Leute warte. Natürlich mit dem ersten Zuge! Da können Sie abends bereits in Welzleben sein. Ich werde Sie anmelden, dann finden Sie jedenfalls Geschirr vom Vorwerke auf dem Bahnhof. Sorgen Sie dafür, daß die Mädel nicht zu viel Gepäck mitschleppen. Die möchten womöglich am liebsten das ganze Bett, Töpfe, Stühle, was weiß ich alles, mitnehmen. Eine Lade und ein Federbett, das ist das Äußerste, was gestattet wird. Überhaupt, den Frauenzimmern halten Sie den Daumen aufs Auge, den Rat gebe ich Ihnen. Ich bin früher selbst als Vorarbeiter gegangen. Da muß man ein eisernes Regiment führen, am besten mit dem Stocke, sonst hat man verspielt mit der Gesellschaft. Lumpenpack ist es ja doch meistens, was so von zu Hause wegläuft!»

Was der Mann heute sagte, klang ganz anders, als was Gustav bisher aus diesem Munde vernommen hatte. Überhaupt schien er an Freundlichkeit und Entgegenkommen bedeutend nachgelassen zu haben, seit er den Kontrakt mit den Unterschriften in Händen hielt.

Gustav hatte kaum Zeit, über die Wandlung in dem Wesen des Agenten nachzudenken, ihm ging im Kopfe herum, was jener über den Termin der Abreise gesagt. So kurz hatte er sich die Frist nicht gedacht. Auf den Sonntag war seine Hochzeit angesetzt, am Tage darauf schon sollte es also fort gehen! Das schien sehr kurz anberaumt, aber es war vielleicht das Beste so. Ein rascher Abschied hatte auch sein Gutes. Wozu das lange Hängen und Haften an den alten Verhältnissen, die doch einmal aufgegeben werden mußten! –

Der Agent zeigte ihm die Reiselinie auf der Karte. Gustav bat um Angabe der Zugverbindungen, die er sich aufschreiben wollte.

«Und nun wollen wir mal das Reisegeld berechnen. Hin- und Rückfahrt haben Sie nämlich frei mit Ihren Leuten, natürlich vierter Klasse! Das ist ein weiteres gutes Geschäft, das Sie machen.» Gustav dachte bei sich, daß das eigentlich selbstverständlich sei; sagte aber nichts. – Der Agent berechnete die Billetpreise und händigte Gustav das Geld gegen Quittung aus.

«Nun wären wir eigentlich fertig!» sagte der Mann. «Halt! Noch eins! Was haben Sie sich denn an Bindegeld von den Leuten geben lassen?»

Gustav erwiderte mit einigem Befremden, daß er sich nichts habe geben lassen; die Leute, die er angeworben hätte, besäßen ja nichts oder so gut wie nichts.

Es sei üblich, meinte Zittwitz mit überlegenem Lächeln, sich für das Anwerben ein Handgeld geben zu lassen. Umsonst sei auf der Welt nichts, und für seine Bemühungen wolle man doch auch einen Lohn haben. Dann sagte er – und beobachtete dabei Gustavs Mienenspiel scharf – das Kaufgeld für den Kontrakt wolle er ihm bis zum nächsten Monate stunden, wo er es ihm von seinem Vorarbeitergehalte abzahlen möge.

Gustav sah den Agenten verdutzt an ob dieser Rede. Der erwiderte den Blick des jungen Mannes mit Kälte. Er verstehe wohl nicht recht, meinte Gustav; von irgendeiner Bezahlung, die er zu leisten habe, sei doch vorher nicht die Rede gewesen.

«Weil das ganz selbstverständlich ist, mein Lieber!» rief Zittwitz mit einer ungeduldigen Bewegung. «Denken Sie denn, ich schinde mich für nichts und wieder nichts ab! Fahre auf den Dörfern herum! Lasse mich von den Leuten ärgern, und stecke alle mögliche dummen Redensarten ein.» Dabei warf er Gustav einen feindlichen, nicht mißzuverstehenden Seitenblick zu. Er hatte den Vorfall im Kretscham von Halbenau also doch nicht vergessen, viel weniger vergeben. – «Nein, mein Lieber! Ich verlange meine Provision. Das ist Geschäftsusance; so nennt man das. Daran ist gebunden, wer mit uns handeln will. Da muß man sich eben vorher erkundigen. Ins Maul schmieren können wir's nicht jedem einzeln. Da hätte man viel zu tun! – Oder, dachten Sie vielleicht, daß ich Ihnen so einen Kontrakt, wie den hier, umsonst ablassen würde? – Schenken vielleicht, aus Freundschaft? – he! Dann sind Sie sehr naiv, mein Bester! Heutzutage ist alles Geldgeschäft. Pro Kopf des Arbeiters – ob Mädel oder Kerl ist eins – bekomme ich von Ihnen fünf Mark. Das ist die Taxe. Davon zahlen Sie mir die Hälfte zu Johanni, die andere zum Schluß der Arbeitsperiode. Sie werden schon wissen, wie Sie den Leuten gegenüber auf Ihre Kosten kommen.»

Gustav begriff nun endlich, daß er übers Ohr gehauen sei. Im ersten Augenblicke überkam ihn das Gelüste, diesem Spitzbuben die ganze Geschichte vor die Füße zu werfen. Zittwitz hatte sich auf seinem Stuhle umgedreht und war in irgendwelche Schriftlichkeiten vertieft. Gustav sah nur seinen breiten Rücken. Wenn der Mann ihm nur wenigstens offen als Feind entgegengetreten wäre! Aber dieser kalten Geringschätzung, diesem überlegenen Hohn gegenüber fühlte er sich gänzlich ohnmächtig.

Der junge Mann würgte und schluckte an seinem Ärger, dann bat er um Gehör. «Ach Gott, Sie sind noch hier!» sagte der andere und wandte sich um, mit gut geheucheltem Staunen. «Also, was wollen Sie noch? Aber bitte schnell! Ich habe nicht viel Zeit, wie Sie sehen.»

Gustav begann mit einer von Ärger und innerer Erregung rauhen Stimme, in abgehackten Sätzen auseinander zu setzen, er habe nichts davon gewußt, daß er den Kontrakt bezahlen müsse; man habe ihm die ganze Sache gegen seinen Willen aufgenötigt, und er wolle von dem Geschäfte absehen.

Der Agent unterbrach ihn. «Das dürfte Ihnen wohl übel bekommen, mein Lieber!» sagte er in trockenstem Tone. «Hier steht Ihre Unterschrift. An die halte ich mich. Wer etwas unterschreibt, was er nicht kennt, ist ein Narr! Außerdem haben Sie eine ganze Anzahl Leute zum Unterschreiben veranlaßt; an die sind Sie ebenfalls gebunden. Man wird sich an Sie halten von beiden Seiten. Es gibt in unserem Gesetz ein Wörtchen das heißt: ‹Kontraktbruch›; das wird bekanntlich streng geahndet.»

Gustav war nicht imstande, diese Behauptung zu widerlegen. Er fühlte, ohne es beweisen zu können, daß er im Recht und jener im Unrecht sei. Aber bei dem, was in letzter Zeit seinem eigenen Vater widerfahren, lag das Recht so deutlich auf Seite des Unterliegenden, und das Unrecht auf Seite des Siegers – und trotzdem nahmen Samuel Harrassowitz und Ernst Kaschel das Gesetz für sich in Anspruch, während es den Bauern im Stiche zu lassen schien – daß sich bei dem jungen Manne alle Begriffe von Gesetzlichkeit und Gerechtigkeit zu verwirren drohten. Das Recht war wohl nur denen etwas nütze, die es zu verdrehen verstanden!

Der Agent hatte sich wieder seiner Arbeit zugewandt. Er ließ Gustav in den bittersten Gedanken stehen und warten. Sollte er's darauf ankommen lassen, ob jener es wirklich so weit treiben würde, ihn wegen Kontraktbruchs zu belangen? Die Sorge, sich vor dem Gesetze schuldig zu machen, war es weniger, die ihn bedrückte, als das Gefühl der Verpflichtung denen gegenüber, die sich ihm verdungen hatten. Wie sollte er vor diesen bestehen? Was wäre das für eine Schande gewesen vor dem ganzen Dorfe, wenn er jetzt die Flinte ins Korn warf. Und zu alledem, war er denn dann nicht wieder brotlos, ohne Stellung und Beschäftigung. Traurig genug! Aber, es war so! Es blieb ihm keine Wahl; er mußte sich den Bedingungen fügen, die ihm der Agent vorschrieb.

«Wie steht's, Büttner?» fragte Zittwitz, gelegentlich von seiner Korrespondenz aufblickend, nicht ohne Spott im Ton. «Sind Sie noch nicht im reinen mit sich? Die Sache wird durchs Überlegen nicht anders.»

Gustav drehte seine Mütze in der Hand und blickte vor sich zu Boden.

«Fünf Mark pro Kopf! Die Hälfte zu Johanni, die andere zu Martini. Billiger kann ich's nicht machen. Also, wie steht's? Soll ich den Kontrakt mitsamt den Unterschriften an einen andern verkaufen? – he! Das kann ich nämlich auch, wenn mir's Spaß macht. Oder wollen Sie Vernunft annehmen?»

Gustav nagte die Lippen gesenkten Blickes, und druckste noch ein wenig. Dann sagte er mit einer verlorenen Handbewegung, ohne aufzublicken: «Wenn's sein muß! Aber, recht is es nich!»

6

Der Sonntag war herangekommen, an welchem Gustavs und Paulinens Hochzeit begangen werden sollte.

Es war eine kleine und einfache Hochzeitsgesellschaft, die sich in der Kirche zu Halbenau um den Altar versammelt hatte. Die Eltern des Bräutigams fehlten. Es war ein schwerer Tag für die Büttnersche Familie. Tonis Stündlein war da. Die Wehen hatten bereits eingesetzt. Die Bäuerin wollte ihr Kind in schwerer Stunde nicht allein lassen. Der alte Bauer war, ohne ein Wort zu sagen, in früher Stunde aus dem Hof gegangen, dem Walde zu. Sein Feststaat, den ihm die Frauen für die Trauung zurechtgelegt hatten, war unberührt in der Kammer liegengeblieben. Aber Karl, Therese und Ernestine waren zur Stelle.

Unter den Freunden des Bräutigams fiel Häschkekarl auf. Er war wie ein feiner Herr angezogen, in schwarzen Sachen, mit weißem Vorhemdchen und Manschetten. Sogar einen schwarzen Hut, wenn auch nicht den neuesten, hielt er in der Hand. Woher der Vagabund sich diese Pracht verschafft hatte, wußte nur er allein.

Die Braut war in weißen Mull gekleidet. Das Kleid hatte sie sich mit Hilfe einer Freundin, die in der Stadt das Zuschneiden erlernt hatte, selbst angefertigt. Städtische Blasiertheit würde vielleicht die Nase gerümpft haben über den Staat dieser ländlichen Braut. Von Zierlichkeit und Anmut war da keine Rede. Das helle Kleid verstärkte noch die Derbheit ihrer entwickelten Gestalt. Und doch war es eine Freude, dieses Paar zu sehen. Gesund waren sie und schlicht; echte Bauernkinder!

Pauline trug keinen Brautkranz im Haar. Der alte Pfarrer hielt streng darauf, daß kein Mädchen, der es nicht zukam, mit dieser Auszeichnung vor den Altar trete. Die kranzlosen Bräute waren nicht selten in Halbenau, denn der Leichtsinn der jungen Leute war groß. Der Pastor pflegte an die Paare, welche die Freuden der ehelichen Verbindung vorausgenossen hatten, ernste Worte des Tadels zu richten. Aber heute unterließ er das; zur Verwunderung vieler, denen diese Art der öffentlichen Vermahnung immer einen angenehmen Kitzel bereitete. Der Geistliche kannte Pauline gut. Sie war einst sein Liebling gewesen unter den Konfirmanden. Er wußte, daß sie nicht leichtfertig war. Auch kannte er ihre Verschämtheit und ersparte ihr darum die öffentliche Bloßstellung ihres Fehltritts.

Frau Katschner hatte auf ihre Erscheinung so viel Putz verwendet, als es ihr bei ihren ärmlichen Verhältnissen möglich war. Sie hatte heute ganz besonderen Grund, stolz und voll Befriedigung dreinzublicken. Befand sich doch in der Hochzeitsgesellschaft niemand Geringeres als Fräulein Bumille, die Wirtschaftsmamsell vom Schloß.

Die Bumille glich mit ihrem hochgeröteten Gesicht, dem bauschigen Seidenkleide und dem hängenden Unterkinn einem aufgeblähten Puter. Bei jeder ihrer schwerfälligen Bewegungen krachte und knitterte die umfangreiche Maschine ihrer Toilette. Auf dem wogenden

Felde ihres Busens hatte eine Goldbrosche in Form eines Rades Platz gefunden. Zwischen den hellen Handschuhen und den allzu eng anschließenden Ärmeln drängte sich eine Wulst rosalichen, gepreßten Fleisches hervor. So saß diese prächtige Dame, als ein rechtes Renommierstück, unter den einfachen Dorfleuten. Durch Blicke, Haltung und jene eigenartigen Geräusche, die von ihr ausgingen, schien sie jedermann einschärfen zu wollen, daß sie Fräulein Bumille, die Mamsell vom Schlosse, sei und daß der ganzen Gesellschaft durch ihre Nähe eine nicht geringe Ehre widerfahre.

Es wurde viel geweint vonseiten der Frauen; wie meist bei Trauungen. Der alte Pfarrer machte es aber heute auch ganz besonders schön. Auf das Schneuztuch, welches Pauline über dem Gebetbuch gebreitet hielt, fiel manche Träne. Auch Gustav war ergriffen und, weil er diese weiche Stimmung eigentlich verächtlich fand, schließlich mehr ärgerlich als erhoben.

Nach der Trauung ging man zu Fuße nach Frau Katschners kleinem Hause. Wie immer auf dem Lande, wurde viel Zeit vertrödelt mit Herumstehen und Schwatzen. Einzelne junge Leute gingen wohl auch noch in den Kretscham, ehe sie sich in das Hochzeitshaus begaben.

Dort gab es den ganzen Nachmittag über zu essen und zu trinken für die Hochzeitsgäste, die Freunde und Nachbarn, welche aus Neugier und auch um der guten Bissen willen auf ein Stündchen eintraten.

Da das Häuschen die Fülle der Gevattern nicht zu fassen vermochte, traten viele hinaus in den Garten. Die bevorzugten Gäste saßen drinnen im Zimmer um den runden Tisch.

Hier war es, wo Fräulein Bumille den andachtsvoll lauschenden Dorfweibern von dem neuesten freudigen Ereignisse im gräflichen Hause berichtete: Komtesse Wanda hatte sich in Berlin verlobt, im Sommer sollte die Hochzeit sein. Da würde die Gegend etwas zu sehen bekommen! Denn der Graf wollte der Schwester die Hochzeit ausrichten. Der Bräutigam sei Offizier und Prinz und noch dazu ein schwerreicher. «Ja, unsere Wanda!» sagte Fräulein Bumille und ließ ihre geheimnisvolle Maschinerie krachen und knistern, «unsere Wanda! die hat's inwendig! Die macht's garnich unter'n Prinzen, habe ich immer gesagt. Die Wanda, die war schon als Kind was ganz Appart's. Wie sie noch ganz klein war, da kam sie immer zu mir in die Küche gelaufen. ‹Mamdell›, sagte sie, ‹Mamdell!›, so sprach sie nämlich. ‹Gib mir ein Stückchen Kuchen; aber groß muß es sein.› Das sagte sie, und da war sie noch ein ganz kleines Ding. Paßt ä mal auf, habe ich da gleich gesagt, die macht's nich unter'n Prinzen.»

Frau Katschner bestätigte jedes Wort durch ein Kopfnicken, und die Frauen von Halbenau lauschten offenen Mundes den mancherlei Heimlichkeiten, welche die Mamsell aus dem Leben ihrer Herrschaft mitzuteilen sich herabließ.

Gegen Abend ging Fräulein Bumille. Damit verlor das Fest seine eigentliche Weihestimmung. Die Lustigkeit trat ungehindert in ihre Rechte.

Häschkekarl hatte nun freies Feld. Wo er auftrat, gab es Ausgelassenheit und Gelächter. Er hatte sich bereits den ganzen Nachmittag über mit einem Schwarm Burschen und Mädchen in Haus und Garten umhergetrieben. Jetzt saß er draußen im Apfelbaume, eine alte Militärmütze schief auf dem Kopfe, mit einer falschen Nase im Gesichte, sang Lieder und gab Schnurren zum besten. Mancher derbe Witz mochte da mit unterlaufen, nach dem Wiehern und Gröhlen der Burschen und dem unterdrückten Gekicher der Mädchen zu schließen.

Bei anbrechender Dunkelheit hatte sich Pauline aus der Hochzeitsgesellschaft zurückgezogen. Flink ward in der Kammer das Kleid gewechselt und nach dem Jungen gesehen. Dann lief sie, ohne jemandem ein Wort zu sagen, nach dem Büttnerschen Hofe.

Die Alten waren nicht zur Hochzeit gekommen, darum wollte sich die junge Frau ihnen selbst vorstellen, als ihre Tochter.

Sie trat in die große Stube. Niemand schien zu Haus zu sein, alles war dunkel. Schon wollte sie wieder hinausgehen, als sie gegen das lichte Fenster einen Kopf und ein paar Schultern erblickte. Sie erkannte an den Umrissen den alten Bauern.

Pauline war heute in erregter und gerührter Stimmung, darum wagte sie etwas für ihre sonstige Scheu Außerordentliches. Sie ging auf den alten Mann zu und sagte ihm, daß sie nun mit Gustav getraut sei. Dabei umarmte und küßte sie ihn. Im Augenblicke selbst, wo sie das tat, erschrak sie über ihre Kühnheit.

Als sie die Wange des Alten berührt, hatte sie dort ganz deutlich etwas Feuchtes gefühlt. Der Büttnerbauer weinte! –

Pauline fühlte es wie einen Stich in der Brust. Hier saß der alte Mann, von allen verlassen, in seinem Kummer. Wie lange mochte er schon so gesessen haben!

Sie hätte ihm so gern etwas Liebes gesagt; denn sie liebte und verehrte ihn wirklich, wenn auch bisher nur aus der Ferne. Aber es fiel ihr nichts ein, womit sie sein Herz hätte erfreuen können.

Schließlich fragte sie mit stockender Stimme nach der Bäuerin. Im rauhen Tone erwiderte ihr der Bauer, das Weibsvolk sei oben in der Kammer.

Pauline zündete erst noch die Lampe an, damit er doch wenigstens nicht im Dunklen sitzen solle, und lief dann die Treppe hinauf zum zweiten Stock, um die Bäuerin und Toni zu begrüßen.

Auf der obersten Stufe der Holzstiege angelangt, hörte sie Töne, die der jungen Frau alles Blut zum Herzen trieben. Sie blieb mit zitternden Knien stehen und lauschte atemlos: dünnes, quäkendes Geschrei.

Tonis Kind war angekommen.

Es war ein feuchtwarmer Aprilmorgen, an welchem die Sachsengänger aus Halbenau aufbrachen, zur Reise nach dem Westen. Ein Himmel wie Wolle. Hin und wieder matte Sonnenblicke, wie verschlafen, durch grämliche Nebel.

Auf einem Leiterwagen kauerten sie beieinander, Männer und Weiber, mit ihren Habseligkeiten. Die Mädchen saßen auf Laden und Federbetten, die Burschen hatten leichtere Bündel zwischen den Knien. Vorn beim Kutscher, auf einem bevorzugten Platze, saß Pauline, ihren Jungen im Schoße, neben ihr Ernestine.

Gustav ging umher, die Uhr in der Hand, und hielt besorgt Umschau. Drei von seinen Mädchen fehlten ihm; sie waren in ihren Wohnungen nicht aufzufinden, wahrscheinlich hielten sie sich versteckt. Der Entschluß, in die Fremde zu gehen, mochte sie nachträglich gereut haben. Von einer hieß es, daß sie sich einem anderen Trupp angeschlossen habe, der bereits zeitiger die Fahrt nach den Rübengütern angetreten hatte. Der Aufseheragent hatte also Recht behalten: es brannten immer einige durch.

Gut, daß Gustav noch den fünften Mann gefunden hatte in der Person eines polnischen Arbeiters. Rogalla, so hieß er, saß jetzt mit unzufriedener Polenmiene in einen Schafpelz gehüllt, mit langem, schwarzem Haupthaar und Schnurrbart, wie ein fremder Vogel unter den blonden Halbenauerinnen, und kaute Tabak.

Der frühen Stunde zum Trotze hatte sich doch eine ganze Anzahl Leute aus dem Dorfe zusammengefunden, um Abschied von den Wanderern zu nehmen. Da wurde im letzten Augenblicke noch alles mögliche herbeigeschleppt: Kleidungsstücke, Bettzeug, Eßwaren. Auch einige junge Burschen hatten sich eingefunden, wohl ihrer Mädchen wegen, die in die Fremde gingen.

Den meisten wurde der Abschied schwerer, als sie es sich anmerken lassen wollten. Wer konnte wissen, was ihrer da draußen wartete! Und auch den Zurückbleibenden war das Herz schwer. Mancher junge Mann zagte, daß ihm die Geliebte, die er widerwillig ziehen ließ, in der Fremde die Treue brechen möchte. Manche Mahnung und Warnung wurde da noch durch Blick und Händedruck mit auf die Reise gegeben, ohne Worte, zu denen es keine Zeit mehr gab.

Der einzige von der ganzen Gesellschaft, dem es leicht ums Herz zu sein schien, war Häschkekarl. Heute hatte er wieder seinen buntscheckigen Vagabundenanzug angelegt. Den Hut verwegen auf einem Ohre, ein rotes Halstuch statt eines Kragens, sah er einem Stromer verzweifelt ähnlich. Jetzt wo es auf die Reise ging, fühlte er sich erst wieder wohl und behaglich. Und diesmal sollte er noch dazu in guter Gesellschaft walzen. Eine ganze Mandel «Schicksen» waren mit – so nannte er die Mädchen – da würde sich's schon leben lassen. Er summte ein Wanderlied vor sich hin. Als der kleine Gustav auf Paulinens Schoß unruhig wurde und zu schreien anfing, brachte er die ‹Quarre› durch eine seiner drolligen Grimassen schnell wieder zur Ruhe.

Die Büttnerbäuerin war auch herausgehumpelt, ihrer Lähme zum Trotze. Zwei von ihren Kindern gingen ja mit hinaus in die Fremde. Gustav, ihr bester Sohn, und Ernstinel, ihre Jüngstgeborene.

Die alte Frau hatte es bisher gar nicht recht glauben wollen, daß aus diesem abenteuerlichen Plane etwas werden solle. Zu so vielen Sorgen und Kümmernissen der letzten Zeit kam nun auch noch die Zersplitterung der Familie! Das war zu viel! Als sie den Wagen sah mit den Wanderern und dem Gepäck, drohten sie die Kräfte zu verlassen. Zum Abschied hatte sie nur ein sinnloses Gestammel: «Ne, ach Gutt! Gustav! Ne, ach Gutt, Pauline! Paßt ack aufs Ernstinel uff. Ne, ach Gutt – ach Du lieber Herr Gutt! – Nene – was wern mer ack alles noch derlaben!»

Gustav mußte es den Frauen überlassen, von der Mutter zärtlichen Abschied zu nehmen. Er war ganz von der neuen Pflicht in Anspruch genommen, die schon wie eine schwere Verantwortung auf ihm lastete und ihn hart und ungesellig erscheinen ließ.

Er glaubte, daß sie nun nicht länger warten dürften, wenn sie den Zug nicht versäumen wollten. Er schwang sich auf den Wagen und gab den Befehl zur Abfahrt.

Die Peitsche des Kutschers hob sich, die Pferde zogen an. Noch ein Händedruck, ein Schluchzen, ein Winken, ein Mützenschwenken. Im Trabe ging's durchs Dorf. Vor den Häusern standen Leute, welche den Wanderern ein freundliches Wort zuriefen. Dann zeigte das letzte Gehöft des Dorfes, der Büttnersche Hof, seine Giebelseite. Gustav blickte noch einmal dort hinüber. Er hatte den Vater nicht gesehen vor der Abreise. Ganz in der Frühe heute wollte er noch zu ihm gehen; aber dann hatte er's doch gelassen. Als Vorwand war ihm die Geburt von Tonis Kind gerade recht.

Er trieb den Kutscher zur Eile an. Jetzt auf einmal war es ihm, als könne er nicht schnell genug von der Heimat wegkommen.

An bekannten Feldern ging's vorbei, an Bäumen, Steinen und Wasserläufen. Nun zog sich der Weg ein Stück durch den gräflichen Wald. Dann hatte man die Halbenauer Flur verlassen.

Eine Stunde darauf saßen sie eng zusammengepfercht in einem Wagen vierter Klasse, mit fremdem Volk, Sachsengänger gleich ihnen, die schon weither kamen aus dem Osten. Unheimliches Gesindel mit braunen Gesichtern, das untereinander eine unverständliche Sprache redete.

Als Pauline mit einem dieser schmutzstarrenden, kraushaarigen Frauenzimmer den schmalen Sitz teilen mußte, verlor sie alle Fassung, nachdem sie vorher tapfer mit dem Heimweh gekämpft hatte. Sie nahm ihren Jungen dicht an sich und haschte nach Gustavs Hand.

Das war fürwahr eine traurige Nachfeier ihrer Hochzeit!

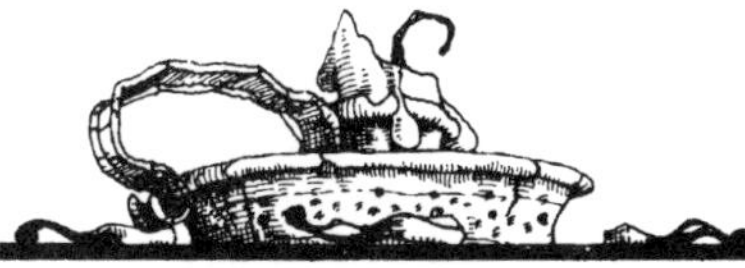

7

Der Termin zur Zwangsversteigerung war herangekommen. Subhastationen waren im Bezirke dieses Amtsgerichts nichts Seltenes gewesen in der letzten Zeit. «In diesen Zeitläuften fallen die Bauern wie Fliegen von der Decke, wenn es Winter wird», hatte erst kürzlich ein Kenner geäußert. Man war im allgemeinen ziemlich abgestumpft gegen bäuerlichen Bankrott.

Immerhin machte es einiges Aufsehen, als bekannt wurde, daß das Büttnersche Bauerngut unter den Hammer kommen solle. Einmal weil es ein großes Grundstück war, das nicht, wie die meisten anderen seiner Art, heruntergewirtschaftet und ausgeraubt war. Dann gab es aber auch noch Nebenumstände, die den Fall interessant machten. Man wußte, daß die Herrschaft Saland um das Bauerngut gehandelt hatte, und nachdem der Handel so gut wie abgeschlossen gewesen, davon zurückgetreten war. Das gab zu allerhand Vermutungen Anlaß. Die Herrschaft hatte sich bisher noch nie einen Bauern, der ‹wackelig› wurde, entgehen lassen und hatte, nach der Behauptung kleinerer Güterhändler, die Preise des Grund und Bodens auf diese Weise nicht wenig in die Höhe geschraubt. Es war auffällig, daß sich die Herrschaft bei diesem Bauerngute, welches ihr geradezu vor der Nase lag, so zurückhaltend benahm. – Ungewöhnlich wurde der Fall auch dadurch, daß der betreibende Gläubiger kein anderer war als der eigene Schwager des bankrotten Bauern. Was konnte der Mann für ein Interesse an dem Untergange seines Schwagers haben, fragte man sich unwillkürlich. Wollte er das Gut aus der Subhastation billig erstehen? Und wozu sollte er, als Besitzer einer großen Gastwirtschaft, sich mit so bedeutendem Grundbesitz belasten? –

In der Gerichtsstube begannen sich von früh neun Uhr ab einzelne Leute einzufinden. Meist waren es Neugierige, Gerichtsbummler, die selten bei solchen Anlässen fehlen.

Die eigentlichen Interessenten saßen drüben im «Löwen». Der Gasthof lebte geradezu von den Gerichtsverhandlungen. Denn dort pflegten vor und nach den Terminen Freund und Feind einzukehren. Dort stärkten sich die Parteien zu schwerem Gange. Dort tranken Richter, Staatsanwalt, Verteidiger, Zeugen und Schöffen ihren Schoppen in derselben Stube und vom nämlichen Fasse, nachdem sie sich drüben vielleicht im Rechtsstreite bis aufs Messer befehdet hatten.

Auch Samuel Harrassowitz trank hier sein Bier. Er saß, wie gewöhnlich, auf seinem Platze am Fenster, von dem aus er den schmalen Platz zwischen Gasthof und Gerichtsgebäude überblicken konnte.

Edmund Schmeiß saß neben dem Händler. Er trug einen neuen Anzug von hauptstädtischem Schnitt zur Schau, den er sich bei seinem letzten Aufenthalt in Berlin hatte anfertigen lassen. Er bestellte sich einen Cognac, «aber *fine champagne, garçon*!» fügte er näselnd hinzu.

Jetzt traten zwei Herren ein. Der Bankier Isidor Schönberger, fett, mit weißem Gesicht und um so schwärzerem Haar. Bei ihm war Bruno Riesenthal, der junge Advokat, der sich kürzlich in dem Städtchen niedergelassen und seiner Fixigkeit wegen hier bereits eine namhafte Praxis gefunden hatte. Die Herren schienen einander sämtlich gut zu kennen. Zum Gruße zwinkerten sie einander nur mit den schlauen Augen zu. Schönberger setzte sich mit verdrossenem Gesicht. Riesenthal kramte in seiner Advokatenmappe. Die Unterhaltung wurde halblaut geführt, denn an den Nebentischen saßen Leute, deren man nicht sicher war.

«Heute is der Kaphroh dran!» sagte Schönberger.

Harrassowitz nickte.

«Machst du de Massematten?»

«Kairousche!»

«Bis jetzt ist keine Konkurrenz da», damit mischte sich Edmund Schmeiß in das Zwiegespräch.

«Konkurrenz!» meinte Sam und nahm eine verächtliche Miene an. «Konkurrenz gibt's nich!»

«Wird der Graf sich ganz fern halten?» fragte der Advokat, halblaut.

«Der Graf is besorgt!» flüsterte Schmeiß. «Dafür steh' ich! Und das andere sind alles Schnorrer!»

In diesem Augenblicke ertönte vom Pflaster draußen Pferdegeklapper und Wagenrasseln. Ein offener Jagdwagen mit zwei guten

Pferden davor hielt vor dem «Löwen». Die vier Männer machten lange Hälse. Sam stieß einen Fluch aus. Er erkannte in dem langen bärtigen Manne, der selbst die Zügel geführt hatte, den Güterdirektor des Grafen, Hauptmann Schroff. Der kleine Grauhaarige war wohl ebenfalls ein Beamter der Herrschaft Saland.

Die ‹Konkurrenz› war also dennoch gekommen!

Sam stand auf, ohne sein Glas geleert zu haben. Jetzt galt's die Ohren steif halten! So leichten Kaufes, wie er spekuliert hatte, würde er nun doch nicht zu dem Gute kommen. Aber Sam gab nichts verloren. Wann wäre er jemals in schwieriger Lage verzagt oder um Mittel und Wege verloren gewesen! Er besaß den ganzen rücksichtslosen, katzenzähen Optimismus seiner Rasse.

Er hatte den Kretschamwirt von Halbenau vor einiger Zeit mit seinem Wägelchen einfahren sehen; den suchte er jetzt auf.

Kaschelernst und Harrassowitz hatten ein längeres Gespräch im Flur des Gerichtsgebäudes. Die Unterhaltung endete damit, daß Sam die Hand ausstreckte und Kaschelernst grinsend einschlug und «abgemacht!» sagte.

Die Gerichtsuhr hatte zehn geschlagen. Wer sich bis dahin noch im «Löwen» aufgehalten hatte, kam nunmehr herüber, nicht allzu eilig, falls er mit dem Gerichtsgebrauche vertraut war.

Aus Halbenau waren eine Anzahl Leute eingetroffen, Freunde der Büttnerschen Familie. Der alte Bauer selbst hatte sich ferngehalten, aber Karl Büttner war gekommen. Er blickte unverständig drein wie gewöhnlich. Die Bedeutung dieses Tages für ihn und seine Familie war dem Denkfaulen schwerlich klar geworden.

Hinter den Schranken erschien jetzt der Amtsrichter mit dem Kalkulator. Sie nahmen am grünen Tische Platz.

Nun nahm der Termin seinen üblichen Verlauf. Zunächst wurden die Interessenten festgestellt. Harrassowitz, der in diesen Dingen zu Hause war wie der Fisch im Wasser, verlangte Vorweisen der Kaution. Da würde man ja gleich sehen, wer als ernsthafter Bieter in Betracht komme. Vor allem interessierte es den Schlaukopf zu wissen, ob jene beiden, der Güterdirektor und der Rendant des Grafen, mit Geldmitteln versehen seien. Er hatte bereits seinen Geschäftsfreund, den Kommissionär Schmeiß, vorgeschickt, der sollte sich den Herren in möglichst harmloser Form nähern und sie zum Lüften ihrer Maske bringen. Aber die beiden hatten sich zugeknöpft und den diplomatischen Künsten des jungen Schmeiß gegenüber unzugänglich verhalten. Sam paßte genau auf, was der Hauptmann zeigen würde, als er daran kam, Kaution vorzulegen. Staatspapiere, ein ganzes Paket! Der Mann war also gewappnet und nicht etwa aus bloßer Neugier hier erschienen.

Nachdem Namen und Personalien der Interessenten mit gerichtsüblicher Umständlichkeit erfragt und aufgeschrieben waren, wurde zur Feststellung des geringsten Gebotes übergegangen. Dann forderte der Richter zur Abgabe von Geboten auf. Er hatte eine zweistündige Pause angesetzt, innerhalb deren geboten werden konnte.

Der Gerichtssaal leerte sich wieder; nur einige wenige Leute blieben zurück, die hier ebensogut wie anderwärts ihre Zeit mit Nichtstun verbringen zu können meinten. Der Richter arbeitete an seinen Akten. Der Kalkulator schrieb das Protokoll aus, in der Ecke nickte der Gerichtsdiener. Der Geist der Langeweile und der Schläfrigkeit hatte sich über den Raum gesenkt.

Der Richter war ein älterer Beamter. Wie viele Grundstücke waren nicht schon im Laufe der langen Praxis unter seinem Hammer weggegangen! Die Verhandlung pflegte unter seinem Vorsitz glatt, ohne Stocken, wie eine gut geölte Maschine, zu laufen. Nüchtern, geschäftsmäßig und trocken erklangen seine Fragen.

Was kümmerte es ihn, wer schließlich der Ersteher wurde! Sache des Juristen war es nicht, Mitgefühl zu empfinden; das hätte ja höchstens seine ‹strikte Objektivität› trüben können. Für ihn existierte das Stück Erde, welches zufälligerweise einem gewissen Traugott Büttner gehörte, nur insofern, als es durch ein in ‹legaler Weise› herbeigeführtes Zwangsversteigerungsverfahren in ‹forensischen Konnex› getreten war zum Gesetz und damit zu ihm, dem Diener des Gesetzes. Dadurch war für den Juristen ein Zaun abgesteckt, innerhalb dessen er sich von rechtswegen bewegen durfte. Wenn er sich's hätte einfallen lassen, den Zaun zu überschreiten, tiefer zu blicken, als seines Amtes war, dann würde er vielleicht entdeckt haben, daß dieses Stück Erde, welches heute unter den Hammer kam, doch noch etwas mehr als ein bloßes Subhastationsaktenstück sei. Er würde gefunden haben, wenn er das ‹legale› Gewand der Sache zu lüften sich die Mühe gegeben hätte, daß er nichts Geringeres als das Wohl und Wehe einer Familie, daß er Menschenschweiß und Menschenblut zu ‹meistbietender Versteigerung› brachte. Und daß so das ‹von Rechtswegen› eine eigentümliche Bedeutung gewann.

Der Saal füllte sich allmählich wieder, als die zweistündige Pause sich ihrem Ende zuzuneigen begann, und das Bieten nahm seinen Anfang. Zunächst erfolgten einzelne Gebote, gleichsam tropfenweise; denn keiner der Interessenten wollte dem anderen seinen Eifer merken lassen. Bankier Schönberger hatte angeboten mit einer Summe, welche gerade die Höhe seiner Hypothek erreichte. Dann überbot ihn Harrassowitz.

Jetzt begann sich der gräfliche Rendant an der Bietung zu beteiligen. Zuerst langsam, dann in immer schnellerer Folge überboten sich Sam und der Rendant mit Beträgen von geringem Umfang. Der Händler legte kühlste Ruhe an den Tag; die Hände in den Taschen, wiegte er sich auf den Absätzen und suchte den Gegner durch seine überlegen spöttische Miene in Verwirrung zu setzen. Der gräfliche Beamte, ein Graukopf, mit glatt rasiertem Gesicht, war unruhig. Die Gebote kamen zaghaft und hastig von seinen Lippen. Mehrfach sah er sich nach Hauptmann Schroff um, der weiter hinten unter den Zuschauern mit sichtlicher Spannung dem Gange der Versteigerung folgte.

Auf diese Weise hatten sich die beiden bis an die letzte Hypothek herangetrieben, welche Ernst Kaschel gehörte. Der Gastwirt war im Saale anwesend, bot aber nicht mit. Harrassowitz hatte soeben geboten. Der Rendant bat um eine kurze Hinausschiebung des Zuschlags, lief nach hinten und besprach sich mit dem Güterdirektor. «Bis zur Höhe der Schulden, nicht wahr, ging der Limit?» fragte er. Der Hauptmann stand mit gerunzelter Stirn und überlegte. «Hundert Mark darüber», sagte er dann. «So viel will ich noch zulegen; mehr kann ich nicht!»

Der Rendant ging wieder an die Schranken und machte sein Gebot. Sam überbot ihn, lächelnd.

Die Spannung unter den Zuschauern hatte einen hohen Grad erreicht. Die Sympathien der meisten waren auf Seiten der gräflichen

Beamten. Der Rendant bot noch einmal mit zitternder Stimme. Die Schulden waren mit seinem Gebote um hundert Mark überschritten.

«Noch Fünfzig!» rief Harrassowitz und sah den Gegner herausfordernd an.

Es entstand eine Pause. Der Richter sah nach der Uhr. «Wenn keine weiteren Gebote abgegeben werden, schließe ich die Subhastation.»

Kein weiteres Gebot erfolgte.

«Demnach ist Herr Samuel Harrassowitz Meistbietender geblieben. Ich frage, ob Einwendungen gegen Erteilung des Zuschlages an Harrassowitz, erhoben werden? – Einwendungen werden nicht erhoben! – Die Erteilung des Zuschlages wird morgen um elf Uhr verkündet werden.»

8

Während in der Stadt sein Gut versteigert wurde, pflügte der Büttnerbauer seinen Acker. Schon bei frühestem Morgengrauen hatte er die Ochsen aus dem Stalle gezogen, hatte sie vor den Pflug gespannt und war hinausgefahren bis dorthin, wo Wald und Felder grenzten.

Die Bäuerin war seit einer Woche bettlägerig. Toni hatte mit dem Säugling zu tun. Auf Theresens Schultern lastete, seitdem die Sachsengänger das Dorf verlassen hatten, ganz allein die Sorge um das Hauswesen.

Der Bauer wollte heute das Büschelgewende beackern. Dem verwilderten Schlage – gleichsam das Stiefkind des Gutes – galt doch im Grunde seine eifrigste Sorge. Der Gedanke, daß ein Teil seines Besitzes vernachlässigt und unbenutzt daliege, ließ ihm keine Ruhe, quälte ihn wie einem Kranken die offene Wunde. Den Schlag mußte er wieder urbar machen, noch in diesem Sommer. Hafer wollte er darauf säen, als die wenigst anspruchsvolle Frucht. Vor der Aussaat aber sollte der Boden noch einige Male mit Pflug und Egge um und um gewendet werden.

Es wollte ein wundervoller Frühjahrstag werden. Der Boden dampfte von dem warmen Regen, der in der Nacht niedergegangen war. Laue Fruchtbarkeit schwebte greifbar über der Scholle. Überall drängte und sproßte junges Leben zum Tage empor. Die Wiesen waren bereits mit dem ersten verschämten Grün beschlagen. Die Wintersaaten standen dicht und üppig in vielverheißendem, saftigem Dunkelgrün.

Mit dem Pflügen ging es langsam genug vorwärts in dem zähen Lehm, der seit Jahren keine Pflugschar gefühlt hatte. Brombeerranken und andere Schmarotzer des verwilderten Landes bedeckten die magere Ackerkrume und wichen nur ungern dem Pfluge. Kiesel und Feldsteine stemmten sich gegen die Schar. Und dazu ein Paar träge Ochsen vorgespannt! Die Zeiten, wo er Pferde im Stalle gehabt, waren für den Büttnerbauer vorbei.

Der alte Mann fluchte nicht, trotz der Langsamkeit der Tiere. Sein Trotz war stumm. Mit zusammengebissenen Zähnen blickte er starr geradeaus über die Rücken der Ochsen. Die Hand am Sterz, in der Linken Leine und Peitsche, so schritt er hinter dem Pfluge. Wenn er die Lippen öffnete, dann war es höchstens zu einem «Hüü» oder «Hoo». An der Anewand angelangt, hielt er die Ochsen durch einen Ruck der Leine an, hob den Pflug aus, wendete ihn und fuhr eine neue Furche an, genaue Richtung haltend. Er pflügte noch, wie ein Jüngling, mit starker Hand und scharfem Augenmaße.

Die Sonne rückte höher. Der Dampf über den Auen hatte sich verflüchtigt. Klar lag jetzt Halbenau unter ihm, das er von seinem erhöhten Stande überblicken konnte, Haus für Haus, bis hinab zur Kirche. Schon begannen sich die Fruchtbäume hie und da zu schmücken mit weißen Perücken. In langen, schmalen Streifen zogen sich die Güter der Bauern, Halbhufner und Gärtner vom Dorfe nach dem Walde zu, vielfach durch Raine und Gräben in viereckige Stücken und Streifen zerlegt, in vielen Farben leuchtend, bald braun, bald grün, bald gelblich oder gräulich, je nach der Frucht und der Bodenart. Ein scheckiges Bild, wie ein Stück Zeug mit vielen Flicken darauf. Und am Feldrande ein Kranz von Niederwald, der lichtgrün und lila schimmerte, mit seinen hellen Stämmchen von Birke und Erle. Dahinter der Kiefernwald im männlichen Ernste seines dunklen Nadelkleides. Und darüber hin der Frühjahrshimmel, mit einzelnen schwimmenden Wolken von milchweißer Farbe.

Der Büttnerbauer sah nichts von der Schönheit, die sich rings um ihn breitete. Sechzigmal war er Zeuge geworden des Frühjahrswunders. Sechzigmal hatte sich für ihn die Flur geschmückt mit gleicher Pracht. Er war kein empfindsamer Naturschwärmer; dafür gab es in seiner trocknen Bauernnatur keinen Raum.

Frühjahr, das bedeutete für ihn: Erwachen aus der kalten, finsteren, öden Winterszeit zum sonnigen, klaren milden Sommer; wo man nicht länger gezwungen war, mit müßigen Händen im Zimmer zu hocken, wo man hinaus durfte auf den geliebten Acker, die Zeit, da man die Glieder in emsiger Arbeit rührte, wo man aber auch die Früchte seiner Arbeit sehen durfte, wie sie heranwuchsen und gediehen, der Ernte entgegen.

Auch in diesem Frühjahr schien die Sonne warm und belebend. Sie wärmte auch die Glieder des Alten und brachte sein Blut in schnellere Strömung. Das Neuwerden in der Natur rief selbst in seinem verbrauchten Körper eine Steigerung aller Kräfte, eine unbewußte Spannung der Lebensenergie hervor. Aber es war diesmal anders als sonst. Etwas war erstorben in dem alten Manne, lag wie mit Eis und Schnee des Winters zugedeckt, war nicht grün geworden mit dem Erwachen des Frühlings ringsum: die Hoffnung.

Es hatte seinen guten Grund, warum er die Zähne so fest zusammengepreßt hatte und die Augen so starr geradeaus gerichtet hielt zwischen die Köpfe seiner Tiere. Hätte er die Blicke hinabschweifen lassen über Felder und Wiesen, hinab nach seinem Hause und Hofe, sie wären wohl übergegangen von salzigen Tränen. Und der Trotz, der Grimm, die Menschenverachtung, die allein ihm die Kraft gaben, diesen Tag zu ertragen, möchte dahingeschmolzen sein vor der Übergewalt des Schmerzes, den ihm der Anblick seines Eigentums heute bereiten mußte.

Sein Eigentum!

In diesen Stunden entschied es sich, wer künftighin Herr dieser Wiesen und Felder, dieses Hauses und Hofes sein würde. Drüben in der

Stadt, vor Gericht, unter Leuten, die seinen Acker nicht kannten, von Fremden, kalten, gleichgültigen Juristen, wurde der Würfel über sein Eigentum geworfen. Heute noch war er hier Herr, und morgen konnte einer kommen, der ihn hinaustrieb aus seinem Hofe, ihn auf die Straße setzte, mitsamt den Seinen, und das alles kraft eines Stückes Papier.

Das war also der Erfolg seines Lebens! Jetzt, wo er sich dem Greisenalter näherte, wo man sich nach Ausruhen auf vollendetem Lebenswerk sehnte, wo man Recht und Besitz und Gewalt gern hätte übergehen sehen in die Hände der Nachkommen, wo man als Lohn und Dank für sorgliche Verwaltung des Familiengutes nichts weiter verlangte, als Pflege und Achtung und ein ruhiges Eckchen im Heim, von dem aus man das Weiterblühen und Wachsen noch ein Weilchen mit ansehen konnte – jetzt mußte der Büttnerbauer, statt dieses wohlverdiente Altenteil zu erwerben, erleben, daß alles, was er von den Vätern übernommen, was er verwaltet, woran er an seinem Teile geschaffen hatte, ihm aus den Händen gerissen, unwiederbringlich an Fremde dahingegeben wurde.

Wenn der Vater das geahnt hätte! Er, der recht eigentlich den Besitz zu dem gemacht hatte, was er war, zu einem selbständigen, freien Bauerngute. Wenn Leberecht Büttner hätte ahnen können, was jetzt, dreißig Jahre nach seinem Tode, aus seinem Werke werden sollte! Dieser Mann, der den Familienbesitz in schwerer Zeit angetreten, der die Nachwehen der Kriegszeiten und der jüngst überwundenen Hörigkeit durchzukosten hatte, der Zeit seines Lebens mit einem mächtigen und beutelustigen Nachbar zu ringen gehabt, und der, all diesen Gefahren und Nöten zum Trotze, sich selbst zu einem wohlhabenden, unabhängigen Wirte emporgearbeitet und sein Gut zum bestgepflegtesten der ganzen Gegend gemacht hatte; wenn der Mann hätte voraussehen können, was aus der Erbschaft, die er den Seinen hinterließ, sich für Unsegen entwickeln würde! –

Traf den Büttnerbauern die Schuld, daß alles so gekommen, wie es gekommen war?

Traugott Büttner hatte sicher viele Versehen begangen, mancherlei verdorben durch Eigensinn und beschränkten Trotz. Viel Schaden hätte abgewendet werden können, wenn ihm Beweglichkeit des Geistes, höhere Bildung und besseres Verstehen der Zeit und ihrer Bedürfnisse eigen gewesen wäre. Aber größere Fehler als die seinem Stande eigentümlichen durften ihm mit Recht nicht vorgeworfen werden.

Er war Zeit seines Lebens ein nüchterner, ordentlicher Mensch gewesen, ein tätiger Wirt und sorgsamer Haushalter. Sein Benehmen war bäuerlich derb, oft bis zur Rauhheit derb, aber seine Sitten waren rein geblieben. Was hatte er sich vorzuwerfen! War er etwa ein Trinker gewesen? – Hatte er Haus und Hof verspielt, wie so mancher Bauer es tat? Hatte er durch liederliche Wirtschaft oder durch Zank und Streit mit den Nachbarn, durch Prozesse, das Seine vergeudet? – Dem Staate, der Gemeinde, der Kirche hatte er geleistet, was er ihnen schuldig war. Seine Knochen hatte er in zwei Kriegen für das Vaterland zu Markte getragen. Sonntäglich war er zur Predigt gegangen, und viermal im Jahre hatte er den Tisch des Herrn aufgesucht. Die schlechten Jahre waren von ihm hingenommen worden, und für die guten hatte er Gott gedankt. Mit seiner Ehefrau hatte er sich vertragen; nie war es zu mehr als zu Scheltworten gekommen zwischen ihnen, was bei Bauersleuten etwas heißen will. Die Kinder hatten sie schlicht und recht aufgezogen, nach dem Worte: «Wer sein Kind lieb hat, der züchtigt es.»

Überhaupt, das war die Summe dieses Lebens: der Bauer hatte das Seine getan, so gut oder so schlecht er es vermochte, in den Grenzen seines Standes, gemäß der Weltanschauung, mit der er geboren und in der er aufgewachsen war.

Und nun war es wie ein Strafgericht, wie eine Vergeltung furchtbaren Unrechts über ihn und die Seinen gekommen, ohne daß er doch gewußt hätte, von wannen und wodurch. Wofür büßte er, welche Sünde hatte er zu sühnen, mit soviel Elend? Wo lag der Anfang des Unglücks? Wann und wo hatte er den Schritt getan, der unvermeidlich das Verderben nach sich ziehen mußte? War es nicht vielmehr eine Kette von tausend winzigen Gliedern, ein ganzes Netz von unsichtbaren Maschen, an dem er Zeit seines Lebens unbewußt gearbeitet und das ihn jetzt verstrickte zu unrettbarem Untergange?

Oder lag die Schuld nicht tiefer und ferner? Reichte sie nicht zurück, über die sechzig Jahre dieses Lebens, in die Zeiten der Väter und Vorväter?

Hatte Traugott Büttner nicht das Gut aus dem väterlichen Erbe erstanden unter Bedingungen, die für ihn den Erfolg von vornherein unterbanden! War das nicht der anfangs kaum beachtete Riß, welcher am Ende zum Zusammenbruch des Gebäudes führte; der scheinbar unbedeutende Rechenfehler, der, von Jahr zu Jahr weiter geführt, schließlich das Ergebnis der ganzen Rechnung falsch ausfallen ließ! Oder hatte Leberecht Büttner, dieser vorsichtige Wirt und Mehrer des Vermögens, etwa selbst den Grund zum Untergange des Familiengutes gelegt, als er dessen Grenzen erweiterte, neues Land zum ererbten hinzuerwarb? Hatte er damit vielleicht dem Ganzen eine ungesunde Entwicklung, einen allzu großartigen Zuschnitt, gegeben; hätte er nicht, statt auf Erweiterung des Besitzes zu sinnen, lieber das einmal Besessene so ertragreich wie möglich gestalten sollen? Hatte er nicht durch diese Verrückung der Verhältnisse seinem Nachfolger eine gefahrvolle Erbschaft hinterlassen, doppelt gefahrvoll, wenn dieser Nachfolger ihm nicht gleichkam an Einsicht und Rührigkeit?!

Oder lag das Versehen nicht außerhalb der Familiengeschichte überhaupt! Waren es nicht vielmehr die Verhältnisse, die Entwicklung, der Gang der Weltereignisse, die auch auf dieses winzige Zweiglein am großen Baum des Volkes gewirkt hatten? Stand nicht auch dieser kleine Ausschnitt aus dem Menschheitsganzen unter den Gesetzen des Prozesses von Werden und Vergehen, dem das Völkerleben wie die Geschichte der Familien und des einzelnen unterworfen sind! –

War vielleicht jenes große Ereignis der Bauernbefreiung im Anfange des Jahrhunderts, dessen Zeuge noch Leberecht Büttner als junger Mensch gewesen, zu spät eingetreten? War dieser mächtige Ruck nach vorwärts nicht mehr im Stande gewesen, das Bauernvolk aus der Jahrhunderte alten Gewöhnung an Unselbständigkeit und Knechtsseligkeit herauszureißen? Oder war die Aufhebung der Fronde zu schnell, zu unmittelbar gekommen? Hatte sie den Bauern nur äußerlich selbständig gemacht, ohne ihm die zum Genusse der Freiheit nötige Erleuchtung und Vernunft gleichzeitig geben zu können? Waren die, durch viele Geschlechter großgezogenen Laster: des Mißtrauens, der Stumpfheit, der Beschränktheit und der tierischen Rohheit, doch so tief in Fleisch und Blut der Kaste übergegangen, daß sie unausrottbar immer von neuem durchbrechen mußten und so den Untergang des ganzen Standes herbeiführen würden? –

Oder spannen sich die Fäden jenes Gewebes von Unrecht, Irrtum und Unglück, die den einzelnen mit dem Ganzen ebensogut verweben, wie Rüstigkeit, Aufschwung und Gedeihen eines Volkes segensreich das Einzelgeschick befruchten und fördern – reichten diese unsichtbaren Wurzeln, die uns mit dem tiefsten Grunde der Vergangenheit unseres Geschlechts verbinden, nicht noch viel viel tiefer hinab in die Vorzeit? War der große Krieg daran schuld, der das deutsche Volk zum Bettelmann gemacht und seinen Boden zu einer Einöde? Aber war nicht schon vor dem großen Kriege schweres Unrecht am deutschen Bauern begangen worden? Drangsal und Vergewaltigung, die ihm zu Luthers Zeiten den Kolben und den Dreschflegel in die Hand nehmen ließen, zum Aufruhr gegen die Großen der Welt, in denen er die Macht verkörpert sah, die ihn am meisten bedrückte: der Feudalismus.

Und lag der letzte und tiefste Grund der Unbilden, die dem Bauern durch alle Stände widerfahren, mochten sie sich Fürsten, Ritterschaft, Geistlichkeit, Kaufmanns-, Richter- und Gelehrtenstand nennen, nicht noch viel weiter zurück in der Entwicklung? War da nicht in unser Volksleben ein Feind eingedrungen, der für Kolben und Flegel unerreichbar war, der mit noch so derben Fäusten nicht aus dem Vaterlande getrieben werden konnte, weil er körperlos war, ein Prinzip, eine Lehre, ein System, aus der Fremde eingeschleppt, einer Seuche gleich: der Romanismus!

War denn nicht der deutsche Bauer frei gewesen ehemals? Frei wie der Baum, der Halm, ein Gewächs des freien Grund und Bodens, verantwortlich nur vor seinesgleichen, gebunden nur durch die Gesetze der Markgenossenschaft. Nur die Gemeinde und ihre Rechte hatte er über sich, deren Lehnsmann er war, die ihm ein Stück der freien Wildnis zuwies, damit er es urbar mache und sich darauf ernähre.

In jenen natürlichen, urwüchsigen Zeiten, die noch nichts von den kniffflichen Definitionen der Gelehrten, vom pedantischen Schreibwerk der Juristen ahnten, war Besitz und Eigentum noch eins; Tatsache und Recht fielen da zusammen. Wer den Boden dem Urwalde abrang, der erwarb ihn, machte ihn zu seinem Eigen. Die Ernte gehörte dem, der den Acker bestellt und die Aussaat gemacht. Arbeit war der einzige Rechtstitel, welcher galt. Jeder Nachfolger mußte sich die Hufe und die Frucht von neuem erwerben durch seiner Hände Werk.

Und nun drang ein fremder Geist von jenseits der Alpen ein und verwirrte und verkehrte diese einfachen erdgewachsenen Verhältnisse. Abgezogene Begriffe, aus einer toten Kultur gesogen, wurden an Stelle des selbstgeschaffenen gut erprobten deutschen Rechtes gesetzt.

Dieser fremde römische Geist war der Verderber. Überall drang er ein, wie eine Krankheit. Bald beherrschte er Staat, Kirche, Schule und Gerichte. Formalismus und Scholastik waren seine übelgeratenen Kinder.

Am schwersten aber sollte unter dem fremden Produkt der leiden, welcher von allen am wenigsten davon wußte und verstand: der Bauer.

Alle anderen Stände verstanden es, sich das fremde System zu Nutze zu machen. Ritter und Kaufmann wußten seine Maximen zu verwerten, sich nur zu gut dem praktischen Egoismus anzupassen, der das Grundprinzip des römischen Rechtes ist. Und seit den Zeiten der Scholastik ward Haarspalterei und wirklichkeitsfremdes Definieren und Konstruieren die Lieblingsbeschäftigung der deutschen Gelehrtenzunft.

Dem freien deutschen Bauernstande aber grub das fremde Recht die Lebenswurzeln ab.

Denn der Begriff des römischen Eigentums lief dem schnurstracks zuwider, was für den deutschen Ansiedler gegolten hatte. Nun wurden in trocken formalistischer Weise Recht und Tatsache getrennt. Fortan konnte einem ein Stück Land gehören, der nie seinen Fuß darauf gesetzt, geschweige denn, eine Hand gerührt, um es durch Arbeit zu seinem Eigen zu machen. Jetzt gab es gar viele Rechtstitel mit fremdklingenden Namen, kraft deren einer Eigentum erwerben und veräußern konnte. Den Ausschlag gab nicht mehr die lebendige Kraft des Armes, sondern erklügelte, in Büchern niedergeschriebene, tote Satzung. Am Grund und Boden konnte fortan Eigentum entstehen durch Eintragung in Bücher. Es konnte ernten, wer nie geackert und gesät hatte. Es gab Rechte an fremden Sachen, Einschränkungen des Eigentumsrechtes durch Dritte, die sich so drehen, deuten, nutzen und ausdehnen ließen, daß der Eigentümer bald wie ein Mann war, der sein Feld auf der öffentlichen Landstraße liegen hat. Das Verpfänden und Belasten des

Grund und Bodens ward in ein System gebracht, das den Urgrund aller menschlichen Verhältnisse, die Scholle, einem Handelsartikel gleichstellte. Es wurde möglich, daß einer durch Beleihung stiller Mitbesitzer eines Stück Landes ward. Dann mußte ihm der Eigentümer einen Teil der Erträge abgeben, die er durch seine Arbeit dem Boden abgerungen hatte, und jener genoß in der Ferne ohne Mühe die Früchte fremden Bodens und fremden Schaffens.

So hatte sich das undeutsche Recht, mit seinem egoistisch-kalten, verstandesmäßigen Formalismus wie ein Lavastrom über die heimischen Einrichtungen ergossen, alles mit starrer Kruste überdeckend, und auch die grünende Freiheit des bäuerlichen Ansiedlers auf Nimmerwiederkehr vernichtend.

Der Büttnerbauer wußte von der Geschichte und Entwicklung seines Standes nichts. Kenntnis und Interesse für das Vergangene sind gering beim Bauern; auch hat er wenig Standesbewußtsein, keinen Zusammenhalt mit Seinesgleichen. Ihn kümmern nur die Nöte und Bedürfnisse, die ihm gerade im Augenblicke auf den Nägeln brennen. Er weiß von der Welt und ihrem Gange meist nur das Notdürftige, was er in der Schule erlernt, was er selbst erlebt und erfahren hat, und zur Not das Wenige von der Vergangenheit, was ihm die Eltern mitgeteilt haben.

Traugott Büttner hatte nur ein dumpfes Gefühl, eine dunkle Ahnung, daß ihm großes Unrecht widerfahre. Aber wer wußte denn zu sagen: wie und von wem! Wen sollte er anklagen? Das war ja gerade das Unheimliche, daß es eine Erklärung nicht gab. Das Verderben war gekommen über Nacht, er wußte nicht von wannen. Menschen hatten Rechte über ihn und sein Eigentum gewonnen, Fremde, die ihm vor zwei Jahren noch nicht einmal dem Namen nach bekannt waren. Er hatte diesen Leuten nichts Böses angetan, nur ihre Hilfe, die sie ihm aufgenötigt hatten, in Anspruch genommen. Und daraus waren, durch Vorgänge und Wendungen, die er nicht verstand, Rechte erwachsen, durch die er diesen Menschen hilflos in die Hände gegeben war. Er mochte sich den Kopf zermartern, er konnte das Ganze nicht begreifen.

Eines blieb als Untergrund aller seiner Gedanken und Gefühle: ein dumpfer schwelender Ingrimm. Ihm war unsagbares Unrecht geschehen. Sein Mund verstummte; hätte er ihn aufgetan, es wäre eine Klage erschollen, die kein Richter dieser Welt angenommen hätte.

Drittes Buch

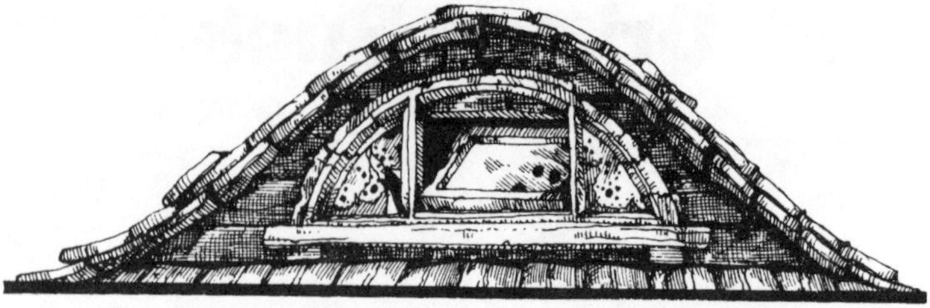

1 Die Sachsengänger waren an ihrem Bestimmungsorte eingetroffen. Leiterwagen vom Rittergute Welzleben hatten sie an der Station abgeholt und nach dem Vorwerke Habeldamm gebracht. Hier waren sie vom Inspektor in ihre Kaserne eingewiesen worden.

Am nächsten Morgen bereits ging's mit der Feldarbeit los.

Die Rüben waren eben erst aufgegangen; an ihnen gab es also noch keine Arbeit. Die Mädchen wurden daher mit Behacken des Wintergetreides beschäftigt, während die Männer bei der Frühjahrsbestellung zu helfen hatten.

Es waren völlig neue Verhältnisse hier im Westen, in welche diese Ostländer ganz unvermittelt versetzt wurden. Weit und breit fruchttragende ebene Fluren. Feld an Feld, Schlag an Schlag, die das Auge kaum zu übersehen vermochte, durchquert von gradlinigen Kunststraßen und Obstalleen. Jede Handbreit Land war hier ausgenutzt. So kostbar schien dieser Boden, daß man keinem wilden Baum, keinem Strauch in der Feldmark das Leben gönnte. Nirgends fiel der Blick auf Unland. Sorgfältig waren die Steine aus dem Acker entfernt. Am Horizonte fehlte der Kiefernbusch, der im Osten fast überall das landschaftliche Bild einrahmt. Kein Wald, kein Gebüsch, keine Hutung zu erblicken. Wenig Wiese; die Ackerscholle beherrschte hier alles. An Stelle des buntscheckigen Planes von winzigen Fleckchen und Streifchen, wie es die Sachsengänger von ihrer Heimat her gewöhnt waren, breitete sich hier das Zuckerrübenfeld mit den endlosen Reihen der gedrillten Rübenpflänzchen; giftgrüne Streifen auf dunkelbraunem Untergrunde.

Und nun erst die Bestellung! Spatenarbeit kannte man hier nicht, der Handpflug war an vielen Stellen vom Dampfpfluge verdrängt. Das Getreide wurde mit der Dampfmaschine ausgedroschen, die Saaten mit der Drillmaschine bestellt. Und in der Wirtschaft war auch alles nach neuestem Zuschnitt. Das Rindvieh bekam Rübenschnitzel als Futter. Trotz der vielen Kühe und großartigen Ställe war die Milchwirtschaft doch nur unbedeutend. Das Vieh kam von auswärts in großen Transporten herein und stand nur zur Mast da. Kälber wurden nicht angebunden. Nur des Düngers wegen schien man Rindvieh zu halten.

Und die Dörfer! Da kam man sich vor wie in der Stadt. Die Häuser eng beieinander, den Nachbarn gleichend, wie ein Ei dem anderen, weißgetüncht, kahl, mit Ziegeln abgedeckt. Kein Fachwerk, keine Holzgalerie, kein Strohdach. Hin und wieder war einmal der Ansatz zu einem Gärtchen zu erblicken, hinter steifem Staketenzaune. Der Grasgarten, die Obstbäume, die der ärmste Häusler des Ostens gern um sein Anwesen hat, fehlten ganz. Und wo waren die Düngerstätten, das Göpelwerk, der Taubenschlag, die Entenpfütze? Diese Menschen hier nannten keine Kuh, kein Schwein, kein Federvieh ihr eigen.

Dabei schien es hier eigentliche Armut nicht zu geben. Die Leute ließen sich nichts abgehen. Sie gingen einher in städtischer Kleidung. Bloße Waden gab's hier freilich nicht zu sehen; selbst die Kinder liefen nicht barfuß.

Die wenigen Bauern waren große Herren. Sie ritten und fuhren einher, wie die Rittergutsbesitzer, wohnten in großen stattlichen Häusern und schickten ihre Kinder zur Schule in die Stadt. Wenn sie untereinander waren, redeten sie sich mit «Sie» an, und an einem Tische mit seinem Gesinde wollte von diesen großen Herren auch keiner mehr zum Essen niedersitzen.

Da es keine Berge hier zu Lande gab, die Bäume in der Landschaft selten und die Kirchtürme klein und unansehnlich waren, so hätte es eigentlich nichts in die Augen Fallendes gegeben, wären nicht die Essen gewesen, die sich allerorten neugierig und gleichsam waghalsig emporreckten. Hier eine von einer Zuckerfabrik, dort von einer Ziegelei oder Brennerei.

Auch auf dem Vorwerke Habeldamm gab es solch eine Esse, die zur Brennerei gehörte. Der Wirtschaftshof wurde von lauter neuen einstöckigen Gebäuden gebildet. Wie auf dem Präsentierbrett lag das ganze da, mit seinen blitzblanken gekalkten Wänden, hellroten Ziegeldächern, mitten in den grünen Rübenfeldern, die sich bis dicht an die Gebäude zogen. Eine Feldbahn verband das Vorwerk mit dem Hauptgute Welzleben. Eine größere Bahn ging in weiter Kurve über andere Rübengüter nach der Zuckerfabrik. Diese Fabrik war ein Aktienunternehmen der umliegenden Grundbesitzer.

Etwas abseits vom eigentlichen Wirtschaftshofe lag die Wohnung der Wanderarbeiter, die «Kaserne», wie sie kurzweg bezeichnet wurde. Es war ein mäßig großes, einstöckiges Haus, «genau nach der polizeilichen Vorschrift erbaut», wie der Inspektor nicht zu bemerken verfehlte, als er Gustav mit seinen Leuten einwies. Zu ebener Erde befanden sich zwei saalartige Räume, der größere für die Mädchen zum Wohnen und Speisen, der andere für die Männer bestimmt, ferner eine Küche mit neumodischem Herd und eine Wasch- und Spüleinrichtung. Im ersten Stock waren die Schlafräume untergebracht, die Mädchenkammer getrennt von der der Männer, durch die Wohnung des «Aufsehers», wie Gustav jetzt tituliert wurde.

Der Inspektor, ein jüngerer Herr, dessen Schnurrbart und schneidiger Ton keinen Zweifel darüber aufkommen ließ, daß er Reserveoffizier sei, führte Gustav in sämtlichen Räumen umher, übergab ihm den Hauptschlüssel, und machte den Aufseher darauf aufmerksam, daß man sich von Seiten der Gutsverwaltung für jede «Schweinerei», die hier etwa vorkommen würde, an ihn halten werde.

Gustav fand die Einrichtung, in der sie fortan hausen sollten, weit besser, als er's erwartet hatte. Die kasernenartige Einteilung des Hauses heimelte ihn, wie eine Erinnerung an die Soldatenzeit, an. Pauline hätte sich freilich mehr Traulichkeit gewünscht in ihrer Stube, die außer Bett, Schrank, Tisch und Stühlen nichts enthielt. Aber man mußte schließlich froh sein! Hatte man doch ein Dach über sich und eine Diele unter den Füßen. –

Mit dem Küchenherde konnte sie auch zufrieden sein. Gut, daß ihr die neumodischen Kochvorrichtungen vom Rittergute daheim einigermaßen bekannt waren. Der Inspektor hatte sie darauf hingewiesen, daß hier das zukünftige Feld ihrer Tätigkeit sein werde. Die Kartoffeln werde sie wöchentlich zugemessen erhalten für die «ganze Gesellschaft». Was sie damit anfange, sei ihre Sache. «Darum können wir uns nicht auch noch scheren; da hätten wir viel zu tun!» hieß es in kurzer schneidiger Ansprache.

Von den Arbeitern fanden sich nicht alle sofort in die neuen Verhältnisse.

Der Pole Rogalla räsonierte laut, allerdings auf polnisch, was niemandem etwas tat, weil niemand es verstand. Bedenklicher war, daß er sich weigerte, in dem gemeinsamen Männerschlafsaale zu übernachten. Häschke sprach die Vermutung aus, daß dem Polen die gewohnte «Bucht mit den Reichskäfern» fehle. Gustav redete ein Wörtlein deutsch mit dem Polen. Rogalla suchte daraufhin zwar die gemeinsame Bettstatt auf, in der Nacht aber stahl er sich hinweg. Er mußte irgendwo eine seinem Geschmacke mehr zusagende Schlafstätte ausfindig gemacht haben.

Auch einige von den Mädchen stellten sich äußerst gefährlich an. Vor allem ein Schwesternpaar Helfner. Sie stammten aus dem Armenhause. Helfners waren eine berüchtigte Familie in Halbenau. Gustav hatte sich daher längere Zeit bedacht, ob er das Schwesternpaar mitnehmen solle. Aber sie hatten die heiligsten Versprechungen gegeben, sich gut aufführen zu wollen. Jetzt fanden sie alles schlecht: die Wohnung, das Essen. Die Arbeit war ihnen zu viel. Als Gustav sie etwas scharf 'rannahm, verschwanden sie in einer Kammer und schlossen die Tür hinter sich zu. Da blieben sie und kamen nicht zur Arbeit. Gustav war ratlos. Männer zu kommandieren, das hatte er als Unteroffizier gelernt, aber mit widerspenstigen Frauenzimmern fertig werden, das war noch ein ander Ding. Pauline konnte ihm dabei nicht helfen, sie war zu weich, um ihresgleichen zu beherrschen.

Da fand der Aufseher unerwartete Hilfe und Unterstützung in seiner kleinen Schwester. Schon auf der Reise hatte es sich gezeigt, daß Ernestine unter den Mädchen die Führerrolle an sich gerissen habe, obgleich sie eine der jüngsten war. Die anderen, unter denen manches bärenstarke Frauenzimmer sich befand, beugten sich doch der Energie und Klugheit dieser kleinen Person. Jetzt war Ernestine die einzige, die sich Eingang zu dem aufsässigen Schwesternpaare zu verschaffen wußte, ja die Helfners schließlich dazu bewog, die Arbeit aufzunehmen.

Eine äußerst brauchbare Zugabe für den Aufseher bildete auch Häschke. Das war ein hartgesottener Sünder, der schon durch manches enge Loch in seinem Leben hindurchgekrochen sein mochte, der mit allen Hunden gehetzt war. So einen konnte man hier gebrauchen. Dabei war Häschkekarl ein grundgutmütiger Geselle und seinesgleichen gegenüber stets zur Hilfe bereit. Aber Häschkes freundschaftliche Gesinnung verwandelte sich sofort ins Gegenteil, wenn er es mit einem Höhergestellten zu tun hatte. Da wurde aus diesem lustigen Bruder ein mißtrauisch hämischer Geselle.

Auf den Inspektor hatte Häschkekarl sofort seinen ganzen Haß geworfen. Er lag Gustav in den Ohren, daß er sich von dem «Affen» ja nichts gefallen lasse. «Der großschnäuzige Kerl» werde sie noch lange nicht «dumm machen».

Sehr schnell hatte es Häschke hingegen verstanden, sich drüben im Vorwerk beim Gesinde gute Freunde zu machen. Von dort brachte er allerhand interessante Nachrichten mit: Herr Hallstädt, der Besitzer von Welzleben, sei mehrfacher Millionär. Sein Vermögen habe er durch Rübenwirtschaft und Zuckerfabrikation gemacht. Er selbst sei ein Geizhals, aber seine Söhne, die Offiziere waren, sorgten dafür, daß das Geld ihres Alten unter die Leute komme. –

Auch über den Herrn Inspektor wußte Häschkekarl allerhand zu berichten. Den Knechten gegenüber sei der ein Wüterich, gegen die Mägde hingegen oftmals nur allzu freundlich. Im vorigen Jahre sei der Mann aber mal an den Richtigen gekommen. Ein Knecht, der nicht mit sich hatte spaßen lassen, habe hinter dem Pferdestalle eine Unterredung unter vier Augen mit dem Inspektor gehabt. Danach hätte der junge Herr acht Tage lang das Zimmer gehütet, während der Knecht auf Nimmerwiedersehen vom Hofe verschwunden sei. Die Großmagd aber, die den Inspektor gepflegt, habe ganz eigenartige Dinge über den Körperzustand des Kranken zu berichten gehabt.

Die Wanderarbeiter kamen übrigens nur wenig mit dem Beamten in Berührung, mit Ausnahme von Gustav, der sich täglich bei ihm den Dienst zu holen hatte. Die Arbeiten wurden meist in Akkord gegeben. Der Stücklohn spornte selbst die Trägeren an, soviel wie möglich zu leisten. Besonders die Mädchen waren groß in ihrer Emsigkeit. Selbst das Schwesternpaar Helfner wußten die Mitarbeiterinnen, welche aus der Trägheit einzelner Mitglieder keine Einbuße erleiden wollten, zur Tätigkeit anzuhalten. Von den Männern drückte sich nur der Pole Rogalla soviel wie möglich um die Arbeit herum.

Eines Tages kam ein offener Wagen von Welzleben her auf das Vorwerk zu gefahren. Das sei Herr Hallstädt, hieß es. Gustav gab gerade mit seinen Leuten auf einem großen Rübenschlage den jungen Pflanzen die erste Hacke. Herr Hallstädt ließ auf dem Wege halten, und betrachtete sich das Arbeiten eine Weile. Soviel man auf die Entfernung erkennen konnte, war er ein älterer Herr mit grauem Backenbart, der eine Brille trug. Das war also der reiche Herr Hallstädt-Welzleben, ihr Brotherr!

Gustav erwartete bestimmt, der Herr werde ihn rufen lassen oder werde selbst zu ihm und den Leuten herankommen. Sie standen doch bei ihm in Brot und Arbeit, sie bestellten doch seinen Grund und Boden. Auf sein Geheiß waren sie so viele Meilen weit hierher gekommen. –

Aber Herr Hallstädt-Welzleben ließ nach einer Weile weiterfahren, ohne Gruß, ohne ein Wort mit seinen Arbeitern gewechselt zu haben.

Häschkekarl spuckte aus. Das war Wasser auf seine Mühle. Die Großen taugten alle nichts; überall war es dieselbe Geschichte! Und Gustav mußte an die Worte des Agenten Zittwitz denken: ‹Der eine gibt die Goldstücke, der andere seine Kräfte. Das ist ein Geschäft, klar und einfach. Alles wird auf Geld zurückgeführt. Das nennt man das moderne Wirtschaftssystem.› So ungefähr hatte der sich geäußert, und er schien recht behalten zu sollen.

Jeden Sonnabend erhielt Gustav den Lohn für die Arbeit der Woche ausgezahlt. Ein Bruchteil des Geldes wurde zurückgehalten, als Deckung für den Fall, daß ein Arbeiter den Dienst vorzeitig verließ. Auch Strafgelder waren vorgesehen, und im Kontrakte fehlte die Klausel nicht, daß jeder Arbeiter ohne weiteres entlassen werden könne, ohne Anspruch auf Lohn, falls er sich den Anordnungen des Arbeitgebers und seiner Beamten nicht füge. Kurz, man war, wie Häschke sich ausdrückte: «in seinem Felle lebendig verkauft».

Mit der Ernährung der Leute gab es im Anfange Schwierigkeiten. Die Feuerung war frei, Kartoffeln lieferte das Gut. Um alles Übrige sollten sich die Wanderarbeiter selbst kümmern. Auf dem Vorwerke war ein Wächter angestellt, der gleichzeitig Kramhandel betrieb. Von diesem Manne hätten die fremden Arbeiter von jeher genommen, hieß es. Die Waren dieses Kleinhändlers waren schlecht, seine Preise aber um so höher. Der Mann wußte nur zu gut, daß er weit und breit keinen Konkurrenten hatte. Auf diese Weise gingen die Sparpfennige der Sachsengänger für Nahrungsmittel drauf. Gustav sah das voll Verdruß, aber was wollte man machen!

Da war es Häschkekarl, der Vielerfahrene, welcher Rat zu schaffen wußte. Eines Nachmittags bat er sich ein paar Stunden Urlaub aus, borgte etwas Geld von Gustav und erklärte, er wolle sich mal ein bißchen in der Gegend umsehen. Spät abends erschien er wieder in der Kaserne, einen vollgepackten Sack auf dem Rücken schleppend.

Er hatte Einkäufe gemacht. Nun legte er eine Vorratskammer an und verkaufte den Arbeitsgenossen die Waren zum Einkaufspreise. Für seine Mühe nahm er keinen Verdienst; er erklärte, der Ärger jenes gaunerischen Krämers sei ihm Lohn genug.

Das Kochen besorgte Pauline, die nicht mit aufs Feld ging. Sie hatte Arbeit genug. Den Jungen, der jetzt ins dritte Jahr ging und schon ganz hübsch laufen konnte, hatte sie stets um sich. Das Kind mußte ihr viel ersetzen.

Die junge Frau sah trübe Tage. Ein wirkliches Heim fehlte ihr. Die Arbeit zwar war nicht schlimm, daran war sie gewöhnt; aber das Zusammenleben mit so vielen Fremden störte das Glück der jungen Ehe. Von Gustav hatte sie so gut wie nichts. Früh um vier schon stand er auf und trieb die Leute hinaus. Den Tag über war man getrennt, er auf dem Felde, sie in der Kaserne. Oftmals kamen sie nicht einmal zum Mittagessen herein, ließen sich's hinaustragen aufs Feld. Abends kam er dann nach Haus, abgehetzt, sorgenvoll, mürrisch. Frau und Kind sah er nicht an, riß sich die Kleider vom Leibe, warf sich ins Bett und schlief wie ein Toter. Es gab Tage, wo man kaum ein Wort miteinander wechselte.

Ganz anders hatte sie sich das Leben an seiner Seite gedacht in der Ehe. Denn wenn sie auch vorher einander nicht fremd gewesen waren, so legte Pauline, als echtes Landkind am Althergebrachten, Frommen und Ehrwürdigen festhaltend, der kirchlichen Trauung doch noch ganz besondere Wirkungen bei. Das Ehegelübde vor dem

Altare, meinte sie, mache den begangenen Fehltritt gut, beglaubige ihren Bund, trage die Gewähr eines ganz besonderen Segens in sich. Nun durften sie sich mit gutem Gewissen liebhaben; während der Genuß bisher, so süß er auch gewesen, doch immer den Nachgeschmack eines Vorwurfs gehabt hatte.

In diesen Erwartungen schien sich die gute Seele getäuscht zu haben. Gustav war ihr fremder geworden, als er ihr zuvor gewesen. Wann wäre es früher jemals vorgekommen, daß er für ihre liebevolle Annäherung nur eine kurze unfreundliche Abfertigung gehabt hätte!

Sie weinte oft heimlich. Auch zur Nachtzeit, wenn er mit einer, selbst noch im Schlafe düster verdrossenen Miene, in seinem Bette lag. Zu wecken wagte sie ihn nicht. Durch ihren Kummer wäre sie ihm nur lästig gefallen. Er war ja selbst nicht glücklich. Daß er so häßlich gegen sie war, kam nur davon her, daß er so viel Sorgen hatte. Ihm zu Liebe wollte sie ja alles ertragen, selbst die Entfremdung von ihm.

Pauline verschloß ihren Kummer ganz in sich, versteckte ihre Tränen vor ihm und war darauf bedacht, ihm nur ein lächelndes Angesicht zu zeigen. Aber er, in jenem Egoismus, den die Vielgeschäftigkeit und Arbeitsüberbürdung großzieht, sah weder ihr Lächeln noch die Tränen, die darunter verborgen waren.

Sie sorgte dafür, daß er alles so gut finden möchte, wie sie es herzurichten imstande war: das Bett, die Kleider, das Essen. All ihre große zurückgewiesene Frauenliebe wandte sie, in Ermangelung eines besseren, den Dingen zu, die ihn umgaben.

So vergingen die ersten Wochen in der Fremde.

Eines Tages gab es eine unangenehme Überraschung für den Aufseher: Rogalla, der Pole, war verschwunden. Seinen Arbeitsgenossen fehlten verschiedene Kleidungsstücke, und Häschke machte die Entdeckung, daß seine Vorratskammer um eine Wurst und zwei Speckseiten ärmer war.

Wo mochte der Vogel hin sein? Das Gerücht behauptete, er habe auf einem anderen Rübengute, wo nur polnische Arbeiter in Sold waren, Arbeit angenommen. Man stellte keine Nachforschungen nach ihm an, denn er war ein liederlicher, lästiger und fauler Bursche gewesen. Mochte er bei seinesgleichen bleiben!

2

Zwei Monate waren vergangen, seit das Büttnersche Gut unter den Hammer gekommen war. Samuel Harrassowitz schaltete und waltete jetzt hier als unumschränkter Herr und Gebieter. Er hatte den alten Bauern vorläufig auf seinem ehemaligen Hofe gelassen. Er nahm auch keine Miete von den Leuten, aus dem einfachen Grunde, weil sie nichts mehr hatten, wovon sie ihm hätten Quartiergeld zahlen können. Außerdem waren die Büttners, wie er es selbst zugab: «alte brave Leute», denen er das «Almosen gern gönnte». – Er ließ die Felder von dem alten Manne bestellen; auf diese Weise konnte der etwas von dem Gelde, was er noch auf Wechsel schuldete, abarbeiten.

Mancherlei Veränderungen nahm der Händler in der Wirtschaft vor. Zunächst führte er die Ochsen weg; die konnte er gerade an einer anderen Stelle gut gebrauchen. «Sie kommen schließlich auch mit Kühen aus; was, mein guter Büttner?» sagte er in seiner biedermännisch aufgeknöpften Weise zu dem Alten.

Der Büttnerbauer erwiderte nichts hierauf. Er nahm überhaupt jeden Befehl des neuen Herrn schweigend und mit undurchdringlicher Miene hin.

Nun war er also soweit gekommen, daß er mit Kühen aufs Feld fahren mußte, wie die Kleingärtner und Stellenbesitzer. Als Knecht eines Fremden bestellte er jetzt den Acker, der einstmals sein gewesen. Wenn man Grimm und höllische Schmerzen aussäen könnte, was wäre da für eine Saat aufgegangen auf diesen Fluren! –

Im Obstgarten, der das Haus umgab, ließ Sam tüchtig aufräumen. Die alten Krüppel von Apfelbäumen machten zu viel Schatten und trügen ja doch nur saures Zeug, das man nicht los würde, hieß es. Die Bäume hatte der Großvater zu Anfang des Jahrhunderts gepflanzt, er war ein Obstheger gewesen, und die späteren Generationen hatten den Segen seiner Fürsorge geerntet. Jahrein, jahraus pflegten die ‹alten Krüppel› zu tragen, ihre harten kernigen Sorten, wie sie dem Klima angepaßt waren. Die Bäuerin hatte davon abzubacken gepflegt; Weihnachtsäpfel hatte man gehabt, und mancher späte Apfel hielt sich bis tief ins Frühjahr hinein als angenehme Beigabe zur Alltagskost.

Nun sollten die alten treuen Stämme dran glauben. Der Bauer und Karl mußten selbst Hand anlegen, die Bäume umzusägen und die Stöcke zu roden. Der Büttnerbauer verrichtete auch dieses Werk schweigend, aber in seiner Hand die Säge schien zu knirschen, als sie sich in das spröde Holz einfraß.

Toni hatte inzwischen das väterliche Haus verlassen müssen, denn Sam erklärte: soviel Mäuler dürften auf seine Kosten nicht gefüttert werden. Zudem paßte es jetzt mit der Ammenstelle. Frau Achenheim, seine Tochter in Berlin, hatte Sam zum Großvater gemacht. Toni sollte den Sprößling ernähren und wurde zu diesem Behufe eines Tages nach Berlin befördert. Und diesmal war kein Gustav zur Stelle, die Schwester zu schützen. Tonis eigenes Kind wurde Theresen übergeben, welche diesen Familienzuwachs mit geringer Freude begrüßte.

Man mußte es Sam lassen, es hatte alles Art, was er unternahm. Er verstand es, im großen Stile zu verfügen. Das Kleinste, was er anordnete, schien von langer Hand vorbereitet und ordnete sich vortrefflich in das Gefüge seiner Operationen ein.

Auch mit Karl Büttner hatte er seine besonderen Absichten. Zunächst ließ er es zu, daß der junge kräftige Mann dem Vater bei der Frühjahrsbestellung half. Sobald diese besorgt war, erklärte der Händler dem Bauernsohne, daß er seine Dienste nunmehr entbehren könne und daß er mit samt seiner Familie auszuziehen habe.

Karl war also vom väterlichen Hause und Hofe vertrieben! Was nun beginnen? Karl Büttner stand der Zukunft ratlos gegenüber. Er hatte nichts gelernt; nur in der Soldatenzeit war er von der Heimat weggekommen. Einen anderen Beruf als den bäuerlichen zu betreiben, daran hatte er, als des Büttnerbauern Ältester, nie gedacht.

Der Ärmste hatte es schwer. Er war um das väterliche Erbe gekommen, er wußte nicht wie! Seine Frau machte ihm das Leben auch nicht leichter, seit er ein Bettler geworden war. Täglich bekam er jetzt von ihr zu hören, daß sie betrogen sei mit ihm. Daß er ein «dummer Karle» sei, das habe sie freilich immer gewußt, aber sie habe doch wenigstens geglaubt, einmal Bäuerin zu werden durch ihn. Nun mußte der Unglückliche ihr für diese Enttäuschung herhalten.

Karl suchte eine Zeitlang nach einer Tätigkeit. Sein Suchen bestand darin, daß er ratlos umherlief und sich als Kutscher anbot. Aber man stieß sich meist an seiner starken Familie, und sein ungeschicktes Auftreten hatte auch wenig Bestechendes. Bald gab er das jedoch auf und saß nur noch unter dem Vorgeben, in den Blättern zu suchen, in den Schenken umher. Therese, die ihm alsbald anmerkte, daß er Bier und Schnaps genieße, wurde durch diese Entdeckung auch nicht freundlicher gestimmt.

In dieser Not trat wiederum Sam als Helfer auf. Er wolle ihm eine von seinen Wirtschaften in Wörmsbach verpachten, sagte er zu Karl.

Karl Büttner ging nach Wörmsbach, um sich die Stelle anzusehen. Es war ein kleines Anwesen, ein elendes Überbleibsel von einem Bauerngute, welches Harrassowitz bis auf diesen Rest vereinzelt hatte. Die Gebäude waren gänzlich verfallen und drohten jeden Augenblick einzustürzen. Nur noch die kahlen Lehmwände standen da, und durch diese blickte an manchen Stellen schon das Tageslicht hindurch. Was an Möbelstücken und Gerätschaften früher etwa da gewesen sein mochte, war längst herausgeschleppt. Fast ebenso schlimm wie auf dem Hofe sah es auf den Feldern aus. Das meiste war Schwarzbrache. Jahrelang hatte niemand hier bestellt.

«Ein schönes Feld der Tätigkeit für einen jungen Mann», sagte Sam. «Sie werden das schon in die Höhe bringen, Büttner, da sind Sie ganz der Mann dazu!» – Den Pachtschilling für den ersten Termin wollte Sam gütigst stunden und zur Anschaffung von Vieh, Saatgut und Inventar Geld vorschießen.

Karl Büttner war leicht zu bereden, besonders von einem wie Samuel Harrassowitz, der schon Klügere seinem Willen untertan gemacht hatte; so wurden die beiden handelseinig.

Karl siedelte also mit Weib und Kind und den wenigen Habseligkeiten, die er sein nannte, nach Wörmsbach über. Therese, die sonst nicht zu weichen Stimmungen neigte, weinte, als sie das neue Heim erblickte. Der windschiefe Giebel, die zerbrochenen, hie und da mit Papier verklebten Scheiben, das Strohdach, welches aussah wie ein struppiger Pelz, in dem die Motten sich niedergelassen! Und erst drinnen in den Stuben: die verschimmelten Wände, die morschen Dielen, ein Herd, zwischen dessen Kacheln das Feuer durchleuchtete!

So sahen die Räume aus, in denen sie in Zukunft hausen sollten! –

Eines Tages kam ein kleiner Herr nach Halbenau, begleitet von einem halbwüchsigen Bürschchen. Sie trugen sich mit Rollen, Holzkästchen, Mappen und einer langen Kette. Wo das «ehemalig Büttnersche Bauerngut» gelegen sei, fragten sie. Man wies ihnen den Weg. Sie begannen die Felder zu umschreiten, der Knabe mußte kleine Pflöckchen einschlagen und hatte die Maßkette zu ziehen. Drei Tage lang arbeiteten sie in dieser Weise, schrieben Zahlen an die Pflöckchen, und machten Einzeichnungen in eine Karte.

Der Mann verschwand wieder, aber, seine Pfähle blieben stehen.

Am Sonntag Nachmittag gab es dann eine wahre Völkerwanderung nach dem Bauerngute. Die Halbenauer kamen, sich das abgesteckte Land zu besehen. Einzeln und in Gruppen schritten sie auf den Rainen und Feldwegen auf und ab.

Der Büttnerbauer sah das vom Hofe aus. Die Zornader schwoll ihm. Was wollte das Volk denn hier! Die zertrampelten das Gras und liefen womöglich über die Saaten. Er ging vor den Hof und rief den ersten besten, der ihm in den Wurf kam, an, was er hier zu suchen habe.

«Ich will a Morgen a zweeä kefen, morne!» sagte der, und ging seines Weges weiter.

Hier sei kein öffentlicher Weg, schrie ihn der alte Mann an.

«Nu, Traugott, stell d'ch doch ne su an!» meinte der andere, einer seiner Nachbarn. «Morne wollen se duch deine Felder eenzeln versteigern. 's hat ja im Blattel gestanda!»

Also, das war es: Vereinzelung des Gutes! – Der alte Mann stand eine ganze Weile wie erstarrt. Dann setzte er sich langsam in Bewegung, mit schleppenden Schritten, als ziehe er eine schwere unsichtbare Bürde hinter sich drein.

Ein Trupp Dorfleute kam ihm entgegen vom Felde. Sie sprachen laut; offenbar unterhielten sie sich über die bevorstehende Landauktion. Als sie des Alten ansichtig wurden, verstummte ihr Lärmen; schweigend, mit verlegenen Mienen eilten sie an ihm vorüber.

Dann kamen wieder zwei, ein alter und ein junger: Kaschelernst und Richard.

Der Kretschamwirt blieb stehen, als er in gleicher Höhe mit seinem Schwager war. «Gu'n Tag Traugott!» Kein Gegengruß erfolgte. «Du, Traugott!» meinte Kaschelernst, scheinbar harmlos plaudernd, «Dei Korn stieht aber heuer gutt. Kreiterwetter! Das is a Staatskorn, da warn a hibsch paar Schock uf'n Morgen kimma. Was meenst de? Nich!»

Der Büttnerbauer sagte nichts, warf aber dem Schwager einen so sprechenden Blick zu, daß der ihm unwillkürlich den Weg frei machte und ihn weiter gehen ließ. Dann rief er dem Alten nach: «Du Traugott! Zur Ernte kannst de mir helfen kimma. Ich will d'ch och bezahl'n. Ich mechte 's Korn sinsten am Ende ne Herre warn, suviel stieht's 'n druffe. Willst de uf Erntearbeit kimma – hee?»

Der Bauer ging weiter, ohne sich umzusehen.

«Nu ja, ich meene ock, Traugott! Du weeßt am Ende noch gar niche, daß 'ch das Kornsticke dahie von Harrassowitzen gekeft ha'. 's is a hibsches Sticke, a Schaffel a zehne gruß. Ju, ju, das ha' ich mer genumm'n! Na, dacht'ch wenn se's Büttnersche Gut eemal versteigern tun, da wirscht de dir och e Sticke nahmen kennen – warum denn ne! Da bleibt's duch wenigstens in der Familie.»

Nun war der Alte doch stehengeblieben, mitten auf dem Wege, starr und steif, mit offenem Munde. Kaschelernst hatte das Kornstück gekauft! – Kaschelernst im Besitze seines besten Ackers! –

«Ju ju, Traugott, das Korn is meine!» sagte der Kretschamwirt näher zu seinem Schwager herankommend. «Ich bedank' mich och schienstens bei dir, daß du den Acker so schiene bestellt hast. Schienes Korn, sehr schienes Korn!»

Richard, der sich bis dahin die Hand vor den Mund gehalten hatte, platzte jetzt auf einmal heraus.

Der Bauer stand da, steif wie ein Stock.

Kaschelernst im Besitze dieses Kornstückes! – Das erschien von allem, was ihm bisher widerfahren, das Ungeheuerlichste. Sein Gesicht begann sich zu verändern. Die Augen leuchteten in dunklen Lichtern, die Nüstern blähten sich auf, die Lippen hoben sich, wie bei einem wilden Tiere, das sich auf den Feind stürzen will. Aus seinem Munde kam ein knurrender Laut: «Hund – Huund ...»

Das Lachen des Neffen verstummte vor der Miene des Alten, der mit geballten Fäusten auf sie zukam.

«Huund – Hunde! ... Ich zerschlag' eich de Knuchen – Ich zerschlag' ...»

Der Sohn suchte Deckung hinter dem Rücken des Vaters. Da aber Kaschelernst es vorzog, sich in schnellster Gangart vor seinem Schwager zurückzuziehen, so war bald ein Zwischenraum zwischen Traugott Büttner und den Kaschels entstanden. Nach einiger Zeit wagten es die Braven wieder, halt zu machen.

Büttner war gleichfalls stehen geblieben und drohte keuchend mit der Faust nach jenen hinüber. «Wenn 'ch, und ich find' d'ch Kaschel! De Knuchen zerschlag' 'ch d'r. Hund du!»

Der Kretschamwirt rief eine höhnische Bemerkung dagegen. Der Bauer kam ihnen von neuem nach. Worauf sich das tapfere Paar abermals zurückzuziehen begann.

Da bückte sich der Alte und hob Steine auf, lief ein paar Schritte, ausholend, schleuderte nach jenen. Er traf nicht, denn er war viel zu erregt, um zu zielen. Kaschelernst und Richard machten sich aus dem Staube und waren bald hinter den ersten Dorfhäusern verschwunden.

Inzwischen waren die Leute auf den Vorgang aufmerksam geworden, kamen von allen Seiten herbei, um sich an dem interessanten Streit zwischen den Verwandten zu weiden. Man umstand den alten Mann.

Traugott Büttner stand da mit dunkelrotem Kopfe, wirrem Haar, ohne Mütze, die er beim Laufen eingebüßt hatte, am ganzen Leibe bebend vor Wut. Er schüttelte die Fäuste noch immer nach jener Richtung, wo die Kaschels verschwunden waren. Allmählich löste sich seine Zunge. Zwischen rauhen und schrillen Tönen wechselnd, dumpf knurrend und sich überschreiend, brachte er wilde Flüche und Verwünschungen vor.

Einige Jüngere wollten sich schlechte Scherze erlauben mit dem alten Manne, der ganz außer Rand und Band geraten schien. Aber ein paar von seinen Altersgenossen besaßen Anstandsgefühl genug, das nicht zuzulassen. Sie suchten den Tobenden zu beruhigen, der sich inzwischen schon ganz heiser geschrien hatte und den nur noch die Wut vor dem Zusammenbrechen bewahrte. Er wiederholte dieselben

Schimpfworte immer und immer wieder, schien kaum mehr zu wissen, was er schrie. Die älteren Leute nahmen sich seiner an, führten ihn nach seinem Hause. –

Die Bäuerin, die noch immer das Bett hütete, merkte wohl, daß der Bauer unwirsch und einsilbig sei, noch mehr als sonst. Aber das Unglück der letzten Zeiten war so groß gewesen, ein Schicksalsschlag hatte den anderen übertroffen, daß sie schon gar nicht mehr nach Neuem fragte.

Die alte Frau war schwer mit Elend geschlagen. Ihr Mann hatte doch wenigstens seine Arbeit; er konnte den Kummer da draußen im Acker vergraben. Aber sie lag hier oben allein, ohne ein Glied rühren zu können. Die Kinder waren nun alle aus dem Hause, in der Fremde. Keine Menschenseele hatte sie zur Pflege. Hin und wieder kam einmal eine mitleidige Nachbarsfrau, nach ihr zu sehen. Dann hatte sie wenigstens für kurze Zeit jemanden, mit dem sie weinen konnte; das war ihr einziges Labsal. Zu ihrer Gicht war noch Wassersucht getreten, die sie gänzlich bewegungslos machte. Sie sehnte sich aufrichtig nach dem Tode.

Die Bäuerin, welche des Nachts nur wenig schlief, traute ihren Sinnen kaum, als sie in der auf Sonntag folgenden Nacht plötzlich den Bauern aufstehen und sich ankleiden sah. Wo er zu dieser Stunde hin wolle, fragte sie ihn. Eine Kuh sei krank, erwiderte er, und ging.

Sie verfolgte seine Schritte und vernahm mit ihrem, durch das lange Stilleliegen geschärften Gehör in der tiefen Nachtstille, daß er sich unten mit den Geschirren zu schaffen machte. Und nach einiger Zeit war es ihr, als höre sie ihn mit einem Gespanne den Hof verlassen.

Was sollte alles das vorstellen? Mitten in der Nacht aufzustehen und zur Feldarbeit zu gehen! War der Bauer am Ende gar übergeschnappt?

Früh beim Morgengrauen erst kam er zurück, schmutzbedeckt und erhitzt, wie von angestrengter Arbeit. Er kleidete sich aus, legte sich noch einmal zu Bett und schlief bis tief in den Tag hinein. Die Bäuerin konnte sich nicht entsinnen, je zuvor etwas Ähnliches an ihrem Eheherrn erlebt zu haben. –

Im Kretscham sammelten sich inzwischen die Bieter. Heute sollte ja, laut Zeitungsanzeige, die Vereinzelung des ehemalig Büttnerschen

Bauerngutes stattfinden. Halbenau machte Feiertag an diesem Montage. Denn wenn auch nicht jeder bieten konnte, so wollte doch jeder zum mindesten dabeigewesen sein.

Es kamen etwa sechzig Morgen in kleineren Parzellen zur Versteigerung. Den Bauernhof mit einem Areal von etwa vierzig Morgen nahm der Besitzer von der Auktion aus, ebenso den Wald. Ein Stück von zehn Morgen hatte der Kretschamwirt bereits vorher erstanden; zu einem auffällig niedrigen Preise, wie gemunkelt wurde. Nun, er war ja gut Freund mit Samuel Harrassowitz! –

Die Stimmung war eine angeregte, es schien Kauflust vorhanden. Der Händler kannte seine Leute, wußte, womit man den kleinen Mann ködert. Der Landhunger war auch bei den Halbenauern ausgeprägt. Die ärmsten Schlucker, die sich das Geld womöglich hatten zusammenborgen müssen zur Anzahlung, wollten diese Gelegenheit, zu eigenem Grund und Boden zu gelangen, nicht ungenützt vorübergehen lassen; die Erwägung, ob sie jemals imstande sein würden, nur die Zinsen des Kaufgeldes herauszuwirtschaften, bewegte diese Köpfe nicht. Kaufmännisch zu verfahren oder auch nur ihren Vorteil im voraus zu bedenken, war nicht die Sache von Leuten, die aus der Hand in den Mund lebten und nichts zu verlieren hatten.

Mit Spannung sah man der Ankunft des Händlers entgegen, ohne den die Auktion nicht beginnen konnte. Endlich kam das Wägelchen, auf dem Bocke der Kutscher mit dem blauen Rocke und der silbernen Tresse am Hute, die in Halbenau nicht mehr unbekannt waren. Harrassowitz hatte den jungen Advokaten Riesenthal mitgebracht, der ihm die Kontrakte mit den Käufern gleich fix und fertig machen sollte.

Mit freudigem Blicke überschaute Sam die Schar der Kauflustigen. «Die Kerle sein wie verrickt!» raunte ihm Kaschelernst zu, als er den Geschäftsfreund am Wagen begrüßte.

«Recht so!» meinte Sam. «Wir wollen ja auch nichts verschleudern.» –

Nach einiger Zeit begab man sich hinaus aufs Bauerngut. Die Versteigerung sollte an Ort und Stelle vorgenommen werden. Der Anblick des Feldes und der Früchte, die darauf standen, würde die Kauflust noch erhöhen, taxierte Sam. Der Händler und der Gastwirt gingen etwas hinter dem allgemeinen Troß drein.

Auf einmal gab es ein Recken der Hälse und Zusammenstecken der Köpfe, Rufe des Staunens, untermischt mit Gelächter! «Was gibt's denn?» fragte Harrassowitz. Die Leute wiesen auf ein Stück frisch gepflügten Ackerlandes.

Kaschelernst stieß einen Ruf des Schreckens aus, lief ein paar Schritte vorwärts, blieb dann stehen, mit rotem Kopfe und weit geöffnetem Munde, ähnlich wie am Tage zuvor sein Schwager, Traugott Büttner. Von dem pfiffigen Lächeln, das er sonst zur Schau zu tragen pflegte, war in diesem Augenblicke keine Spur zu entdecken.

Die Leute kicherten und nickten einander schadenfroh zu. Das war Kaschelernsten einmal gesund!

Wo gestern Abend noch eine dunkelgrüne Kornsaat geprangt hatte, lag jetzt braune Stürze.

Das hatte der alte Büttner in einer Nacht mit dem Pfluge umgeackert.

3 Die Sachsengänger waren mit ihren Arbeiten rüstig vorwärtsgeschritten. Den Rüben war bereits die dritte Handhacke gegeben worden. Der trockene Sommer hatte die Reife des Getreides stark gefördert; bereits Ende Juni verkündete die weißgelbe Farbe der Kornähren die herannahende Ernte.

Die Erntezeit bedeutete für die Wanderarbeiter eine Änderung ihrer ganzen Arbeitsweise. Bis dahin hatten sie hauptsächlich in Stücklohn gearbeitet. Es war ihnen überlassen worden, sich Beginn und Dauer der Arbeitszeit selbst zu legen. Erwerbsbeflissen, wie sie waren, hatten sie bei grauendem Tage die Arbeit aufgenommen und niemals vor sinkender Nacht aufgehört, nur mit kurzen Unterbrechungen für Frühstück, Mittagbrot und Vesper. So hatten sie durch große Emsigkeit schöne Einnahmen erzielt. Und die Güte der Arbeit hatte doch nicht unter dem Eifer, möglichst viel vor sich zu bringen, zu leiden gehabt, denn Gustav Büttner stand als strenger Aufseher hinter ihnen. Gustav setzte seinen Ehrgeiz darein, daß bei seiner Gruppe nicht über Schleuderarbeit geklagt werden durfte. Das Auge des schneidigen Herrn Inspektors schien oft genug nach einer Gelegenheit zu Tadel oder gar zu Lohnabzügen zu suchen, wenn er plötzlich an die rübenhackenden Leute herangesprengt kam; aber bis dahin hatte er keine Möglichkeit gefunden, seine wohlwollende Absicht auszuführen.

Anders gestaltete sich die Sache, als die Erntezeit herankam. An Stelle des Stücklohnes sollte nun, laut Kontrakt, Tagelohn treten. Die Arbeiter, die sich ausgerechnet hatten, daß sie nun nicht mehr den guten Verdienst haben würden, den sie bei der Akkordarbeit erzielen konnten, sahen der Änderung des Lohnsatzes mit Unlust entgegen. Es war darüber schon viel hin und her gesprochen worden unter den Leuten. Man hatte es dem Aufseher nahegelegt, wegen Aufhebung dieses Vertragspunktes mit dem Arbeitgeber zu verhandeln. Aber Gustav hatte erklärt, was geschrieben sei, sei geschrieben, und an dem Kontrakte dürfe nicht gerüttelt werden. Darüber erhob sich Murren unter den Leuten, einzelne erklärten, im Tagelohn würden sie faulenzen.

Häschke gab das Gelegenheit, seinem Herzen gründlich Luft zu machen. Er schimpfte auf den Arbeitsherrn und seine Beamten, gebrauchte Worte wie «Lohnsklaverei» und «Ausbeutung des Arbeiters». – Gustav warf ihm daraufhin vor, er sei ein «Roter». Häschke nahm den Vorwurf pfiffig lächelnd hin; die «Roten» seien noch nicht so schlimm wie die «Goldnen», meinte er. –

Eines Tages kam der Inspektor an die Arbeiter-Gruppe herangeritten und teilte ihnen in protzig barschem Tone mit, daß morgen, mit beginnender Roggenernte, der Tagelohn in Kraft trete. Er erwarte pünktlichsten Beginn der Arbeit bei Sonnenaufgang und größten Fleiß; Bummelei werde er nicht dulden. Schließlich drohte er mit Lohnabzügen und Fortjagen auf der Stelle. Damit sprengte er an der Reihe entlang, daß den Leuten Sand und Erdklöße ins Gesicht flogen.

Häschke blickte dem jungen Beamten mit einem eigentümlichen Lächeln nach. «Daß de dich nur nich geschnitten hast, Kleener!» meinte er. «Wenn wir früh vor fünfen antreten, so is das freiwillig.

Sollen wir Überstunden machen, dann megt ihr uns hübsch drum bitten. So steht de Sache, Freundchen!»

Am nächsten Morgen war ein Teil der Arbeiter nicht dazu zu bewegen, vor fünf Uhr zur Arbeit zu gehen, trotz Gustavs bald drohendem, bald gütlichem Zureden. Der Stimmführer dieser Aufsässigen war Häschkekarl. Im Kontrakte stehe nichts davon, daß sie zu Überstunden verpflichtet seien. Der Arbeitstag laufe von fünf Uhr früh bis sieben Uhr abends. Ungebeten würden sie nicht eine Minute länger arbeiten, als sie es nötig hätten.

Gustav war in übler Lage. Er konnte Häschke nicht widerlegen, und wiederum durfte er, als Aufseher, eine Auflehnung gegen die Brotherrschaft nicht dulden. Was aus alledem entstehen konnte, war nicht abzusehen. Schwerer denn je drückte die Verantwortung, die er für soviele Köpfe übernommen, auf ihn. Er versprach schließlich, die Wünsche der Leute dem Inspektor vortragen zu wollen. Dadurch beruhigten sich die erregten Gemüter etwas.

Während der Mittagspause ging er aufs Vorwerk, zum Inspektor. Der Beamte riß erstaunt die Augen auf, als er den Aufseher zu ungewohnter Zeit bei sich eintreten sah. Als er vernommen hatte, um was es sich handle, geriet er in maßlose Wut.

«Was! Ihr wollt Forderungen stellen? Das ist Betrügerei! Was steht im Kontrakte? Ich kann euch alle zusammen entlassen – ohne weiteres! Überstunden! Nicht einen Pfennig zahle ich mehr. Wer Morgen früh nicht Punkt vier Uhr auf dem Posten ist, dem ziehe ich drei Mark ab. Rasselbande! Mit euch wird man wohl noch fertig werden! -»

Gustav hörte sich das Schimpfen des erbosten Menschen nicht bis zum Ende an, machte kurz kehrt und verließ das Zimmer.

Gustav war anfangs im Zweifel gewesen, ob die Forderungen, welche er im Namen seiner Leute gestellt, auch wirklich berechtigt seien; nunmehr war er fest entschlossen, der Überhebung des Beamten seinen Trotz entgegenzusetzen. Als er zu den Arbeitern zurückkehrte und ihnen brühwarm berichtete, wie er behandelt worden sei, brach das Gefühl langverhaltener Erbitterung bei allen durch. Häschke sprach die Ansicht der Mehrzahl aus, als er erklärte, daß die gebührende Antwort hierauf nur Niederlegen der Arbeit sein könne.

Obgleich Gustav die ihm und seinen Leuten widerfahrene Ungerechtigkeit tief empfand, erschien ihm der Gedanke einer Arbeitseinstellung doch bedenklich. Häschke hatte nicht Unrecht, wenn er ihm hohnlachend vorwarf, ihm säße noch die «Vorgesetztenangst» vom Militär her in den Gliedern. Der Plan, die Arbeit niederzulegen, kam Gustav ungeheuerlich vor; das grenzte an Desertieren, an Meuterei. Er wollte und konnte so etwas nicht gutheißen.

Aber Häschke stellte ihm die Sache mit beredtem Munde noch einmal vor: man war in seinem guten Rechte. Der Inspektor war es, welcher den Kontrakt brechen wollte, nicht sie. Wenn sie sich hierin nachgiebig zeigten, würden bald noch andere ärgere Übergriffe von Seiten des Arbeitgebers und seiner Beamtenschaft erfolgen. Es handele sich hier nicht bloß um die paar Groschen, um deretwillen der Streit entbrannt war, sondern um die Sache. Sie dürften der Ehre halber nicht klein beigeben, denn das könnte aussehen, als hätten sie Furcht. Der Aufseher aber müßte in erster Linie für seine Leute und ihre Rechte eintreten, denn nur in diesem Vertrauen wären sie ihm hierher gefolgt. Im Stiche dürfe er sie nicht lassen. –

Mit solchen, auf Gustavs Ehrgefühl berechneten Gründen kam Häschke zu seinem Ziele. Im Stiche lassen wolle er sie nimmermehr, erklärte der Aufseher. Und Ungerechtigkeit würde er nicht dulden.

«Hurra, jetzt machen wir ‹Strikke›!» rief Häschkekarl.

Er wisse genau, wie dergleichen gemacht werden müsse, behauptete er. Wenn die Arbeiter nur wüßten, was sie wollten, und untereinander festhielten, dann könne es gar nicht fehlen, dann müßten schließlich die Aussauger, die Brotherren, klein beigeben. Dann diktiere der Arbeitnehmer seine Forderungen. Häschke nannte das mit geheimnisvoller Miene: «Boykott»!

Er hielt eine Art von Ansprache an die Leute, die gespickt war mit hochtrabenden Redensarten aus unverdauten Zeitungsartikeln. Seiner Zuhörerschaft imponierte er mit diesen dunklen Wendungen gewaltig. Je weniger sie verstanden, desto stärker fühlten sie sich überzeugt. Die Mädchen hatte er sowieso auf seiner Seite, denn die waren dem Schwerenöter alle zugetan. Selbst die nüchterne, überlegte Ernestine zeigte sich für den Plan, die Arbeit niederzulegen, begeistert.

Das Ende war, daß die Sachsengänger vom Felde abzogen und das bereits gemähte Getreide unaufgestellt liegen ließen. Sie begaben sich in die Kaserne.

Es herrschte jene gehobene Stimmung unter ihnen, wie sie in der Schule nach einem gelungenen Streiche zu folgen pflegt.

Die Männer legten sich ins Gras vor das Haus und zündeten ihre Zigarren an. Die Mädchen hatten sich in ihren Schlafsaal im ersten Stock zurückgezogen, zu Näh- und Flickarbeit. Bald ertönte Gesang von hellen Frauenstimmen durch die geöffneten Fenster. Ernestine war die Chorführerin. Nach einiger Zeit antworteten unten vom Rasen her tiefere Töne; Häschkekarl leitete den Männergesang. Und so löste ein Lied das andere ab; die Mädchen stimmten an, die Burschen fielen ein.

Auf einmal erschienen Köpfe von außen an den Fenstern des Schlafsaales. Die Burschen waren es, die mit Hilfe der Dachrinne und eines Simses dahinauf geklettert waren. Die Mädchen stoben schreiend auseinander. Nur Ernestine fand Geistesgegenwart genug, die Fenster schnell zu schließen und zu verriegeln. Häschke und seine Kumpanen stiegen, nachdem sie genugsam Grimassen geschnitten und sich an dem Schrecken, den sie eingejagt, geweidet hatten, wieder zum Erdboden hinab.

Nach dieser Heldentat legten sie sich von neuem auf den Rasen, rauchten ihre Pfeifen, die Hände unter dem Kopf, die Beine übereinander geschlagen, und ließen sich von der Sonne bescheinen, deren Strahlen an der kalkgetünchten Wand abprallten. Auf einmal wurden die Faulenzer von wohlgezielten Wasserstrahlen getroffen. Schreiend und sprudelnd sprangen sie auf und konnten über sich gerade noch die lachenden Mädchen verschwinden sehen.

So gab es noch mancherlei Kurzweil und Schabernack an diesem Nachmittage. Man hatte sich nun einmal in ein Unternehmen eingelassen, dessen Ausgang zweifelhaft war, und in verwegenem Galgenhumor meinte man, daß es auf ein paar Dummheiten mehr oder weniger nicht ankomme.

Einer war, dem sehr wenig nach Lachen und Scherzen zumute war: Gustav. Das junge Volk hatte nichts zu verlieren; die waren ohne Verantwortung. Was bedeutete es ihnen, wenn sie brotlos wurden? Aber er, der für Weib und Kind zu denken und zu sorgen hatte! –

Gegen Abend ließ der Inspektor sagen, er wünsche mit dem Aufseher zu sprechen. Gustav begab sich hinüber. Häschke legte ihm noch ans Herz, er solle «die Ohren steif halten» und «auf keinen Fall klein beigeben».

Der Inspektor empfing den Aufseher auf ganz andere Weise als zu Mittag. Von der hochfahrenden Miene war nichts mehr zu sehen, sein Ton war wesentlich freundlicher, er bot Gustav sogar einen Stuhl an, was noch nie bisher vorgekommen war.

Kein Zweifel, der Ausstand der Wanderarbeiter kam ihm äußerst ungelegen. Man hatte auf den ausgedehnten Besitzungen des Herrn Hallstädt noch mehrere Abteilungen von Sachsengängern in Lohn; wenn nun der Ausstand zu den anderen Gruppen übersprang! Jetzt, wo gerade die Ernte auf dem Felde stand und geborgen sein wollte! Wo sollte er denn jetzt andere Leute herbekommen? Ringsum herrschte Arbeiternot.

Der Inspektor verlangte von Gustav, er möge noch einmal auseinandersetzen, was die Leute eigentlich wollten; mittags habe er es nicht ganz verstanden.

Der Aufseher wiederholte seine Forderungen.

Der Inspektor kratzte sich hinter dem Ohr. Wenn's nach ihm gehe, sagte er, würden die Arbeiter alles bewilligt bekommen, was sie verlangten, aber Herr Hallstädt habe sehr bestimmte Ansichten und auf eine Bezahlung der Überstunden im Tagelohn werde er niemals eingehen.

Gustav meinte, dann könne er ja mal zu Herrn Hallstädt nach Welzleben gehen.

Aber davon wollte der Beamte durchaus nichts wissen. Er riet dringend davon ab, ja, er warnte davor. Der Aufseher würde damit gar nichts erreichen. Herr Hallstädt sei völlig unzugänglich und habe ein für alle Mal verboten, daß die Arbeiter direkt mit ihm verhandelten.

«Sie sind ja ein vernünftiger Mann, Büttner!» sagte der Inspektor. «Treiben Sie die Sache nicht auf die Spitze! Reden Sie mal mit Ihren Leuten. Sie haben ja auch noch andere Mittel in der Hand. – Ich meine, als Aufseher haben Sie ja schließlich großen Einfluß. – Ich denke, wenn wir zweie einig sind, werden wir mit der Gesellschaft schon fertig werden. Herrn Hallstädt wollen wir lieber nicht erst einmischen, das hätte keinen Zweck. – Also ich denke, wir sind einig! – Ich werde auch dafür Sorge tragen, daß Sie am Schlusse der Arbeitszeit eine anständige Gratifikation erhalten, Büttner!» –

Aber Gustav ließ sich nicht so leicht kirren. Wenn er auch nicht so viel Scharfblick besaß, um sofort herauszufinden, wie schwach in Wahrheit die Position des Gegners war, so bewahrte ihn doch seine Redlichkeit davor, auf Vorschläge einzugehen, die ihm nützten, aber seine Leute schädigten.

Mit trotziger Zähigkeit, ein Erbteil seines Vaters, hielt er, ohne sich auf die Redensarten des anderen einzulassen, an seiner Forderung fest. Alle Ungeduld nutzte dem Inspektor nichts, seine Vorstellungen drangen in diesen harten Bauernschädel nicht ein.

So ging man auseinander, ohne daß es zu einer Einigung gekommen wäre.

Am nächsten Morgen schliefen die Streikenden aus. Während die Gespanne des Vorwerks an der Kaserne vorüberratterten, legten sie sich noch einmal gemütlich aufs andere Ohr.

Häschkekarl war in übermütigster Laune. Die Sache ging ausgezeichnet. Drüben auf dem Hofe hatte er in Erfahrung gebracht, daß der Inspektor in größter Schwulität sei. Wer sollte ihm die Ernte einbringen? Das Getreide mußte ja auf dem Halme faulen, wenn die Hände der Sachsengänger feierten. Häschke hätte am liebsten die Gelegenheit benutzt, um noch ganz andere Forderungen zu stellen. Nur um Gottes Willen nicht bescheiden sein! Den Arbeitgebern seine Bedingungen diktieren! Der großbrodigen Gesellschaft mal zeigen, daß der Arbeiter am Ende des neunzehnten Jahrhunderts kein Fronknecht mehr sei. Es war Zeit, daß der kleine Mann seinen Vorteil wahrnahm; bisher hatten die Großen, die ‹Lerchenfresser›, nur immer von allem das Fett abgeschöpft.

Aber derartige Ansinnen scheiterten an Gustavs maßvollem Sinn. Er wollte nichts haben, als was sie mit gutem Rechte fordern durften. Die politischen Prinzipien, die sein Freund Häschke bei dieser Gelegenheit durchsetzen wollte, ließen ihn kalt. Das waren gefährliche Ideen, die jener auf der Landstraße aufgelesen; von denen hielt man sich besser fern. Ohne es zu wissen, vertrat der Bauernsohn die angeborene konservative Gesinnung des Landmannes, dem vagierenden

Kinde der Straße gegenüber, das in Pennen, Fabriksälen und Versammlungen sich mit einer auf Umsturz gerichteten Anschauung erfüllt hatte. –

Noch im Laufe des Morgens erschien der Inspektor persönlich in der Kaserne. Er verlangte den Aufseher nochmals zu sprechen.

Die Verhandlung währte diesmal nur kurze Zeit. Die Forderungen der Arbeiter wurden bewilligt. Eine Stunde darauf schon hatten die Leute ihre Arbeit wieder aufgenommen.

4

Die Wanderarbeiter waren in der Weizenernte beschäftigt. Das Feldstück gehörte zu den Außenschlägen des Vorwerks und lag ziemlich weit von der Kaserne entfernt. Der Aufseher hatte daher angeordnet, daß mittags nicht heimgegangen werde. Um das Essen für die Leute aufs Feld zu bringen, wurde meist eines der Mädchen entsandt. Heute war Ernestine daran.

Als die Turmuhren der Nachbarschaft ihre zwölf Schläge taten, warf man die Sensen hin. Jeder suchte sich ein Fleckchen im Straßengraben. Dort ruhten sie, die Männer, mit den Jacken unter dem Kopfe, die Mützen über dem Gesichte, zum Schutze gegen die Augustsonne. Die Frauen mit bloßen Armen und Füßen, in ihren bunten Kopftüchern. So lagen sie im grellen Mittagslicht und warteten auf das Mittagsbrot.

Zum Reden hatte niemand Lust. Bleierne Schläfrigkeit lastete auf den Ermatteten. Es war nichts Kleines, von früh um vier Uhr bis mittags, mit einer Unterbrechung von nur einer halben Stunde, Getreide mähen, abraffen, binden und aufstellen.

Häschke hatte sich nicht mit in den Graben gelegt zu den anderen; unbemerkt war er beiseite getreten. Erst langsamer, so lange er im Gesichtsfelde der Genossen war, dann mit weitausgreifenden Schritten, wie einer, der mit Eifer einem ersehnten Ziele zustrebt, eilte er in der Richtung nach der Kaserne hinab.

Nach einiger Zeit erblickte er die Gestalt, nach der er schon lange ausgeschaut hatte: Ernestine, die in zwei Henkelkörben das Essen herantrug.

Häschkekarl stieß einen Freudenschrei aus und eilte ihr in langen Sätzen auf dem Feldwege entgegen.

Sie hatte die Körbe niedergesetzt, sobald sie den bärtigen Burschen auf sich zukommen sah, erwartete ihn, die Hände auf die Hüften gestemmt. Erschreckt schien sie nicht. Im Gegenteil! Sie lachte über das ganze Gesichte, zeigte ihre Perlenzähnchen. Er umfaßte sie, hob sie, drehte sie ein paar mal um und um und raubte ihr einen Kuß, ohne daß sie, wie es den Anschein hatte, in solchem Verfahren etwas Ungewohntes erblickt hätte.

Sie zupfte sich das rote Kopftuch zurecht, das ihr zurückgerutscht war, und meinte dann, er solle ihr die Körbe tragen, sie habe sich nun genug damit geschleppt. Häschkekarl war der Letzte, um solch eine Bitte zu verweigern; aber eigentlich hätte er die Hände lieber frei behalten.

Sie setzten sich in Bewegung. Das Mädchen ging mit leichten Schritten vor ihm her.

Seine Augen verschlangen ihre Gestalt. Was machte es ihm, daß ihre Füße bestaubt waren, daß ihr einfaches Kleid die Spuren der Feldarbeit an sich trug. Sein Blick durchdrang die Hüllen, erkannte das Weib, das er begehrte, so wie sie war.

Häschke, der Leichtfertige, hatte seine Meisterin gefunden.

Um Ernestines willen war er in Halbenau geblieben, um ihretwillen hatte er sich den Sachsengängern angeschlossen; nur um dieses Mädchens willen hatte er es so lange bei einer Beschäftigung ausgehalten.

Die kleine Ernestine war sich der Macht vollkommen bewußt, die sie über den Mann ausübte. Trotz ihrer siebzehn, verstand sie es, seine Wünsche im Zügel zu halten. Er hatte das Ziel seines Verlangens noch nicht erreicht.

Ernestine hatte stets ihren Kopf für sich gehabt. Eine gewisse Selbstachtung war ihr eigen, die sonst nicht ein hervorstechender Zug bei Landmädchen ist. So wie Toni, sich wegwerfen an den ersten besten, das sollte ihr nicht passieren! – Sie hatte ihn gern, ganz gewiß! Aber das äußerte sich nur in einer Art munteren Kameradschaftlichkeit. Auch in ihr steckte ein jungenhafter Zug, wie in vielen Mädchen, ehe die Frau zur Entfaltung gelangt ist. – Sie hatte bisher seinen Anträgen gegenüber die Besonnenheit nicht verloren.

So gingen die beiden auf dem Feldwege hin. Sie kehrte sich gelegentlich lachend nach ihm um. Es machte ihr Spaß, ihn unter der unwillkommenen Last der Körbe einherschreiten zu sehen.

Ernestine hatte eine Gerstenähre aus dem Felde gerauft und kitzelte ihn damit an der Nase, bis er niesen mußte. Ehe er die Körbe niedergesetzt, war sie schon zehn Schritte und mehr von ihm entfernt. Die Hitze war groß; er verspürte keine Lust zu einem Wettlaufe mit der Leichtfüßigen.

Häschke machte gute Miene zum bösen Spiel und versuchte, während sie so dahinschritten, ein Gespräch im Gange zu halten. Aber sie lachte nur zu allem, was er sagte.

So war sie nun! Wie ein Fisch: wenn er sie zu halten glaubte, entschlüpfte sie ihm glatt und geschmeidig. Eine harte Probe für den Erfolggewöhnten! –

Schon einige Male hatte er sie eingeladen, sonntags mit ihm nach Haderbaum hinüber zu gehen, zum Tanze. Ein Tänzchen in Ehren, was war da weiter dabei! Er hatte den Vorschlag so harmlos wie nur möglich vorgebracht. Doch Ernestine war nicht auf den Kopf gefallen. Sie tanzte für ihr Leben gern; aber man wußte schon, daß sich das Mannsvolk damit nicht begnügte.

Auch heute war all die Beredsamkeit, mit der Häschke ihr das Parkett, die Militärmusik, die Getränke und die sonstigen Genüsse des Festes schilderte, an sie verschwendet. Sie sagte nicht ja und nicht nein, kicherte nur und summte sich ein Liedchen.

Der Bursche kochte vor Wut. Er hätte das Frauenzimmer auffressen mögen. Wenn sie nur nicht so verdammt niedlich ausgesehen hätte!

Nicht weit vom Wege standen ein paar große Roggenstrohfeimen, weit und breit in der baumlosen Gegend sichtbar. In Häschkes Kopfe blitzte beim Anblick der mächtigen Strohhaufen ein Gedanke auf.

Stehen bleibend, meinte er, hier könne man sich ein wenig im Schatten verschnaufen. Mit dem Mittagsbrot habe es keine solche Eile, die anderen würden ihnen nicht davonlaufen.

Sie traten in den Schatten der Feimen. Er stellte die Körbe bei Seite und sagte: «Hier is gut sein, Mädel!» Damit umfaßte und küßte er sie nach Herzenslust.

Sie ließ sich das eine Weile lachend gefallen, dann aber setzte sie sich zur Wehr. Er sollte sich mal seinen kratzigen Bart abnehmen lassen, meinte sie.

«Ich tu 's glei, Ernestinel!» sagte er, sie immer noch festhaltend und ihr verliebt in die Augen blickend. «Aber, du mußt mir och was zu Gefallen tun!» –

«Was denne?»

«Du weeßt schon!» –

«Du bist ein schlechter Kerl!»

«'s is nich schlecht, wenn man sich lieb hat.»

«Laß mich!»

«'s sieht uns ja keen Mensch hier – Ernestinel!» –

Sie wehrte ihn mehr mit ihrem kühlen Blicke ab, als mit ihren Händen. Der starke Bursche konnte nichts gegen das Mädchen ausrichten. Sie hatte keine Spur von Furcht vor ihm. Er mußte die Hände von ihr lassen.

Sie lachte ihn aus. Wie ein Strahl Wasser in eine heiß lodernde Flamme wirkte das auf seine Leidenschaft.

Er warf sich ins Stroh, verzweifelnd, das Gesicht gegen den Boden, als wolle er nichts mehr sehen.

Das Mädchen stand neben dem Liegenden. Er sollte keine Faxen machen, meinte sie; die anderen würden sich wundern, wo sie blieben.

Er sagte, zu den anderen werde er nicht mehr zurückkehren; er wolle fortlaufen, sie sei zu schlecht gegen ihn. Er fand Töne echter Verzweifelung.

Sie kniete neben ihn nieder und streichelte ihm den struppigen Kopf. Er drehte ihr sein rotes Gesicht halb zu und schlang die Arme um sie.

Er werde sich ein Leid antun, schwor er, wenn sie ihn nicht erhöre.

«Was willst de denne?» fragte sie, während er sie mit starkem Arme schon halb zu sich herabgezogen hatte.

«Red' nich so dumm, Ernstinel!» flüsterte er ihr ins Ohr.

Und damit lag sie nur noch halb widerstrebend neben ihm im Schatten der Strohfeime.

Es gab unter den Wanderarbeitern mancherlei Streitigkeiten und Ränke, aber auch Zuneigung und Eifersucht.

Gustav, in seiner Stellung als Aufseher, bekam davon wenig zu merken. Die Liebeleien, die es etwa unter den jungen Leuten geben mochte, wurden vor ihm nach Möglichkeit verborgen.

Die drei männlichen Arbeiter, die nach der Flucht des Polen noch da waren, vertrugen sich untereinander leidlich. Häschke hatte durch Anlagen und Erfahrung so sehr die Oberhand, daß ein Aufkommen gegen ihn ausgeschlossen war. Welke, der gewesene Stallbursche, war eine harmlos ehrliche Haut. Von den Mädchen wurde er vielfach gehänselt. Er tat ihnen den Gefallen, verlegen zu werden und sich zu ärgern, was man bei seiner hellen Hautfarbe leicht am Rotwerden erkennen konnte. Fumsack, der ehemalige Schmiedegeselle, war ein großer ungeschlachter Geselle, stark wie ein Bär, schwerfällig, wortkarg. Er war imstande einen geschlagenen Tag zuzubringen, ohne seinen Mund zu öffnen, außer zum Essen und Gähnen. Des Nachts wußte er sich um so entschiedener durch furchtbares Schnarchen Gehör zu verschaffen. Fumsack hatte eine Liebschaft. Die Sache war schon älteren Datums. Wahrscheinlich hatte er sich den Sachsengängern nur angeschlossen, um die Geliebte zu bewachen. Eine Vorsicht, die in Anbetracht der außergewöhnlichen Häßlichkeit seines Schatzes beinahe überflüssig erscheinen konnte. Übrigens machte sich dieses Verhältnis sehr wenig bemerkbar. Sie flickte ihm seine Sachen und hob die Hälfte ihrer Lebensmittel für den starken Esser auf. Darauf schienen sich in der Woche die Beziehungen dieses Liebespaares zu beschränken. Am Sonntage führte er sie aus. Aber auch da schien der Verkehr nicht besonders lebhaft. Man sah die Beiden, wie sie hintereinander, er voran, dann sie auf seiner Spur, langsam und wortlos durch die Getreidefelder zogen.

Sonst schien es weiter keine Liebespaare zu geben. Welke hatte wohl hie und da einen Versuch gemacht, sich ein Herz zu erobern. Aber er war nur ausgelacht worden. Den Mädchen erschien er zu jung; noch keine Spur von Bart war bei diesem Kieckindiewelt zu entdecken.

Der weitaus Beliebteste und Begehrteste bei den Mädchen war Häschke. Aber er ließ sie zappeln, schien keiner seine besondere Aufmerksamkeit zuwenden zu wollen.

Der Aufseher war damit sehr zufrieden. Er kannte Häschken von der Garnison her. Wenn einer Glück bei den Frauenzimmern gehabt, so war es dieser Schwerenöter gewesen. Daß ihm die Rübenmädel nicht gut genug waren, wie es schien, war ein Glück; man hätte sonst nur Abenteuer erlebt.

Übrigens schien sich Häschkekarl anderwärts schadlos zu halten. Der Aufseher fand eines Nachts beim Revidieren des Männerschlafsaales Häschkes Bett leer. Er tat, als habe er nichts gesehen. Recht gut, daß dieser glänzende Kater außer dem Hause auf Liebespfaden schweifte! –

Gustav Büttner, der sich für gewöhnlich eines gesunden und festen Schlafes erfreute, lag während einer hellen Mondnacht ausnahmsweise wach im Bette. Der Junge war laut gewesen, und der Vater hatte Paulinen helfen müssen, das Kind zu beruhigen; darüber hatte er nicht wieder einschlafen können.

Während er so dalag, vernahm er an der Hauswand ein Geräusch, das ihn stutzen machte. Er setzte sich im Bette auf und lauschte hinaus. Es klang wie ein Hinabschürfen an der Mauer, dann ein Stapfen auf dem Erdboden; aber alles nur gedämpft, kaum vernehmbar.

Gustav dachte sofort an Häschke. Der Vagabund stieg wohl aus! Dann war es vielleicht besser, man untersuchte die Sache gar nicht erst, um nicht eingreifen zu müssen.

Jetzt, neues undeutliches Geräusch! Leichtes Rütteln und Knarren! Aber diesmal kam es von einer anderen Stelle, mehr aus der Richtung, wo die Mädchen schliefen.

Die Wohnung des Aufsehers war so gelegen, daß sie die Schlafzimmer der Burschen und Mädchen trennte. Eine Verbindung mit dem übrigen Hause fand für die Mädchen nur durch die Aufseherwohnung statt. Das war alles von dem Erbauer sehr klug erdacht. –

Gustav erhob sich, schlich in gebückter Haltung ans Fenster. Draußen lag die Landschaft wie am Tage, im Vollmondlicht. Trotzdem konnte er zunächst nichts Verdächtiges erkennen. Erst als er sich soweit aufgerichtet hatte, daß er durch das Fenster den Streifen Rasen dicht am Hause zu überblicken vermochte, sah er dort eine männliche Gestalt. Der Bursche arbeitete mit gebeugtem Rücken, wuchtete, schien etwas im Boden zu befestigen. Dann erhob er sich plötzlich und blickte am Hause in die Höhe.

Jetzt, wo das Mondlicht hell auf seinem Gesichte lag, erkannte ihn Gustav deutlich: es war Häschke.

Er schien mit jemandem im ersten Stock in Unterhandlung zu stehen; denn er machte Zeichen mit der Hand nach aufwärts.

Der Aufseher war im höchsten Grade gespannt, was nun weiter erfolgen werde. Er drückte sein Gesicht ganz an die Scheiben. Jetzt erkannte er, an der Mauer hängend, einen Gegenstand, wie einen Strick, dessen unteres Ende Häschke in der Hand hielt.

Eine Strickleiter! Der Halunke wollte einsteigen! – Dem Aufseher schoß das Blut zu Kopfe. Das waren Streiche, wie man sie wohl im Manöver ausgeführt hatte. Bei Nacht in die Mägdekammer, wenn der Bauer am Abend zuvor den Schlüssel dazu abgezogen hatte. Gustav hatte mal mit Häschke zusammen auf einem Gutshofe gelegen, wo der Inspektor besonders streng war. Wie zu den Mägden kommen? Da hatte Häschke, der nie um ein Mittel verlegen war, die Kühe im Stall losgebunden, daß mitten in der Nacht alles brüllend im Hofe herumlief. Der Inspektor, in seiner Not, holte selbst die Mägde herbei, zum Anbinden des Viehes. Währenddessen waren Häschke und Gustav in die Kammer gelangt, hatten sich da gut versteckt. Nun waren sie da, wo sie sein wollten. –

Während Gustav an diesen wohlgelungenen Streich aus einer vergangenen Zeit zurückdachte, stieg ihm gleichzeitig der Ärger auf, daß Häschke es nun versuchte, ihn zu hintergehen. Das ging doch wirklich zu weit! Der Aufseher beschloß, dem Burschen einmal gründlich aufs Dach zu steigen.

Er wollte nur warten und zusehen, was jener noch weiter angeben werde. Bei der Gelegenheit würde man vielleicht auch herausbekommen, wer die eigentlich sei, der seine Zeichen galten.

Da auf einmal erschien in Gustavs Gesichtsfelde eine neue Gestalt. Gegen die helle Hauswand hob sich ein schmaler Schattenriß ab. Erst sah es aus, als schwebe die Gestalt in der Luft, dann erkannte man, daß sie sich vorsichtig an den Stricken zum Boden hinabließ.

Der Aufseher wollte seinen Augen nicht trauen. Das war ... ja, wahrhaftiger Gott! Das war: seine eigene Schwester! –

Gustav war so bestürzt, daß er zunächst gar nichts tat. Wie festgebannt harrte er auf seinem Platze aus. Ernestine und Häschke! – War denn das zu glauben! Ernestine, die er kaum als etwas anderes angesehen als ein Kind. – Und Häschke! –

Er sah sie behende an der Strickleiter hinabklettern. Jetzt schwebte sie frei über dem Boden, ließ los, der Mann fing sie auf, in seine ausgebreiteten Arme, trug sie ein paar Schritte fort, ehe er sie frei gab. Gustav konnte deutlich ein Kichern von unten vernehmen.

Der Bruder starrte regungslos auf die beiden. Daß er das nicht zeitiger gemerkt hatte! Merkwürdigerweise bildete das zunächst sein größtes Ärgernis. Höchstwahrscheinlich war es eine alte Geschichte, stammte womöglich schon von Halbenau her. Die beiden trieben es schon lange hinter seinem Rücken. Und er hatte nichts gemerkt! Das erboste ihn geradezu. – Denen wollte er den Spaß versalzen und das gehörig!

Und nun mußte er sehen, wie sie sich im Mondschein umarmten und küßten. Ernestine warf dem bärtigen Häschke die Arme um den Nacken und drückte sich an ihn. Das kleine Ding schien sich auf die Kunst zu verstehen! Wie sie schnäbelten. – Hol sie der Teufel! –

Gustavs Gefühle waren äußerst geteilte und verwirrte. So etwas wie Eifersucht regte sich bei ihm. Dann stiegen aus der Ferne Erinnerungen an verbotenes Liebesglück auf. Was die da unten taten, war ja so begreiflich!

Aber auch der Bruder regte sich in Gustav. Hatte er nicht für seine Schwester einzustehen? – Sie war kaum siebzehn Jahre alt, und Häschke war ein alter Sünder! Hol sie der Teufel alle beide! Sie hatten ihn schön an der Nase herumgeführt! Lachten wohl gar da unten über seine Dummheit und machten ihm lange Nasen, womöglich!

Er sah die beiden jetzt Arm in Arm den Weg nach den Feldern einschlagen.

Jetzt war es höchste Zeit, etwas zu tun! Gustav erwachte aus seiner Erstarrung. Er warf sich schnell ein Paar Sachen über und fuhr in die Stiefeln. Darüber erwachte Pauline.

Sie fragte ihn, wohin er wolle, jetzt, mitten in der Nacht? Gustav antwortete ihr in barschem Tone, daß jemand ausgestiegen sei. Mit erschreckter Miene, fragte sie: wer?

Er wollte ihr nicht sagen, daß es Ernestine sei, aus einer Art von Schamgefühl für seine Schwester. Er habe das Mädchen nicht genau erkennen können, sagte er, aber Häschke sei dabeigewesen.

Pauline hatte Licht gemacht. Sie stand vor ihm. In ihren Zügen spiegelten sich Bestürzung und Angst. Sie bat ihn zu bleiben, versuchte es sogar, ihn zu halten. Er stieß sie von sich. Es sei seine Pflicht, als Aufseher, so etwas nicht durchzulassen, sagte er rauh. Damit ging er. Sie lief ihm nach bis zur Tür. «Tu ock 'n Ernstinel nischt ne!», das waren die letzten Worte, die er hörte.

Er lief die Treppe hinab. Die Haustür war nur angelehnt. Dabei war der Aufseher der einzige, der einen Hausschlüssel führte, und er hatte am Abend abgeschlossen. Aber natürlich Häschke hatte da mit dem Nachschlüssel gearbeitet! Alle hintergingen ihn. Seine eigene Frau wußte von der Liebschaft. –

Namenlose Wut überkam ihn. Wenn er die beiden jetzt traf! ... Er stürmte blindlings in der Richtung vorwärts, wo er sie hatte verschwinden sehen. Aber er hatte zuviel Zeit vertrödelt; sie waren bereits verschwunden. Trotz der tageshellen Beleuchtung konnte er das Paar nirgends entdecken. Er nahm auf gut Glück einen Feldweg an, auf dem er sie vermutete.

Er hätte es sehen müssen, längst! Sogar Pauline wußte ja darum, schien sogar unter einer Decke mit den beiden zu stecken; das wurmte ihn am meisten. Wer weiß, wer da alles noch eingeweiht war! Er war der einzige, der nichts gemerkt hatte, er war der Dumme! – Ein schöner Aufseher war er! – Wo hatte er denn seine Augen gehabt?

Er stürmte auf dem Feldwege immer weiter. Bei einer Wegekreuzung wurde er zum Stillstehen und Überlegen gezwungen. Er mußte sich sagen, daß er der beiden auf diese Weise schwerlich habhaft werden würde. Wo konnten sie hin sein? Er sann nach. Wo gab es denn in dieser Gegend ein passendes Versteck? – Halt, das war's: Der Schuppen! – Dort waren sie und nirgends anders! Daß ihm das nicht gleich eingefallen war!

Der Schuppen war ein alter baufälliger Kasten, mitten im Felde gelegen. Er diente dazu, allerhand Ackergeräte zu bergen, und den Feldarbeitern, wenn sie plötzlich von Unwetter überrascht wurden, Obdach zu gewähren.

Gustav war seiner Sache sicher. Er glaubte bestimmt, die beiden dort anzutreffen, und spornte seine Schritte zur größten Eile an. Bald lag der Schuppen vor ihm, hell vom Mondlicht beleuchtet; ungesehen heranzukommen, war unmöglich.

Er war nur noch wenige Schritte von dem Gebäude entfernt, als sich die Tür öffnete. Ein bärtiger Kopf erschien für einen Augenblick und fuhr blitzschnell zurück.

Mit einem Satze war der Aufseher an der Tür, und wollte sie aufreißen. Er stieß auf Widerstand. Von drinnen wurde zugehalten. Gustav legte sich gegen die Tür. Umsonst! Er rief: man solle ihm aufmachen. Drinnen wurde geflüstert, aber eine Antwort kam nicht, und geöffnet wurde auch nicht.

Da überkam ihn der Zorn. Er trat einige Schritte zurück, nahm Anlauf, warf sich mit der ganzen Wucht seines Körpers gegen die Tür. Die Haspen sprangen aus dem dünnen Mauerwerk, das morsche Holz barst, die ganze Tür fiel in Stücken zusammen. Der Aufseher war im Schuppen.

Die drei Menschen standen einander gegenüber, keuchend, die Männer kampfbereit, jeder den Angriff des anderen erwartend, das Mädchen erschrocken sich an den Geliebten klammernd.

Es kam auf eine Kleinigkeit an, und hier wäre Blut geflossen. Gustav befand sich in wilder Erregung. Eine drohende Bewegung des Gegners, ein Wort des Widerspruchs, und er hätte zugeschlagen.

Aber Häschke, der die Lage schnell erkannte, hütete sich wohl, den anderen zu reizen. Mit Ernestinens Bruder in Frieden auszukommen, war jedenfalls rätlicher, als es auf einen Kampf ankommen zu lassen. Er ließ Kopf und Arme sinken, stand vor dem Aufseher mit der Miene des ertappten Sünders.

Der Schlaukopf hatte richtig gerechnet; Gustav war durch die nachgiebige Haltung entwaffnet.

Aber irgend etwas mußte geschehen, das fühlte Gustav deutlich. Er fing an zu fluchen; die beiden standen wie unter einem Hagel. Der Geist seines Vaters war über den jungen Menschen gekommen; er stieß Schimpfreden und Flüche aus, die er als Kind, wie oft, aus dem Munde des Alten vernommen hatte.

Das Mädchen fand zuerst Worte der Erwiderung. Sie wären nicht schlecht, und sie hätten nichts Böses getan; sie seien «ordentliche Liebesleute». – Die Worte flossen dem kleinen Dinge auf einmal äußerst beredt von den Lippen. Häschke brauchte gar nichts zu sagen; er hörte mit Staunen, wie sie seine eigenen Gründe, die sie noch vor kurzem bestritten, jetzt mit Eifer gegen den Bruder ins Feld führte. Wie schnell diese Frauenzimmer lernten! –

Gustav rief ihr zu, sie sei ein dummes Mädel! Und die Liebesgedanken werde er ihr schon austreiben.

Die Schwester lachte ihm ins Gesicht. Kein Mensch könne ihnen verbieten, sich liebzuhaben, am wenigsten er; er habe es ihnen ja vorgemacht.

Gustav war starr über die Unverfrorenheit des siebzehnjährigen Dinges. Er fühlte, daß er mit solchem Mundwerke schwerlich fertig werden würde. Ohne sich auf eine Widerlegung einzulassen schrie er sie an: «Jetzt kommst du mit mir! Marsch! Ich wer' dich» ... Damit nahm er sie am Arme und führte sie zur Tür, wie eine Gefangene. Häschke folgte. So schlugen sie den Heimweg ein.

«Laß mich ack gihn, Gustav!» sagte Ernestine nach einiger Zeit; der Bruder hielt ihr Handgelenk in seine Faust gepreßt, wie in einen Schraubstock. «Ich lof' der nich dervon. Ich ha' ja nischt Unrecht's nich getan!»

Er ließ ihren Arm fahren. Sie schritten weiter neben einander her. Gesprochen wurde lange Zeit nichts zwischen den dreien.

Gustavs Zorn war längst verraucht. Die natürliche Gutmütigkeit hatte die Oberhand gewonnen. War es denn wirklich so schlimm, was die beiden getan hatten? –

Häschke mochte etwas von der Wandlung ahnen, die in dem Sinne des anderen vor sich gegangen. Er nahm das Wort, erklärte, daß er Ernestinens Bräutigam sei und daß sie sich heiraten wollten.

Gustav meinte darauf nur: Das kenne er schon! Wer weiß, wie vielen Mädeln Häschke bereits die Ehe versprochen habe. Er müsse doch verrückt sein, wenn er seine Schwester einem solchen Vagabunden zum Weibe gebe.

Man war inzwischen in die Nähe der Kaserne gekommen. Möglichst geräuschlos stiegen sie die Treppe hinauf. Häschke schlich sich in die Männerkammer. Gustav nahm die Schwester mit sich in die Aufseherwohnung. Dort wartete ihrer Pauline, mit besorgter Miene.

Der Aufseher war unwirsch, er gab seiner Frau keine Antwort auf ihre Fragen.

Die beiden Frauen wechselten einen Blick des Einverständnisses, den der Mann nicht bemerkte.

Die Verstimmung dauerte ein paar Tage; Gustav sprach nicht mit Häschke, die Schwester behandelte er wie die schlechteste seiner Arbeiterinnen. Des Nachts stand er zwei-, dreimal auf, untersuchte den Männerschlafsaal, horchte an der Tür der Mädchen.

Am meisten hatte Pauline unter seiner Laune zu leiden. Sie sei mit den beiden im Bunde, behauptete er. Von irgendwelchen Erklärungen und Entschuldigungen wollte er nichts wissen. Wenn man ihm sagte, Häschke meine es ehrlich und werde Ernestinen heiraten, bekam er einen roten Kopf und schrie die Leute an: er kenne Häschkekarln, er habe drei Jahre mit ihm gedient; auf weiteres ließ er sich nicht ein.

Mitten in diese Erregung fiel ein Brief aus der Heimat, von Frau Katschner an Pauline.

Die Witwe schrieb:

«Liebe Tochter!

Ich ergreife die Feder, um Dir zu schreiben. Hier ist es jetzt sehr einsam ohne Euch und gehen allerhand Dinge vor sich. Die gnädige Herrschaft aus Berlin sind wieder auf dem Schlosse mit den gnädigen Kontessen und Fräulein Bumille habe ich auch besucht und läßt Dich schön grüßen. Kontesse Wanda ist nun richtig versprochen mit ihrem Bräutigam neulich ist er auch schon in Saland gewesen bei ihr. Er ist ein kleiner Mann der Bräutigam, die Wanda ist nicht hübsch mit ihm, sagt Fräulein Bumille, wir freuen uns aber sehr daß es ein Prinz ist.

Die Hochzeit soll allerdings großartig und sehr fein werden, sagt Fräulein Bumille, mit Essen und Trinken natürlich da soll nichts abgehen und Herrschaften aus Berlin und die hohen prinzlichen Verwandten und Freundschaft. Wir werden da etwas zu sehen bekommen und das ganze Dorf wartet schon darauf im Herbst soll es sein. Nun muß ich Dir noch etwas anderes sagen, nämlich dem Traugott Büttner haben sie doch den Hof weggenommen und das ganze Gut, was die Gläubiger sind. Und die alten Leute sind nun ganz alleine, weil daß doch die Toni weg is, nach Berlin sagen sie, aber kein Mensch weiß was von der Toni schreiben tut se nich. Die Leute reden alles Mögliche! Ihren kleinen Jungen hat sie zur Therese gegeben was auch nich schön is die Leute haben sich alle gewundert. Karl und Therese sind nämlich jetzt in Wörmsbach, die haben's doch auch nicht dazu. Den alten Leuten natürlich geht es gar nicht gut Traugott Büttner is so stille und simeliert in einer Dur die Leute sagen es wäre nicht richtig mit ihm, sprechen sie. Allerdings hat er viel Kummer und Herzeleid erlebt und ärgern hat er sich auch sehr müssen. Die Bäuerin ist sehr geringe geworden, so geringe, wie die Frau is! Ich sagte über Buschlobeln am Sonntag sagte ich: Die löscht aus wie ein Licht, habe ich gesagt. Sie hat schon das Wasser in den Beinen und zu beißen und zu brechen haben sie allerdings auch nichts auf dem Bauerngute, weil ihnen doch Herr Harrassowitz alles weggepfändt hat. Überhaupt die Ochsen hat der auch weggenommen, das kannst Du Gustaven sagen. Die Not ist groß wenn nicht gute Menschen helfen, wissen wir nicht was der liebe Gott noch verhängen mag über die armen Menschenkinder. Die Büttners was die alten Leute sind waren doch immer so fleißige und ordentliche Leute, das sagt ein jeds und nu sowas zu erleben! Die Leute sagen auch hier im Dorfe, daß sich Kaschelernst schämen müßte denn der soll doch bloß den Bauern reingebracht haben und kein anderer. Ich schließe hiermit und wünsche daß es Euch immerdar gut gehen möge und alle gesund bleiben wie es mir auch geht Deine liebe Mutter.

Clementine Katschner.»

Der Brief machte Eindruck auf alle, die ihn lasen. Die Nachrichten aus der Heimat waren spärlich geflossen. Der Büttnerbauer nahm die Feder ungern zur Hand, zu allerletzt gewiß zu einem Briefe.

So hatte man denn von den wichtigen Ereignissen der letzten Zeit höchstens von weitem etwas vernommen, durch Briefe, die an andere Sachsengänger aus der gemeinsamen Heimat kamen.

Gustav hatte sich viel mit geheimen Sorgen um den Vater und seine Angelegenheiten getragen. Die letzten Ereignisse waren von ihm ja vorausgesehen worden. Aber nun kam die schwere Erkrankung der Mutter noch zu allem Jammer hinzu.

Der Vater um Haus und Hof gebracht! Die alten Leute gänzlich allein in ihrer Not! – Es war ein Elend, wie es größer nicht sein konnte!

Frau Katschners beredter Brief machte die Runde bei den Familienmitgliedern. Man sprach über die Vorgänge in der Heimat und beriet, was geschehen solle. So wurden die Zwistigkeiten, die eben noch geherrscht hatten, in den Hintergrund gerückt.

Man kam zu dem Schlusse, daß es das Beste sei, den Eltern eine Summe Geldes zu schicken. Sie legten zusammen von ihren Ersparnissen. Auch Häschkekarl bat, beisteuern zu dürfen. Sein Geldstück wurde nicht abgewiesen.

Gustav erlebte noch eine besondere Genugtuung: als unter den Mädchen bekanntgeworden war, wie schlecht es den Eltern ihres Aufsehers gehe, sammelten auch sie, ganz im stillen, unter sich und brachten ihm eines Tages ein ganz stattliches Sümmchen, das er mit nach Halbenau an die alten Leute schicken möge.

Eine Versöhnung fand nicht statt zwischen Gustav und Häschke. Aber mit der Zeit sprach der Aufseher doch wieder mit dem Geliebten seiner Schwester.

5 Die Büttnerbäuerin war gestorben. In den letzten Tagen hatte sie über unerträglichen Frost geklagt; der Bauer mußte des Nachts bei ihr liegen, um die Erkaltende zu wärmen.

Eines Mittags, als der Bauer vom Felde zurückkehrte, fand er sie auf dem Gesichte liegend, mit ausgebreiteten Armen. Er faßte sie an; sie war kalt. Mehrere Stunden mochte sie wohl schon so gelegen haben. Keine Spur von Lebenswärme war mehr an dem steifen Körper zu entdecken. Die eine Gesichtsseite hatte sich bläulich verfärbt.

Der alte Mann stand wie erstarrt vor der Leiche seiner Lebensgefährtin. Er warf sich nicht über die Tote, liebkoste nicht die leblose Hülle. Und doch hatte er sie geliebt, mit echter starker Liebe. Wie im Leben, hielt sich auch dem Tode gegenüber sein Gefühl fern von Überschwang. Es hatte Tage gegeben, wo die Gatten kaum ein Wort miteinander gewechselt. Wochen und Monde waren vergangen ohne Kuß und Umarmung. Harte Worte von Seiten des Mannes, Tränen auf Seiten der Frau waren nichts Seltenes gewesen. Und doch hatte innige Treue die beiden Menschen verbunden wie ein unsichtbares Band. Unter rauhen Formen wurde diese Liebe gewahrt, als etwas Stilles und Keusches, von dem man nicht viel Aufhebens macht, weil es so selbstverständlich war.

Der Bauer blieb sich treu in seiner schlichten Gesinnung für die Lebensgefährtin, bis zum letzten. Keine Klage, kein Haarausraufen, als er jetzt vor ihrer Leiche stand. Ein tiefer Seufzer und ein paar Tränen, die ihm über die Wangen liefen, ohne daß er es recht wußte; das war alles.

Dann machte er sich daran, für die Entschlafene zu tun, was noch für sie getan werden konnte. Er drückte ihr die Augenlider herab, hob den schweren Körper aus dem Bette, reinigte die Leiche, und kleidete sie in ein frisches Hemd. –

Alles, ohne eine Spur von Grauen vor der greifbaren Nähe des Todes zu empfinden. Dann ging er ins Dorf, meldete den Tod beim Standesbeamten an, bestellte den Sarg und besprach im Pfarrhaus den Tag der Beerdigung mit dem Geistlichen.

Der Leichenzug fiel über Erwarten stattlich aus, jung und alt beteiligte sich, Kränze waren gespendet worden, aus freien Stücken trug ein Gesangverein eine Arie am offenen Grabe vor.

Es zeigte sich, daß die Büttnersche Familie doch noch manchen Freund besaß in Halbenau. Es kam in dieser auffälligen Teilnahme etwas wie Demonstration zum Ausdruck. Das Schicksal des Büttnerschen Bauerngutes hatte Aufsehen erregt, und manchen, der auf überschuldetem Grund und Boden saß, mit Bangen erfüllt, daß es ihm früher oder später auch so ergehen möge. Am Bieten hatte man sich zwar eifrig beteiligt, als das Bauerngut zerkleinert wurde; aber es gab doch nur wenig Leute in Halbenau, die nicht in ihrem Herzen für den bankerotten Bauern gewesen wären, gegen seine Ausbeuter. Dieses Gefühl, das sich offen nicht hervorwagte, machte sich in Ehrenerweisungen für die verstorbene Bäuerin Luft.

Man war gespannt, ob Kaschelernst zur Beerdigung erscheinen werde. Aber der schlaue Kretschamwirt mochte etwas von der Stimmung, welche im Dorfe herrschte, gewittert haben, er kam nicht. Er hatte Ottilie entsendet, die einen Kranz auf den Sarg legen mußte.

Hinter dem Sarge schritt der Witwer, neben ihm Therese und Karl. Das war alles, was von der ehemals zahlreichen und angesehenen Büttnerschen Familie jetzt noch in dieser Gegend übrig war.

Der Pfarrer ließ sich die Gelegenheit nicht entgehen, die Herzen zu rühren. Er war ein alter Praktikus und wußte, daß außergewöhnliche Unglücksfälle nahezu die einzige Gelegenheit sind, wo man den harten Bauerngemütern beikommen kann.

Karl Büttner schluchzte wie ein kleines Kind. Bei dem alten Manne schien der Tränenquell versiegt zu sein. Der Geistliche sprach von ihm als von einem, mit dem Gott der Herr besondere Dinge vorhaben müsse, da er ihm so harte Prüfungen auferlege wie einstmals dem Hiob. Wenn er aber dem unerforschlichen Ratschlusse des Herrn stille halte, werde er auch wieder zu Ehren gebracht werden wie dieser Knecht Gottes. –

Die letzten Tage der Bäuerin waren nicht ohne jeden Sonnenblick gewesen; von den Kindern aus der Fremde waren Geld gekommen und Briefe. Fast zur nämlichen Zeit hatte auch Toni, die bisher wie verschollen gewesen, wieder einmal geschrieben und gleichfalls Geld geschickt.

Was Toni schrieb, war zum Teil nicht recht verständlich; die Schreibkunst war nie des Mädchens starke Seite gewesen. Sie wäre nicht mehr Amme, teilte sie mit. Welcher Art ihre Lebensstellung sei, war nicht gesagt. Aber sie mußte doch wohl ihr Auskommen haben, sonst würde sie nicht haben soviel abgeben können. Für ihr Kind, das bei Theresen untergebracht war, schickte sie auch etwas mit.

Nachdem das Begräbnis vorüber war, kehrte alles schnell in die alten Geleise zurück. Äußerlich merkte man kaum, daß eine Lücke entstanden war.

Der Bauer ging Tag für Tag seiner gewohnten Arbeit nach. Er mußte alles in allem sein; zur Feldbestellung kam jetzt auch noch die häusliche Arbeit. Der Ersparnisse halber machte er nur noch einmal am Tage Feuer. Er nährte sich schlechter als das Vieh, lebte von altem Brot, das er trocken verzehrte, und kalten Kartoffeln. Fast nie kam ein herzhafter Bissen auf seinen Tisch.

Dabei arbeitete der alte Mann angestrengter denn je. Es war, als ob er irgend etwas in sich betäuben wolle durch die Anstrengung.

Mitten in der Nacht stand er manchmal auf, wenn man kaum die Hand vor den Augen sehen konnte, zog sich an, nahm Hacke, Sense oder ein anderes Werkzeug auf die Schulter und ging damit aufs Feld hinaus.

Es litt ihn nicht daheim; ohne Menschen war das Haus wie eine Totenkammer. Er war gewiß nicht furchtsam von Natur, hatte sich niemals vor Gespenstern gefürchtet; aber jetzt überkam es ihn manchmal wie Grauen. Die Erinnerung an vergangene bessere Zeiten sprach aus jedem Winkel. Die Gedanken an das, was gewesen, was nie wiederkehren konnte, waren die Gespenster, die hier umgingen. Vor dem, was sein eigenes Hirn ausbrütete: den Vorwürfen, den betrogenen Hoffnungen, den Selbstanklagen, floh der alte Mann. Er rannte hinaus auf den Acker wie ein Besessener, hackte, wühlte dort, als wolle er etwas einscharren, etwas, das er verbergen mußte, vor den eigenen Augen.

Bei solchem Hundeleben verfiel der Körper des Greises mehr und mehr; er war nur noch ein Skelett. Das Haar stand ihm in langen grauen Strähnen um den Kopf. Sich den Bart abzunehmen, lohnte nicht mehr. Die nächste Folge davon war, daß er sonntags nicht mehr in die Kirche kam. Denn unrasiert sich in der Kirchfahrt blicken lassen, war für einen Halbenauer undenkbar.

Bald führte er ein vollständiges Einsiedlerleben. Die einzigen lebenden Wesen, mit denen er noch etwas zu tun hatte, waren die beiden Kühe, die Harrassowitz auf dem Hofe gelassen hatte. Menschliche Gesichter wollte er so wenig wie möglich sehen. Er hatte wohl das dumpfe Gefühl, hervorgewachsen aus der eigensten Erfahrung, daß die größte Unbill, das schwerste Unrecht, dem Menschen nur vom Menschen zugefügt wird. – Er haßte seinesgleichen, und hielt sich von jeder Berührung mit dem feindlichen Geschlechte fern. Bot ihm jemand einen Gruß, dann stellte er sich taub. Und wer ihn etwa anredete, konnte erleben, daß er, statt Antwort zu erhalten, den Rücken des Alten zu sehen bekam.

Was eigentlich in der Seele dieses Mannes vorgehe, wußte niemand. Der Pastor machte ihm einige Zeit nach dem Begräbnis der Bäuerin seinen Besuch, an einem Sonntag Nachmittage. Er fand den Bauern im Werkeltagskleide im Hofe, mit einer Arbeit beschäftigt. Das wäre in früheren Zeiten auch nicht passiert! – Der Pfarrer drückte ein Auge zu, über die Sonntagsarbeit, und betrat mit dem Alten die Wohnstube.

Der Hirt verstand es, das Gespräch gar bald auf geistliches Gebiet hinüberzuleiten. Das Elend, in dem sich der ehemalige Gutsbesitzer jetzt befand, gab dem Seelsorger Anlaß, auf die Nichtigkeit alles Irdischen hinzuweisen, und den Sinn auf die ewigen Güter zu richten. Der Geistliche erinnerte den Bauern auch an sein Alter, und daß er vielleicht bald vor einem Höheren werde Rechnung ablegen müssen. Er fand bewegliche Worte, der Herr Pastor. –

Der alte Mann sagte nicht ja und nicht nein dazu. Mit verdrossener Miene saß er in seiner Ecke. Er schien das seelsorgerische Bemühen des Pfarrers als eine Belästigung zu empfinden, in die man sich wohl oder übel schicken mußte.

Seine Religiosität war niemals über eine äußerliche Kirchlichkeit hinausgekommen. Nun er nicht mehr zur Kirche ging, kam das Heidentum zum Vorschein, das tief in der Natur des deutschen Bauern steckt. Was kümmerten ihn die überirdischen Dinge; von denen wußte man nichts! Der Boden, auf dem er stand, die Pflanzen, die er hervorbrachte, die Tiere, die er nährte, der Himmel über ihm mit seinen Gestirnen, Wolken und Winden, das waren seine Götter. Jene anderen, morgenländischen, hatten doch etwas mehr oder weniger Fremdartiges für ihn.

Als der Geistliche schließlich von dem Bauern wegging, wußte er nicht, ob er Eindruck auf das Gemüt des Mannes gemacht habe oder nicht.

Einer anderen Persönlichkeit, die sich dem Alten nähern wollte, um ihn in seiner Verlassenheit zu trösten, ging es nicht viel besser. Frau Katschner erschien eines Tages auf dem Büttnerschen Hofe, ging ins Haus und guckte in alle Zimmer. Da sie niemanden antraf, tat sie sich ein Gütchen im Durchschnüffeln der verwaisten Räumlichkeiten. Dann begab sie sich hinaus aufs Feld, wo sie den Bauern alsbald beim Kleehauen traf.

Er schien völlig vertieft in seine Arbeit. Ehe sie an ihn herantrat, betrachtete sie ihn sich eine Weile voll Mitgefühl, das nicht frei war von selbstischem Behagen. – Der Ärmste! Man sah ihm den Witwer recht an. In seinen Beinkleidern war ein Loch, das man auf zwanzig Schritt leuchten sah. Er war gewiß recht unglücklich! Keine sorgende Pflege! Nun erfuhr er, was es hieß: ledig sein. –

Die Witwe räusperte sich und suchte in ihr «Guntagoch, Büttnerbauer!» soviel Freundlichkeit und Teilnahmegefühl zu legen wie nur möglich. Kein Gegengruß kam, er sah nicht einmal auf von seiner Arbeit. Aber die Witwe Katschner war nicht so leicht abzuschrecken – sie war sich ja ihres guten Zweckes bewußt. – Daher tat sie, als bemerke sie seine abweisende Haltung gar nicht.

Sie begann damit zu berichten, daß sie kürzlich einen Brief von Paulinen bekommen habe. Der Alte handhabte die Sense in gleichmäßig abgerundetem Schwunge, als gäbe es auf der Welt nichts als den Klee und ihn. Die Witwe, die sich zu diesem Gange eine gute Schürze vorgebunden und ein neues Kopftuch angelegt hatte, sah ihm zu. Das mußte man sagen, er war immer noch ein kräftiger Mann, trotz seiner Sechzig, aber fürchterlich anzusehen, mit seinem langen Haar und den zollangen Stoppeln um den Mund. Ganz abgemagert war er und hohläugig. Er härmte sich gewiß, sehnte sich nach einer mitleidigen Seele. Wahrscheinlich hatte er nichts Ordentliches zu essen, und keine Aufwartung. Wahrlich, hier war es die höchste Zeit, daß eine Frau eingriff! –

Sie entfaltete den Brief und fragte, ob er nichts von seinen Kindern in der Fremde wissen wolle. Darauf hielt der Bauer im Hauen inne. Frau Katschner entnahm daraus die Erlaubnis vorzulesen.

Der Brief enthielt Nachrichten über das Ergehen der Sachsengänger. Am Schlusse schrieb Pauline, daß sie im Herbst alle nach Halbenau zurückkehren wollten.

Die Witwe faltete den Brief sorgfältig zusammen und steckte ihn ein. Dann seufzte sie und wischte sich die Augen mit einem Zipfel ihrer blau und weiß gedruckten Schürze. «Ju Ju!» sagte sie, «'s is och gutt su! Wenn se ack bale zuricke kimma wellten! 's is ne schiene uf der Welt so alleene – nee 's is och ne schiene!» Hier ließ sie eine Pause eintreten; wohl für jenen, zum Überlegen des Gehörten. Dann mit besonderem Blicke auf den Mann: «Ich ha' schon manch a lieb's Mal bei mer gedacht, der Büttnerbauer muß es duch firchterlich eensam han, ha'ch gedacht. Den muß duch ordentlich bange sen, ha'ch gedacht! – So alleene, wie der is uf der Welt. – Is ne a su, Bauer?»

Statt der Antwort nahm der Alte die Sense wieder auf und fuhr fort, Klee zu hauen, als sei niemand da.

Frau Katschner mußte endlich abziehen.

Sie war ziemlich kleinlaut, und im Innersten gekränkt, daß ihre gute Absicht, den Einsamen zu trösten, auf so undankbaren Boden gefallen war.

Inzwischen neigte sich der Sommer seinem Ende zu. Die Ernte war eine ungewöhnlich reiche gewesen. Der Roggen hatte volle Ähren mit vielen und schweren Körnern getragen, das Stroh war lang und reichlich, auch Hafer und Kartoffeln versprachen guten Ertrag.

Bittere Gefühle waren es, mit denen der alte Mann in diesem Jahre den Erntesegen betrachtete. Wo er bestellt und gesäet hatte, ernteten andere. Täglich fuhren jetzt die Wagen der kleinen Leute, die sich ein paar Morgen vom Büttnerschen Gute erstanden hatten, durch den Bauernhof. Für die vielen Parzellen, die bei der Vereinzelung entstanden, war dies der einzige Abfuhrweg.

Auch auf den Feldern, die sich Harrassowitz für sich selbst zurückbehalten hatte, standen schöne Früchte. Es war von vornherein klar, daß der ehemalige Büttnerbauer die Ernte allein nicht werde bewältigen können. Eines Tages erschienen denn auch Helfer. Sam hatte Leute aus dem Dorfe angenommen als Erntearbeiter. Darauf kamen Leiterwagen, in denen die Garben abgefahren wurden, nach Wörmsbach, hieß es, wo der Händler ja noch mehr Land besaß. Dort stand eine Dreschmaschine, die ihm das Korn ausdrosch. Das gedroschene Getreide wurde nach der Stadt gefahren in die Speicher des Händlers, das Stroh auf dem Felde in Feimen gesetzt.

Das Haferhauen gab Sam in Akkord. Aber den Hafer ließ er nicht wegschaffen, der wurde in die Scheune gebanst. Der alte Büttner sollte ihn mit dem Göpel ausdreschen; da war gleich für eine Winterarbeit gesorgt.

Mit den Hackfrüchten verfuhr der Händler noch einfacher. Das Hacken, Lesen und Einmieten machte ihm viel zu viel Umstände. Er verkaufte die einzelnen Furchen meistbietend an die Dorfleute. Nur soviel Kraut, Rüben und Kartoffeln behielt er, wie für das Vieh während des Winters unentbehrlich war.

Diesem Manne schien jedes Unternehmen zu glücken. So etwas hätte nur ein Bauer versuchen sollen, der wäre sicher zu Schaden und darüber noch zu Spott gekommen.

Wenn Samuel Harrassowitz im Gasthof bekanntmachen ließ, daß Auktion sei, dann kamen alle gelaufen. Die bloße Tatsache, daß Sam im Orte war, schien das Geld in den Taschen locker zu machen.

Er machte es den Leuten aber auch leicht; er war wirklich ein ‹kulanter› Geschäftsmann. Jede Art von Bezahlung nahm er an. War es nicht in Geld, dann in Naturalien, oder auch durch Abarbeiten. Unter Umständen fand er sich auch bereit, ein Stück Vieh an Zahlungs Statt anzunehmen. Das gab er dann womöglich wieder einem anderen, mit dem er in Geschäftsverbindung stand, in den Stall. Und Kredit gewährte er auch jederzeit. Diese Eigenschaft wurde von den Landleuten besonders an ihm geschätzt. Nur im äußersten Notfalle klagte er einen Schuldner aus, und dann sicher nur einen, bei dem noch etwas zu holen war. Die Leute, die nichts mehr besaßen, ließ er mit Zwangsvollstreckungen in Frieden. Die mußten ihre Schuld abarbeiten, und er sorgte dafür, daß der Posten niemals gänzlich getilgt wurde.

Auch den alten Büttner behandelte der Händler jetzt ganz wie seinen Arbeiter. Er schalt ihn gelegentlich, nannte ihn faul und dumm, ein andermal wieder lobte er ihn, je nachdem seine Herrenlaune gerade war.

Der alte Mann nahm das mit jener mürrischen Gelassenheit hin, die ihm neuerdings zur zweiten Natur geworden zu sein schien. In seinem Wesen war etwas geknickt, ausgelöscht für immer; es war, als habe er kein Ehrgefühl mehr im Leibe.

Dergleichen Behandlung hätte ihm früher einmal jemand bieten sollen! Heiler Haut wäre der nicht vom Hofe gekommen. Und jetzt ließ er sich schmähen von dem Fremdling! –

In sein Dasein, in sein ganzes Treiben und Tun war etwas Zweckloses, Widersinniges gekommen: er arbeitete für seinen Peiniger, ernährte mit seiner Händewerk nur das starke Raubtier, das ihm das Blut aussaugte.

Es gab kein Entrinnen! Harrassowitz hielt ihn an vielen Ketten. Er war der Schuldner des Händlers geblieben, auch nachdem er sein Gut an ihn verloren. Es war ein Akt der Gnade, wenn der neue Herr den Alten im Hause ließ. Fiel es dem Besitzer ein, ihn hinauszuwerfen, dann brauchte er nicht einmal zu kündigen. Gelegentlich damit zu drohen, verfehlte Sam nicht. Er war, in seiner Art, ein Kenner des deutschen Bauern. Er wußte, wie zähe diese Sorte an der Scholle klebt, wie ihr zur Erde gewandter Blick sie dumpf und blöde macht, unfähig, Vorteil von Nachteil zu unterscheiden.

Sam wußte nur zu gut, daß der alte Büttner sich lieber das Herz aus dem Leibe würde reißen lassen, als daß er die Stelle verlassen hätte, die seine Vorfahren besessen, die er selbst durch ein Leben innegehabt. Die Angst, vom Hofe getrieben zu werden, band den Alten, wie ein ungeschriebener, aber darum nicht minder wirksamer Kontrakt, an den neuen Besitzer des Bauerngutes.

Es war eine Art von Leibeigenschaft. Und gegen dieses Joch waren die alten Fronden, der Zwangsgesindedienst, die Hofegängerei und alle Spann- und Handdienste der Hörigkeit, unter denen die Vorfahren des Büttnerbauern geseufzt hatten, federleicht gewesen. Damals sorgte der gnädige Herr immerhin für seine Untertanen, mit jener Liebe, die ein kluger Haushalter für jedes Geschöpf hat, das ihm Nutzen schafft, und es gab manches Band gemeinsamen Interesses, das den Hörigen mit der Herrschaft verband. Bei dieser modernen Form der Hörigkeit aber fehlte der ausgleichende und versöhnende Kitt der Tradition. Hier herrschte die parvenuhafte Macht von gestern protzig und frivol, die herzlose Unterjochung unter die kalte Hand des Kapitals. –

Man mußte dem Händler eines lassen, er arbeitete geschickt, mit ‹Diskretion›, ja, mit einer gewissen Eleganz. Sam besaß das Talent seiner Rasse in hohem Maße, anderer Arbeit zu verwerten, sich in Nestern, welche fleißige Vögel mit emsiger Sorgfalt zusammengetragen, wohnlich einzurichten. Und die Natur hatte ihm eine Gemütsverfassung verliehen, die es ihm leicht machte, sich um das Geschick der fremden Eier nicht sonderlich zu grämen.

Man rechnete Sam nach, daß er bereits jetzt, durch den Verkauf einzelner Parzellen, für den Preis gedeckt sei, den er bei der Subhastation geboten hatte.

Eines Tages im Frühsommer waren eine Anzahl fremder Arbeiter und ein Geometer nach Halbenau gekommen. Sie hatten sich auf die große Wiese, die zwischen dem Büttnerschen Hofe und dem Walde, ungefähr in der Mitte des Grundstückes lag, begeben. Hier, an der dachartig abfallenden Lehne, fingen sie an abzustecken. Dann wurde der Rasen abgeschält, der Humus, der zunächst unter der Grasnarbe lag, auf besondere Haufen geworfen, und schließlich in der tiefer gelegenen zähen Tonerde ein umfangreiches Viereck von Metertiefe ausgegraben.

Hier sollte die Dampfziegelei hin, die Harrassowitz zu gründen gedachte.

Es sei ein allgemeines Bedürfnis für die Gegend, hatte Sam erklärt; weit und breit bekäme man keine vernünftigen Ziegeln zu kaufen. Er halte es für seine Pflicht, etwas für die Hebung des Ortes zu tun, durch Einführung der Industrie. Nun sollten die Halbenauer einmal sehen, was jetzt für Geld unter die Leute kommen werde! –

Die Grundmauern zum Ringofen schossen schnell aus dem Boden empor, das Gebälk zum Trockenschuppen wurde gerüstet, die Schlämmbassins angelegt, und schließlich die einzelnen Teile der weitläufigen Anlage mittelst schmaler Schienenstränge verbunden. Über dem Ganzen reckte sich bald die Ziegeleiesse höher und höher empor; ein ungewohnter Anblick, der die Halbenauer staunen machte. Nun bekamen sie doch auch eine Dampfesse in den Ort.

Täglich gab es jetzt Veränderungen auf dem Grundstücke. Eines Tages, im Herbst, erschien ein gräflicher Revierförster mit seinen Leuten auf der zum Büttnerschen Gute gehörigen Waldparzelle. In wenigen Tagen ward mit den verkrüppelten Kiefern, Wacholderbüschen und Stockausschlägen aufgeräumt und Kahlschlag hergestellt.

Die Herrschaft Saland hatte nun doch den Wald des Bauerngutes angekauft für ein Geld, das dem Bauern, hätte er es zur rechten Zeit gehabt, über alle Nöte hinweggeholfen haben würde. Gleichzeitig war auch das ‹Büschelgewende›, dessen Urbarmachung dem alten Manne so viel sauren Schweiß gekostet hatte, an den mächtigen Nachbarn gekommen. Nun war das Loch zugemacht, das bisher die beiden gräflichen Reviere: Halbenau und Saland, getrennt hatte. Im Frühjahr sollte die ganze Fläche zugepflanzt werden.

Traugott Büttner sah alle diese Dinge. Keine Klage kam über seine Lippen. Es war, als habe er sich selbst Schweigen auferlegt. Was in seinem Inneren vor sich ging, erfuhr kein Mensch.

Er glich einer Pflanze, die man schlecht versetzt hat und die nun in verwahrlostem Zustande dahinsiecht; sie vegetiert noch, aber in ihren Säften geht sie zurück. Er glich auch einer Maschine, die ohne treibende Kraft doch weiter arbeitet, weil der Schwung von früher her noch ein Weilchen vorhält, ehe sie aussetzt.

Für Schmerz war er scheinbar unempfindlich geworden, abgestumpft durch das Zuviel, gleich dem Boden, der allzustark getränkt, keine Nässe mehr in sich aufnimmt.

Die da meinten, er sei gefühllos, irrten sich. Er fühlte gar wohl das Unrecht, das ihm widerfuhr. Die Demut und Schmerzensseligkeit eines Hiob war seiner halsstarrigen Bauernnatur nicht eigen. Weit davon entfernt war er, mit dem Knechte Gottes aus dem alten Testamente zu sagen:

«Ich bin nackend von meiner Mutter Leibe gekommen, nackend werde ich wieder dahinfahren. Der Herr hat es gegeben, der Herr hat es genommen, der Name des Herrn sei gelobet!»

Wenn er auch scheinbar zum stumpfen Lasttier herabgesunken war, das die Schläge gleichgültig hinnimmt, so blieb sein innerer

Trotz doch ungebrochen. Menschenhaß und Verachtung waren seine Tröster, Groll seine Nahrung; die einzige, die ihn noch in Kraft erhielt. Aber die Qualen, die er ertrug, waren um so brennender, weil er nicht den Schrei der Wut fand, sich von ihnen zu entlasten.

6

Nachdem das Manöver vorüber, hatte der Graf Urlaub genommen, um die Hochzeit seiner Schwester Wanda auszurichten. Große Vorbereitungen wurden in Schloß Saland zu diesem Feste getroffen. Der Adel der Nachbarschaft, die Magnaten der Provinz waren geladen. Aus Berlin waren Freunde des Bräutigams und Kameraden des Wirtes eingetroffen, und immer noch erschienen neue Gäste.

Es war ein Fest für die ganze Gegend. Die kleinen Leute nahmen die Gelegenheit wahr, einmal gründlich blauen Montag zu machen. Täglich gab es in Saland jetzt etwas zu sehen. Einmal hieß es, ein Wagen sei angekommen, mit sechs Pferden davor, Kutscher und Diener dazu mit feuerroten Röcken. Natürlich lief man da von der Arbeit fort, um das Wunder zu begaffen. Dann wieder gab es ein Feuerwerk. Leute in einem entfernten Dorfe sahen davon den Schein gegen den nächtlichen Himmel und glaubten, es müsse ein Schadenfeuer sein. Die Sturmglocke wurde angeschlagen, die Feuerwehr alarmiert. Die Feuerwehren der Ortschaften, durch die man kam, schlossen sich an. Und so erschien schließlich eine ganze Anzahl Spritzen vor Schloß Saland. Als man wahrnahm, daß es gar kein Feuer gab, schimpfte man weidlich.

Der Graf erfuhr von dem falschen Alarm und ließ den Leuten Bier geben aus der Schloßbrauerei, damit sie, statt des Feuers, wenigstens ihren Durst löschen möchten. –

Die fabelhaftesten Gerüchte durchschwirrten die Luft; es hieß: am Hochzeitstage solle Geld unter die Menge geworfen werden, im Schloßhofe werde am Vorabend der Trauung ein gebratener Ochse und ganze Schweine und Kälber zur allgemeinen Speisung ausgelegt werden, und dazu würde aus einem Riesenfasse Wein fließen.

Eine Art von Fieber hatte sich der Bevölkerung bemächtigt. Die Arbeit schmeckte den Entnüchterten nicht mehr; man erwartete voll Spannung außergewöhnliche Dinge.

Auch Karl Büttner war von Wörmsbach herübergelaufen, um sich das Feuerwerk mit anzusehen. Er kannte einige von der Feuerwehrmannschaft von der Truppe her. Man nahm ihn mit, als es zur Bierverteilung kam. So gelangte er zu Bier und Zigarren, er wußte nicht wie! –

Das hatte ihm gefallen! Am nächsten Vormittage lief er schon wieder nach Saland, gegen Theresens Willen. Er hoffte im stillen auf einen ähnlich glücklichen Zufall, wie ihn der vorige Abend gebracht.

Diesmal fiel zwar nichts für ihn ab, aber er wurde Zeuge eines merkwürdigen Schauspiels.

Im gräflichen Park befand sich eine Wiese, beschattet von prächtigen Eichen und Linden. Hier auf ebener Rasenfläche überraschte Karl eine wunderliche Gesellschaft. Eine Anzahl Burschen sprang da herum, wie die Müller anzusehen, von oben bis unten weiß. Auf den Köpfen trugen sie bunte Mützen, um die Hüften farbige Gürtel. Sie hielten in ihren Händen Dinger, großen Fliegenklatschen nicht unähnlich, damit warfen sie sich kleine Bälle zu, über ein Netz weg, das quer über den Rasenplatz gespannt war. Dazu schrien sie unverständliche Worte, gestikulierten eifrig und liefen manchmal wie besessen hin und her.

Das war sehr possierlich mit anzusehen. Die Burschen selber aber schienen die Sache mit großem Ernst und Eifer zu betreiben.

Karl hatte die Spielenden von weitem für Knaben gehalten, die sich mit dergleichen Narreteien die Zeit vertrieben. Als er näher kam, erkannte er jedoch, daß es erwachsene Männer seien. Er schloß sich einer Gruppe von Dorfleuten an, die, hinter einem Boskett stehend, dem Treiben der Vornehmen zusahen.

Auf der Parkwiese war eine größere Gesellschaft versammelt: Herren und Damen. Man saß und lag umher auf Korbstühlen und

Bastmatten. Zwischen den Bäumen waren Hängematten gespannt. Eine Dame, die sich in einer solchen hin und her schaukelte, nahm sich wie ein roter Farbenklecks aus, gegen das Grün des Rasens. Man trank, rauchte, nahm Erfrischungen zu sich, stand in Gruppen beieinander, lachte und schwatzte, in nachlässiger Weise. Ein Konzert fremdartiger Formen und Farben: die Damen in hellen Toiletten, wie exotische Blumen! Ein üppiges, farbenschillerndes Bild, von niegesehener Eigenart entrollte sich vor den Augen des Landvolkes. Karl stand da und riß große unverständige Augen auf.

Eine Frau, die gelegentlich auf Scheuerarbeit ins Schloß kam, machte die Erklärerin. Sie wußte, welcher der Bräutigam sei: dort der kleine, mit dem schwarzen Schnurrbärtchen. – Karl hatte sich einen Prinzen bis dahin auch ganz anders vorgestellt.

Jetzt hörten sie auf zu spielen. Großes Durcheinander herrschte auf dem Platze. «Nu hat eene Parte gewunnen! Desderwegen tun se su brillen», erklärte die Frau, sichtlich stolz, daß sie so gut über die Sitten der Großen unterrichtet sei. «Itze wern de Frauensmenscher och glei losmachen, paßt a mal uff!»

Richtig! Es traten zwei Damen mit auf den Plan. «Saht ack, das is se! Das is unse Wanda – das is de Braut!»

Nun sah man auch die Damen voll Eifer auf dem Rasen hüpfen. Es wurde viel gelacht und gejubelt. Das Brautpaar spielte auf einer Seite; sie verloren. Wanda tadelte den prinzlichen Partner oft genug und ließ ihn nach den verlorenen Bällen springen.

Ein kleiner Alter, mit einem Leinewandsack auf den Rücken, hatte lange wortlos dem Spiele zugesehen, aus matten rotumränderten Augen. Dann sagte er plötzlich: «Die sein verrickt in Koppe!», damit ging er kopfschüttelnd von dannen.

«Racht hat 'r!» sagte ein anderer. «De Grußen sen alle verrickt, alle mitenander sen die verrickt, de Grußen! Hot ees suwas gesahn! Die mechten wos Gescheitres macha, als dohie su rimkalbern, und an lieben Herrngutt de Zeet stahlen.»

Die Frau, welche vorher Erklärungen gemacht hatte, widersprach. «Nu is 's etwan nich asu?» hieß es da. «Gabt der Art eene urndtliche Arbeet ei de Hand und 'r sollt sahn, wie se sich daderzut astellen warn!»

Karl blieb noch eine ganze Weile dort stehen. Das Treiben gefiel ihm, wenn er den Sinn auch nicht verstand.

Auf dem Rückwege kehrte er ein. Bei dieser Gelegenheit traf er einen Bekannten, der ihm erzählte: Morgen sei Jagd auf dem Herrschaftlichen, da gebe es gute Bezahlung und gewöhnlich auch Anteil am Jagdfrühstück für die Treiber; es würden noch Treiber gesucht. Karl, den besonders das Jagdfrühstück lockte, ging auf die nahe Oberförsterei und meldete sich als Treiber.

Am nächsten Morgen fand bei klarem Frühherbstwetter die Jagd statt. Es galt vor allem den Fasanen, aber auch Birkwild, Rebhühner, Rehböcke und Hasen sollten zum Abschuß kommen.

Karl Büttner ging in einer langen Reihe von Treibern, mit einem Stocke bewaffnet. Der Fasane wegen, die sich gern übergehen lassen, gingen die Treiber so eng, daß sie sich fast die Hände reichen konnten. Sie waren angewiesen, ganz langsam, schrittweise, vorzugehen, wenig Lärm zu machen und mit ihren Stöcken auf die Büsche und jungen Bäumchen zu klopfen, um das Wild locker zu machen. Von Zeit zu Zeit ertönten, von einem am Flügel marschierenden Forstbeamten geblasen, Signale; dann machte die ganze Kette Halt, um auf ein neues Signal wieder loszuschreiten.

Die Fasane waren zahlreich, da im Herbst zuvor wenig abgeschossen worden war. Bei dem warmen Wetter lagen die Vögel fest, oft flogen sie den Treibern unter den Füßen auf. In einem fort ertönte das Gackern der Hähne. Dann, sobald die Vögel über die Schützenkette strichen, Schüsse, oft ganze Kanonaden! Es war ein herzerquickendes Schauspiel für das Auge des Waidmanns, wenn der Fasanhahn in die Luft stieg, dann in gerader Linie abstrich, im Glanze seines prächtigen Gefieders, mit dem langen Stoße. Darauf ein wohlgezielter Schuß, gut vorgehalten; der königliche Vogel klappte zusammen, die ganze Pracht hatte ein jähes Ende gefunden! –

Auch der Treiber bemächtigte sich gar bald das Jagdfieber. Aller Mahnungen des Forstpersonals, sich stille zu verhalten, ungeachtet, schrien sie laut, jeden Treffschuß bejubelnd.

Nach dem fünften Treiben fand Frühstückspause statt. Tische und Bänke waren herbeigefahren worden. Am Feuer, das auf einem Waldwege angezündet worden war, wurden große eiserne Töpfe und kupferne Kessel mit Speisen und Getränken gewärmt. Die Schützen ließen sich nieder, einige Diener vom Schlosse bedienten.

Karl hatte unter den Jagdgästen einen ehemaligen Vorgesetzten wiedererkannt, der sein Rekrutenoffizier gewesen war. Inzwischen war der damalige Leutnant zum Major vorgerückt und nach Berlin zur Garde versetzt worden.

Karl konnte den Entschluß nicht recht finden, den Herrn anzureden. Wer weiß, ob der ihn kennen würde? Und dann wurde er womöglich ausgelacht! – Aber nach dem Frühstück wuchs sein Mut. Die Speisereste waren unter die Treiber verteilt worden; Karl hatte gierig geschlungen. Auf irgendeine Weise war auch eine Flasche starken Likörs vom Tische der Schützen unter die Treiber geraten. Karl hatte einige Schlucke von dem ungewohnten Getränk genossen; er befand sich infolgedessen in gehobener Stimmung.

Mit mehr Freimut, als ihm für gewöhnlich eigen war, trat er vor seinen ehemaligen Vorgesetzten hin, schlug die Hacken zusammen, legte die Hand an die Kopfbedeckung, sagte seinen Namen und erzählte, daß er Rekrut beim Herrn Major gewesen sei.

Der Offizier betrachtete sich den großen ungeschlachten Burschen eine Weile, dann schien ihm die Erinnerung zu kommen.

«Waren Sie nicht anfangs rechter Flügelmann der Abteilung?» fragte er. Karl bejahte. «Aber nachher mußte ich Sie ins zweite Glied stecken, weil Sie mir die ganze Gesellschaft umschmissen. Denn Sie waren doch der Rekrut, der immer rechts und links verwechselte – nichtwahr?» Karl antwortete durch ein verlegenes Grinsen auf diese verfängliche Frage.

Der Major erzählte nun den anderen Schützen allerhand Streiche von dem Rekruten Büttner. Er tat sich auf sein ausgezeichnetes Gedächtnis etwas zugute. Dann erkundigte er sich nach Karls jetziger Beschäftigung, ob er verheiratet sei, Kinder habe, und so weiter.

Während des nächsten Treibens hatte Hauptmann Schroff, welcher Zeuge der Unterhaltung gewesen war, dem Major die Geschichte der Büttnerschen Familie berichtet. Andere Herren traten hinzu, der Fall wurde hin und her besprochen. Über den ländlichen Wucher ward manch kräftiges Wörtlein gesagt. Karl Büttner, als der älteste Sohn des ausgewucherten Bauern, wurde, ohne es zu wissen, zum Märtyrer gestempelt; auf einmal stand er im Mittelpunkte des Mitleids und der Sympathie.

Der Major veranstaltete schließlich eine Geldsammlung für seinen ehemaligen Rekruten. Es gingen ebensoviele Goldstücke ein, wie Herren da waren. Der Major drückte dem erstaunten Karl die Summe von hundert und vierzig Mark in die Hand, mit dem Wunsche, daß er sich damit ein wenig «aufrappeln» solle.

Karl vergaß das Danken, so überrascht war er.

Die anderen Treiber steckten die Köpfe zusammen. Schon regte sich der Neid. So viel Geld verdiente man auf rechtmäßige Weise ja nicht in vielen Monaten.

Hauptmann Schroff war ungehalten, daß man dem Manne das Geld so ohne weiteres ausgehändigt hatte; doch konnte er nichts mehr daran ändern. Er ermahnte Karl wenigstens, er möge keinen Unfug damit anstellen.

Aber der hörte und sah nichts mehr, starrte nur immer die Goldstücke in seiner Hand an. – War das ein Glück! Er vermochte es kaum zu fassen.

Die Jagd ging weiter. Karl Büttner wurde jetzt auch von den Treibern ganz besonders beachtet. Er hatte selbst keine Schnapsflasche mitgebracht; dafür beeilten sich die anderen ihm ihre ‹Neegen› anzubieten. Es war gut für Karl, daß die Dämmerung herankam und damit das Ende der Jagd, denn er war so berauscht, daß er sich kaum noch auf den Füßen zu erhalten vermochte.

Es gehörte nicht viel dazu, um Karl betrunken zu machen. Heute hatte das ungewöhnliche Glück, das ihm so unversehens in den Schoß gefallen war, dazu beigetragen, ihn zu berauschen. In der seligsten Laune trat er mit den anderen Treibern den Heimweg an.

Als man an einem Gasthof vorüberkam, hieß es: Büttnerkarl müsse etwas zum besten geben. Karl zögerte. Eine Stimme warnte ihn, die Gaststube zu betreten. Er sehnte sich eigentlich nach Haus, um seiner Frau das Geld auf den Tisch zu legen. Was die für Augen machen würde!

Therese hatte ihn zwar in der letzten Zeit schlechter denn je behandelt; dumm und faul und einen Freßsack hatte sie ihn genannt, der nichts weiter könne, als fressen, saufen und sie belästigen. – Nun wollte er ihr's mal zeigen! Er konnte doch noch was anderes! Soviel Geld, wie er heute mitbrachte, hatte sie wahrscheinlich noch niemals beisammen gesehen. Es drängte ihn, zu Theresen zurückzukehren, an deren Überraschung er sich weiden wollte.

Aber die anderen setzten ihm zu. Da waren verschiedene lustige Brüder darunter, die er gut leiden mochte. Man warf ihm vor, er sei ein Geizkragen. Mit einer ganzen Tasche voll Gold wolle er nicht mal ein paar Groschen für Branntwein springen lassen, das sei einfach ruppig. Karl glaubte, diesen Vorwurf nicht auf sich sitzen lassen zu dürfen; er trat in die Schenkstube, schlug auf den Tisch und verlangte Korn für die ganze Gesellschaft.

Als er nach einigen Stunden die Schenke verließ, war Karl zwölf Mark losgeworden. Er war schwer betrunken, lallte und heulte wie ein Kind. Von zwei Leuten mußte er geführt werden, die ihn bis nach Wörmsbach, vor sein Haus, brachten. Die beiden Führer klopften an die Haustür, bis Therese den Kopf zum Fenster hinaussteckte und ärgerlich fragte: wer da sei. Die Männer setzten den Besinnungslosen auf die Türschwelle und entfernten sich schnell. Sie verspürten nicht die geringste Lust nach einem Zusammentreffen mit der bösen Sieben.

Therese schleifte den Betrunkenen in's Zimmer. Sie war außer sich. Nun fing Karl noch an, zu saufen. Das hatte wirklich gefehlt zu allem Unglück!

Sie entkleidete ihn, um ihn ins Bett zu schaffen. Als sie ihm die Beinkleider herunterzog, hörte sie ein Klirren und Klappern. Sie untersuchte die Taschen. Dabei fiel ihr das Geld in die Hände. Sie suchte alles zusammen, legte es auf den Tisch, und zählte: hundert und achtundzwanzig Mark.

Zunächst war Therese erschrocken. Wie kam Karl zu dem Gelde?

Sie schrie ihn an, er solle ihr antworten. Er hatte nur ein unverständliches Grunzen. Noch einmal zählte sie das Geld durch; es blieb dabei.

Einstweilen mußte sie sich damit beruhigen, bis er nüchtern sein würde.

Ob er's gefunden hatte? – Daß er es verdient habe, war nicht anzunehmen. Oder war es geschenkt? – Geborgt? – Oder ... Nein! Das war undenkbar! Anders als ehrlich hatte sie ihn nie gekannt.

Auf alle Fälle mußte soviel Geld gut aufgehoben werden! Therese dachte lange nach über einen sicheren Ort. Dann fiel ihr etwas ein: am Ofen war eine Kachel locker geworden, man konnte sie herausnehmen und wieder hineinsetzen; das hatte sie neulich entdeckt. Dort würde schwerlich jemand suchen. – Sie stieg auf einen Stuhl, hob die Kachel aus, legte das Geld sorgfältig eingewickelt in das Loch und setzte die Kachel wieder an ihre Stelle.

Karl erwachte erst im Laufe des Vormittags von seinem schweren Rausche. Noch länger als gewöhnlich brauchte er heute zum Überlegen. Wo war er gestern gewesen? Was war ihm zugestoßen? Wie war er nach Haus gekommen? – Er sann und sann. Die letzte feststehende Tatsache, die aus dem Nebel auftauchte, war die Jagd. Nach und nach kamen ihm einzelne Momente ins Gedächtnis zurück: das Frühstück, als ein besonderer Lichtpunkt, der Major, und damit das Geldgeschenk.

Hatte er das alles etwa geträumt? – Aber er glaubte sich noch ganz genau der einzelnen Geldstücke zu entsinnen; er hatte sie ja in seiner Hand gefühlt. Es fiel ihm auch ein, daß er sie in seinen Tabaksbeutel getan und in die Tasche gesteckt habe.

Er griff nach seinen Hosen, sie lagen mit seinen übrigen Sachen am Bette. Der Beutel war da, auch ein Rest von Tabak darin, aber das Geld fehlte!

Therese war inzwischen in Haus und Stall tätig gewesen. Sie tat die Arbeit für zweie. Erst hatte sie Karls Kleider gereinigt, die Kinder versorgt, und schließlich das Vieh gefüttert.

Sie besaßen zwei Ziegen, außerdem standen ein paar Kühe im Stalle. Harrassowitz hatte sie eingestellt, damit sie für den Fleischer fett gemacht werden sollten. Wahrscheinlich hatte Sam die Tiere zum Pfande für eine Schuld angenommen; nun ließ er sie hier mästen.

Nachdem Therese noch eine Karre mit Krautblättern für das Vieh hereingebracht, wollte sie daran gehen, das Mittagbrot anzusetzen. Als sie in das große Zimmer trat, hörte sie nebenan in der Kammer schluchzen. Sie riß die Tür auf; da saß Karl auf seinem Bette, halbangezogen und heulte.

Therese stemmte die Hände auf die Hüften und wollte eben anfangen loszuwettern. War der Mensch denn verrückt geworden? Da saß er und plärrte wie ein kleiner Junge! –

Auf einmal aber mußte sie lachen. Er sah zu dumm aus mit seinem roten Kopfe, dem offenen Hemde, aus dem die haarige Brust hervorsah, wie er so auf der Bettkante saß, der große Kerl, und mit schief verzogenem Munde die Tränen laufen ließ. Dazu barmte er: «Mei Geld! Mei Geld! Se han mersch gestohlen!»

Therese trat an ihn heran, stieß ihn nicht gerade sanft gegen die Schulter. «Dummer Kerl! Her uff zu natschen!»

Karl sah sie unverständig an. «Ich hatt' se dohie in Tobaksbeitel, ane ganze Hanfel Goldsticke. Nu sen se weg! Die schlachten Karlen han's genummen!» Er wollte von neuem aufheulen.

«Halt's Maul! Dei Geld is gutt uffgehoben.»

«Soi mer ack, wu's is?»

Therese antwortete nicht auf seine Frage. Nach einiger Zeit meinte sie: «Soi du mer lieber, wie's du zu suvills Geld gekummen bist?»

Karl erzählte ihr darauf mit vielen Wiederholungen und Unterbrechungen den Verlauf des gestrigen Tages. Von dem Augenblicke an freilich, wo er zum zweiten Male Schnaps für die ganze Gesellschaft bestellt hatte, konnt er sich auf nichts mehr besinnen.

Therese ärgerte sich, daß so viel von der Summe bereits draufgegangen war. Nun war sie erst recht entschlossen, ihn nicht wissen zu lassen, wo das übrige sich befinde; sonst würde das am Ende auch desselben Weges gehen.

Sie war längst mit sich im reinen, was von dem Gelde angeschafft werden solle: Ein paar Ferkel zur Mast, für die Kinder neue Kleider; die liefen in Lumpen herum, daß es eine Schande war. Dieser Goldsegen kam ihr wie gerufen ins Haus.

Als Karl in Erfahrung gebracht hatte, daß sie das Geld an sich genommen, verlangte er Herausgabe. Sie fuhr ihn an, er sollte aufstehen und machen, daß er zur Arbeit komme, alles andere werde sich später finden.

Karl war zu schwach, um seinem Willen Geltung zu verschaffen. Hände und Knie zitterten ihm. Er mußte froh sein, daß Therese ihm etwas zu essen vorsetzte. Nachdem er gegessen, saß er am Tische und brütete. Sein Geld wollte er wieder haben! Ihm war es geschenkt, folglich war es sein, und sie hatte kein Recht darauf! –

Sie veranlaßte ihn aufzustehen, drückte ihm eine Hacke in die Hand und gab ihm einen Schubkarren mit; er solle Kartoffeln graben gehen auf dem Felde. Karl gehorchte stumm.

Er begann zu hacken, aber bald wurde ihm die Arbeit sauer. Der Rücken schmerzte. Seine Gliedmaßen waren schwer von der nächtlichen Schlemmerei. Ihm war gar nicht wie Arbeiten zumute heute. An dem Bummelleben der letzten Tage hatte er Gefallen gefunden; er wollte heute nochmal blau machen. Wozu nutzte das schlechte Leben! Besaß er denn nicht außerdem jetzt einen ganzen Haufen Geld, wenn Therese ‘s ihm auch nicht herausrücken wollte. Sein war’s doch! Mochte die sich ihre Kartoffeln selber ausmachen!

Er warf die Hacke in den Karren, wandte dem Felde den Rücken und ging querfeldein auf Saland zu. Dort war heute gewiß wieder was Extraes los.

Als er an den herrschaftlichen Park kam, traf er eine Anzahl Leute, die gleich ihm das Hochzeitsfest der Komtesse zum Vorwande nahmen, nichts zu tun, und auf Außergewöhnliches erpicht, in der Nähe des Schlosses umherlungerten. Auch einige von Karls Saufbrüdern von der vorigen Nacht waren darunter. Sie begrüßten ihn mit Hallo, schlossen sich ihm an, in der Annahme, daß er Geld bei sich habe.

Dann traten Männer mit Soldatenmützen und Denkmünzen auf. Einer von ihnen fragte Karl Büttner, ob er sich nicht am Fackelzuge beteiligen werde. Karl hatte davon noch nichts gehört. Man erklärte ihm, die Militärvereine der Umgegend würden dem Brautpaare abends einen Fackelzug bringen. Karl, aufgefordert, mitzumachen, sagte nicht: nein!

Die Fackelträger stellten sich in einer entlegenen Ecke des Parkes auf. Der Ehrenvorsitzende des Kriegerbundes, Hauptmann Schroff, ordnete den Zug. Karl bekam eine Fackel in die Hand gedrückt. Es solle am Schlosse vorübergezogen werden, hieß es.

Der ganze Bau war bis zum dritten Stockwerk hinauf taghell erleuchtet. Mächtige Holzstöße brannten zu beiden Seiten. In Pfannen und Becken loderte Pech. Die mächtige Fassade, der klobige Eckturm, die Fensterreihen und Erker lagen in rote Glut getaucht. Das Ganze schien eine große Feuersbrunst und war doch nur ein Freudenspiel. Nun brach der Fackelzug aus den Gebüschen und Baumgruppen des Parkes hervor; wie eine feurige Schlange näherte sich's dem Schlosse.

Von der breiten steinernen Freitreppe, die vom erhöhten Parterre des Schlosses in den Park hinabführte, sah die Hochzeitsgesellschaft dem Schauspiele zu. Herren mit Epauletten und Ordenssternen, Damen mit Spitzen, Brillanten, weißen Pelzkragen und Mantillen. Greise Häupter, liebliche Mädchengesichter! Ein Flor von hellen duftigen Toiletten! Dazwischen der Ernst des Frackes und das Blitzen der Uniformen. –

Karl war es, als träume er. Wie eine Erscheinung aus anderer Welt, ein Wunder, nie gesehen, von ungeahntem, unbegreiflichem Glanz, stand dieses Bild auf einmal vor den erstaunten Augen des Dorfkindes. Als wär ein Vorhang weggerissen, und er dürfe einen Blick tun in den Himmel, war ihm zumute. Er konnte nur starren und starren. Das Bild stand da, lebendig, in tagheller Beleuchtung; ringsherum war Nacht.

Der Zug machte Halt. Jemand sprach. Der Bräutigam verneigte sich und schüttelte einigen Deputierten die Hände. Die Braut winkte mit ihrem weißen Arme. Dann schrie eine Stimme: «Hoch!» Hunderte fielen ein und schwenkten die Hüte. Karl schrie aus Leibeskräften mit. Ihn hatte es auf einmal wie Begeisterung erfaßt. Feierlich war ihm zumute; er mußte gegen das Weinen ankämpfen. Kommandoruf! Die Spitze setzte sich in Bewegung. Die einzelnen Rotten marschierten im Gleichschritt vorüber, den Kopf stramm nach rechts gewandt wie bei der Parade. Noch einmal sah Karl das Bild, jetzt zum Greifen nahe. Die einzelnen Gesichter ganz deutlich, den bloßen Arm einer Dame, die Bärte der Männer. Wie sie da standen, lächelten, sich unterhielten, kaum zu ihnen hinabblickten.

Dann war der Traum vorüber, der Vorhang wieder gefallen. –

Der Zug marschierte um das Schloß herum, über die steinerne Brücke, bog von hinten in den Schloßhof ein. Die Fackeln wurden in den Wallgraben zusammengeworfen.

Auch in dem steingepflasterten Schloßhofe brannten Pechpfannen und Holzstöße. Tische und Bänke waren hier in langen Reihen aufgestellt. Der Graf ließ die Fackelträger bewirten.

Karl war bereits berauscht, nur vom Sehen. Nun hätten die größten Wunder geschehen können, es hätte ihn nicht sonderlich in Erstaunen gesetzt.

Sie bekamen zu essen: Braten, dazu wurde Wein kredenzt. Karl dachte bei sich, so ungefähr müsse es im Himmel zugehen. –

Ein Mann mit einem Jägerhute auf dem Kopfe und einer breiten farbigen Schärpe um den Leib, hielt eine Ansprache, an die «Kameraden». Andere Reden, Hochs und Hurras folgten. Später erschien der Graf, gefolgt von Offizieren und Herren mit Ordenssternen. Der Schloßherr sprach einige Worte des Dankes. Wiederum Hochs und Hurras und noch mehr Wein.

Karl hatte nur noch das Gefühl unaussprechlich seligen Wohlbehagens. So etwas hatte er noch nie erlebt und würde er nie wieder erleben.

Von da ab kam er nur noch augenblicksweise zum Bewußtsein. Auf einmal stand er mit anderen Leuten zusammen im Parke, vor der steinernen Freitreppe, die jetzt leer war. Die hohen Fenster des ersten Stockes waren erleuchtet. Man hörte Musik von drinnen. An den Fenstern vorüber huschten Schatten; sie tanzten.

Nun saß er auf einmal in einem rauchigen Zimmer. Vor Tabaksqualm vermochte er seinen Nachbar kaum zu erkennen. Auf dem Holztische vor ihm stand ein Schnapsglas, daneben ein Fläschchen. Rings um ihn her Gesichter, und vor jedem eben solch ein Gläschen und Fläschchen. «Büttner bezahlt de Zeche, der hat's gruße Gald», hieß es. «Ich – ich – ha nischt ne mih, de Frau hat's!» Ein lautes Gelächter erscholl.

Karl stand auf, schlug auf den Tisch und wollte den Freunden erzählen, wie ihn Therese um sein Geld gebracht hätte; da schwanden ihm die Sinne, er stürzte hin.

Als er erwachte, lag er im Straßengraben, über und über mit Tau bedeckt. Am Himmel zeigten sich rötliche Streifen. War es Abend oder Morgen? Er befühlte seine Glieder. Der Kopf schmerzte ihm.

Einige Zeit darauf befand sich Karl Büttner auf dem Wege nach Haus. Die Mütze fehlte ihm, er hinkte, über die Backe lief ihm eine blutunterlaufene Strieme. So humpelte er weiter, die Zähne auf einander gebissen, die Fäuste geballt. Sein Hirn war noch umnebelt; kaum daß er begriff, wo er sei.

Aber er hatte einen Gedanken, der sich seines gesamten Sinnens und Denkens bemächtigt hatte, ein Ziel, auf das er mit der stieren Wut des Betrunkenen losging: sein Geld!

Er wollte das Geld zurück haben. Seine Frau hatte es ihm weggenommen. Es gehörte ihm. Heraus damit! –

So kam er mit blutunterlaufenen Augen heran. Er schwankte und turkelte, aber er näherte sich seinem Ziele.

Es war bereits heller Tag, als er vor das Haus kam. Die Tür war verschlossen. Er donnerte mit schwerer Faust dagegen. Therese steckte den Kopf zum Fenster hinaus. «Bist de's? – Schwein!» Damit warf sie den Flügel wieder zu. Er lehnte da eine ganze Weile, rüttelte an der Tür, brüllte um Einlaß.

Endlich öffnete sie. Er stürzte ihr halb in die Arme. Sie fing seine schwere Last auf, bewahrte ihn so vor sicherem Sturze. «Wo hast de gesteckt, de ganze Nacht? – De stinkst nach Schnapse!» Damit stieß sie ihn durch den Gang, vor sich her. Er strebte, die Tür zum großen Zimmer zu gewinnen. «Nich hiernei giehst de! Daß d'ch de Kinder sahn, besuffen wie's de bist!»

Sie wollte ihn in die Kammer stoßen, aber er stemmte sich zwischen die Türpfosten. Es entstand ein Ringen zwischen den Ehegatten. Sie glaubte, seiner leicht Herr werden zu können, wie bereits manch liebes Mal, in früherer Zeit; sich zur Wehr zu setzen, hatte er noch nie gewagt.

Aber sie fand einen ganz anderen in ihm, heute. Er drang auf sie ein. Den wuchtigen Hieben seiner schweren Fäuste vermochte sie nicht Stand zu halten. Sie versuchte loszukommen von ihm, er hielt sie wie in eiserner Umklammerung. Sie schrie und wehrte sich wie eine Verzweifelte. Aber es gab kein Entkommen. Er hielt sie mit einer Hand und gebrauchte die andere wie einen Hammer. «Mei Geld!» gröhlte er zwischen den einzelnen Schlägen: «Mei Geld! Gib mei Geld raus?»

«'s Geld kriegst de ne!» sagte sie mit weißem Gesicht.

Der Kampf ging weiter. Therese war keine schwächliche Frau; sie brachte ihn mehrfach zum Wanken. Aber gegen seine ungeschlachten Kräfte konnte sie auf die Dauer doch nichts ausrichten.

Karl Büttner glich einem wilden Tiere in seiner Wut. Niemand hatte ihn je so gesehen: das Gesicht gänzlich verzerrt, mit geiferndem

Munde und funkelnden Augen. Das war nicht mehr der vom Vater ererbte trotzige Bauerngrimm – zum Tiere war der alte Traugott Büttner nie geworden, auch im Zorne nicht. – Das mußte von weiter her kommen. Zurückgedämmte Wildheit brach hier durch, niedere Triebe stiegen aus einem dunklen lang verdeckten Abgrunde ursprünglicher Verwilderung auf. –

Therese hielt sich tapfer. Bleich wie Leinewand stöhnte sie mit versagender Stimme: «s Geld kriegst de ne! Und wenn de mich tutschlägst!»

Er raufte ihr das Haar, riß ihr die Kleider in Stücke. Dann faßte er sie plötzlich mit beiden Armen um den Leib, hob sie aus und warf sie zu Boden, wie ein Bündel. Er stolperte dabei, fiel über sie hin, lag auf ihr und schrie ihr ins Ohr: «Mei Geld! Gibst de mei Geld raus?»

Sie lag da mit geschlossenen Augen. Schon griff er nach ihrem Hals, um die Ohnmächtige zu würgen, als er sah, daß Blut unter dem Haar hervordrang: ein dünner roter Faden, der über die Stirn, an der Nase hin, nach dem Munde zu eilte.

Da hielt er inne; hiervor erschrak selbst die bestialische Wut. Er erhob sich, betrachtete sie. Die Frau sah schrecklich aus, mit ihrem zerfetzten Haar und dem entblößten Busen.

Er zog sich unwillkürlich vor dem zurück, was er angerichtet hatte. Ihm ward schwül; die Beine versagten ihm plötzlich den Dienst. Er schlug auf das Bett hin. In wenigen Minuten schnarchte er, die Glieder weit von sich streckend.

Nach einer Weile fing Therese an, sich zu regen. Sie öffnete die Augen, bewegte die Arme, richtete sich mühsam auf. Nach dem Kopfe tastend, entdeckte sie das Blut. Sie wischte es ab, so gut sie konnte.

Dann erhob sie sich ganz, befühlte ihre Gliedmaßen. Sie konnte noch stehen und gehen, wenn auch mit argen Schmerzen.

Nebenan heulten die Kinder. Therese öffnete die Tür zur Hälfte und rief ihnen zu: sie sollten stille sein, gleich würde sie kommen.

Dann fiel ihr Blick auf den schlafenden Karl. Der Kopf war ihm über die Bettlehne gesunken. Sein Gesicht war bereits blaurot. Er röchelte.

Sie betrachtete ihn einen Augenblick, dann griff sie unwillkürlich zu, um ihn aus der gefährlichen Lage zu befreien. Sie hob seinen schweren Kopf und schob ihm ein Kissen unter. Nicht gerade mit zarter Hand, aber doch in sorgender Frauenweise tat sie das.

Dann untersuchte sie ihren Leib und ihre Kleidung. Beschunden war sie und zerfetzt, ein ganzes Büschel Haare hatte er ihr ausgerauft, aber totgeschlagen hatte er sie doch nicht.

Und das Geld hatte er auch nicht und sollte es auch nicht bekommen; nun erst recht nicht!

Ein Lächeln des Triumphes flog über das Gesicht des tapferen Weibes.

7

Die Herbstarbeiten hatten für die Sachsengänger angefangen: Kartoffelhacken und Rübenroden. Der Oktober war feucht gewesen. Der schwere Boden hatte sich vollgesogen mit Nässe, die Ackerscholle war zäh und klebrig.

Rübenroden ist schwere Arbeit. Sie hatten sich dazu in Gruppen geteilt. Ein Mann ging an der Spitze, um die Erde mit dem Spaten zu lockern. Das ihm zunächst folgende Mädchen zog mit jeder Hand eine Rübe aus und klopfte sie gegeneinander, bis sie von Erde befreit waren. Die nachfolgenden Mädchen schlugen dann den Rüben mit dem Hackmesser die Blätter ab.

Diese Arbeit mußte äußerst sauber geliefert werden. Der Inspektor kam häufig und kontrollierte. Gustav hatte seine liebe Not mit den Mädchen, die oft genug Erdreste an den Runkeln sitzen ließen und zu viel, oder auch zu wenig, von dem grünen Kopfe der Rübe abschlugen.

Im Hintergrunde drohte die Fabrik, die nur allzuschnell mit der Klage über mangelhafte Lieferung dawar. Der Besitzer machte dann dem Inspektor Vorwürfe, der nahm den Aufseher vor, der Aufseher schließlich schalt die Arbeiter. Und so kam das Ungewitter im Instanzenwege endlich bis zu den armen Runkelmädchen, über deren Häuptern es sich grollend entlud.

Abends kehrte man todmüde von der anstrengenden Arbeit in die Kasernen zurück, durchnäßt, mit beschmutzten Kleidern. An den Stiefeln und Röcken klebte das Erdreich. Selbst die ordentlichsten Mädchen konnten jetzt nicht mehr reinlich zur Arbeit antreten.

Es hatte sich der geplagten Menschenkinder eine große Sehnsucht nach der Heimat bemächtigt. Man setzte dem Aufseher zu, daß er um baldige Entlassung aus dem Dienst einkommen solle.

Im Kontrakte war ein Termin nicht genannt; es stand darin nur, daß die Wanderarbeiter bis zur Beendigung der Rübenernte zu bleiben hätten.

Die Ausbeute war in diesem Jahre reichlich gewesen: die Köpfe groß und schwer; die Pflanzen hatten nur wenig durch Auswachsen und Faulwerden gelitten. Das Gut mußte, laut Kontrakt, ein bestimmtes Quantum Rüben an die Fabrik liefern. Diese Bedingung war erfüllt. Der Rest der Rübenernte sollte eingemietet werden. Hierzu waren die Weiber nicht nötig; das Bewerfen der Rübenmieten mit Erde besorgten besser starke Männerhände.

Der Inspektor erklärte, auf Gustavs Ansuchen, sie zu entlassen: Herr Hallstädt gestatte den Mädchen heimzukehren, die Männer jedoch müßten bleiben, bis die letzte Rübe eingemietet sei.

Gleichzeitig wurde von Seiten der Gutsverwaltung der Versuch gemacht, Gustav mit seinen Leuten für den nächsten Sommer anzuwerben. Der Inspektor ließ sich zu leutseligem Wesen herab, als er mit diesem Ansinnen kam. Statt des hochfahrenden Vorgesetztentones, den er bisher den Wanderarbeitern gegenüber gehabt, schlug er auf einmal mildere Weisen an, suchte sich dem Aufseher gegenüber als Kamerad aufzuspielen.

Aber bei Gustav verfingen diese Künste nicht. Er hatte das zweideutige Verhalten des Mannes, der sich jetzt als Arbeiterfreund gab, von der Ausstandszeit her noch zu gut im Gedächtnis; auch wünschte er sich keinen zweiten Sommer wie diesen. Er lehnte daher das Anerbieten rundweg ab.

So reisten denn die Mädchen in ihre Heimat zurück. Gustav ließ seine Frau und den Jungen mit ihnen fahren. Pauline hatte sich in der letzten Zeit totunglücklich gefühlt. Die Häuslichkeit fehlte ihrem Ordnung und Ruhe bedürftigen Sinn. Sie sehnte sich nach der Mutter und ihrem kleinen Häuschen in Halbenau zurück. Manche Träne hatte sie heimlich verschluckt, um Gustav nicht durch ihr Leid noch trüber zu stimmen.

Ernestine war leichten Herzens. Unter allen Mädchen hatte sie am meisten zurückgelegt vom Verdienst. Was sie mit Häschke verabredet habe, erfuhr niemand, aber es war anzunehmen, daß sie einig seien. Er hatte ihr seine Ersparnisse übergeben als eine Art von Unterpfand, daß er sie nicht sitzen lassen werde. Man munkelte, er wolle zunächst in seine Heimat zurückkehren, um sich dort nach festem Erwerb umzusehen, dann würde er Ernestinen nachholen und Hochzeit mit ihr machen.

Das andere Liebespaar machte es ähnlich. Fumsack wollte nach beendeter Rübenarbeit wieder zu seinem Schmiedegewerbe zurückkehren. Mit dem von ihm und seiner Braut verdienten Gelde hatte er vor, sich selbständig zu machen. Dann sollte geheiratet werden.

Von der ganzen Gesellschaft blieb nur einer im Westen zurück, das war Welke, der ehemalige Stallbursche. Der hatte eine Stelle als Kutscher bei einem Fabrikanten der Nachbarschaft angenommen.

Die vier Männer arbeiteten noch ihre Aufgabe ab. Endlich war die letzte Schaufel Erde auf die große Rübenmiete geworfen. Nun konnten auch sie reisen.

Gustav hatte zum Schluß noch eine häßliche Auseinandersetzung mit dem Inspektor. Die Gratifikation, welche ihm im Frühjahr in Aussicht gestellt worden war, sollte ihm jetzt vorenthalten werden. Und in seinem Kontrakte stand doch, er solle eine Extravergütung erhalten, falls man mit den Leistungen seiner Leute zufrieden sein würde! – Nun war es außer allem Zweifel, daß diese Gruppe mehr und besser gearbeitet hatte als irgendeine andere. Aber jetzt, wo Gustav erklärt hatte, daß er im nächsten Jahre nicht wiederkommen würde, gab man ihm zu verstehen: man habe keinen Anlaß, ihm die Gratifikation auszuzahlen.

Gustav war empört über diese Ungerechtigkeit. Er verlangte, mit Herrn Hallstädt persönlich zu sprechen. Aber auch jetzt noch wurde der Gutsherr wie ein Gott hinter Wolken gehalten; Herr Hallstädt sei nach dem Süden verreist, hieß es.

Das war Wasser auf Häschkes Mühle. Längst hatte er gewarnt, Gustav solle sich vorsehen. Aber der war natürlich wieder der Dumme gewesen in seinem Vertrauen auf die Großen. Nun hatten sie ihn doch übers Ohr gehauen. So waren die Reichen ja alle! Wenn sie einem armen Luder das Fell über die Ohren ziehen konnten, das war ihnen ein wahrer Hochgenuß! –

Gustav hatte früher auf Häschkes Brandreden nichts gegeben. Wenn er ihn dergleichen in Gegenwart der anderen äußern hörte, hatte er ihm wohl das Maul verboten. Jetzt sagte er nichts. Der Gedanke kam ihm, daß Häschkekarl vielleicht nicht so unrecht habe.

Häschke hatte schon immer auf Gustav eingeredet, er müsse ihn auf der Heimatreise begleiten. Vielleicht gefalle es ihm dort, und sie fänden ein gemeinsames Unterkommen für die Zukunft. Häschke hatte sich, seit Gustav um sein Verhältnis zu Ernestine wußte, unwillkürlich vertraulicher zu ihm gestellt; er nannte Gustav neuerdings «Schwager», und der hatte sich nicht dagegen gesträubt.

Gustav ging schließlich auf Häschkes Plan ein. Warum sollte er den Umweg nicht machen? Er bekam auf diese Weise ein Stück Welt zu sehen, vielleicht fand er sein Glück dabei. Die Zukunft war ja immer noch ungewiß für ihn.

Er schickte sein Geld und die überflüssigen Kleidungsstücke an Pauline nach Halbenau, behielt sich nur soviel, daß er ungefähr vierzehn Tage lang damit auskommen konnte. Dann verschafften sich die beiden ihre Arbeitszeugnisse und ließen sich ihre sonstigen Papiere von der Behörde abstempeln. Denn die Hauptsache beim Reisen sei, daß man die «Flebben» in Ordnung habe, erklärte der in solchen Dingen erfahrene Häschke.

So machten sie sich eines Tages im Anfang November auf die Reise, den ‹Berliner› auf dem Rücken und den ‹Stenz› in der Hand, als echte und rechte Wanderburschen. Ein paar Tage marschierten sie auf der großen Landstraße. Des Nachts schliefen sie in der ‹Katschemne›, die Häschke, der diese Fahrt schon einmal ‹abgetippelt› hatte, genau kannte. Da sie ‹Asche› hatten, gab der ‹Penne-Poos› auch gerne eine ‹Hulke›, daß sie nicht ‹Bankarbeit machen› mußten, wie die Kunden das Schlafen auf der Diele bezeichnen. Die Herbergen zur

Heimat vermied Häschke, denn dort war es langweilig, da wurde des Morgens und Abends gebetet, und ‹Soruff› bekam man nicht einmal, wenn man ihn bezahlte. Da zog er sich die Katschemnen oder wilden Pennen vor, dort gab es immer was zu sehen und zu hören und Schnaps, so viel man wollte.

Dann trat schlechtes Wetter ein. Häschke schlug daher vor, «mit dem Feurigen zu walzen», um seine Kleider zu schonen. Sie wandten sich der nächsten Eisenbahnstation zu und lösten sich Billetts dritter Klasse, auf Häschkes Rat. In der vierten reiste jetzt wieder allerhand Gesindel, Polen und Russen, nach der Heimat zurück, und da konnte man am Ende gar ‹Barach› auflesen.

Häschkekarl war in prächtiger Laune. Die Erinnerung an die alte Stromerherrlichkeit war neu in ihm erwacht. «Fremd machen», wie er das Feiern von der Arbeit nannte, und so dritter Güte durch die Welt kutschieren, das war etwas für seinen leichten Sinn. Und dazu noch das Bewußtsein, einen ganzen Sommer durch bei einer Arbeit und bei einem Mädel ausgehalten zu haben, das hob sein Selbstbewußtsein mächtig. Sie waren ein Paar rechte Kerle, er und Gustav. Es müßte mit dem Teufel zugehen, wenn sie zusammen sich nicht durch die Welt finden sollten!

Das nächste Ziel ihrer Reise war eine große Handels- und Industriestadt im Königreich Sachsen. Mit einer gewissen Wichtigtuerei deutete Häschke seinem Wandergenossen an, daß er dort Freunde habe. Gustav irrte nicht in der Annahme, daß er damit Parteigenossen meine.

Häschkes politische Gesinnung war Gustav schon lange verdächtig gewesen. Einmal hatte er ihn direkt zur Rede gestellt: er sei doch nicht etwa ein «Roter»? Häschkekarl hatte darauf vielsagend gelächelt und vor sich hingepfiffen. Die Roten seien gar nicht so schlecht, war seine endliche Erklärung, die wollten nur das Beste der Menschen. Und gelegentlich hatte er versucht, dem Freunde ein kleines gelbes Büchlein in die Hand zu drücken; da werde er alles drinnen finden, was man wissen müsse, meinte er, das sei besser als der Katechismus.

Aber Gustav hatte diesen Versuch, seine Gesinnung zu verderben, mit Entrüstung zurückgewiesen. Von der Kanzel herab und von den

Vorgesetzten war ihm eingeprägt worden, daß es nichts Gefährlicheres gebe auf der Welt, und nichts Verabscheuungswürdigeres, als jene Partei, die alle göttliche und menschliche Ordnung umstürzen wolle. Vom Elternhause her brachte er zudem einen Abscheu mit gegen alles, was Politik hieß. Der alte Büttnerbauer hielt keine Zeitung und war nie in seinem Leben zur Wahlurne gegangen. Gustav war darin echter Bauer geblieben, daß er alles Parteiwesen verachtete und verabscheute.

Seit er im vorigen Frühjahr die Heimat verlassen, hatte sich seine Anschauung auch hierin verändert.

Im Westen hatte er eine gänzlich neue Wirtschaftsweise kennengelernt, leichtere bequemere Lebensführung, ganz andere Arbeitsbedingungen als daheim in dem abgelegenen Dörfchen. Das Verhältnis des Gesindes zur Herrschaft, des Arbeiters zum Arbeitgeber, war hier ein viel loseres. Die Arbeitskraft schien eine Ware. Das Geld bildete die einzige Beziehung zwischen Herr und Knecht. Die Maschine besorgte vieles, wozu man daheim viele Hände brauchte. Der Grundbesitzer stand kaum noch in einem persönlichen Verhältnis zu seinem Boden; Landmann konnte man ihn nicht mehr nennen. Er war mehr mit einem Kaufmann oder Unternehmer zu vergleichen; vom wirklichen Ackerbau verstand er vielleicht gar nichts. Die Bodenarbeit überließ er den fremden Arbeitern, die von Beamten bewacht wurden. Der Grundbesitzer schien hier kaum noch eine Person; hinter ihm standen andere Mächte: die Fabrik, die Aktie, das Kapital, die zwischen den Besitzer und sein Stück Erde traten.

Und in eine ganz andere Welt wiederum hatte Gustav Einblick gewonnen, während der Tage, die er mit Häschke auf der Walze gewesen. Da hatte er den fünften Stand kennengelernt, das unheimliche Heer der Obdachlosen, der Ausgestoßenen, der Verkommenen, die hinter der bürgerlichen Gesellschaft als ein neuer Stand heranrücken. In eine eigenartige Welt hatte er da geblickt. Diese Menschenklasse, auf die der Bauernsohn als auf Landstreicher und Verbrecher herabgeblickt hatte, waren eine Zunft für sich, besaßen ihre eigene Sprache, ihre Gebräuche, ihre Standesehre sogar.

Und wo stammten die meisten von ihnen her? Von bäuerlichen Vorfahren. Das Land war ihre Wiege gewesen. Die Männer, die im Anfang des Jahrhunderts dem deutschen Bauern die Freiheit schenkten, hatten wohl nicht gedacht, daß die Enkel des seßhaftesten Standes nach wenigen Generationen die Landstraße bevölkern würden. Die Gabe der Freizügigkeit war für viele das gewesen, was ein starker Luftzug für einen schwächlichen Körper ist. Freiheit hatten diese Unglücklichen nur allzuviel; sie waren vogelfrei. Losgerissenen Blättern glichen sie, die verloren umhergewirbelt werden. Trümmerstücke der modernen Gesellschaft! Treibendes Holz auf den Wogen des Wirtschaftslebens! Entwurzelt, ausgerodet aus dem Heimatboden, und nun unfähig, irgendwo neue Wurzeln zu treiben.

Nicht alle waren verdorbene Landleute. Jeder Stand hatte seinen Tribut an die Landstraße gezahlt. Brotlose Fabrikarbeiter, heruntergekommene Kaufleute, stellenlose Beamte, entlassene Sträflinge, Bettler von Profession, Arbeitsscheue, Invaliden, fahrende Künstler. – Die wenigsten waren zünftige Handwerksburschen, wie sie in früherer Zeit durch das Land reisten von Meister zu Meister, um ein Stück Welt zu sehen und ihre Fertigkeit zu vermehren. Nicht die Arbeitslust, die Not hatte diese hier auf die Straße getrieben.

Allen war das eine gemeinsam: die Heimatlosigkeit. Von der Scholle waren sie getrennt, deren mütterlich nährende Kraft nichts ersetzen kann. Das waren die wirklich Enterbten, denn sie hatten nicht, worauf jeder von Geburtswegen Anspruch hat, ein Stück Erde, darauf er seine Füße ausruhen, auf dem er leben und sterben darf. –

In den Pennen hatte Gustav Reden mit angehört und Dinge gesehen, die ihm die Haut erschaudern machten, obgleich er vom Dorfe und der Kaserne her doch nicht gerade verwöhnt war.

Unter diesen hier galt kein Gesetz als das der Gaunerei, keine Ehre außer der Vagabundenpfiffigkeit, Genuß und Vorteil waren die einzigen Autoritäten, die anerkannt wurden, Rechtlichkeit und Frömmigkeit wurden verlacht. Wie konnte der auch rechtlich sein, der nichts zu gewinnen und nichts zu verlieren hatte, wie konnte fromm und gut sein, der, dem Tiere gleich, ohne Gerechtigkeit, ohne Achtung, ohne Liebe war. Die Begriffe von Gut und Böse, von Eigentum, Recht und Ordnung mußten sich verschieben und in ihr Gegenteil verkehren für Existenzen, die in der Luft schwebten, die den Zusammenhang mit ihresgleichen den Boden unter den Füßen, den Untergrund aller Gesellschaft, verloren hatten.

In Gustavs Gemüt hatten die Erlebnisse der letzten Zeit einen unklaren Bodensatz zurückgelassen. Es ging doch ganz anders zu in der Welt, als er sich's früher vorgestellt hatte, ganz anders, als es ihm seine Lehrer und Instruktoren gesagt. Viel Ungerechtigkeit gab es, von der man sich nichts hatte träumen lassen. Die Güter waren sehr ungleich verteilt unter den Menschen.

Wenn sie auf ihrer Wanderung an prächtigen Rittergütern, stattlichen Kirchen, prunkhaften Fabrikantenvillen vorüberkamen, da hatte Häschke wohl mit der Faust hinübergedroht nach jenen stolzen Gebäuden, einen Fluch hervorgestoßen und ausgespuckt.

Gustav hatte ihm darin nicht nachgeahmt. So schnell wollte er nicht den Glauben an jene Autoritäten aufgeben, die sein ganzes bisheriges Leben beherrscht hatten. Aber der Kinderglaube an die weise Einteilung und gerechte Ordnung aller Dinge hatte einen Stoß erlitten. In sein Blut war ein Stoff getragen worden, der, wenn einmal aufgenommen, nicht mehr zu tilgen ist.

Die neuen Ideen hatten noch keine feste Gestalt angenommen bei ihm; er fürchtete sich vor dieser Weltanschauung. Aber er konnte es nicht verhindern, daß sich ihm die Dinge in die Augen drängten, und daß er sich selbst neuerdings auf Gedanken ertappte, die ihm noch vor kurzem verbrecherisch erschienen wären.

Gustav und Häschke fuhren in die Stadt ein. Schon lange hatte man an den vereinzelten Häusern mitten im Felde, den Bauplätzen und halbfertigen Straßenreihen, den Feuermauern, Essen und Etablissements aller Art, die Stadt gemerkt. Aus dem Kohlendunst, der, einer düsteren Wolke gleich, am Horizonte stand, konnte man schließen, daß es ein industrielles Zentrum sei. Sobald man in den mächtigen Bahnhof mit seiner glasbedachten Halle eingefahren war, übernahm Häschke die Führung; er war auf diesem Pflaster wohlbekannt.

Das erste, was er tat, war, sich an einer Straßenecke eine Zeitung mit Wohnungsanzeiger zu kaufen; darin hatte er bald gefunden, was er suchte: «Schlafstellen für Handwerksburschen und Zugereiste noch zu haben bei Müller auf der Feldstraße».

Häschke kannte die Feldstraße nicht. Aber es war erstaunlich, wie er sich durch die große Stadt zum Ziele fand. Ein-, zweimal wurde gefragt – nicht der Polizist, «denn der wird dir bloß grob, wenn du keinen guten Rock anhast!» – erläuterte Häschkekarl.

Bei Müller auf der Feldstraße mußten sie vier Treppen steigen. Der Mann war in der Fabrik, die Frau zeigte die Schlafstellen.

In einer Dachkammer, deren Decke schräg abfiel, standen fünf Betten, so eng nebeneinander, daß die hinteren Schlafburschen über die Betten der vorderen steigen mußten. Zwei Betten waren besetzt, «an junge Leute, die auch Arbeit suchen», wie die Frau mit einem Blicke auf die Berliner der beiden sagte; sie hatte die Fremden mit Kennerblick sofort richtig eingeschätzt.

Man mußte, um zu der Dachkammer zu gelangen, durch das Familienzimmer der Vermieter gehen. Zwei nicht gerade saubere Kinder krochen auf der Diele umher, ein anderes lag im Schlafkorb. Die Frau sah leidend aus und abgehärmt.

Häschke fragte nach dem Preis des Bettes. «Zwei Mark die Woche!» lautete die zaghafte Antwort. Häschke meinte, das sei viel, handelte aber nicht. Den gutmütigen Gesellen dauerte die Frau. Man wurde handelseinig.

Die Wanderburschen legten die ‹Berliner› ab und suchten, sich fein zu machen; man war ja in der Stadt! Die Wirtin gab dazu ihr eigenes Waschbecken her; auch ein Stück Seife und ein Handtuch fand sich herzu. Man war schnell in gutes Einvernehmen mit der Frau gekommen. Häschke hatte das Wohlgefallen der Mutter durch kleine Späßchen mit den Kindern zu erobern verstanden.

Die beiden verspürten Hunger. Häschke entsann sich einer Kneipe, in der er früher, als er hier als Schlosserlehrling gearbeitet, oft verkehrt hatte. Dort würde man auch allerhand erfahren, was in der Welt vorgehe.

Man befand sich im Fabrik- und Arbeiterviertel der Stadt. Auch jene Kneipe entsprach der Umgebung: nüchtern einfach, für die Verhältnisse des kleinen Mannes berechnet. Häschke prüfte, ehe man eintrat, das Schild. Es war noch der alte Name; also würde wohl auch der alte Geist hier walten.

Man betrat das Lokal. Häschke gab sich als ein alter Kunde der Wirtschaft zu erkennen. Der Wirt schmunzelte verständnisvoll und erklärte, sich seiner noch ganz gut zu entsinnen.

Während der bestellte Imbiß für die beiden zubereitet wurde, setzte sich der Wirt zu ihnen an den Tisch. Er schien ein geistig reger, gut unterrichteter Mann zu sein. Häschke erfuhr von ihm im Laufe einer Viertelstunde alles, was er wissen wollte.

Die Lage des Arbeitsmarktes war eine gedrückte zur Zeit. Für Zugereiste gab es so gut wie gar keine Anstellungsaussichten. Besonders in der Maschinenbranche, nach der sich Häschke erkundigt hatte, gingen die Geschäfte ganz flau. Die Fabriken arbeiteten nur, um nicht schließen zu müssen. Die großen Unternehmer wollten die Krisis benutzen, sich einer Anzahl Arbeiter zu entledigen, und dann die Löhne der übrigen zu drücken. Dazu gab es eine Menge Arbeitsloser, die sich von Tag zu Tag durch Zuzug aus den Kohlenrevieren vermehrten, wo seit einem Monat Streik herrschte. Große Demonstrationen der Arbeitslosen hatten bereits stattgefunden, fast jeden Abend gab es Volksversammlungen, die Polizei hatte zu tun.

Kurz, es ging allerhand Interessantes vor! Der Wirt schmunzelte wiederholt bei seinem Berichte. Ihn erregten diese Dinge durchaus nicht; er fuhr unter allen Umständen gut. Je mehr Unzufriedene, desto stärker der Besuch seines Lokales. –

Alles war hier darauf berechnet, dem Proletarier zu schmeicheln; kein Bourgeoisblatt war zu erblicken, nur Zeitungen einer bestimmten politischen Richtung. Hier bekam Gustav zum ersten Male in seinen Leben Blätter in die Hand, welche er nur aus Verwarnungen der Vorgesetzten dem Namen nach kannte, die er nie anders als mit Abscheu und Entrüstung hatte nennen hören. In einem Kasten, unter Glas, lagen Parteischriften.

Der Wirt war vertraulicher geworden, sobald er gemerkt, daß er in Häschke einen sicheren Genossen vor sich habe. Gustav hörte mit Staunen der Unterhaltung zu. Noch niemals hatte er so freie Reden gehört. Die urteilten über Personen, Behörden, Einrichtungen, die er für unantastbar gehalten hatte, mit einer Geringschätzung, daß ihm eine Gänsehaut nach der anderen über den Rücken lief. Er verstand nicht alles, was sie sagten, denn sie brauchten Ausdrücke und Wendungen, die ihm nicht geläufig waren. Noch war ihm alles das neu und unheimlich, und doch zog es ihn an.

Abends ging es in eine Volksversammlung. Gustav hatte noch nie einen so mächtigen Saal gesehen. Der war höchstens zu vergleichen mit der verdeckten Reitbahn in der Kaserne. Der Raum wurde erleuchtet durch einzelne runde Lampen, die in der Höhe schwebend, das ganze mit mildem weißlichen Licht übergossen, so hell, daß man jedes einzelne Gesicht bis in die entfernteste Ecke des riesenhaften Raumes erkennen konnte. Tausende waren da versammelt. Man saß an Tischen, hatte sein Glas Bier vor sich stehen. Viele, die keinen Platz zum Sitzen gefunden hatten, stauten sich unter den Galerien, die ebenfalls, bis zur dritten Empore, mit Menschen gefüllt waren.

Und am unteren Ende des Saales auf einem erhöhten Platze, wie auf einer freien Bühne, saßen einige Männer, die Einberufer der Versammlung, neben ihnen ein Polizist; die einzige Uniform in der großen schwarzen Menge.

Gustav verstand nichts von den Vorgängen. Häschke erklärte ihm, daß sie «ein Komitee bildeten». – Es schienen alles Männer aus dem Volke zu sein, ihrer Sprache und Kleidung nach zu urteilen. Auch der Mann, der jetzt sich zum Worte meldete, war ein Arbeiter, ein «Entlassener und Arbeitsloser», wie er selbst sagte. Er sprach wohl eine Stunde lang. Die Tausende lauschten seinen Worten mit atemloser Spannung; man konnte nicht andächtiger einer Predigt zuhören. Gustav ward es zumute, als befände er sich in der Kirche.

Da brach die Menge auf einmal in ein Gelächter aus, über eine Bemerkung des Redners; darauf Beifallsrufe aus Hunderten von Kehlen. Von da ab wurde der Vortrag häufig unterbrochen, durch Zustimmung. Hin und wieder hörte man auch ein Zischen, aber das wurde sogleich durch verstärktes Bravorufen, Trampeln und Händeklatschen übertäubt. Als der Redner endlich geschlossen hatte, brach ein solcher Lärm los, das Gustav Schlimmes zu fürchten begann.

Das Tosen legte sich im Nu, als der Vorsitzende sich erhob, zu ein paar Worten. «Jetzt hat er die Diskussion eröffnet», erklärte Häschke dem Neuling.

Verschiedene aus der Versammlung traten auf das Podium. Wieder waren es nur ganz einfache Leute. Mancher unter ihnen sah ärmlich aus und heruntergekommen. Die meisten erklärten sich als «arbeitslos».

Und wie sprachen diese Männer! – Gustav konnte es gar nicht begreifen. Bettler und Stromer schienen es zu sein, wie er manchen von seines Vaters Tür gewiesen hatte. Und nun mußte er mit Beschämung erkennen, wie ihm diese einfachen Männer überlegen waren. Wie wußten sie die Worte zu setzen, ihren Gedanken Ausdruck zu verleihen!

Sie schilderten ihr Elend, berichteten von den Erfahrungen, die sie in der Fabrik, im Bergwerk, auf der Straße, gesammelt hatten. Von der Unbarmherzigkeit der Reichen sprachen sie und der Härte der Arbeitgeber. Dann schilderten sie den Jammer in ihren Familien. Und von diesem düsteren Hintergrund hob sich um so leuchtender ab das Bild der Zukunft: ihre Forderungen, die kühnen Hoffnungen und Erwartungen dessen, was da kommen sollte, der Ausgleich, die Vergeltung, das Glück, das irdische Paradies, welches ihnen prophezeit worden war, von ihren Lehrern, dessen Glanz sich in ihren glühenden Augen spiegelte.

Die Worte dieser Männer griffen Gustav ans Herz. Er fühlte die Not, die sie schilderten, als sei es seine eigene. Er war ganz auf ihrer Seite. Eine Ahnung ging ihm auf von dem, was sie beseelte.

Es war die gemeinsame Sache. Ein Geist, eine Hoffnung, eine Idee sprach aus ihren Blicken, beherrschte ihre Mienen, Bewegungen und Zungen. Eine Idee erfüllte sie, stärkte ihren Mut, entflammte ihre Begeisterung, ihr Hoffen, erhob sie über sich selbst, ließ jeden einzelnen mehr erscheinen, als er war.

Es lag etwas Ansteckendes in dem gleichen Fühlen so vieler; als habe sich der Luft etwas mitgeteilt von dem Empfinden eines jeden Kopfes, das vereinigt wieder zurückwirkte auf den einzelnen. Auch Gustav verspürte diese geheimnisvolle Wirkung des Massengeistes auf sich. Es lebte Großes und Erhebendes in dem Bewußtsein, sich eins zu wissen, in Hoffen und Wollen, mit Tausenden.

Auch ihn erfaßte die Sehnsucht nach dem, was jene erstrebten, das sich mit Worten kaum ausdrücken ließ, und das doch unausgesprochen aus jedem Auge hier leuchtete. Sie tappten unsicher umher, ihre Worte widersprachen sich; sie widersprachen auch einander gegenseitig in ihren Reden, stammelnd suchten sie nach Ausdrücken, um das zu sagen, was in ihrem Herzen lebte, unklar und verworren, was in jedem dieser Köpfe eine andere Gestalt angenommen. Und doch war etwas Gemeinsames da, das in der Tiefe der Gemüter schlummerte: die Sehnsucht nach dem Glück.

Elend waren sie und verkommen. Die Gegenwart war für sie eine dunkle Höhle, weit abgelegen von aller Schönheit der Oberwelt. Ihre Augen waren starr auf jenes kleine ferne Loch in der Höhe gerichtet, durch welches Licht und Sonnenwärme zu ihnen drang; dort hinauf wollten sie. –

Gustav übersah die Versammlung. So viel ernste Männerköpfe! Die meisten bleich, sorgenvoll, schmerzgeprüft. Konnte man sich vorstellen, daß diesen nicht ihr Recht werden sollte? –

Eines war ihm an diesem Abende klar geworden: schlecht waren diese Menschen nicht. Nicht Bosheit und Niedertracht beherrschte sie; sie trieb ein Streben, das auch ihn beseelte, wie jeden anderen Sterblichen: das Verlangen nach Besserung.

Inzwischen hatte ein neuer Redner das Wort erhalten. Es war ein kleiner kränklich aussehender Mann. Er sprach mit heiserer Stimme, die dort, wo Gustav saß, kaum zu vernehmen war. Er schien erregt und leidenschaftlich, mit ein und derselben, immer wiederholten hämmernden Handbewegung stieß er seine abgerissene rauhe Rede hervor. Etwas von «Kapitalismus» und «Bourgeoisregierung» drang an Gustavs Ohr.

An den hinteren Tischen wurde man unruhig. «Lauter!» rief jemand dem Redner zu. Der Mann erhob die Stimme und sagte nunmehr deutlich vernehmbar: «Wie kann man von Behörden, oder Regierung, Abstellung unseres Notstandes erwarten, wenn die aufs engste verbunden sind mit der blutsaugerischen Unternehmerclique, ja, wenn die nur die Handlanger sind des Kapitalismus ...»

Während er diese Worte in die Versammlung rief, hatte sich der Polizeioffizier erhoben. Er setzte den Helm auf und erklärte die Versammlung für aufgelöst.

Die meisten Anwesenden waren gleichzeitig von ihren Plätzen aufgesprungen. Das Rufen von tausend entrüsteten Männern ertönte wie ein einziger Schrei des Zornes. Ein Sturm, ein Tosen, erhob sich, in dem die einzelne Stimme verschlungen wurde, wie die kleinen Wellen von der zur Flutwelle aufgepeitschten Brandung.

Gustav erbebte. Was würde jetzt werden! In den Gesichtern umher las er Ingrimm und trotzige Entschlossenheit. Was konnte der entfesselten Wut dieser Tausende widerstehen?

Der Polizeioffizier stand unbeweglich vorn auf dem Podium, er musterte das tobende Meer zu seinen Füßen, scheinbar unerschrocken. Der Vorsitzende verschaffte sich durch Winke und Zeichen soviel Ruhe, daß seine Aufforderung, ruhig auseinander zu gehen, gehört ward.

Zwar wurden Fäuste geschüttelt, manch haßerfüllter Blick traf den Vertreter des Gesetzes da oben, manch halbunterdrücktes giftiges Wort erklang; aber dabei blieb es. Allmählich, in größerer Ruhe und Ordnung, als man es bei einer solchen Menschenfülle für möglich gehalten hätte, setzte sich die Menge in Bewegung und räumte den Saal.

Draußen auf der Straße freilich war erst zu erkennen, wie gut die Versammlung all die Zeit über bewacht gewesen war. Im Lichte der Gaslaternen blitzten Pickelhauben. Einzelne Berittene sprengten auf und ab und hielten den abströmenden Zug in steter Bewegung.

Gustav hatte das Bewußtsein, etwas Großes erlebt zu haben. Eine Ahnung war ihm aufgegangen, daß es Kämpfe gab in der Welt, von denen er daheim, wenn er hinter den Pferden einhergeschritten war, sich nichts hatte träumen lassen. Ein Vorhang war weggerissen worden vor seinen Augen, der ihm eine ganze Welt verborgen gehalten hatte.

Die nächsten Tage brachten neue Erlebnisse.

Er ging mit Häschke in die Arbeitsnachweisbüros und in die Fabriken. Da sah er in langen Reihen die Arbeitsuchenden stehen: Männer, die ihre Fertigkeiten, ihre Kräfte, anboten wie eine Ware. Er hörte die geschäftsmäßigen kalten Fragen der Bürochefs, er sah die verzweifelten Mienen der Abgewiesenen, vernahm unterdrückte Seufzer und wilde Flüche.

Dann wohnte er noch anderen Volksversammlungen bei. Er hörte die Rede eines berühmten Reichstagsabgeordneten der Arbeiterpartei. Durch Häschke lernte er einzelne Genossen kennen. Er bekam einen Begriff von dem Dasein einer weitverzweigten mächtigen Verbindung, einer Macht, die weit hinein reichte in alle Verhältnisse.

Und je mehr er sah, je mehr zog ihn an, was er kennenlernte. Es war, als sei er an den Rand eines Strudels geraten. Er fühlte, daß er da hinabgerissen werden sollte, widerstrebte und wurde doch in den verfänglichen Kreis hineingetrieben.

Als Soldat hatte er mehr als vier Jahre in der Stadt zugebracht; aber wo hatte er seine Augen damals gehabt! Jetzt erst, schien es ihm, wisse er, wozu er überhaupt lebe. Bis dahin hatte er hingedämmert ohne Sinn und Verstand. Er sah auf einmal die Welt mit ganz anderen Augen an. Hier allein in der großen Stadt war das Leben des Lebens wert, wo jeder Augenblick neue Erlebnisse, neue Erfahrungen, brachte.

Aber dieses schöne Leben fand sein Ende. Eines Tages beim Überzählen seiner Barschaft entdeckte Gustav, daß er kaum noch so viel habe, um nach Hause reisen zu können. Die letzten Tage hatten viel gekostet. Da war mancher Groschen für die arbeitslosen Genossen draufgegangen.

Häschke hatte auch nichts mehr, aber er nahm Vorschuß und konnte so Gustav aushelfen.

Eines Tages trennten sie sich. «Mach's gut, Schwager!» sagte Häschkekarl zum Abschiede. «Und wenn dir's in Halbenau nich gefallen will, dann denk' an Häschken. Ich wer' dir 'n Platz hier warmhalten.»

8 Auch nachdem er seinen schweren Rausch ausgeschlafen, verlangte Karl Büttner mit hartnäckigem Eigensinn von Therese, sie solle ihm sein Geld herausgeben. Die Behandlung, die ihr von seiner Seite widerfahren, hatte die standhafte Frau so wenig entmutigt, daß sie sich nach wie vor weigerte, ihm zu sagen, wo sie das Geld versteckt halte.

Unter der Hand erkundigte sich Therese nach ein paar Ziegen. Neuerdings hatte sie beschlossen, Ziegen von dem Gelde zu kaufen.

Jetzt noch Schweine aufzustellen, war zu spät im Jahre, damit wollte sie bis zum nächsten Frühjahr warten.

Karl war wie umgewandelt. Ein neuer Zug schien in sein Wesen gekommen zu sein, der ihm früher gänzlich fremd gewesen: Tücke. Man wollte ihm sein Geld vorenthalten – gut! Seine Antwort darauf war, daß er sich auf die faule Haut legte.

Ein Freund von angestrengtem Arbeiten war er niemals gewesen, aber jetzt stellte er sich an wie ein städtischer Gaul. Bis in den Vormittag hinein wälzte er sich im Bette, dann verlangte er zu essen. Wenn das Gewünschte nicht gleich kam oder nicht nach seinem Sinne war, fluchte und schimpfte er. Therese war nur noch seine Magd.

Früher, wo Karl die Gutmütigkeit in Person gewesen, hatte Therese ihn oft geplagt mit ihrer Streitsucht; immer hatte sie den Ruhseligen unter ihren energischen Willen zu ducken verstanden. Jetzt wendete sich das Blättchen. Jetzt wollte er ihr zeigen, daß es auch umgekehrt gehe; er hatte Wohlgefallen am Schlechtsein gefunden.

In Karl hatte all die Zeit über etwas geschlummert, etwas wie die versteckte Wildheit des Stieres, die nur ausbricht, wenn die Gelegenheit sie hervorlockt. In diesem Bauernsohne lag eine Summe von tierischer Kraft angesammelt, wie sie seine Vorfahren im harten Ringen mit der Natur wohl gebraucht; aber ihm waren alle jene edleren und feineren Gaben versagt geblieben, die den Landmann zu einem guten Wirt und Hausvater, zu einem Pfleger und damit in höherem Sinne zu einem Überwinder der Natur machen. Solange er in guter Obhut gewesen, unter der strengen Fuchtel des alten Bauern, auf dem väterlichen Gute wie ein Knecht gehalten, waren die wilden Seiten seines Wesens nicht hervorgebrochen, aber jetzt, wo er losgerissen von der Heimat, den Boden unter den Füßen verloren hatte, in Verhältnisse geworfen war, denen er mit seiner gering entwickelten Intelligenz nicht gewachsen, fiel er, mit Notwendigkeit, in jene angeborene Roheit zurück.

Geschlagen hatte er seine Frau noch nicht wieder seit dem Zweikampfe an jenem Morgen. Er hatte sich, als er die Folgen seiner Tat gewahr geworden, doch vor sich selbst entsetzt. Dann kamen wieder Augenblicke, wo sie ihn durch ihre spitzen Redensarten, denen seine plumpe Zunge nicht gewachsen war, zum Grimm reizte. Da juckte es ihm in den Fingern loszuschlagen. Aber das Bewußtsein, daß er neulich haarscharf daran vorbeigegangen war, zum Gattenmörder zu werden, hielt ihn immer wieder zurück.

Es ging wenig erquicklich zu in dem Haushalte der beiden; zum häuslichen Unfrieden kam auch noch Krankheit. Die Kinder legten sich der Reihe nach. Das Achtmonatskind, welches Therese von Toni zu Pflege überkommen hatte, siechte von dem Augenblicke an, wo die Mutter es verlassen hatte. Therese sagte wie oft: «Wenn ack der Racker blußig starben wullte, daß Ruhe wirde!» – Aber ihre Taten waren besser als ihre Worte. Manchmal trug sie das elende Würmchen eine halbe Nacht lang im Zimmer umher und suchte es in Schlaf zu wiegen.

Karl fing jetzt an, des Abends regelmäßig auszugehen. Es hatte sich herumgeredet, daß Büttnerkarl im Besitze einer größeren Summe Geldes sei. Wie immer hatte das Gerücht vergrößert. Karl fand daher in den Schenken Kredit.

Therese war außer sich. Sie lief bei den Leuten umher und verbreitete, Karl besitze von dem Gelde keinen Pfennig mehr. Aber der Eifer, mit dem sie das erzählte, machte ihre Behauptung unglaubwürdig. Ihr Mann bekam nach wie vor Schnaps geschenkt, soviel er nur wollte.

Auch den Kretscham von Halbenau besuchte Karl öfters. Kaschelernst kicherte vergnügt, sobald er des Neffen ansichtig wurde. Mit der Miene des teilnehmenden Verwandten erzählte er ihm auch gelegentlich, was «der Alte» mache. Seinen Vater hatte Karl noch nicht wieder gesehen, seit er im Frühjahr nach Wörmsbach gezogen war.

Natürlich war Kaschelernst äußerst neugierig zu erfahren, wie es mit des Neffen Gelde stehe. Bald hatte er auch herausbekommen, daß Karl da nicht 'ran dürfe. Die Geschichte ergötzte den alten Gauner aufs höchste; dergleichen Angelegenheiten waren ganz nach seinem Sinne.

Eines Tages kam er mit geheimnisvoller Miene an Karl heran, tuschelte ihm ins Ohr: Wenn er noch etwas von seinem Gelde sehen wolle, möge er sich dazuhalten; Therese sei drauf und dran, ein paar Ziegen davon zu kaufen.

Karl lief spornstreichs nach Haus. Diese Nachricht hatte den Trägen in Aufruhr gebracht. Therese Ziegen kaufen, von seinem Gelde! – Jetzt wollte er's heraushaben von ihr!

Aber auf dem Wege von Halbenau nach Wörmsbach hatte er Zeit, sich die Sache zu überlegen. – Wenn er was sagte, würde sie's merken, und er hatte wieder das Nachsehen. Diesmal wollte er's schlauer anfangen. Sie hielt ihn zwar für dumm; zehnmal am Tage bekam er einen «Uchsen» an den Kopf geworfen, aber nun wollte er sie grade mal überlisten. Er beschloß, zunächst den Mund zu halten und zu warten.

Am nächsten Morgen zog Therese die Sonntagskleider an, band eine frische Schürze darüber und legte ein buntes Kopftuch an. Sie wolle mal zum «Duchter» gehn, wegen der Kinder, erklärte sie. Er möchte die Töpfe auf dem Herde beobachten und gelegentlich rücken, damit's nicht überkoche. Der freundliche Ton, in dem sie das sagte, war verdächtig.

Er paßte genau auf jede ihrer Bewegungen auf. Ob sie das Geld schon bei sich hatte? – Sie ging in die Kammer nebenan. Er lauschte. Fast klang es, als steige sie auf einen Stuhl. Sie rückte etwas. Dann konnte er ein schwaches Klimpern vernehmen. Das war das Geld!

Nach einiger Zeit kam sie wieder ins Zimmer. Nun wolle sie aber gehen, sagte sie, sie habe sich nur noch ihr Sacktuch geholt.

Er ließ sie durch die Türe schreiten; aber dann war er auch sofort hinter ihr drein. Noch ehe sie ins Freie gelangt, hielt er sie am Arme. Auf der anderen Seite des Hausflurs war ein leerer Stall; eben der Ort, den sich Therese für ihre Ziegen ausersehen hatte. Dahinein riß er sie, schob den hölzernen Riegel vor, sobald er sie drin hatte.

«Gibst de's Geld raus!» knurrte er. «De hast's ei der Tasche stacken. Ich weeß 's!»

Sie leugnete ihm ins Gesicht.

«Mach kee Gefitze nich! Ich ha's gehiert, wie de's eigesteckt hast.»

Sie wollte an ihm vorbei, dem Ausgange zu. Aber er umfaßte sie rechtzeitig, schleppte sie nach dem Hintergrund des Stalles.

«Gibst de's har!»

«Ne, dir ne!»

Er suchte ihr mit einer Hand die Arme festzuhalten und mit der anderen in ihre Kleidtasche zu gelangen. Sie setzte sich zur Wehr, biß und kratzte. In der Dunkelheit des Stalles funkelten ihre Augen, wie die einer Katze. Karl brüllte auf, ihre Nägel in seinem Halse brannten wie Feuer. Er schüttelte sie ab. Dann warf er sich mit der ganzen Wucht seines schweren Körpers auf sie, daß sie stöhnend zusammenbrach.

«Gibst de's raus?»

«Ne, im Leben ne!»

Nun kniete er auf ihr, ihren Leib mit dem Knie niederstemmend. Ihre Hände drückte er mit seiner Riesenfaust zusammen, daß sie gänzlich wehrlos dalag. Mit der freien Hand suchte er in ihren Kleidern. Aber Therese lag auf dem Geldtäschchen; noch in dieser verzweifelten Lage wußte sie den Schatz mit ihrem Leibe zu decken. Er konnte nicht dazu gelangen, so sehr er sich auch mühte.

Darüber wurde er toll vor Wut. Blindlings griff er in die Kleider, zerfetzte alles, was ihm zwischen die Finger kam. Therese wand und bäumte sich, aber was vermochte sie gegen die entfesselte Raserei dieses Wilden!

«Gibst de's nu?»

Sie konnte nicht mehr sprechen, spuckte ihm statt der Antwort ihren Geifer ins Gesicht.

Da griff er mit einer Tatze zu, vor der alles wich. Ein Ratz – das Sonntagskleid in Fetzen!

Jetzt fühlte er's; hier im Futter saß es. Die Nähte sprangen. Das Ledertäschchen mit dem Stahlbügel kam zum Vorschein. Nun hielt er's in Händen. Er stand auf.

Aus der Ecke kam eine Jammergestalt hervor: halb nackt, blutend, mit hängendem zerfetzten Haar. Seine Frau! –

Er schob das Geldtäschchen schnell in die Tasche, sprang nach der Tür und lief aus dem Hause.

Eine Stunde darauf saß er im Kretscham von Halbenau.

Inzwischen waren die Frauen von der Wanderarbeit im Rübenlande nach der Heimat zurückgekehrt. Pauline war mit ihrem Jungen zur Mutter gezogen, wartete hier auf Gustavs Rückkehr. Ernestine wohnte wieder auf dem Bauernhofe beim alten Vater.

Ernestine war sehr verändert zurückgekehrt aus der Fremde. Sie hatte sich im Laufe des Sommers ein gewisses hochnäsiges Herabblicken auf ihre Umgebung angewöhnt. Den heimischen Verhältnissen brachte sie ganz unverhohlene Verachtung entgegen. Sie sagte es auch jedermann, der es hören wollte, daß sie es in Halbenau nicht lange aushalten werde.

Sie war im Besitz größerer Geldmittel als irgendein anderes Mitglied ihrer Familie. Und sie hielt gut Haus damit. Die anderen Rübenmädchen brachten ihr Erspartes schnell unter die Leute; Kleider, Schmuck und allerhand unnützer Tand wurde gekauft. Manch eine ließ sich auch ihre mühsam erworbenen Groschen von einem Burschen abschwatzen, oder man verjubelte die Ersparnisse gemeinsam. Die Tanzereien und Gelage gingen in diesem Winter besonders flott im Kretscham von Halbenau; die ‹Runkelweiber› hatten Geld ins Dorf gebracht.

Ernestine Büttner war viel zu vernünftig und zu berechnend, um sich an solchem Treiben zu beteiligen. Sie machte sich daran, mit ihrem und Häschkekarls Gelde eine Ausstattung zu besorgen. Das Mädchen kaufte Stoffe ein und Leinwand. Mit Pauline saß sie oft bis spät in die Nächte hinein in Frau Katschners Behausung über die Nadel gebückt. Schwerlich ahnte ihr Bräutigam Häschke, wie energisch, praktisch und sparsam das Regiment sein würde, unter das er kommen sollte.

Auch dem Vater gegenüber wollte Ernestine ihre Selbständigkeit zur Geltung bringen. Der alte Bauer hatte sich noch nicht darein gefunden, in ihr etwas anderes zu sehen als das jüngste Kind. Sie sollte sich seinem Willen in allen Stücken fügen, wie er es von jeher von seinen Kindern, ganz besonders aber von den Töchtern, verlangt hatte.

Er nahm als selbstverständlich an, daß Ernestine die häuslichen Arbeiten übernehmen würde, welche seit dem Tode der Mutter arg vernachlässigt waren.

Aber Ernestine, die von ihrem Bräutigam gelernt hatte, daß Kinder den Eltern nicht mehr zu gehorchen brauchten, tat nur, was ihr paßte. Den Befehlen des Vaters antwortete sie mit Achselzucken, spitzen Worten oder auch Vorwürfen. Der alte Mann bekam von der Tochter zu hören: Er sei ja selbst daran schuld, daß sie nichts mehr hätten, nicht einmal so viel, um sich eine Magd zu halten. Er habe ja das Vermögen durchgebracht mit liederlicher Wirtschaft. Nun sei Haus und Hof in fremde Hände geraten durch seine Schuld, und sie, die Kinder, könnten betteln gehen.

Der Büttnerbauer mußte das mit anhören und seinen Kummer in sich hineinschlucken. Jetzt warf ihm sein eigenes Kind das schwere Unglück, das ihn getroffen hatte, auch noch als Vorwurf ins Gesicht.

Ernestine wußte nicht, was sie tat! – Jene naive Grausamkeit der Jugend war ihr eigen, die in dem alten Menschen etwas Unangenehmes, Unnützes, Lästiges sieht. Was wußte sie denn von dem, was in der Seele des Vaters vorging, der am Abende des Lebens sein ganzes Lebenswerk: Arbeit, Sorge, Hoffnung, in nichts zerrinnen sah! –

Sie setzte den väterlichen Befehlen ihr schnippisches Besserwissen entgegen. Wiederholt betonte sie, es sei nur ihr guter Wille, nicht ihre Pflicht, wenn sie für den Vater etwas besorge; seine Magd sei sie nicht! Sie habe es in der Fremde besser kennen gelernt. Und wenn er sie etwa zwingen wolle, dann werde sie auf der Stelle gehen; sie habe keine Pflicht, ihm zu gehorchen, da er ihr das Erbteil vertan habe.

Der Büttnerbauer hatte in den letzten Monaten gelernt, vieles zu ertragen. Es schien fast, als wolle er auch den Rutenstreichen, die ihm seine Jüngstgeborene erteilte, geduldig den Rücken hinhalten.

Eines Tages aber besann er sich auf seine Mannes- und Vaterwürde. Ernestine hatte sich geweigert, die Grube hinter dem Hause auszuschöpfen; diese Art Beschäftigung sei unter ihrer Würde, erklärte sie. Das brachte bei dem Alten das Maß zum Überlaufen. Seit Menschengedenken hatten im Büttnerschen Hause die Frauen diese Arbeit versehen. Nun wollte das junge Ding hier sich auf einmal gegen die althergebrachte gute Sitte auflehnen! – Diesmal machte der Bauer von seinem hausväterlichen Rechte Gebrauch. Er holte den Haselstock aus der Ecke hervor, den Ernestine aus der Jugendzeit gar wohl kannte; der hatte auf ihrem und der Geschwister Rücken gar manchen Tanz aufgeführt. Das Mädchen war klug genug, es nicht zum äußersten kommen zu lassen. Sie kannte den Vater in der Wut. Schleunigst machte sie sich an die ekelhafte Arbeit; der Alte stand mit dem Stocke daneben, als Wache, bis sie die ganze Grube ausgetragen hatte.

Ernestines Antwort auf diese Demütigung war, daß sie, ohne ein Wort zu sagen, aus dem väterlichen Hause wegzog; ihre sieben Sachen nahm sie mit sich. Sie wohnte fortan im Dorfe zur Miete. Der Vater dürfe sie nicht zwingen, bei ihm zu leben, erklärte sie, da er ihr nichts zum Leben gebe. –

So fand Gustav die Verhältnisse, als er nach Halbenau zurückkehrte.

Er wohnte einstweilen mit bei Frau Katschner. Sein erster Gang, nachdem er Frau und Kind begrüßt hatte, galt dem Bauerngute.

Was hatte sich da alles verändert seit dem Frühjahre, wo er in die Fremde gegangen war: Das Gut in fremde Hände übergegangen, zerstückelt, ausgeraubt! Scheune, Keller, Stall leer! Im Hause alles verwahrlost und verwildert! Die Mutter gestorben! Dazu die Kinder alle fortgezogen! Karl mit seiner Familie in ein anderes Dorf, Toni in die Stadt. Und nun zum letzten noch Ernestinens Auflehnung!

Gustav, der den Vater seit einem halben Jahr nicht gesehen, fand ihn furchtbar verändert. Der Alte war teilnahmslos und stumpf geworden. Selbst die Rückkehr seines Lieblingssohnes riß ihn nicht aus seinem dumpfen Hinbrüten.

Sein Leben war schlechter als das eines Hundes. Seit Ernestine das Haus verlassen, war nicht mehr gekocht worden. Kohlenvorräte und Holz fehlten. An Eßwaren gab es nur halberfrorene Kartoffeln und faulendes Kraut im Keller. Der alte Mann lebte von Milch, in die er sich etwas Brot schnitt. Sein Bart war ihm langgewachsen, umgab als gelbgraue struppige Krause das ausgemergelte Gesicht. Die Augen lagen in tiefen dunklen Höhlen. Seine Kleider starrten von Schmutz. Er ging nicht mehr aus dem Hofe. In der Kirche hatte man ihn seit Monaten nicht gesehen. Wenn er Menschen auf den Hof zukommen sah, rannte er hinauf in die Dachkammer, schloß sich dort ein und gab auf noch so lautes Klopfen und Rufen keine Antwort.

Dem Sohne fiel das Herz vor die Füße, als er diese Dinge wahrnahm. Viel zu helfen war hier nicht! Das Gut konnte er dem Vater ja doch nicht zurückerobern. –

Gustav sorgte dafür, daß wenigstens Vorräte ins Haus kamen. Dann machte er einen Versuch, Ernestine zum Vater zurückzuführen; aber der scheiterte an dem Eigensinn des Mädchens.

Gustav veranlaßte infolgedessen Paulinen, täglich einige Stunden auf das Bauerngut zu gehen, dem Vater das Essen zu bereiten und auch sonst für seine Notdurft zu sorgen.

Weihnachten war herangekommen. Eine Woche vor dem Christfeste kam ein Brief an mit dem Poststempel: Berlin. Toni schrieb an Ernestine, sie werde zum Heiligenchrist nach Halbenau kommen. Ihr «Chef» habe ihr Urlaub gegeben, damit sie sich zu Hause auskurieren solle. Sie habe nämlich vom vielen Stehen geschwollene Beine bekommen, daß sie kaum noch Schuhe über die Füße ziehen könne.

Ernestine ließ Tonis Brief unter den Freunden und Verwandten herum gehen. Es war auf feinstem rosa Papier geschrieben und duftete süß; der Inhalt war Kauderwelsch. Schreiben schien Toni auch in Berlin nicht gelernt zu haben.

Niemand freute sich sonderlich auf Tonis Kommen. Die Geschwister hatten sie schon so gut wie vergessen. Man wunderte sich höchstens, wo sie das Geld zu der weiten Reise hernehme.

Eines Tages, in der letzten Woche vor dem Feste, kam Therese von Wörmsbach nach Halbenau herüber. Sie suchte Gustav und Pauline auf und erzählte, Tonis Kind sei am Tage zuvor gestorben. Sie war hauptsächlich nach Halbenau gekommen, um bei den Familienmitgliedern eine Beisteuer für das Begräbnis zu erbitten.

Man empfand es allgemein als Segen, daß das Würmchen gestorben.

Ernestine und Pauline gingen mit zum Begräbnis. Sie waren beide noch nicht bei den Geschwistern in Wörmsbach gewesen. Als sie zurückkamen, konnten sie nicht genug davon erzählen, wie traurig es dort sei. Das Haus: eine Hütte, die jeden Augenblick einzustürzen drohte, die Kinder, elend und zerlumpt, Karl dem Trunke ergeben und schlecht gegen seine Frau, Therese völlig herunter von dem Jammerleben!

Die Schwägerin war nie beliebt gewesen bei den Büttners, ihres streitbar zufahrenden Wesens wegen. Aber jetzt beklagte man sie allgemein. Was war aus der rüstigen, tatkräftigen Frau geworden! –

Toni kam kurz vor dem Feste mit dem Postwagen an. Sie begab sich ohne weiteres nach dem Elternhause.

Aber der alte Bauer, der eine Frauensperson in städtischer Kleidung, gefolgt von einem Burschen, welcher den Koffer trug, auf den Hof zuschreiten sah, schloß die Haustür ab, und zog sich in die Dachkammer zurück, aus der er so bald nicht wieder zum Vorschein kam. Er hatte in dem «Fräulein» die Tochter nicht wieder erkannt.

Toni war darauf zu Frau Katschner gegangen, wo sie Pauline und Ernestine traf.

Das Erstaunen der beiden über Tonis Aufzug war nicht gering. Wenn jemand bäuerisch ausgesehen hatte, so war es Toni gewesen; jetzt kam sie als Stadtdame wieder.

Dick schien sie immer noch zu sein, aber die rotbraune Farbe war von ihren Wangen gewichen. Das Haar war gepflegt und zu einer hohen Frisur aufgesteckt, über die Stirne fiel es in vereinzelten Fransen, fast bis auf die Augenbrauen herab. Ihr Mieder mußte ziemlich eng sein, nach der Art zu schließen, wie sie sich steif bewegte. Sie hatte den mit Seide gefütterten Mantel, den Hut mit Straußenfeder, Muff, Handschuhe und Schirm abgelegt, und ließ diese Pracht nun von den Frauen bewundern. Von jedem Stücke nannte sie bereitwilligst den Preis.

Frau Katschner war auch hinzugekommen. Es wurde Kaffee gekocht. Toni bildete den Mittelpunkt des Interesses.

Man erzählte ihr, daß ihr Kindchen gestorben sei. Zeichen allzu großer Bestürzung gab sie nicht zu erkennen. Einige Tränen hatte sie wohl dafür übrig. Dann meinte sie: die Kinderkleidchen, die sie aus Berlin mitgebracht, für das Kleine, wolle sie nun Paulinen schenken.

Die Witwe Katschner wollte dafür, daß sie den Kaffee schenkte, auch etwas zu hören bekommen. Toni wurde aufgefordert, von ihren Erlebnissen zu erzählen. Sie tat es in der Weise beschränkter Menschen, die sich einbilden, daß gerade ihnen Dinge passiert seien, die keinem anderen Menschen widerfahren könnten. Halb und halb sprach sie noch den heimischen Dialekt; in der altgewohnten Umgebung legte sie schnell ab, was sie sich etwa an großstädtischen Redewendungen angewöhnt hatte. Sie schwatzte alles durcheinander.

Zuerst war sie Amme gewesen, in jener von Samuel Harrassowitz ihr verschafften Stelle. Das wäre wunderschön gewesen, erzählte Toni. Sie machte eine Beschreibung von ihrem Spreewälder Kostüm.

Täglich sei sie mit dem Kinde im Tiergarten gewesen, bei gutem Wetter zu Fuß, bei schlechtem im Wagen.

Ernestine fragte, warum sie denn nicht in der Stellung geblieben sei, wenn sie es da so gut gehabt.

Toni meinte, sie hätte da nicht essen und trinken dürfen, was sie gewollt, vom Arzte hätte sie sich auch in einem fort untersuchen lassen müssen, und als das Kind eines Tages Brechdurchfall bekommen habe, sei die Herrschaft sehr böse geworden und habe sie entlassen.

Dann sei sie eine Zeitlang ohne Stellung gewesen, habe «als privat» gelebt, wie sie sich ausdrückte, bis ihr Freund ihr endlich die jetzige Stellung verschafft habe.

Was denn das für eine Art Verdienst sei, forschte die wißbegierige Frau Katschner.

Toni wußte Wunderdinge darüber zu berichten. Sie sei in einem sehr «feinen Lokale». In der Mitte des Lokales befinde sich ein Ding, ganz aus Glas, wie ein Häuschen – sie gab sich vergebliche Mühe einen Kiosk zu beschreiben – da drinnen stehe sie und verkaufe Würstchen an die Gäste; das Paar koste zwanzig Pfennige. An einem Abende verkaufe sie manchmal tausend und mehr. Dazu habe sie ein Kostüm an; sie beschrieb es: Sammetmieder, roten Rock, bloße Arme und eine dreifache Kette von silbernen Münzen um den Hals. Sie sei auch schon so photographiert worden; die Photographie habe sie im Koffer mit.

Ernestine, die schon lange mit verhaltenem Spotte den Erzählungen der älteren Schwester zugehört hatte, meinte jetzt in wegwerfendem Tone: Würstchen verkaufen, das sei was Rechtes, dazu brauche man nicht nach Berlin gehen!

Aber Toni erklärte voll Eifer, ihre Stellung sei eine sehr feine, sie bekomme viel Trinkgelder, die Herren unterhielten sich oft mit ihr und machten viel Spaß. Zweimal in der Woche habe sie Ausgehtag. Dann erzählte sie von Zirkus, Theater, Bierkonzerten, Bällen.

Die Wunder der Großstadt hatten außergewöhnliche Bilder in die Phantasie dieses Landkindes geworfen. Der neuen Eindrücke waren zuviel gewesen; alles hatte sich in dem Kopfe der Thörin verzerrt und verschoben. Nun, wo sie versuchte eine Beschreibung von ihren Eindrücken und Erlebnissen zu geben, wußte sie nicht, wo anfangen, fand keine Ausdrücke für Dinge, die sie niemals begriffen, nur wie der Wilde die Wunder der Zivilisation, erstaunt angestarrt hatte.

Dann fing sie an von ihren Kleidern zu erzählen. Drei hatte sie zum Ausgehen, dazu zwei Hüte, und Strümpfe und Hemden, dutzendweise.

Ernestine rückte unruhig auf ihrem Platze hin und her; daß Toni, der sie sich stets überlegen gefühlt hatte, jetzt als große Dame auftrat, verdroß sie. Wovon Toni denn all' den Aufwand bestreite, verlangte sie zu wissen.

Ihr Freund bezahlte ihr alles, erklärte Toni, mit Selbstgefühl.

«Mag 'n schener Freind sen das!» höhnte Ernestine.

Voll Eifer setzte Toni auseinander: «Er is sehre gutt mit mer. 's Reisegeld hat er mer och geschenkt. Weil 'ch, und de Fisse taten mer duch su schwellen; da is 'r selber zum Chef, und hat 'n um Urlaub gebaten für mich. Su gutt is dar mit mer.»

Sie blieb bis über das Neujahr in Halbenau. Wohnung hatte sie schließlich doch beim Vater genommen.

Mit jedem Tage, den sie in der Heimat zubrachte, fiel von dem großstädtischen Wesen, das sie anfangs aufrecht zu erhalten versuchte, etwas mehr ab. Der Putz war nur oberflächlich aufgeworfen, wollte nicht recht haften bei diesem echten Bauernkinde. Ein paar Tage lang lief sie völlig scheckig umher: halb Bauernmagd, halb Stadtfräulein. Ihr modisches Kleid hochaufgebunden, daß man die schwarzen Strümpfe sah, war sie im Stalle anzutreffen, saß sie auf dem Melkschemel, die Milchgelte zwischen den Knien.

Dann fand sie in einer Lade auf dem Boden einige ihrer alten Kleider, die dort geblieben waren aus früherer Zeit; die legte sie an. Nun war sie wieder ganz die alte Toni. Höchstens, daß ihre Wangen und Arme noch nicht die ehemalige braunrote Färbung angenommen hatten.

Jetzt fühlte sich Toni wieder ganz in ihrem Elemente. Längst war es ihr ein Dorn im Auge gewesen, zu sehen, wie die Kühe bis an die Euter im Miste standen; da mußte mal ordentlich ausgeräumt werden! – Eines schönen Vormittags machte sie sich daran, mistete den Stall, karrte den Mist auf die Düngerstätte und streute dem Vieh neu ein.

Des Sonntags ging sie in den Kretscham zum Tanze. Dort war sie mit ihrem Seidenkleide und durch den Ruf des außergewöhnlichen Glückes, das sie gemacht, die gefeiertste und begehrteste Tänzerin. Und Toni war harmlos genug geblieben, sich über diesen Erfolg von Herzen zu freuen.

Ernestine rümpfte die Nase über die Aufführung ihrer Schwester. Auch für Gustav war das Wiedersehen mit Toni peinlich. Er hatte genug vom Leben kennengelernt, um zu wissen, daß sich ein Mädchen auf anständige Weise nicht soviel Geld verdient, wie Toni vertat.

Toni selbst begriff nicht, warum die Geschwister ihr so kühl begegneten. Sie hatte erwartet, daß die Ihrigen sie mit Jubel aufnehmen und sich an ihrem Glücke freuen würden, und war nun erstaunt, als sie auf Zurückhaltung stieß. Aber sie war nicht dazu veranlagt, sich Skrupel zu machen.

Aus Berlin kam ein Geldbrief an Toni an. Sie lief damit bei den Verwandten umher, zeigte ihnen, in naiver Freude, wie ihr Freund sie bedacht habe. Sie beschenkte Theresen für ihre Mühe um das verstorbene Kind, und sprach davon, dem Vater etwas zuwenden zu wollen. Kurz, sie gefiel sich der Familie gegenüber in der Rolle einer Gönnerin.

Am Morgen vor Tonis Abreise, rief der alte Bauer seinen Sohn Gustav beiseite; er hatte offenbar etwas auf dem Herzen. Nach einigem Drucksen, wie es seine Art war, fing er an, den Sohn auszuforschen: woher Toni die schönen Kleider habe und wie sie zu soviel Geld käme.

Gustav merkte bald, worauf der Vater hinauswollte. Er hielt mit seiner Ansicht über Tonis Erwerbsquellen nicht hinter dem Berge.

Der alte Mann griff in die Tasche, holte etwas in Papier Gewickeltes hervor, packte es sorgfältig aus; es waren: zwei blanke Goldstücke.

«Dos hoat se mer gegahn, de Toni. Iche mog's ne behalen, ich ne! Gib's du's er zuricke! Ich mog sickes Gald ne!»

Damit ging er von dannen.

Toni weinte, als Gustav ihr das Geld zurückgab; sie hatte es doch so gut gemeint! –

9

Karl kam neuerdings nur noch nach Haus, um seine Räusche auszuschlafen.

Therese hoffte anfangs, es werde ihr gelingen, ihm im bewußtlosen Zustande das Geld abermals abzunehmen. Aber Karl war durch die früheren Erfahrungen gewitzigt. So oft sie auch seine Taschen durchstöberte, sie fand nichts darin. Jedenfalls hielt er das Geld außerhalb des Hauses verborgen.

Wenn der Trunkenbold erwachte, schwankte er zwischen Stumpfsinn und Tobsucht hin und her. Sobald er seinen Anfall bekam, mußte Therese die Kinder vor ihm verbergen, für deren Leben sie zitterte.

Im Kretscham zu Halbenau war Karl jetzt ein häufiger Gast. Richard Kaschel, sein Vetter, war neuerdings Karls Vertrauter geworden.

Richard übertraf seinen Vater wohl noch an boshafter Verschlagenheit. Den Büttners den Garaus zu machen, das war, ohne daß sie sich dazu verabredet hätten, die geheime Wollust dieser beiden.

Der alte Kaschel hatte, obgleich er eine Büttner geheiratet, ja, obgleich er seinen Wohlstand Büttnerschem Gelde verdankte, doch immer einen tiefeingewurzelten Haß gegen diese Familie gehegt. In seiner guten Zeit war Traugott Büttner dem Schwager durch jene Kraft und Würde überlegen gewesen, die den ehrlichen Mann vor dem Ränkeschmied auszeichnet.

Inzwischen war der ehemalige Büttnerbauer ruiniert worden. Nur noch eine Frage der Zeit schien es, wann der Erbe des größten Bauerngutes im Orte der Armenversorgung anheimfallen werde. An ihm noch sein Mütchen zu kühlen, war unmöglich. Ihm konnte ja nichts mehr genommen werden; er war von allem entblößt, was einem Menschen Ansehen und Bedeutung verleiht auf der Welt.

Aber auch das gute Gedeihen der Büttnerschen Kinder war stets ein Stachel in der Seele des Kretschamwirts gewesen. Er haßte vor allem Gustav. Der Mensch schien sich, allem Unglück zum Trotze, das seine Familie betroffen, wacker durch die Welt zu schlagen.

Gustav bildete auch den Gegenstand stummer Wut für Richard Kaschel. Die Prügel, die er einstmals von dem Vetter erhalten, waren unvergessen.

Aber an Gustav konnte man nicht heran; der verkehrte nicht im Kretscham. Auch von Ernestine bekam man nicht viel zu sehen; es hieß, sie habe einen Bräutigam in der Fremde und werde bald heiraten. Toni war wieder nach Berlin zurückgekehrt, nachdem sie den Ort durch ihr Auftreten in Aufregung versetzt hatte.

Nun blieb noch Karl. Der schien allerdings die schiefe Ebene ganz von selbst hinabzugleiten. An den reißenden Fortschritten, die Karls Verlotterung machte, hatte das edle Paar – Vater und Sohn Kaschel – seine helle Freude.

Richard Kaschel hatte außerdem noch einen besonderen Grund, sich für Karl zu interessieren.

In Halbenau wurde trotz der Armut seiner Bewohner viel und verhältnismäßig hoch gespielt. Ein nach dem Hofe hinaus gelegenes Hinterzimmer im Kretscham bot willkommene Gelegenheit zu jeder Art lichtscheuem Treiben. Dort flogen die bunten Blätter oft ganze Nächte hindurch. Es war bekannt, daß ein Halbenauer Bauer dort Haus und Hof und alles Hab und Gut, im Laufe weniger Jahre verspielt hatte.

Richard Kaschel gehörte zu der Spielerzunft. Der Vater wußte um das Treiben des Sohnes Bescheid. Er hatte versucht, ihn abzuhalten vom Spiel. Aber das Bürschchen, das dem Alten längst über den Kopf gewachsen war, hatte geantwortet: Der Vater habe ja seine Kümmelpulle; da möge er ihm gefälligst die Karten lassen.

Eines Abends, als Karl in den Kretscham kam, setzte sich Richard wie gewöhnlich zu dem Vetter an den Tisch. Nachdem Karl bereits sein zweites Fläschchen Korn geleert, fragte ihn Richard, ob er Lust habe, ein Viertel Schwein zu gewinnen.

Karl begriff zunächst nicht, was jener damit meine. Der Vetter erklärte ihm, im Hinterzimmer säßen zwei fremde Herren, die Lust hätten, ein Spielchen zu machen. Der eine habe eine Gans mitgebracht, der andere ein Paar Magenwürste, er selbst, Richard, wolle ein Viertel von dem eben geschlachteten Schweine setzen; es fehle ihnen aber der vierte Mann. Wenn Karl nichts anderes bei sich habe, könne er auch Geld setzen; die Herren würden das schon erlauben. Dann schilderte er die Herrlichkeiten, die man gewinnen könne, ließ Speckseiten und Würste vor den Sinnen des bereits Halbberauschten aufmarschieren.

Karl hatte beim Militär hin und wieder Karten in Händen gehabt, seitdem nicht mehr. Aber Richard versprach zu helfen; sie zwei wollten die beiden anderen tüchtig ausnehmen, raunte er dem Vetter ins Ohr.

Der Gedanke an den fetten Einsatz erschien verlockend. Karl taumelte ins Hinterzimmer. Die beiden Fremden saßen bereits da. Über dem ganzen Zimmer, das von einer Hängelampe beleuchtet wurde, schwebte es wie bläulicher Dunst.

Karl wußte, daß er betrunken sei. Aber er befand sich in jenem Stadium des Rausches, wo alles selbstverständlich erscheint, wo alle Bedenken leicht wie Rauch verfliegen. ‹Du wirst diesen Kerlen mal zeigen! Du wirst ihnen mal zeigen ...›, dachte er bei sich.

Dann saß er am Tisch, die Faust voll Karten; das war der Schellenkönig und das die rote Zehne! – Oh, er kannte sie noch ganz genau die Karten, wußte auch ihre Namen! –

Ihm gegenüber der Fremde hatte einen schwarzen Bart, in den sich, auf der einen Gesichtsseite, ein dunkelrotes Muttermal verlief. Karl wurde ganz zerstreut durch dieses Abzeichen; er mußte unausgesetzt darauf starren.

«Karle, du bist am Ausspielen!» mahnte der Vetter.

«Gegen solche Karten ist nicht aufzukommen», sagte der andere Fremde, ein kleiner bartloser Mann, dessen Kopf, wie mit Mehlstaub bestreut erschien. ‹Das ist also ein Müller!› dachte Karl. Aber als der Mann seinen Kopf ins Licht vorbeugte, sah man, daß sein Haar von Natur so grau sei.

«Herr Büttner hat die Partie gewonnen», hieß es.

Richard zeigte eine Magenwurst vor, die hatte Karl gewonnen. Der lachte vor Vergnügen über das ganze Gesicht. Er hatte es ja gleich gesagt, daß er die Kerle reinlegen würde.

«Jetzt woll'n mer um de Knöppe spielen!» rief Richard.

Der mit dem Muttermale griff in die Tasche und legte eine Hand voll Silber auf den Tisch. Ein gleiches tat der Graukopf. «Ich bin auch versehen», erklärte Richard Kaschel und klopfte protzig auf seine Tasche.

Karl brachte das Ledertäschchen mit dem Stahlbügel hervor. Er lächelte verächtlich. Jetzt sollten die Fremden mal sehen, was er für ein Kerl war! Mit ungeschickten Fingern holte er die einzelnen Goldstücke heraus. Es waren noch fünfzig Mark; das übrige war vergeudet.

«Noch 'nen Nordhäuser vorher!» sagte Richard, «den gebe ich.» Er holte aus dem Wandschranke eine Flasche hervor, schenkte die Gläser voll und stellte die Flasche auf den Tisch.

Das Spiel begann von neuem. «Der guckt durch a Astloch!» sagte jemand. Karl lachte über die Bemerkung, weil er die anderen lachen sah. Diesmal hatte er verloren.

«Immer glei bezahlen! Da gibt's nich lange Qualen!» meinte der Gewinner. Fünf Mark hieß es, habe Karl auszuzahlen. Richard wechselte ihm ein Goldstück gegen Silbergeld ein.

Nachdem Karl mehrere Male hintereinander verloren hatte, kam eine Art Besinnung über ihn. Er erhob sich, wollte nichts von weiterem Spielen wissen. Aber Richard ließ ihn nicht fort. «Die lachen iber dich, wenn de weglefst. Bleib ack hier, Karle! Ich werd' d'r schon helfen. Diesmal schmier'n mer se an; paß a mal uff!»

Karl ließ sich bereden und blieb. «Noch einen Nordhäuser, meine Herren?» fragte Richard. «Auf einem Beine steht nur der Storch!» Karl wollte zeigen, daß er sich nicht lumpen lasse und rief dem Vetter zu: «Schenk ei! Eemal rim! Den gab' ich!» –

«Aber richtig bedienen müssen Sie, Herr Büttner! Sonst is es keen Spiel nich!» meinte der Graukopf.

«Ihr wart mich wuhl 's Kartenspielen lahren, Rotzleffel, die d' 'r seid!» rief Karl den Mitspielern zu.

Die beiden Fremden wollten etwas erwidern, aber Richard winkte ihnen mit den Augen ab.

Wiederum hatte Karl verloren. Da schlug er auf den Tisch und brüllte: «Betrogne Karlen seid 'r, daß d' 'r 's wißt! Betrogen hat 'r mich! Gaht mer mei Gald raus, Hunde!»

Die Fremden waren aufgestanden. Karl fuhr fort, auf den Tisch zu hämmern und sein Geld zu fordern. Sein Vetter trat auf ihn zu. «Halt 's Maul! Schrei nich su laut! Se hieren's sunst vorne.»

«Du hast mer an Dreck zu befehlen!» Damit hatte Richard auch schon einen Schlag von Karls Riesenhand ins Gesicht, daß er sich aufheulend die Backe hielt.

Die beiden anderen Männer sprangen auf Karl zu, ihm in den Arm zu fallen. Er schleuderte sie gegen die Wand, ergriff einen Stuhl und schlug blindlings drauf los. Die Hängelampe, von einem Stuhlbeine getroffen, riß vom Flaschenzuge ab, fiel auf den Tisch, wo sie zerbrach.

Inzwischen waren Leute durch den Lärm herbeigerufen ins Zimmer gedrungen: der Hausknecht, Gäste, der alte Kaschel. Man umringte Karl, der noch immer um sich schlug wie ein Wilder.

Die neu hinzugekommenen hatten keine Ahnung, um was es sich eigentlich handle. Man sah nur, daß es eine Rauferei gab; das erweckte sofort die Lust, mitzutun. Richard hatte sich aus Karls gefährlicher Nähe zu retten gewußt und spornte nun die anderen vom Hintergrunde aus an, zuzugreifen und es «dem Hunde» mal ordentlich zu geben.

Es wurde gerungen. Der Tisch fiel um, Gläser zerbrachen. Plötzlich dröhnte und krachte es. Karl hatte sich Platz geschafft, drang durch den schmalen Gang in die Hausflur. Dort standen auch schon Leute, die sich ihm entgegenwarfen. So von allen Seiten umringt, an Armen und Beinen von einem Dutzend Fäusten gepackt, ward er endlich wehrlos gemacht.

Man wußte nicht recht, was mit ihm anfangen! Die meisten ahnten nicht, was eigentlich der Anlaß zu dem Krakeel gewesen sei. Jemand riet, ihn vor die Tür zu schaffen. Der Vorschlag fand Beifall. Karl wurde zur vorderen Tür geschleppt. Hier gelang es ihm, ein Bein frei zu bekommen, das er gegen den Türflügel einstemmte. Man drängte und drückte, aber der große Körper war nicht freizubekommen.

Richard Kaschel wußte Rat. Der Türflügel wurde durch eine eiserne Stange abgehalten, die hob Richard aus; sofort gab die Tür nach. Karl stürzte mitsamt seinen Angreifern die Stufen hinab auf die Straße.

In dem allgemeinen Durcheinander, das nun in der Dunkelheit entstand, wurde ein Schlag und der Fall eines schweren Körpers so gut wie überhört.

Man lief ins Gastzimmer zurück, erzählte sich gegenseitig, unter Geschrei und Gelächter, die Heldentat, die man verübt. Kaschelernst lief umher zetternd und klagend über den Schaden, der ihm am Mobiliar angerichtet worden sei. Um das Schicksal des Hinausgeworfenen kümmerte sich niemand.

Nach einiger Zeit brannte einer der Gäste seine Laterne an und machte sich auf den Heimweg. Gleich darauf kam er mit verstörtem Gesichte wieder ins Zimmer zurück. Draußen liege einer in einer Pfütze Blut, berichtete der Mann.

Man eilte hinaus. Karl Büttner lag da einige Schritte von den Stufen. Der Schnee um ihn her war dunkel gefärbt.

Man untersuchte ihn; er war bewußtlos. Das Blut floß aus einer Wunde am Kopfe.

Ein Messerstich war es nicht. Es sah mehr aus, als habe ihn ein Hieb mit einem stumpfen Instrumente über den Schädel getroffen.

10

Eines Tages im Februar erschien Harrassowitz auf dem ehemaligen Büttnerschen Bauernhofe. Er war in Gesellschaft eines städtisch gekleideten jungen Mannes.

Der Händler fand die vordere Haustür verschlossen. Er ging daher um das Haus herum, durch den Schnee, nach dem hinteren Eingang, aber auch dort war die Tür verriegelt. Harrassowitz pochte und rüttelte an Tür und Fensterladen; als das nichts nützte, legte er sich aufs Pfeifen und Rufen. Jemand mußte doch im Gehöft sein; es führte ja keine Spur in dem frisch gefallenen Schnee zum Hoftor hinaus. –

Endlich erschien der graue Bart des alten Büttner, oben in der Dachluke. Er hatte sich, seiner Gewohnheit gemäß, eingeschlossen. Jetzt freilich, wo er den Eigentümer des Hauses und Gutes selbst vor der Tür sah, mußte er wohl oder übel aufmachen.

Sam war wütend über das lange Warten. Bei ihm sei es wohl nicht ganz richtig im Kopfe, schrie er den alten Mann an, als der barhäuptig in der Tür erschien. Er solle mal gefälligst sofort alles öffnen; hier sei jemand, der sich das Haus ansehen wolle.

Nun ging es an eine eingehende Besichtigung des Ganzen. Vom Keller bis hinauf auf den Boden wurde jeder einzelne Raum beschritten und besehen.

Der Fremde nahm es sehr genau. Er klopfte an die Wände, untersuchte das Holzwerk, blickte in die Essen und Öfen. Vielerlei fand er auszusetzen.

Im Keller stand Wasser. Sam, der selbst niemals drin gewesen war, erklärte unverfroren: den Keller habe er immer trocken gefunden bisher; das müsse zufällig eingedrungenes Schneewasser sein. Er wandte sich an den alten Büttner mit der Aufforderung, ihm das zu bestätigen. Traugott Büttner erklärte in mürrischem Tone: So lange er lebe, habe in diesem Keller im Frühjahre stets Wasser gestanden. – Der Händler biß sich auf die Lippen und warf dem Alten gerade keinen freundlichen Blick zu.

Auch sonst wurde mancherlei mangelhaft befunden. Die Öfen taugten nach Ansicht des fremden Herrn nichts, während Harrassowitz beschwor, sie heizten ausgezeichnet. Die Dielen sollten an vielen Stellen schadhaft sein. Das Dach sei reparaturbedürftig, die Treppe wackelig. Von der Holzstube wollte der Herr gar nichts wissen, die müsse er herausreißen lassen und durch Ziegelwände ersetzen.

Kurz das Haus war, wenn man den Worten des Mannes trauen durfte: «ein Loch», in das man eine junge Frau unmöglich führen konnte.

Harrassowitz meinte, mit einigen hundert Mark mache er sich anheischig, aus diesem Hause ein wahres Eldorado zu schaffen, «komfortabel und hochherrschaftlich».

«Eine Hundehütte ist das Ding!» rief der Fremde, der die starken Ausdrücke zu bevorzugen schien. «Fünftausend Mark muß ich hier gleich reinschmeißen; bloß was das Ausmisten kostet. Natürlich geht das vom Kaufpreise ab!»

Der Händler schwor dagegen, beide Hände zur Beteuerung erhebend, dann könne kein Handel zustande kommen; er dürfe nicht eine Mark vom Preise ablassen.

So wurde hin und her gefeilscht zwischen den beiden. Auf den alten Büttner, der gesenkten Hauptes dabeistand, Rücksicht zu nehmen, schien man für überflüssig zu halten.

Nachdem man Haus und Hof gründlich besichtigt, wobei der Fremde alles so schlecht wie möglich machte, während Harrassowitz seinen Besitz nach Möglichkeit herausstrich, ging es hinaus, zur neuangelegten Ziegelei. Büttner wurde nicht aufgefordert, mit dorthin zu kommen.

Nach Verlauf von einer Stunde etwa kamen die Herren in das Gehöft zurück. Sie begaben sich in die ehemalige Wohnstube der Büttnerschen Familie. Sam verlangte Tinte und Papier, und schimpfte, als das nicht zu haben war.

«Sie können derweilen raus gehen!» sagte er zu dem alten Manne. «Aber, halten Sie sich in der Nähe auf, bis ich Sie rufen werde.»

Traugott Büttner ging in den Stall. Die Gesellschaft der Tiere war ihm lieber als die der Menschen. Die Tiere waren unverständig, stumpf und gutmütig. Die kaltblütig-grausame Art, seinesgleichen zu martern, hatte der Mensch vor der Kreatur voraus. –

Der alte Mann saß bei den Kühen auf einem Melkschemel. Er hatte den Tieren neues Futter vorgeworfen. Gemächlich kauend standen sie da, blickten ihn während des Fressens hin und wieder an, furchtlos; sie kannten ihn ja.

Durch die offene Stalltür konnte man, über den Hof her, vernehmen, wie jene drüben in der Stube sprachen. Sie schienen noch nicht einig. Es ging lebhaft zu beim Handeln.

Der Bauer versank tiefer und tiefer in Brüten. Eine «Hundehütte» hatte der Herr sein Haus genannt! Daß der Mensch nicht stumm geworden war für solche Lästerung!

Er, der Büttnerbauer, mußte doch wohl sein Haus kennen und wissen, was es wert war; es gab kein besseres im ganzen Dorfe.

Die Grundmauern mußten uralt sein. Der Vater hatte einmal gehört von einem, der es verstand: die Mauern stammten aus Zeiten, die noch lange lange vor dem großen Kriege lagen. Die Holzstube, welche der Fremde herausreißen wollte, war von Traugotts Großvater aus starken trockenen Tannenbrettern und lärchenen Pfosten eingebaut worden und mochte noch manches liebe Jahr überdauern. Den

Dachstuhl hatte Leberecht Büttner neu zimmern lassen; da war kein Balken, der sich gesenkt oder gebogen hätte.

Er selbst, Traugott Büttner, hatte viel Arbeit, Sorge und Kosten auf das Wohnhaus verwendet. Es war stets sein Stolz gewesen, daß es so stattlich sei; er hatte seinen Ehrgeiz darein gesetzt, das von den Vätern überkommene Heim in Ordnung und Stand zu halten.

Er hatte dieses Haus lieb, wie man ein lebendes Wesen liebt. Wenn er vom Felde hereinkam, blickte es ihn schon von weitem an, freundlich und vertraut, wie eine Mutter. – Es war ja auch die Mutter von vielen Generationen, die in ihm geboren und groß geworden, denen es Obdach und Behausung gewährt hatte.

Er kannte dieses Haus, wie er seine Ehefrau gekannt hatte. Er liebte es nicht nur in seinen Vorzügen und guten Seiten, er liebte es in allen seinen Eigenheiten und Heimlichkeiten, die nur ihm offenbar waren. Er liebte es nicht zum mindesten der schweren und bangen Stunden wegen, die er unter seinem Dache durchlebt hatte.

Und nun kam da einer her, ein Fremder, und nannte es eine: «Hundehütte»!

Es war nicht Zorn, was der Alte empfand, auch nicht Ärger. All die jäh aufwallenden, heißen Gefühle waren ausgelöscht in ihm. Mehr ein Staunen war es, ein Verwundern über das, was ihm widerfuhr. Der Geist der streitbaren Auflehnung, der ihn früher oft zu seinem Schaden beseelt, hatte einer dumpfen Verdrossenheit Platz gemacht.

Er war still und nachdenklich geworden. Den Leuten im Dorfe wurde er dadurch unheimlich. Wenn er in seinem Kummer gerast oder zur Schnapsflasche gegriffen hätte, würden sie sich weniger gewundert haben, als über dieses stille «Simelieren» des Bauern.

Er konnte neuerdings über einem Worte, einem Erlebnisse, stundenlang grübeln. Es war, als ginge er im Kreise, wie ein Tier, das den Göpel drehen muß. Sein Geist klebte fest und zäh an den Dingen, konnte sich nicht aufschwingen zu Gedanken, sein Wille sich nicht mehr aufraffen zu Taten. Der ehemals so tätige Mann war imstande, halbe Tage in völligem Nichtstun zu verbringen.

Dann hielt er Selbstgespräche. Zu starkem Fluchen und Schimpfen, wie ehemals, brachte er es nicht mehr. Aber er bekam es fertig, ein und denselben Satz zehnmal und mehr vor sich hin zu sagen, immer schneller, immer lauter; bis er über sein eigenes Sprechen erschrak, sich scheu umsah, ob jemand da sei, und nach einiger Zeit in seine gewöhnliche Stumpfheit zurückversank.

Auch jetzt wieder hatte er sich in einen Gedanken verbissen: jener fremde Herr, dessen Namen er nicht einmal kannte, hatte sein Haus eine Hundehütte genannt. Und nun sagte er das Wort vor sich hin, mit rauher Stimme: «Hundehütte, Hundehütte, Hundehütte ...», daß die Kühe im Fressen innehielten und sich umsahen nach dem närrischen Alten.

Vom Hause her ertönte jetzt lautes erregtes Sprechen, als ob sie sich dort stritten. In der Haustür erschien der Fremde. Er war im Begriffe seinen Pelz anzuziehen, hinter ihm kam Sam, suchte den Mann festzuhalten.

«Zwanzigtausend Mark für so eine Hitsche ist Unverschämtheit!» schrie der Fremde. «Ich weiß ganz genau, was Sie in der Subhastation gegeben haben dafür.»

«Aber was ich inzwischen hineingesteckt habe, Herr Berger! Wollen Sie das, bitte, nicht vergessen.»

Der Fremde stand immer noch in der Tür, er hatte inzwischen den Ärmel gefunden, schien auf dem Sprunge, fortzugehen.

«Schön: reingesteckt! Rausgenommen haben Sie, dreimal so viel als Sie gegeben haben! Und nun soll ich Ihnen für den Hof und das bißchen Ziegelei zwanzigtausend Mark geben! – Verrückt müßte ich sein! Viertausend Thaler gebe ich! Nicht einen Pfennig mehr!»

«Kommen Sie nur ins Haus, Herr Berger!» mahnte der Händler und suchte den erregten Mann hereinzuziehen. «Wir werden schon handelseinig werden!», dabei klopfte er ihm auf die Schulter.

«Sie sind ein Halsabschneider!» schrie Berger, folgte aber dem Händler doch ins Haus.

Es dauerte wiederum eine geraume Weile, dann erschien Harrassowitz in der Haustür und rief den Bauern herein.

Er stellte ihn dem Fremden vor. «Das ist hier der alte Büttner, der frühere Besitzer. Ein braver Mann! Ich kann ihn nur empfehlen. Wir sind stets gut miteinander ausgekommen, nicht wahr, Büttner?» Dabei stieß er den alten Mann vertraulich an.

Büttner sagte nichts. Er stand da gesenkten Hauptes und blickte auf die Diele.

«Ich habe nämlich an diesen Herrn hier soeben verkauft», fuhr Harrassowitz fort; er schien in bester Laune, rieb sich vergnügt schmunzelnd die Hände. «Das ist also hier Ihr neuer Herr, Büttner! Herr Berger wird die Ziegelei in Betrieb nehmen und gedenkt, hier zu wohnen. – Es wird gut sein für Sie, Büttner, wenn Sie sich mit ihm stellen.»

«Das Haus entspricht durchaus nicht meinen Ansprüchen», meinte der neue Herr, sich mißmutig umblickend. «Meine Frau kommt von der Stadt und ist's ganz anders gewöhnt.»

«Es wird der jungen Frau mit der Zeit ganz gut hier gefallen in Halbenau; passen Sie mal auf, Herr Berger! Hier ist's ganz nett, man versteht hier auch zu leben. Und gesund ist's! Die Leute werden alt hier zu Lande! Wie zum Beispiel Herr Büttner hier!»

Der Fremde zuckte die Achseln, dann meinte er, sich an den Alten wendend: «Ich würde Sie unter gewissen Bedingungen im Hause behalten. Eine Kammer können Sie meintswegen haben, obgleich eigentlich viel zu wenig Platz ist.»

«Büttner nimmt mit allem vorlieb», sagte Harrassowitz, sich einmischend. «Sie müssen nur wissen, der Mann hat Zeit seines Lebens hier gewirtschaftet, da wäre es immerhin hart, wenn er Knall und Fall fort müßte. Ich habe auch Erbarmen gehabt mit ihm, obgleich ich's nicht eigentlich nötig hatte. Das ist eben schließlich eine Art von Anstandspflicht – gewissermaßen.»

Der neue Besitzer machte eine ungeduldige Bewegung. «Zwingen dazu kann Sie ja niemand!» rief der Händler. «Wenn Sie den Alten drin lassen, so ist das eben ein Akt der Barmherzigkeit, und Herr Büttner muß Ihnen zeitlebens dankbar dafür sein – nicht wahr, Büttner?»

«Meinetswegen!» sagte Berger und erhob sich. «Ich will gestatten, daß der Mensch hier wohnen bleibt, in einer Dachkammer. – In die Hausordnung haben Sie sich natürlich zu fügen, Büttner! Und ich darf erwarten, daß Sie keinerlei Störung verursachen. Die Wohnung sollen Sie frei haben; ich verlange als Entgelt, daß er den Garten versorgt und die häuslichen Arbeiten übernimmt: Holzspalten, Austragen der Grube, Kohlenklopfen, und so weiter. Eventuell werde ich ihn auch in der Ziegelei beschäftigen, wenn er dazu nicht schon zu alt ist. Natürlich ist dieses Verhältnis meinerseits jeder Zeit kündbar.»

«Das scheint mir nur billig und gerecht!» rief Harrassowitz. «Sie können lachen, Büttner! Machen Sie nur nicht ein so finsteres Gesicht, Mann! So trifft's nicht jeder!»

«Das scheint ein alter verstockter Bursche zu sein!» sagte Berger zu dem Händler, als sie das Haus verließen.

«Was wollen Sie», meinte Sam. «Er ist halt 'n Bauer!»

11

Ernestine überbrachte eines Tages ihrem Bruder Gustav einen Brief von Häschke. Dabei erzählte sie, daß sie in der nächsten Zeit Halbenau verlassen werde, ihr Bräutigam habe eine Wohnung gemietet und wolle sie nun heiraten.

Eigentlich hatte Ernestine gewünscht, daß die Hochzeit in Halbenau stattfinden solle; aber Häschke hatte gemeint, da müsse man sich womöglich kirchlich einsegnen lassen, und «den Mumpitz» mache er nicht mit. Ernestine fand sich schließlich darein. Sie war schon so weit von der fortgeschrittenen Weltanschauung ihres Bräutigams angesteckt, daß sie sich aus solchen altmodischen Gebräuchen, wie kirchliche Trauung und Taufe, nichts mehr machte. Da sie außerdem praktisch war, sagte sie sich, daß man durch Weglassen dieser Zeremonien Geld ersparen könne, welches anderweit besser zu verwenden sei.

Häschke berichtete in seinem Briefe an Gustav, daß er in einer Maschinenfabrik Anstellung als Schlosser gefunden habe. Er setzte dem Freunde zu, daß er's ihm nachmachen solle. In der Stadt sei doch ein ganz anderes Leben als in dem langweiligen Dorfe. Auf einen grünen Zweig werde er in Halbenau doch niemals kommen. Wenn Gustav ihm Auftrag gebe, wolle er sich für ihn um einen Dienst bemühen. Gustav solle ihm sofort seine Papiere einsenden. Er werde ihm schon etwas Passendes ausfindig machen. Gediente Unteroffiziere hätten immer Aussicht, genommen zu werden.

In Gustav rief dieser Brief geradezu eine Gärung hervor.

Seit er neulich auf dem Rückwege aus der Rübengegend das Leben der großen Stadt wieder einmal gekostet hatte, war ihm die geheime Sehnsucht danach nicht wieder aus der Seele gewichen.

Es bedurfte nicht viel Zuredens von seiten Häschkekarls, um diese Träume und Wünsche, beunruhigend und verführerisch, wie sie nun einmal für das Landkind waren, lebendig zu machen.

Der Abend vor allem, wo er in Häschkes Gesellschaft jener großen Volksversammlung beigewohnt, hatte sich unauslöschlich seinem Gedächtnisse eingeprägt. Die Tausende, welche in atemloser Spannung den Worten ihrer Führer gelauscht, die eindringlichen Worte, welche die schlichten Arbeiter gesprochen, der mächtige sinnberauschende Applaus, wenn einer das rechte Wort gefunden, die Disziplin, die Opferwilligkeit, der Korpsgeist – nichts von den tiefen Eindrücken, die er in jenen Tagen in sich aufgenommen, war dem jungen Manne abhanden gekommen.

Was er da gesammelt hatte an neuen Erfahrungen und Gedanken, was er damals, weil es zuviel auf einmal gewesen, nicht hatte verarbeiten können, war doch in ihm geblieben, hatte sich gesetzt und verdichtet zu einer neuen Weltanschauung. So wie er gewesen war, konnte er nie wieder werden; er hatte in geistigem Sinne seine Unschuld verloren. Er fühlte es selbst, bei den unbedeutendsten Anlässen, daß er mit anderen Augen in die Welt sehe.

Vor allem aber war eine tiefe Sehnsucht in ihn gekommen, die ihm keine Ruhe mehr ließ, die Sehnsucht, heraus zu gelangen aus der Enge seiner bisherigen Umgebung, Neues zu sehen und zu erleben, seinen Gesichtskreis zu erweitern, teilzunehmen an dem Leben der großen Welt.

Diese Sehnsucht trieb ihn aus seiner Heimat weg, in die Stadt. Dort war das wahrhaftige Leben allein! In der Stadt fand man Anregung und Gesellschaft. Dort erfuhr man, was vorging in der weiten Welt. Da ging einem eine Ahnung auf von dem, was man selbst wollte und sollte. Da war man unter Tausenden und Abertausenden und doch ein selbständiger, freier Mensch.

Auf dem Lande glichen die Arbeiter dem Lasttiere, das seine Arbeit verrichtet, sein Futter vertilgt und nur erwacht, um von neuem zur Arbeit getrieben zu werden. So dämmerten die meisten Leute auf dem Dorfe dahin, stumpf und gelangweilt, ohne viel mehr nachzudenken als das liebe Vieh.

Nein! Solch ein Leben wollte er nicht weiter führen! Wenn man einmal starb, wollte man doch wenigstens sich sagen können, daß man gelebt habe.

Er hatte ja früher die Heimat geliebt – er liebte sie noch – aber, es war zu vieles vorgefallen in den letzten Jahren, was ihm die Freude an dem Heim vergällt hatte.

Ja, wenn er's so hätte haben können, wie sein Großvater Leberecht – dem er, wie die Menschen behaupteten, in vielen Stücken ähnelte – wenn er auf freiem Gute hätte selbständig schalten und walten dürfen, als sein eigner Herr, da hätte er wohl jede Arbeit auf sich nehmen wollen, wäre sicher gewesen, etwas Rechtes vor sich zu bringen. Aber so, wo das Glück der Familie vernichtet war! Wo einer hätte wieder ganz von vorn anfangen müssen! Wo ihm, dem Bauernsohne, nichts übrigblieb, als sich als Tagelöhner oder Knecht zu verdingen! –

Nein! Da wollte er doch lieber ganz von dem Orte weggehen, wo er und seine Vorfahren einstmals bessere Tage gesehen hatten. In der Stadt kannte ihn wenigstens keiner! Da konnte ihn niemand verhöhnen, daß er hatte herabsteigen müssen, daß er, der einstmals kommandiert hatte, nun selbst dienen mußte.

Was er früher nicht für möglich gehalten-haben würde, der Abschied von der Heimat, wurde ihm jetzt nicht einmal schwer. Die Wurzeln, die ihn einstmals so fest mit diesem Boden verbunden hatten, waren eben eine nach der anderen durchschnitten worden; er war jetzt auch so ein loser Baum, den man leicht ausheben und verpflanzen kann.

Mehr und mehr fing er an, seiner dörfischen Umgebung überdrüssig zu werden, ja sie im Grunde seines Herzens zu verachten. Auf dem Dorfe war man wie in einem dunklen, engen, dumpfen Zimmer, in welches das Licht höchstens durch Ritzen und Klinzen eindringt. Da draußen, in der Welt, in der Stadt, da winkte das große rauschende Glück, das Vergnügen, die Freiheit, die Selbständigkeit! –

So gab er denn seiner Schwester Ernestine, als sie Halbenau verließ, seine Papiere mit, die sie Häschke übergeben sollte.

Das Mädchen ging der Zukunft leichten Herzens entgegen. Sie hatte bereits der vorige Sommer der Heimat entfremdet. Sie lebte längst mit ihren Gedanken und Plänen in einer neuen Welt, die mit dem ländlichen Heim wenig gemein hatte. Ein Vaterhaus, von dem sie hätten Abschied nehmen müssen, gab es ja für die Büttnerschen Kinder nicht mehr.

Um die Zukunft machte sich die leichtherzige Ernestine wenig Sorge. Häschke verdiente jetzt zwanzig Mark in der Woche. Mit der Zeit hatte er Aussicht, Monteur zu werden, so schrieb er selbst. Außerdem konnte man zur Verbesserung des Einkommens ja auch Kostgänger und Schlafburschen aufnehmen. Ein größeres Quartier war darauflos schon gemietet worden.

Das Mädchen würde vielleicht nicht einmal vom Vater Abschied genommen haben, wenn nicht Gustav es ausdrücklich von ihr verlangt hätte.

Der Abschied war kühl und steif. Ernestine, die doch sonst nicht gerade auf den Mund gefallen war, wußte dem Vater kein liebes Wort zu sagen.

Der alte Mann brachte es auch zu keiner herzlichen Äußerung dem letzten Kinde gegenüber, das nun von ihm ging.

Karl war, nachdem man seine Wunde im Kretscham notdürftig gewaschen und verbunden hatte, in seine Behausung nach Wörmsbach geschafft worden.

Nachdem ihm der Arzt das dichte Haar rings um die Wunde abgeschnitten hatte, fand sich, daß die Schädeldecke stark verletzt war. Es mußte geradezu ein Wunder genannt werden, daß er mit dem Leben davongekommen war. Die Heilung ging langsam vonstatten.

Seine Frau leistete in dieser Zeit Übermenschliches. Der Kranke war trotz seiner Schwäche nicht leicht zu pflegen, er delirierte stark. Die Nahrung mußte ihm auf künstlichem Wege zugeführt werden.

Therese hatte sich bis dahin nie sonderlich um die Krankenpflege gekümmert; jetzt ließ die Not sie auch diese Dienste erlernen.

Sie mußte dazu die Kinder versorgen, das Hauswesen im Gange erhalten, dabei kein Geld im Hause! Denn Karl hatte in der Periode seiner Liederlichkeit alles bis auf einen kleinen Rest vertan.

Und nun kam das Frühjahr heran; da hätte das Feld bestellt werden mögen. Wovon sollte man denn die Pacht an Harrassowitz bezahlen?

Sam war schon einmal dagewesen. Er zeigte sich sehr ungehalten. Wenn es nicht besser werde, müsse er sie heraussetzen. Säufer und Nichtstuer könne er nicht gebrauchen.

Was blieb für Therese da anderes übrig, als selbst das Feld zu bestellen! Die Kühe hatte Harrassowitz inzwischen weggenommen. Sie spannte sich also vor die Egge. Der älteste Junge, kaum sechs Jahre alt, mußte mit Hacke und Schaufel hantieren.

Es galt die größten Anstrengungen, denn wenn Harrassowitz sein Wort wahrmachte, dann blieb ihnen nichts als das Armenhaus.

Daß Karl jemals wieder zu vollen Kräften kommen werde, war unwahrscheinlich. Auch nachdem die Kopfwunde verheilt war und das Fieber nachgelassen hatte, blieb ein allgemeiner Schwächezustand zurück. Die Sprache hatte gelitten; bestimmte Laute vermochte die Zunge überhaupt nicht mehr zu bilden. Das Gedächtnis war geschwächt. Karl, der sich niemals durch besondere Geistesgaben ausgezeichnet hatte, war völlig zum Trottel geworden.

Eines Tages, als Therese vom Felde heimkehrte, fand sie den Kretschamwirt von Halbenau bei Karl sitzen. Kaschelernst schien bereits eine ganze Weile mit ihm gewesen zu sein. Was die beiden zusammen gesprochen, erfuhr Therese nicht.

Der alte Kaschel machte einen durchaus vergnügten Eindruck.

Er spielte sich ganz auf den Unbefangenen; meinte, er sei nur im Vorübergehen mal eingetreten, um zu sehen, wie sie eigentlich lebten. Was zu essen hatte er mitgebracht – auch ganz zufällig, wie er behauptete – einige Würste und einen Schinken. Die ließ er da, damit Karl davon esse und wieder zu Kräften kommen möge.

«Er is wie a bissel dumm in Koppe!» sagte Kaschelernst zu Theresen, als er in sein Korbwägelchen gestiegen war. «Er meent, er kann sich uf nischt nich mehr besinnen, meent er.» Dabei beobachtete er, durch sein verschmitztes Lächeln hindurch, Theresens Miene genau.

«Weeß er denne gar nischt mehr, wie er damals hingefallen is, in der Besoffenheet und sich das Luch in Kupp geschlagen hat? – He!»

«Ar is ne gefallen!» erwiderte Therese. «Ibern Kupp ha'n se'n gehaun.»

«Soit Karl su?»

«Ne! Ar soit's ne, weil daß er vun nischt ne mih was weeß.»

«Wer soit's denne?»

«Nu, was de Leite sen, die soin's alle, 's hätt' 'n eener ibern Kupp gehaun.»

Kaschelernst schnalzte mit der Zunge. «De Leute raden vill, was ne wahr is. – Desderwegen!» ... Vergnügt schmunzelnd fuhr er von dannen.

Wenige Tage darauf erschienen zwei Herren vom Gericht bei Karl Büttner. Es handelte sich um die Voruntersuchung gegen Richard Kaschel.

Karl wurde aufs eingehendste vernommen. Viel war freilich nicht aus ihm herauszubekommen. Er wußte nur noch wenig von jenem für ihn so verhängnisvollen Abend im Kretscham zu Halbenau. Darüber, wie er zu der Wunde am Kopfe gekommen, vermochte er nichts Stichhaltiges anzugeben.

Immerhin belasteten die Aussagen anderer Zeugen den jungen Kaschel soweit, daß es zur Verhandlung kam.

Es ward festgestellt, daß es Streit gegeben habe, zwischen Karl und seinem Vetter. Ferner wurde ausgesagt, daß Richard Kaschel es gewesen, der die Leute aufgefordert habe, den Betrunkenen hinauszuwerfen. Das Gravierendste aber war, daß mehrere Zeugen sich besinnen konnten, die eiserne Stange, die zum Festhalten der Tür diente, in der Hand des Angeklagten gesehen zu haben. Daß aber Richard den Schlag geführt habe, der Karl verletzt haben sollte, wollte niemand beschwören.

Der Angeklagte selbst behauptete, er sei nicht mit draußen gewesen vor dem Kretscham, habe vielmehr die eiserne Stange, auf Befehl seines Vaters, sofort wieder eingelegt.

Der alte Kaschel, der unbeeidigt vernommen wurde, bestätigte die Aussagen seines Sohnes.

Der Angeklagte wurde freigesprochen.

Die öffentliche Meinung schrieb trotzdem dem Gastwirtssohne die Tat zu.

Man schimpfte weidlich auf die Kaschels und verwünschte sie. Erst hatten sie den alten Büttner ruiniert, ihn von Haus und Hof gebracht, und nun hatten sie ihm auch noch den Sohn für Lebzeiten elend gemacht.

Aber solche Worte fielen nur hinter dem Rücken der Kaschels. Ihnen etwas ins Gesicht zu sagen, wagte niemand; sie waren zu gefährlich.

Richard Kaschel zeigte sich, nachdem er hier mit einem blauen Auge davon gekommen, anmaßender und übermütiger denn je. Das Spielen setzte er fort. Er ging oft weit über Land oder fuhr in die Stadt, um seiner Leidenschaft zu frönen.

Dem alten Kaschel wurde unheimlich zumute dabei. Mehr als einmal schon hatte er ein Loch zustopfen müssen für den hoffnungsvollen Sprößling.

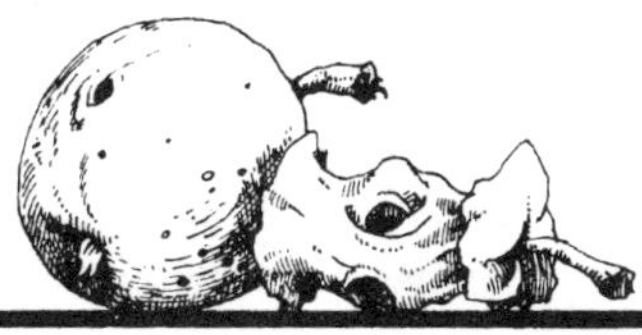

12

Nun begannen große Umwälzungen im Bauernhofe. Baumeister und Zimmermann erschienen. Im Wohnzimmer wurden die Dielen aufgerissen, die alten erblindeten Fensterscheiben durch neue große und glänzende ersetzt. Dann kamen die Ofensetzer. Der alte Kachelherd mit Backröhre und Pfanne, der zwei Zimmer geheizt hatte, auf dem die verstorbene Bäuerin das Essen für die Familie – zugleich mit dem Angemenge für das Vieh – zubereitet hatte, wurde weggerissen und an seine Stelle ein städtischer Porzellanofen gesetzt. Die Küche kam in den Nebenraum. Maler und Tapezierer erschienen. Die Holzverkleidung ward von den Wänden gerissen, gemalt und geweißt wurde, und in die Zimmer für die zukünftige junge Frau kamen sogar Tapeten.

Der neue Herr kam öfters von der Stadt heraus und trieb die Handwerksleute zur Eile an; er wollte bald einziehen.

Der Büttnerbauer wurde von einem Winkel in den anderen getrieben. Er war wie ein altes Tier, dem aus Gnade das Leben gelassen wird.

Überall im Hause herrschten die Handwerker. Schließlich zog sich der Alte mit einem Bündel Sachen in einen Bretterverschlag auf den Boden zurück, um dort zu hausen.

Auf dem Felde war's ein Gleiches. Überall Neuerungen! –

Die Ziegelei wuchs und dehnte sich aus. Jetzt hatten sie ein neues Lehmlager entdeckt, das noch besseres Material enthalten sollte als das erste. Dort wurde abgegraben. Herr Berger, der neue Besitzer, ließ einen Schienenstrang von der Grube nach der Ziegelei legen.

Das ganze Gut ward verbitzelt. Die großen Schläge, einstmals des alten Bauern Stolz und Freude, waren in lauter schmale Streifen zerteilt, auf denen kleine Wirte ihre vier, fünf verschiedenen Früchte bauten.

Auch im Walde gab es Veränderungen. Schon im Herbste hatte der gräfliche Oberförster Kahlschlag machen und Hügel zur Kultur auswerfen lassen. Kaum war der Schnee gewichen, wurde mit der Anpflanzung begonnen.

Der alte Mann haßte all das Neue, das vor seinen Augen entstand. Es lag so etwas Aufdringliches, Vorwitziges in dem, was diese jungen Leute anstellten.

Vierzig Jahre hatte er nach der Väter Weise gewirtschaftet, und nun über Nacht, plötzlich, ward alles umgestürzt, das Oberste zu unterst gekehrt, seine Arbeit verwüstet, als sei sie nichts wert.

Sein Lebenswerk wurde für nichts geachtet. Die Spuren seiner Tätigkeit waren ausgewischt. Das, was jeder Mensch als mächtigsten Trieb und Sporn zum Handeln in sich trägt, der eigentliche Erreger alles menschlichen Strebens und Schaffens, das Verlangen nach irdischer Unsterblichkeit, der Wunsch, in seinen Werken das ewige Leben zu haben – dieses Denkmal, das jeder Tüchtige sich zu errichten strebt, damit Kinder und Kindeskinder seiner gedenken, auf daß sein Wesen und Wollen nicht von der Vergessenheit Nacht verschlungen werde – dieser Abdruck seiner Persönlichkeit, der in diesem Grundstück: Haus, Hof, Feldern, Wiesen und Wald, eingeschlossen lag, war zerstört; fremde Hände hatten in wenigen Monaten das zur Unkenntlichkeit verändert, was er und seine Vorfahren im Laufe eines Zeitraumes, der nach Generationen gerechnet werden mußte, in Treue und Liebe und Frömmigkeit aufgerichtet hatten.

Die Zeit war über ihn hinweggeschritten.

Nun wurde er in die Ecke gestellt, ein verbrauchtes altmodisches Gerät. Er war ein Baumstumpf, der mitsamt den Wurzeln ausgerodet ist; so lag er auf dem Boden, dem er, als er in voller Kraft und Blüte gestanden, seinen Schatten gespendet hatte. Die tausendfältigen Beziehungen, die jeden mit der Mitwelt verbinden, die unzähligen Würzelchen, mit denen wir jeden Augenblick Kräfte saugen und Kräfte zurückgeben, waren durchschnitten. Er war unnütz geworden für sich und die anderen. Er konnte aus der Welt gehen, und nirgends würde eine Lücke klaffen.

Zweck- und ziellos ging er umher, im Dorfe, über die Felder, durch den Wald. Wann wäre das früher jemals vorgekommen! Da hatte jeder Gang sein Ziel, da wurde er, außer feiertags, niemals unbeschäftigt angetroffen. Aber was sollte er jetzt anfangen? Wofür seine Hände rühren?

Die Leute redeten ihn an, einzelne aus Mitleid, die meisten aus Neugier; sein Wesen war allen ein Rätsel.

Aber da man fast nie eine Antwort von ihm erhielt, unterblieb das Anreden mit der Zeit. Die Kinder lachten wohl über die struppige Erscheinung des Alten, liefen ihm nach; auch Erwachsene wagten hie und da eine Spottrede hinter seinem Rücken. Aber ins Gesicht ihn zu höhnen wagte niemand; das Elend hatte noch nicht ganz die Ehrfurcht gebietende Würde aus der Erscheinung des Greises gelöscht.

Der Pfarrer stellte den alten Mann auf der Straße und ging eine Strecke mit ihm. Da gab es zarte Vorwürfe zu hören, daß Büttner nicht mehr zur Predigt und zum Tische des Herrn komme. Der Bauer zuckte verdrossen die Achseln, blieb dem Seelsorger die Antwort schuldig.

Ein andermal traf Büttner mit dem Güterdirektor des Grafen zusammen. Hauptmann Schroff hielt sein Pferd an und begrüßte den alten Mann. Der Hauptmann beklagte, daß alles so gekommen wäre.

Nun das Bauerngut nicht mehr für ihn zu haben sei, habe der Graf seinen Sinn geändert. Er bereue jetzt, den Juden hineingelassen zu haben. Die neue Nachbarschaft sei dem Herrn Grafen ein Greuel. –

Der Hauptmann sah wohl selbst ein, daß solche Reden zu spät kamen und niemandem etwas nützen konnten. Er drückte dem Alten die Hand, überließ ihn seiner Einsamkeit.

Was wollten die Leute von ihm? Der Alte verachtete sie im Grunde seiner Seele alle. Alles Reden war sinnlos, alles Mitleid verschwendet! Jedes Wort der Teilnahme bedeutete eine Erniedrigung für ihn. Nur in Ruhe sollten sie ihn lassen, das war das einzige, was er noch von ihnen verlangte.

Auch dem Sohne eröffnete sich der alte Mann nicht. Der gehörte ja auch zu den Jungen, zu dieser neuen Generation, die keck über ihn hinweggewachsen war.

Gustav war ja auch diesem Boden entstammt, aber er war nicht so fest mit ihm verwachsen, daß er das Verpflanztwerden nicht überstanden hätte. Er stand jetzt im Begriffe, sich in neuen Verhältnissen ein neues Heim aufzurichten für sich und die Seinen.

Soeben war von Häschke eine Antwort eingetroffen. Er hatte eine Stelle für den Freund gefunden. Gustav sollte in einem großen Hause der inneren Stadt die Vizewirtsstelle übernehmen.

Es war ein verantwortungsreicher Posten. Im Hinterhause befand sich eine Kartonagenfabrik, die über hundert Leute beschäftigte. Im Parterre des Vorderhauses war ein Bankgeschäft, im ersten Stock eine Versicherungsgesellschaft; alles in allem wohnten in dem weitläufigen Gebäude einige zwanzig verschiedene Parteien.

Gustavs ausgezeichnete Militärpapiere hatten den Ausschlag gegeben, als er zu dieser Stellung gewählt wurde. Häschke riet, daß er sofort annehmen solle; es gäbe eine ganze Anzahl anderer Bewerber für den Posten.

Für Gustav war es nichts Kleines, sich hier zu entscheiden. Vieles daran war verlockend: die feste Anstellung, das auskömmliche Gehalt; übergroße Anstrengung war mit einem solchen Posten auch nicht verbunden, und man behielt Zeit übrig für sich und die Seinen.

Auf der anderen Seite gab es mancherlei Unerquickliches an einer solchen Stellung. Man brachte mit seiner Arbeit nichts Bleibendes vor sich, woran man seine Freude hätte haben können. Die Aussicht, Höheres zu erreichen, sich selbst vorwärtszubringen, war ausgeschlossen. Man war der Diener von tausend beliebigen Leuten. Und was Gustav als das Schwerste erschien: Er wurde herausgerissen aus dem von Jugend auf gewohnten Leben. Vom Acker weg wurde er in ein städtisches Souterrain verpflanzt, in das vielleicht die Sonne nicht einmal am Tage drang. Wie würde er, wie würde Pauline das ertragen?

Erst jetzt, wo er vor die Entscheidung gestellt war, merkte er, was er vorhatte: daß er einen Strich mache unter seine eigene Vergangenheit, daß er mit der vielhundertjährigen Überlieferung seiner Familie breche, daß er im Begriff stehe, aus einem Landmann ein Städter zu werden.

Er besprach die Sache mit Pauline. Sie überließ ihm, wie in allen wichtigen Fragen, auch diesmal die Entscheidung. Ihr genügte, bei ihm bleiben zu dürfen, alles andere solle ihr recht sein.

Schließlich erkannte Gustav, daß es eine Wahl für ihn gar nicht mehr gebe; er mußte annehmen. Der Winter hatte die Ersparnisse des vorigen Sommers verschlungen. Als Aufseher wieder in die Rübengegend zu gehen, hatte er verschworen. In der Heimat gab es keine Beschäftigung für ihn, wenn er nicht tagelöhnern wollte. Er mußte also nach dem greifen, was sich ihm bot, um sich und die Seinen vor Mangel zu bewahren.

Die Stelle war durch Todesfall erledigt, und Häschke hatte geschrieben, daß Gustav so bald wie möglich antreten müsse. Es hieß also, in wenigen Tagen packen und Abschied nehmen.

Ein Plan war in Gustav gereift: Er wollte den Vater auffordern, mit ihnen in die Stadt zu ziehen.

Gustav war sich nicht im unklaren, was er damit auf sich nehme. Es würde nichts Leichtes sein für alle Teile; der alte Mann war schwierig, würde kein bequemer Hausgast sein. Besonders in der Stadt war das nichts Kleines, wo man enge aufeinander saß, wo alle die mannigfaltigen Abziehungen des ländlichen Berufes fehlten.

Aber es mußte sein! Pauline sowohl wie Gustav waren sich klar darüber, daß sie den Vater nicht in seinem Elend allein lassen durften.

Was sollte aus ihm werden in Halbenau, wenn sie nun auch fortgingen? Wenn es niemanden mehr gab, der sich um die Notdurft des Alten kümmerte! Das Armenhaus war der wahrscheinliche Abschluß.

Eine solche Schande wollte man nicht auf sich laden. Der Familiensinn, der bei Gustav nicht völlig untergegangen war, sprach mit. Soweit war es mit den Büttners doch noch nicht gekommen, daß man das Familienoberhaupt hätte in Schmutz und Armut verkommen lassen mögen, ohne eine Hand zu rühren. Die Leute würden mit Fingern auf solch unnatürliche Kinder gewiesen haben. Diese Schmach wollte Gustav seinem Namen nicht antun.

Als sie jedoch mit dem Vater davon sprachen, stießen sie auf Widerstand. Er wolle nicht in die Stadt, erklärte er.

Sie hielten ihm vor, was seiner in Zukunft in Halbenau warte: das Einliegerelend, die Abhängigkeit von wildfremden Menschen, die ihn als ihren Knecht behandeln und ihm, wenn es ihnen paßte, den Stuhl vor die Tür setzen würden. Und was, wenn er krank würde! Wer würde ihn pflegen?

All das hielten sie ihm vor. Ob es Eindruck auf ihn mache oder nicht, war nicht zu ersehen. Er sagte nicht: ja und nicht: nein, trug seine gewöhnliche mürrisch verschlossene Miene zur Schau.

Gustav machte einen Versuch, ihn beim Ehrgefühl zu packen. Sollte er sich bei seinen Jahren noch als Tagelöhner verdingen? Wollte er wirklich in die Ziegelei gehen auf Arbeit? Er, der ehemalige Großbauer: Ziegelstreicher! Oder wollte er gar der Gemeinde zur Last fallen? –

Aber auch hierauf zeichnete er nicht. Er schüttelte nur den Kopf und murmelte etwas Unverständliches vor sich hin. Es schien fast, als hege er einen wohlüberlegten Plan, einen Entschluß in seinem Inneren, den er niemandem verraten wollte.

Seine Kinder drangen noch einmal in ihn. Sie stellten ihm dar, wie schön er es bei ihnen haben werde. Man wolle ihm ein Stübchen ganz für sich lassen. Häschke habe von einem Gärtchen geschrieben, das Gustav mit im Stande zu halten hätte; diese Arbeit solle er übernehmen, damit er doch seine Beschäftigung habe. – Es verschlug alles nichts. Man konnte zweifelhaft werden, ob er überhaupt die Worte höre; seine Züge waren leer, seine Augen schienen auf etwas gerichtet: weit, weit in der Ferne, das nur er sah.

Gustav gab es schließlich auf, dem Vater noch länger zuzureden. Wenn der nicht wollte, dann brachten ihn zehn Pferde nicht von der Stelle. Er war eben ein Büttner! –

Aber Pauline ließ die Hoffnung noch nicht fahren, den alten Mann zu überreden. Sie war, seit sie Gustav geheiratet, der besondere Liebling des Alten geworden. Ihr gegenüber hatte er hie und da sogar etwas von seinem Kummer blicken lassen.

Die junge Frau sprach den Schwiegervater noch einmal unter vier Augen, mit jener innigen, schlichten Herzlichkeit, die ihr zu Gebote stand, meinte sie: Sie wollten's ihm auch so gut machen, als er sich's nur denken könne.

Sie hoffte, ihn vielleicht mit der Kost locken zu können. Sie wolle ihm so kochen, wie er's gewohnt sei, von der Mutter her, und wie sie wisse, daß er's gern habe.

Da traten dem Alten plötzlich die Tränen in die Augen; mit einer Weichheit, die man sonst nicht an ihm gewohnt war, sagte er: «Ne, ne! Pauline, laß ack! Du bist gutt! – Ich weeß, ihr meent's gutt mit mir alen Manne. Aber, laß ack!» ...

Dann versank er in Nachdenken.

Sie wagte es, seine Hände zu ergreifen und sie zu streicheln. Noch einmal stellte sie ihm dann vor, wie viel besser er's haben könne, wenn er bei seinen eigenen Leuten bliebe als unter Fremden.

«'s is alles eens, Pauline!» war seine Antwort. «Mit mir is eemal nischt nich! Mir nutzt nischt nich mih! Ich were bale ganz alle sen!»

Sie meinte dagegen: er werde noch manches Jahr erleben; er sei ja rüstig und nehme es noch mit manchem Jungen auf.

«Ne, ne! Ich ha's 'n dicke! Ich ha's 'n schun ganz dicke! – De Mutter is nu och tut. 's is ne schiene su alleene ei der Welt.»

Er schnäuzte sich und wischte die Augen; beides mit der Hand. Dann fuhr er fort: «Gieht ihr ack! Und laßt mich Ales in Frieden. Ihr sed jung! Ihr wißt ne, wie's unsereenem zu Mute is. Ihr kennt's ne wissen. Das kann niemand nich verstiehn, wie's unsereenem um's Harze is. – Su manchmal, Nächtens – su alleene – und an Tage och, su verlassen! Mer mechte sich winschen, daß de Sunne gar ne nich scheinen täte. Alles is eenem zuwider! Ne, ne! Das verstieht niemand ne, der's ne derlabt hat! – Laßt mich ack! Ich wer' schun a Platzel finden; is ne ei der Welt, dann is am Ende, kann sen, haußen.»

Pauline schluchzte laut auf, als sie den alten Mann so sprechen hörte.

«Ju, ju! Su is! Ich glob', ich wer mich ne lange mih zu schinden han. – Ich will der och noch was mitgahn, Pauline, zum Adenken, eh' daß 'r gieht.»

Damit ging er nach seinem Bretterverschlag auf den Boden und kam nach einiger Zeit, den Arm voll Kleidungsstücken, zurück.

Da war eine wattierte Puffjacke der Bäuerin, eine seidene Schürze, die er mal seiner Braut zum Geschenk gemacht hatte, etwas Leibwäsche der Verstorbenen und noch Kleinigkeiten aus dem Nachlasse der Bäuerin, mit denen er Paulinen beschenkte.

Auch Gustav sollte bedacht werden. Der Alte schleppte seinen Schafwollpelz herbei, den er seit dreißig und mehr Jahren führte.

Pauline weigerte sich, den Pelz für ihren Mann anzunehmen; den müsse der Vater behalten, damit er im Winter was Warmes habe.

«Ich wer' keenen Winter mehr sahn!» sagte der Bauer.

Da er böse zu werden drohte über ihre Weigerung, nahm sie den Pelz schließlich an, zum Schein. Sie wollte ihn der eigenen Mutter übergeben, die ihn einstweilen aufbewahren und dem Alten bei beginnender Winterszeit zurückstellen sollte. –

An einem Sonntagmorgen in der Frühe nahmen Gustav und Pauline Abschied von Halbenau. Ihre Abreise hatte manchen Freund und manche Freundin herbeigelockt. Frau Katschner schwamm in Tränen. Sie mußte der Tochter heilig versprechen, daß sie nach dem alten Büttner sehen werde.

Die Witwe hatte im stillen noch nicht alle Hoffnung aufgegeben, daß ihr noch ein zweites Mal die Freuden des Ehestandes zuteil werden möchten. Im geheimsten Kämmerchen ihres Herzens regierte kein anderer als Traugott Büttner allein.

Der alte Mann war nicht erschienen, um von seinen Kindern Abschied zu nehmen. Die Leute sagten, er sei auf dem Wege nach der Kirche gesehen worden.

13

Am Sonnabend abend war der alte Büttner zum Dorfbader gegangen und hatte sich seinen Bart abnehmen lassen. Sonntags, beim Morgengrauen, nahm er seine Feiertagskleider aus der Lade, den langschößigen Tuchrock, der zur Hochzeit neu gewesen war, die Weste mit den Perlmutterknöpfen, den Zylinder, der ihm nun auch schon an dreißig Jahre Dienste getan hatte und der trotz alles Streichens mit dem Rockärmel nur immer widerhaariger wurde.

Traugott Büttner ging zum Tisch des Herrn.

In seinem Feiertagsstaat, das Gesangbuch in der Hand, schritt er die Dorfstraße hinab. Er blickte nicht rechts noch links, nur auf seinen Weg.

Andere Altarleute, die ihn überholten, blickten ihm erstaunt in's Gesicht.

Ja, war denn das wirklich der Büttnerbauer! Oder war es sein Geist? Die bleichen Wangen, nicht mehr vom Bart versteckt, zeigten jetzt erst ihre ganze hohle Magerkeit.

Er erwiderte keinen der vielen Morgengrüße, die ihm von allen Seiten geboten wurden. Sein Gang war langsam, aber fest, die Blicke hielt er starr geradeaus gerichtet.

Man steckte die Köpfe zusammen. «Saht ack! Büttnertraugott gieht beichten!» – Er war eine ungewohnte Erscheinung geworden in der Kirchfahrt.

Beim Hauptgottesdienste, der der Kommunion folgt, nahm Büttner seinen altgewohnten Kirchenplatz ein. Vieler Augen waren auf ihn gerichtet; es war, als ob nach langem Krankenlager einer wiederum unter Menschen geht. Selbst der Geistliche schien unter dem Eindrucke zu stehen, daß heute ein besonderer Gast in ihrer Mitte weile; er sprach einige Male mit Betonung nach jener Richtung hin, wo der alte Mann saß.

Der hörte der Predigt vom ersten bis zum letzten Worte mit Aufmerksamkeit zu. Beim Schlusse des Gottesdienstes opferte er seinen

Groschen, wie er es von jeher getan, so oft er das Abendmahl genossen.

Man wollte ihn anreden, als er aus der Kirche trat. Alte Freunde drängten sich an ihn heran. «Nu Traugott!» hieß es: «Wu hast denn du su lange gestackt?»

Er schien für die Frager keine Zeit zu haben. Mit eigenartig ernstem Blicke sah er die Leute an, schüttelte den Kopf, wandte sich und ging. – Mancher, der jetzt kaum darauf geachtet, sollte sich später daran erinnern. – «Grade als ob 'r d'ch durch und durch buhren wullte; und duch als ob 'r ganz wu andersch hin säke», schilderte ein Zeuge nachmals diesen Blick. Dann sei er auf einmal verschwunden, aus der Menge der Kirchgänger; keiner wollte wissen, wie das geschehen. –

Traugott Büttner schritt auf seinen ehemaligen Hof zu. Heute war das Haus menschenleer; des Feiertags wegen arbeiteten die Handwerker nicht.

Er ging in die Kammer, legte die Feiertagskleidung ab und zog die Werkeltagskleider wieder an. Dann legte er die guten Sachen sorgfältig zusammengefaltet auf einen Stuhl, das Gesangbuch zu oberst auf das Bündel.

Nachdem er das besorgt, begab er sich in den Stall. Er steckte den Kühen Futter auf, reichlich, für zwei Mahlzeiten. Den Schweinen schüttete er Trebern vor und goß einen Rest von Milch darüber zu einer rechten Feiertagsmahlzeit. Darauf sah er sich noch einmal um, wie um sich zu überzeugen, daß alles beschickt und in Ordnung sei. Dann machte er die Türe hinter sich zu und schritt zum Hofe hinaus, auf dem Wege hin, der nach dem Walde führt.

Nach einer Weile machte er halt, wandte sich um. Hatte er etwas vergessen? – Er wollte nur das Dach noch einmal sehen, unter dem er Zeit seines Lebens gehaust hatte. Dort ragte der freundliche Giebel über die Scheune hinweg.

Der alte Mann hielt die Hand über die Augen, um sie vor den blendenden Strahlen der Frühjahrssonne zu schützen. Er stand da eine Zeit lang, betrachtete alles noch einmal ganz genau; das würde er nicht wieder sehen! –

Dort auf den Scheunenfirsten war schon wieder mal das Stroh lose geworden; es sträubte sich wie unordentliches Haar nach allen Richtungen. Daß er das gar nicht bemerkt hatte, bisher! – Nun, der Neue würde das schon in Ordnung bringen!

Ihn fröstelte auf einmal.

Warum stand er denn hier eigentlich? Was wollte er denn? – Ja richtig! Nur schnell! Je eher, je besser! Wozu hier stehen und gaffen? Das nützte ja doch nichts! Aber das Strohdach ... Er hätte gar nicht gedacht, daß der Wind so stark gewesen wäre, neulich! – Er war selten hier heraus gekommen in der letzten Zeit, weil ihn die Ziegelei ärgerte. Ach, diese Ziegelei! Das ganze Gut war schimpfiert. Dort blickte die Esse vor; er mochte gar nicht hinblicken!

In weitem Bogen umging er das Bauwerk; bis er hinter der Ziegelei wieder auf den Hauptweg des Gutes kam.

Wieviel tausend und abertausendmal in seinem Leben war er diesen Weg hinausgeschritten! Zu allen Jahreszeiten, ledig und mit Bürde, allein oder in Gesellschaft der Frau, der Kinder, mit den Gespannen. Vom Büttnerschen Hofe kam der Weg, führte durch Büttnersche Felder und Wiesen, lief in den Büttnerschen Wald aus. Eine halbe Stunde und mehr konnte der Bauer geradeaus schreiten, ohne von seinem Grund und Boden herunter zu kommen.

Hier war er umgeben von den Zeugen seines Lebens und Wirkens. Jener klobige Steinblock erinnerte ihn an die tagelange schwere Arbeit, mittelst der er ihn aus dem Acker gehoben. An dieser Ecke war er in früher Jugend bewahrt worden vor Unfall, wie durch ein Wunder: die Pferde waren scheu geworden, hatten den Knaben geschleift; als der Vater desselben Weges kam, sich den Tieren entgegenwarf und so des Kindes Leben rettete. Dort jenen wilden Rosenstrauch hatte er stehenlassen, während rings alles Gebüsch gerodet wurde, der Hagebutten wegen, aus denen die Bäuerin ein schmackhaftes Mus zu bereiten verstand. – Hier hatte jeder Fußbreit Landes Bedeutung für ihn, jedes Hälmchen erzählte ihm eine Geschichte.

Jetzt verließ er den Hauptweg, schlug einen schmalen Gang zwischen zwei Feldern ein. Dabei stieß er auf einen frisch gesetzten Grenzstein. Das war die neue Einteilung! – Alles hatten sie ihm durcheinander geworfen: die Grenzen, die Schläge, die Fruchtfolge.

Da war ein Stück mit junger grüner Saat. Hafer konnte das nicht sein. Ja, zum Teufel, was war denn das? – Der Bauer blieb stehen, bückte sich, betrachtete sich die Hälmchen genau. Das war ja Gerste! – War der Mensch verrückt, hier Gerste zu bauen, auf diesem nassen Zipfel! Der würde sich mal wundern im Herbst, was er hiervon ernten mochte! Er mußte doch seinen Acker kennen. Hier gerade war undurchlässiger Tonboden und immer Nässe. Da wollte solch ein Esel Gerste bauen! – Der Alte lachte grimmig in sich hinein.

Aber er hatte ja noch was vor heute. Richtig! –

Ein kleiner Schauer lief ihm den Rücken hinab. Nur die Furcht nicht Herr werden lassen! Die Sache war schnell vorüber, wenn man's richtig anfing. Er überzeugte sich durch einen Griff in die Brusttasche, daß das, was er brauchte, auch da sei.

Was sie wohl sagen würden, wenn sie ihn erst gefunden haben würden! – Was seine Peiniger da sagen würden! – Kaschelernst, der Hund! Dort lag sein Feld. Sein Korn schien gut zu stehen heuer. Wie er ihm im vorigen Jahre die Saat umgestürzt hatte, das war doch mal ein gelungener Streich gewesen! – Der Schimmer eines Lächelns flog über die verbissenen Züge des alten Mannes.

Jetzt mußte er haltmachen; er war zu schnell gegangen. Nur Ruhe! Er kam noch zeitig genug! Er warf einen Blick auf das Dorf, das man von hier aus in seiner ganzen Länge übersehen konnte, bis zur Kirche hinab. Eben begannen sie dort zu läuten; es war wohl zum zweiten Gottesdienste. Büttner nahm unwillkürlich die Mütze vom Kopfe, faltete die Hände, betete ein Vaterunser. Dann seufzte er tief und wandte sich wieder zum Gehen.

Ob sie ihm wohl ein christliches Begräbnis gestatten würden?

Daß er als Christ gestorben und nicht wie ein Heidenmensch, das mußten sie doch einsehen! Die ganze Gemeinde und der Pastor hatten ihn ja in der Kirche und am Altar gesehen. Das mußte doch gelten!

Es war ja am Ende nicht recht in den Augen der Menschen, was er tat, und eine Sünde vor Gott dem Herrn war es auch. Aber konnte er denn anders? Tausendmal hatte er's erwogen. Wie viele schlaflose Nächte waren darüber hingegangen seit jener, wo ihm der Gedanke zum ersten Male gekommen! Es war damals gewesen, als seine Frau unbeerdigt im Hause lag. Er selbst hatte die Tote gewaschen und angekleidet. Still hatte sie dagelegen und zufrieden, im Leichenhemde. Da war ihm beim Anblicke des friedlichen Angesichts seiner Lebensgefährtin zum ersten Male der Gedanke gekommen, wie viel besser es doch die Toten hätten als die Lebenden. Gar nicht schrecklich war der Tod; er hatte etwas so Natürliches und Gutes. Seitdem ließ ihn die geheime Sehnsucht nach der Ruhe nicht wieder los.

Anfangs hatte ihn oft gegraust bei dem Gedanken, wie doch ein solches Ende wider Natur und Sitte sei. Er scheute vor der Ausführung zurück. Allmählich aber hatte er sich an die Vorstellung des Grauenhaften so gewöhnt, daß seine Pulse kaum schneller gingen, so oft er daran dachte.

Es gab ja keinen anderen Weg! Sie hatten ihm alles zerstört, was den Menschen ans Leben fesselt. Richtig hinausgedrängt war er worden aus seinem Hause, aus seinem Besitz, aus allen seinen Rechten. Den Boden hatten sie ihm unter den Füßen weggerissen. Wenn sie's gekonnt hätten, sie hätten ihm gewiß auch Licht und Luft genommen.

Ein Bettler war er. Aber ins Armenhaus sollten sie ihn doch nicht bekommen. Die Freude wollte er ihnen nicht machen, den ehemaligen Büttnerbauer im Armenhause zu sehen. Nun würde er 's ihnen gerade mal zeigen, daß er seinen Kopf für sich hatte. Mit guten Lehren und Ratschlägen waren sie immer schnell bei der Hand gewesen, aber ihn zu retten, hatte keiner den Finger gerührt. Er verachtete sie alle, die ganze Sippe! Daß er nun endlich keine Gesichter mehr zu sehen brauchte, war ihm ein langersehntes Glück. Sie ließen einen ja doch nicht in Frieden, wie tief man sich auch verkroch, sie kamen einem nach, überallhin, die geschwätzige neugierige Art. Man mußte schon ganz aus der Welt gehen, um Ruhe zu haben. Und nach seinem Tode würden sie wahrscheinlich erst recht klug reden. Das hätte er nicht tun sollen, würden sie sagen. Ein großes Gezeter würden sie anheben. Er kannte sie ja, wie sie waren, kaltherzig und gleichgültig, solange einer zappelt, und dann, wenn ihm der Atem ausgegangen, wenn er verröchelt war, dann kamen sie herbeigelaufen, umstanden das Opfer mit Tränen und Seufzern und Redensarten.

Aber das sollte ihn nicht bekümmern, das hörte er ja alles nicht mehr! – Er tat, was er für recht hielt. Hier durfte ihm keiner mehr was 'reinreden. Mit sich selber konnte man anfangen, was man wollte. Wer einem nichts gab, hatte einem auch nichts zu befehlen! –

Jetzt war er seinem Ziele schon ganz nahe. Dort am äußersten Feldrande stand der Baum; ein wilder Kirschbaum, schlank gewachsen. Ein Haufen Steine, aus dem Felde zusammengelesen, lag darunter. Die Krone stand in voller Blütenpracht, leuchtete weithin wie eine weiße Haube. Dahinter lag das Büschelgewende.

Der Alte machte halt. Was war denn hier vorgegangen? Erdhäufchen an Erdhäufchen, in langen schnurgerade ausgerichteten Reihen! Und die grünen Quirle, die aus den Haufen hervorlugten: junge Fichtenpflanzen!

Hatten sie ihm das Büschelgewende also doch zugepflanzt! – Wie viele Tage und Stunden mühevoller Arbeit, mit Pflug und Egge, steckten in dem Boden! Und diese Arbeit war für nichts und wieder nichts gewesen. Was er im Laufe eines Lebens der Wildnis entrissen, hatte die gräfliche Forstverwaltung in wenigen Tagen zupflanzen lassen.

Also auch dieses Zeugnis seines Schaffens war vernichtet; so hatten sie ihm denn alle Maschen seines Lebenswerkes aufgelöst.

Er stand und starrte die grünen Spitzen der Fichtenpflänzchen an. Eine dumpfe Wut stieg in ihm auf.

Da fiel ihm noch zur rechten Zeit ein, wie sinnlos sein Ärger sei; er brauchte sich ja nicht mehr zu ärgern. Nichts auf der Welt ging ihm mehr was an, wie er keinem mehr was anging.

Noch einmal empfand er die ganze Wonne des wirklich Einsamen, den Stolz, die Verachtung des Bedürfnislosen, der im Begriffe ist, das letzte abgetragene Gewand von sich zu werfen.

Er war mit hastigen Schritten an sein Ziel gelangt. Hier stand der Kirschbaum, mit dunklem, glänzendem, wie poliertem Schafte, bis ins kleinste Ästchen von zierlichen Blütenkelchen bedeckt. Die ersten Bienen schwärmten bereits in der Krone.

Traugott Büttner achtete nicht auf das Summen und den Duft. Er maß den Baum mit prüfendem Blicke. Hier der unterste Ast war stark genug. Wenn er auf den Steinhaufen stieg, konnte er ihn erreichen. Eine Schlinge – dann die Füße losgelassen, und dann ...

Wieder lief ihm ein Frösteln durch alle Glieder. Ein Druck am Halse, als würde er ihm zugeschnürt, ein würgendes Gefühl im Unterleibe; die Beine drohten, ihm den Dienst zu versagen.

Er mußte sich, von Schwäche übermannt, an den Stamm lehnen. Vor den Augen flimmerte es ihm. Er stand da mit offenem Munde, stieren Blickes. Es war zu fürchterlich, was er tun wollte: Hand an sich selbst legen! Fürchterlich! – Wenn ihm das einer in der Jugend gesagt hätte, daß er so enden werde!

Er betete ein Vaterunser, das erleichterte ihn. Dann richtete er sich auf; der Furchtanfall war vorüber.

Er wollte sterben; tausendmal hatte er sich's überlegt. Es war nicht das erste Mal, daß er mit dem Stricke in der Tasche hier draußen stand. Bisher hatte ihn immer noch der Gedanke an seine Kinder abgehalten, das Letzte zu tun. Sie sollten ihn nicht so hängen sehen. –

Nun waren sie fort. Was die anderen sagen würden, die Fremden, war ihm gleichgültig.

Heute wollte er's mal zu Ende führen. Er war ja gut zum Sterben vorbereitet: war zur Beichte gewesen, hatte das heilige Abendmahl genossen; Gott mußte ihm seine Sünde vergeben. –

Jetzt stand er auf dem Steinhaufen, der Strick saß fest am Aste, er brauchte nur den Kopf durch die Schlinge zu stecken. –

Noch einmal hielt er inne. Sein Blick flog über die Felder und Wiesen zu seinen Füßen. Das war sein Land, er starb auf seinem Grund und Boden. Sein Auge suchte das Vaterhaus; da unten lag es, winkte zu ihm herüber aus blühenden Baumkronen.

Fast unbewußt streifte er die Schlinge über den Kopf. Wenn er sich nun mit den Füßen abstieß, war's geschehen.

Noch ein Vaterunser!

Der Strick würgte ihn schon am Halse. Er fühlte die Steine unter sich rollen. Unwillkürlich suchte er eine Stütze mit den Füßen. Umsonst! Er hatte den Grund verloren, sein Körper wurde lang.

Was war denn das an seinem Halse? Ein Band mit eisernen Stacheln! – Sie rissen ihm den Körper in Stücke! Hing er denn? Er sah ja noch alles, ganz deutlich: dort, die beiden Leute, zehn Schritt von ihm. –

So helft mir doch! Schneidet mich ab! Seht ihr's denn nicht! –

Nichts! Sie rühren sich nicht.

Der Wind spielt mit ihren Haaren, sie haben große, stille Augen. Der eine ist sein Vater, er erkennt ihn ganz genau, der Vater mit dem langen, gelben Haar, bartlos. Und das kleine gebückte Männchen daneben ist der Großvater. Ein uralter Mann, mit schiefer Nase und roträndertern Augen. So stehen sie da und sehen ihm ernst und schweigend zu.

Er will mit ihnen reden. Wenn nur das Band am Halse nicht wäre. – Hilfe! Helft mir! –

Jetzt kommt der Vater heran. Vater! – So, jetzt wirds leichter. – Was sind das für große, schwarze Vögel ...

Der Wind schaukelt den Körper hin und her. Die Bienen im Kirschbaum lassen sich deshalb in ihrem Geschäfte nicht stören. Der Kopf mit dem grauen Haar hängt tief auf die Brust herab. Die weit aus ihren Höhlen hervorquellenden Augen starren die Scholle an; die Scholle, der sein Leben gegolten, der er Leib und Seele verschrieben hatte.

EBENFALLS IN DIESER REIHE

Pascher-friedel

Eine Erzählung aus der Schmugglerzeit der Oberlausitz

von ARTUR BOODEN

Seit Jahrhunderten ist das Denken und Fühlen der Menschen in der Südlausitz von der Nachbarschaft zu Böhmen geprägt. Kein Wunder also, wenn in vergangener Zeit insbesondere bei verwirrendem Grenzverlauf das Paschen, das Schmuggeln zum Alltag gehörte und keineswegs anrüchig war. Der spannend erzählte Roman stammt immerhin aus der Feder eines unter Pseudonym schreibenden Zollbeamten, dessen große Sympathie für die auch manchmal paschenden einfachen Leute den Roman durchdringt. Die Handlung beruht auf tatsächlichem Geschehen in der ersten Hälfte des vorigen Jahrhunderts.

232 Seiten, Preis 14,90 DM
Einbandgestaltung: Uwe Häntsch
ISBN 3-929091-04-6

EBENFALLS IN DIESER REIHE

Der Wilderer
auf dem Liechtensteinschen

Eine Erzählung
aus Rumburgs Vergangenheit
von ARTUR BOODEN

Am Ende des 18. Jahrhunderts gehört die heimliche Jagd auf den Fluren der Herrschaft Liechtenstein im lausitzisch-böhmischen Grenzgebiet geradezu zum Alltag der einfachen Leute. Sie geht ein in eine aktionsreiche Handlung, die meist in der Buschteichmühle am Fuße des Wolfsberges ihren Ausgang nimmt. Zwistigkeiten, Intrigen, geheimnisvolle Treffen, Verfolgungen und zärtliche Romanzen wechseln einander im spannenden Fortgang des Geschehens ab, und immer wieder flicht der Erzähler geschickt die Beschreibung der wildromantischen Landschaft mit tiefen Wäldern, mit Quellen, Mooren, Bergen und Tälern ein. Nach der Erzählung «Pascherfriedel» hatte Artur Booden in den zwanziger Jahren mit diesem Roman ein zweites vielgelesenes Heimatbuch vorgelegt.

202 Seiten, Preis 14,90 DM
Einbandgestaltung: Uwe Häntsch
ISBN 3-929091-12-7